De Venise à Venise

Du même auteur

Le Sourire du lion, Albin Michel, 1965

Demain, tout à coup, Liana Levi, 1986

Rouge vénitien, Albin Michel, 1990

Partition vénitienne, Liana Levi, 1993

Petites Vénitiennes compliquées, Liana Levi, 1996

Petite Conversation vénitienne, Confluences, 1996

P. M. Pasinetti

De Venise à Venise

Dorsoduro

Traduit de l'italien
par Soula Aghion

LIANA LEVI *piccolo*

Titre original : *Dorsoduro*

ISBN : 979-10-349-0780-9

www.lianalevi.fr

PREMIÈRE PARTIE

Annibale aux portes

En quoi consistent les faits, et où se passent-ils ?

Annibale Tolotta Pelz devait avoir, sauf erreur dans mes calculs, treize ans en 1926. C'était le benjamin de la famille. Il a toujours été aussi le plus vif et le plus volubile, tant lors de son jeune âge ici même à Venise qu'adulte plus tard dans d'autres villes d'Italie et du monde. Dernièrement on l'a revu quelquefois à Venise et l'autre soir, nous avons dîné ensemble ici, à Dorsoduro ; peut-être est-ce même pour cela que je viens de commencer par son nom cet écrit que j'entreprends, sur des faits quelque peu lointains mais qui, dans la longue perspective des années, se sont chargés d'une chaleur et d'une animation toujours plus grandes.

À un certain moment de leur histoire, je dirais vers la fin du siècle dernier, les Tolotta Pelz étaient descendus de la Haute-Vénétie, d'une province telle que Trento ou Belluno ; s'étant établis à Venise, je crois qu'ils ont toujours habité dans le Sestiere de Dorsoduro et même, au moins jusqu'à la Deuxième Guerre mondiale, toujours dans le même appartement, à « l'étage noble » d'une demeure aristocratique dont la façade donnait sur les Zattere et le Canal de la Giudecca, et l'arrière sur le Rio degli Ognissanti ; déjà antérieurement à 1866, c'est-à-dire du temps où Venise faisait encore partie du royaume lombard-vénitien rattaché à l'empire autrichien, cette demeure appartenait à une famille de nationalité anglaise mais dont les origines et les filiations se révélaient un peu compliquées, les Bialevski.

Il est presque superflu de rappeler que Venise, et le Sestiere de Dorsoduro en particulier, ont toujours eu coutume d'accueillir un pot-pourri bigarré de gens et de situations de toutes provenances, et de les assimiler. Le dernier des Bialevski, Edward ou Edoardo, occupait le dernier étage de cette demeure et du reste il y vit encore à présent, plus que nonagénaire. Moi j'habite à deux pas de là et de temps à autre je grimpe chez lui pour le voir.

À l'instar de la famille qui en est propriétaire, l'immeuble lui-même est assez composite, avec des styles qui vont de la Renaissance classique à ce XVIIIe courant, du genre maison de campagne, un des traits dominants de l'agencement architectural des pierres de Venise. Sans parler des appartements qu'il abritait et qui renfermaient aussi des coffres Renaissance côtoyant de petits meubles et de petits fauteuils XVIIIe par douzaines. Cependant, à l'époque de mon récit, vers les années 1926-1929 à peu près, quelques-uns de ces appartements aboutirent aussi pour ce qui est des chaises, canapés, fauteuils, portes, stores, lampes, vases, aux formes carrées et anguleuses du style fasciste.

Annibale Tolotta Pelz fêtait par hasard son anniversaire le premier novembre, juste le jour de la Toussaint! Mais ne croyez pas que l'événement donnait lieu à de grandes festivités; de toute manière c'était un jour de fête; on n'allait pas en classe, le matin l'enfant robuste et souriant qu'était Annibale était amené à la messe à l'église de San Trovaso, où il continuait à sourire et à fureter d'un œil vif dans la pénombre que mouchetaient les lueurs tremblotantes des cierges, observant avec attention les intonations et les gestes du prêtre officiant pendant la cérémonie religieuse afin de les imiter plus tard ; l'après-midi on lui laissait le champ libre et il déambulait dans la ville avec d'autres garçons et filles, errant sans but précis. En ce jour de son treizième anniversaire, lui et ses amis firent halte, la plus longue de leur itinéraire, chez le dentiste.

Le dentiste, *N. H.* Alvise Balmarin, *Nobilis Homo* en tant qu'appartenant à une famille patricienne de l'ancienne République de Venise, avait été le camarade de classe du père d'Annibale, Silvio Tolotta Pelz, depuis le jardin d'enfants jusqu'à la classe terminale du lycée ; il était demeuré fort dévoué à la mère d'Annibale, Tolotta Pelz (née Albiego), et se présentait comme le très délicat dentiste de la famille Tolotta Pelz qui comprenait les trois enfants, Maria Paola et Maria Matilde, sœurs aînées de l'adolescent Annibale.

En outre, Alvise Balmarin demeurait aussi, au moins depuis 1913, date à laquelle naquit sa fille Giovanna, dans un appartement de ce que l'on appelait le palais Bialevski, avec sa femme Caterina (née Sbordoni), sa fille Giovanna, du même âge qu'Annibale Tolotta Pelz, et ses deux fils, Corrado et Osvaldo.

C'est tout à fait spontanément que j'ai nommé Giovanna en premier, même si elle était plus jeune que ses frères. Je cherche à cerner un certain univers de faits et de personnes qui surgissent si souvent dans les propos que nous tenons entre amis le soir, ici, à Dorsoduro où moi-même j'habite depuis des années désormais ; et dans cet univers, Giovanna Balmarin est devenue pour moi une image centrale : une prodigieuse image de sérénité intense et lumineuse, et en même temps, de grande détresse.

J'ai déjà dit que les deux frères aînés de Giovanna se prénommaient Corrado et Osvaldo et j'ai toujours pensé que leur père Alvise, le dentiste, excédé par le particularisme vénitien, ridicule presque, de son propre nom, Balmarin, et par surcroît de ce prénom qui était le sien, Alvise, et loin de se sentir un personnage typique du lieu, avait sans doute choisi pour ses fils ces traductions, disons, de Konrad et d'Oswald, en tout cas des noms se prêtant mal à des « vénitieuseries », comme dirait Ippolito Nievo.

Il existait donc entre ces deux familles demeurant dans le palais Bialevski, les Balmarin et les Tolotta Pelz, divers rapports et même une symétrie manifeste et assez curieuse, une sorte de jeu de *pendants:* du côté des Tolotta Pelz il y avait ces deux filles, Maria Paola et Maria Matilde (respectivement âgées de dix-sept et quinze ans en 1926, toujours si mes calculs sont bons), qui étaient à peu près du même âge que leurs vis-à-vis Corrado et Osvaldo du côté Balmarin ; et à un niveau plus bas (j'entends en âge et en taille) se trouvaient les deux adolescents de treize ans, Giovanna Balmarin et Annibale Tolotta Pelz.

Ces *pendants* qui sautaient aux yeux, étaient pas mal remarqués et raillés par les Rumeurs circulant dans la ville, surtout celles de Dorsoduro, tant ils apparaissaient *chargés d'avenir;* en effet l'aînée des Tolotta Pelz, Maria Paola, *était comme prise d'accès de folie à certaines époques* et alors, d'après ces Rumeurs, *elle s'affublait de vêtements de grossesse que dans sa pensée elle dédiait à Corrado Balmarin* bien qu'il y eût fort à douter que dans son esprit, même en des heures nocturnes, il existât des images de rapports sexuels concrets avec Corrado ou quelqu'un d'autre, suscitées par une imagination désirante.

J'ai commencé cet écrit, d'une manière fortuite, par un Tolotta Pelz, Annibale, mais si je me demande à présent ce qui a constitué ma toute première incitation à cette écriture – images, figures, ombres – je vois avec les yeux de l'esprit s'avancer vers moi, à la tête de tous les autres, les Balmarin. Au cours de ma vie je me suis pas mal penché sur des personnages historiques, j'ai rédigé nombre d'écrits les concernant, j'ai même fait des conférences à leur sujet lors de rencontres internationales ou à l'université, j'ai également exposé des théories plus ou moins vides de sens ; un livre que j'avais écrit autrefois, *Psychologie de l'acte politique*, atteint cette année sa troisième édition revue et corrigée. Je travaillais justement aux révisions et aux ajouts lorsque le quotidien de Venise, que j'achète tous les matins chez le marchand de journaux ici sur les Zattere, annonça en quatre ou cinq lignes la mort d'Alvise Balmarin. Je ne le voyais plus depuis fort longtemps. Il ne devait pas être loin de ses cent ans. La durée de la vie, en particulier à Venise, s'est bien allongée par rapport à autrefois.

Ce fut alors qu'au large de l'océan des souvenirs des vagues surgirent, et ces vagues déferlaient vers moi avec des ondulations, des franges d'écume, et des reflets toujours plus luisants et plus vifs. Je crois qu'il m'arrivait ceci : m'étant trouvé pendant longtemps face à des personnages publics et historiques, une impulsion nouvelle, pénétrée de vigueur et de curiosité, m'entraînait à présent vers un personnage privé, c'est-à-dire non pas « un homme sans qualités », mais bien au contraire, rempli de qualités inexplorées, un homme qui avait été particulièrement et fortement lui-même : un univers donc, un spécimen, choisi par le hasard, ou par une illumination soudaine (il y a des personnes que j'ai mieux « connues » à Venise), parmi les innombrables êtres qui appartiennent à la grande, à l'inépuisable réserve des hommes inconnus de l'Histoire.

Et alors, oh alors ! Penser à Alvise Balmarin signifiait justement avoir en même temps la vision de la jeune fille qui fut le grand amour de la vie de cet homme, sa fille Giovanna. À cette époque qui fut pour nous extrêmement animée et décisive – et décisive pour l'Italie aussi, dirais-je (si je me proposais de rédiger quelque pompeux traité historique, autrement dit le contraire de ce que je suis en train de faire actuellement, il s'intitulerait peut-être *Le royaume d'Italie depuis l'élimination totale des libertés civiles jusqu'au pacte conclu avec l'Église catholique, apostolique et romaine)* – je voyais Giovanna Balmarin par moments, par à-coups, et maintenant chacune de ces rencontres se présente à moi avec intensité, se trouve entourée de tout un frémissement de lumières et d'émotions.

Devant elle, une adolescente de treize ans, j'étais moi-même, disons officiellement, techniquement, un petit enfant. Mais j'étais aussi, selon les Rumeurs, *un précoce intense, dur, compliqué.* Soit dit en passant, je ne fis qu'empirer dans cette même voie lorsqu'à mon tour j'eus treize ans, puis seize ; et Giovanna Balmarin n'était déjà plus une présence physique à l'horizon de Dorsoduro. Mon récit, je le vois, quoi qu'il puisse raconter, sera en définitive par-dessus tout l'histoire de Giovanna.

À treize ans elle était déjà dans la fleur de sa jeunesse, elle s'épanouissait, ouverte au monde et à tous, sans jamais user de tons acerbes ou hautains envers quiconque, fût-ce les *précoces intenses*. Je vois s'entrelacer autour d'elle le réseau de tous les nombreux êtres qui se trouvent liés à son histoire. Plus ce réseau s'étend, plus l'on découvre que des liens les unissent les uns aux autres. Et moi je tenterai d'effectuer des choix, d'élucider, de souder tout cela à l'aide de mon imagination.

Si je ne m'abuse, la porte du cabinet dentaire d'Alvise Balmarin, le père de Giovanna, donnait sur le Campiello Mosca, peu après San Pantalon si l'on prend la direction de la gare, à l'extrémité du Sestiere de Dorsoduro et même aux premiers numéros de rue du Sestiere attenant de Santa Croce.

Le dentiste Balmarin était grand, mince et amical, il avait volontiers le sourire aux lèvres et il marchait d'un bon pas avec une certaine élégance. Le trajet qui le menait de chez lui à San Trovaso, en passant par San Barnaba, San Margherita, avec leurs petits marchés de légumes et de poissons où il connaissait tout le monde, puis par le pont et le Campo San Pantalon, lui était assurément fort agréable, parcours de beautés habituelles et de rencontres, familier mais toujours renouvelé et mouvementé.

Dans l'après-midi de ce premier novembre arrivent donc, à la porte de son cabinet donnant sur la rue, cinq jeunes garçons dont l'âge s'échelonne de sept à dix-sept ans, et avec eux sa chère petite Giovanna. À la tête du groupe des cinq garçons se trouve le gamin que l'on fête, Annibale Tolotta Pelz, qui a exactement l'âge de Giovanna, même si elle a déjà eu ses treize ans en janvier. À cette promenade d'anniversaire d'Annibale se sont joints les frères aînés de Giovanna, Corrado et Osvaldo Balmarin, et nous deux, moi et mon frère

Giuliano, moi bien plus petit que les autres mais, comme je le disais, précoce. Giuliano au contraire était à peu près de l'âge d'Annibale, et donc de Giovanna, mais ils ne se fréquentaient pas beaucoup.

Annibale nous avait cueillis au passage, Giuliano et moi, dans la rue au début de l'après-midi, au Campo San Stin, pensant nous tenter par un projet qu'il avait conçu, celui de se rendre à l'étude de l'avocat Rutigliano, personnage éminent aux origines très complexes, pas du tout vénitiennes contrairement à celles de sa femme (née Marta Alzetta). L'étude Rutigliano, toutes boiseries et archives, fauteuils de cuir et plafonds bas stuqués où venaient jouer des reflets d'eau tremblotants, se trouvait à l'entresol d'un édifice situé sur le Grand Canal à San Samuele. Et le projet d'Annibale consistait à s'y rendre pour s'amuser avec les machines à écrire et les téléphones, dactylographiant des lettres bidon et donnant à des gens respectables des coups de téléphone fantaisistes et alarmants. Les choses tournèrent plutôt mal, on ne nous admit même pas au-delà de la porte du jardin qui constituait l'entrée donnant sur la rue à l'arrière de l'immeuble. Sans doute le personnel de l'étude avait-il conservé le souvenir d'une visite précédente d'Annibale qui, s'étant présenté avec ses petits amis, s'était débrouillé pour s'installer devant le téléphone personnel de Rutigliano alors absent, et avait répondu à plus d'un appel en annonçant la mort de l'avocat survenue « la semaine dernière à New York ».

L'accès à l'étude Rutigliano lui étant interdit, Annibale Tolotta Pelz eut alors une idée du reste pas nouvelle du tout, celle précisément de se rendre au cabinet dentaire d'Alvise Balmarin pour jouer avec le tour à pédale à la place des téléphones, anticipant toute une mise en scène de film comique, avec des interventions chirurgicales déchirantes dont Giovanna et même Corrado et Osvaldo seraient les victimes, immobilisés dans le grand fauteuil de dentiste, la bouche bien ouverte et poussant des hurlements.

« Rien que d'y penser j'ai envie d'éclater de rire », ajoute le jeune Annibale, un peu surexcité.

Corrado et Osvaldo réagissent d'un air sombre : « Nous en revanche, pas du tout. »

En fait, plus âgés que les autres, leur humeur balançait entre une docilité ennuyée et la présence accablante et continue du désir amoureux, chaste et solide chez Corrado, bien plus décidément érotique chez Osvaldo. Les deux jeunes gens s'étaient laissé entraîner dans cette promenade par leur petite sœur Giovanna, certains qu'ils étaient d'y voir aussi les sœurs aînées du jeune garçon fêté, Maria Paola et Maria Matilde Tolotta Pelz ; alors que les deux jeunes filles s'étaient rendues au Lido, à l'école d'équitation.

Avec des nuances et des degrés différents dans la mélancolie, Corrado et Osvaldo se figuraient leurs vis-à-vis du jeu des *pendants*, égarées, chevauchant sur la plage aussi débraillées qu'un Lord Byron, elles toujours si soignées et qui avaient une telle tenue, à présent au contraire tout échevelées par le vent, ils avaient l'image d'une mer automnale déserte, froide et houleuse, avec de grosses ondulations d'écume blanche, et sur le rivage les deux belles bien en selle, insaisissables.

Osvaldo Balmarin fait une tentative : « C'est un jour de fête, Annibale, je ne parle pas de ton anniversaire mais de la Toussaint, je suis sûr que papa est resté chez lui aujourd'hui, il n'est pas à son cabinet. »

Le petit Annibale est doté d'une voix robuste, pénétrante : « Au contraire Osvaldo, au contraire ! Ton père choisit de telles occasions pour recevoir calmement des patients de marque, parmi lesquels ma mère, figure-toi, Osvaldo ! »

On ne comprenait jamais si le gamin parlait vrai ou jouait la comédie. Osvaldo grommelle quelque chose, assombri. Il flanquerait bien une rossée au gosse, mais il est paresseux.

Tout le long du chemin depuis San Samuele, à travers San Vidal et le pont de l'Accademia, et puis San Barnaba et Santa Margherita, San Pantalon, l'humeur sombre du duo Corrado-Osvaldo se fait visiblement de plus en plus maussade et atteint son paroxysme devant la porte du cabinet dentaire lorsque Annibale se pend au cordon de la sonnette ; et juste au moment où la porte s'ouvre, les garçons Balmarin, se rendant compte de la perspective d'ennui insupportable qui se dresse devant eux, haussent les épaules et tournent les talons, entraînant avec eux, gras et docile, mon frère Giuliano. Giovanna et Annibale haussent les épaules à leur tour et me prennent par la main entre eux deux.

Voici donc Giovanna et Annibale qu'on a laissés seuls, avec moi au beau milieu, beaucoup plus petit, et étranger en quelque sorte car nos six ans de différence jouaient à l'envers, compte tenu de ma précocité généralement ressentie, j'en étais certain, comme une maladie un peu rébarbative qui devait me donner l'air de trouver leurs divertissements ridicules et ennuyeux. Mais ce fut à ce moment même que je m'aperçus de quelque chose, je veux dire que jusqu'à cet instant précis je n'avais jamais vu vraiment Giovanna.

Sa tête, d'une rondeur remarquable, bien plantée sur le cou, était encadrée, ou plutôt accompagnée, prolongée, par une coupe de cheveux *à la garçonne,* et cette rondeur était en harmonie avec celle des épaules et de tout le reste ; elle avait des yeux taillés en amande, bien grands, d'un vert-or dirais-je, et une façon de regarder, sereine et contente, avec un sourire qui soulignait son regard et qui, dans la simplification des images à présent, me fait revoir sa bouche presque comme une ligne horizontale, mince et vive ; puis elle se mettait à parler et aussitôt ses lèvres devenaient colorées et charnues ; tout au long du chemin elle s'était montrée fort loquace, s'adressant surtout aux autres ; ici, elle laissa tomber ma main pour me dévisager, ne cessa pendant de longs moments de m'envelopper de son regard chaud, et inaugura un dialogue entre nous par une question qu'elle me posa lentement, avec douceur, de sa voix légèrement rauque :

« Toi, qui es-tu exactement ?

– Son frère. » D'un signe de tête j'indiquai Giuliano qui s'était déjà éloigné, nous tournant le dos.

« Je sais ça, je le sais bien, mais toi tu es beaucoup plus futé.

– Pourquoi ?

– Et plus beau !

– Pourquoi ? » Je ne savais que dire d'autre.

« Bien plus beau ! »

Je ne pense pas avoir oublié la sensation que j'éprouvai devant ce visage et ces mots : une grande tristesse, inexplicable, mais à la fois, comment dire, exubérante, nourrissante. S'apercevant de mon trouble, Giovanna me prend par les épaules et je sens ses lèvres douces effleurer ma joue d'un baiser.

À cette époque j'avais déjà été pas mal embrassé par Matelda Kraus, désormais une vieille amie qui nous loue un appartement ici sur les Zattere, mais qui était alors une enfant de deux ans mon aînée. Nous deux, on avait échangé des baisers sur la bouche, des baisers déjà passablement élaborés et pleins de saveur. Avec la jeune Balmarin, après le baiser, nous échangeons des regards, en silence maintenant, et de nouveau la main dans la main nous pénétrons à l'intérieur de la maison, il commence à faire nuit, le vestibule au rez-de-chaussée est peuplé d'ombres. C'est une pièce assez exiguë, au plafond bas garni de poutres, au pavement de tomettes de terrasse humide, pourvue de sièges anciens au bois patiné, et dont les dossiers, semblables à des chevets de lit, reposent contre les murs blancs tachetés de salpêtre.

Le cabinet est à l'entresol, et notre trio grimpe les quelques marches de pierre d'une volée d'escalier que parcourt un tapis de feutre rouge bien tendu et maintenu par des tringles de laiton qui miroitent comme des trompettes ; le tout baigné d'une lumière de lampadaire chaude et vive, la porte du cabinet est ouverte, encadrant l'infirmière que tout le monde appelait Minerva : c'était une jeune montagnarde, grande et droite, aux seins et aux hanches d'une certaine opulence, avec des yeux bleus pleins de gentillesse et de désir. De l'intérieur, des trépidations de tour et des effluves médicamenteux suscitent une légère panique.

« Ayez l'amabilité de nous annoncer au comte Balmarin, dites, je vous prie, Annibale Tolotta Pelz, avec deux amis.

– Allez Annibale, arrête de faire le pitre, même si c'est ton anniversaire.

– M'est avis que la grappa vous a rendue un peu pompette, signora Minerva.

– Cesse Annibale, nous n'avons guère de temps à perdre ici, tu sais !

– Entendez-vous me dire que l'antichambre du cabinet de torture se trouve déjà bondée de patients ? » Mais arrivé à ce point, Annibale hausse les épaules, abandonne l'idée, tel un acteur après une réplique qui tombe à plat. Presque aussitôt il s'enflamme de nouveau tout en emboîtant le pas à Minerva, avec Giovanna et moi qui suivons derrière, et se met à déclamer D'Annunzio d'une voix de fausset : « Vous ne m'aimez guère et je ne vous aime pas davantage, pourtant une certaine douceur flotte dans notre vie... »

Minerva nous introduit dans le petit salon d'attente tout en nous avertissant : « Pour l'heure, le docteur n'a que le comte Passina mais il attend d'autres patients, la femme de l'avocat Rutigliano et tiens Annibale ! ta maman aussi. Dis-lui donc Giovanna, que ton papa n'aime pas tellement que vous fassiez irruption de la sorte dans son cabinet. »

« Mais non, mais non », entend-on protester de sa voix harmonieuse et accueillante Alvise Balmarin lui-même, émergeant de son cabinet avec le comte Passina, la bouche toute de travers après l'intervention du praticien. Grand et souple, le dentiste dans sa blouse blanche flottante contraste avec son patient, visage crayeux comme ses mains qui sont petites, bouc gris bien taillé, corps menu, la peau sur les os, desséché, calcifié, dans une jaquette à queue de pie noire et un pantalon également noir ; c'est lui qui prend la parole bien que sa langue trébuche de temps à autre dans sa bouche qu'on vient de malmener.

« Grosses bises à Anniba'e qui fête son annive'saire aujourd'hui, et à Giovanna », puis voici mon tour, « et à Gio'getto aussi, au petit Pa'tibon ».

Je corrige en articulant mon nom d'un ton irritant: « Giorgio Par-ti-bon.

– Tais-toi donc, tu vois bien que ma bouche est en piteux état, non ? » Entre-temps il distribue ses baisers, inondant le groupe de parfum dentaire. Il portait encore le deuil strict de son fils Diomede, mort un an et demi auparavant dans un célèbre accident de motocyclette.

On nous fait asseoir, nous formons un cercle dans le petit salon d'attente du cabinet dentaire. Je ne saurais dire à présent si c'est tout de go que le comte Passina a commencé à parler de son fils Diomede, mais il est fort probable qu'à la suite du choc subi par cette mort soudaine, il lui arrivait d'agir ainsi, automatiquement, à n'importe quel moment et sans aucun rapport avec la conversation en cours.

« À la guerre, mon Diomede était dans les Arditi. Des troupes d'assaut. Il bondissait hors de la tranchée le poignard entre les dents et les grenades à la main. »

Bien des fois Annibale Tolotta Pelz a vu défiler dans sa fantaisie l'image de cet Ardito au combat ; s'il avait été chez lui avec des amis, il se serait mis à chanter à tue-tête ; ici il chantonne mentalement : « Maman ! ne pleure pas si l'ennemi avance, ton fils est vaillant et valeureux », et entre-temps Passina poursuit :

« Mais il s'en était tiré. Mon Diomede. Tiré vivant de la guerre. Et puis mort à motocyclette l'an dernier. » Silence dans la pièce. C'est comme un rite qui doit s'accomplir jusqu'au bout. « Le 16 avril de l'an dernier. » Il baisse sa petite tête chauve, ossue, et marmonne : « Ardito, le poignard entre les dents, mais lui, cependant », il hausse le ton et lève la main, paume à l'extérieur comme pour repousser toute objection, et on perçoit dans ses yeux pâles, dans sa voix, dans ses lèvres martyrisées, un suprême effort de fureur, « lui, et dressez l'oreille, vous autres enfants, et toi aussi Minerva écoute, toi qui l'as connu et qui l'aimais bien, lui Diomede, n'était nullement devenu une canaille fasciste, pas le moins du monde, et pour Nini, pour Clelia (la mère et la sœur aînée du défunt ; la mère, Marina surnommée Nini, était une grande amie de ma grand-mère), et pour moi-même, personne ne nous ôtera de l'idée qu'on a voulu le supprimer. Un attentat.

– Mais non, mais non, Antonio.

– Un guet-apens Alvise. Ils ont surgi du fossé pour le tuer.

– Tu sais bien, Antonio, que le pauvre Diomede filait à toute allure sur cette moto et c'est comme ça qu'une fois, que veux-tu, il est mort sur le coup. »

Passina, hagard mais calme, fixe sur Alvise Balmarin le regard d'un délirant à qui l'on vient d'administrer une piqûre à forte dose : « Tu crois Alvise ? C'est douloureux. »

Je ne saurais dire si ce fut à cet instant précis que l'on entendit retentir la sonnette de la porte d'entrée, peut-être ai-je tendance dans ma remémoration à amalgamer des moments différents ; toujours est-il que je vois entrer dans le petit salon d'attente le duo Corrado-Osvaldo, essoufflé, avec mon frère Giuliano qui déjà tout gosse était un être taciturne, un bon lourdaud. À la vue de ses fils Alvise sourit ; il affectait de les considérer ni très divertissants, ni d'une intelligence très vive ; n'empêche qu'il les suivait avec satisfaction en tant qu'entités physiques bien réussies et les traitait avec une grande et affectueuse indulgence ; en revanche, il ne cachait nullement la prédilection immodérée qu'il avait pour sa fille Giovanna. Cette fois les deux garçons ont un air plus intéressant qu'à l'accoutumée et leur père lève vers eux ses yeux protubérants, les paupières mi-closes, dans une pose d'attente.

Ils s'adressent directement à Annibale Tolotta Pelz et le questionnent comme à un examen : « Toi qui connais tous les mots, sais-tu ce que signifie *lyncher* quelqu'un ? »

Annibale réintègre la réalité, redevient le garçonnet qu'il est : « Ça signifie, comment dire, tuer, mais tuer d'une mauvaise façon, je ne sais pas moi, il me semble. »

Passina intervient, soudain fort alerte et faisant autorité : « En matière d'assassinat je suis à même de vous donner une foule de détails. De première main. »

Néanmoins c'est un fait connu, Alvise Balmarin le sait, et tout Dorsoduro et toute la ville le savent comme lui, il est difficile de faire crédit à ce qu'avance le comte, vu que selon certaines Rumeurs et même aux dires des spécialistes *son esprit est obnubilé* en raison de la mort de son fils, mort qu'il revit depuis dix-huit mois à chaque instant de chaque journée.

Alvise pousse un soupir : « Que veux-tu dire par là, Antonio ?

– Lorsque je suis venu ici, je ne t'ai rien dit de ce que m'a communiqué Medin, Carlo Medin, le rédacteur en chef de *La Gazzetta*, que j'ai rencontré sur le Campo Sant'Angelo. Car dès que je suis entré ici, tu m'as cloué sur le fauteuil d'emblée, me forçant à ouvrir la bouche pour introduire tous tes maudits instruments en me paralysant les mâchoires, et ensuite, avec ma bouche démolie, je n'ai plus pu te dire.

– Me dire quoi, Antonio ?

– Les éléments nouveaux et précis au sujet de l'attentat.

– Ce n'est tout de même pas l'histoire du pauvre Diomede que tu as encore dans la tête par hasard ?

– Non. De Diomede ? Non. Je parle du prétendu Duce. On a encore attenté à sa vie, cette fois à Bologne, c'est-à-dire qu'un individu a tenté de l'abattre, un jeune garçon de 15-16 ans qui porte un nom tiré de la mythologie grecque, attends un peu… Anteo ! Et cet Anteo a été *lynché* sur place. » Il fixe d'une manière péremptoire les jeunes gens Balmarin qui sont entrés en scène par cette question qu'ils ont posée.

« Mais Antonio, tout le monde le sait, ça ! Il y a même eu quelque chose hier soir, sur la Piazza.

– Je sais bien que tu le sais, Alvise, mais tu ignores les détails. » Et les détails de déferler de sa bouche déformée, le comte Passina perd de nouveau au passage quelque consonne liquide en même temps que sa salive : « Quato'ze coups de poignard et des signes manifestes d'ét'anglement. Depuis le moment où le coup est pa'ti et, inutile de le rappeler, n'a pas atteint sa cible, jusqu'au moment de la mort de l'auteur de l'attentat, se sont écoulées une minute et demie d'ho'loge, une minute et demie, quat'e vingt-dix secondes. »

L'année qui, à Venise, avait commencé par une forte secousse sismique, fut aussi en Italie celle des attentats dont le troisième et dernier en date avait été perpétré par ce jeune garçon de 15 ans : attentats à la vie du Premier ministre Benito Mussolini qui avait alors 43 ans. Le président des États-Unis, Calvin Coolidge, en avait 54. Adolf Hitler était âgé de 37 ans et Joseph Staline de 46. À Venise, Ruggero Ruggeri jouait *Hamlet* au Théâtre Goldoni et l'illusionniste Uferini se produisait sur la scène du Théâtre Malibran dans *Mystères et miracles;* au cinéma Rossini et à l'Olympia on donnait *La Poupée française* avec Mae Murray et *La Danseuse espagnole* avec Pola Negri. Le comte Passina promène son regard de l'un à l'autre des jeunes gens Balmarin, Corrado et Osvaldo, tous deux bruns et aux cheveux brillantinés creusés d'une raie profonde, en pantalon « à la zouave », Corrado au milieu, Osvaldo à gauche ; le comte les a toujours trouvés, et il n'est pas le seul parmi les Rumeurs locales, *passablement insipides, n'ayant rien de la verve ni du chic disons même un peu putains sur les bords de Caterina, leur mère, heureusement qu'il y a aussi la petite, Giovanna,* et il se lance dans l'explication :

« Lynché signifie dépecé, mis en pièces, par une horde d'individus qui demeurent anonymes, *natu'elle ment.* C'est moche Alvise, Minerva, les enfants, c'est très très moche. » Ses lèvres en tremblent. Il extrait son mouchoir de sa poche et crache dedans, montre le résultat à Alvise, l'accusant : « Tiens, regarde ça, bigre mais c'est du sang, regarde ! »

Giovanna est assise tout près de lui et de ses grands yeux vert-or elle l'observe avec une curiosité et une stupéfaction si intenses qu'elles semblent une espèce de joie. Le comte lui fait un peu peur et en même temps elle a envie de l'embrasser, ce vieillard, ce squelette vêtu de noir et qui semble souffrir pour tout le monde ; qu'importe qu'il parle de choses vraies ou qui ne le sont pas, de faits qui ont eu lieu ou non, car le mot même de « faits » ne dit pas grand-chose. En quoi consistent les faits et où se passent-ils ? *Qui fait les faits ?* Et en quoi les faits affectent-ils les gens réunis ici, assis en rond, avec leurs visages quotidiens, qui un moment plus tôt avaient le sourire et ne savent plus quoi dire à présent, ne savent décider quelle attitude adopter devant ces faits étrangers, intrus ? Une seule chose demeure certaine pour Giovanna et Annibale, le héros de la fête : la journée tire décidément à sa fin, il fait nuit, l'heure du dîner approche.

Séance de soins dentaires

À cette époque nous demeurions à San Tomà, de sorte que dès le Campo San Pantalon je nous vois, mon frère Giuliano et moi, tourner l'angle et nous diriger par là, laissant les autres poursuivre par Santa Margherita, San Barnaba, le Sottoportico du Casino dei Nobili, la Toletta, je vois Annibale à la tête du groupe qui s'en va bras dessus, bras dessous avec Giovanna tout en se mettant à chanter « moi je t'aime et n'aspire plus à rien puisque tu m'as tout donné », et Passina qui le réprimande « tais-toi donc Anniba'e on dirait un ivrogne », et qui abandonne les jeunes gens au Ponte delle Maravegie, s'acheminant vers sa demeure à San Vio, il n'était pas du genre à les raccompagner chez eux, du reste ils habitaient tous dans le palais Bialevski à San Trovaso non loin de là.

Pendant ce temps, à l'entresol du Campiello Mosca où l'atmosphère plus habituelle de cabinet dentaire a succédé à celle de salon-où-l'on-cause, nous voyons, seuls pour le moment, Alvise Balmarin et son infirmière Minerva.

« D'abord l'Anglaise cinglée en avril, ensuite le jeune anarchiste venu de France en septembre », rappelle Minerva, évoquant les attentats précédents contre le Premier ministre Mussolini, tandis que le dentiste est installé sur un siège, jambes écartées, ses belles mains posées sur ses genoux, tambourinant de ses doigts effilés bien tendus. Minerva se tient debout devant lui. Il la dévisage de bas en haut, sans mot dire.

Alvise Balmarin a un grand nez « aristocratique », des lèvres d'une mobilité expressive, bien tracées, bien appuyées sur le menton qui peut paraître un peu fuyant à certains moments lorsque, comme à présent, il allonge son cou, accentuant le relief de la pomme d'Adam, pour lever sur son infirmière ses yeux saillants.

« Et hier, conclut Minerva, cet enfant, lynché. »

Alvise murmure, en l'air: « Ce sont des horreurs, Minerva, des horreurs. »

En tant que médecin-officier pendant la guerre, il avait justement vu un grand nombre d'horreurs et depuis lors, on eût dit qu'il essayait non seulement de ne plus en voir, mais même de ne pas en entendre parler. Diomede Passina, l'ancien Ardito, s'en était tiré pour se tuer ensuite à motocyclette, mais pas Scarpa Ulderico ou Favarè Emilio, qui avaient succombé à leurs blessures, tous deux d'anciens camarades de classe à l'école primaire. Lui-même, Alvise Balmarin, avait amputé Scarpa de ses deux jambes quelques semaines avant que la mort ne vînt le libérer; Favarè était devenu complètement aveugle peu avant la fin. De petits squelettes à présent, des rien-du-tout, gisant dans quelque cimetière militaire. Alvise éprouve encore de l'affection à leur égard, des regrets, tous deux lui manquent, jeunes gens assez quelconques, pleins de gaieté, de désirs. Le téléphone sonne.

« Vous verrez que c'est la chère dame Rutigliano qui se décommande encore, anticipe Minerva sans se tromper.

– Tant mieux. » Mais presque aussitôt des coups de sonnette répétés retentissent à la porte d'entrée. C'est sans doute la maman d'Annibale, Elvira Tolotta Pelz, et Alvise va la recevoir sur le seuil tandis que Minerva s'affaire dans la salle des soins.

« Elvira ! » Le dentiste arbore une expression d'agréable surprise, tout en parvenant à glisser dans son timbre de voix haut et nasal une note de tristesse ; en effet, deux semaines plus tôt est survenu le décès de Sœur Angelantonia, une religieuse qui était la grand-tante de Silvio Tolotta Pelz, le mari d'Elvira, et cette évocation commémorative prendra le pas, espère Alvise, sur l'affaire du lynchage.

En attendant il lui dit, joyeux : « Pense donc Elvira, il y a juste un moment ton fils Annibale se trouvait ici. »

Sœur Angelantonia était une religieuse cultivée, c'est elle qui, si mes souvenirs sont bons, avait préparé mon frère Giuliano à sa première communion ; quant à Elvira Tolotta Pelz, je l'ai bien présente à l'esprit. Elle a toujours eu des yeux d'un bleu extrêmement clair, presque ceux d'une albinos eût-on dit, des yeux non pas vides et apeurés mais comme à la recherche constante et vaine d'un sens, d'un ordre clair et définitif à attribuer aux choses et aux gens, et comme un tel ordre n'existait guère, les gestes et les propos de cette belle femme blonde, plus grande que Silvio son mari qui, toutefois, passait à Dorsoduro pour être *le type du chef de famille qui dicte sa loi à l'allemande* avaient toujours quelque chose de fragmentaire et de provisoire ; on eût dit qu'avec ses yeux si clairs elle vous regardait sans vous voir, et on était frappé par le contraste entre le ton net de femme du monde et la teneur des propos qu'elle formulait sous la forme de petites questions reflétant le doute : « Non ? n'est-ce pas ? tu ne trouves pas toi aussi ? » et en même temps, ses mains s'agrippaient l'une à l'autre, esseulées, perdues.

« Je sais bien qu'Annibale était ici, pour jouer n'est-ce pas ? Comment le trouves-tu Annibale ? Il est si beau garçon, robuste aussi, non ? Tu dois l'excuser, c'est son anniversaire.

– Tu plaisantes ! Au contraire, je l'aime de tout cœur Annibale, répond Alvise dans le vague.

– Silvio aussi aime tellement tes enfants Corrado et Osvaldo.

– Ah ? Peut-être bien.

– Quant à ta petite Giovanna, tout le monde l'adore, pas vrai ? »

Elvira était presque de la taille d'Alvise et, à cet homme juvénile au crâne passablement dégarni, sec, aux façons et aux gestes dégagés – il actionnait le tour à pédale avec une assurance attentive et légère – il suffisait de se pencher légèrement pour l'embrasser.

« C'est la première fois que nous nous voyons, peut-on dire, après les obsèques de la pauvre Sœur Angelantonia, et même alors je ne t'ai vue qu'en coup de vent.

– Tu veux dire qu'en ce moment c'est la première fois que nous nous trouvons tous deux seuls, Alvise ? » Longue pause. « Angelantonia était une femme très heureuse, n'est-ce pas ? Tu ne trouves pas Alvise ? Moi si. »

La voilette, dont le mince tulle est quelque peu rêche sous la pression des lèvres d'Alvise sur les joues fraîches d'Elvira, donne plus de saveur aux baisers. Elle porte une fourrure noire, souple, encore humide du brouillard nocturne et Alvise, après les baisers, penche un peu la tête, appuie sa joue sur son épaule, presque sur son sein. Ce ne sont plus vraiment des condoléances, il s'en aperçoit et dit dans un souffle : « Excuse-moi Elvira. »

Elle caresse sa belle tête, la mince couronne de cheveux qui entoure sa calvitie, l'effleure d'un baiser léger. Les choses n'allaient pas plus loin, semble-t-il. Je crois que somme toute, dans la vie d'Alvise, les faits les plus importants avaient été ses rapports avec les femmes – son épouse Caterina conservant toujours la primauté –, et à l'égard d'Elvira, le sentiment tacitement convenu depuis des décennies devait être celui *d'une passion respectueuse.*

Elvira demande sur un ton neutre : « T'excuser de quoi, Alvise ? » Puis, dans un registre plus haut et plus assuré : « Tu as entendu, on a identifié le garçon qui a voulu tuer Mussolini ; mais j'y pense, toi, non ? »

Alvise lui passe délicatement la main sous l'aisselle et la dirige vers la petite salle de soins ; là il ne la quitte pas des yeux tandis qu'elle relève sa voilette, dévoilant son beau visage clair ; le grand fauteuil de métal et de cuir brille de tous ses instruments prêts à servir.

« Tu ne dis jamais rien, Alvise, tu es si différent de Silvio ! Lui, comment dirais-je, il s'occupe des choses, toi au contraire pas du tout !

– Nous étions ensemble au jardin d'enfants, de sorte que tu penses si je le connais, Silvio ! C'est un genre différent et puis c'est un homme éminent lui, il préside la commission historique pour la Haute-Vénétie, il est conseiller pour les cimetières, on le photographie aux côtés du roi à l'inauguration de la Biennale, il est le président des bienfaiteurs de l'ordre de Sainte-Mathilde… »

Elvira, bien calée dans le grand fauteuil, lui jette un coup d'œil soupçonneux.

« Et il fait des conférences à l'Ateneo, imbues de transcendance et d'élévation de l'âme, comme Fogazzaro, comme Emerson, comme le sénateur Fradeletto. »

Elvira, la tête déjà appuyée contre le dossier du fauteuil, bouche ouverte et mâchoires fixes, se redresse pour répliquer : « Il n'en a fait que trois, de conférences, Silvio cette année, et tout ce que tu racontes là, les bienfaiteurs, les conseils, tu te plais à les inventer Alvise, n'est-ce pas ? n'est-ce pas ?

– Et puis par exemple, les religieuses de Sainte-Mathilde forment un ordre cloîtré, mais lui Silvio, il fait en sorte d'avoir accès à leur salon, elles lui préparent un excellent café, elles tricotent pour lui, lui font des chandails, des chaussettes de laine. Ouvre de nouveau la bouche s'il te plaît. »

La signora Tolotta Pelz reprend sa position, la bouche grande ouverte. Ayant choisi avec soin les précelles adéquates, Alvise les brandit dans l'air un instant avant de s'en servir, à l'instar du portraitiste mondain jouant du pinceau. Il examine la molaire cariée puis se sert de la fraise, actionnant le tour un peu à la manière d'un danseur ; dans le silence on n'entend que ce bruissement ; il travaille précautionneusement, au premier cri d'Elvira il s'interrompt.

Libérée, elle pousse un grand soupir et annonce d'une voix haute mais sans relief : « Le Duce est sain et sauf, vive l'Italie.

– Elvira !?

– Cela m'a traversé l'esprit. C'est le télégramme que son altesse royale la duchesse d'Aoste a envoyé au Premier ministre Mussolini l'été dernier, lors du précédent attentat. N'est-ce pas ?

– Tu n'es jamais sûre de rien, Elvira.

– Les Savoia se sont désormais tous embarqués dans le vaisseau fasciste, non ?

– Eux aussi ? » On eût dit que ces Savoia avaient décidé de se joindre à des amis pour partir en croisière.

« Que te dire ! C'est ce qu'Antonio Passina affirmait à Silvio l'autre soir.

– Sais-tu qu'il était ici, il y a quelques instants.

– Qui ça ?

– Passina. J'ai l'impression que toute dame à la cour que soit sa femme, lui-même est quelqu'un qui ne s'est pas embarqué.

– Passina postillonne lorsqu'il parle mais sa bouche est si propre qu'on y accorde moins d'importance, non ? »

Alvise se souvient du crachat de sang et se tait. D'une pression du bout de son majeur sur le menton d'Elvira, il l'empêche de parler, lui ouvrant de nouveau la bouche et actionnant le tour. Au premier cri d'Elvira il arrête sur-le-champ. Prenant la sonde, il examine le travail exécuté, approuve d'un signe de tête.

« C'est bien. Tu es courageuse.

– Eh non Alvise, je ne suis pas vraiment courageuse. J'éprouve toujours comme une sorte de peur, Alvise. » Elle le fixe, avec tout ce qu'elle peut mettre d'interrogateur et d'implorant dans le regard de ses yeux blancs et immobiles. Le ton neutre, automatiquement mondain, semble mieux lui convenir : « Tu as entendu ? Maintenant on veut instituer la peine de mort en Italie, paraît-il. Silvio disait hier soir qu'il y a même un certain temps qu'on en parle.

– Reviens la semaine prochaine, Elvira, et nous terminerons cette dent. »

Quelqu'un d'anti-historique

Bien différente en tant que patiente, Marta Rutigliano non seulement ne se rendit pas au cabinet Balmarin en cette fin d'après-midi mais continua à se décommander de jour en jour et même de semaine en semaine. Je suis certain qu'elle remettait ainsi ses rendez-vous non pas en raison de la terreur que lui inspirait le fauteuil de dentiste, et guère pour manquer grossièrement de ponctualité selon l'habitude de certaines gens en vue et bien nantis ; il y avait d'autres motifs, que les on-dit courant sur son compte répercutaient dans la ville, *Marta Rutigliano s'occupe de tant de choses, et puis elle lit beaucoup;* récemment ses efforts avaient porté surtout sur leur changement de logement, *ils ont quitté San Cassian et vont s'installer à Dorsoduro;* ils avaient fait l'acquisition de deux étages dans un palais d'une certaine importance, situé dans la zone entre San Vio et San Gregorio.

Comme je l'ai déjà mentionné, on pouvait attribuer à l'avocat Pericle Rutigliano, le mari de Marta, de multiples origines. Son passé comprenait par ailleurs une période écoulée aux États-Unis et une première épouse qui y était restée et s'était remariée. De ce premier mariage Pericle avait eu une fille, Polly, que l'on voyait à certaines époques à Venise se promener sur la

Piazza ou aux Zattere, une jeune fille brune, maigrelette et extrêmement attrayante ; de sa seconde femme, Marta, une Vénitienne née Alzetta, il avait eu un fils, Leonardo, ce Léo Rutigliano assez connu et qui s'était caractérisé parmi les jeunes de sa génération à Venise. Depuis la fin de la guerre il se trouve au Brésil. Pericle était grand officier de la Couronne d'Italie, je crois qu'il était avocat-conseil, avec un chiffre d'affaires musclé, et un physique de même, considéré au demeurant par d'aucuns comme une figure louche encore qu'auréolée de prestige.

De toute manière j'ai la certitude que Marta Rutigliano ne se servait nullement de ce prestige, et qu'elle s'occupait de sa nouvelle demeure non point en vue d'accuser un triomphe économique et mondain, mais *afin de s'assurer que tout y serait authentique et de bon goût.* Fille d'un fonctionnaire de médiocre importance qui avait eu de bonnes lectures et une mort prématurée, Marta avait passé plusieurs années à Padoue, la ville de sa mère, y avait obtenu le diplôme d'institutrice de l'École normale, et avait enseigné pendant un certain temps à l'école primaire, remportant de brillants succès. C'est à cette époque qu'on vit arriver, non pas directement d'Amérique mais plutôt des Abruzzes semble-t-il, Pericle Rutigliano qui, projetant d'étendre ses activités dans le nord du pays, avait jeté son dévolu sur Padoue où il installa une étude qui devait se révéler prospère. Il avait déjà divorcé de son épouse américaine, et comme de temps à autre la garde de sa petite Polly lui était confiée, il entendait lui faire perfectionner l'italien. Et voici que la renommée éclairée de Marta Alzetta la mena sur la scène Rutigliano en qualité d'enseignante privée, et *de fil en aiguille, une chose en a entraîné une autre, mais elle a posé comme condition absolue le transfert à Venise,* sa propre ville, qu'elle *sentait profondément.* Ici ils demeurèrent d'abord dans une maison près du Rialto et de la Pescheria, et maintenant ils passaient à une résidence plus appropriée, à Dorsoduro.

De son côté, Alvise Balmarin ne faisait rien pour solliciter les visites de Marta Rutigliano et les rendre plus fréquentes. Mais de toute manière, il finit par la voir à plusieurs reprises, vu le nombre et l'importance de ses caries dentaires, toujours plus douloureuses.

Marta était une femme ni grande ni grosse, mais au visage large plutôt fort, pommettes saillantes et yeux obliques un peu à la slave, cheveux coupés court, non selon les exigences de la mode mais parce que c'était plus pratique ; on disait d'elle *qu'elle s'habillait à l'anglaise,* et Edoardo Bialevski ajoutait le verdict : *elle a le corps d'une bonne joueuse de golf ;* de toute manière un physique peu voyant mais bien constitué et désinvolte, sobre et bien taillé, comme l'étaient les vêtements que portait d'ordinaire la signora Rutigliano.

Alvise Balmarin devait probablement la connaître depuis son adolescence vénitienne, peut-être même avaient-ils échangé quelque baiser léger, quelque caresse joue contre joue, au cours des bals que l'on organisait en famille dans les beaux salons à l'ancienne avec leurs jolis tableaux et les terrasses reluisantes dont même les maisons peu cossues étaient pourvues. De retour à Venise en tant qu'épouse de maître Rutigliano, Marta avait revu Alvise Balmarin parmi les premiers de ses anciens camarades d'adolescence, comme ami plaisant et comme dentiste qui, dans l'intervalle, s'était fait un nom, ayant même séjourné quelque temps à Londres en vue de se spécialiser.

Mais toutes les fois qu'elle devait venir à son cabinet, le dentiste ressentait quelque appréhension. D'une façon générale, il s'était accoutumé à ce que l'on écoute ses propos avec légèreté, des propos flous, un tantinet inventés, considérés par la plupart comme étant assez spirituels, et qui concernaient son entourage le plus immédiat tels ses voisins Tolotta Pelz, ou les frères de sa femme, Ezio et Marcello, ce dernier mutilé de guerre, tous deux connus surtout pour être des fascistes d'un militantisme à toute épreuve ; pour le reste, il écoutait les autres sans s'engager personnellement, et il différait tout commentaire jusqu'aux instants pleins de rire, d'amour et de chamailleries qu'il connaissait avec sa femme Caterina qui, pour sa part, ne suivait pas trop ce qu'il disait, se bornant à le contrer d'une manière vague et fort vive, ou lorsqu'il serrait dans ses bras sa petite Giovanna qui buvait ses paroles et se les appropriait avec délice, ou lorsqu'il se rendait au dernier étage de l'immeuble pour dire bonjour à son vieil ami et propriétaire Edoardo Bialevski, ou encore lorsqu'en rentrant chez lui, il s'arrêtait à San Barnaba chez des amis comme le professeur Berg et sa femme pour un brin de causette aisée et fluide, sachant qu'ils l'écouteraient dans la joie. Il lui arrivait aussi quelquefois de parler tout seul ou de s'isoler dans les vastes espaces de ses pensées.

Et voici qu'en revanche Marta Rutigliano s'entendait à vouloir le bloquer dans des dialogues astreignants, là même, sur place. Ses yeux, du même châtain que ses cheveux, fixés sur lui avec attention, exigeants, cette bouche assez grande et cette façon de pointer l'index en posant des questions, constituaient un ensemble de choses qui l'incommodaient considérablement. Arrêter son flot de paroles en lui immobilisant le menton d'un petit coup de son majeur une fois qu'elle était installée dans le fauteuil, se révélait être bien plus difficile qu'avec Elvira Tolotta Pelz ou d'autres patients; Marta avait toujours ce sourire plein d'assurance et ces entrées en matière modulées mais péremptoires: «Je voudrais tant m'entretenir un instant avec toi au sujet d'une chose, Alvise», qui étaient aussitôt suivies, telle une multitude d'épouvantails tous différents les uns des autres, par les divers grands thèmes du moment, les mauvaises humeurs présumées entre le gouvernement fasciste et le Vatican, celles plus proches et plus directes entre Caterina Balmarin et son amie et voisine Elvira Tolotta Pelz, les conférences qui se tenaient à l'Ateneo sur la doctrine de l'État corporatif, le mauvais goût mesquin de ceux qui inondaient l'ameublement familial de faux XVIIIe, l'entrée de l'Allemagne à la Société des Nations, les propres soucis de la famille Rutigliano quant à l'installation dans un palais de Dorsoduro, auquel Marta rêvait de conférer la sobre splendeur de l'authentique mais craignait de n'en voir résulter qu'un prétentieux tape-à-l'œil, le lynchage du jeune adolescent de quinze ans auteur de l'attentat, ou enfin aujourd'hui, l'implantation de personnages nouveaux *dans les milieux* de Venise…

Aujourd'hui Alvise a déjà amorcé avec élégance son mouvement du pied, prêt à donner le premier coup de pédale au tour, mais il n'en est rien, son pied reste suspendu dans l'air et il arbore un sourire teinté d'une pointe d'exaspération: «Marta, je te le répète, je les fréquente à peine ces deux-là. Je ne me souvenais même pas qu'ils étaient venus à Venise. Tu sais parfaitement toi aussi qu'ils ne logent pas chez nous lorsqu'ils arrivent et qu'ils vont au Danieli. Autrefois ils descendaient au Bonvecchiati.

– Je désirais simplement te poser une question, Alvise. Je te demande si tu n'as pas l'impression, toi aussi, que la présence à Venise, toujours plus fréquente tu l'admettras, de ces éléments typiques de l'extérieur, y compris justement les deux Sbordoni, Ezio et Marcello, *tes beaux-frères Alvise, les frères de ta femme Alvise,* n'a pas une signification qui dépasse, et de loin, les apparences mondaines ou touristiques de la chose. Voilà tout.

– Si telle est ton opinion, Marta.

– Tes beaux-frères, lorsqu'ils se trouvent à Venise, sont toujours invités par-ci, par-là chez des gens que fréquentent certains personnages de l'avant-scène du monde politique actuel, je fais allusion aux Fassola, aux Lezze d'Adorno, ou aux Traverson. Je t'avertis tout de suite que je parle de milieux que je ne fréquente ni ne connais.

– Moi si, au contraire, je ne dirais pas que je les fréquente beaucoup mais je les connais, pas tellement les deux premiers que les autres ; Didi Traverson, qui se prénomme en réalité Pierluigi, était un de mes camarades de lycée en première, non, en terminale, car il a dû redoubler, recalé aux examens. À propos des Traverson, le fait principal que tout le monde relève d'emblée, c'est qu'ils sont bourrés d'argent. Tant Didi que sa femme Eisa sont des personnages en carton-pâte. Quant à lui, on dirait une armoire à glace.

– Une armoire en carton-pâte, Alvise ?

– Silvio Tolotta prononce leur nom à la française, avec le "r" de la gorge et le "n" nasal.

– Effectivement Alvise, ils sont d'origine subalpine, savoyarde, quelque chose dans ce genre, à tel point qu'ils s'affublent du titre de marquis, lequel est inexistant, disons-le ainsi, dans le Gotha vénitien, et normal dans celui du vieux royaume de Sardaigne, ce qui fait que la prononciation de Silvio n'est pas tellement hors de propos, n'est-ce pas ?

– S'il en est ainsi Marta, il suffit que tu prononces Tràverson, et tu les rends anglais. Tu ne nieras tout de même pas que ce sont des Vénitiens depuis que le monde est monde et qu'en dialecte vénitien traverson signifie un "grand tablier". Mais peut-être me laisseras-tu m'occuper de ta dent à présent.

– Comme d'habitude Alvise, tu dévies du sujet. » Avant de s'installer dans une position parfaite, Marta veut *laisser tomber une réflexion susceptible de lui donner un peu matière à méditation puisqu'on ne comprend jamais ce qu'il pense*: « La diversité, l'unicité de Venise, Alvise. Dans le fin fond, c'est cela qu'on veut punir. »

Le dentiste ne dit mot, il travaille en silence du pied et de la main. Lorsqu'il arrête le tour, elle se rince soigneusement la bouche de sa propre initiative, crache, et reprend d'une voix neuve : « Nous sommes nouveaux dans cette ville, nous autres en tant que Rutigliano je veux dire, mais toi Alvise, tu es ce qu'il y a de plus vieille Venise. » Elle lui coule un long regard du coin de l'œil et reprend d'elle-même sa position dans le fauteuil, la bouche ouverte.

Alvise se met à geindre un petit moment : « Te rends-tu compte, Marta, du nombre de fois que tu m'as tenu de tels propos ? Pourquoi, Marta, pourquoi ? » Puis, tout en actionnant le tour, il se livre un petit instant à une joie inventive, comme s'il chantonnait en roulant à bicyclette : « Vois-tu, nous autres, nous sommes des "barnabotti". Eh oui ! Plusieurs, plusieurs des aristocrates qui se sont trouvés ruinés au XVIIIe siècle, lors des derniers temps de la République de Venise, s'étaient concentrés à Dorsoduro dans la paroisse de San Barnaba, d'où ce surnom de “barnabotti”. »

Marta attend qu'il arrête le tour, elle se rince la bouche, crache, lève l'index : « Tes habituelles *boutades* anti-historiques, Alvise.

– Ah oui ? Bien Marta, je suis anti-historique ; mais outre que j'ignore ce que le mot veut dire, il me semble que les “barnabotti” étaient peut-être des nobles loqueteux et assommants, je veux bien, mais que c'est tout de même parmi eux que tu devais chercher si tu voulais des esprits un tantinet plus originaux ; fort capables eux aussi de dire et de faire une quantité invraisemblable de sottises, mais au moins avec un minimum de fantaisie, Marta, de verve, d'esprit. » Il s'en voulait de s'être laissé entraîner à en dire autant, et pourtant il parlait avec plaisir, aussi parce qu'au fin fond du regard de Marta il détectait à présent des lueurs de tendresse érotique.

Manifestement cela ne lui va pas du tout de quitter Alvise ainsi, *joyeux et benêt,* c'est pourquoi, à la porte de la maison où il l'a accompagnée en la tenant par le coude, elle le fixe profondément dans les yeux avant de s'engouffrer dans le brouillard : « La peine de mort, Alvise, est passée aussi au Sénat par cent quatre-vingt-trois voix contre quarante-neuf ; à la Chambre elle était carrément passée par trois cent quarante et une voix contre douze, comme tu le sais. »

« Pas les chiffres, Marta. »

À présent il lui apparaît embarrassé et assombri. Alors Marta se met sur la pointe des pieds, l'étreint avec force et, en guise d'au revoir, lui susurre à l'oreille : « J'ai toujours eu beaucoup d'affection pour toi, Alvise, tu sais », et elle l'embrasse solidement sur la joue.

Mais la gencive, Marta, c'est un univers

Ils avaient un chat dans le cabinet dentaire, et en revenant après avoir reconduit Marta, cette fois-là ou lors d'une autre de ses visites, Alvise trouve le chat blotti dans les bras de Minerva qui le cajole. C'est la réalité, précise, immédiate, et très vive. Minerva lui tend le chat qui se pose instantanément sur ses genoux et se met à ronronner. D'un regard tendre, le dentiste remercie son assistante.

Je crois que ces deux êtres, Alvise et Minerva, savaient tout l'un de l'autre. Jamais aucune aigreur chez elle, même lorsqu'elle eut avancé en âge. Elle se maria d'ailleurs, devint veuve, et alla vivre à Noale avec sa fille qui lui ressemblait beaucoup. Un amour avait sans doute fleuri dans le temps entre Alvise Balmarin et elle, peut-être fut-ce même lui qui la déflora ; elle connaissait ses goûts et ses fixations, des souvenirs d'enfance aussi, ses fantaisies, ses sautes d'humeur que les autres percevaient à peine.

Le père d'Alvise avait été un éminent praticien, médecin-chef de l'hôpital, et nombre de gens à Dorsoduro, comme dans toute la ville, s'étaient demandé pourquoi Alvise, après avoir obtenu d'une façon tout à fait honorable et prometteuse son diplôme de médecine et chirurgie, avait résolu d'embrasser la carrière de dentiste, ce qui, selon ces Rumeurs, *ne pouvait manifestement pas être une vocation mais plutôt une solution de repli, même un tant soit peu humiliante dans le fond.* D'Alvise et du chirurgien-dentiste ils ne comprenaient pas grand-chose.

De dehors parvient l'ample bruissement de la pluie qui tombe mais le dentiste se sent promptement rassuré, il sait qu'il trouvera dans le vestibule de son cabinet un objet qu'il aime bien, un vieux parapluie anglais encore élégant. Son pardessus agrémenté d'un col de fourrure est également de provenance anglaise. Minerva a enfilé un imperméable et s'apprête à partir au moment où la sonnerie du téléphone retentit. Elle répond, passe aussitôt le récepteur à Alvise, lui fait un signe d'adieu de sa grande main, et le laisse seul à l'écoute du joyeux monologue de son épouse à l'autre bout du fil :

« Je sais que Marta Rutigliano était chez toi après ses habituelles remises de rendez-vous et je veux te dire que Marta me hérisse car elle feint de ne pas désirer fréquenter certaines personnes, comme les Traverson qui, en revanche, auront la visite du prince héritier, paraît-il, alors que somme toute, la vraie vérité, c'est que Marta aimerait se faire inviter afin de pouvoir refuser l'invitation, chose que, remarque, je crois qu'elle ne ferait pas du tout, autrement dit je te parie tout ce que tu voudras qu'elle se rendrait à la réception ; or je trouve que cette façon de se comporter et de mener sa propre existence correspond à une perte de temps, outre qu'elle est démentielle. »

Le temps de souffler, Caterina poursuit, toujours plus gaie : « Quant à Elvira Tolotta, pauvre femme, elle m'indispose et m'irrite à la fois, car elle est tout attentive à ce que dit Marta Rutigliano sans bien saisir ses propos, et elle, Elvira, en tant que femme d'ún Silvio Tolotta Pelz, est archi-invitée chez les Traverson et partout, où elle s'ennuie mortellement étant pathologiquement timide ; et elle, qui bégaye pratiquement, se laisse entraîner à parler par une Marta qui est aux antipodes et qui, à sa façon, est tout aussi irritante. Moi qui leur suis attachée à toutes deux, je le dis pour leur bien : on comprend mal le plaisir qu'elles peuvent bien trouver à se rendre aussi agaçantes. »

Alvise écoutait ce flot de paroles de sa femme comme une musique de fond : non seulement les tonalités hautes et les trilles mais aussi, et avec plus de plaisir, les tons bas qui évoquaient surtout pour lui l'image du sein de Caterina, rond et vif comme sa tête et comme celle de sa fille Giovanna, les yeux grands et calmes mais remplis de lueurs, non pas des lueurs d'aquarium comme dans les yeux d'Elvira Tolotta Pelz, mais de mer, de grand large, tout piquetés de soleil.

Les propos de sa femme, Alvise ne les écoutait que d'une oreille ; il était comme l'étudiant qui se livre aux vagabondages de son esprit pendant le cours, conscient du fait qu'il pourra toujours compter sur d'anciennes notes au moment de l'examen : en réalité il savait, depuis fort longtemps, de quoi il était question. Il n'ignorait pas que de loin en loin sa femme et Elvira Tolotta Pelz traversaient des phases où elles se considéraient mutuellement comme étant bizarres, désaxées, malades des nerfs. Alors chacune traitait l'autre avec une circonspection affectée, avec des regards cliniques, et parlait sur ce ton :

« Elvira Tolotta Pelz me cause du souci. Elle est, je ne saurais comment dire, toute tendue, et en même temps je la trouve éteinte.

– Caterina Balmarin, avec toute sa gaieté apparente, que Silvio trouve inquiétante, est dans le fin fond, non ?, une insatisfaite, une agitée, toute sa vitalité repose sur ses nerfs, Silvio et moi avons cette impression, vous pas ? »

Les deux dames convergeaient sur Marta Rutigliano qui, dans leur cercle de Dorsoduro, passait pour représenter la culture, elle avait enseigné, *elle lisait,* à cette époque elle avait déjà lu Freud dans une traduction française, elle doit certainement avoir été parmi les premières personnes en Italie à employer avec désinvolture des termes tels que "complexe" et "névrose".

Marta étudiait ces familles amies. Elle mettait son grain de sel. Il lui arrivait de citer des phrases attribuées au jeune Annibale que Caterina recueillait et propageait. « J'aime beaucoup ma mère », disait Annibale, paraît-il, « et je la trouve aussi très sympa mais je ne l'ai jamais bien comprise » *(jolie façon de parler de ta maman)* et il y avait aussi les feux croisés des commentaires concernant les enfants, les garçons Balmarin, Corrado et Osvaldo, et les jeunes filles Tolotta Pelz, Maria Paola et Maria Matilde : les premiers mal éduqués, *refoulés* ; les secondes tirées à quatre épingles, d'accord, et toutes pomponnées, mais bourrées de tics, et, par en dessous, un rien malpropres, la petite surtout, *elles se rongent les ongles.*

Ces Rumeurs n'épargnaient pas Annibale non plus, ce garçon qui avait la langue bien pendue pour déclamer, chanter, faire des imitations, premier de sa classe et justement pour cela aussi *une espèce de petit monstre au fond,* au surplus un peu morbide et hypocrite, *il épiait aux portes,* par exemple à celles des chambres de Maria Paola et de Maria Matilde lorsqu'elles se dévêtaient.

Giovanna semblait n'alimenter aucune de ces Rumeurs. Elle était née joyeuse, d'une gaieté intérieure qui se reflétait dans la brillance de son regard et sans éclat de rire emphatique, et elle avait cette façon de poser ses yeux sur quelqu'un, ample et sereine, une façon qui continua à nous apparaître telle, *en dépit de tout,* tout au long de ces années.

Le débit en solo de sa femme marque un temps d'arrêt qu'Alvise, paisible, met à profit pour dire : « Bien Caterina. *Très* bien. Je ne vais pas tarder à rentrer. »

Mais au contraire il demeure là, dans son cabinet où flottent de vagues relents médicamenteux et des ombres. Il a déjà endossé son long pardessus qu'il a laissé déboutonné, et il est assis dans le petit salon, sa tête bien calée dans la douceur du col de fourrure, ses belles mains croisées sur le manche du parapluie qu'il tient entre ses genoux. Installé sur le fauteuil voisin, le chat l'observe. Il y a dans le regard d'Alvise une béatitude méditative que le chat, avec ses yeux jaunes dans la pénombre, perçoit intuitivement.

Promptement, cette pièce plongée dans la pénombre devient l'univers. Alvise Balmarin se plaisait souvent, en effet, à tourner ses pensées vers les espaces cosmiques, vers les distances chiffrables en millions d'années-lumière, vers l'échelle illimitée des corps vivants : leurs dimension et durée, depuis l'atome jusqu'au cerveau de l'homme, à l'individu entier, à cette pièce, à Venise en tant qu'île, à l'Europe, à l'Everest qui surplombe l'Asie, aux planètes.

Avec un sourire tranquille, pacifié, il s'arrêtait longuement sur le seuil des perceptions impossibles, satisfait qu'il lui fût concédé d'y penser, d'y aspirer : le franchissement des entités vivantes dans les deux directions de l'infini, la vaine poursuite de l'esprit qui court après ces deux extrêmes du minimum et du maximum que l'on poursuit en vain à jamais.

Et alors se dressaient d'autres visions, qui constituaient d'ailleurs une façon d'acheminer un peu de ces réflexions sans limites dans le cadre réconfortant et plausible du travail quotidien, dont l'objet primordial, focal, se dénommait, dans son cas, la Dent.

Il rêvait alors de microscopes susceptibles d'effectuer de gigantesques agrandissements, grâce auxquels les cavités dentaires confiées à ses soins apparaîtraient comme des sous-sols minéralogiques avec une infinité d'anfractuosités et de ramifications, de crevasses aux flancs ruiniformes, comme les immenses murs vétustes de Venise, comme des porches rocheux fossilisés, pleins de merveilles et d'embûches.

Et descendre ensuite dans les galeries des racines, explorer et tenter d'expliciter toujours plus clairement leur rapport avec le tissu qui les encerclait, les enveloppait, les enserrait, et dont la fermeté présentait des degrés variables : quelquefois dangereusement détaché, déformé, en processus d'affaissement, mais dans les cas idéaux où ce tissu était sain, au contraire, pente escarpée fertile aux pieds de la formation granitique qui s'érigeait toute droite, d'un blanc de neige, diversement striée, la Dent, soutenue par les chairs roses et vives de la Gencive.

Plus d'une fois la signora Marta Rutigliano avait surpris le praticien plongé dans ses méditations : « Voilà encore son esprit qui navigue dans les espaces, heureusement, Alvise, que tu daignes t'occuper ensuite de ce qui est proche et réel, mes dents, mes gencives.

– Mais la gencive, Marta, c'est un univers. »

C'est pourquoi d'aucuns à Dorsoduro le surnommaient le comte Gencive et le considéraient tour à tour comme un habile praticien et un maniaque divagant. Erreur, dois-je dire. Erreur de la part de certaines gens à Venise qui cherchent, masochistes frivoles, à tourner toute chose en dérision ; il n'en manque pas non plus à Dorsoduro, de ces personnes dont le cerveau ne pèse pas lourd.

Soit dit rapidement en passant que moi-même, à cette époque, je n'étais pas en général la cible des quolibets, cependant j'avais comme l'impression que tout le monde me trouvait antipathique, hormis ma sœur Elena, et peut-être quelques autres, dont Giovanna, mais j'osais à peine me le dire ; même aux yeux de ma mère je me sentais antipathique, une espèce de paria, un individu à éviter. Probablement cela était loin d'être vrai mais provoquait parfois en moi une douleur cuisante dont je me libérais en pleurant à chaudes larmes la nuit, durant mes rêves.

C'est peut-être pourquoi moi, un enfant, du moins par le nombre des années, je comprenais déjà alors Alvise Balmarin : sa capacité de s'abstraire dans une solitude sereine et sa façon sobre et joyeuse de se mettre au service de son prochain, dans l'exercice de son travail minutieux de dentiste. À la fois errance de l'esprit et sens pratique. En tant que Vénitien, il avait des rêves concrets : sa folie était substantielle outre que méthodique. Il projetait mentalement, entre la rêverie et l'état de veille, des thérapies simples et nouvelles, des brosses à dents inédites, minuscules, souples et pourtant pénétrantes, qui s'inséreraient entre une dent et l'autre, entre la dent et la gencive, afin d'en chasser ce qu'il appelait, d'un terme générique, le Microbe. Et même lors de ces grandes envolées de l'esprit, il finissait par rencontrer son grand amour, sa fille Giovanna. D'aucuns l'ont entendu dire en ces temps heureux : « Les avez-vous remarquées les gencives de Giovanna ? Étonnantes ! Lorsque je la vois rire, mon cœur bat plus fort de joie, de délectation. »

Ce sont les terroristes, madame

Certains soirs, les propos tenus par Caterina au téléphone étaient moins prévisibles et débridés. Alvise Balmarin s'avisait alors subitement qu'il écoutait sa femme. Ceci se passait à peu près à l'époque où son fils aîné, Corrado, était promu chef de brigade dans les organisations du Régime, je ne sais plus si c'était en tant « qu'Avant-gardiste » ou déjà comme « Jeune Fasciste », tandis qu'Austen Chamberlain, en visite dans la lointaine ville de Paris, déjeunait avec Raymond Poincaré et Aristide Briand, avant de se rendre en Italie pour s'entretenir avec Benito Mussolini ; chez nous, à Venise, on donnait *L'Aiglon* de Rostand au théâtre Goldoni, avec Aida Borelli ; dans toutes les villes italiennes, celui qui jusqu'alors avait été désigné comme Maire était rebaptisé Podestat, mais en dépit de ce titre, ses pouvoirs se révélaient amoindris vis-à-vis du gouvernement, localement représenté par le Préfet royal ; à la cérémonie d'installation du Podestat de Venise, le Préfet royal définissait notre ville en termes de *rêve d'art et frémissement d'industrie.* Au téléphone, la signora Caterina Balmarin est joyeuse comme toujours, mais elle a un ton pressant qui lui est peu coutumier.

« Bref, Alvise, rentre immédiatement cette fois, ne t'attarde pas en chemin chez Remigio ou chez quelqu'un d'autre. » Le professeur Remigio Berg demeurait à San Barnaba dans les Fondamenta Alberti ; son fils, Maurizio Berg, est actuellement assez connu comme peintre et comme scénographe, et sa fille, Novella, était la meilleure amie de Giovanna Balmarin, *une des plus belles choses à voir à Dorsoduro* que ces deux jeunes filles ensemble, au dire des Rumeurs. « D'autant plus, poursuit Caterina, que les Berg sont ici, il y a aussi Marta Rutigliano, et nous sommes en train de discuter sur ce qu'il convient de faire, surtout que Silvio Tolotta se trouve à Rome, et la pauvre Elvira n'est jamais d'aucune utilité, tu imagines, dans un moment pareil !

– Quel moment ? Et à quoi Silvio servirait-il, lui, s'il était resté ici au lieu de prendre son avion pour Rome ? »

Tolotta Pelz s'était rendu à Rome par la voie des airs avec quatre ou cinq autres personnalités éminentes de la ville, dont deux avaient été aviateurs durant la Grande Guerre et étaient restés très amis de D'Annunzio ; le vol Venise-Rome avait duré quatre heures au lieu de trois à cause de certains détours dus au mauvais temps. Le chef du gouvernement les avait tout de même reçus au palais Chigi, il avait effleuré sa bouche du dos de la main puis, le bras tendu en avant, martelant l'air de l'index replié sur le pouce en œillet, il avait proféré des paroles élogieuses, les détachant l'une de l'autre comme s'il les estampillait une à une, et avait parlé ainsi, entre autres choses, « d'Italiens nouveaux, différents de ceux d'hier ».

Caterina poursuit toujours : « J'étais en train de te dire Alvise, mais le fait est que tu ne m'écoutais pas, et pourquoi ne m'écoutes-tu pas Alvise ? Je te parlais de ces jeunes gens, de ces vauriens. Qui ont envahi l'appartement d'Edoardo Bialevski. Qui ont fait un désastre, te disais-je. »

Alvise tente de gagner du temps pour s'orienter : « Quels vauriens ? Et puis Bialevski est absent, il est en Angleterre, dans le Kent.

– Que vient faire ici Bialevski dans le Kent, Alvise ? Pourquoi fais-tu toujours des remarques inutiles, Alvise ? Ces gens-là ont fait irruption chez lui, ils ont tout fracassé. Des meubles aussi, Alvise, ils ont jeté des meubles par la fenêtre. Des vauriens. Des séides. Des dégénérés. » Dans la voix de gorge bien timbrée de son épouse, Alvise discerne des veinures d'amusement et d'envie.

« Mais si là-haut, chez Bialevski, tout était verrouillé, comment diable ont-ils pu entrer ?

– C'est Maria Afflitta qui leur a ouvert, elle a toutes les clés, qui d'autre veux-tu que ce soit ? Ce n'est même pas la peine de demander. Pourquoi poses-tu toujours des questions inutiles, Alvise ? »

Dans le palais Bialevski, outre le personnel de service (aides domestiques) attaché à chacune des familles locataires, demeuraient aussi, dans un petit appartement bien tenu au rez-de-chaussée, deux femmes quadragénaires qui cumulaient les fonctions de gardiennes et de femmes de chambre, femmes de chambre que l'on s'échangeait d'un étage à l'autre suivant les nécessités et les occasions du moment. L'une d'elles était Maria Afflitta et l'autre s'appelait Uga. Giovanna Balmarin, et son père aussi d'ailleurs, avaient avec ces deux femmes des rapports de familiarité et d'affection, alors que les jeunes filles Tolotta Pelz, rejoignant par là les Rumeurs, considéraient Maria Afflitta comme *une pauvre sauvage idiote*.

« Cette fois, j'y suis, et je rentre dans un moment, promet Alvise.

– Est-ce que Passina est encore chez toi par hasard ? S'il est encore là, tu ne souffles mot de tout ça, entendu ?

– Passina m'a quitté il y a près de deux heures.

– C'est bon, tu ne lui dis rien.

– Sois tranquille, je ne lui dirai rien du tout. »

Les motifs d'une telle prudence sont évidents : la présence du jeune Amedeo Passina parmi les vauriens était presque automatiquement soupçonnée. En effet, outre leur fille Clelia et le regretté Diomede, le comte Antonio et la comtesse Nini avaient cet autre fils, Amedeo, beaucoup plus jeune, un garçon qui, de l'avis général, avait mal tourné ; du reste il vit encore aujourd'hui dans sa version tardive, passablement dompté par une artériosclérose survenue entre-temps. Les amis d'Amedeo Passina étaient disparates. Certains appartenaient à la pègre, des ivrognes pauvres et irascibles, d'autres au contraire, comme le fils de Pericle et Marta Rutigliano (ce Léo Rutigliano qui vit actuellement au Brésil), étaient issus de familles plus ou moins haut placées et en vue dans la société. Ils se retrouvaient dans leur établissement favori, un petit local situé à l'entrée de Cannaregio si je me souviens bien, du côté de San Giovanni Grisostomo ; ils buvaient du vin, hurlaient en parlant et complotaient des expéditions punitives.

L'attitude du comte Passina vis-à-vis de son fils Amedeo était proverbiale à Dorsoduro. Les amis de ce fils indigne, rencontrant le comte le soir sous un porche ou dans quelque venelle étroite, ôtaient respectueusement leur chapeau et lui disaient en singeant un ton altier : « Bonsoir monsieur le Comte, et dites bien des choses de notre part à votre fils Amedeo », pour le plaisir de s'entendre répondre par le vieux monsieur: « Prenez note que vous ne parlez pas de mon fils, vous faites allusion à une personne qui m'est étrangère, à qui je ne dis plus bonjour », phrase accueillie par des rires qu'on qualifierait moins de grossiers que de quelque peu hystériques.

Ces jeunes gens simplets auraient été bien incapables de comprendre que le comte Antonio voyait son fils assez souvent, habitude du chef de famille que la mère et la sœur du jeune dévergondé respectaient pleinement. Le comte écoutait les propos de son fils avec attention et curiosité, s'informant de ce qu'il faisait de l'argent qu'il lui donnait; Amedeo logeait dans une chambre louée à Piscina San Samuele, non loin du tertre qui abrite les vieux squelettes des victimes de la peste. Secouées par la mort de Diomede, sa mère Nini et sa sœur Clelia auraient dit, paraît-il: « Dans notre douleur nous avons un immense besoin de calme et de sérénité. Nous ne désirons plus vivre sous le même toit qu'Amedeo. »

Lors de ses rencontres avec son père, qui avaient lieu en général dans une arrière-salle du café *Lavena* sur la place Saint-Marc, Amedeo ne montrait aucun égard : il forçait plutôt la dose dans ses comptes rendus, décrivant comme des rixes sanglantes des coups et de justes violences contre des gens que ses camarades et lui définissaient comme « d'infâmes socialistes », « des masturbateurs catholiques », ou autre catégorie approchante; ou bien, dans son récit il transformait en d'imaginaires orgies érotiques, avec des jeunes femmes de « bonne famille », certaines visites bien ordinaires dans un lieu de plaisir particulièrement agréable et amical. Ou encore, il y avait les visites d'intimidation à des gens qu'ils étiquetaient comme « ennemis de la révolution, intellectuels bourgeois pourris », et autres définitions similaires ; ces visites étaient présentées comme de véritables razzias où ils mettaient un point d'honneur particulier à détruire les bibliothèques et les œuvres d'art, sur le modèle d'expéditions analogues exécutées par d'autres jeunes gens dans différentes localités du royaume.

D'Edoardo Bialevski qui, pendant la Grande Guerre et dans l'immédiat après-guerre, s'était rendu deux fois en Amérique, la première en mission de propagande pour les Alliés, la seconde pour rendre visite à des parents, on avait toujours dit que parmi toutes les étrangetés qu'on lui attribuait, il y avait ces phonographes qu'il avait introduits dans le cercle de ses amis, d'un modèle alors considéré d'avant-garde, sur lesquels il mettait des disques de Mozart, de Brahms, et même de Verdi, dans des enregistrements étonnants pour l'époque, et aussi des disques de jazz authentique, des negro spirituals, et toutes les plus récentes chansonnettes américaines, avec le texte et tout. Dans les récits d'Amedeo à son père, ces objets étaient volés pour les détruire ou les revendre, on ne sait, et les bibelots personnels étaient jetés dans le canal.

« Il n'y a pas de limites », commentait le comte son père, les yeux mi-clos, scrutant, savourant le visage de son fils, et parlant d'une petite voix gentille, lointaine, intriguée, « il n'y a pas de limites à votre crapulerie ».

Convoqué séance tenante, Alvise pénètre dans le salon de son appartement, un salon pas très vaste, bas de plafond (les Balmarin demeuraient à l'entresol du palais Bialevski), mais dont chaque meuble, chaque objet respire manifestement l'authenticité ; il voit, assises sur le canapé d'angle dans le fond de la pièce, trois femmes, son épouse Caterina en compagnie de Marta Rutigliano et d'Elvira Tolotta Pelz, occupées à boire du vin et à déguster des morceaux de fromage ; toutes trois, dotées d'une excellente santé physique, grignotaient souvent un petit quelque chose en attendant l'heure du dîner.

Alvise est accueilli à la porte par son fils aîné, Corrado, et par la concierge-servante, Uga, maigre et vigoureuse, *un fil de fer,* avec ses cheveux couleur paille toujours en broussaille, des yeux bleus de femme élevée aux champs, et le visage tavelé de taches de rousseur, éveillé et hilare. Corrado mâche avec lenteur un morceau de fromage. Uga signale : « La signora Caterina dit qu'elle a vu de sa fenêtre tomber depuis le cabinet de travail du signor Bialevski, comme un fauteuil, vous savez, un de ces fauteuils, les deux fauteuils de cuir que le signor Bialevski a dans son cabinet de travail, vous voyez… »

« Ou qu'il avait », note Alvise.

Uga se trémousse de rire, gaillardement amusée. Corrado avale avec délice une bonne bouchée de fromage ; il intervient, rassurant, bien élevé : « Je n'étais pas présent mais j'ai comme l'impression que maman exagère un tout petit peu. »

Corrado Balmarin était ce qu'on appelle un très beau jeune homme. Son père avait pour lui un regard à la fois affectueux et clinique, il se délectait à le voir pousser convenablement, grand, musclé, *élancé,* peu lui importait qu'il fût chef d'équipe de ceci ou de cela, et champion de tennis de la province ou de la région ; l'amour paternel palpitait en lui lorsqu'il le voyait engloutir des platées de risotto ou de pâtes, des côtelettes de taille, des collines de polenta, des kilos de brandade de morue, satisfaisant d'inépuisables appétits avec une lenteur et une méthode annonciatrices de digestions admirables, de métabolismes exemplaires. Quelquefois il se demandait s'il était d'esprit subtil. Il était fort et agile, discipliné et obéissant ; dix ans plus tard à peu près, il tomberait à la guerre d'Éthiopie. « Où est ton frère ? » lui demande son père. On associait les deux frères en raison de certaines définitions que les Rumeurs donnaient d'eux, mais en réalité Osvaldo était différent, d'esprit plus vif bien qu'il fût réfractaire aux études, érotiquement plus ardent, paresseux comme athlète, assez flasque, les pieds légèrement plats ; à présent il a soixante-dix ans qu'il porte bien ; de temps à autre il vient me voir, parle d'abondance et témoigne même d'un certain esprit.

« Et Giovanna ? Et les Berg ? », s'informe Alvise, haussant le ton pour que sa voix parvienne aussi aux dames assises dans leur coin au fond de la pièce. Corrado, qui est tout près de lui, sourit tout en mâchant son fromage et secoue la tête comme pour dire : « Aucune idée. » Il revenait du tennis.

Elvira Tolotta Pelz s'adresse un moment à Alvise : « Je crois que Silvio rentre de Rome demain matin. Ou est-ce après-demain ? En tout cas j'imagine qu'il prendra le wagon-lit, tu ne crois pas ?

– Ah, alors il renonce à l'aéroplane ? »

Les deux autres dames sont plongées dans leur éternelle discussion quant à la façon de couper le fromage de manière qu'il reste à chacune *ce tantinet de croûte souhaitable ;* Caterina Balmarin soutient qu'il vaut mieux ôter la croûte entière d'emblée et la donner aux chats ; mais Marta Rutigliano lui fait remarquer, tandis qu'Elvira Tolotta Pelz la dévisage de ses yeux blancs où pointe une légère anxiété, qu'une telle quantité de croûte donnée aux chats en une seule fois leur serait nocive et qu'il conviendrait de la doser.

Alvise essaye de poser une question directe à l'adresse de sa femme : « Et là-haut, chez Bialevski, comment as-tu trouvé les choses, après cette irruption des… »

Caterina lui coupe la parole : « Allons donc, Alvise, tu comprends bien qu'avec tout le remue-ménage qu'il y a eu, je n'ai sûrement pas eu une seconde pour aller voir là-haut. Pourquoi poses-tu toujours des questions inutiles, Alvise ? Viens plutôt par ici, viens t'asseoir avec nous. »

Mais est-ce que le remue-ménage ne s'est pas produit précisément là-haut ? Alvise sourit, réprime d'autres « questions inutiles », acquiesce d'un signe de tête avec cordialité : « *Parfait* », il murmure à son fils : « Va donc là-bas, va verser du vin aux dames », et il sort de la pièce, saluant de la main.

Sur le palier il se demande un bref instant s'il doit descendre au rez-de-chaussée voir la pauvre Maria Afflitta, mais décide de monter vers « l'étage noble », celui des Tolotta Pelz, ne jette qu'un bref coup d'œil sur leur haute porte en vieux bois sombre bien ciré et reluisant, poursuit et arrive sur le palier de l'étage au-dessus où se trouvent deux portes, l'une avec une plaque où l'on peut lire *Commandeur Folco Rositti,* le nom d'un fonctionnaire de la préfecture décédé depuis longtemps et dont l'épouse, qui lui a survécu, alimente les Rumeurs, *personne ne la voit jamais*; l'autre, moins bien entretenue, munie d'une plaque qui porte le nom de *Mastretti* surmonté d'une petite couronne de baron, donne accès à l'appartement d'une femme *compliquée et mystérieuse* dont beaucoup de gens se souviennent encore à Dorsoduro comme étant la demoiselle Gelusian; ce nom, que la mystérieuse créature avait porté à diverses reprises au fil des ans, était un nom arménien (je me souviens assez bien d'elle; en tant que mademoiselle Gelusian, la sœur du fameux tailleur de la ville, elle avait dû donner des leçons d'anglais à mon frère Giuliano; je me rappelle moins bien l'origine des autres noms qui furent les siens au cours du temps, madame Baltus, baronne Mastretti), et en ce moment on disait qu'elle se trouvait dans le Kent avec Edoardo Bialevski.

La dernière volée d'escalier mène à l'appartement d'Edoardo, « sous les toits »; l'escalier est fort beau, il est resté tel quel aujourd'hui encore. Avec une voûte en berceau du même bois que les murs lambrissés, l'ensemble formant une sorte de galerie d'un beau bois verni d'une teinte blonde d'instrument à cordes; sur les marches court un chemin d'escalier d'un bleu foncé mais lumineux. Tout au bout, la petite porte, semblable à celle d'un écrin dirait-on, est ouverte.

Dans le vestibule Alvise voit un des pardessus imperméables de Bialevski, à motif écossais, suspendu au portemanteau, ainsi que divers couvre-chefs dont un chapeau melon; d'un vase à col haut posé à terre émerge le manche d'un parapluie dans lequel Alvise voit un ami accueillant, il est pareil au sien, anglais lui aussi; de là il passe au salon, une pièce basse de plafond, garnie de quelques meubles sobres et de maître; ici aussi tout donne le sentiment d'un ordre intact; par un petit couloir qu'il emprunte, Alvise parvient au cabinet de travail et là, sa toute première impression est celle d'un désastre. « Aïe, aïe », murmure-t-il.

Il lui faut quelques longs moments pour que lui apparaissent, comme une photographie dans son bain de développement, les nombreuses choses demeurées en bon état, au fond à gauche, le bureau massif dans le coin, avec chaque objet à sa place, du grand sous-main en cuir rouge au somptueux encrier, aux divers crayons de couleurs disposés en bouquet dans un vase ; et derrière le bureau, aussi solide que la table de travail, la haute chaise recouverte du même cuir rouge que le sous-main ; il ne manque, pour compléter ce coin si familier et si cher à Alvise, que la silhouette imposante, moustachue, et non moins solidement plantée, de son ami Edoardo Bialevski.

Même au fond à droite, à côté des fenêtres basses, le petit coin formé par les deux fauteuils et la petite table lui apparaîtra avec sa physionomie habituelle, à sa place de toujours. Qu'est-ce que Caterina a bien pu voir virevolter dans l'air ? Alvise ne se penchera pas trop sur la question.

Le désastre se déclare au milieu de la pièce. « Aïe, aïe », murmure-t-il à nouveau, « le Sargent ». Le portrait en pied de la tante Madelaine peint par Sargent, peut-être du temps où il séjournait dans un des plus célèbres palais de Dorsoduro, est tombé du mur où il était fixé, il est par terre, et dans cette position horizontale la tante semble évanouie ou morte.

Le tableau avait été l'image centrale de la maison, de la dynastie Bialevski, figée à son apogée de couleur et de simple plaisir de vivre. J'ai contemplé ce portrait pour la première fois il y a plus d'un demi-siècle, mon père, qui était peintre, m'avait emmené le voir chez Bialevski avec ma sœur Elena et mon frère Giuliano, les oreilles me tintent encore de ses murmures pressants, je vois ses mains vigoureuses et promptes indiquer des détails du tableau: « Regarde, regarde ici, quelle merveille, et là… », comme s'il s'agissait de choses qui se mouvaient rapidement et qu'il ne fallait laisser échapper à aucun prix.

La dame du portrait était la femme de l'oncle paternel de Bialevski, ce Jack qui avait élevé Edoardo à la suite de la mort prématurée de sa mère et de son père et que l'on connaissait bien alors à Dorsoduro. Jack voyageait beaucoup, il lisait tout autant, il écrivait aussi, il avait publié un livre somptueusement relié et illustré sur les rideaux de théâtre du monde entier. Avec le temps, il avait pris l'habitude de prolonger toujours davantage ses séjours à Venise, content de lui-même et de la ville où il se sentait désormais chez lui, il saluait tout le monde avec des gestes et des accents amples et accueillants, c'était un grand habitué des troquets; j'ai entendu dire que les dernières paroles qu'il murmura, tandis qu'il exhalait un ultime et long soupir, furent: « Que j'ai faim. » Et à présent sa femme, qui pendant plusieurs années avait été un des phares de Dorsoduro, gisait là, étendue, abattue. « Aïe, aïe. »

Au fond à droite, une porte interrompt la cloison pour donner accès à la bibliothèque richement fournie d'Edoardo Bialevski. La pièce est éclairée et de là parvient à Alvise une voix calme: « Non, tu vois, il n'y a que le verre de brisé. »

Alvise sent son cœur soulevé comme par une vague, le sentiment de la réalité, le plaisir de vivre l'habitent de nouveau, cette voix, en effet, est celle de sa fille Giovanna et Alvise contemple en silence l'adolescente qui s'avance vers lui; à chaque fois c'est comme s'il voyait entrer en scène son actrice préférée. Il remarque l'absence de l'amie, Novella Berg, Caterina lui avait pourtant dit que « dans l'agitation générale », les Berg s'étaient manifestés aussi.

« Ils étaient ici eux aussi mais ils sont partis. Maurizio est allé chercher Chiodo. Il semble vraiment que seul le verre ait pris un coup, tu sais. Le cadre est peut-être légèrement éraflé, de toute manière Chiodo peut remettre le tableau en état avant même qu'Edoardo ne rentre du Kent, à supposer que l'on sache quand. »

De la petite porte on voit arriver maintenant avec lenteur son fils Osvaldo : « Maurizio Berg est déjà allé chercher Chiodo. »

Alvise a encore le regard rivé sur Giovanna, comme s'il l'avait écoutée des yeux. « Ah certes, bien sûr que s'il en est ainsi, vous avez rudement bien fait d'envoyer immédiatement chercher Chiodo », et il serre contre lui sa petiote, si potelée et sereine, qui appuie son oreille, sa tête ronde aux cheveux coupés *à la garçonne* sur un point de sa veste, juste sous la petite poche de poitrine, comme si elle voulait entendre battre ce cœur réjoui. Alvise l'embrasse et songe en même temps qu'il a grande envie de revoir Chiodo.

Gino Chiodo. Entre autres choses, il était l'encadreur de mon père. Intelligent, débordant de goût. Il devait alors avoir à peine dépassé les soixante-dix ans. Gino Chiodo. Trapu, robuste, chauve avec de grandes moustaches tombantes, un peu comme celles d'Edoardo et de son oncle Jack, des yeux attentifs et vifs. Son logement et son atelier se trouvaient à l'Angelo Raffaele, de sorte que je n'ai aucun doute qu'il fût déjà sur les lieux quelques minutes plus tard. Chiodo regarde autour de lui et dit : « C'est vu, c'est vu », c'était son expression coutumière. Et il connaît bien le tableau. Il prend les mesures précises du verre brisé. Il tâte, il caresse la peinture, le cadre, en différents points. Demain il viendra, muni du nécessaire, pour commencer les travaux.

On était déjà au soir d'une journée hivernale, courte et blême. Alors que dans la lointaine ville de Rome, le Grand Conseil du fascisme promulgue de nouvelles restrictions à la liberté, ici on entend des pas légers, mais assurés et rapides, qui approchent. Marta Rutigliano entre dans la pièce.

Alvise pousse un profond soupir, puis, d'un ton affable: «Je ne te cacherai pas, Marta, que je suis monté ici, naturellement pour me rendre compte où en étaient les choses, Bialevski est un frère pour moi, mais aussi, en somme, pour t'éviter», du coup il arbore un sourire radieux «et constatant que tu mangeais et buvais tranquillement du fromage et du vin, franchement j'espérais...».

Marta le bloque, lui passe les bras autour du cou et l'embrasse sur la joue, comme si elle voulait montrer qu'à une visite de condoléances elle était à même de comprendre et d'excuser les mots dénués de sens d'un proche parent du défunt, manifestement traumatisé par la douleur; puis, précise, informée: «Ta femme mythifie quelque peu. Ces voyous, au nombre de trois paraît-il, se sont fait ouvrir la porte par Maria Afflitta, la chassant aussitôt dans la cage d'escalier et l'enfermant ici même. Ils ont déniché une caisse de vin, et ce que ta femme a probablement vu, c'était la caisse que l'on aura précipitée de là-haut vide ou contenant peut-être quelques livres ou revues étrangères, objets abominables aux yeux de ces analphabètes. Quant au vin, en partie bu, en partie volé. Le pire est ici», achève-t-elle en désignant du doigt le tableau à terre.

« Qu'entendez-vous par "ma mère mythifie" ? », demande Osvaldo avec un rien d'agressivité. Il estimait beaucoup sa mère.

La signora Rutigliano lui lance un bref regard et s'adresse de nouveau à Alvise : « Ce que je veux dire, c'est ceci : dans un cas pareil, ta femme, *dans son subconscient,* éprouve une certaine jouissance.

– Hein ?

– Il est clair, Alvise, que Caterina ne s'occupe pas de l'événement dans son aspect concret, mais qu'elle prend plaisir à en parler comme ça, dans le vague, dans une vacuité de faits.

– Ah ?

– Et il faut aussi relever qu'Amedeo Passina, à supposer qu'il fît partie du présumé trio, est à sa manière un *beau* garçon, blond et bronzé et souple, un peu le genre de beauté d'un délinquant maladif, bref, ces voyous, Caterina les contemple, comment te dire, avec une certaine ferveur, ils chauffent l'atmosphère, ils se donnent en spectacle.

Alvise se montre attentif, cordial : « Dans tes paroles Marta, il y a peut-être aussi un tant soit peu de vérité, mais de la façon dont tu t'exprimes, on a l'impression que tout est factice. »

Giovanna a suivi les propos de la signora Rutigliano avec une expression concentrée, son visage s'éclairant à mesure qu'elle l'écoutait ; en dépit du langage difficile de Marta, l'enfant reconnaissait quelque part sa mère. Et sa maman lui plaisait beaucoup. De taille, Caterina ne dépassait pas beaucoup sa fille et toutes deux présentaient la même rondeur et la même gaieté, il y avait entre elles ce qu'Alvise appelait une « symbiose », faite de caresses anciennes et nouvelles, de choses qu'elles se communiquaient ou se lisaient à haute voix, des journaux, des revues, mais aussi des passages de Dickens, même *d'Anna Karénine.* Après la lecture de morceaux pathétiques, elles se regardaient, toutes deux en larmes, heureuses ; il leur arrivait aussi de rire aux éclats.

Alvise informe la nouvelle venue : « De toute façon, Marta, Chiodo était ici à l'instant, et dès demain matin…

– Avant de me trouver chez vous en bas, l'interrompt Marta, et tâche de prêter attention à ce que je dis, Alvise, si tu arrives à le faire, *moi,* j'étais déjà montée ici, m'étant renseignée auprès de Maria Afflitta. J'ai été…

– Voilà ! Tu vois ? Tu t'es trouvée sur les lieux mais tu n'as rien envisagé de pratique. Giovanna et les Berg en revanche…

– … J'ai été la première, pour ainsi dire, à arriver sur le lieu du délit. Le Sargent, prends note, était renversé par terre. C'est-à-dire que la tante d'Edoardo était tombée, face au sol. Aidée de Maria Afflitta, j'ai relevé le portrait et l'ai appuyé contre le mur ; nous avons ramassé ensemble les éclats de verre et à présent cette malheureuse débile mentale est chez elle, en train de pleurer comme une chienne battue. Et si nous avons posé le tableau contre le mur, c'était aussi en vue de dissimuler ce qu'il y a derrière », conclut-elle, un peu sur le ton d'un illusionniste sur scène.

Elle fait un signe à Osvaldo et tous deux éloignent le tableau, dévoilant sur le mur ce que la splendide tante tombée avait caché jusqu'à présent, un ensemble de barbouillages : des mots, des dessins. À l'époque, on ne connaissait pas encore le « spray » onctueux et indélébile dont font grand usage de nos jours les groupes qui manient la violence ; ici, les inscriptions et les dessins sur le mur ont plutôt l'aspect inefficace et peu professionnel de graffitis de latrines.

Les inscriptions sont en partie vagues et peu originales, *Vive la révolution permanente, les traîtres au mur,* en partie localisées ou personnalisées, *Rome dompte Dorsoduro, Bialevski merde socialiste,* les dessins sont encore moins nouveaux, il y a un motif auquel on a délibérément donné la forme d'un gros pénis surmonté d'une inscription : *Infaillible Matraque,* il y a les faisceaux de style antique avec une lame de hache démesurée, posée de guingois, qui émerge de verges tordues ; le tout ponctué de plusieurs têtes de mort avec les deux os en X.

« Je crois qu'il s'agit de toute une clique, fait Osvaldo d'une manière assez inattendue, et voyez ce que je vais vous dire, signora Rutigliano : à mon avis votre fils Léo y est aussi pour quelque chose.

– Que veux-tu dire par là Osvaldo ?, lui chuchote Giovanna intriguée.

– Ils ont… » Osvaldo hausse les épaules. « Ils ont comme la manie de la mort. »

Marta Rutigliano le toise des pieds à la tête, puis, sobre, comme si elle lui fournissait une information : « Tu divagues, Osvaldo.

– Ouais… je divague bien sûr, réplique le garçon avec une ironie nonchalante.

– Toi, Osvaldo, tu es mal en point et tu divagues.

– Je divague, d'accord, mais remarquez madame », poursuit l'adolescent d'une voix ténue et suave inconsciemment singée de son père, « j'ai comme une vague impression que vous ne le connaissez pas tellement bien, votre fils Léo, pour finir ».

C'est à peu près à ce moment-là que l'on entend les pas et la jeune voix robuste d'Annibale Tolotta Pelz ; le gamin est en train de chanter un de ses nombreux et variés morceaux de bravoure : « Sèche tes larmes, ô ma fiancée, on monte à l'assaut, c'est vaincre ou mourir… » Sur le pas de la porte, son chant sonore s'arrête d'un coup dans sa gorge à la vue de la tante Madelaine sur le sol. Le portrait est de nouveau appuyé contre le mur, cachant les graffitis de latrines. « Que s'est-il passé ? », demande le jeune garçon avec une curiosité avide et un vigoureux accent de gaieté dans la voix, tout en passant son bras autour des épaules de Giovanna qu'il attire à lui, appliquant sur sa tempe un baiser sonnant, à effet théâtral ; il promène son regard autour de lui et répète : « Que s'est-il donc passé ? »

Giovanna frappe deux doigts sur la main d'Annibale posée sur son épaule : « Osvaldo était en train de dire que c'est comme une espèce de clique, et que Léo Rutigliano y est pour quelque chose. »

« Y est pour quelle chose, le féroce Leonardo ? »

Marta n'a pas le temps d'ouvrir la bouche qu'Osvaldo reprend sur un ton monocorde : « Puisque Annibale est présent, il pourra vous dire lui aussi, madame, en quoi consistent les propos que Léo et ses amis tiennent si souvent à la sortie de l'école ou même dans les couloirs.

– Et pourquoi ne les rapportes-tu pas toi-même, Osvaldo, les propos que tient mon fils Leonardo à la sortie de l'école ou dans les couloirs ? Te faut-il vraiment le témoignage d'Annibale, qui est plus jeune que toi, qui n'est qu'en quatrième, alors que toi tu fais, ou plus exactement tu refais, ta première ? »

Osvaldo la dévisage avec quelque chose de haineux dans le regard, fait un signe montrant qu'il accuse le coup, comme pour dire «je m'attendais à ce coup bas», et murmure, en haussant légèrement les épaules: «Annibale est peut-être encore un gosse mais, je ne sais comment dire, lui aussi est déjà un peu des leurs.

– De qui parles-tu, Osvaldo?

– Ils ont la manie de la mort», insiste Osvaldo, lent, obstiné, la tête baissée comme s'il cherchait la signification de ses propres mots. Puis, s'apercevant que la dame continue de le fixer, intransigeante, il se précipite sur une parole nouvelle comme sur une arme que l'on empoigne pour la première fois: «Ce sont les terroristes, madame. C'est-à-dire ceux qui terrorisent. Leur prochain. Leurs camarades.»

Giovanna quitte Annibale et se porte au secours d'Osvaldo; elle tutoyait Marta Rutigliano qui l'avait à peu près vue naître. «Osvaldo a dans l'esprit cette histoire des condamnations à mort, tu sais Marta, les exécutions, nous l'avons entendu parler nous aussi, Novella et moi.

– Vous avez entendu parler qui ça, fillette?

– Léo, qui d'autre? Ton fils. De la façon dont il parle, il nous apparaît à Novella et à moi comme un type un peu loufoque, mais je ne sais pas moi.»

Marta ouvre la bouche mais demeure figée, stupéfaite devant cette enfant calme, solide. Osvaldo confirme d'un signe de tête: «Voilà, c'est ça, les morts, toujours, les assassinats, toujours, toujours, toujours.»

La ville possédait un lycée royal situé à Dorsoduro, c'est-à-dire à proximité de la côte sud de l'îlot de Venise, et un autre à Cannaregio, près de la côte nord, où je fis moi-même ma scolarité par la suite. On relevait certaines anomalies: les deux garçons Balmarin fréquentaient le lycée de Dorsoduro qui se trouvait à deux pas de chez eux, tandis que Giovanna se rendait à celui de Cannaregio, à l'autre bout de la ville, de même que son amie Novella Berg et le frère de celle-ci, Maurizio. Le père de Maurizio et de Novella, Remigio Berg, enseignait « l'histoire, la philosophie et l'économie politique » à Dorsoduro, et il considérait comme contraire à une certaine éthique de compter parmi ses élèves ses propres enfants. Quant à Giovanna, d'autres motifs avaient probablement joué en faveur d'un tel choix, en dehors de son amitié pour les Berg ; Alvise Balmarin avait fait toute sa scolarité dans ce lycée et il semble naturel qu'il ait désiré y faire étudier aussi la prunelle de ses yeux. Annibale Tolotta Pelz, en revanche, fréquentait l'établissement de Dorsoduro ; de sorte que lui et sa voisine du même âge, Giovanna Balmarin, devaient faire en 1927 et en 1928, toujours si mes calculs sont bons, leur quatrième et leur troisième, mais dans des écoles différentes. Quant aux jeunes filles Tolotta Pelz, Maria Paola et Maria Matilde, on les avait mises chez des religieuses dont on ne savait pas grand-chose.

Ce jeune Rutigliano, le « féroce Leonardo », aujourd'hui dans sa soixantaine bien entamée, négociant en vins et spiritueux à Rio de Janeiro, je le revois tel qu'il était à l'époque, volant littéralement du nord au sud de Venise comme un petit corbeau criard et annonciateur de plaisanteries macabres ; en effet, il venait de s'installer dans une demeure aristocratique du quartier de Dorsoduro avec sa mère, Marta, et le grand officier Pericle, son père, juste au moment où apparaissaient dans les cieux du royaume d'Italie, royaume dont notre ville faisait partie désormais depuis soixante ans, des nuages obscurs et des menaces de peines nouvelles, parmi lesquelles précisément la peine de mort ; je revois l'oiseau Léo qui, changeant de domicile et donc d'établissement scolaire, volant ainsi de Cannaregio à Dorsoduro, trouve moyen de répandre tant au nord qu'au sud de notre île des tirades qu'il débite avec une ironie lourde de menaces et des hurlements d'histrion, affectant de surcroît des défauts de prononciation, pour la plus grande terreur des jeunets susceptibles de se laisser intimider.

Je l'ai entendu et je l'entends encore intérieurement un demi-siècle plus tard, plaisanteries macabres et tout le reste, martelant ses mots et faisant vibrer les « r » pour accentuer l'effet produit.

« Pour vous, avant-garrrdistes et jeunes fascistes qui avez été choisis, l'entraînement aura lieu sur le littorrral au Lido », annonçait-il sur un ton de fausset âcre et guttural. « Dans des localités déserrrtes, autrement dit dans les zones militairrres de la plage, on vous confierrra des mousquetons et vous vous essayerrrez au tirrr à la cible sur des silhouettes humaines, des carrtons qui auront entièrrrement l'aspect et la taille d'hommes vérrritables. Aux meilleurrrs d'entre vous sera confié l'honneurrr suprême, l'honneur de participer ac-ti-vement au tir en tant que mi-li-ciens, en d'autres termes à l'exécution capitale des trraîtrres à la patrrie. »

« Cette histoire d'exécutions au Lido, au bord de la mer », dit Osvaldo en s'adressant à la signora Rutigliano avec une ironie indolente, « heureusement qu'elle ne me concerne pas, car voyez-vous, madame, votre fils dit que pour le peloton d'exécution on choisira ceux qui sont les premiers de leur classe. À propos : comme toi, Annibale.

– Tu fais erreur, Osvaldo, tu fais erreur ! Ce sera tout le contraire ! On prendra les retardataires, les recalés !

– Ben voilà, justement, et ainsi le bourreau en chef sera alors Amedeo Passina, lui qui a été si souvent recalé qu'aucune école n'a plus voulu l'admettre.

– Non ! » s'écrie Annibale en s'élançant avec exubérance vers Osvaldo, on a l'impression qu'il va l'embrasser, « ce seront les mous, les recalés dans ton genre, les attardés, les pieds-plats, et cette, chose, cette expérience, Osvaldo, vous secouera bougrement vous autres pieds-plats !

– Fais gaffe Annibale », rétorque Osvaldo de sa voix de baryton précoce déjà un peu lasse, « parce qu'un jour ou l'autre je vais finir par te flanquer une rossée pour de vrai, une rossée dont tu te souviendras longtemps ».

Annibale pousse des hurlements avec une espèce de joie sourde, obstinée : « Et si quelqu'un fait le malin, s'il use de stratagèmes pour ne pas tirer, on le sort du peloton et on le colle au mur à son tour, et il est fusillé séance tenante, Osvaldo ! »

Naturellement Alvise Balmarin répugnait à intervenir en protecteur dans les querelles des enfants ; mais à présent un fait nouveau s'est produit, à la limite du conscient et de l'exprimable, un soupir de sa fille et un léger murmure comme dans un rêve : « C'est à ne plus rien y comprendre », et cela doit avoir déclenché en lui comme un signal, un indice, quelque chose d'encore jamais vu jusqu'alors, qui a duré une fraction de seconde au cours de laquelle il lui a semblé déceler pour la première fois chez sa fille l'ombre fugace d'un désarroi, d'un certain désespoir, instant fantomatique aussitôt oblitéré, englouti dans le rythme normal du temps.

Giovanna a déjà un accès d'hilarité lorsqu'elle voit son père, comme dans une pièce de théâtre, s'approcher d'Annibale, prendre entre ses belles et longues mains le visage de l'adolescent, ce petit visage coiffé de bouclettes, au teint rose et à l'expression rusée *de putto un peu délinquant.*

« Annibale, *cher enfant,* que tu ne saisisses pas le sens de ce que tu dis est un fait connu, parfaitement normal. C'est chose prévue. Mais maintenant, *cher enfant,* si je te demandais de garder ta bouche fermée un petit moment, tu voudrais bien me faire plaisir ?

– N'est-ce pas le contraire que vous demandez d'habitude ? », et Annibale ouvre la bouche toute grande comme s'il attendait la fraise.

Giovanna pouffe de rire, captivée par la scène, contente, affectueuse : « Que t'es bête, Annibale.

– Plutôt, *cher enfant,* cours chez ta maman et demande-lui de me prévenir sitôt que ton père sera rentré de Rome en wagon-lit, car j'aimerais m'entretenir un petit moment avec lui. Tu veux bien ? »

Le gamin se précipite au-dehors, entraînant Giovanna avec lui ; tous deux, la main dans la main, dévalent l'escalier tandis qu'il déclame à tue-tête, joyeux : « Demain soir nos morts apprendront une douce nouvelle dans l'au-delà, dussé-je la leur apporter moi-même… »

Osvaldo lève l'index : « Alberto da Giussano », relève-t-il en poussant un soupir ; les poésies de Giosuè Carducci lui sont pénibles et déplaisantes. Marta et Alvise se regardent dans les yeux, elle a un air renfrogné mais lui, tant de souvenirs l'habitent et affleurent qu'il sourit déjà.

Il savait que Giovanna et sa mère vivaient « en symbiose », et qu'il existait aussi une « symbiose » avec Annibale ; il se souvenait des nuits en temps de guerre ;

lors des bombardements sur Venise, les enfants, tombant de sommeil, étaient transportés dans la cave du palais Bialevski ; les tout-petits, Giovanna et Annibale, alors âgés de quatre ans, étaient installés tête-bêche dans un petit lit de camp, et lorsqu'ils étaient réveillés dans la nuit par le bruit des canons qui grondaient au loin, des shrapnels qui tambourinaient sur le marbre des balcons, chacun était heureux de trouver sous les couvertures les pieds de l'autre, et les petits pieds agiles se mettaient à frétiller et s'effleuraient, ou bien se livraient à une épreuve de force, talon contre talon, chacun s'efforçant d'éjecter l'autre du petit lit de fortune. Les bouteilles de vin, alignées en rangs serrés, reflétaient la lueur vacillante de la bougie ; à côté, sur une table de cuisine, une boîte d'allumettes de cire, tricolore, dont la bande blanche portait les mots : *« Pour les mutilés. »*

Une nuit, les raids aériens s'étaient prolongés si longtemps que, pour les faire dormir, on avait donné du vin même aux gosses de quatre ans, le vin ne manquait pas, et cette fois on les avait trouvés, non pas tête-bêche, mais côte à côte dans le petit lit, Giovanna profondément endormie, enlacée par Annibale, sa petite tête abandonnée sur l'épaule du garçonnet qui, lui, était bien réveillé, les yeux immobiles fixant la flamme de la bougie, il remuait les lèvres comme s'il psalmodiait. Des regards étonnés l'interrogent et, d'un ton résolu et comme empreint de fierté, il explique alors : « Elle ronfle, Giovanna ronfle. »

« Comme sa mère », remarque Caterina, qui considère le fait comme un signe de vigueur et de bien-être. Ceci devait se passer, là aucun doute possible, lors de la nuit où Venise fut bombardée pendant huit heures d'affilée ; à la suite de cette fameuse Nuit des huit heures, Alvise Balmarin, alors en permission à Venise, résolut d'expédier sa famille à Milan.

Ils partirent du Rio degli Ognissanti dans une gondole munie d'une armature en arceaux que recouvrait un drap noir parsemé de pompons et de plumets noirs et dont les côtés étaient troués de petites fenêtres en feuilles de verre, yeux ouverts sur les canaux obscurs ; pour se rendre à Milan il était nécessaire d'être pourvu d'un « passeport pour l'intérieur » ; la mère d'Alvise était des leurs avec son somptueux chapeau rehaussé d'un grand panache, c'était même elle qui avait organisé l'accueil des réfugiés avec ses amis lombards, les Cerulli, propriétaires d'une maison Via Cerva et d'une villa sur le lac Majeur ; Giacinto Cerulli les avait reçus avec ces mots : « Si les Français avaient envahi la Lombardie, je ne doute pas que vous en auriez fait tout autant pour nous. » Alvise avait obtenu l'autorisation de les accompagner mais il devait aussitôt regagner la zone de combat ; la veille de son départ de Milan, Caterina et Alvise s'étaient unis dans une longue étreinte et avaient fait l'amour avec une sorte de violent abandon.

« Je ne vois pas ce qui peut bien te donner matière à sourire aussi béatement », dit Marta à un Alvise plongé dans ses rêvasseries sans qu'elle parvienne à l'en tirer ; elle consulte sa montre : « Écoute, il faut que je file. Tu diras au revoir de ma part aux dames en bas, je rentre directement chez moi. Les choses s'annoncent bien pour la maison, mais tu sais, il y a encore tellement de choses à faire !

– Bien sûr, Marta. » Il l'escorte jusqu'à la porte. L'idée d'avoir les Rutigliano à Dorsoduro, dans leur nouvelle demeure dite « de représentation », lui inspire déjà la mélancolie de l'ennui.

Alvise et Osvaldo sont restés seuls, le père prend son fils bras dessus, bras dessous en lançant un « c'est bien Osvaldo ! » à la fois vague et encourageant, et tous deux descendent chez eux à l'entresol. La signora Tolotta Pelz est déjà partie avec Annibale, Osvaldo se joint à son frère aîné pour terminer les restes de l'apéritif et Alvise se rend dans la chambre à coucher où il trouve sa femme et Giovanna devant la grande glace, en train d'essayer des chapeaux *cloches* sur leurs petites têtes rondes qui, aux yeux du dentiste, renferment des univers.

De prime abord elles ne semblent pas s'apercevoir de sa présence. Il les observe, heureux, tandis qu'intéressées et joyeuses, elles essaient et se passent les petits chapeaux, il les voit de dos dans la réalité de la chambre et de face dans la glace, finalement elles se rendent compte qu'il se trouve dans le champ du miroir, ce qui les égaye encore et les rend plus théâtrales. Puis, s'en avisant petit à petit, Alvise voit dans la glace que derrière sa propre image vient d'en surgir une autre qui grandit progressivement, celle, inattendue, d'Ezio Sbordoni, l'aîné de ses deux beaux-frères, en tenue de soirée et nœud papillon noir.

Je me souviens bien de ces deux frères de Caterina Balmarin, Ezio et Marcello Sbordoni, en particulier d'Ezio, du fait qu'il venait quelquefois faire des conférences chez nous à l'école. Un homme chauve qui avait dû être blond probablement, guère plus grand que sa sœur mais dont le visage était plus pointu que rond. Marcello, son cadet, était en revanche un homme robuste et bien planté sur ses jambes dont l'une avait été amputée à moitié, peut-être pendant la guerre ou au cours des désordres civils qui s'ensuivirent ; l'élément artificiel s'articulait au-dessous du genou, donnant l'impression, lorsqu'il portait l'uniforme, qu'on avait fait en sorte que la prothèse s'adapte parfaitement à la botte fasciste.

C'est étrange, mais si je repense à ces deux frères Sbordoni, la première image qui me vient à l'esprit est celle de leur façon de fumer. Très différente de l'un à l'autre. Marcello, qui avait un crâne vigoureux tondu à ras, le visage épanoui et la bouche large, tenait une cigarette forte et peu coûteuse, « de troupe », au milieu de sa bouche, la laissant bringuebaler entre ses lèvres molles au rythme de ses propos, en général brefs et autoritaires ; bien que dans les années qui suivirent la Grande Guerre il eût surtout déployé ses activités dans le cadre de la violence armée, il s'était débrouillé pour décrocher un diplôme de médecine et une spécialisation en oto-rhino-laryngologie, de sorte qu'Annibale Tolotta Pelz, pour l'imiter, se mettait à hurler : « Ces amygdales, il faut les enlever ! Ces végétations adénoïdes doivent partir ! », opérations que son beau-frère, Alvise Balmarin, avait d'ailleurs refusées pour son fils Corrado. Alvise aurait été un excellent spécialiste de médecine interne comme son père, s'il ne s'était engagé dans la voie de l'odontologie, et son refus, courtois mais irrévocable, à son parent oto-rhino-laryngologiste, s'était trouvé justifié par la suite devant l'amélioration toujours plus manifeste de la respiration nasale de Corrado et le nombre décroissant de ses angines. Alvise, comme à l'accoutumée, n'avait soufflé mot, mais des amis moins réservés que lui, tel le professeur Remigio Berg, se fondant sur ce cas et d'autres similaires, avaient défini Sbordoni comme « un sadique incompétent », « une catastrophe mortelle ».

Ezio, dont l'image venait d'apparaître dans la glace, fumait au contraire des cigarettes à bout doré, il était, à en croire son frère, « le cerveau de la famille » ; j'ignore quelles furent les études qu'il poursuivit, mais on lui attribuait des brevets d'homme de lettres pour avoir été critique de théâtre auprès d'un petit journal violemment nationaliste, et auteur d'un drame en vers, écrit avant la guerre, qui se déroulait dans la Rome du XIIIe siècle. Il lisait les romans de Guido da Verona et de Pitigrilli, outre ceux de D'Annunzio et d'auteurs français traduits ; on disait qu'il avait été cocaïnomane et il avait par la suite dirigé une revue peu connue à l'époque mais qui, au fil des années de plus en plus sombres, devait trouver sa vocation dans le racisme. Il échappa au poteau d'exécution à la fin de la Seconde Guerre, fut mis en prison et bénéficia d'une amnistie ; il est mort il n'y a pas si longtemps, dans un état d'hébétude totale, dû, si l'on en croit les Rumeurs les plus contradictoires, à des séquelles de syphilis et je ne sais quoi d'autre.

En dépit des Rumeurs qui lui attribuaient un passé de violences perpétrées en Italie centrale, *même pires que son frère* (personne « n'ôterait de la tête » au comte Antonio Passina qu'il se trouvait parmi les poignardeurs du jeune Bolonais au cours des « quatre-vingt-dix secondes » qui suivirent l'attentat), Ezio, dans ses premiers temps vénitiens, projeta de lui-même une image d'esthète et de lecteur raffiné, se plaisant même à citer en français, dans un soupir : « Ce vice impuni, la lecture », qu'il prononçait avec son accent « cé viss empini, la lectir », donnant ainsi un tour plus vernaculaire à cette vénérable niaiserie.

Il ne me semble pas qu'Ezio Sbordoni ait jamais figuré parmi les cibles préférées d'Annibale Tolotta

Pelz pour exercer ses talents parodiques, sans doute était-il trop difficile à imiter, mais une chose dont personnellement je me souviens à la perfection, c'était sa façon de proférer ses assertions, à la manière d'un oracle, perdu dans ses rêves, et dont la singularité se trouvait accentuée du fait qu'il avait coutume, aussitôt son avis exprimé, de lui opposer sa propre objection, mais en l'amputant, l'abandonnant en chemin, la laissant en suspens : « Notre idéologie est une foi, en conséquence, a priori, ce n'est pas une marchandise susceptible d'être exportée, cependant. » Ou bien : « Nous avons laissé derrière nous le vieil esprit bourgeois, le nôtre est mouvement, exquisement populaire et social, et pourtant. » Ou encore, pour rester en famille : « Ma sœur Caterina est une femme exceptionnelle, il est regrettable néanmoins », et il se renfermait sur lui-même, songeur, un sourire extatique flottant sur ses lèvres comme s'il écoutait une musique intérieure, il portait à sa bouche la cigarette parfumée, tirait une grosse bouffée qu'il aspirait à fond, tel quelqu'un qui se griserait de poison, puis l'exhalait lentement, contemplant à travers cette nuée les gens autour de lui, les yeux mi-clos et investigateurs.

En ce moment il s'adresse à l'image de sa sœur Caterina et de sa nièce Giovanna dans la glace, il parle avec un certain lyrisme, l'index pointé vers le plafond, perforant mentalement du doigt l'étage au-dessus ainsi que le suivant pour arriver à l'appartement Bialevski : « De tels actes destructeurs ne peuvent être commis que par ceux qui nous haïssent, il y a des années que nous le disons, nous tous, depuis le chef jusqu'à nous autres suivistes ; cela posé, si nous en venons ensuite à la figure de Bialevski *en soi*, entendons-nous, toutefois. »

Parfois, il se trouve devant quelqu'un qui tente de lui faire compléter ses phrases : « Toutefois quoi ? Achève ta pensée, mon oncle. » Giovanna copie sciemment une phrase du professeur Berg qu'elle a empruntée à Novella. Elle se détourne du miroir : « Bonsoir oncle Ezio », dit-elle à l'image concrète d'Ezio ; je crois que parmi toutes les gamines de Venise, elles étaient les seules, Novella et elle, à ne jamais dire salut ! ou ciao ! mais toujours bonjour et bonsoir, un peu compassées, timides aussi peut-être, dans leur gentillesse et leur douceur.

Je suis convaincu qu'Ezio ressentait vis-à-vis de sa nièce Giovanna une intrication de sensations, un intense désir physique qui était bloqué avec force, inconsciemment étranglé par la terreur noire et inexplorable de la perspective incestueuse. L'image de Giovanna que je tâche de dépeindre de mon mieux – un être serein, rayonnant d'une joie tranquille et profonde – suscitait, justement en raison de ces traits qui lui étaient propres, une attirance qui n'en était que plus intense ; et chez quelqu'un comme Ezio, l'étau instinctif de l'interdit, censurant même dans ses fantasmes les actes qui l'uniraient à elle, le menait à chercher des substituts, à se représenter dans ses imaginations extrêmes et solitaires la jeune fille être la proie de quelqu'un d'autre, mais que lui-même choisirait et commanderait ; au début, cet autre lui était apparu sous les traits d'un de ses amis des plus experts et corrompus, disposant d'une garçonnière aux lumières tamisées et à l'ameublement médiéval, puis il s'était finalement tourné vers quelqu'un de totalement différent, un personnage flou, un jeune fasciste fraîchement recruté, naïf et obéissant, qui dévêtait Giovanna avec grâce, la déflorait même peut-être, dans un pré ou sur la berge d'un fleuve.

Jamais Ezio ne se concédait de telles envolées d'imagination en présence de la jeune fille. À présent, sans « achever sa pensée », il parle d'autre chose, vite et d'une manière embarrassée : « Je suis invité à dîner ce soir chez Eisa et Pierluigi Traverson, je suis passé voir si les Tolotta Pelz étaient de la partie mais Silvio n'est pas encore rentré de Rome et Elvira m'a fait un récit des plus vagues, c'est pourquoi je me suis arrêté un moment chez vous. Je sais par le petit Annibale que toi », il pointe son doigt vers Alvise, « tu as un projet, un plan, et demain ou après-demain, bref aussitôt Silvio de retour, je me rendrai chez lui moi aussi avec toi, et j'amènerai également Antonelli que je vois ce soir chez Eisa et Pierluigi, et nous définirons l'attitude à adopter, l'action à mener, à cet égard.

– À l'égard de quoi, Ezio ? demande Alvise.

– De ce qui est arrivé », Ezio perfore de nouveau du doigt les étages supérieurs, « et puis aussi de l'ensemble, disons, du cas Bialevski. Assurément il sera opportun d'avoir des explications, des éclaircissements, sauf que.

– Sauf que quoi, Ezio ?

– Je suis sûr qu'avec Silvio Tolotta et Antonelli nous trouverons la marche à suivre avec Bialevski lorsqu'il rentrera de son expédition anglaise », Ezio accentue la formule avec ironie, « bref, il est certain que ».

Antonelli. Domenico Antonelli. Depuis son enfance on le connaissait comme Momi Antonelli, à présent, personnage haut placé dans ce qu'on appelait, me semble-t-il, la fédération provinciale du parti fasciste, seul le prénom de « Domenico » était désormais en vigueur, et il fréquentait aussi le beau monde, les salons où il promenait un air de virilité aigu et un peu las qui plaisait à certaines dames éminentes du lieu ; la pratique du sport à outrance n'était pas encore à l'époque une nécessité absolue et affichée, Antonelli avait joué au football dans son adolescence et maintenant il faisait du tennis, vêtu de blanc de pied en cap, il avait une tête en forme d'œuf avec un menton pointu, des cheveux d'un noir corbeau et des yeux très noirs aussi, toujours légèrement embués, et pour ses discours publics il affectait une voix fine et émue, une voix qu'il savait moduler lorsqu'il était dans le beau monde, l'affaiblissant, jouant toute la gamme des tons du soupirant, du primesautier au langoureux, voix appréciée par certaines interlocutrices qui réagissaient en s'attardant et en altérant même la façon de prononcer son nom : « Oh, cher Antoneenli… » Je crois qu'il était juif ; il prit part à la guerre en Afrique où il finit par s'établir, installant avec succès une entreprise agricole ; il est venu quelquefois à Venise au cours de l'entre-deux-guerres, très bronzé, mince et vigoureux, de toute évidence très heureux en Afrique qu'il a regagnée à temps et j'ai entendu dire qu'il s'y trouvait encore il n'y a pas si longtemps.

Alvise dirige vers son beau-frère ses yeux protubérants, mi-clos : « Quelle "marche à suivre" Ezio ? Et pourquoi parles-tu "d'expédition" anglaise ? Explique-toi, Ezio », mais l'autre exhale sa fumée et continue de scruter Alvise en silence d'un air absent, à travers son nuage gris et parfumé. « Allons donc Ezio, la seule chose juste et pratique, ce sont les Berg qui l'ont faite en faisant appel à Chiodo sans tarder. »

Le sens de la conversation a échappé à Caterina mais elle est envahie par un sentiment d'ennui vivace encore que vague, elle va se poster devant son époux qui la dépasse du haut de sa taille et lui sourit ; elle se hausse sur la pointe des pieds, lève ses bras courts et le saisit aux épaules, le secoue, porte les mains à ses joues, les caresse, les pince avec plaisir ; c'est parce qu'elle désirait cela qu'elle l'a appelé d'urgence par téléphone ; depuis qu'Alvise est rentré elle ne l'a pas encore embrassé et elle choisit d'accomplir de cette manière le rituel du soir, le palpant, le malmenant joyeusement, s'attachant à ce dernier fil de la conversation dont elle n'a saisi que quelques bribes mais qu'elle estime inutile : « Qu'est-ce que Chiodo a à voir là-dedans ? N'as-tu pas entendu qu'Ezio arrangera tout lui-même, avec Silvio et Antonelli ? » Elle connaît Antonelli mais elle n'a jamais bien su qui il était au juste, ce qu'il faisait ; elle voit continuellement son voisin Silvio Tolotta Pelz mais elle n'a jamais compris avec précision de quoi il s'occupait, quelle autorité, quelles positions, quelles idées sur la vie il pouvait bien avoir ; surtout elle trouve sa fille aînée « fadasse », la cadette, Maria Matilde, « plus prometteuse » ; le petit Annibale existe pour elle en fonction de Giovanna ; et l'ironie de son frère Ezio quant à « l'expédition anglaise » d'Edoardo Bialevski, faisant allusion au soupçon qui pesait sur lui d'avoir aidé un parlementaire antifasciste vénitien fort connu à s'exiler en Grande-Bretagne, apparaissait à Caterina aussi lointaine et inexplorée que la lune.

« Pourquoi dis-tu des choses inutiles ? », reprend-elle, n'écoutant même pas ses propres mots mais continuant à tâter, à serrer dans ses doigts divers points des épaules, du visage d'Alvise, « pourquoi parles-tu autant ? » implore-t-elle avec un tourment exagéré et totalement feint, les mots en soi ne comptent pas, à présent on dirait qu'elle les emprunte à Marta Rutigliano : « On ne peut jamais traiter un sujet avec toi, Alvise, en bonne et due forme, on ne se sent jamais sûr lorsqu'on s'entretient avec toi, parce que tu dévies, Alvise, tu dévies », qu'importent les mots, ce qui compte c'est la réalité lumineuse des yeux vert-or qui laissent s'écouler les mots et demeurent ouverts sur lui, si ouverts et si grands qu'ils peuvent contenir à la fois l'ombre et la lumière, l'ironie et l'exubérance de la tendresse, le dévouement et le pouvoir ; et alors cela devient pour Alvise comme au temps lointain précédant son mariage, lorsqu'il avait séjourné en Angleterre pour se spécialiser dans sa branche d'odontologie et que, de retour à Venise, il avait été prudemment harcelé par les Rumeurs sur l'infidélité de Caterina, à cette époque aussi il y avait eu cet isolement de tous deux dans un important, dans un immense échange de regards, et elle lui disait tout en l'étreignant : « Tu es toujours là à l'affût d'explications définitives, non seulement en ce qui me concerne mais sur tout, sur la médecine, sur l'astronomie, mais lorsque tu me regardes de la sorte c'est comme si tu me disais : toi non plus Caterina tu ne m'expliques rien, même rien du tout, mais tu me rends heureux quand même, et tu le sais très bien, Alvise, que tu es le seul que je désire embrasser, cette bouche de poisson que tu as, mais de poisson *chic, chic,* et la seule chose que je puisse faire avec toi si *chic,* c'est d'être un peu stupide, un peu flottante… », et entre-temps, comme cela arrive souvent lorsqu'il passe le soir au palais Bialevski (lui et Silvio Tolotta Pelz étaient assez liés), Ezio s'est, pour le couple, comme liquéfié dans le néant.

Giovanna, coiffée d'une *cloche* couleur rubis, le plus seyant de tous les chapeaux qu'elle avait essayés avec sa mère, a été la seule à remarquer qu'Ezio s'apprêtait à se rendre à son dîner chez les Traverson et elle l'a accompagné à la porte : « Bonsoir oncle Ezio et bon appétit », et elle a ajouté, sur un ton mi-cérémonieux, mi-consolateur : « Que tu es bien en smoking ! » Son oncle s'est penché pour l'embrasser, gauche et rapide.

La Sbordoni

Le décalage de temps entre la formulation des projets et leur réalisation ne se présente pas de la même manière à Dorsoduro et dans une ville comme Rome, par exemple. J'ignore ce qui devrait être tenu pour mieux ou pour pire mais il me semble tout au moins qu'à Rome (ville qu'au fond nous connaissons et nous sentons bien peu comme capitale du monde ou d'ailleurs), les projets sont renvoyés avec plus d'efficacité que chez nous. Autrement dit, à force d'ajournements, les projets romains tombent dans l'oubli sans que personne n'y prête attention ; ici, en revanche, on a beau les remettre de nombreuses fois, ils finissent par voir le jour mais sous une forme différente et totalement méconnaissable par rapport à l'idée originale. Du reste, j'énonce ici les théories du vieux Bialevski, maintes fois ressassées par lui-même, et qui représentent l'une parmi les cent raisons de son attachement à Dorsoduro ; « ici », dit-il, « on finit toujours par arriver au point essentiel, et qu'on mette deux minutes ou deux ans pour y parvenir n'a aucune importance », cela fait partie à ses yeux de « l'esprit » ou du « génie » de Dorsoduro.

Ainsi, la réunion projetée chez Silvio Tolotta Pelz en vue de discuter du « cas Bialevski », cette réunion à laquelle Ezio Sbordoni avait proposé de faire intervenir aussi Domenico Antonelli, personnage marquant de l'univers mondain et fasciste du moment, finira par avoir lieu des semaines plus tard, et avec des modifications imprévues. Sans parler du retour d'Angleterre tant attendu d'Edoardo Bialevski en personne ; je ne crois pas me tromper en situant ce retour vers l'époque des premières grandes chaleurs, disons à peu près autour de juin-juillet 1927, au moment où, dans la toujours très distante ville de Paris, Aristide Briand expédiait nombre de missives à son homologue américain Frank Kellogg, le secrétaire d'État du président Coolidge, premières *esquisses* de ce qui devait devenir, éventuellement, dans le sens de l'anglais *eventually,* le Pacte signé par une soixantaine de nations, visant à mettre définitivement hors la loi la guerre en tant que type de rapport entre les nations. Mettant à profit, pour ainsi dire, cet intervalle de temps, je vais m'atteler à mieux cerner l'image d'Alvise Balmarin et de sa femme.

Le père d'Alvise, le *N.H.* professeur Aleardo Balmarin, médecin-chef de l'hôpital, avait été, selon les Rumeurs, *un de ces hommes tout d'une pièce,* ou encore, *de ceux qui ne se sont jamais vraiment amusés dans la vie ;* définitions sans doute hasardeuses et peu significatives ; cependant, en raison de ces étiquettes appliquées au père, son fils unique, Alvise, s'était forgé d'emblée et par opposition une réputation d'extravagant que pour de multiples raisons il ne contribua pas à atténuer, surtout dans les premiers temps ; selon des Rumeurs extrêmes et sommaires, *des germes de folie manifeste* habitaient Alvise depuis sa plus tendre enfance.

À sa façon, le professeur Aleardo tenait aux titres de noblesse, c'était chez lui comme une habitude, quelque chose qui lui insufflait un paisible sentiment de sécurité. Son propre père, Almoro Balmarin, avait vécu dans ce qui était alors le royaume lombard-vénitien avec un sentiment d'équilibre analogue, applaudissant ensuite, avec ce qu'il fallait de chaleur et de degré de conviction, aux pompes et aux fanfares accueillant la visite du nouveau roi dans une Venise qui intégrait à son tour la jeune nation italienne.

De sorte que par la force de l'habitude, le médecin-chef Balmarin avait pris toutes les dispositions pour qu'Alvise fît ses études de médecine et épousât une femme d'un certain rang; il avait jeté son dévolu sur une jeune personne issue d'une grande famille, orpheline d'un père appartenant à la noblesse, et dont la grandeur se traduisait aussi par la taille, Adele Cugumer Palli, et ce fut alors que son fils, le sourire aux lèvres, se livra à des actes de résistance extravagants, des vétilles, mais qui devinrent légendaires au fil des ans et de par leur répercussion dans les différents récits.

Se laissant plus ou moins fiancer à la robuste et dans son genre fort belle Adele, il mit tout en œuvre, usant de manières à la fois irritantes et désinvoltes, pour saboter les perspectives d'une telle union. Osvaldo Balmarin m'a raconté plus d'une fois, avec un amusement manifeste et même une certaine fierté, ces péripéties lointaines de son père, survenues avant sa naissance.

La famille d'Adele, qui le considérait pratiquement comme le fiancé, invitait à déjeuner Alvise qui s'arrangeait pour arriver en retard, trouvant dans le salon patricien la mère de la jeune fille, la veuve Giustina Cugumer Palli, entourée d'oncles, de cousins, d'invités, le ventre creux et fort contrariés par l'attente, à l'exception de la grande Adele qui, toute blonde et rose et accueillante, allait à la rencontre d'un fort jeune

Alvise, une brindille entre les bras. Détonnant à plus d'un égard, lui qui était déjà coupable d'être en retard, il forçait la dose en chantonnant joyeusement un vieux couplet vénitien dans sa version dialectale : « La galère est un bateau, la prison c'est une maison, le mariage est la ruine de l'homme », et la fiancée *prenait les choses avec esprit,* l'embrassait avec vigueur et plaisir.

La signora Cugumer Palli se levait aussitôt, suivie de tous les impatients. Les voici réunis dans la salle à manger. Alvise est à table aussi, prodiguant regards et sourires autour de lui. Il étudie le moment propice. Après un intervalle calculé, il se lève d'un bond. Tous les yeux des convives atterrés sont braqués sur lui. Il sort. Il doit avoir bien étudié aussi l'acoustique de la situation car, quelques instants plus tard, les commensaux horrifiés reconnaissent le bruit à nul autre pareil de la chasse d'eau du cabinet. Un froid glacial accueille le retour d'Alvise à table, ils sont tous paralysés par l'indignation, sauf Adele qui a toujours eu comme principe (et elle le maintient encore jusqu'à présent, à la veille de ses quatre-vingt-quinze ans), *de tout mettre à la lumière du soleil :* « En Angleterre », dit-elle tout en donnant un coup de coude à son fiancé, « jamais on ne te permettra une telle grossièreté, tu sais ! », et à l'autre bout de la table, Benedetto Bondin, un des oncles à l'appétit le plus vorace, intervient, hargneux, incrédule : « Comment ! Il va en Angleterre maintenant ? Et pour quoi faire ? »

C'est Alvise qui explique, brièvement mais avec courtoisie : « Suivre des cours de spécialisation en odontologie, en somme en vue de devenir dentiste, pour m'exprimer en des termes qui vous sont accessibles à vous autres. »

Le premier plat est terminé, sur un long plateau d'or on apporte le poisson. Amputé de la tête et de la queue. Alvise est tout à fait audible : « Remarque que c'est peut-être même un beau bar. Mais servi de la sorte ! Quelle maison ! Quelle barbarie ! » Ensuite on en est au rôti de veau et le parfum du romarin se répand en même temps qu'un peu de paix dans les âmes. Alvise choisit ce moment pour se lever de nouveau : « Je disparais encore un moment, hier soir j'ai bu un hectolitre de vin. Heureusement que le vôtre ici permet de résister à toute tentation. »

« Si j'étais à ta place », dit suavement Pina Bondin, la femme du vorace, en s'adressant à sa cousine Giustina, « moi, Alvise, je le chasserais de la maison ».

Alvise, déjà à la porte, l'entend et se retourne vers elle : « Sauf que *toi* Pina », et il la désigne du doigt, « tu es *toi,* tu n'es pas *elle* », pointant l'index vers la veuve Cugumer Palli : « Peuh ! Quelle engeance ! », et il sort en exhalant des soupirs.

Lorsqu'il revient personne ne le regarde, il les trouve tous avec leurs couverts en main et les yeux baissés sur leur assiette. Son regard fait lentement le tour de l'assistance, s'arrêtant sur chacun, et il conclut d'un ton satisfait : « Hypocrites. » D'un bond il est debout et disparaît, cette fois pour ne plus revenir.

Il ne se passa guère de temps qu'on eût la véritable clé de ces horribles lacérations de l'étiquette. Caterina Sbordoni était entrée en scène. Cela se passait en 1906, et à Rome le président du Conseil des ministres était, pendant une courte durée, le baron Sidney Sonnino, tandis qu'aux États-Unis, sous Teddy Roosevelt, naissait Polly de l'union brève mais heureuse entre une femme qui avait dans les veines du sang indien, américain et chinois, outre un mélange européen, et le futur grand officier Pericle Rutigliano, son époux d'alors, une personne dont on était loin de soupçonner l'existence à Venise où on assistait en revanche aux visites assez fréquentes du Kaiser. Et ce fut cette même année que pendant une période longue et décisive notre ville eut comme hôtes Fanny Sbordoni et sa fille Caterina.

Fanny était triestine, autrement dit autrichienne de naissance, et elle vivait beaucoup à Trieste avec sa fille Caterina, tandis que son époux s'était fixé, je crois, à Modène, sa ville natale, avec leurs deux fils Ezio et Marcello. Ce furent parmi les premiers parents « séparés », ébauche des futurs « divorcés » ; d'où, chez leurs enfants, un sentiment de liberté hors la loi. Le père se nommait Palmiro, et il avait des yeux clairs, bienveillants, un nez très droit et une longue barbe lisse et soyeuse, je me souviens bien de son visage car, vaille que vaille, mon père était un des meilleurs portraitistes d'Italie et une fois il avait fait un très beau portrait de lui ; Palmiro était un homme malheureux, guère l'homme qu'il fallait à cette femme ; c'était un être probe mais incapable d'élever ses deux fils qui se révélèrent en effet être du genre « polissons » et « garnements », comme on disait alors et qui, avec la montée du fascisme quelques années plus tard, à une époque antérieure à leur réincarnation vénitienne, doivent être devenus de véritables délinquants et non pas seulement des rhéteurs exhibitionnistes de poignards et de têtes de mort.

Quant à sa fille, Caterina, Palmiro Sbordoni n'eut même pas l'ombre d'une possibilité de l'élever. Comme je l'ai déjà dit, Caterina restait avec sa mère à Trieste pendant de longues périodes, et les deux femmes étaient à peu près du même format. Il y a cette filiation Fanny-Caterina-Giovanna, ce trio aligné dans le temps au fil des premières années du XXe siècle, un trio de splendides tonnelets bien fabriqués avec une vivacité propre tout intérieure, sans gestes excessifs, au lieu de la rhétorique de la joie qui implique des sauts et des cris, une lumière continue, une disponibilité continue à recevoir et à donner, à savourer et à offrir, à aimer et à être aimées, le plaisir de la compagnie humaine, la jouissance de vivre au milieu de ses proches, de se parler, de se toucher.

Alvise Balmarin choisissait ses vêtements avec une élégance sobre mais non dépourvue d'inventivité, il venait d'avoir son doctorat en médecine, obtenu à la suite d'études assidues camouflées derrière un air de légèreté distraite. Il m'a dit une fois que du temps où il était étudiant, certains après-midi d'été passés dans la fraîcheur de la salle d'anatomie, seul dans le silence, opérant sur le cadavre dont chaque partie représentait un univers illimité à ses yeux, restaient pour lui parmi les moments les plus marquants de son existence. Il vit les Sbordoni, mère et fille, pour la première fois à Murano où il s'était rendu avec l'intention de s'offrir un service de verres à pied, qu'il choisit de couleur verte, en verre craquelé de légères rides ; je vois leur rencontre en plein air, du côté de la lagune, verte elle aussi et foisonnant de scintillements qui frissonnent dans le vent ; c'est là que leurs regards se croisèrent pour la première fois.

Je ne sais pas très bien de quelle façon il l'aborda et fit sa connaissance mais tout a dû se dérouler d'une manière rapide et comme prédestinée. On sait que Caterina repartit pour Trieste avec sa mère et qu'elle revint ensuite seule à Venise, chez des amis; on sait qu'Alvise avait un ami dentiste un peu plus âgé que lui, Nino Baldissi, le frère de la pianiste Lena Baldissi qui compta, paraît-il, parmi les maîtresses de Giacomo Puccini, et qui fut aussi très attachée à Alvise Balmarin; le dentiste Baldissi, qui devait tomber sur le champ de bataille quelques années plus tard, avait son cabinet dentaire au rez-de-chaussée, équipé du grand fauteuil de dentiste mais aussi d'un petit lit; un escalier en colimaçon menait du cabinet à son appartement de célibataire; Nino s'exprimait d'une manière lente et didactique: « Dans certains cas très rares, tu as la chance de monter cet escalier à deux. Il peut se faire, et c'est moins rare, qu'après avoir introduit la fraise entre les lèvres d'une belle patiente, tous les soins étant faits, l'obturation achevée, tu poses un baiser sur ces lèvres, baiser que tu peux quelquefois tenter de transférer et de prolonger sur le petit lit que tu vois là-bas; c'est ton intuition qui doit te guider pour savoir si c'est faisable ou non », et Balmarin, qui avait sans doute déjà commencé à percevoir son propre destin dans l'odontologie, fourbit dans le cabinet de l'ami ses premières armes; parmi ses premières victimes, la jeune fille Sbordoni, qui ne devait pas avoir à l'époque plus de dix-sept ans si je calcule juste, se montrait amusée et pleine de curiosité sous la fraise et dans les bras de ce dentiste débutant mais hardi.

Elle apportait avec elle de Trieste un vent d'Europe centrale, tandis que ses deux frères étaient demeurés, selon la curieuse expression de leur mère Fanny, « deux pieds de porc de Modène », et Alvise, entraîné par ce vent, avait un peu perdu la tête. Les sensations qu'elle lui procurait étaient nouvelles pour lui: une sérénité empreinte de fantaisie, une irrésistible vague d'apaisement. Il la couvrait de baisers et Caterina semblait déjà être au fait des choses ; à un certain moment elle repartit pour Trieste lui disant, un peu sybilline : « Je m'en vais ; si je reste ici je vais finir par t'épouvanter. »

Dans ces intervalles de solitude Alvise Balmarin vaguait, grisé, dans Castello, dans Cannaregio, dans Dorsoduro, et ne parlait que d'elle à tous ceux qu'il rencontrait. Caterina Sbordoni. Un titre de roman passionnel début XIXe. Un nom de cantatrice d'opéra. La Sbordoni. Et elle paraissait être tout cela, mais à l'état embryonnaire, un bourgeon qui fleurit : c'était la photographie d'adolescente dans l'album de l'héroïne romantique, de la grande artiste lyrique.

Tout cela finit par arriver aux oreilles du clan Cugumer Palli, dont la seule à entreprendre une action fut la mère, Giustina, qui convoqua Alvise chez elle une dernière fois. Évidemment, il reçut la ferme injonction de ne plus se montrer, il fut averti qu'on coupait les ponts officiellement avec lui, mais en le congédiant Giustina fit preuve d'un moment de sagesse impétueuse, guère surprenant chez une Vénitienne : « Je voudrais encore te dire ceci, Alvise : que je t'envie. Tu ne me connais pas, tu ne connais pas ma vie, et je n'ai ni le temps et encore moins l'envie de t'expliquer sur quels fait je fonde ce que je te dis ; en d'autres termes, je te comprends. Tu épouseras cette jeune fille Sbordoni. La grande *liaison* romantique, claire, à visage découvert. Je vous envie. » Un valet en livrée, faisant aussi office de gendarme pour ainsi dire, l'escorta jusqu'à la sortie par le portail du palais.

Je n'ai jamais connu Giustina Cugumer Palli mais une fois, il y a longtemps de cela maintenant, Osvaldo

Balmarin me l'a indirectement définie. « Elle me rappelle une de mes grands-tantes, la sœur de ma grand-mère du côté paternel. Son mari était dans la diplomatie, un Vénitien affable qui arborait avec beaucoup d'effet l'uniforme chamarré d'or et obtenait de véritables succès mondains dans les pays d'outre-mer, mais il lui arrivait aussi certains soirs de préférer rester chez lui pour lire les journaux de Venise vieux d'un mois ou jouer aux cartes avec son cocher, pendant que sa femme était en villégiature au Lido avec les enfants. Depuis son adolescence, elle avait à Venise une relation amoureuse avec un jeune homme qui ne s'était jamais marié à cause d'elle ; quelquefois, dans le courant de ces étés-là, elle confiait ses enfants à la garde de la gouvernante et quittait le Lido pour se rendre à Venise chez cet amoureux fidèle. Elle se déshabillait, surtout, j'en suis sûr, parce qu'elle souffrait beaucoup de la chaleur ; puis venait le désir d'aimer, suscité par le dévouement et la gentillesse de son soupirant ; en ce temps-là il existait encore de ces cas de longues fidélités, gardées secrètes, intenses quoique peu érotiques. » Osvaldo ricane en pensant à ses propres déboires matrimoniaux ; nous y reviendrons une autre fois.

Ce fut au cours de son séjour de perfectionnement à Londres qu'Alvise fit vraiment connaissance avec Edoardo Bialevski. Tous deux gais, foisonnant d'idées et de joie de vivre, devinrent indispensables l'un à l'autre et se lièrent d'une vive affection, à tel point qu'au fil des ans certains Vénitiens des plus médiocres les ayant aperçus qui dînaient ensemble, ou se promenaient bras dessus, bras dessous dans la rue, chuchotaient à Alvise, ces gros malins : « Tu ne serais pas par hasard toi aussi... », tout en caressant de l'index le lobe de leur oreille ; ces gens-là s'étaient pris de quelque antipathie tant à l'égard d'Alvise qu'à celui d'Edoardo en raison de leur élégance et de leur désinvolture, ils parlaient d'Edoardo comme de « Edo » Bialevski, et faisaient semblant, plus par habitude que par conviction, de le considérer comme « inverti », terme que, du reste, ils laissaient enveloppé d'une sombre brume de mystère et de mépris.

Les deux amis avaient un physique totalement différent : Bialevski trapu et moustachu, Balmarin grand, glabre et mince. C'est lui qui semble être l'Anglais, disaient toujours les très médiocres, et de toute manière qu'est-ce qu'il est ce Bialevski, polonais ? La Pologne constituait l'une de ses nombreuses origines, expliquait gaiement Alvise, s'attardant dans son discours comme il avait l'habitude de le faire des années avant la Grande Guerre et avant qu'il ne commence à se renfermer en lui-même, « mais en vertu de la même raison, vous pouvez le dire américain, ou ce que vous voudrez, par exemple sa grand-mère maternelle était une Américaine d'origine hollandaise, du reste assez liée d'amitié avec la célèbre Mrs Astor. Quoi qu'il en soit, Edoardo Bialevski est une des meilleures têtes de Dorsoduro, vous, vous êtes des esprits lents, confus, qui tournez à vide, lui c'est un homme concret, concis, qui va droit au but ».

« Ah ! L'empirisme anglais alors », relevaient d'un air savant les très médiocres, haussant d'ailleurs aussitôt les épaules avec désintérêt.

« Il n'est ni anglais, ni américain, ni polonais, il est, si vous voulez vraiment le savoir, un type de Vénitien d'autrefois. »

« Peut-être bien », murmuraient certains, un peu soupçonneux et offensés, « peut-être bien ».

Le vieil homme qu'est le Bialevski d'aujourd'hui ne se souvient pas bien des circonstances, mais il est certain d'avoir connu Alvise lorsque tous deux étaient petits garçons à Venise; celle qui fit œuvre de les « unir » à Londres, ajoute-t-il, ce fut une de ses cousines éloignées qui était infirmière et qu'Alvise avait connue à l'hôpital qu'il fréquentait pour acquérir la pratique de l'odontologie et écouter ce qui se disait au sujet des grands maux dans d'autres univers du corps humain, les cardiopathies, les tumeurs; il aimait beaucoup l'hôpital, avec ses lits en bois et son atmosphère de maison bien tenue; il y avait là, et il les vit ensuite dans certaines demeures de campagne dans le Kent où Bialevski l'emmena, des structures en bois, comme les linteaux des portes ou les escaliers, structures qu'il était accoutumé à voir exécutées en marbre; et tout était patiné et pourtant reluisant, le bois, les métaux. Il se promenait longuement avec l'infirmière Annette Nelson dans les parcs, le long des rues, cette saison lui laissa un souvenir d'omnibus tirés par des chevaux roux dans le brouillard, de théâtres et de restaurants abondamment éclairés au gaz, et partout du bois et du laiton solides; les palmiers dans leurs pots se confondaient avec les végétations piquées sur les coiffures des dames vêtues de jupes longues et épaisses comme des rideaux de théâtre ou des tentures d'appartement, leurs petites tailles fines, pleines de vigueur, des femmes brunes en général, et fort belles.

Annette était brune avec des yeux qu'Alvise décrivait comme veloutés, décidés, résolus, sérieux, d'un sérieux tout féminin qui l'émouvait. Un après-midi, derrière les vitres d'un carrosse portant armoiries, somptueux mais sans tapage, ils virent passer Edouard VII en haut-de-forme gris. Alvise nota qu'Annette n'en faisait pas grand cas, elle ne manifesta ni enthousiasme ni allégeance au roi et ce n'est que plus tard, à la lecture de livres et de journaux, qu'Alvise apprit en détail ce qu'il en était du mouvement des socialistes intellectuels et probes, les « Fabians », mouvement auquel le père d'Annette avait déjà adhéré. Mais le sentiment et l'attraction de la chose découlaient non d'épisodes et de théories, mais plutôt du climat, des odeurs qui flottaient dans le logement de la jeune fille, odeurs de flans pâtissiers, d'encaustique de parquet de bois, de fumée s'échappant de la cheminée, et de l'ensemble austère et dépouillé qu'un petit meuble ou un objet de fort mauvais goût interrompait çà et là et justement pour cela, tout comme certains petits chapeaux d'Annette, irrésistiblement attrayants. Et puis surtout, il y avait son visage, ses lèvres charnues bien dessinées et aussi fermes que le sein merveilleux et qui ignorait l'être ; et ces yeux ; et la voix, profonde et d'une monotonie très musicale, dont le jeune Vénitien se sentait entièrement enveloppé ; tapie près d'un feu de bois, elle était en train de lire d'une voix assourdie les odes de Keats, et avec une passion contenue l'*Ulysse* de lord Tennyson, lorsqu'il se rendit compte qu'il tremblait tandis qu'il se disait à lui-même quelque chose comme : « tant de sagesse chez une femme aussi belle » et il s'aperçut aussi que sa bouche formulait des mots : « Je crains que je sois en train de tomber amoureux de toi. »

Le jour suivant Edoardo Bialevski lui dira : « Elle m'a parlé. Ne lui demande pas de t'épouser ou je ne sais quoi, elle serait embarrassée de devoir t'opposer un refus. » Les lectures et les doux dialogues se poursuivirent jusqu'au départ d'Alvise qui se sentit, à la fois, repoussé et libéré.

À Venise il retrouva Caterina Sbordoni, et il suffit que se renouvelât la rencontre de leurs regards pour qu'aussitôt le souvenir de son amour pour la jeune Nelson entre dans le domaine de l'abstrait, comme une succession logique de raisonnements bien formulés, alors que ce chassé-croisé de regards avec Caterina n'avait certes point besoin de paroles ; depuis le moment où la chose avait vu le jour, elle était restée telle quelle, et il la retrouvait à présent d'un coup, évidente et inexplicable, irrésistible et sereine. Les Rumeurs sur l'infidélité de la jeune fille (entre autres avec Pompeo Tolotta, le frère un peu « brebis galeuse » de Silvio) demeurèrent lettre morte pour Alvise. Il s'en fut à Trieste avec un air de fête et de comédie, vêtu d'un superbe habit à queue de pie, un *bonjour* qu'il avait fait tailler à Londres, en vue de demander, chargé de rires et de fleurs, la main de la jeune fille Sbordoni.

Même après que sa mère eut reçu et congédié Balmarin, Adele Cugumer Palli maintint vivace en elle une petite flamme d'incrédulité et adopta une attitude modeste et souffreteuse qui seyait mal à son corps solidement charpenté et fort beau, où tout était généreux et épanoui, les joues, les lèvres, les seins, le ventre : sur tout cela se déversaient, belles, généreuses et épanouies elles aussi, tels de doux grains de raisin, les grosses gouttes luisantes de ses larmes.

Ce n'est qu'une fois le mariage advenu avec la jeune fille Sbordoni qu'elle fut prise d'une coléreuse folie ; des phrases blâmables, inattendues sur de telles lèvres, furent articulées : « Chameau ! Sale individu ! Ignoble déchet ! », et après une longue série de qualificatifs de cet ordre, la vigoureuse jeune fille s'apaisait, digne de commisération, fière : « Et puis il a le diabète », fausse rumeur qu'Alvise lui-même avait fait circuler afin de se rendre plus rebutant que jamais, se trompant dans ses calculs car avant ça, pour Adele, cela avait constitué au contraire une source de tendresse, persuadée qu'elle était de pouvoir l'en guérir.

On la maria par la suite à un colonel, Felice Bagno, qui mourut général il n'y a pas si longtemps ; et avec le temps, Alvise redevint un ami, couronna d'or plus d'une de ses dents, grandes et fortes elles aussi. Ample et généreuse, Adele s'appropria aussi Caterina, l'appelant même sa petite poupée. Bagno était très grand et timide, il écrivait des poèmes qui ne furent jamais publiés et qui circulaient, altérés et malmenés par la tradition orale. Ils eurent une fille, Luisetta, dont on ne sait plus rien aujourd'hui, curieusement fluette et légère, au point qu'on lui enseigna la danse classique ; on attribuait au père un petit poème sur Luisetta, dont on citait tout juste le début, assez manifestement apocryphe : « De mon corps énorme surgit un papillon… »

« De son corps *à lui* ? » demandait avec une stupéfaction théâtrale Adele Cugumer Palli Bagno qui, après la mort de son époux, commença à mener une vie de bridge et de dîners plantureux avec des amis affectueux et en général aussi corpulents qu'elle, qui l'appelaient Adelona, la grande Adele. On pouvait entendre, sur le vaporetto ou dans le bac à Santa Maria del Giglio, des personnages de format respectable, surtout des Vénitiens propriétaires terriens, comme Ulrico Loewi, comme Angelantonio Fornasier, proposer : « Allons tous dîner chez la grande Adele. » La ville et son prolongement en terre ferme eurent de telles personnes, grandes, rassasiées, joyeusement sourdes aux faits publics, radieusement inutiles.

Bien différentes d'un Silvio Tolotta Pelz ou d'un Domenico Antonelli dans sa version pré-africaine.

Des hommes très affairés

Silvio Tolotta Pelz lève la tête de la feuille de papier fait main de Fabriano sur laquelle il est en train d'écrire une lettre, se servant d'une plume de cuivre en forme de plume d'oie ; la petite plume, de cuivre également, écrit très gros, l'encre est très noire, les caractères sont amples.

« Je t'écoute, Alvise. »

C'était lui qui avait prié Alvise de monter cet après-midi-là vers cinq heures à l'appartement de l'étage noble, chargeant sa fille aînée, Maria Paola, de le lui dire par téléphone. Et c'est elle qui l'avait reçu sur le pas de la porte, l'avait annoncé et introduit dans le cabinet de travail de Silvio ; elle l'appelle « Docteur Alvise » et ce n'est que depuis un an ou deux, ayant passé l'âge, qu'elle et sa sœur cadette, Maria Matilde, ont cessé de lui faire la révérence. Toutes dispositions qui émanent de Silvio.

« C'est toi que j'écoute, Silvio.

– Ce ne sont pas les sujets qui manquent », remarque Silvio, l'air austère. Peut-être a-t-il convié Alvise à seule fin de se montrer très affairé à sa table de travail. « Quelquefois », disait Alvise, « Silvio me traite comme un archevêque qui reçoit un des curés de son archidiocèse », mais lui, Alvise, j'en suis sûr, encourageait ce comportement de son ami d'enfance, et le décrivait ensuite à sa fille Giovanna, savourant de nouveau le plaisir de la scène avec elle ; même le petit Annibale Tolotta Pelz se hasardait à quelque imitation de son père mais elle ne figurait pas parmi ses plus réussies : son père comme sa mère ne lui étaient pas faciles à comprendre.

« Les sujets sont nombreux », reprend l'austère personnage. Entre-temps Maria Paola est sortie de la pièce, refermant tout doucement la porte derrière elle. Silvio fait un signe de tête dans sa direction et brusquement il chuchote d'un air malicieux : « Splendide, hein ? Une beauté, n'est-ce pas ? » Il avait de ces soudaines variations de ton.

À présent il se lève, s'avance d'un pas pesant au milieu de la pièce et s'arrête devant Alvise qui a une vingtaine de centimètres de plus que lui ; de nouveau austère, il propose : « Je te donne un vermouth.

– Je prendrais plutôt une goutte de ton marsala.

– Le marsala est très mauvais pour la santé. Et ton ami Bialevski, quand revient-il parmi nous ? » Il lui arrivait aussi de sauter volontiers du coq à l'âne, tel un enquêteur qui espère, par un effet de surprise, coincer l'individu qu'il interroge.

« Je ne saurais te le dire avec précision, Silvio.

– Maître Rutigliano s'est annoncé pour tout à l'heure. Le bruit court qu'il sera très probablement chargé de fonctions d'une certaine importance, je dirais même de la plus haute importance ; nous ne nous connaissons pas beaucoup, Rutigliano et moi, c'est lui qui a exprimé le désir de me rendre cette visite. Question de bon voisinage. Ils ont maintenant une demeure d'une certaine classe, ici à Dorsoduro. »

Avec un agacement fugitif, Alvise repense aux propos de Marta ; « Vraiment ? », se borne-t-il à dire.

« Je crois savoir aussi que sa femme est une grande amie de la tienne. » L'homme avait cette habitude de se montrer détaché des faits et des personnes qu'il avait sous les yeux du matin au soir. Il braque sur Alvise un regard qui veut être significatif mais qui n'est qu'absent. Il poursuit sans s'interrompre : « Une chose que nous nous sommes demandée, Ezio, Marcello et moi », les deux Sbordoni étaient devenus des personnages bien en vue dans le panorama officiel de la ville, et par conséquent plus proches de lui que de leur beau-frère Alvise, « toi peut-être tu pourrais nous éclairer là-dessus : ce Rutigliano, vraiment, essentiellement, *est-ce qu'il pense* fasciste ? »

Le professeur Remigio Berg aurait peut-être répliqué : « Je ne vois pas comment on peut partir de l'hypothèse de l'existence d'une *pensée* fasciste », mais Alvise, au contraire, ne dit mot, la question insolite semble l'avoir atterré, puis une idée l'illumine, un souvenir qui remonte à quelques semaines affleure à son esprit, Marta, Osvaldo, le fils Rutigliano, la bizarrerie des exécutions : « Tu sais, cette question-là, tu devrais la poser à Léo, son fils, ou même, tiens, à ton petit, à Annibale. Il sait des masses de choses, Annibale.

– Au fond, Alvise, tu es resté un collégien. Si cela ne t'ennuie pas, tiens compte du fait que je suis un homme qui vit dans son temps, un homme très occupé, engagé. Tu le connais, Rutigliano, n'est-ce pas ? Du moins j'avais cette impression.

– Il est venu chez moi la semaine dernière pour se faire examiner la bouche.

– C'est ça. » Mais Silvio est de nouveau absent, l'allusion à son fils Annibale, faite par l'ami qu'il connaît si bien et qui n'en demeure pas moins ambigu à ses yeux, introduit immédiatement dans la lanterne magique mentale de Silvio l'image qui la suit aussitôt, celle encore moins claire de la petite amie d'Annibale, Giovanna Balmarin ; Alvise avait parlé quelquefois de la symbiose qui existait entre les deux jeunes enfants, l'ombre d'un trouble balaye un instant les yeux gris et nordiques de Tolotta Pelz et s'efface quand il propose : « Sers-toi de ton marsala, puis lorsque Rutigliano arrivera, c'est Maria Paola qui sera la petite maîtresse de maison, je l'ai déjà prévenue. » Nouveau clin d'œil de sa part.

En fait, malgré l'air de supériorité, non seulement logistique, qu'il affectait à l'égard des locataires de l'entresol, un futur mariage à l'église de San Trovaso entre Maria Paola, en dentelles blanches, et Corrado Balmarin, en uniforme, constituait pour Silvio une vision projetée dans l'avenir, et là elle se figeait, devenait un fait prévu, voire même classé. Avec Maria Matilde et Osvaldo, c'était autre chose, et au cours des années dont je parle ici, les ombres susceptibles de venir le troubler étaient destinées à s'épaissir dans la tête de Silvio. Au fond, Silvio Tolotta Pelz était un homme quelque peu confus et complexe.

Silvio Tolotta Pelz ! Selon le professeur Berg, ce trio de noms lui allait bien, nombre de personnes portaient un triple nom mais, allez savoir pourquoi, cette triade de Silvio s'associait dans l'esprit du professeur Berg à d'autres triades, non pas de noms de personnes, mais d'entités telles que Paris-Lyon-Méditerranée, ou bien Ferro-China-Bisleri. Néanmoins, je le dis à présent,

Silvio constituait un fait compliqué, peut-être pas vraiment un univers mais pour le moins un château nordique avec tous ses espaces imbriqués, avec des plages claires mais davantage encore de sombres couloirs, des surfaces insidieuses pourvues d'objets hétéroclites et mal catalogués, rien à voir avec une ligne de chemin de fer ou une marque de tonique.

Je le revois assez clairement. Le teint légèrement cireux, la bouche tendue et contrite, les lunettes sans monture mais ne lui donnant aucunement l'aspect de l'humble fonctionnaire bureaucrate, au contraire, comment dire, il était *beau*. La régularité apollinienne de son visage. Un Apollon taillé dans une matière entre la cire et l'albâtre. Une peau très lisse, toujours un peu luisante, non de sueur mais plutôt de pommades fines et de lotions. Il paraît qu'il exerçait une fascination sur certaines femmes ; des Rumeurs tendant à dénigrer son aspect le voyaient plutôt comme *un cadavre juvénile très bien conservé, frais*. Lorsqu'elles étaient toutes petites, ses filles l'avaient surnommé *le suaire* sans bien savoir ce que le terme signifiait. Il pouvait être exceptionnellement sûr de lui-même, par exemple dans sa façon de se vêtir : ses *bonjours* gris, ses fracs, superbement coupés ; les cols hauts, empesés, aux pointes cassées, d'une blancheur éclatante ; ses bottines, délicatement pointues. Et loin d'être mort, il pouvait au contraire devenir d'une vivacité extrême. S'il arrivait que ses filles reçoivent des amis à goûter l'après-midi, c'était lui qui insistait pour que l'on se mît à danser ; du reste, aux grands bals des adultes que l'on donnait dans les palais, il évoluait, souple et agile, dans son frac de coupe impeccable, devenait chose théâtrale. Il exigeait l'ancien et le nouveau.

Les polkas. Les mazurkas. Les valses. Et le tango. Il arriva jusqu'au *charleston,* au *black bottom.*

On n'eût jamais dit qu'il s'agissait de la même personne lorsqu'on lisait ensuite dans les journaux que le Duce, qui avait deux ans de moins que lui, avait reçu au palais Chigi « quelques directeurs des banques catholiques, parmi lesquels le marquis Camillo Mario Cerbotari, sénateur, le comte-docteur Publio Bellini, le professeur Silvio Tolotta Pelz ». Probablement, le rudimentaire service de presse n'avait su quel titre lui conférer. Osvaldo Balmarin prétend encore aujourd'hui que Silvio aurait donné n'importe quoi pour être nanti d'un véritable titre de noblesse, un titre garanti, et rêvait de ceux d'Europe centrale, de Bohême, princiers, étayés par des châteaux ancestraux et des armoiries rutilantes de teintes vives, « il y avait un grain de folie chez cet homme, du reste lui-même fils d'une aliénée », et Osvaldo, qui savait dégoter je ne sais où ce genre d'information, racontait que l'homme, assis à ce même bureau où nous venons de le voir à l'instant, se masturbait de la main gauche tandis que de la droite, tenant « la plume d'oie » de cuivre, il écrivait son propre nom en le faisant précéder ou suivre de titres nobiliaires ou académiques, Son Altesse Sérénissime, monsieur le Recteur, Chevalier d'honneur et de dévouement, une fois il avait tenté un Sir Silvio Tolotta Pelz isolé qui lui apparut peu satisfaisant.

Quant à ses filles, tout le monde se rappelle d'elles toutes petites, très différentes l'une de l'autre, mais toutes deux brunes, alors que leur petit frère Annibale, qu'attendait une calvitie précoce, était blondinet comme sa mère, la signora Elvira, je m'en souviens aussi. Contrairement à sa sœur cadette, Maria Paola avait hérité de sa mère des yeux très clairs, mais se montrait plus rusée et lucide : très catholique et très fasciste, d'une manière extérieure et précise, donc libérée de doutes et de complexités ; les œuvres gouvernementales pour la maternité et l'enfance et les œuvres de charité des associations catholiques trouvaient des verdicts impartiaux dans le cœur stable et bien organisé de Maria Paola.

Sa petite sœur, Maria Matilde, était complètement différente, selon des Rumeurs unanimes *elle a toujours eu ces yeux et ces cernes de vicieuse,* et encore aujourd'hui lorsqu'il parle d'elle Osvaldo dit, avec un regret entièrement dénué de malice : « Eh non ! Elle n'était pas fille à se donner des plaisirs solitaires », l'ayant bien connue déjà aux heures de l'érotisme vert et intense de l'adolescence. Ils se rencontraient aux petites fêtes que l'on donnait en famille, dansaient d'un air dégagé, un peu hautain, profitant de ce contact superficiel pour se chuchoter des phrases dans un langage plus ou moins codé leur permettant de faire allusion à la véritable fête que tous deux célébreraient plus tard : « Je regrette », disait Osvaldo d'un ton affecté qu'ils trouvaient fort excitant, « tu devras te résigner, obéir, il faudra que tu t'adaptes, une pièce à la fois, un point à la fois », voulant dire une pièce d'habillement à ôter, un point du corps à embrasser, « et pense à moi qui devrai m'occuper avec patience, avec sérieux, de toutes ces choses, une à la fois... ».

« Je le sais », et Maria Matilde, avec une ironie sans doute tout à fait inconsciente, se faisait l'écho d'une des définitions préférées de son père : « Je sais que tu es un homme fort occupé, Osvaldo », et elle mettait tout en œuvre pour élaborer ce qu'elle-même appelait, après force essais devant la glace, son « regard lascif ». Lorsqu'ils se retrouvaient pour leur petite fête à deux, voyant ce regard, ce visage qui s'échauffait, la température qui montait, son souffle qui se faisait chaud, il lui disait, haletant : « Tu es une soiffarde, une irresponsable, c'est dommage, car je n'ai jamais aimé faire l'amour avec une irresponsable », tandis que, la tâtant de partout, il cherchait à découvrir les points-clés lui permettant de la dévêtir, et devant un bouton rebelle, une agrafe réfractaire à ses doigts tremblants, il se laissait aller à proférer quelque juron blasphématoire afin de provoquer chez elle les répliques prévues : « Voilà Osvaldo, tu vois ? Tu te rends compte, comment tu parles ? Ceci ne fait que prouver le genre d'homme que tu es, affreux, blasphémateur, pourri… »

Pour leurs fêtes personnelles ils allaient dans un grenier voisin de l'appartement de Bialevski, ou bien dans l'appartement souvent inoccupé de la demoiselle Gelusian, la signora Baltus ou la baronne Mastretti, à votre guise, dont Uga, la femme de chambre-gardienne, leur procurait les clés, pendant que l'autre fille, Maria Afflitta, se retirait au rez-de-chaussée où elle s'agenouillait sur un vieux prie-Dieu surmonté de chromos de la Vierge et du souverain pontife, afin de prier pour ces deux âmes tordues par le mal, pétries de souillure.

Avec un vertigineux sentiment de défi et de péril imminent, ils osèrent s'aventurer quelquefois dans la chambre à coucher de Maria Matilde, à l'étage noble, et là il semble que le petit frère Annibale ait pris note des choses ; on a souvent dit qu'il épiait aux portes des chambres à coucher et des salles de bains avec un amusement et une curiosité avides ; il lui arrivait même d'inviter un ou deux amis sûrs pour assister au spectacle.

Uga eut l'occasion de le surprendre à son tour et, au dires des Rumeurs, *au lieu de le prendre par les oreilles, le soulever de terre et ne le remettre sur ses pieds que devant son père,* elle l'encourageait : « Regarde, regarde bien mon enfant, ça t'amène à comprendre et ainsi tu apprendras à bien traiter les femmes plus tard dans la vie », et Maria Paola, tout en demeurant dans l'ignorance de la chose, avait l'intuition de la situation ; Maria Paola était par ailleurs une personne qui voyait des larcins partout, une broche par ici, une paire de bas par là, et elle accusait Uga de ces larcins, cette femme éveillée et instinctivement suspecte à ses yeux, mais jamais l'idiote, l'abrutie mais l'innocente Maria Afflitta, qui ne lui rendait guère la monnaie de sa pièce puisque dans la simplicité de son esprit et de son langage elle englobait les deux sœurs dans une seule vision de crasse et rêvait de « les souiller de merde après avoir lavé si longtemps leurs immondes culottes ».

« Maria Matilde est la première femme que j'ai vue sans absolument rien sur elle », évoque avec douceur le bon Osvaldo encore aujourd'hui. « Cette peau. Cette chaleur. Brûlante. Cette pilosité aussi. Elle était poilue. » D'une certaine façon on a envie de rire et de pleurer tout à la fois en pensant qu'une douzaine d'années plus tard ce monstre finissait par épouser Maria Paola, la veuve de son frère Corrado mort en Afrique, mariage dont les suites furent amplement connues à Dorsoduro et même, peut-on dire, en Italie en général, dans les années 1940-1950. Maria Matilde, pour sa part, épousa un garçon dont la vie était partagée entre Venise et Padoue, puis ils s'établirent à Carnigo, à la campagne, et elle devint, selon ses propres termes, « une paysanne », entrant du reste dans le cercle joyeux et bien nourri de la grande Adele. Si l'on pense à Maria Paola en revanche !

Pour le moment, nous voyons la jeune fille Maria Paola qui s'apprête à verser des liqueurs aux frères Sbordoni. En effet, Ezio et Marcello sont arrivés bien avant maître Rutigliano, Ezio souple et élastique, et derrière lui Marcello avec sa demi-jambe artificielle, pesant et boiteux, aux mouvements saccadés, inconfortables, le manche de son gros bâton noueux serré dans son poing velu. L'assemblée est en train de se constituer en ce que le petit Annibale, toujours attentif aux allées et venues, baptisera ensuite « un conclave hors programme », puisque ce n'était pas le jour des réunions, que Silvio tenait en général le samedi.

Silvio décide à présent que sa fille Maria Paola reste avec eux et offre à boire. Elle commence par Ezio Sbordoni, elle « aimait beaucoup » Ezio : il représentait à son regard pratique et sûr l'homme du monde et du pouvoir, bien plus que le trop rudimentaire Marcello. Lorsqu'elle le voyait en tenue de milicien fasciste, dans son uniforme cintré de « grand couturier », il lui semblait qu'une auréole précieuse, quasi magique, émanait de lui ; en outre, elle sentait intuitivement qu'il soutenait l'idée de son mariage avec Corrado Balmarin, un jeune homme sur lequel elle avait jeté son dévolu depuis toujours et qu'elle voyait évoluer dans le bon sens, beau garçon, bon athlète et bon fasciste, fidèle, observant automatiquement les pratiques religieuses, probablement chaste et par qui elle se laissait embrasser les lèvres fermées.

« Désirez-vous du vermouth ou du marsala, professeur Ezio ? » Sbordoni avait enseigné les matières classiques pendant un an ou deux comme suppléant dans un collège de Rome, bien avant qu'il n'écrivît son drame en vers dont l'action se situait à Rome au XIIIe siècle, et avant même sa participation à la marche sur cette ville.

Ezio est dans un de ses moments languides : « Chère Maria Paola, merci. Un doigt de *chartreuse.* » On est dépourvu de la liqueur requise et Maria Paola verse du marsala à Ezio, du vermouth à Marcello, un peu à la hâte car Annibale s'est montré à la porte et l'on voit dans l'ombre derrière lui Maria Matilde qui annonce à toute vitesse : « Papa ! L'avocat, le père de Léo, est arrivé, il est là qui salue maman. » Tous deux disparaissent laissant la porte ouverte.

« Maître Rutigliano ? Bon, disent les deux Sbordoni, c'est un homme qui nous intéresse. »

Alvise Balmarin, les paupières mi-closes, s'adresse à Silvio : « Que de monde ! Mais n'est-on pas mardi aujourd'hui ? » Et il poursuit, se tournant vers ses beaux-frères, rien que pour entendre le son de sa voix et tâcher ainsi de vaincre son ennui : « Comme patient, lui, Rutigliano, est un lâche. Elle, comme patiente, est un phénomène de courage. » Personne ne l'écoute.

Rutigliano entre dans la pièce, suivi d'un jeune homme brun qui promène autour de lui des yeux très noirs et brillants, murmure avec courtoisie un « salut Silvio », et prodigue sourires et signes amicaux à chacun. Mais il est submergé par la présence de l'autre, forte et rapide.

En effet, bien qu'il fût massif et court de jambes, bref tout le contraire de quelqu'un doté d'une constitution sèche et fulgurante, Rutigliano entrait toujours dans une pièce à toute allure, par bonds souples ; il possédait une élasticité pesante qui lui était propre. Sa face et son teint étaient loin d'être rubiconds; il portait la tête haute et son visage était longiligne, perpendiculaire, ferme toutefois, avec une petite moustache, un peu arabe. Dans le salon il reconnaît Marcello Sbordoni, la jambe et le bâton le lui ont fait identifier, mais non pas Ezio à qui il tend une main curieusement petite, lisse, glabre: « Rutigliano », murmure-t-il en passant, et sa main glisse rapidement de celle de Sbordoni qui demeure avec son membre préhenseur figé en l'air. Le fils de Rutigliano, ce Léo qui est à présent négociant en liqueurs au Brésil, n'aurait eu aucune difficulté à reconnaître Ezio, ayant écouté maints des discours qu'il faisait dans les écoles, « un casse-pieds qui n'a jamais comprris ce qu'était le fazzisme », comme il le définissait avec ses jeux de prononciation coutumiers.

Avec le recul, comme cela m'arrive souvent, je me rends compte que Rutigliano était lui aussi une figure complexe, disons même un univers, à sa façon; il était riche d'expériences, perspicace, toujours pratique et dans la bonne voie; même le professeur Berg reconnaissait son intelligence: « Un mafioso de première mais c'est une tête. Marta, sa femme, voit peut-être clair dans certaines choses, mais c'est une raseuse. » Non point par prudence mais par manque d'intérêt, Rutigliano ne s'aventurait guère dans le domaine des *idées politiques*, de la *culture*, là où Marta « voyait peut-être clair », et qui coïncidait vaguement dans son esprit avec certaines conversations qu'elle avait avec des personnages sympathiques mais un tantinet fainéants, tels justement le professeur Berg, ou son dentiste, Alvise, ou qu'il assimilait à certains journaux et revues qu'il avait l'habitude de voir chez lui et qu'il ne voyait plus arriver, vraisemblablement parce que le gouvernement les avait interdits.

Les frères Sbordoni l'intéressent peu, sa femme les a présentés comme deux menaces barbares aux portes de la vieille Venise, mais il est douteux qu'il ait jamais bien compris qui ils étaient ; à présent il observe furtivement Maria Paola dont son fils Léo lui a parlé comme étant la moins attirante des deux filles Tolotta Pelz, il trouve curieux que la jeune fille, d'un tout autre genre que Polly, sa fille issue du mariage américain, élégante et vive, fasse ici office de femme de chambre ; eux, les Rutigliano, disposaient de trois femmes de chambre à demeure et je me souviens moi aussi que Léo se plaisait à dire : « Nous, de domestiques, on en a trrrois, et puis, et puis, et puis, nous avons aussi le majorrrdome ! »

L'entrée de Rutigliano a créé un silence circonspect et tendu, d'autant que le jeune homme aux cheveux de jais qui l'accompagne n'est autre que le dirigeant fasciste de haut rang Domenico Antonelli, et cette façon qu'a Rutigliano de le traîner avec lui – en fait il lui avait offert de l'emmener dans sa gondole – constitue pour toute l'assemblée, à l'exception de l'indifférent Alvise, une preuve qu'il existe des contacts entre Antonelli, qu'ils pensaient leur être acquis, et un Rutigliano qui leur apparaît de plus en plus suspect, contacts qui passaient pour ainsi dire au-dessus de leurs têtes.

Le plus ennuyé est Ezio Sbordoni, demeuré avec sa main pendant dans le vide, tandis que Rutigliano s'adresse à Alvise : « Comment se porte mon tortionnaire ? Mon cauchemar ? Cher Balmarin, en habits de ville et sans vos instruments en main, vous me faites moins peur », c'est tout juste s'il ne l'embrasse pas, « comment va, comment va ?

– Que dire ! Bien. Très bien. Vous, plutôt. N'oubliez pas ces deux molaires. Elles tombent en ruine. »

Rutigliano avale la moitié du petit verre de marsala que Maria Paola lui a versé non sans le scruter de ses yeux d'un bleu délavé, elle sait que c'est un homme débordant d'énergie et bourré d'argent, l'accouplant à Ezio elle le désigne mentalement comme témoin à ses noces avec Corrado Balmarin ; Rutigliano quitte Alvise en riant de bon cœur et passe au maître de céans : « Très intéressantes, captivantes, Tolotta, vos conférences à l'Ateneo, c'est Marta qui me l'a dit, ma femme, vous savez, c'est elle qui a, qui a, là-haut », et il se frappe le front de l'index, « les idées, moi hélas, j'aimerais tellement avoir le temps, mais on m'accable d'occupations », et il fait dans la direction d'Antonelli un geste de la main accompagné d'un clin d'œil que Silvio et les Sbordoni remarquent avec une suspicion accrue, « je voudrais tellement... », et à ce moment il redécouvre Ezio en train de le fixer à travers un nuage de fumée. « Ah, parbleu ! », fait-il en pointant son doigt vers lui, « maintenant que je vous vois fumer, je vous remets, nous nous sommes rencontrés chez les, comment s'appellent-ils déjà, les Fassola, non ? ou chez les Camentini ? ». Sur les Fassola, que nous Partibon connaissions si bien, je me bornerai à dire qu'ils constituaient une des deux ou trois familles les plus riches de Venise, quant aux Camentini ils possédaient une des premières industries de confiseries d'Italie (actuellement convertie par les fils en Surgelés Camentini), et selon les Rumeurs, tout ce monde avait consacré, comme Rutigliano du reste, des sommes considérables à des institutions fascistes, outre leur contribution au prêt national courant. « Ou non ? »

« Non. Nous avons dû nous voir au théâtre. Ou bien. » Ezio porte la cigarette parfumée à ses lèvres.

« C'est ça. Au théâtre », consent l'autre, peu convaincu, puis il se ranime, brandit à nouveau l'index vers son interlocuteur : « Et à cette occasion, vous m'avez éclairé sur la doctrine de, comment ça s'appelle déjà, de l'État corporatif. L'État corporatif fasciste. C'est juste ? » Il tient absolument à recevoir confirmation du bon fonctionnement de son appareil mnémonique.

« C'est possible. Ou peut-être. » Ezio exhale sa fumée et se renferme, circonspect, dans son propre nuage.

Un long silence s'installe et pour le rompre, ou plutôt pour ne pas gaspiller du temps, Rutigliano, l'index toujours tendu, le fait osciller maintenant entre Ezio et Marcello : « Vous deux vous êtes frères, je ne me trompe pas ? Et maintenant vous êtes ici, à Venise ? »

C'est Marcello qui répond, avec rudesse : « Vous ne le voyez pas que nous sommes ici ? » Puis, le regard torve : « Nous sommes également souvent à Rome. Et bien entendu à Modène.

– Ah ah. Et dans ces différentes villes, de quoi vous occupez-vous ? »

Le rude hausse les épaules, Ezio se tait aussi ; c'est Silvio qui répond à leur place, essayant un style entre le mondain et le solennel : « Mon cher maître Rutigliano, ils s'occupent de faire l'Italie.

– Ah ? » Rutigliano ne saisit pas bien l'idée, il revient à Silvio : « Il est une chose, Tolotta, où vous pourriez peut-être me venir en aide. Il faut tout d'abord que je vous dise que nous, nous en tant qu'Étude, nous nous occupons de la gestion des affaires de Bialevski, il y a ce palais ici, et il y a des biens dans la province de Padoue, dans celle de Ferrare aussi…

– Ceux-là, dit Alvise à voix basse, sont dans la famille depuis l'époque de l'État pontifical. » Personne ne lui prête attention, excepté Rutigliano qui, bien que ne possédant pas la perspective historique, lui lance un regard d'intelligence.

Voici que le « sommet », comme on dirait actuellement, projeté en vue de discuter du « cas Bialevski », se met en scène de lui-même, justement selon les propres théories de Bialevski quant au « génie » de Dorsoduro : la réunion se tenait avec un retard considérable et se déroulait d'une façon inattendue à cause de cette visite de Rutigliano qui faisait partie d'un autre scénario ; Antonelli avait bien été programmé pour le « sommet » mais il devait être amené par Ezio, et non point introduit de cette manière.

Silvio Tolotta Pelz murmure : « Maître, j'ignorais totalement que vous le connaissiez, Bialevski.

– Je vous dirais même que dans un certain sens c'est un parent éloigné. Ou plutôt un parent de ma première épouse, la mère de ma petite Polly », il jette un coup d'œil du côté de Maria Paola qui, obéissant à un signe de son père, quitte lentement la pièce ; le regard de Rutigliano la suit et confirme son impression de contraste entre sa fulgurante fille américaine et cette couventine blanche et plantureuse, « mais à part cela, je voulais en arriver à un point spécifique. Je sais que vous tous ici, vous connaissez notre Chiodo, Gino Chiodo, le grand maître ébéniste vénitien qui a opéré des miracles dans mon étude et maintenant dans notre nouvelle demeure, je devrais dire la demeure de ma femme Marta car c'est elle qui a, qui a les idées ; bon ! ce Chiodo se présente un jour à mon étude et demande à me parler en tête à tête, avec plaisir lui dis-je, il commence par me faire le compte rendu de ce qu'il a effectué comme réparations dans l'appartement du dernier étage ici, où il y a eu, quand ça? il y a deux mois? la visite de ceux qu'il dénomme les vandales, je lui demande de bien vouloir me donner sa facture puisque c'est nous qui nous occupons de la gestion Bialevski, bon ! Chiodo hausse les épaules, il envoie toujours ses factures en retard, il oublie de le faire en véritable artiste qu'il est, "non, non", me dit-il, "ce n'est pas pour cela que je suis venu vous voir". Et pourquoi donc alors? "Je crains que les vandales ne lui fassent des misères encore pires, au signor Bialevski, et j'ai peur aussi pour d'autres gens", et entre-temps il me serre le bras avec force, il a soixante-dix ans mais c'est un taureau, ce Chiodo, "les vandales, les vandales", il en parle les yeux fixés dans le vide comme s'il les voyait arriver, il a cette vision, je ne sais, comme d'un viol, de l'appartement là-haut, que dis-je, de tout Dorsoduro dont il connaît chaque maison j'imagine, "toute cette quantité de belles choses". Or je sais parfaitement que Chiodo, incomparable dans sa profession, est un homme qui boit et qui a une grande imagination, il ne serait pas aussi compétent dans son métier si l'imagination lui faisait défaut, mais j'ai été impressionné par cette idée fixe des vandales; et vous, vous qui êtes d'ici, qu'en dites-vous?» Rutigliano a cette tête forte et haute, ce caisson dur mais expressif, animé par des yeux très mobiles et une petite moustache gaillarde, il lance autour de lui des regards rapides, il frappe ses poings contre ses genoux comme pour accélérer et obtenir des réponses claires, mais il ne trouve que le silence et il reprend: «Et en définitive, qui sont ces vandales? Sont-ils encore des espèces de, comment s'appellent-ils, de *squadristi*?»

Le silence est rompu par Antonelli qui dit d'un ton flegmatique : « Allons donc, maître, vous savez, je vous l'ai déjà dit : en ce moment les directives, en somme, sont justement tout le contraire, le Duce lui-même vous ai-je dit... »

Rutigliano arrête l'espace d'un instant son regard sur Antonelli, secoue la tête, on dirait qu'il ne comprend pas bien de qui l'autre lui parle ; il fut un temps où il s'était senti vaguement en syntonie avec l'image du Duce, à présent il y a beau temps qu'il ne songe plus à s'en faire une idée précise. Un autre long silence s'installe.

Cette fois c'est Silvio Tolotta Pelz qui le rompt avec un air tendu et un tant soit peu hargneux : « Le bruit court, Rutigliano, que votre fils Leonardo n'est point étranger à ces formations vandales. »

Alvise s'interpose, en douceur : « Vous voyez comme la vie est compliquée. »

Rutigliano hausse les épaules : « Mon fils Léo ? Ah oui ! Quelqu'un me l'a déjà dit, probablement Marta, ma femme. Pourtant Léo ne me semble pas du genre à ça, et puis dans quel but ? »

Autre silence. Lui, Pericle Rutigliano, du temps qu'il était jeune homme aux États-Unis et qu'on l'appelait Perry, avait eu vent de violences, de massacres raciaux, des premiers grands embryons de guérillas urbaines entre *gangs* ; mais ici, à présent, certains actes de violence et de vexation que lui signalait sa femme en particulier, Perry ne les saisissait pas bien, cela lui donnait une impression de bagarres entre hommes difficiles à comprendre, bourrés de mots et dépourvus d'esprit pratique, des hommes contradictoires et nerveux comme cet Ezio Sbordoni assis en face de lui.

Lequel Ezio a bu pas mal de petits verres de marsala et parle d'une voix flûtée, sur un ton lyrique, créant autour de lui des silences stupéfaits : « Pourquoi, pourquoi les appeler des vandales ?... Il y a une grande part d'héroïsme chez le vandale, chez le barbare teuton tant décrié... le sang nordique, limpide, jeune, qui se mêle au beau sang d'Italie... eh oui ! le Moyen Âge... » Au fin fond de son esprit il y a son drame en vers sur la Rome du XIIIe siècle, mais il est aussi saisi par cette espèce d'extase qui s'empare de lui lorsqu'il fait ses discours dans les écoles, « l'Italie qui renaît... le peuple des morts surgit en chantant pour réclamer la guerre... sainte veillée d'armes... héroïsme du fantassin, hardiesse des escouades... et ces larves dont vous nous parlez, maître, que sont-elles ?... des traînées de bave... des expectorations anarchisantes... le fascisme est ordre, il est discipline rigoureuse, il est milice et hiérarchie, maître... », mais à présent il aspire une bouffée de sa cigarette, exhale la fumée et termine selon son habitude : « Quant au signor Bialevski, toutefois. »

Dans le tissu biographique des deux frères, un des fils les plus étranges était que, se trouvant en Allemagne à l'aube du national-socialisme, ils avaient connu certains des chefs historiques à l'origine du mouvement. Ils avaient été enchantés. Cette « kamaraderie » qui se situait entre la caserne et la brasserie, qui se manifestait dans l'air dense imprégné de sueurs viriles, leur avait beaucoup plu. Envoyé là-bas peu après l'armistice en tant qu'officier dans la zone d'occupation alliée, Marcello s'était fait rejoindre par Ezio, pressentant que son frère tirerait profit de telles rencontres bien plus que lui-même. Marcello, je pense l'avoir déjà dit, proclamait qu'Ezio était « le cerveau de la famille », et il le disait les yeux fermés, pour ainsi dire, car souvent le langage de son frère ne lui était nullement accessible.

C'est ici qu'intervient Marcello, hâtivement : « Bialevski ? N'est-ce pas lui qui a fait fuir en Angleterre ce, comment s'appelle-t-il ? Ce sale défaitiste ? Juif de surcroît ? »

Ezio attrape le fil, l'agrémente : « Le clandestin ignominieux ? Le vil sémite fugitif ? »

Marcello insiste : « C'est vous autres qui m'avez parlé de ce député-là, celui qui s'est enfui, oui ou non ?

– Ex, ex », corrige Antonelli sans dureté, comme à titre d'information, un peu à la manière d'un employé de librairie qui signalerait : « L'édition est épuisée et l'on ne prévoit pas d'autre tirage. » « De ces députés-là, précise-t-il avec empressement, on n'en a plus à la Chambre. » En effet, parmi les diverses personnalités du jeune dirigeant fasciste vénitien, persistait encore dans une large mesure, à cette époque-là, l'Antonelli au ton familier, connu dans la ville comme le bon fils d'un avocat patriote, probe et hautement estimé ; une telle personnalité s'alliait avec succès à celle de l'Antonelli militant et organisateur, fortement dévoué à la cause et fidèle au devoir ; il y avait ensuite *l'Antoneenli* mondain, cher aux dames haut placées à qui il plaisait pour sa virilité un peu languide et ses yeux de jais, embués.

Alvise se met à penser à haute voix : « Piero Belluna. Monsieur le député Belluna », il jette un regard de son œil rond en direction du dirigeant fédéral qui est resté pour lui le jeune garçon Momi Antonelli, « ex, ex », se corrige-t-il de lui-même, feignant de s'alarmer. « Il est à Londres déjà depuis un bon bout de temps je crois. » Il sait que l'ex-parlementaire a franchi la frontière depuis des semaines, peut-être des mois, il n'a jamais su qu'il était juif. « Piero. Un si grand ami d'Edoardo Bialevski. Un républicain. Un pacifiste. J'ai toujours bien aimé Belluna, moi aussi. » Il l'aimait bien aussi pour la raison qu'il l'avait toujours trouvé homme peu pratique, assez ennuyeux, et comme patient sur le fauteuil de dentiste alors, guère stoïque, loin de là !

Mais la pensée de cet exil a éveillé nombre de réminiscences chez Alvise à présent : ces lieux d'il y a vingt ans, ces chambres lointaines. Cheminée et vieilles horloges. Le petit salon d'Annette Nelson, les meubles de fabrication modeste, avec de temps en temps une note capricieuse, tout comme les petits chapeaux à fleurs de la belle Annette. Il se représente Piero parmi ces choses rassurantes, parmi ces odeurs de flans pâtissiers, de bûches brûlées, d'essence de térébenthine.

Entre-temps Marcello Sbordoni a pris la parole avec une éloquence qui lui est peu coutumière, la cigarette de tabac noir sautille entre ses grandes lèvres molles : « Ces démocraties décrépites qui protègent ces choses, ces traîtres à leurs pays, mais un jour elles finiront par le comprendre, non ? Non seulement, mais un jour ou l'autre le monde entier sera bien obligé de se fourrer dans le crâne que le siècle actuel, bon sang, c'est le siècle du fascisme. » Il tourne tout son buste vers son beau-frère qu'il appelait très souvent par son nom de famille : « Des gens que toi, Balmarin, tu ferais bien de ne pas fréquenter, eh non, sacrebleu ! eh non, eh non ! »

Silvio Tolotta Pelz le dévisage avec froideur, les lèvres tendues, il s'aperçoit qu'il est en train de se dire *qu'au fond,* il a beau être en train de « faire l'Italie » avec son frère Ezio, le mutilé ne lui plaît guère, de manières très peu convenables, de classe inférieure ; Silvio articule vaguement, les yeux errant dans le vide : « Ce sont des choses qui demandent à être pondérées avec beaucoup d'attention. »

L'autre n'entend pas, harcèle : « Pourquoi le gardez-vous auprès de vous, un homme pareil ? »

Alvise marmonne à Silvio : « Éventuellement ce serait lui qui nous garde auprès de lui, tu ne crois pas ? »

Ezio intervient : « Des hommes avec qui il faut discuter, d'accord, mais au sujet de qui il faut aussi ouvrir l'œil. Bien sûr. Vous, que savez-vous ? Jusqu'à quel point êtes-vous informés ? » Les questions sont adressées à Antonelli mais demeurent sans réponse car Ezio savoure trop son plaisir de parler et poursuit, prenant son ton d'homme public : « Le fascisme se sait fort. Il n'a aucune crainte. Mais il est aussi fermeté et sévérité. Dans la justice. En outre. »

Marcello, sourd, va de l'avant pour son propre compte, la tête projetée en avant, un peu rustre : « Couper court. Intervenir. Frapper. » Il était de plus en plus agacé. Le moignon de jambe devait l'incommoder physiquement aussi. Il se sentait gros, gauche, engourdi. Et il percevait aussi que désormais il était peu en vue en tant que milicien et mutilé. Il n'était pas entouré d'honneurs, d'obéissance. Il avait du mal à comprendre. D'instinct il se sentait plus proche des actions commises par les prétendus vandales que des propos fumeux de son frère. Mais il ne savait comment s'exprimer. Il ne pouvait même pas compter sur l'orgueil verbeux du suiviste, l'exhibitionnisme de l'allégeance, la volupté de phrases telles que : « Dévouement absolu. Obéissance passionnée. Diplomatie et gant de velours avec les ennemis potentiels, si le chef l'ordonne. » Il dit au contraire : « Vous laissez filer les traîtres au pays. Il faut les bloquer et les mettre au mur, et comment ! Nous avons la peine de mort, oui ou non ? Et les étrangers qui les aident », conclut-il sur un ton moins dramatique, qui s'effiloche quelque peu, « il faut les expulser somme toute, leur enlever la chose, le permis de séjour.

– Celui-là, fait remarquer Alvise, ils l'ont depuis un siècle et demi environ.

– Raison de plus ! », s'écrie Marcello sans bien comprendre, « raison de plus ! » Il se tourne vers Antonelli qui l'agace, comme souvent les Vénitiens. « Et vous autres, qu'est-ce que vous fabriquez ? Qu'attendez-vous pour les fusiller, les traîtres ? »

L'autre le considère d'un air surpris, courtois et affligé, j'ai déjà dit que Domenico Antonelli était une personnalité locale, son grand-père avait même été un grand ami d'Almoro Balmarin, et son père, avocat et ami d'Aleardo Balmarin, avait été un nationaliste éminent qui tenait des propos élevés et émus ; lui-même, Domenico, avait combattu pendant la guerre avec vaillance et modestie comme officier du corps des Alpins, il demeurait très vénitien dans les divers tons de ses propos, certaines fois il faisait même penser à un personnage de Goldoni, celui du jeune homme maniéré respectueux de la volonté des vieux de la famille toujours revêches et un peu chineurs à son endroit, le personnage dudit « puceau ». Diligent pour ce qui était de l'exécution des ordres et l'interprétation des dispositions venant de haut lieu, bien loin d'être porté à la violence, Antonelli peut faire penser davantage à un marchand de tissu qu'à un libraire, tel celui qui tenait boutique autrefois au pied du pont du Rialto, du côté de San Bartolomeo, et de grande taille je me rappelle, portant un pince-nez, toujours vêtu d'une jaquette noire et d'un pantalon mille-raies, un homme mesuré et compétent dans sa façon de faire l'article, ici un nouveau tissu pure laine venant d'Écosse, là un tout nouveau velours canneté de grande qualité et durée, sauf qu'à la place d'étoffes Antonelli déployait, en les illustrant, les institutions du Régime, entre autres les nouveaux instruments de maintien de l'ordre et d'administration de la justice avec les sanctions s'y rapportant; mais le ton était le suivant: une nouveauté récente que le diligent mercier Antonelli illustrait pour le client était la « commission de discipline au niveau de la province » ; par ailleurs, la « relégation de police » venait d'arriver à la boutique; et l'on était en train d'ouvrir les caisses contenant peut-être « le tribunal spécial » et autres articles d'importance expédiés par les fournisseurs gouvernementaux.

Bref, un tour d'esprit totalement différent de celui d'un être coléreux et porté à se ronger intérieurement comme l'était Marcello Sbordoni. Et je suis persuadé que tous les assistants réunis dans le cabinet de travail de Silvio Tolotta Pelz ce soir-là désormais si lointain, pour autant que leurs propos aient été peu concluants, devaient se sentir comme si un moment démesurément long s'était écoulé là-dedans, car le temps à son tour, avec son propre échantillonnage de souvenirs, les assaillait de tous côtés et de toutes les distances; et je pense aussi que la plus grande victime d'un tel assaut était Marcello Sbordoni, le moins capable de donner un sens aux souvenirs, de s'orienter dans ses propres réflexions, dans sa propre vie elle-même. Le voici qui se livre maintenant à une lubie un peu surréaliste: penché, le visage fermé, alors qu'il écrase d'un geste courroucé son mégot dans le cendrier d'argent, il rêve d'ôter de ses mains libres sa demi-jambe artificielle, de s'en servir en guise de massue herculéenne et d'introduire violemment dans le derrière de chacune des personnes présentes, Ezio inclus, la pointe de la chaussure pesante et morte.

Et une foule de réflexions se croisent dans la mémoire de celui qui regarde les choses en perspective. Marcello a moins mal fini, le Régime l'affecta à des sinécures administratives anodines et inoffensives, dans le cadre de l'hygiène publique plutôt que dans la branche médicale proprement dite, il se maria tardivement, eut deux enfants assez satisfaisants et mourut dans son lit ; Ezio aussi mourut dans son lit, mais mal, après un mariage orageux demeuré sans progéniture ; dans les derniers temps du fascisme il dirigea une revue antisémite, comme il me semble l'avoir déjà mentionné, et subit, à l'écroulement du Régime, une détention de courte durée ; en dépit de l'usure physique, il mourut à un âge avancé ; on m'a raconté que dans son délire il évoquait une certaine « kamaraderie » qu'il avait appréciée en Allemagne des décennies auparavant ; devenu d'une faiblesse extrême, il eut tout de même le temps d'adhérer à la campagne défendant les droits des gays ; tout ceci pourra sembler incroyable à tel point cela « tombe juste » ; mais que de fois m'est-il arrivé de m'apercevoir que, pour ce qui est de la justesse des faits et de leur articulation, la vérité dépasse la fiction.

Le premier à quitter le « sommet » inattendu et confus fut Rutigliano, et Alvise fit son exit en même temps. Par esprit de corps, Antonelli a consenti à rester avec Silvio et les Sbordoni afin de poursuivre la discussion sur les nouvelles techniques en vue de l'isolement punitif des déviants politiques et de leur éventuelle récupération. Lorsque Alvise et Pericle sortent de la pièce, la porte, comme dans un *cliché* de farce, rebondit sur le front du petit Annibale ; Alvise est gagné par un mouvement de sympathie et de gaieté envers l'enfant écouteur aux portes, il pose son index sur ses lèvres : « Chut ! Ne bouge pas d'ici, écoute bien et tu nous raconteras tout ensuite. »

« Je vois que la conversation là-haut ne t'a pas dit grand-chose à toi non plus », relève Pericle Rutigliano en descendant l'escalier. « À propos, nous nous tutoyons, n'est-ce pas ? Tu tutoies bien Marta.

– Nous nous tutoyons.

– C'est un homme curieux, Tolotta Pelz.

– Curieux.

– Son épouse est une belle femme.

– Belle.

– Attendons le retour d'Edoardo.

– Attendons.

– C'est un homme remarquable, Edoardo Bialevski.

– Remarquable.

– Mes hommages à la signora Caterina.

– Merci », répond Alvise de tout cœur : le nom de sa femme le ramène à la réalité, le revigore. « Merci », répète-t-il, tandis que Rutigliano continue à descendre et se dirige vers la rive où l'attend sa gondole. Alvise a sonné à la porte, c'est Caterina qui lui ouvre. Il l'embrasse et elle s'écrie : « Tu m'étouffes. » Ainsi étreints, ils ont l'impression de voler dans les airs.

Annibale n'a certes rien rapporté de ce qu'il avait entendu à la porte là-haut ; il a suivi la même politique qui devait le guider au cours des décennies suivantes aussi bien dans sa vie privée que publique, c'est-à-dire celle « de ne pas se créer de tracas inutiles ». Ce n'est ni pour la ménager ni pour lui éviter du souci qu'il a également tu à Giovanna certains commentaires faits au sujet d'Alvise Balmarin et dont il avait recueilli quelques bribes derrière la porte, commentaires qui se diffusèrent en Rumeurs par la suite et qui se répercutèrent à Dorsoduro : que le dentiste buvait, qu'on pouvait le surprendre même à onze heures du matin sortant d'un café sur les Zattere ou au Campo San Barnaba déjà passablement éméché par les apéritifs, qu'il avait souvent les yeux brillants et rêveurs, que sa main n'était plus ce qu'elle avait été autrefois dans le maniement de la fraise, à la fois ferme et légère. D'aucuns croyaient même percevoir dans son élocution *l'enrouement du buveur.* Alvise demeura dans l'ignorance de ces fausses Rumeurs pendant longtemps.

Deux volcans et un petit poêle

Tout nous laisse à penser que ces réunions chez Silvio Tolotta Pelz ne finirent pas en beauté ; ces rencontres, dont l'ordre du jour prévoyait de « débattre d'une manière sereine et constructive des questions importantes de l'actualité », perdirent toujours davantage, selon Alvise, le contact avec la réalité. Curieusement, d'autre part, suivant des Rumeurs dignes de foi, Tolotta Pelz en vint à se quereller avec les frères Sbordoni, non point tant avec Marcello, dont la contribution allait rarement au-delà de quelque regard torve et de tronçons de phrases plutôt crachés qu'exprimés, qu'avec son frère, Ezio, plus loquace et au discours mieux charpenté.

Il ne ressort pas de ces entretiens que Bialevski ait continué à faire l'objet de leurs propos. On avait laissé le cas de côté, on considérait l'homme comme ayant disparu. S'il arrivait qu'on posât à Alvise une question le concernant, il répondait: « Vous savez bien comment il est, il n'écrit jamais. » Des Rumeurs difficiles à vérifier prétendaient que son retour était ajourné *sine die*, d'autres alléguaient qu'il était rentré et reparti aussitôt *en catimini, peut-être pour l'Amérique avec cette baronne Mastretti qui ne vaut pas cher*. Il existait même à Dorsoduro des gens très médiocres qui supportaient mal Bialevski et « son milieu » qu'ils regardaient d'un œil hargneux, d'un air suffisant, truffés qu'ils étaient de féroces curiosités masquées.

Il semble certain que Tolotta Pelz attaqua Ezio Sbordoni en présence de ses invités, des personnages influents dans la politique et la haute société locales comme peuvent l'avoir été, au même titre qu'Antonelli, Ermete Fassola, Oliviero Lezze Adorno, ou Pierluigi Traverson (Silvio tenait particulièrement à ce dernier). Dans un moment suprême de *raptus,* et négligeant du reste la disparité considérable qui existait entre les deux frères, il les engloba tous deux dans ses insultes, semble-t-il, proférant des phrases de la teneur suivante : « Vous êtes des produits d'hier, pour ne pas dire de la camelote, vous avez fait votre temps, vous êtes en perte de vitesse, philosophiquement et socialement vous êtes hors du coup, complètement en dehors ! » Et toujours plus impétueux : « Le fascisme est réflexion, il est doctrine, il est idées, qu'est-ce qu'il en a à faire de vous ? Et aussi parce que surtout, mes bons messieurs, le fascisme est aristocratie ! »

Ezio tente encore de maintenir le ton du dialogue pondéré : « Calme-toi Silvio, au contraire, moi, dans ce que tu dis, je vois qu'il y a du bon, je vois la lumière de l'intellect… l'aristocratie… la hiérarchie… la sélection… Cependant. »

Silvio s'écrie : « Cependant quoi ? » Les deux frères, leurs voix, leurs corps, leurs bouches, lui apparaissent en cet instant des éléments abjects, à ne pas toucher : « Cependant quoi ? », répète-t-il, et le vouvoyant soudain : « Terminez donc vos phrases, imbécile, et celui-là aussi », indiquant Marcello, « qu'est-ce qu'il fait ici celui-là ? Chez moi ? Je suis un homme de culture ! Je suis un homme né pour penser, je suis un volcan d'idées ! Et si cela ne vous ennuie pas, je suis aussi un homme du monde, moi ! ».

Marcello, cramponné à son bâton, est sur le point d'en faire un appui pour bondir de son fauteuil mais Pierluigi Traverson intervient aussitôt, personnage que j'ai peu connu (quelques années plus tard les Traverson se sont complètement installés à la campagne), surnommé Didi et défini par Alvise « d'armoire en carton-pâte » ; il était effectivement haut et carré, avec dans son profil quelque chose d'un guerrier de la Renaissance mais qui aurait été reproduit en cire pour le musée de madame Tussaud : « Assurément, nous autres nous savons tous ces choses-là Silvio, nous savons que tu as une vaste culture, de l'éducation, pardi ! je dirais même que les idées que tu as sont extraordinaires, qu'elles sont formidables, vraiment très belles », glissant sur le dernier adjectif tandis qu'il a accentué les deux autres pour permettre à ses « r » de gorge d'obtenir leur plein effet. Déjà, dès le mot « formidable », le *raptus* de Silvio s'était évanoui de lui-même presque d'un coup, il y eut ensuite des réconciliations et des embrassades, mais lorsque la femme de Didi lui demandera à son retour « comment cela s'est-il passé chez Tolotta Pelz ? », il répondra « bien, bien, Eisa, c'était intéressant », mais qu'il y avait eu « des moments pénibles. J'adore Silvio mais parfois tu sais… ».

Peut-être celle-ci fut-elle la dernière réunion, en tout cas je vois avec certitude Balmarin descendre l'escalier ce jour-là avec une idée précise dans la tête, à savoir que c'était la dernière réunion à laquelle il participait. Caterina lui ouvre la porte et lorsqu'ils reprennent haleine après leur étreinte, Alvise se penche à son oreille pour y couler des confidences piquantes : « Il n'y a plus de doutes à avoir. C'est la démence. Il est comme sa mère, tel quel. » Ce n'était pas la première fois qu'il le disait, au cours des longues années.

« Silvio ?

– Silvio.

– Ah oui ? » Elle ne sait pas bien à quoi Alvise fait allusion, du reste elle ne le suit jamais bien lorsqu'il parle, mais elle se serre contre lui, incohérente et pleine de ferveur : « Le pauvre homme. Mais je pense que tu as raison. Il faut le voir quand il danse, Silvio.

– La mère folle. La même veine. Tu te souviens du dîner. » Ce dîner avait été évoqué d'innombrables fois.

Quelques semaines avant sa mort, Irene Tolotta Pelz, qui demeurait d'habitude en Haute-Vénétie où la famille possédait des biens assez considérables, était descendue à Venise pour se commander deux fourrures dont elle n'eut pas le temps de se servir et qui passèrent à Maria Paola ensuite ; elle avait aussi accepté de prendre part, en tant qu'invitée d'honneur, à un dîner de seize couverts chez son fils Silvio qui avait convié plusieurs personnalités notoires avec leurs femmes, y compris les Balmarin. Il avait prescrit le frac pour les messieurs, la robe longue pour les dames. Les seuls enfants admis étaient les siens, les jeunes filles vêtues de sombre comme pour une visite au pape, l'enfant Annibale tout allègre dans son petit costume noir et collerette empesée « à la Eton ». Il n'est pas exclu que, dans son inconscient peu exploré, Silvio ait senti que ce dîner représentait un ultime hommage rendu à sa mère qui, et très rapidement en effet, devait s'éteindre et même carrément mourir sous son toit.

Aucun des convives ne connaissait bien la signora Irene, ou si quelqu'un, tel le professeur Berg qui figurait parmi les hôtes, croyait la connaître, il dut se raviser ce soir-là. Ils s'étaient tous fait d'elle une image de matrone de province, bien droite, accueillante, simple dans ses manières et dans son habillement, et voici qu'au contraire ils virent, trônant dans le principal fauteuil du salon et puis à table à la place d'honneur, une dame vêtue d'une robe de style vaguement Renaissance au tissu broché d'or, mais qui, elle-même, ne présentait rien de solennel : voûtée, la tête projetée en avant comme catapultée, des yeux basedowiens ; elle répondait à l'hommage des dames par une petite toux bronchitique, et à celui des messieurs en retirant sa main à la hâte, comme si elle craignait qu'au lieu du baisemain ils ne la mordent.

À table elle promène des regards soupçonneux et sarcastiques, observant un silence massif. La conversation se révèle ardue pour les convives. À chaque tentative ils se sentent bloqués par ces regards. Lorsqu'elle ouvre enfin la bouche le silence règne d'un coup, chargé d'attente.

La dame se tourne brusquement vers son fils et lui désigne Maria Paola et Maria Matilde assises côte à côte dans leurs tristes robes longues ; elle frémit comme en proie à la colère, comme si la montée d'une lave ardente et noire longuement réprimée s'annonçait ; puis c'est l'éruption : « Et ces deux crétines là-bas, veux-tu me dire qui elles sont ?

– Maman… » Silvio, extrêmement pâle, tente de sourire.

Maman hausse les épaules et lance sa tête en avant, plus catapultée que jamais ; voilà *l'instant fameux où elle a définitivement perdu l'usage de la raison*: « Qui sont ces deux taupes ? Vous refusez de me le dire, hein ? hein ? » Elle fait une pause et avec un soupir rauque mais puissant, elle remplit à fond ses poumons puis s'écrie d'une voix sonore et chaude, où perce un vibrato d'artiste lyrique : « Il serait souhaitable en revanche que quelqu'un s'occupe de moi à présent. » De ses deux poings elle saisit sous la table un pan de nappe, l'attire à elle tout en se dressant et, debout, elle soulève la nappe avec tout ce qui est posé dessus, assiettes, couverts, mets et fleurs. Ce fut le dernier effort de sa vie ; l'ayant accompli elle semble pacifiée, rassérénée : « Je vous en prie, je vous en prie, que l'on dresse la table de nouveau, entre-temps moi je me retire dans ma chambre », annonce-t-elle, douce, généreuse, « mais je reviens, je reviens… ».

Mais au contraire elle ne revint jamais plus et demeura dans cette chambre jusqu'à l'instant suprême. Ce fut l'une des dernières consultations médicales du docteur Aleardo Balmarin appelé au chevet de la dame frappée en plein cœur, qu'elle avait fragile. Elle semblait avoir conscience d'être en train de mourir et une sorte de gaieté bouleversée se peignait sur son visage. Nombre d'années se sont écoulées depuis et dans le souvenir d'Alvise, la signora Irene lui inspire de la sympathie, de la chaleur.

Giovanna, qui les a rejoints dans le vestibule, a entendu ce que son père disait au sujet de la vieille dame. « Dommage », fait-elle, « j'ai manqué ce dîner, toutefois je me souviens de la signora Irene, mais fais attention papa, ne parle pas de Silvio maintenant car Elvira est ici ».

Dans le salon des Balmarin, Osvaldo se trouve avec Elvira Tolotta Pelz. Il est assis loin d'elle et aucun des deux ne dit mot. Alvise entre avec animation, entouré de ses deux femmes, il est content de voir Elvira. Il se souvient d'elle soumise à la fraise sur le fauteuil de dentiste et il ressent un désir effréné de lui soigner toutes les dents d'une façon brillante et radicale, sans la faire souffrir ; elle lui apparaît extrêmement attrayante, une femme hautement racée que Silvio ne mérite pas.

« De quoi avez-vous parlé là-haut, chez nous ? », demande-t-elle, pressante et distraite à la fois. « Tu sais, Silvio m'exclut de ses réunions, peut-être est-ce bien ainsi, tu ne trouves pas ?

– Peut-être Elvira. » Puis, comme quelqu'un qui aurait découvert une vérité éclatante et veut la communiquer avant qu'elle ne lui échappe : « Il y avait là-haut ces personnes, ces conversations, et moi je me suis mis à penser : celui-là, c'est Traverson, c'est Didi qui était en classe avec moi en première ; et ces deux autres, ce sont mes beaux-frères, et Silvio était au jardin d'enfants avec moi, et les autres, je les connais depuis toujours, leurs pères, leurs grands-pères… et à un certain moment, je tâche de vous le décrire de mon mieux, j'ai l'impression, j'ai cette impression *qu'eux n'étaient pas eux.* C'étaient d'autres, je ne sais qui, mais d'autres. Vous en revanche, pas du tout, toi non plus Elvira, tout compte fait, tu es là, tu es concrète, toi.

– Et eux en revanche étaient d'autres ? Silvio aussi ? » Elvira a un rire étrange comme empreint à la fois d'horreur et de joie.

« Silvio en tête, Elvira. »

Caterina intervient : « C'étaient d'autres, Elvira. Tu vois. » Pour elle, certaines remarques que fait son mari sonnent bien, il ne s'agit pas de les comprendre.

Giovanna a versé un verre du vin qu'ils boivent de temps à autre en guise d'apéritif et le tend à son père; Alvise avale une gorgée avec plaisir, tandis qu'il attire sa fille à lui de son autre main posée sur son épaule. À la différence de Caterina, Giovanna médite sur les réflexions que fait son père: «Je ne sais pas si Elvira t'a bien compris, tu sais papa, avec cette histoire que les personnes là-haut étaient d'autres», et Alvise, la dominant de sa taille, perdu dans sa vision: «Voilà! bravo, tu as compris, c'étaient d'autres personnes», reprend-il, heureux, serrant Giovanna contre lui, «oh! regarde qui est là!».

Annibale est apparu sur le pas de la porte. À la vue d'Alvise dégustant son vin, il commence tout de go: «Citoyen Mastaï, bois un verre», citation qu'il sait pouvoir faire en ce lieu, c'est-à-dire hors de la portée de son père; il lui était arrivé une seule fois de l'articuler chez lui et Silvio, la mine contrite mais aussi éclairée du sourire de plaisir musical et dynamique qu'il arborait lorsqu'il dansait une polka ou une valse, lui avait allongé une gifle rapide et magistrale. Annibale l'avait reçue avec bonhomie – ce n'était pas la première de sa vie – sans bien en comprendre la raison; par pure prudence instinctive il avait évité de répéter l'injonction au citoyen Mastaï en présence de son rigoureux père. Il ne savait même pas où il l'avait pêchée. Son répertoire d'histrion était alimenté par les anthologies scolaires où il puisait ses personnages chez Carducci comme d'habitude, Alberto di Giussano, Massimiliano d'Absburgo, outre Carlo Alberto di Savoia Carignano; le garçon ignorait aussi que ce citoyen Mastaï avait été pape; il devait avoir entendu la phrase dangereuse chez Léo Rutigliano ou peut-être même chez Amedeo Passina, le garçon qui avait mal tourné et qu'Ezio fréquentait.

Puis Annibale passe au mot d'ordre du jour (le terme « slogan » devait mettre des décennies encore avant de parvenir chez nous) : « Le fascisme est aristocratie », proclame-t-il. Il s'élance vers Caterina : « Bonsoir, madame la comtesse », accompagnant l'hommage d'un baisemain théâtral.

« Tiens-toi tranquille un petit moment, Annibale, tu vois bien que je suis en train de parler avec ta maman et avec le papa de Giovanna. » Pour Caterina, Annibale et Giovanna demeuraient toujours un peu jumelés, tête-bêche sur le petit lit de camp.

« Alors moi, madame la comtesse, puis-je m'entretenir avec la jeune comtesse votre fille ?

– Oui cher casse-pieds, mais retirez-vous par là !

– Fascisme aristocratie ! » crie encore à tue-tête le gamin tout en entraînant Giovanna avec lui. Osvaldo, songeur, reste avec Alvise et les deux dames. « Abruti », murmure-t-il à l'adresse d'Annibale qui sort. Mais il est plus triste qu'agacé. Il se remet à contempler les dames qui bavardent entre elles.

Il lui venait à l'esprit que bien qu'à certains moments Elvira Tolotta Pelz et sa mère ne puissent se tolérer l'une l'autre, outre qu'elles se considéraient réciproquement atteintes de démence, les deux femmes se voyaient sans arrêt ; presque tous les jours, à une heure ou à une autre, Elvira était chez eux ; et Osvaldo se demandait si cette présence constituait pour lui une chance ou un malheur. En effet, quiconque, fût-il nouveau venu dans ce milieu, avait observé quelque peu le regard que le jeune homme posait sur Elvira, surtout s'il le comparait avec la manière dont il regardait d'habitude sa fille cadette, Maria Matilde, aurait compris ce qui se passait : avec Maria Matilde il s'entendait fort bien sur le plan physique, entente intensément agréable et toujours maintenue sur le plan du jeu théâtral ; il y avait entre eux deux un dialogue soutenu fort plaisant aussi ; mais en ce qui concernait la mère c'était différent : Osvaldo était amoureux d'elle en silence, éperdument et sans espoir. Elvira Tolotta Pelz était à ses yeux d'une beauté exclusive et absolue. Et elle était si grande, et si peu assurée.

Osvaldo ignorait encore quelque chose : c'est que son père s'était aperçu de cet amour, l'avait compris ; et pour tout dire Giovanna aussi, et même avant son père ; la petite sœur n'aurait su préciser quand elle avait commencé à s'en douter, elle suivait cet amour depuis toujours, depuis sa plus tendre enfance, sans jamais le mentionner à son frère, et néanmoins elle y participait avec un battement de cœur joyeux car, encore qu'Osvaldo sombrât souvent dans la tristesse, Giovanna se sentait heureuse pour lui.

À présent, buvant Elvira des yeux, le garçon a la gorge nouée, les yeux humides. Il lui faut sortir de la pièce, se retrouver seul un moment. Devant le miroir de la salle de bains, il presse son mouchoir sur ses paupières, se mouche le nez. Puis il va à la recherche de sa sœur et d'Annibale qu'il trouve dans la chambre à coucher des parents. Comme tant d'autres fois, Giovanna est en train de reprocher à Annibale certains faits bien connus et dont l'évocation suscite chez lui à la fois dépit et orgueil : qu'il a l'habitude d'écouter aux portes, qu'il épie ses sœurs, etc., et Annibale l'interrompt : « Tu ferais mieux de te taire car justement aux petites fêtes que donnent mes sœurs, et en particulier à celle de l'Épiphanie, tu étais accrochée au frère de ton amie Novella, le pauvre Maurizio Berg, et tu faisais avec lui, bref, des choses. »

« Pourquoi dis-tu “le pauvre Maurizio” ? Et puis Annibale, si j’aime bien quelqu’un, il me plaît aussi de le toucher, de le caresser. »

Il se fait agressif, incohérent : « Tu aimes bien de cette manière son père aussi, le professeur Berg ? Ou ton oncle Ezio ? Ou le comte Passina ? »

Giovanna réfléchit un moment puis précise : « Le professeur Berg, oui. Ezio non, il est visqueux. Quant à Passina, quelquefois je pourrais le serrer fort dans mes bras.

– Sais-tu qu’il a une soixantaine d’années de plus que toi ? »

Elle fait en souriant quelques petits haussements d’épaules. Annibale est embarrassé, pris au dépourvu.

En les entendant parler Osvaldo s’est un peu rasséréné : « Giovanna, je ne sais comment dire, lorsqu’elle se trouve quelque part, surtout en hiver, tout le monde veut l’avoir à ses côtés, comme un petit poêle.

– La chaleur animale est la plus salutaire », répond Giovanna, citant sa mère. Puis elle ajoute de son cru : « Il est inutile que tu ries, Annibale, tout le monde sait que tu es un être insensible et froid.

– Froid et féroce », s’écrie le gamin qui saisit Giovanna et commence avec elle une bataille à coups de chatouilles.

Sur ces entrefaites arrive Corrado en tenue de tennis. « Vous autres », remarque-t-il d’un ton affectueux, tout en posant un baiser sur la joue lisse et rebondie de sa petite sœur, « on vous trouve toujours dans les chambres à coucher.

– Celle-ci est la chambre où je suis née. »

– Vous êtes toujours fourrés dans les chambres à coucher, répète Corrado, même lorsque vous êtes chez les Berg », et l'on dirait qu'il cherche dans ce fait un secret dont il serait exclu ; mais il le survole aussitôt, il vient de terminer une partie de tennis, justement avec Maurizio Berg, et il se sent particulièrement bien, il a faim, il déborde d'affection envers tout le monde. « Oui, oui, je me rappelle parfaitement que tu es née ici, pas la peine de le répéter chaque fois, allez, j'ai été parmi les premiers à te voir, tu étais tout à fait pareille. » Il se souvenait de son père, fou de joie, ravi, faisant observer à sa femme : « Elle a les mêmes petits pieds que toi. » Comme si le souvenir l'avait évoqué, Alvise entre dans la pièce.

« Le dîner est prêt, venez à table, toi tu dois avoir une faim de loup », dit-il à Corrado en le prenant bras dessus, bras dessous, il apprécie le muscle ferme et nerveux, d'un point de vue médical le garçon présente une perfection du manuel d'anatomie.

Annibale reste dîner avec eux, ayant obtenu la permission de l'étage noble – celle d'Elvira n'aurait pas suffi –, il est assis à côté de Giovanna, leurs genoux se touchent, ils s'amusent à jouer sous la table au « genou de fer ».

Corrado exulte : « Après le tennis, j'ai mangé un petit quelque chose chez les Berg mais je dois dire que ce risotto… » Lorsqu'il a fini de mâcher sainement ses premières bouchées, il s'essuie la bouche, prend une gorgée de vin et s'adresse, plus modéré, à son père : « Maurizio dit qu'il trouve son papa d'humeur un peu sombre. Le professeur m'a chargé de te dire qu'il a reçu une autre de ces lettres.

– Quelles lettres ? », demande Giovanna, mais elle s'aperçoit que son père ne désire pas en parler. Elle remarque une ombre qui passe sur le visage d'Alvise, mais qui se dissipe rapidement, son père a même le sourire ; de toute évidence, lettres ou non, c'est de Berg qu'il s'agit, et Berg est toujours Berg, on peut lui faire confiance, et il le restera jusqu'à la nuit des temps, aucun danger qu'il devienne « une autre personne » et que les amis perdent le fil de la réalité faute de savoir qui cette personne est. Il n'a pas vu son ami Berg depuis plusieurs jours déjà et se promet de lui rendre visite prochainement.

Je ne respire pas, Alvise

Alvise a encore laissé passer un bout de temps avant d'aller à Fondamenta Alberti rendre visite à son ami Remigio Berg ; trop de travail, trop de caries un peu partout ; et le dentiste n'est pas sans savoir que le dialogue avec Berg nécessite des espaces de temps amples et détendus pour pouvoir s'ouvrir et se dérouler ; le moment se présente un dimanche après-midi, d'avril dirais-je, la lumière même est toute neuve, acide comme un fruit vert, elle brille sur le friselis de l'eau, sur la pomme du cordon de la sonnette et sur le bassinet de cuivre qui la contient.

La domestique lui ouvre, Alvise s'enquiert de ses dents ; les nouvelles sont excellentes. Le cabinet de travail est situé au fond de la maison. Dans cette vaste pièce inondée de lumière et de papier imprimé, Alvise trouve Berg tout seul : ses cheveux, ses yeux, ses grandes joues colorées, comme dans le petit portrait qu'a peint mon père et qui semble éclater de son encadrement, tout produit un effet entre le gris-rose et l'or, son corps volumineux est bien calé dans un fauteuil recouvert d'un tissu clair à fleurs vives ; il est en train de lire les nouvelles dans le plus populaire des deux quotidiens de Venise, entièrement composé d'annonces brèves : le professeur Adolfo Cesato avec sa conférence sur

« Le Duce interprète de l'aspiration au génie de notre peuple », côtoie : « A Shanghaï cent communistes arrêtés dont quarante sont fusillés », et se mêle aux « deux sœurs frappées de coups de couteau à Trévise par un jeune homme amoureux de l'une d'elles ».

Je vois Alvise prendre place dans un fauteuil identique en face de son ami qui lève les yeux du journal local : « Cesato a fait une conférence », annonce-t-il. Le professeur Adolfo Cesato. Il enseignait à l'autre lycée, celui de Cannaregio où je fis mes études plus tard ; fils d'une veuve, célibataire, très blanc de peau et bien soigné, il était pourvu d'une voix très aiguë, et pour célébrer la patrie et pour insulter ses élèves il vociférait de la même façon. « Une conférence sur le Duce », achève Berg. Un long silence. « Je suis seul », reprend-il avec une tristesse qui sied mal à son grand visage florissant, « ni Dora, ni Maurizio, ni Novella ne sont à la maison ». La femme de Berg, Dora, était une Frioulane fort plaisante, du reste elle était la tante de ce nourrisson qui vivait alors à Spilimbergo et qui, environ un quart de siècle plus tard, devait devenir ma femme ; en d'autres termes, la signora Berg était la sœur de sa mère. C'étaient toutes des femmes plaisantes, dois-je dire, et j'y inclurai mes filles qui, par chance, ressemblent davantage à leur mère, ou éventuellement à ma sœur Elena, qu'à moi-même. Mes filles sont presque toujours dispersées çà et là dans la campagne vénète. Mais ce n'est pas d'elles que je me suis mis à écrire ; qui sait si je le ferai jamais ; la fusion est trop forte.

« Dora est sortie, reprend Berg, sais-tu où elle est allée ?

– Non. » Longue pause.

« Au théâtre. À la *matinée.*

– Quel théâtre ?
– Malibran. Une opérette.
– Quelle opérette ?
– *Les Cloches de Corneville.* Et sais-tu avec qui elle y est allée ?
– Non. Avec qui ?
– Elle y est allée avec les Tolotta Pelz.
– Avec Elvira.
– Non. Avec les deux filles seulement.
– Maria Paola et Maria Matilde.
– Maria Paola et Maria Matilde.
– Et Elvira ?
– Elle est restée chez elle. C'est lui qui est venu, Silvio. Il a accompagné les deux filles chez Dora qui les emmenait à l'opérette. Le petit est venu aussi, Annibale, mais il est parti à la traîne de nos filles, Novella et Giovanna, qui se rendaient chez Lena Baldissi.
– Ça, je le savais.
– Autre genre de musique.
– Autre genre de musique. »

Je crois avoir déjà mentionné la signora Baldissi, concertiste et professeur de piano, la sœur du dentiste mort à la guerre ; elle avait, si je me souviens bien d'elle, l'aspect d'une religieuse, mais d'une religieuse méditative et ardente ; certaines Rumeurs lui prêtaient nombre de liaisons dans le passé avec différents hommes, Giacomo Puccini, Alvise Balmarin lui-même, D'Annunzio aussi, brièvement.

« Et puis il est parti, suppose Alvise.
– Qui ça, il ? Parti d'où ?
– Silvio. D'ici.
– Non. Il est resté ici. Il est resté ici un bout de temps.

– Ah. » Un long silence. Du seul fait de se trouver là, assis l'un en face de l'autre comme tant d'autres fois, Alvise Balmarin et Remigio Berg sont ravis, ils jouissent du délassement que leur procurent des conversations lentes et répétitives. Depuis la nuit des temps Remigio Berg et Edoardo Bialevski sont des amis pour Alvise, autrement dit des personnes avec qui les silences deviennent éloquents et même les paroles les plus superflues sont savourées. « Et que t'a dit Silvio ?

– Ben… Il a parlé.

– De quoi ?

– De choses. Du Vatican. Du corporatisme aussi. De la doctrine du corporatisme. À son avis, du fait que je suis professeur d'histoire avec des titres universitaires, je devrais faire un cours à Padoue. Un cours sur la doctrine du corporatisme fasciste. » Berg à ce point commence à s'animer, se délectant à mettre en scène, à mimer, plaisir qu'un peu tout le monde aimait à prendre à Dorsoduro dirais-je. « "Tu dois t'engager Berg", me fait-il avec ce petit sourire qu'il arbore comme s'il t'offrait un petit cadeau, "n'oublie pas Berg que, dans l'ensemble, tu n'es pas une figure très claire. Je ne te vois pas engagé, Berg. Engagé dans le temps où tu vis".

– Eh oui ! C'est bien sa façon de parler » Alvise apprécie la bonne imitation, « ben, il est fou, non ?

– Bien sûr, bien sûr. Mais "fou" est un terme un peu vague.

– Une mère folle, que veux-tu.

– Une femme mémorable.

– Mémorable.

– Il fut un temps où les femmes avaient la folie belle, ouverte, inventive. Regarde ce qui se passe maintenant, au contraire.

– Tu ne penses pas à Elvira tout de même ? Elvira est une femme dont on n'a pas fini de faire le tour. » Dans le cœur d'Alvise se produit un élan chaud, empreint d'ironie et d'affection, vers son fils Osvaldo attiré comme son père, mais d'une manière tellement plus belle et plus neuve, par cette femme blonde, élancée, dans le fond toujours un peu timorée.

« Non non, pas à elle. À tes brus, dirons-nous.

– Ah ? Qui sait ! La cadette est la mieux des deux. Elle est plus douée que l'aînée. » Que de fois avaient-ils échangé leurs vues à ce propos ! Alvise penche ses yeux protubérants vers son ami, attendant d'autres mises en scène de pièces déjà bien connues.

« Ben, ben, n'oublions pas », Berg hausse le ton, « n'oublions pas. Maria Paola devait avoir dix-onze ans lorsqu'elle s'est trouvée un jour toute seule dans un coin du jardin Bialevski et qu'un chat la fixait. Je le connaissais bien, ce chat. Un chat blanc, crasseux, gras, chargé d'ans et d'infirmités. Et qu'a-t-elle fait ? De ses propres mains elle l'a étranglé et l'a jeté dans la poubelle. » C'est une histoire que j'ai maintes fois entendu raconter moi aussi, tant par Osvaldo Balmarin que par Matelda Kraus, notre vieille amie qui nous loue notre appartement sur les Zattere.

« De ses petites mains d'ange », répète Alvise en écho. « Oui, oui, effectivement. Il y a bien quelque chose. Une larme de fureur. Incontestablement. Chez le petit aussi. Annibale, non ? Un sympathique faux-jeton égoïste, mais avec une larme de cet élément-là, furieux. » Le dentiste a un ton satisfait, voilé d'affection, de compassion.

« Il est sans arrêt à la traîne de Giovanna et de Novella, Annibale.

– Tu peux être sûr que ce sont elles qui le dominent.

– Ce sont elles qui le dominent.

– Ce sont elles qui le dominent.

– Mais Elvira ?

– Elvira est encore toute à découvrir.

– Toute à découvrir.

– Silvio, dans sa folie, est plus clair.

– Plus clair. Euh ! » Silence pénible. « Il dit beaucoup de bien du Duce, Silvio, surtout depuis qu'il a été reçu par lui.

– Reçu plus d'une fois.

– Plus d'une fois. Et à présent le Duce à la mode est tout ordre, discipline, hiérarchie, avec des miliciens autour de lui du type d'Ezio, ton beau-frère, portant la chemise noire en soie. À présent », Berg prend plaisir à s'écouter parler et Alvise hoche la tête en signe d'assentiment, rythmant de la sorte la musique de ce petit concert familier, « à présent il est manifeste que les violences criminelles ne leur conviennent plus du tout mais à entendre Silvio on dirait que le Premier ministre, comme sa femme Elvira continue de l'appeler, est parfois quelqu'un de la trempe de mon bisaïeul autrichien, haut fonctionnaire tout probité et règlements stricts bien formulés. “Le Duce” », Berg imite de nouveau Silvio Tolotta Pelz, « “est un homme très précis, il sait être un bureaucrate de très haut niveau, doté d'une mémoire de fer, qualités que le roi apprécie pleinement”. À d'autres moments, au contraire, Silvio en fait un grand homme d'un genre nouveau, fascinant et meneur (on était encore à quelques décennies du “charismatique”), avec la trempe du révolutionnaire mais mitigé d'accents humains et il rentre chez lui et se met à jouer du violon ou bien, suivi de la cohorte de ses jeunes adeptes qui ne sont peut-être plus affublés de tignasses et de fez à la va-vite ni bourrés de poignards et de têtes de mort, mais se présentent avec des joues glabres, des bottes chic, de la brillantine, des ors, il se rend en visite à l'école primaire de Pieve di Gualitieri où il fut jadis instituteur. Ce qui ne l'empêche pas de passer ensuite en revue le groupe des motocyclistes des "diables noirs". Et pour compléter le tout, il devient d'autres fois un homme du monde, et c'est alors que Silvio pour le décrire se fait le visage pointu comme lorsqu'il danse et te déclare, la bouche en cœur: "Le Duce parle parfaitement le français", ou bien: "Aux dîners officiels, et même à la cour, il a étonné l'assistance par sa façon impeccable de se tenir à table." » Longue pause.

Tous deux échangent des regards. Sans aucun doute leur ami Tolotta Pelz possédait dans la lanterne magique de son esprit des diapositives du chef du gouvernement qu'il leur communiquait en connaisseur. Celle du cavalier enfourchant solidement son cheval, celle de l'homme d'État en habit de banquier courbé devant le petit roi, vu par un dessinateur humoristique anticapitaliste; toutefois pour eux, Remigio et Alvise, pour leur panorama mental, l'homme n'était jamais parvenu à devenir une image claire de premier plan. Fût-ce d'un point de vue géographique: un Romagnol transplanté à Milan, puis à Rome. Ils ne parvenaient pas à le cerner. C'était une figure assez étrangère. Et puis évidemment, ils ne l'avaient jamais vu autrement qu'en photographie, ils ne l'avaient jamais fréquenté ou écouté de vive voix, la télévision n'existait pas, seule quelque radio çà ou là. Si le professeur Berg semble éprouver un certain plaisir à évoquer les différentes images que donne du personnage leur ami Tolotta Pelz, c'est parce que Tolotta Pelz avait été un camarade de classe depuis le jardin d'enfants et que tous deux le suivaient avec une chaleur présente et amusée, du reste il leur arrivait aussi de voir en Silvio un naïf, tandis que les véritables fourbes astucieux (« les malins » comme on dira plus tard à Rome) ce n'étaient même pas les Sbordoni, c'étaient les Pericle Rutigliano (Pericle péril, jeu de mots que Berg se complaisait à faire), qui sitôt arrivés en quelque lieu flairaient immédiatement les pouvoirs effectifs, les hommes-clés, les grands banquiers, versaient de consistantes donations politiques dans les filières adéquates, rien à voir avec les visites de groupe sommaires et décoratives que les autres faisaient au chef du gouvernement.

« Eh oui », lance un peu vaguement Alvise qui a fini par se laisser distraire pendant que son ami parlait, « eh oui ! Et à propos de têtes de mort. Ces lettres qu'on t'a encore envoyées. Corrado m'en a touché un mot il y a quelque temps déjà.

– Une lettre, Alvise. Une seule. »

J'ai eu l'occasion moi aussi de voir une de ces lettres anonymes reçues par le professeur Berg, je ne saurais préciser dans quelles circonstances. C'était une feuille de papier commercial sur laquelle figuraient des dessins et de brèves phrases de menaces, le tout ponctué de têtes de mort et guère différent de ce qu'on avait découvert derrière le portrait de la tante de Bialevski, exécuté avec des techniques de graffitis de latrines ; sauf que dans les messages envoyés par la poste à Berg (et à d'autres gens de la ville, dont mon oncle Marco je crois), les textes et les illustrations avaient été effectués non pas normalement avec une plume et de l'encre, mais avec des pinceaux très fins, trempés, comme l'en avertissait un post-scriptum, dans un mélange d'excréments et d'urine.

« Pareille aux précédentes. À peu de chose près. » Berg en parle désormais sans s'échauffer. Il avait été agacé au début par les lâches menaces anonymes et les pesantes images mortuaires, les têtes de mort, les poignards, il éprouvait de la rancœur envers les macabres vacuités, envers ce qu'il appelait l'interdiction de la bonne humeur, loi italique antique tant perfectionnée par les dirigeants de son époque ; il n'était pourtant pas particulièrement offensé par la matière picturale utilisée, peut-être parce que la vie au front, ne serait-ce que cela, lui avait laissé une familiarité naturelle à l'égard des excréments, à commencer par les siens. On sortait de la tranchée en espérant quelque bref répit, et pour libérer son intestin on se baissait dans la nature, tout près les insectes bourdonnaient, la brise caressait mollement les brins d'herbe luisants, les grondements des canons étaient lointains, on goûtait un moment de paix sereine avant que l'air ne soit troué par la décharge et le sifflement d'une fusillade et que quelqu'un ne crie : « Que fais-tu là dehors, crétin » ; il avait d'ailleurs été blessé dans de tout autres circonstances, sur le Cengio, et il attribuait à sa bonne fortune d'avoir eu ainsi la chance d'approfondir à l'hôpital militaire son amitié avec un ancien camarade d'école, le capitaine médecin Balmarin justement qui, comme lui, vivait la guerre avec les doses normales de peur et d'ennui et qui semblait avoir comme uniques et sobres visées celles de secourir physiquement les blessés et de réconforter, autant que faire se peut, les moribonds.

Les premières lettres balafrées de coups de pinceaux trempés dans les excréments et le pissat avaient suscité chez lui une curiosité et un intérêt (« Qui sait qui les envoie ? », avait-il dit à Alvise) qui devaient personnellement me servir d'exemple dans les années à venir ; autrement dit il avait eu l'espoir de connaître les expéditeurs, pouvoir parler avec eux, s'employer à les remonter des profondeurs de leur idiotie monotone et obscure. À présent il avait renoncé à un tel projet.

Dans l'idée que la plupart des gens s'étaient faite de lui au fil des ans, le professeur Berg représentait le professeur-né. Loin d'être renfrogné et despotique il s'imposait par sa masse physique, son grand visage, ses yeux mobiles, curieux et accueillants. Il consolait les élèves découragés par leur propre incapacité, il les aidait et les soutenait jusqu'à la limite infranchissable de ce qui était juste et licite, limite clairement imprimée dans son esprit et donc défendue sans la moindre ostentation de sévérité. Dans son for intérieur il possédait ce que son ami dentiste appelait le noyau intègre, quelque chose comme un thermomètre intérieur vieux et fiable, facile à lire, de tout repos. Lorsqu'il recalait quelqu'un, c'était définitif et sans recours.

Il faut entendre les recalages dans un sens très vaste, c'est-à-dire pas seulement d'élèves, recalés à cause de leurs résultats insuffisants, mais aussi de personnes, recalées en raison d'irrémédiables erreurs de comportement. À la différence près que les élèves étaient officiellement notifiés de leur échec à la publication des résultats, tandis que, dans les autres cas, la personne en question pouvait aussi bien ne même pas se douter qu'elle avait été recalée, elle continuait à vivre et à fonctionner comme à l'ordinaire, et Berg continuait pour sa part à la voir et à lui parler avec sa politesse naturelle et sa bonhomie sauf que, selon une formule que je lui ai maintes fois entendu énoncer, pour lui cette personne « avait cessé d'exister effectivement » ; et Remigio Berg disait ceci sans emprunter les formes sadiques et les malveillances gutturales du « professeur sévère », mais précisément de la manière dont il informait son élève, en levant les bras : « Eh oui, tu as été recalé. » La lecture objective d'un thermomètre. Un peu comme si l'élève s'était recalé lui-même. Avec ce ton il pouvait susciter des haines mais ne laissait pas transparaître qu'il s'en apercevait.

J'ai bien connu Berg des années plus tard et j'ai l'impression que justement, à l'époque de mon récit, il avait découvert que trop de recalés gravitaient autour de lui et que ces recalés ou ces « inexistants » s'installaient en outre à des points de haute autorité sur la scène du monde qui l'entourait. Il serait erroné d'en déduire quelque chose comme « et alors Berg s'est trouvé en crise », et ceci justement parce que Berg était un homme vaste, jovial et intensément curieux, il continuait de fréquenter une foule de personnes, même ces excellents exemplaires de « recalés » qu'étaient les beaux-frères d'Alvise ; lequel Alvise, par amour de la conversation, pour l'entendre parler, et non faute de prévoir les réponses, rétorque à présent : « Tout ce que tu voudras, Remigio, mais il est certain que s'il t'arrive de les rencontrer au Campo San Stefano ou au Campo San Bartolomeo, tu ne tournes pas le coin de la rue, au contraire tu t'arrêtes pour discourir avec eux, pour les faire parler, tous ces Ezio Sbordoni, Adolfo Cesato, Momi Antonelli, Didi Traverson, ou qui sais-je encore, et peut-être bien que tu leur offres un verre de vin.

– Un verre de vin », enregistre Berg. « Je les observe, Alvise. Je les scrute. Je les…

– Tu t'amuses, Remigio. »

Le professeur Berg a un de ces moments (j'en ai connu à mon tour bien des années plus tard) où il semble regarder à l'intérieur de lui-même et consulter son thermomètre ; la consultation achevée, il lève les yeux vers son ami : « Je *m'amusais,* Alvise.

– Tu continues à les voir. À les faire parler. Tu as besoin d'avoir ton public. Tu continues à voir tout le monde.

– Je continue à voir tout le monde. » Berg examine la phrase. Nouvelle consultation du thermomètre. « Peut-être bien. J'essaye. J'espère. Et puis !

– Et puis quoi ?

– Et puis à la fin je m'aperçois *qu'ils n'existent pas,* qu'ils ne sont pas *là.* » Alvise acquiesce d'un signe de tête, il reconnaît les symptômes. « Et c'est alors que, tac, la respiration vient à me manquer. Au sens physique aussi, Alvise. Certaines nuits je dors mal, j'ai des cauchemars », (il a l'air de dire : « comment se permettent-ils ? ») « et je fais des rêves où l'on me force à engloutir des blocs d'une matière blanche, quelque chose comme un mélange pétri de farine et de mortier, de grosses bouchées qui, d'une manière étrange, sont dépourvues de poids mais se révèlent indigestes, étouffantes. C'est pourquoi je t'en parle maintenant, aussi parce que tu es médecin, Alvise. Il se forme comme un bloc dans le métabolisme, dans le système vasculaire. Et entre mon interlocuteur et moi il se produit un arrêt, un court-circuit de l'esprit.

– Tâche d'éviter certains individus. Si tu es le premier à dire qu'ils n'existent pas ! Accepte l'idée, Remigio, tiens-toi tranquille.

– Je ne respire pas, Alvise. »

Plutôt que de crise, il s'agissait donc de carence en oxygène dans le rapport humain, d'insuffisance de débouchés pour un potentiel immodéré et peut-être suranné de curiosité, de participation, d'identification à autrui.

Alvise tend l'oreille, lève l'index : « Tu verras que sous peu tu respireras bien mieux. »

En effet, des voix leur parviennent des autres pièces de la maison : on entend les enfants Berg, Maurizio et Novella ; Giovanna aussi, et surtout Annibale. Le hasard veut que je sois avec eux (de loin le plus jeune et le plus sombre de tous, si besoin est de le relever), et il y a également un camarade de lycée de Maurizio Berg, le fameux Gucciotti Emiliano.

La réplique du professeur Berg m'est facile à imaginer : « Je respirerai mieux ? Je n'en sais rien. J'entends aussi la voix de ce Gucciotti.

– Gucciotti. Gucciotti. N'est-il pas un ami d'Ezio ?

– Non. C'est son frère », Berg connaissait par le menu les personnes qui avaient tendance à l'empêcher de respirer, « son frère cadet, Emiliano. Gucciotti Emiliano, étudiant ».

Je me rappelle bien l'Emiliano Gucciotti d'alors, et l'actuel aussi du reste ; il est venu tenir un meeting à Venise il n'y a pas si longtemps ; il a été député pendant plusieurs années après la Seconde Guerre mondiale ; à l'époque, il y a cinquante et quelques années, c'était un grand escogriffe maigre, aux cheveux tondus à la Umberto, j'entends comme le roi Umberto Ier et les grands militaires en général, un garçon sec avec un visage pâle, aride, semé de taches de rousseur, et des yeux métalliques saillants. On lui voyait toujours des vêtements gris confectionnés dans des tissus à chevrons rugueux, accompagnés d'une petite ceinture de la même étoffe. De famille nantie. Des propriétaires d'hôtels. Son père était le commandeur Gucciotti. Emiliano paraissait dix ans de plus que son âge et on le considérait généralement comme l'élève favori du professeur Adolfo Cesato au lycée de Cannaregio.

« Celui-ci est son petit frère, reprend Berg et il se nomme Emiliano. L'ami de tes beaux-frères s'appelle Lamberto. Tu te souviens de Lamberto Gucciotti, n'est-ce pas ? Sensiblement plus âgé que son frère mais il paraît plus jeune, petit, vif, noiraud avec une grosse tête ronde et une multitude de petites dents blanches, non ?

– Oui, c'est possible.

– Il est du genre de tes beaux-frères d'ailleurs, du point de vue professionnel j'entends.

– C'est-à-dire ? Que fait-il ?

– Ce qu'il fait ? Il est radiologue.

– Je vois.

– Tu vois. Comme ton beau-frère Marcello est oto-rhino. » Berg avait un certain penchant pour les « parallèles » ; un sourire épanouit à présent sa face ronde : « Si Gucciotti Lamberto est radiologue, alors un photographe ambulant sur la Piazza, en train de photographier des touristes le pigeon sur l'épaule, est Rembrandt. » Il pousse un profond soupir qui dénote santé et bien-être pulmonaire. « Un zéro. Le vide. Remarque qu'il n'est pas antipathique. Un nullard heureux. Venise », reprend-il dans un registre plus haut, « est un pôle d'attraction inépuisable. Un aimant. Mine de rien, le plus puissant aimant d'Europe et peut-être du monde. Il vient ici des gens qui ont pourtant des climats bien plus agréables que le nôtre. Les Gucciotti par exemple sont de la Riviera.

– Vraiment ? Il est difficile d'imaginer ce qu'ils trouvent ici, ce qu'ils voient. Ezio et Marcello aussi. Tu penses que Venise a tendance à les assimiler ?

– Oh non, pas toujours, Alvise, pas toujours. »

Tes tableaux sont assez beaux, Maurizio

Gucciotti junior, Emiliano, originaire de la Riviera, était sec de constitution et de manières tel qu'il me revient en mémoire, les yeux saillants dans son visage pointu, un être envahissant qui affectait un ton supérieur et didactique lorsqu'il s'adressait à autrui ; pour prendre ce ton il lui fallait la compagnie de camarades de son âge impressionnables, parmi lesquels Leonardo Rutigliano ; Léo prenait en effet assez au sérieux Gucciotti et ses assertions bien scandées, métalliques aussi, sur « la révolution permanente », « la corporation propriétaire » et autres thèmes similaires dont le souvenir est plus flou ; Emiliano fut plus tard à la tête des services culturels dans les organisations de jeunesse du régime et je ne me rappelle plus qui, peut-être Osvaldo Balmarin, m'a cité quelques-uns de ses mots, telle cette métaphore financière : « J'avais ouvert à Mussolini un compte dans ma banque d'idées mais il y est resté au passif. »

Il se montrait obséquieux avec ses supérieurs en leur présence, mais son physique d'adulte l'autorisait à les traiter ensuite sur un pied d'égalité lorsqu'il parlait d'eux à ses camarades en leur absence ; Antonelli était à ses yeux « un modeste fonctionnaire de petite envergure » et Silvio Tolotta Pelz « un esprit de grande classe mais trop abstrait » ; il connaissait aussi Silvio pour avoir fréquenté ses filles aux « thés dansants » ; entre Maria Paola et lui s'était créée une affinité particulière qui découlait, en plus de leurs conversations « sérieuses », de leurs prouesses en dansant la valse pour laquelle ils se considéraient comme un couple parfait ; en revanche Maria Matilde, et aussi les deux petites, Giovanna Balmarin et Novella Berg, semblaient le déconcerter et il résolvait son propre embarras en les qualifiant de « petites garces » et en les ignorant. Aucune des trois ne se laissait prendre par ses propos alors qu'il aimait au contraire être le centre de tout, c'est là qu'il évoluait à son aise, c'est là qu'il émettait, qu'il promulguait dirais-je, ses affirmations, avec une autorité et une *gravitas* qui étaient déphasées par rapport à son âge mais qui s'accordaient avec son physique.

Dans la scène lointaine que j'évoque à présent, cette *gravitas* se trouve pas mal neutralisée, nous sommes dans une pièce où il y a un piano et Novella Berg est en train de jouer un morceau, c'est aussi sa chambre à coucher et moi je suis assis sur un canapé, entre son frère Maurizio et Giovanna Balmarin ; et Giovanna tient ma main dans la sienne.

Il m'était arrivé par deux fois d'être emmené chez les Berg le dimanche et que Giovanna Balmarin s'y trouve aussi. Une véritable fête pour moi, même si je me gardais bien de le montrer. Maurizio est désormais assez connu comme peintre et comme scénographe ; à l'époque – tout comme Gucciotti Emiliano mais dans un style totalement différent – il paraissait plus que son âge ; il s'était laissé pousser la moustache et alors, déjà, il dessinait et peignait sans arrêt dans un ancien entrepôt transformé en atelier pour la circonstance, où des modèles venaient poser pour lui. Mon père n'a jamais eu d'élèves proprement dits, mais il ne s'opposait nullement à ce que des gens viennent assister à son travail dans son atelier ; mon père était, pour ce que peuvent valoir de telles définitions, un grand égocentrique mais aussi un être très affectueux ; par-dessous tout, c'était un peintre professionnel et il approuvait la façon dont Maurizio travaillait. Celui-ci passait des heures entières à l'atelier de mon père pour l'observer tandis qu'il peignait, puis il s'apercevait en quelque sorte de ma présence tendue et silencieuse et il me traitait avec gentillesse, me prenait par la main, et il m'emmenait avec lui lorsque mon père mettait un terme à sa journée de travail ; dans ce cas précis, nous étions passés chercher Giovanna et Novella chez Lena Baldissi qui, dans mon souvenir, était une femme toujours vêtue de robes de velours soulignant toutes les rondeurs de sa silhouette, un velours noir dont se dégageait une espèce de phosphorescence, même pour moi qui avais recueilli, qui sait par quelle osmose inconsciente, les légendes de ses amours avec Giacomo Puccini et celles, brèves, avec Gabriele D'Annunzio.

Dans cette atmosphère Emiliano Gucciotti devenait un personnage quelque peu falot ; il avait assisté lui aussi à la *matinée* mais n'avait pu se joindre aux jeunes filles Tolotta Pelz, la signora Berg les ayant raccompagnées chez elles sitôt la représentation terminée ; elle-même avait dû s'attarder là-bas à bavarder bien qu'elle ne fût pas particulièrement liée avec les dames du palais Bialevski ; j'ai bien présents à l'esprit les commentaires qu'elle fit à leur sujet des années plus tard, lorsqu'elle devint ma tante, elle trouvait Caterina Balmarin « une femme extraordinaire à sa façon mais d'une ignorance obsédante », et elle disait que les nerveuses réticences d'Elvira Tolotta Pelz avaient suscité chez elle à l'époque « un sentiment d'inquiétude ». Ce qui fait qu'ayant trouvé Gucciotti perdu parmi les arbres du Campiello degli Squillini, nous l'avions entraîné avec nous ici où il finissait par être isolé, de trop.

Novella Berg jouait très bien du piano, du moins c'était mon impression je dirais même que c'était un ravissement pour moi. Dans ma remémoration de ces heures-là, je suis parcouru de frissons de tristesse heureuse, de mélancolie tout à fait plaisante. Elle jouait un prélude de Chopin, je crois, et il me semblait que je comprenais tout, la pression de la main de Giovanna s'accentuait aux passages que je ressentais moi-même comme étant les plus émouvants. Le morceau terminé, Giovanna lâche ma main et me regarde avec ces yeux qui, tout en ne faisant rien de particulier, donnaient une secousse vertigineuse à faire battre le cœur ; et elle me demande, comme si elle s'informait de l'heure qu'il était : « Pourquoi est-ce si beau ? », de la même manière qu'elle m'avait posé la question devant la porte du cabinet Balmarin quelque temps auparavant : « Toi, qui es-tu exactement ? »

Auprès de Giovanna, j'ai connu aussi des moments dépressifs, des instants où je me sentais ridicule, un enfant inutile. Avec de surcroît le sentiment de tout saisir, même ce qui se passait entre elle et Maurizio Berg assis à l'autre bout du canapé. Tous deux s'entretenaient au-dessus de ma tête et moi j'étais plein de compréhension pour les sentiments de Maurizio (il me les a confirmés tant de fois, nombre d'années plus tard), je m'emparais d'eux et ceci provoquait en moi un sentiment de honte, comme si j'épiais ou m'arrogeais des droits qui ne m'étaient pas dus. Je me rends compte à présent, justement parce que Maurizio me traitait avec gentillesse et peut-être aussi parce qu'il s'orientait vers la même profession que mon père, qu'il m'aidait à cerner l'image de Giovanna, à devenir conscient de ce que l'on éprouvait à son égard.

J'ai déjà dit que, par plusieurs de ses aspects, Maurizio était un adulte, sa moustache n'avait rien d'un enfantillage, et il connaissait avec ses modèles des amours substantielles et agréables ; n'empêche que lui aussi avait des hauts et des bas, qu'il était en proie à ces fameux moments où le monde n'a plus ni sens ni intérêt, c'est le noir, l'ennui, le gâchis vide, « mais ensuite, si elle pose son regard sur toi d'une certaine manière et que tu te sens vraiment en harmonie avec elle, alors tout devient aussi simple que deux et deux font quatre ». Mais hélas, il n'est pas dit que cette harmonie devait durer. D'un rien elle pouvait la suspendre. Sans s'en apercevoir. Au contraire, avec l'air du plus placide bon sens.

Ce jour-là ils parlaient d'un petit bal qui devait avoir lieu chez je ne sais qui un après-midi de la semaine suivante ; pour des raisons scolaires ou autres, Maurizio était dans l'impossibilité d'y participer ; c'était un garçon fort, ne manquant pas de ressources et néanmoins l'idée de Giovanna se trouvant avec d'autres en son absence le piquait au vif ; et à présent elle croit pouvoir l'aider d'une façon qui ne fait que l'irriter davantage : « Si tu ne veux pas venir, je comprends très bien, cesse d'attacher une si grande importance aux choses », et lui : « Ce n'est pas que je ne veuille pas venir, c'est que je ne peux absolument pas », et Giovanna : « C'est bon, nous te croyons, tu ne *peux* pas venir, ça va ? »

C'était dans des moments pareils qu'il soupçonnait chez la petite une coquetterie qui l'exaspérait. Il n'hésitait pas alors à lui lancer des répliques aussi maussades que déplacées : « Tu veux que je te dise ? Tu aimerais que tout le monde se tienne toujours fin prêt à tes ordres.

– Es-tu fou, Maurizio ? »

Le repentir ne tardait guère, il se penchait pour prendre la tête de la jeune fille entre ses mains, parcourait tout son visage de son œil de peintre : « Tu es belle. Ou plutôt, tu es unique. Tu es quelque chose d'à part, quelque chose d'important, c'est moi qui te le dis. Pas seulement pour moi, pour beaucoup d'autres.

– Ne parle pas ainsi si tu n'y crois pas. »

Leurs dialogues peuvent sembler niais mais je suis sûr que ces situations sont compréhensibles pour qui en a connu de semblables, très tendues lorsqu'on les vit et devenant dans le souvenir des paradis perdus. Parfois il lui disait : « Tu n'es pas vraiment réelle.

– Pourquoi ? Que veux-tu dire ?

– Ce n'est pas possible que soit réelle l'idée que j'ai de toi.

– Quelle idée ?

– Je ne sais pas. »

Grand, assez fort, « bien aimé » de ses modèles et de nombre d'autres jeunes filles de sa ville et de son temps, il avait dans l'esprit tout un programme d'agréments qu'en partie il réalisa avec sérénité et méthode au fil des ans, mais dans un coin permanent de son imaginaire se tenaient certaines images éclairées d'une lumière diffuse, il se voyait tout grand marchant côte à côte avec elle, petite, le long d'une route blanche bordée de grands platanes, ou bien sur les grosses pierres des

Murazzi, au Lido, la main dans la main, ou tous deux enlacés, parlant d'amour avec un sentiment de durée profond et sûr.

Il ne s'est jamais marié et moi je n'ai aucun doute qu'au fond, tout en étant naturellement porté à goûter les heures de bien-être que lui procuraient ses « histoires » sans lendemain, Maurizio Berg percevait avec assez de lucidité que seule Giovanna Balmarin était à même de l'inonder d'une certaine lumière chaude, à la fois sereine et éblouissante, de sorte que ces heures de bien-être lui apparaissaient soudain ternes et tièdes. À cette époque il aurait tout sacrifié pour elle, sans même s'en rendre compte, hormis sa volonté d'être peintre. Mais ce fut impossible.

De toute manière, encore gosse, Giovanna l'avait déjà exalté et aussi irrité. Après s'être fait montrer quelques-unes de ses toiles de jeune adolescent, elle avait fait la remarque : « J'aime bien ta signature au bas de tes tableaux.

– Et pas mes tableaux ? »

Elle les examinait longuement : « Tes tableaux sont assez beaux, Maurizio. » Voilà ce qu'était Giovanna. La mesure, le bon sens posé mais par lequel les autres pouvaient être bouleversés ; avec quelque chose d'affectueux aussi : comme si elle disait qu'on ne pouvait atteindre à la perfection et qu'elle désirait aider les autres à accepter avec sérénité ce fait commun.

Cependant le jeune Maurizio pouvait aussi se lancer dans d'inconcevables puérilités : « Ah, c'est ainsi ? Tu verras que les tableaux que fait ton cher Annibale te plairont bien plus ! » Il savait parfaitement que le gamin ne peignait pas, qu'il n'avait aucune aptitude dans le domaine de l'art si ce n'est celui de l'imitation et de la parodie (on sait qu'Annibale est devenu par la suite l'acteur et le metteur en scène Annibale Tolotta, supprimant le Pelz de son nom comme l'avait déjà fait avant lui son oncle Pompeo, considéré par Silvio comme la brebis galeuse de la famille), mais l'idée de la prétendue symbiose entre lui et Giovanna rebutait Maurizio.

« Annibale », commentait la petite en lui donnant bien peu de satisfaction, « est un garçon stupide mais il me fait rire ». Et Maurizio n'ignorait pas qu'elle donnait au mot « stupide » un sens tendrement affectueux, presque ému.

Pour le moment nous sommes tous ici, Novella vient de finir l'exécution de son morceau et Gucciotti tente de s'insérer dans le climat en applaudissant bruyamment. C'est tout juste si on lui prête attention. Annibale lui semble alors constituer une cible facile : « Et pourquoi ne prendrais-tu pas toi la suite des *variétés,* Annibale ? Fais-nous un de tes numéros. Toi qui es poète. Non ? »

L'intervention de Gucciotti sonne comme une fausse note à toute l'assemblée, à l'exception d'Annibale qui saisit ce « poète » à la volée et se met aussitôt à déclamer à tue-tête et sans en souligner le sens : « Le poète ô sotte populace n'est pas un miséreux qui en échange de quolibets obscènes et déments de la table d'autrui emporte les plats et vole le pain dans la huche et non plus est-il un fai… »

Novella l'arrête avec douceur mais fermeté, un peu comme l'on ferait avec un névrosé pris de raptus, le laissant tout juste achever d'une voix étranglée le dernier mot, « fainéant ». « Mais vraiment Annibale », lui dit-elle en le fixant, et tout compte fait en le dévorant un peu des yeux qu'elle avait d'un intense bleu de faïence (il ne faut pas perdre de vue qu'Annibale, avec cet air de poupon un peu déloyal qui était le sien, *plaisait* physiquement), « tu crois vraiment aux âneries que tu récites ? ».

Il se libère, se dirige vers le piano et déclare : « Dans ce cas je vais vous jouer un morceau », il s'installe au clavier et moi qui m'attendais à un pianotage assourdissant, eh bien non, il produit quelque chose comme un petit exercice de Czerny qu'il joue gauchement. Il a vite terminé, se lève, tourne vers Novella ses yeux joyeux et fades : « Comment est-ce que je joue ? Est-ce que je joue bien ?

– Mon cher, ta façon de jouer est scandaleuse. » Et lui continuait d'être heureux.

Je la trouvais très belle aussi, la petite Berg. Plus grande que Giovanna, *mince,* elle était tout mouvements légers et rapides et pourtant avec tellement de force dans les doigts sur le clavier, sa petite tresse couronnant sa tête, le front droit et sérieux, et ces yeux incroyables. Je suis en train de décrire des moments de rien et cependant, il me faut l'admettre, je sens en les évoquant des larmes sourdre dans mes yeux. L'âge. L'âge avancé. Je suis sûr que c'est moi qui lui ai dit, rompant mon presque sempiternel silence : « Novella, pourquoi ne continuerais-tu pas à jouer ?

– Et que veux-tu que je te joue, mon petit ?

– Le même morceau qu'avant. »

Giovanna reprend ma main dans la sienne ; il n'existe pas de mots capables d'exprimer ce que je ressentais pour Giovanna en de tels instants, c'était une chaleur diffuse, c'est-à-dire que je la sentais entourée de sentiments d'affection auxquels j'osais m'associer, comme, un ou deux ans plus tard, lorsque à neuf ans j'entrais en sixième au lycée de Cannaregio j'osais, pendant une brève période, rejoindre Novella et elle dans les couloirs pendant la récréation, me mêlant à de plus âgés que moi, passant presque inaperçu, libre de regarder et d'écouter, et elle, lorsqu'elle s'apercevait de ma présence, se montrait contente, elle ne me disait pas « salut » ou autre chose mais reprenait notre conversation de la fois précédente, et puis elle s'intéressait à ce que je faisais, elle me voyait si *intense, compliqué,* et elle me parlait, avec cette voix basse et rauque de notre premier dialogue : « Il paraît, Giorgio, que tu réussis déjà très bien en latin.

– Oui, disais-je précipitamment, oui mais, vois-tu Giovanna, cela m'est absolument égal. Je ne sais pas, ça ne me fait pas plaisir. » Et je l'interrogeais du regard, mes yeux rivés aux siens, nous étions presque de la même taille.

« Tu as un professeur qui est très sévère, je l'ai eue moi aussi, elle t'aime bien et c'est rare qu'elle aime bien un élève.

– Je te crois Giovanna mais que veux-tu, ça ne me fait ni chaud ni froid. »

Elle m'étudiait un petit moment, l'air songeur : « Pourquoi Giorgio ? Cela nous fait tellement plaisir. À moi, et à Novella. À Annibale aussi.

– Je me moque d'Annibale. Novella compte assez pour moi, mais gare si je ne t'avais. » Ces mots je les murmurais à peine et la hardiesse d'une telle phrase me coupait le souffle.

« Mais mon petit, il y a d'autres personnes, tu as Matelda, non ?

– Matelda, c'est autre chose. » D'une manière vague, je me faisais l'idée que Matelda Kraus représentait pour moi ce que les modèles étaient pour Maurizio. La jeune Kraus n'avait que deux ans de plus que moi et pourtant je me sentais davantage de l'âge de Giovanna que du sien. Les baisers et les choses entre Matelda et moi étaient des riens passagers en comparaison des moments où Giovanna posait ses lèvres sur ma joue ou lorsqu'elle tenait ma main dans les siennes. Un jour, à la sortie de l'école, elle m'embrassa au grand jour, je ne me souviens plus pour quelle raison, et l'un des grands garçons, peut-être était-ce même Gucciotti Emiliano, darda sur elle un regard métallique : « Ah, bravo ! Tu embrasses les garçonnets dans la rue ? »

Giovanna l'arrêta net, le laissant pantois : « C'est mon oncle. » Elle avait de ces trouvailles, mais j'ai l'impression que les allures d'oncle je les avais déjà un petit peu quand je me montrais un enfant stupéfait. Et à présent que Novella, assise au clavier, rejoue le morceau pour moi, et que Giovanna tient ma main dans la sienne, la serre dans les moments les plus fervents, puis demande de nouveau : « Pourquoi est-ce si beau ? », que puis-je faire d'autre que de bredouiller, embarrassé, « je ne sais pas, moi », alors elle passe son bras autour de mes épaules et je m'appuie contre elle, je me réfugie, ce n'est plus de l'oncle qu'il s'agit, c'est un peu comme lorsque ma mère me prenait dans son lit quand j'avais des terreurs nocturnes. C'est même mieux. Ma mère, qui se nommait Vittoria, m'est toujours apparue un peu détachée ; très *distinguée,* grande. Au contraire, Giovanna me dépassait à peine d'une tête, elle était chaude et plutôt bien en chair, comme on dit ; avec cette sensation de rondeur ; et elle avait quelque chose comme sept ans de plus que moi, peut-être même huit, mais tel que je ressentais les choses, nous n'avions pas d'âge.

Le morceau terminé, Giovanna s'adresse à mon ami Maurizio, elle répète sa question : « Pourquoi est-ce si beau ? » avec ce ton qui lui est propre et qui dénote une curiosité sincère, sans affectation ni désir d'embarrasser, mais il interprète peut-être la question comme une coquetterie qui l'agace, « que veux-tu que j'en sache ! », répond-il en lui tournant le dos, ou peut-être le fait-il pour ne pas s'engager davantage, ne pas se laisser attendrir ; elle l'observe, interdite, haussant légèrement les épaules comme pour dire « ça va, si vous ne voulez pas m'aider je me débrouillerai toute seule ». Je serai appelé à la voir se débrouiller toute seule dans maintes occasions au fil de ces années-là.

Soudain elle dit : « J'aimerais qu'Edoardo soit ici. »

Cette fois Maurizio se retourne et la regarde, ahuri : « Edoardo Bialevski ? » Il veut souligner, entre autres choses, que Bialevski a une trentaine d'années de plus qu'elle.

« Pense un peu, s'il était ici.

– C'est à lui que tu demanderais pourquoi c'est si beau ? Mais je te ferais remarquer », et ici je ne comprends pas si Maurizio est offensé ou ironique, « que je suis tout aussi capable de te le dire moi aussi, si tu veux bien daigner m'écouter.

– Oui, bien sûr Maurizio, mais Edoardo a une façon de parler totalement différente de la tienne. »

Saisi d'un accès d'infantilisme, Maurizio se lève d'un bond, se dirige vers Annibale et lui pince vivement sa bonne joue rebondie : « Et pourquoi n'expliquerais-tu pas toi, à Giovanna, les beautés de la musique », mais comme il entend la jeune fille qui murmure, douce et affectueuse, « que veux-tu qu'il en sache Annibale, le pauvre petit », il passe instantanément à Gucciotti

Emiliano, cherchant à improviser un défoulement: «Alors vas-y toi, Gucciotti», il lui serre le bras dans l'étau robuste de son poing, l'exhorte allègrement, «tu pourrais les expliquer, non? Ou bien veux-tu me dire qu'une telle musique te semble trop peu vibrante, pas assez entraînante, très peu marche pour légionnaires, il te manque les trompettes, les roulements de tambour, hein? hein?». Cependant il s'exprime sans colère, je dirais même sur un ton amusé, le ton débonnaire du Vénitien: «Ou peut-être préfères-tu *Les Cloches de Corneville*? C'est bon. Le compte y est. En effet *tu es* une figure d'opérette.»

«Qu'entends-tu par là, Berg? Cela t'ennuierait de me le clarifier?», demande précipitamment le métallique personnage en martelant chaque syllabe, tout en reculant légèrement parce que Maurizio s'est planté devant lui, ne laissant que quelques millimètres de distance entre leurs deux nez.

«Tu es une figure d'opérette», répète Maurizio de cette position qu'il maintient, mais ce n'est pas un acte de défi, au contraire, il est raisonnable, persuasif, tout sourire: «Toi et ton cher ami Léo Rutigliano aussi, malgré tous les airs que vous vous donnez, vous êtes des figures d'opérette.»

Il faut avoir à l'esprit que les propos de Léo Rutigliano à son sujet étaient presque sûrement parvenus aux oreilles de Maurizio: «Berrg est un pauvrre nigaud, même s'il n'est pas vraiment aussi nigaud que son sozialoïde professeurr de pèrre. Maurrizio est un arrtiste, et tout le monde sait que les arrtistes, en parrrticulier les peintrres, sont prresque, prresque, prresque! sans exception des analphabètes nigauds.»

Il m'est difficile actuellement de préciser le moment où Alvise Balmarin, le professeur Berg, et Osvaldo derrière eux, firent leur apparition dans la pièce, se tenant debout pour écouter. En général, lors de ces réunions chez les Berg, soit Corrado au retour du tennis, soit Osvaldo, parfois les deux, venaient vers le tard chercher leur petite sœur pour la ramener à la maison. On voyait aussi arriver à un certain moment la signora Berg chargée de glaces ou de chocolat chaud selon les saisons. La présence d'Osvaldo s'expliquait, il avait dû fuir de chez lui pour ne pas assister à la visite rendue par Elvira Tolotta Pelz qui le comblait à la fois de joie et de tourment.

« D'opérette », reprend Maurizio, ses yeux fureteurs de peintre toujours fixés sur ceux immobiles, d'acier ou plutôt d'étain, de Gucciotti. « Je te le certifie Gucciotti, toi et Rutigliano et tout votre petit groupe à la traîne de Cesato, vous êtes des machins d'opérette. » Mais, je le répète, il disait ces choses-là avec un accent affable, comme quelqu'un qui donnerait un conseil amical.

Il me plaisait beaucoup. J'aspirais à devenir dans une douzaine d'années quelqu'un comme lui. Calme, fort sans en faire grand cas, ironique. C'était moi maintenant qui serrais la petite main chaude de Giovanna dans la mienne ; on était comme au théâtre, je me disposais à suivre joyeusement les prises de bec peut-être stupides de ces jeunes d'alors. Et c'est le moment que choisit Osvaldo, à l'autre bout de la pièce, pour intervenir.

N'oublions pas que le jeune Osvaldo avait des idées cohérentes et absolues, et de même qu'il voyait en Elvira Tolotta Pelz l'objet suprême de l'amour, de même il identifiait les plus « fascistes » des camarades de son âge à des idées de mort, des images de fêtes sinistres, de cérémonies funèbres. « D'opérette !

Penses-tu ! » dit-il, et sa voix inattendue crée un silence général, « l'opérette est joyeuse, c'est une chose gaie que l'opérette, il y a des personnages allègres, des *soubrettes*. Eux, au contraire », désignant Gucciotti, « voulez-vous savoir ce qu'ils sont ? Je vous le dis moi ce qu'ils sont. Ce sont des croque-morts, voilà ce qu'ils sont. Tous des croque-morts ».

Gucciotti a un mouvement de stupéfaction qui se transforme aussitôt en une moue dédaigneuse accompagnée d'un haussement d'épaules : « Tais-toi donc idiot, recalé ignorant.

– Dans ce cas je suis un recalé moi aussi », avertit Maurizio, rapide et hilare, tandis qu'Osvaldo reprend de son timbre habituel de baryton, lent, paresseux : « Je veux bien être un idiot recalé ignorant, mais vous n'en demeurez pas moins des croque-morts. »

Les petites, surprises et amusées, portent la main à la bouche pour dissimuler les petits hoquets de rire qui les secouent ; Gucciotti leur décoche un méchant regard, mais digne, supérieur, il revient à Maurizio Berg, renifle avec mépris puis, arborant un sourire dur et triomphant, l'index levé : « A nous, le professeur Cesato, qui est le meilleur et le plus sévère des professeurs, nous donne des huit et des neuf sur dix, à nous. »

Et Maurizio lui fait alors, toujours sur ce ton de conseiller bienveillant, « Allez va ! tais-toi donc, Ridolini ».

La veille, donc le samedi, Giovanna et Novella étaient allées au cinéma San Marco voir Larry Semon, le grand comique américain coiffé de son chapeau melon gris et que l'on appelait justement Ridolini chez nous, dans un film débordant de mouvement et de gaieté, *Comment j'épousai Rosy ;* aussi, une illumination soudaine et fatale fulgure-t-elle dans l'esprit des deux petites qui se rendent compte de la pertinence d'une telle évocation, car Gucciotti n'a pas seulement le visage en pointe mais aussi les oreilles en feuilles de chou et elles sont alors prises d'un *fou rire* irrésistible.

« C'est à mourir de rire », les entend-on dire de temps à autre de leurs petites voix ravies. C'était pour elles un plaisir physique aussi, musculaire, ce rire qui fusait avec de belles secousses de leurs diaphragmes, de leurs petits poumons robustes, elles se sentaient absolument libres et insensées, perdues dans la délectation. Moi, qui étais tout près de Giovanna, je la sentais échauffée et stimulée par le plaisir. « C'est à mourir de rire. »

Puis Alvise s'avance vers nous, nous nous levons Giovanna et moi, il m'embrasse aussi et retient dans son étreinte Giovanna qui appuie son visage sur la jaquette de son père tout en continuant à rire. Il portait une jaquette d'un gris-bleu, à queue-de-pie, un faux col dur cassé très blanc, une cravate d'un rouge sombre et une fleur assortie à la boutonnière. Je le trouvais très beau. Ce n'était pas notre dentiste, à nous Partibon, nous en avions un autre, beaucoup plus modeste et ordinaire alors que Balmarin, outre le fait de n'être rien de moins que le père de Giovanna, avait cet air d'élégance, de noblesse et de légèreté qui semblait le porter comme sur les ailes de sa blouse blanche virevoltante, rapide et presque sans effleurer le sol, d'une pièce à l'autre de son cabinet dentaire sous l'œil vigilant d'une Minerva très grande et belle, au milieu de cet appareillage resplendissant, ou dans ce petit salon agrémenté de gravures anciennes, sobrement meublé d'époque et dégageant des senteurs dentaires, où, pour la première fois de notre vie, nous avions appris du comte Antonio ce qu'était un lynchage.

Alvise aperçoit maintenant Gucciotti qui est demeuré au milieu de la pièce immobile sous les vagues de gaieté des petites, tel un baigneur inexpérimenté qui, debout, déconcerté par la mer agitée, tâte d'un pied hésitant le fond de sable mou.

Balmarin tend l'index vers lui : « Vous avez un frère, n'est-ce pas ? Il me semble que c'est un ami de mes beaux-frères Sbordoni. »

Gucciotti se reprend, se recompose, s'incline avec brusquerie : « Mais moi aussi, comte Balmarin, je vous ai été présenté une fois.

– Prenez note que je suis dentiste, je ne suis pas comte », avertit Alvise, puis, comme venant à l'essentiel : « Je me souviens justement de votre frère parce qu'il est doté d'une très belle dentition. Très différente de la vôtre », mais constatant que le désarroi demeure sur le visage du jeune homme, il s'adresse à son ami Berg comme à une source plus sûre : « Ou est-ce que je me trompe ? N'est-ce pas son frère ce…

– Oui oui, son frère est plus âgé que lui et a une quantité de dents. D'une blancheur éclatante », et ayant dit ceci précipitamment, le professeur Berg se replonge dans ses pensées.

Comme Alvise il avait cette faculté de s'isoler mentalement et de se livrer à des associations d'images qui lui étaient propres ; à présent il suit ce Gucciotti, Ridolini tant qu'on voudra et au frère bien fourni en dents, il n'en est pas moins un des élèves préférés du professeur Adolfo Cesato ; et le professeur Cesato avait fait la conférence sur le Duce-expression du génie de notre peuple, le Duce qui porte vigoureusement ses quarante-trois ans dans la Rome lointaine est assis en tête de table et fait, avec son grand crâne pelé, des signes d'assentiment graves et satisfaits, tandis qu'il écoute les discours des membres de son Grand Conseil qui *jettent les bases* des nouvelles dispositions et des structures de l'État corporatif; et selon Silvio Tolotta Pelz, lui, Berg, « figure peu claire », devrait faire un cours universitaire justement sur le thème de ces bases pour les dispositions et les structures, et il se trouve ici, maintenant, grand, tout rose et or, dans la chambre de sa fille, lui aussi vêtu de gris clair, solidement planté sur ses jambes robustes un peu écartées, il rêve debout, prélude aux visions qui occuperont ses pensées nocturnes, il voit déjà les bases des institutions, carrées, granitiques, mais qui se révèlent être plus légères que la crème fraîche si on les touche ou si on les traite, et il voit Silvio en personne enfoncer une immense louche dans ces bases comme dans un énorme cube de crème glacée pour en extraire des portions de matière sans poids et pourtant étouffantes, et qu'il essaye de lui administrer. « Tiens ! Tolotta Pelz, je vois ici tant d'autres choses à lire », et en effet les blocs deviennent de grands cubes historiés, chacun des côtés est comme une immense page calcifiée du quotidien local que Berg lit toujours d'un bout à l'autre, et dont des bribes reviennent ensuite dans ses rêves, les faits dans le monde, des visions fugaces et incorporelles, des bruissements cosmiques dans la nuit…

Les équipes nationales de football A et B battent respectivement le Portugal et le Luxembourg. Coup d'État de Tchang Kaï Chek. Edison, octogénaire, à Menlo Park, et à New York le président Calvin Coolidge s'adresse à huit cents convives réunis dans un hôtel et parle du Nicaragua et de la Chine. À Paris, échange de toasts entre Aristide Briand et son *pendant* britannique Austen Chamberlain. À Marseille le maire commémore Pétrarque et Laura. À Mantoue on inaugure un monument à Virgile. Le Grand Maître de la loge maçonnique a été arrêté. À Venise, au siège du parti situé à Campo San Gallo, les jeunesses féminines fascistes distribuent aux mères nécessiteuses des layettes habilement confectionnées par de jeunes volontaires parmi lesquelles Maria Paola Tolotta Pelz en uniforme. À Rome les autorités compétentes ont déclaré que certains personnages, dont un Vénitien, l'ex-parlementaire maître Piero Belluna, ont été déchus de leur nationalité. Ami de Berg et d'Alvise Balmarin, maître Belluna s'est établi à Londres avec l'aide d'un autre Vénitien de ses amis, Edoardo Bialevski. Mais tous ces faits, que signifiaient-ils ? Que Belluna cessait d'être Vénitien ? Que devenait-il alors ? Anglais ?

Berg se le figure dans le petit salon d'Annette Nelson tel qu'Alvise le lui a si souvent décrit, avec Annette qui lit des poèmes, probablement ne lira-t-elle plus maintenant les poèmes de Keats ou de Tennyson mais plutôt ceux de Siegfried Sassoon sur la Grande Guerre survenue entre-temps. Le professeur Berg, ancien combattant de cette guerre, a traduit librement en prose deux ou trois de ces poèmes ; d'abord le poète s'adresse aux femmes : « Vous nous aimez lorsque nous sommes des héros, que nous venons en permission, ou que nos blessures sont anodines… Que savez-vous des troupes britanniques battant en retraite, piétinant des cadavres, aveuglées par le sang… », et puis, chose bien plus grave aux yeux d'aucuns dont Ezio Sbordoni par exemple – à ces deux pâles lueurs jaunâtres dans le brouillard de fumée fragrante – le poète adresse sa *pietas* à l'ennemi : « Ô mère allemande assise au coin du feu, tandis que tu tricotes des chaussettes de laine pour ton fils, son visage est enfoui au fin fond de la boue. » Le hasard voulut que justement Ezio prît connaissance de ces traductions ; se délectant de ses propres paroles comme si c'étaient des bonbons qu'il laissait fondre lentement entre sa langue et son palais, et censurant dans son subconscient certaines de ses syntonies germaniques, il avait qualifié le poète, ou le professeur Berg ou les deux, on ne sait, de « sans-patrie opaque et triste ». Berg se demandait de quelle patrie il s'agissait. Mais le mot avait fait son chemin et Berg savait, par son fils Maurizio, que Cesato l'avait intégré dans son répertoire d'insultes en classe ; voilà, en mentionnant ce professeur, les pensées de Berg ont fait un tour complet et le cercle se referme.

Les gamines en sont encore à essuyer les larmes qui ont jailli à force d'avoir tant ri et respirent à fond, comme après une belle course vivifiante. Moi je suis debout, isolé, et Giovanna lâche son père, vient vers moi, me secoue les épaules : « Mais tu ne ris donc jamais toi ? » Elle m'embrasse sur une joue, puis sur l'autre, puis un peu partout sur le visage, me laissant, non pas rieur, mais abasourdi de délice. C'est un moment d'effusions. À cette époque-là nous avions bien nos tristesses, d'origines privée et publique, mais cinquante ans au moins avant qu'on ne découvre « le langage du corps », il est évident que nous nous embrassions, que nous nous touchions beaucoup.

Lorsque le professeur Berg attire à lui Novella et pose un baiser sur sa tête couronnée de la petite tresse, Alvise, qui l'a suivi d'un œil clinique tandis qu'il était perdu dans ses rêvasseries, lui murmure sur le ton du médecin rassuré : « Et ces troubles ? Ça va mieux ? Tu respires mieux ?

– Je ne sais pas, Alvise, je ne sais pas. »

Giovanna me quitte pour s'approcher de lui, sérieuse, elle avait cette façon de vouloir manifester sa présence même avec des gens bien plus âgés qu'elle, comme si elle tâchait de prendre part aux soucis et aux préoccupations qui étaient les leurs et qu'elle ne déchiffrait pas. Et juste alors, Gucciotti s'interpose avec une sorte de suffisance : « Des troubles respiratoires, professeur Berg ? »

Annibale observe Giovanna ; accoutumé à la voir gaie, il fait, pour l'amuser, une révérence outrancière tout en imitant Gucciotti : « Des troubles respiratoires, professeur Berg ? »

Gucciotti lui jette un coup d'œil hargneux mais lorsque Giovanna, désireuse de faire plaisir à Annibale, a un petit rire, il devient livide, on dirait qu'il chancelle et, la lèvre dure, il déverse sur elle un fiel longtemps réprimé : « Toi pour finir, Giovanna, tu es une enfant stupide, malpolie et perverse. » L'apostrophe la frappe au visage, le durcissant.

Je suis né, peut-on dire, avec un sens irritant de précision à l'égard du langage. Une phrase dite était pour moi comme écrite. Articuler des mots m'insufflait de l'ardeur, du courage. Et je me surprends à dire : « Ni enfant, ni stupide, ni malpolie, ni perverse. Vraiment aucune de ces quatre choses qu'il a dites. » Je ne regardais même pas Gucciotti. J'avais les yeux rivés sur Giovanna avec tout l'amour dont ils pouvaient témoigner.

Du reste Gucciotti me négligeait totalement, mais s'apercevant du silence de glace qui règne autour de lui et sentant de nouveau des sables mouvants sous ses pieds, il fait un effort pour se reprendre, joint les talons et s'incline avec dureté devant Alvise : « Veuillez m'excuser, comte Balmarin. »

Alvise lui rit au visage lentement, presque sans bruit : « Vous devez être un vaniteux, entre autres choses, Gucciotti, et à votre façon assez curieuse. Je me rappelle maintenant que je vous ai déjà vu. Un après-midi. Vous vous mettiez en quatre pour l'aînée des jeunes filles Tolotta Pelz à un petit bal, je ne sais plus chez qui, peut-être chez les Traverson. » Un long silence. « Je vous ai déjà dit que je ne suis pas comte, et puis c'est à Giovanna que vous devriez présenter vos excuses, le cas échéant, vous ne croyez pas ? » Une pause plus longue. Il pointe son doigt vers lui ; « Vous êtes aussi un faible et il vous manque », on dirait qu'il va lui dire « il vous manque à droite la seconde molaire inférieure », « il vous manque la force de la gentillesse ». Il hausse les épaules comme pour se débarrasser de son ton un peu prêcheur et s'aperçoit que sa fille n'a pas quitté Gucciotti des yeux.

Le moment des baisers est fini et dans le regard chargé de tendresse et d'amour qu'Alvise pose sur sa fille transparaît quelque parcelle d'anxiété, de chagrin ; l'instant en évoque un autre survenu quelque temps auparavant dans l'appartement de Bialevski, devant la tante gisant sur le sol, lorsqu'il lui avait semblé entendre Giovanna murmurer comme dans un rêve : « C'est à ne plus rien y comprendre. » Fraction de seconde aussitôt engloutie, symptôme encore insaisissable.

Avec un effort considérable pour paraître joyeuse et comme si elle était consciente de faire une espèce de jeu de mots, Giovanna se tourne vers moi et me dit : « Heureusement que toi tu m'aimes bien, Giorgio. »

Je suis pantelant mais j'affecte un ton sobre, pratique : « Je t'aime beaucoup Giovanna, je t'aime énormément. »

J'avais toutefois la certitude que ce que pouvait lui dire le précoce intense et compliqué lui servait bien peu, même si mon cœur battait la chamade.

DEUXIÈME PARTIE

Giovanna

Une classe indécente

Le professeur Adolfo Cesato ne détestait pas, entre autres choses, les wellérismes. Il ne connaissait probablement pas le terme qui dérive, comme chacun sait, du nom de Sam Weller, personnage des *Pickwick Papers* de Dickens, et qui s'applique à la façon qu'ont d'aucuns de prolonger la citation d'une maxime, d'un dicton ou d'un proverbe, par un appendice du genre : « comme disait untel… » Cette habitude était assez répandue dans la conversation courante à Dorsoduro et dans la ville en général. Et même dans Proust, monsieur de Norpoix, le diplomate à la retraite, fait des wellérismes. Le professeur Cesato constituait les siens à partir de proverbes passablement défraîchis et fripés qu'il blanchissait et empesait par un langage plus noble en leur surajoutant des attributions de son cru. Ainsi, le vieux principe selon lequel « le poisson pue de la tête » se trouvait servi par lui de la manière suivante : « Le poisson commence à empester par la tête, comme disait la pauvre comtesse Adele, ma grand-mère », et du reste le dicton voulait aussi être une allusion masquée au proviseur du lycée que Cesato soupçonnait de ne pas être suffisamment enclin au fascisme.

Il divisait ses élèves en « pierres et en flammes », et ici le wellérisme fondamental consistait en ceci : « Si haut que l'on lance une pierre vers le ciel, elle ne prendra jamais l'habitude de monter, et quoi que l'on fasse pour tordre une flamme vers le bas, elle ne prendra jamais l'habitude de s'incliner, comme le soutenait parfaitement Aristote. » Décodé, le message signifiait que les têtes dures, « les médiocres », avaient beau faire, ils le restaient irrémédiablement, tandis que les flammes, « les bons élèves », se maintenaient dans leur incoercible attitude bien droite, en dépit de l'envie qu'ils inspiraient à leurs camarades ; le professeur Cesato prenait en effet pour de l'envie farouche l'antipathie naturelle que plusieurs de ses élèves éprouvaient à l'égard de leurs camarades comme Emiliano Gucciotti ou Léo Rutigliano qui, en cette phase de sa vie, finissait sa dernière année scolaire au lycée de Cannaregio avant de passer l'automne suivant à celui de Dorsoduro. Si quelqu'un les enviait, c'était éventuellement lui, Cesato. Il les voyait forts et jeunes, autrement dit projetés vers cet avenir lumineux de batailles et de victoires dont l'état actuel des choses en Italie leur fournissait la promesse.

Il est juste que nous nous arrêtions ici un instant, en silence, le temps d'une brève réflexion. Les flammes Rutigliano et Gucciotti actuellement, c'est-à-dire près d'un demi-siècle plus tard – l'un négociant en vins et spiritueux au Brésil, l'autre député ou ex-député parmi les plus falots de Montecitorio –, ne portent certainement pas imprimées dans leur chair d'aujourd'hui, par ailleurs assez bien conservée et fort bien nourrie, les traces de leur zèle patriotique et de leur ardeur guerrière d'antan. En revanche, d'autres lycéens de la même époque, guère flamboyants selon la vision fantaisiste de patriotes comme Cesato, – tenez, un pur brave homme en puissance comme Corrado Balmarin pour citer quelqu'un qui a sa place dans mon récit – se trouvent présentement réduits tout au plus à des restes d'ossements qui n'ont même pas toujours été rassemblés dans de dignes sépultures militaires tout au long du vaste arc de cercle décrit entre l'Afrique et la Russie. La minute de silence s'étant écoulée, je reviens encore un peu au professeur Adolfo Cesato.

Lui-même est mort il n'y a pas si longtemps, il était déjà âgé à l'époque dont je parle, il avait même eu pour élève Vittoria Partibon, ma mère, une des rares jeunes filles de son temps qui eût fréquenté un lycée, public de surcroît. Le fait marquant de la vie d'Adolfo Cesato était probablement qu'il n'avait pas combattu lors de la Grande Guerre, étant le fils d'une veuve ; même en plein conflit, il avait poursuivi son enseignement avec une voix pleine de vigueur et des accents très patriotiques. C'était un homme plutôt robuste, à la peau très blanche et lisse couverte de rares poils doux, bien musclé et agile, rapide dans ses mouvements. Il se considérait bel homme. Et il ne lui était jamais arrivé de s'entendre traiter d'embusqué par quiconque, si ce n'est par lui-même au cours de nuits agitées.

En compensation de son curriculum vitae peu guerrier, il affectait des manières et un langage assez militaires ; on le voyait marcher près des drapeaux en tête d'un cortège, aux côtés du proviseur – on eût dit qu'il le surveillait –, il ordonnait le garde-à-vous dans l'amphithéâtre du lycée pendant les cérémonies officielles et à défaut d'un hôte orateur, du genre d'Ezio Sbordoni, c'était lui que l'on désignait pour prendre la parole. Plus âgé que le Duce, Adolfo Cesato était aussi, me semble-t-il, plus belliciste que le Mussolini de cette époque. Parmi les régions que son art oratoire balayait le plus volontiers figuraient l'Istrie et la Dalmatie. Et dans ce qu'aujourd'hui on appellerait son optique, la ville de Trieste, l'une des protagonistes de la guerre à laquelle il n'avait pas participé, se présentait sous une forme qui se situait exactement à l'opposé de la Trieste disons d'Italo Svevo, ou de la signora Fanny Sbordoni ; c'était la flamme sous forme de ville, base historique et aéronavale pour une future conquête de la Dalmatie qui serait justement l'œuvre des élèves-flammes volontaires, alors qu'il était ironiquement manifeste que cette extraordinaire ville européenne pouvait, au contraire, avoir aussi des fonctions non guerrières, précisément dans l'optique du Duce qui s'y rendait pour voir le nouveau transatlantique *Saturnia* et féliciter les constructeurs, portant pour l'occasion un habit à queue-de-pie assez bien coupé, la cravate gris perle et le chapeau melon noir. Vêtu de la même manière mais plus mince, Silvio Tolotta Pelz était présent.

Le père du professeur, Albino Cesato, avait été maître d'armes ; il mourut prématurément et je ne l'ai jamais connu personnellement, mais son image demeure liée à celle de fleurets et de salles d'escrime, et peut-être plus encore à son répertoire de duels célèbres qu'il débitait avec un luxe de détails, qu'il eût été ou non l'instructeur de l'un des duellistes. Je ne crois pas qu'il instruisît lui-même le personnage central du plus fameux récit de son répertoire, Felice Cavallotti, le Barde de la Démocratie, pugnace et myope, que son adversaire sur le terrain, directeur d'un journal de Venise, avait tué à son corps défendant après avoir fait tout son possible pour ne pas le blesser grièvement, ce qui l'avait amené le lendemain matin, à la lecture des journaux, à prononcer sa fameuse autocritique : « Le véritable mort, c'est moi », boutade qu'Albino Cesato se plaisait à répéter maintes fois en conclusion de son récit, promenant sur l'auditoire des regards prétentieux et embarrassants et gâchant de la sorte l'effet produit.

Ayant grandi dans cette atmosphère de différends chevaleresques, de défis, de maniements d'armes, le professeur Adolfo Cesato aurait évidemment bien voulu faire davantage et mieux, mais le destin lui ayant interdit toutes sortes d'armes, blanches ou à feu, il s'était précipité sur un art oratoire qui ne disposait pas seulement de fleurets, de sabres et d'épées, mais d'images très vastes et variées, le champ de bataille, le grondement du canon, le bond hors de la tranchée, les barbelés, la grenade à main, le lance-torpilles, la torpille, l'avion.

Quelques années plus tard, un des premiers neurologues qui eut quelque teinture de psychanalyse, un certain docteur Sergio Predella, qui émigra au Vénézuela par la suite, aurait semble-t-il expliqué d'une façon assez rudimentaire au professeur Cesato, déjà très âgé, que ces armes et ces combats, et les paroles et les styles du fascisme belliqueux en général, n'avaient finalement été pour lui que des choses peu naturelles et rebutantes ; toujours selon le docteur Predella, l'orateur Cesato les avait adoptés dans la tentative de masquer et de porter à un niveau de falsification supportable les deux plus fortes impulsions de sa vie, ensevelies dans les ténèbres de ses racines, celle de tuer en duel son père, le maître d'armes Albino Cesato, et celle de posséder sa mère et d'être possédé par elle, autrement dit de réaliser un acte à la fois de domination et de soumission, de viol simultanément perpétré et subi, avec la signora Cesato, qui s'appelait Inès si je ne me trompe, pour l'amour de qui, et grâce aussi à l'action qu'elle mena habilement auprès des autorités militaires, le pur et tonitruant Adolfo, son fils, avait manqué de faire la guerre proprement dite et s'était immergé dans celle des mots.

Par conséquent, dans la version qu'en donnait Predella, les discours patriotiques étaient des hymnes désespérés d'amour-haine envers la mère et les baïonnettes de ses visions belliqueuses étaient pointées sur le père.

On tenta d'expliquer aussi de cette manière, a posteriori, le langage subtilement offensif et quelquefois obscène que le professeur dédiait aux élèves non enflammables, non dociles à se laisser concevoir comme volontaires au maniement d'armes, mais plutôt propres à brandir l'étendard plus honteux des pacifistes, parasites répugnants qui conspiraient dans l'ombre, terrés dans leurs sombres tanières.

« À quelques exceptions près », déclarait-il chaque année à ses trois classes depuis plusieurs générations de lycéens, « à quelques exceptions près, inférieures en nombre aux doigts d'une seule main, et en dépit de l'expulsion de quelques pommes pourries, vous êtes une classe indécente », et ce verdict d'indécence, si l'on s'en tient à l'analyse de Predella, était *au fond* une autoaccusation, une énonciation de l'Adolfo orateur patriote contre le spectre nocturne de l'Adolfo embusqué.

Je veux bien ; mais entre-temps ces insultes qu'il proférait ne manquaient pas de déconcerter les élèves qu'elles visaient. « Bourbe », articulait-il d'un ton d'abord très bas, soupiré, menaçant, « bourbe lagunaire. Viles scories. Vous êtes de ces jeunes », il intensifiait le ton et la menace, « qui plus tard, plus tard », il haussait alors la voix jusqu'à vociférer « font ce qu'ils font ! ». Un sombre, sinistre murmure terminait son trait d'esprit macabre : « Et qui finissent ensuite comme l'on sait ! » Allusion au garçon lynché à la suite de l'attentat.

Dans ces jours ardents que je tente d'évoquer en ce moment, deux de ses élèves qui terminaient leur classe de première lui étaient particulièrement antipathiques : Maurizio Berg et un autre bien plus jeune que lui (Maurizio avait été passablement retardé par son attitude de paresse et d'ennui vis-à-vis des études et par les échecs et les redoublements de classe qui s'ensuivirent), un petit courtaud blond, fils d'un fonctionnaire de la préfecture de police de Catanzaro transféré ici. Il se nommait Gigi Arduino, un garçon très bien et plein d'esprit qui est devenu journaliste par la suite. Arduino Luigi. Il obtenait d'excellentes notes des professeurs les plus charmants et aimés, comme celui de grec et de latin que je connus moi-même plus tard, mais jamais en histoire ou dans les autres matières qu'enseignait Cesato. Du temps de ses débuts, enseignant au collège, Cesato avait gardé entre autres habitudes celle d'imposer à ses élèves d'apprendre par cœur de longs morceaux de poésie qu'ils devaient lui réciter ensuite en classe, de leur banc, debout.

« Et dans une attitude respectueuse », pouvait-il aussi ajouter, surtout s'il s'agissait de poésie religieuse et/ou patriotique. Sur Dieu et sur la patrie, sur les hiérarchies célestes et terrestres, Cesato ne manquait pas de formules claires qui lui étaient propres ; personnellement je me souviens peu de lui directement mais je le vois à travers les imitations d'Annibale Tolotta Pelz ; certaines fois, parlant avec son air suffisant, il faisait la bouche en cœur et ses *ou*, ses *o*, devenaient des *u* : « L'Armée et la Milice, le suverain et le Duce, au paradis les âmes saintes des hérus, et au-dessus de tut », l'index pointait vers le plafond, « Diu ». Bien entendu son adhésion fervente à l'enseignement religieux dans les écoles lui était toute naturelle : « Une école sans sentiments religieux est une tanière de loups, comme dit Pompeo Molmenti », et là les wellérismes se succédaient à la chaîne : « Pompeo Molmenti. La pensée de ce maître allait au-delà de la chaire, elle allait droit à l'âme, comme dit Bertolini. Bertolini, un grand talent désordonné, comme dit notre excellent Silvio Tolotta Pelz. »

Cesato avait recours à d'autres enchaînements, ceux des insultes, par exemple lorsque, pour agrémenter les leçons d'histoire de touches poétiques de patriotisme et de religiosité, le texte choisi se trouvait être un passage de Dante et que l'élève appelé à le réciter le débitait d'une manière tout à fait inattentive, avec l'accent local : « Je suis Sordello, je suis de ta ville et ils s'embrassaient l'un l'autre », ou même « tu es celle qui a tant ennobli la nature humaine que son Créateur n'a pas dédaigné de devenir sa créature », non sans raison cet élève se trouvait interrompu : « Maudits ! Assassins ! Oui, oui, assassins de paroles sacrées », et alors quelque élève mal dégrossi protestait en grommelant : « Vous êtes censé nous enseigner l'histoire, vous n'avez pas le droit de nous faire apprendre des choses qu'on fait au cours de littérature. »

Quelque couard sifflait entre ses dents dans l'ombre, à mi-voix, en l'imitant : « Diu ne vous en dunne pas le droit. »

L'année scolaire touchait à son terme et pour conférer à cette séance de clôture une note historico-patriotique, le professeur, prenant un air incongrûment joyeux, avait donné comme devoir d'apprendre par cœur l'ode de Giosuè Carducci, *Piemonte*; la plupart des élèves considèrent cela comme un exercice absurde du niveau de l'école primaire ; il fait chaud dans la salle de classe et par les fenêtres mi-closes pénètrent de grosses mouches hébétées qui bourdonnent par saccades et volettent bruyamment des vitres aux murs et des murs au plafond haut ; çà et là des rais de soleil poussiéreux trouent la pénombre de la grande pièce où flotte une odeur d'encre et de sueur. Maurizio Berg est debout, défait par l'ennui et la chaleur accablante ; les regards de ses camarades sont arrêtés sur lui tel qu'il se tient là, beau, plus âgé que les autres, des regards chargés d'une acrimonie réjouie chez presque tous les garçons, pleins d'une douce compassion chez les filles serrées dans leurs tabliers noirs ;

Il est en train de débiter machinalement :

« Un cri unique jaillit frémissant, vive le roi d'Italie.
« Et la brumeuse Novara l'attendait. Aux tristes erreurs.
« Aux tristes erreurs l'attendait Oporto, but final… »

Il s'arrête là pour toujours. Autrement dit, jamais plus il ne reviendra à l'ode *Piemonte* pour le restant de sa vie.

Un très long silence. Les bourdonnements des mouches contre les vitres et au plafond. Puis avec un calme et une ironie insolites le professeur Cesato intervient : « Belle façon de traiter le premier roi d'Italie.

Vous, Berg, vous me semblez passablement mal préparé. »

« Que voulez-vous que je vous dise, c'est peut-être parce que je ne connais pas les lieux. Novara. Oporto. Lorsque je lis cette poésie-là, je ne *vois* rien.

– Ah, vous ne voyez rien ? C'est bien, c'est très bien. Asseyez-vous donc. Reposez votre vue. Essayons avec votre camarade de banc. »

Gigi Arduino se lève. Lorsqu'il est debout il arrive à la hauteur de l'épaule de Berg, mais il est beaucoup plus réveillé et transpire moins que lui. Berg s'affaisse sur son banc tel un chiffon.

« Reprenez donc Arduino, voyons si vous les connaissez ces lieux, *vous qui êtes cité dans le texte.* »

Mais Arduino ne reprend ni la suite du passage ni un autre ; il sait bien que le roi Arduino d'Ivrea est cité dans l'ode et ne sourit même pas à la pédante allusion de Cesato, il se met à réciter tout autre chose, dans un silence soudain et total qui semble s'être engendré de lui-même ; il récite lentement d'une voix forte, détachant bien les vers les uns des autres, accentuant chaque parole comme s'il la découvrait en la prononçant ; son regard se promène de Berg, près de lui, à une camarade assise plus loin dont il est amoureux, Tina, la fille illégitime, comme on disait alors, de la pianiste Baldissi dont elle portait le nom.

Dans ce silence engendré de lui-même, Dante déclare par la bouche d'Arduino :

« En cette région de l'Italie perverse
« qui se trouve entre Rialto
« et les sources de la Brenta et de la Piava
« s'élève une colline, et qui n'est pas bien haute »

Cesato l'arrête ici : « Que vient faire tout ça ici, Arduino ? Vous essayez de me brouiller les cartes. Filou. Tricheur. »

Il continuerait bien sur sa lancée mais il est interrompu à son tour par Maurizio Berg : « Voilà, moi par exemple, cette colline-là, *je la vois.* "S'élève une colline…" »

Arduino reprend :

« … et qui n'est pas bien haute,
« d'où jadis descendit une torche
« qui fit subir à ce pays de rudes dommages.
« Nous sommes nées, elle et moi, d'une même souche… »

« Cunizza da Romano », murmure derrière Maurizio, avec une connaissance inattendue de sa propre histoire régionale, un certain Tosatti Bruno, un garçon toujours bien vêtu avec des knickerbockers et qui a eu par la suite une importante affaire de produits pharmaceutiques à Padoue.

« On m'appelait Cunizza, et je resplendis ici
« parce que le feu de cette étoile m'a soumise à sa force. »[1]

Le même silence règne de nouveau pendant un très long moment, puis dans l'air dense de la salle éclatent les applaudissements effrénés. Tout cela n'a l'air de rien, mais que de fois Maurizio m'a raconté cette scène comme quelque chose de vraiment mémorable à ses

1. *La Divine Comédie*, traduction d'Alexandre Masseron, Éditions Albin Michel, 1995.

yeux. Cesato siffle entre ses dents, machinalement : « Maudits, assassins. »

Le petit Arduino est encore debout et objecte tranquillement : « Mais c'est la plus belle figure féminine de la *Divine Comédie.*

– Laquelle ? Qui ça ? Est-ce Béatrice ? Est-ce la Sainte Vierge ? », demande l'enseignant, surpris. Nouveau sifflement entre ses dents : « Sacrilèges aussi. »

Berg n'a pas quitté des yeux son camarade de banc, il le pousse du coude : « Recommence tout, depuis la colline. » Arduino répète le morceau. Berg ne participe pas aux nouveaux applaudissements, il a les coudes posés sur le pupitre, la tête dans les mains. C'est une attitude que je lui ai vue maintes fois au fil des ans, devant un tableau ou une musique qui lui apparaissaient d'une mystérieuse et stupéfiante beauté. Il méditait alors longuement et disait : « Je ne comprends pas. Réellement, je ne comprends pas », comme il se le disait alors, dans la grande salle de classe dense de sueur et d'encre.

Il ne comprenait pas, mais il voyait. Il voyait cette colline, isolée, essentielle ; le frère de Cunizza, Ezzelino, le roi féroce, disparaissait, et disparaissaient aussi les ravages qu'il avait causés et les violences de l'Histoire, il ne restait que cette colline, pas très haute, dans une lumière absolue, et l'image mystérieuse de Cunizza, de cette femme vénète qui fut subjuguée par l'étoile Vénus et qui, à présent, est béatifiée dans sa propre lumière ; certes, c'était le paradis, l'inimaginable, l'ineffable ; mais pour lui, ici, qui *ne comprend pas,* les visions suscitées par la voix de son cher camarade de banc ont eu le pouvoir d'évoquer dans son esprit des images à lui, des bribes, saisissables, de chez lui, de Dorsoduro, et peu à peu, des voix, aussi, et des gestes, et des regards, nécessaires, car sans ces points d'ancrage auxquels s'agripper, se fier, tout serait pour lui lumière démesurée et silence infini ; et c'est alors que Maurizio prend sa tête dans ses mains et écoute au-dedans de lui-même, débordant d'amour, ses voix simples, drôles aussi, « ce n'est pas possible, Giovanna, que soit réelle l'idée que j'ai de toi », « quelle idée ? », « je ne sais pas », les voix de cet amour qui est le sien, et qui devait devenir douleur profonde avec le temps.

Cesato ne maîtrise pas le désordre de la classe, il tente encore à voix basse quelque « Ignorants, bouffons, vous vous en apercevrez, nous éliminerons les scories », mais ses yeux sont ceux d'un homme incertain.

Quelques semaines plus tard, lorsque furent affichées les notes attribuées après délibération, on vit que le redoublant Maurizio Berg avait été reçu dans toutes les matières, sans parler de l'excellent Arduino qui avait même obtenu des neuf sur dix. En revanche, et d'une manière inattendue, les résultats de Rutigliano et de Gucciotti se révélèrent bien pâles, un ou deux huit chacun, peu de chose. Les résultats étaient écrits à la plume sur de grandes feuilles quadrillées qui étaient exposées derrière un grillage de fil de fer entouré d'un cadre foncé ; étaient aussi venus à Cannaregio pour les connaître, Corrado et Osvaldo qui, comme il me semble l'avoir déjà dit, fréquentaient le lycée de Dorsoduro où ils figuraient eux aussi parmi les reçus, sans grand éclat. Ici, à Cannaregio, succès également pour les écolières Novella et Giovanna, pour qui, dans l'ensemble, l'école n'allait pas sans mal mais qui se débrouillaient pour avoir les notes suffisantes à leur examen de passage, éperonnées qu'elles étaient par la vision de leurs carrières futures, l'une dans la musique, l'autre dans la médecine. Certain d'être recalé, Maurizio Berg était passé à l'atelier de mon père avant d'aller voir ses notes derrière le grillage métallique, et lui avait annoncé sa résolution de se consacrer dorénavant uniquement à la peinture. « Accompagne-le Giorgio », m'avait dit mon père, « tu joueras les porte-bonheur », et c'est ainsi que Maurizio et moi nous en fûmes de San Tomà à Cannaregio, nous tenant par la main. Le lycée était un ancien couvent et les tableaux des reçus et des recalés étaient en effet exposés sous les voûtes d'un cloître de jadis. Absorbés par notre laborieuse recherche des notes derrière ce grillage sinistre, nous perdîmes de vue Novella et Giovanna.

Nous les retrouvons à la sortie, mêlées à la petite foule d'élèves et de leurs proches, en train de suivre avec attention un dialogue assez inattendu pour diverses raisons, outre la nature extrêmement différente des deux interlocuteurs ; l'un est le professeur Adolfo Cesato et l'autre est un monsieur au visage carré et jovial, au teint rouge brique, avec des yeux légèrement obliques et de grosses moustaches noires tombantes ; il est vêtu d'un costume de lin blanc de coupe impeccable mais un peu trop ample, et sur sa grande tête est posé un panama léger entouré d'un ruban noir comme ses moustaches, comme ses sourcils bien fournis, comme sa cravate ; c'est Edoardo Bialevski ; je devais lui demander maintes fois au cours des décennies suivantes la raison de ces cravates, de ces rubans, noirs, qu'il arborait souvent et il me répondait : « Qui le sait, qui le sait, qui-le-sait ? Peut-être, je dis bien peut-être, est-ce une vieille habitude polonaise en signe de deuil de la patrie », encore que de patries il en eût plusieurs, à commencer par Venise évidemment.

Il est en train de s'entretenir avec le professeur Cesato et parle avec beaucoup de vivacité mais sans gesticuler car ses mains sont posées l'une sur l'épaule droite de Giovanna Balmarin, l'autre sur l'épaule gauche de Novella Berg ; il les tient sous son aile ; ce n'est pas un homme très grand de sorte que les gamines ne doivent pas beaucoup lever la tête pour le suivre tandis qu'il parle, Novella moins que Giovanna, toutes deux amusées. Il nous a déjà reconnus de loin et s'écrie « je sais tout », et avec Corrado et Osvaldo, Maurizio et moi nous nous joignons à eux pendant qu'il poursuit crescendo : « Bien, bien, bi-en. » Embrassades de part et d'autre. Il s'adresse à moi : « J'ai rencontré ton père au débarcadère de San Tomà », me surprenant grandement car j'étais toujours persuadé que personne ne savait qui j'étais, « c'est lui qui m'a dit que tu venais ici avec Maurizio.

– C'est une des toutes premières choses qu'a faites Edoardo, sitôt de retour, dit Giovanna, venir voir nos résultats. De retour du Kent et puis d'une plage nordique.

– La première », reprend Edoardo avec une exagération dont il est conscient. « Et comme je le disais », il s'adresse à Cesato, « en faisant réussir certains étudiants, vous, bref, je vous félicite. Vous avez eu, disons-le, admettons-le, proclamons-le, vous avez eu du nez. Parce que, voyez-vous, par exemple Maurizio Berg, ici présent, ce n'est pas qu'il *sera* un artiste peintre, *il l'est, c'est* un peintre, d'ores et déjà, ici, parmi nous ».

Cesato écarte les bras, paumes au dehors, s'incline rapidement, sautille en avant comme un gros poulet, prend une voix suave, charmante : « Berg s'en est tiré, il s'en est tiré. » C'est un Cesato différent, obséquieux et évasif, un Cesato hors de sa classe, à découvert.

« Et ces petites collégiennes, et ce petit aussi », Bialevski me stupéfie plus que jamais, « ce petit Partibon ici qui entre au lycée à neuf ans », il brandit même son index pour signaler le fait prestigieux alors que cette fameuse précocité, je dois dire, ne me causait qu'oppression et tristesse, « dès à présent », il agite son index, avertit, « dès à présent, en prévoyant, en anticipant, en prédisant que tous trois seront vos élèves, cher professeur Cesato, qu'ils feront partie de vos célèbres classes, je ne dirais pas que je vous les recommande », il sourit d'un air théâtral, « hé, vous voulez rire, ce n'est nullement nécessaire, mais je les signale à votre attention, je les appuie avec chaleur ». Naturellement Bialevski savait s'exprimer à la perfection mais il gardait quelque chose de l'étranger dans le sens qu'il s'amusait à manier la langue, se servant au besoin de plusieurs mots pour dire à peu près la même chose. Il s'arrête brusquement, le doigt caressant la moustache, l'œil rivé sur son interlocuteur comme pour bien fixer dans sa tête ce qu'il vient de dire.

Cesato laisse s'écouler de longs instants de silence, tous les yeux convergent sur lui et, finalement, de sa petite voix habituelle accompagnée de menus hochements de tête, il émet une constatation vague : « Eh oui ! le temps passe le temps passe.

– Il passe », reprend Bialevski en écho d'un ton solennel mais déjà distrait, jetant un vaste coup d'œil autour de lui, « il passe ». Il revient à Cesato, le prend par le bras : « Nous allons boire un verre avec les enfants ici », il montre notre groupe auquel se sont joints entretemps Rutigliano Leonardo, Arduino Luigi, Gucciotti Emiliano, « un verre de vin. À la santé des lauréats. Nous allons dans un des troquets que je connais ici à Cannaregio. Venez donc avec nous.

– Non, non, vraiment pas. » Au regard interrogateur de Bialevski, le professeur répond dans un murmure : « Ma mère. Elle est légèrement souffrante aujourd'hui. » Il s'éloigne à grands pas, porté par l'amour filial, sans voir personne dans la foule qui déambule dans la Strada Nuova.

Un vin très très légèrement pétillant

Et ainsi Bialevski nous amène tous, moi y compris bien que considéré comme un enfant, à un troquet gentil et propret avec de belles chaises paillées et d'excellents vins ; le bois des tables, comme celui des grands tonneaux exposés dans la salle, est lisse et reluisant. J'ignore quelles étaient les habitudes des gens à ce propos, tout ce que je puis dire c'est que moi, et pour le moins Giovanna et Novella, nous étions accoutumés à boire un peu de vin avec le plus grand naturel depuis l'âge de cinq ans au moins ; mon père, sans vouloir affecter pour autant des airs d'homme du peuple ou de paysan, nous encourageait à le faire ; à preuve que ma mère les derniers temps, et ma sœur Elena, eurent même la réputation d'en boire un peu trop. Cela faisait partie du rythme d'une société bien réglée.

À présent je vois, dans ce troquet qui aura d'ailleurs l'occasion de revenir dans mes notes, Bialevski assis à la place d'honneur avec Giovanna et Novella de part et d'autre, à l'autre bout de la table se tient Osvaldo, moi je suis installé entre Giovanna et Maurizio, devant nous se trouvent Novella et Arduino, autour de nous un va-et-vient de l'un ou de l'autre. Corrado avale son verre et file à son éternel tennis, Emiliano Gucciotti trempe ses lèvres dans le sien et s'en va, s'inclinant froidement devant Bialevski comme s'il voyait en lui un corrupteur de la jeunesse (je crois que même à l'heure actuelle, dans l'âge avancé et parfaitement conservé, il est resté pratiquement tempérant, à l'opposé de son bon vivant de frère Lamberto dont les douleurs au foie et à la vessie devinrent plus tard de notoriété publique) ; en revanche, Léo, l'ami d'Emiliano, reste assis à côté d'Arduino et le scrute, attendant le moment opportun pour placer un de ses propos inconsidérés. Bialevski demande qu'on le mette au courant de tous les faits survenus au cours de sa longue absence et Maurizio mentionne, entre autres, « la scène de Cunizza », de sorte qu'Arduino, suivi avec la plus grande attention par Bialevski, reproduit fidèlement toute la scène sans même prendre un air de jeune coq triomphant.

Je nous vois tous réunis dans la lumière d'un après-midi d'été, réduite à une quasi-pénombre à l'intérieur ; le vin blanc est très très légèrement pétillant, il règne une fraîcheur de cave de campagne, je crois que nous avons même chanté en chœur des choses comme *Va'pensiero sull'ali dorate*. La joie de vivre en somme, d'autant que le sempiternel Annibale ne se trouve pas parmi nous et que Gucciotti s'en est allé.

Le seul danger de fausse note risque de provenir de Léo Rutigliano qui, en effet, lève son verre avec une sorte de gaieté surexcitée et dit : « Je bois un second verre pour célébrrrer la fin de ma fréquentation de ce lycée où je fus contrrraint de côtoyer les élèves de la classe la plus indécccente que le professeurrr Cesato ait jamais eue au courrrs de sa longue et glorieuse carrrière. »

De vagues protestations agacées s'élèvent de la tablée des jeunes gens, aussitôt interrompues par la voix de Bialevski : « Vois-tu Léo », à ses yeux le garçon est un assez curieux produit du solide et svelte maître Rutigliano, qui lui « tient sa comptabilité », et de la moins svelte et même un peu pédante et prolixe signora Marta ; que Leo se trouve être en même temps le demi-frère de Polly, la fille américaine de Rutigliano, et de plus une de ses parentes éloignées, ne lui traverse pas un seul instant l'esprit tellement Polly est différente de ce jeune garçon nerveux, « vois-tu, ce lycée que tu es sur le point de quitter, je l'ai fréquenté moi aussi. Et dès l'automne prochain celui de Dorsoduro aura l'occasion de voir comment tu vas t'en sortir », il fait un petit signe presque conspirateur à Maurizio, « lorsque tu auras le grand Remigio Berg pour professeur. Je disais que j'avais fréquenté l'établissement que tu quittes actuellement, moi aussi j'ai fait partie de la classe indécente d'Adolfo Cesato : c'est, en effet, une classe variable et néanmoins éternelle, transitoire et permanente à la fois, donc dans un certain sens extra-temporelle : depuis toujours, pouvons-nous dire, des hommes et des femmes de tous âges se promènent dans Venise, des Fondamenta Nuova aux Zattere, du Casino degli Spiriti aux Giardini di Castello, portant la marque de leur appartenance à la classe indécente du professeur Cesato, démesurée, non limitée dans le temps ni l'espace ; nous ne pouvons en effet nous borner à Venise, par exemple j'ai moi-même fréquenté l'école ici un an, un an et quelques mois, puis, bon ! J'ai fait aussi un bout de lycée à Berlin, à Oxford, puis, que dire… il y a eu des transmigrations globales de cet élève indécent… et à présent toi, Leonardo, tu passes de Cesato à Berg du fait que ta famille migre du Sestiere de San Polo à celui de Dorsoduro… ». Bialevski goûte aussi ce plaisir de citer les noms des lieux de Venise, forme atavique d'amour pour la ville. Il a pris la petite main de Giovanna dans la sienne et ils ont tous deux les yeux braqués sur Léo.

Lequel Léo a siroté son vin tout au long du discours et réplique d'un air à la fois rusé et éteint : « Le professeurrr Rremigio Berrrg est un sozialoïde. »

Le regard de Giovanna se pose alors sur Maurizio et tous deux échangent un sourire d'intelligence ; pour lui, tout devient lumineux, acquiert un sens ; sa rancœur à l'égard de Léo Rutigliano se dissout entièrement en gaieté. Il lui dit, affectant un air distrait, sûr d'avoir l'appui et l'admiration de Giovanna : « Ah vraiment ? Notre papa est un sozialoïde ? » Comme s'il lui disait : « Quelle bonne nouvelle tu nous annonces, à Novella et à moi. » Il pressent chez les deux petites l'émergence radieuse et tonique de la bonne humeur et poursuit : « Et toi, Rutigliano ? Notre père est un sozialoïde, et toi qu'est-ce que tu es ? Un zicloïde ? Un rrrhomboïde ? » Maurizio Berg n'était guère brillant en grec mais il était très fort en géométrie. Toutefois personne ne pense vraiment au sens des mots que la vague joyeuse de la bonne humeur emporte aussitôt. Mais soudain la scène semble comme suspendue, un fait nouveau a surgi : Bialevski en premier, puis tous les autres s'aperçoivent que Léo a affreusement pâli, que son teint a carrément tourné au vert.

Bialevski quitte sa place, s'approche de lui, le prend par les épaules, le secoue : « Lève-toi, va te libérer par là », et tandis que Léo se dresse et se dirige vers les toilettes, Bialevski me' stupéfie pour la troisième fois en m'indiquant du doigt : « Regarde cet enfant-ci comme *il sait* boire lui. » Il y a une vingtaine d'années, le bon Léo qui se trouvait de passage à Venise, venant du

Brésil où le hasard voulut qu'il fût négociant en spiritueux comme je l'ai dit plusieurs fois, m'écouta sans le moindre intérêt évoquer cette scène dont il n'avait gardé aucun souvenir et dont il apprécia encore moins l'ironie, pas plus qu'il ne se montra désireux de venir avec moi rendre visite au vieux Bialevski ; je trouvai Léo Rutigliano fort grossi et je crains que même dans un pays aussi extraordinaire que le Brésil sa fantaisie ne se soit entièrement tarie. À présent je le vois dans ce troquet qui se dirige vers les toilettes, prêt à vomir. Osvaldo le suit du regard et murmure entre ses dents : « Imbécile. Croque-mort. »

Bialevski a regagné sa place au bout de la table et promène son regard autour de lui. Et tout en caressant ses grandes moustaches : « Dommage, quel dommage », répète-t-il à plusieurs reprises avec une sincère compassion envers ce jeune homme souffrant.

En y repensant maintenant je me rends compte que Gigi Arduino avait dès cette époque l'étoffe du *reporter :* il ne devait la développer avec bonheur qu'après la Seconde Guerre mondiale, au terme de dures années de vie militaire en Afrique et de prisonnier au Texas. « Excusez-moi signor Bialevski », demande-t-il à présent, courtois mais exigeant, « ces prétendus vandales qui ont fait irruption dans votre appartement, vous n'avez rien appris de précis à leur sujet maintenant que vous êtes de retour ?

– Ce n'était pas la première fois, tu sais », Bialevski fait songer à un gros matou pacifique, « et que veux-tu que je te dise, non, il n'y a rien de précis, que devrait-il y avoir de plus précis ?

– On a entendu que ce », Arduino tourne son pouce en direction des toilettes, « ce Rutigliano y était pour quelque chose, vu qu'il est toujours pendu aux basques de Passina.

– De Passina dis-tu ? Tu veux parler du petit Passina, Amedeo. Lequel Amedeo, plus âgé que vous tous, a été expulsé de toutes les classes possibles et imaginables, indécentes ou non, et fréquente un milieu d'amis hétérogène, par exemple le fils de notre droguiste Bustacchin, le plus jeune, Severo, la tare de la famille comme on dit, et non pas Ugo qui est tout différent, tiré à quatre épingles, bref c'est le fameux Ugo qui est majordome chez les Traverson. » On a l'impression que Bialevski ronronne en sentant sous ses doigts le vaste clavier de la ville, en manipulant son tissu humain bariolé. « Amedeo Passina », reprend-il, « que veux-tu que je te dise. Il y a aussi d'autres hypothèses », et là il se renferme en lui-même un bref instant, baisse la tête et semble troublé. Notre silence interrogateur l'entoure. Alors il lève ses gros sourcils, écarquille les yeux : « Mais même en admettant… Que voudriez-vous, tous, que souhaiteriez-vous que je fasse ? » C'est un peu comme s'il demandait : « Quel spectacle vous plairait-il de voir ? Que puis-je mettre en scène pour vous ? » Manifestement il était au courant des rencontres périodiques entre le vieux comte Passina, à l'esprit assez déséquilibré, et son fils Amedeo, bien que les ponts aient été coupés avec ce fils indigne ; et il y avait aussi le côté théâtral des fameuses phrases prononcées par la mère et la sœur de Diomede après le malheur de l'accident de motocyclette : un besoin de quiétude dans la douleur, « nous ne désirons plus vivre sous le même toit qu'Amedeo ». « Que voudriez-vous que je fasse ? », poursuit Edoardo. « Que je le roue de coups de bâton, Amedeo Passina, comme dans les farces ? Ou que j'appelle les gendarmes ? Que je m'emploie à faire enfermer le fils de Nini et de Toni Passina ? » Il écarte les bras, paumes au-dehors, comme après la démonstration d'une vérité éclatante. « Tant les Passina que, permettez-moi, les Bialevski, sont des présences séculaires à Venise. Vous voulez que je gâche les choses entre nous ? Que nous cessions de nous voir ? » Par ailleurs, j'y pense maintenant, une punition officielle quelconque au garçon qui-a-mal-tourné et à certains de ses amis « recrutés dans les bas-fonds » (pour me servir d'une expression de ma grand-mère à propos des camarades de mon oncle Marco) les aurait écartés d'une scène sur laquelle seraient apparus à leur place, détonnant grandement, des miliciens et des policiers.

De sa place Osvaldo a les yeux fixés sur Bialevski assis à l'autre bout de la table, sur ce visage de gros matou (à Dorsoduro, d'aucuns parlant de lui disaient « ce vilain rat là-haut »), un visage qu'Osvaldo connaît depuis sa plus tendre enfance et qu'il lui suffit de regarder pour être animé d'élans de sympathie et retrouver quelque chose de familier ; il l'a toujours tutoyé : « En tout cas tu te rappelles parfaitement, Edoardo, qu'Amedeo Passina était un de ceux qui paradaient partout avec les emblèmes de la mort peints sur le devant de sa chemise noire. »

« Euh ! Il fut un temps peut-être. Que veux-tu que je te dise. » Edoardo aspire l'air, amplement, comme un orateur : « Il y a différents fascismes en Italie », il fait un grand geste de la main comme pour indiquer des endroits éloignés de Venise, « des fascismes qui, si nous pouvons nous exprimer ainsi, vont et viennent. Ils vont et ils viennent… Comme notre ami ici », ajoute-t-il en voyant apparaître un Léo Rutigliano dont le teint tire encore sur le vert.

Le jeune garçon s'approche de lui, hagard et agressif, et murmure : « Je me sens très mal.

– C'est vrai, vraiment, Léo, tu as une mine épouvantable. » On dirait que ce sont des compliments qu'il lui adresse. Il lui tâte le pouls, tire sa montre de son gousset ; en comptant les pulsations, il remue les lèvres d'un air affable sous l'ample courbure des moustaches. « Rien de grave. Nous allons te ramener chez toi dans ma barque. J'ai demandé à Ponente de venir nous chercher au Rio de San Giovanni Grisostomo. Mais avant cela je vais te commander un bon thé chaud.

– Hein ? Je n'ai jamais pris de thé de ma vie. » S'il n'avait eu le teint aussi vert et n'était aussi mal en point, il aurait dit « prris », notent les deux gamines avec plaisir.

Bialevski commande le thé bouillant pour Léo. « Il y a un commencement à tout. »

Giovanna et Novella presque en chœur : « Voilà ! Comme ça tu essayeras quelque chose de nouveau, Leonardo.

– Et sans sucre, hein !

– Tu as compris, Leonardo ? Pas de sucre.

– Faites gaffe vous deux de ne pas me faire sortir de mes gonds », rugit faiblement Léo.

On apporte le thé. « Allez, allez, bois, bois-le », l'encourage Osvaldo. Après tout Léo est le gars qui a lancé les menaces d'exécutions capitales sur le rivage de l'Adriatique et qui a laissé entrevoir bien d'autres perspectives terroristes à l'adresse des jeunes esprits influençables. De plus, il flotte un soupçon concernant « le milieu de Léo Rutigliano » qui serait à l'origine des lettres reçues par Novella Berg et portant ces mots en caractères d'imprimerie : « Tiens, pour toi, petite madone », avec, en guise de sceau sur le feuillet, des taches de sperme. Novella en avait parlé à Giovanna qui l'avait raconté à Osvaldo ; celui-ci avait gardé la chose pour lui, la ruminant dans sa tête ; à son avis les auteurs de ces lettres étaient obscènes parce qu'ils restaient anonymes, et il estimait qu'ils devaient aussi être impuissants. À présent il est en train d'observer Léo qui absorbe son thé avec dégoût. « Ne te brûle surtout pas ! » ajoute-t-il, tout en avalant de fraîches gorgées de vin.

Le thé bouillant ravive quelque peu les joues de Léo Rutigliano qui perdent légèrement leur teinte verte, en même temps que sa langue retrouve le roulement des « r ». Il cherche ce qu'il pourrait bien dire de rageur : « Vous, vous signorrr Bialevski, vous aidez les lâches antifascistes à se mettrrre en sûrreté avec l'excuse que vous avez un passeporrt étrrrranger. »

Bialevski ne lui répond pas, il l'examine avec curiosité. Maurizio lance un bref coup d'œil aux deux petites comme pour s'assurer qu'il peut mettre en marche sa réplique : « Tu admettras toutefois, Leonardo, que le signor Bialevski aide aussi des fascistes comme toi, n'est-ce pas ? »

Les gamines prennent la balle au bond : « Tu dois l'admettre, Leonardo », même si elles ne savent pas très bien dans quelle mesure le jeune Rutigliano est spécialement fasciste, elles le considèrent comme « un drôle d'humanoïde », plutôt faraud, même s'il n'est pas aussi lourd et rébarbatif qu'Emiliano Gucciotti ; elles sont contentes qu'entre Bialevski et eux les joutes d'esprit aient pris une bonne tournure ; elles sourient même au malheureux garçon car elles voient qu'il se sent un peu mieux.

Imperméable à leur sourire, le garçon les regarde de travers : « Vous, petites, je ne vous adresse pas la parole. »

Arduino s'exclame, comme si Bialevski avait évoqué pour lui une phrase poétique ou musicale chère entre toutes : « Le passeport ! Eh oui ! le passeport !

– Il y avait une fois », raconte Osvaldo selon sa manière toujours un peu inattendue, « un de mes grands-oncles, c'est-à-dire le mari d'une grand-tante de mon père, qui avait un passeport diplomatique. Ce n'étaient pas les habituels livrets de toile bleue. Ces passeports étaient en cuir, avec une sorte de grand parchemin plié à l'intérieur. »

Arduino pousse un grand soupir : « Joli. Joli. » On dirait que l'image de cet inaccessible passeport en cuir le déprime, mais il se ranime très vite : « Lorsque nous serons à l'université, une question de mois plutôt que d'années peut-on dire, il faudra nous inscrire de toute urgence à des concours de bourses d'études pour l'étranger. » En fait, il devait en gagner une pour les États-Unis quelques années après, mais la bureaucratie militaire ne lui accorda pas l'autorisation de quitter l'Italie ; il se rendit la première fois aux États-Unis, bien plus tard et sans bourse d'études, en tant que prisonnier de guerre.

Léo, toujours encore un peu verdâtre et humilié, se jette sur les paroles d'Arduino comme s'il les mordait à pleines dents : « A l'étrrranger, à l'étrrranger. Dans le rrepairrre des rréfugiés antifascistes, pas vrrrai ? pas vrrrai ? » Comme à l'ordinaire, on ne sait pas très bien s'il comprend ce qu'il dit. Il jette un regard torve du côté de Bialevski. Léo connaît Edoardo depuis sa petite enfance et il est agacé de se voir traité d'une manière qui n'est pas tellement différente d'alors, pour finir. Il se cramponne de nouveau au sujet qu'il avait entamé avant d'aller vomir et siffle entre ses dents : « Un citoyen italien serrait rrelégué en rrrésidence surrrveillée pourr bien moins que cela. »

Arduino est toujours branché sur son idée de bourses d'études pour les divers pays du monde. « Voilà pourquoi il convient d'avoir déjà de bonnes notes au lycée, et ce n'est pas si difficile, même Terzini tu l'entortilles comme tu veux. » Pilate Terzini, leur professeur de mathématiques, et le mien plus tard. Arduino l'imite : « "Le logar-rithme, laréparr-tition en classes converr-gentes", il n'en faut pas beaucoup pour décrocher des sept et peut-être même des huit avec Terzini.

– Parle pour toi », lui fait Osvaldo avec sympathie, « parce que tu es un garçon intelligent. Moi je sais que je peine avec ces choses-là. C'est même un cauchemar pour moi ». Il n'est pas très différent de l'Osvaldo actuel, l'ophtalmologue septuagénaire : « J'ai toujours été à moitié crétin. Croce et Gentile, Schopenhauer, Pirandello, même Freud, je n'y comprenais rien. » Et moi de lui répondre : « Tu te méconnais. Sans faire beaucoup de bruit, tu as toujours été un homme d'esprit et tu as aussi beaucoup lu dans ta vie. » « Peut-être bien. Certaines choses. Peut-être. Proust. Casanova. »

Entre-temps je continue à saisir, éparses dans mon souvenir, les voix lointaines de ces adolescents dans ce troquet ; Bialevski, confortablement installé au bout de la table, écoute ces voix comme un petit concert.

« Moi je suis tolstoïen », déclare Arduino. « Autrement dit pour moi, ce que font les chefs compte pour rien. » Il s'aperçoit que ses camarades ont du mal à le suivre et s'adresse à Osvaldo : « Tes ancêtres,

Balmarin, avec toutes leurs erreurs et leurs horreurs, avaient au moins une chose de bien, c'est que leur chef suprême, c'est vrai qu'ils le choisissaient parmi eux, mais, tant avant, tant pendant, tant après la période où il exerçait son pouvoir, ils lui rendaient la vie difficile, extrêmement difficile.

– Dis donc, nous ne descendons tout de même pas des doges.

– Non seulement, mais en outrrre Osvaldo est nul en histoirrre.

– Je suis nul en histoire et en tout, mais je sais que je n'ai pas envie de vomir après deux verres de vin. Un vin, entre parenthèses, excellent.

– Trois verres », dit Bialevski faisant l'arbitre et montrant trois doigts.

« Quatre », disent les gamines, indulgentes, en montrant quatre doigts. « Et maintenant Leonardo s'est libéré et se sent mieux. Pas vrai Leonardo ? »

Il ne leur jette même pas un coup d'œil. « Savez-vous pourrquoi je ne supporrrte pas les antifascistes ? Parce que ce sont des balourrrds. Sans vitalité. Ce sont des êtrres qui manquent de vitalité. Nous, en rrrevanche, nous sommes déborrrdants de vie, de vitalité. Et en puissance tu l'es toi aussi, Arrduino. En puissance. Toi qui as la plume facile, tu devrrais te prroposer comme but suprrrême de ta vie de donner un jourr à l'Italie le vrrrai, le grrrand rrroman fasciste. Mais tu es malade de xénophilie, tu te rremplis de Tolstoï, de Dostoïevski...

– Et comment donc !

– Et maintenant aussi de ce Mann... Brref tu te fourrres au milieu des balourrds, des sans-vitalité, et puis, et puis, et puis ! tu as la manie de ces écrrri-vains-là car chez eux, chez eux, chez eux, tu trrrouves les femmes du genre que tu adorrres, tu trrouves les malades, les tuberrrculeuses. »

Cela produit un choc qui entraîne le silence. Chacun à cette table perçoit l'allusion à Tina, la frêle fille de la pianiste Baldissi ; c'est à elle qu'Arduino a dédié, lors de cette journée torride en classe, « l'instant de Cunizza », comme Maurizio l'a dédié à Giovanna.

Dans des situations d'embarras, les personnes du genre de Léo Rutigliano font appel au « nous » : « Mais nous, Arduino », dit-il dans ce silence, « nous, justement parrce que tu es intelligent, parrce que tu es, en puissance, vi-tal... »

Osvaldo l'arrête avec la force nonchalante de sa voix de baryton : « Tais-toi donc Rutigliano maintenant. D'ailleurs, toi et tes pairs, vous feriez mieux de toujours vous taire. » Son ton est neutre, à la rigueur assez amical.

« On s'en va », annonce Bialevski qui se lève. Rien à faire. Il y avait quelque chose qui flottait dans l'air et qui finissait par éteindre la gaieté. Ou plutôt, ce quelque chose existe toujours. Je dirais même qu'alors cela était anodin en comparaison de ce qui devait se présenter plus tard. Edoardo prend de nouveau Giovanna et Novella sous son aile, nous suivons derrière, jusqu'à la rive où nous attendait le batelier du nom de Ponente ; je dis bien batelier et non gondolier car l'embarcation de Bialevski n'était pas vraiment une gondole ; elle en avait la forme mais était légèrement plus courte et plus trapue, et la proue se terminait par une espèce de gros cabochon en métal au lieu de l'habituel fer de gondole recourbé en croissant, argenté et relevé vers le haut.

Ce batelier et homme de confiance de Bialevski était un homme d'une quarantaine d'années, petit et paisible ; avec sa tête ronde et chauve éternellement halée par le soleil et ses petites lunettes aux branches fines de métal, Ponente ressemblait davantage à un naturaliste chasseur de papillons qu'à un gondolier ; j'ignore quel était le véritable nom de cet homme lent et serein qui s'était vu appeler Ponente ; on l'avait aussi affublé, avec une touche de raillerie qui en accentuait l'effet, du sobriquet d'Aviron ailé.

Il est donc tout naturel que, une fois nous tous installés dans la barque, Ponente cède sans protester sa rame de poupe à Maurizio ; le regard de Giovanna se porte sur la rame de proue posée, inactive, sur le bord gauche de la barque ; elle et Maurizio échangent un signal. Et parmi une multitude d'autres images restera toujours gravée dans ma mémoire celle des gestes de Giovanna qui saisit l'aviron dans ses petits poings robustes, l'appuyant tout d'abord contre les marches de la rive pour en éloigner la barque, le posant ensuite sur le tolet et l'enfonçant aussitôt de chant vigoureusement. C'était la première fois que je la voyais ramer et lorsqu'on connaît ce type de nage, on sait que Maurizio ne se trompait guère en disant là-haut derrière nous : « Moi je suis le gouvernail, la vraie force de propulsion c'est Giovanna qui la donne », mais ce qu'il en disait n'était qu'un reflet de sa joie de voir leurs gestes s'harmoniser aussi parfaitement. Ponente, accroupi à l'arrière aux pieds de Maurizio, débite, satisfait, certaines de ses formules : « Le rythme comme la respiration ! Une nage longue et moelleuse ! »

Nous fîmes un grand tour par les canaux, presque tout le temps en silence : bruissements de pas, murmures de voix des Fondamente et des ponts ; au-dessus de nous, des visages, des enseignes de boutiques familières, des accès aux palais du côté de l'eau, des halls d'entrée entrevus, des cours avec des chats, on eût dit qu'Edoardo buvait des yeux ces visions du cœur de la ville, «Je suis venu avec le vaporetto et suis descendu à la Ca' d'Oro, c'est mon premier tour en barque après tant de mois», et il nommait les canaux un à un, le Rio di San Giovanni Grisostomo, le Rio dei Miracoli, le Rio della Fava, le Rio dei Bareteri, le Rio dei Scoacamini, le Rio dei Fuseri, les reconnaissant tous et les saluant comme des amis qu'on retrouve avec plaisir, et il n'est pas impossible qu'aux trois derniers sa pensée se soit tournée vers les bonnes âmes séculaires des artisans et des marchands qui leur léguèrent leurs noms; puis ce fut le Rio Menuo ou della Verona et ainsi nous débouchâmes dans le Grand Canal par le Rio di Sant'Angelo et comme nous naviguions plus au large, que les voix et les bruits autour de nous s'étaient estompés, Bialevski recommença à parler de sa manière théâtrale.

Je suis assis entre lui et le convalescent Léo, nous occupons les places d'honneur sur les coussins de cuir noir çà et là tailladé sur les bords et encadré de fourrure, noire elle aussi et un peu hirsute, comme raidie par le sel marin; sur les petits sièges rectangulaires placés de part et d'autre se trouvent Arduino et Osvaldo, une petite chaise supplémentaire, vaguement XVIIIe, est occupée par Novella qui serait prête à remplacer Giovanna à l'aviron; mais celle-ci continue de ramer, imprimant à la barque des poussées à la fois vigoureuses et souples: rythmée de la sorte, j'aimerais que cette heure durât toujours; par moments le cher visage de Giovanna nous apparaît de profil, Maurizio l'aperçoit de l'arrière du bateau, moi d'un peu plus bas lorsqu'elle tourne la tête pour tendre l'oreille au son de la voix d'Edoardo Bialevski, sans interrompre pour autant sa nage qui se poursuit, régulière et « moelleuse ». Nous l'écoutons tous avec attention, hormis Léo, encore pâle, qui regarde du côté opposé.

« Lord Byron », commence Edoardo, le geste ample, le regard vaste, prenant tout son temps pour articuler son propos qui s'adresse peut-être justement à Léo ; il lève le pouce en direction des fenêtres du palais sur la gauche, un peu comme si le poète y demeurait encore et qu'Edoardo lui rendait fréquemment visite, « Lord Byron, non pas lors de ses séjours ici, plutôt lorsqu'il se trouvait en Émilie, à Ravenne où il suivit sa comtesse, je connais les lieux, nous avions des terres par là, je ne crois pas qu'elles nous aient jamais rien rapporté, Byron donc, s'occupait, mais ce sont des choses que vous savez, il avait des contacts. Il avait des contacts avec les Carbonari. Un homme d'un grand bon sens pratique. Il cachait des armes pour le compte des patriotes. Les patriotes de l'époque. On a conservé d'intéressants rapports de police à ce sujet. » Entre-temps le Grand Canal a amorcé son grand tournant vers la gauche et la joie de Giovanna et de Maurizio culmine en constatant qu'ils maintiennent le rythme vigoureux et égal de la nage. « Et je n'ai pas besoin de vous préciser – n'oubliez pas que nous sommes à Ravenne – que je me réfère à la police pontificale ; on a des rapports intéressants, très intéressants, du moins pour moi, je ne sais s'ils le sont pour vous », et là, passant sa main au-dessus de ma tête, il donne deux petits coups amicaux sur celle de Léo, « bien sûr que lui, en tant que Lord Byron, autrement dit en tant que pair britannique, en somme les autorités y auraient réfléchi à deux fois avant de, comment dire, avant de le poursuivre, de perquisitionner chez lui, que sais-je, de le fusiller, bref je dirais qu'il était plutôt en sécurité, toutefois, toutefois, toutefois », autre petit coup sur la tête de Léo, «je suis persuadé qu'il se serait comporté exactement de la même manière même avec la crainte d'avoir les sbires chez lui, et ceci parce que, rappelez-vous, il agissait selon ce qui lui semblait être le comportement d'un homme d'honneur, et puis surtout parce qu'il venait en aide de son mieux à des personnes amies : Pierino Gamba qui, dans un sens très concret, était, peut-on même dire, son beau-frère. N'est-ce pas ? ».

Nous ne pouvions ni acquiescer ni le contredire du fait que nous comprenions à peine ce dont il s'agissait. Peut-être Arduino savait-il que la comtesse était, dans ce cas, Teresa Guccioli, la compagne du poète Byron, née Gamba et donc la sœur du Carbonaro Pierino ; peut-être, je le répète, Arduino avait-il quelque lumière à ce sujet, il est certain que nous n'en avions aucune, ni Osvaldo, ni Léo, ni moi, mais Osvaldo et moi du moins étions appelés à réentendre ces faits et tant d'autres encore, dans les versions qu'en donnait Bialevski, d'innombrables fois au cours des années et des décennies successives, de sorte que j'ai pu reconstituer nombre des propos tenus par Edoardo en en parlant avec Osvaldo, les reproduisant avec lui, et ainsi les conversations ne se terminent jamais à Dorsoduro mais elles ont un pouvoir de réfraction comme l'eau, à l'infini, toujours ranimées, en mouvement.

Ou peut-être, avec son petit visage vu de profil, l'oreille fine sous sa coiffure à la *garçonne,* Giovanna savait-elle intuitivement quelque chose de plus que nous, si ce n'est sur les Carbonari du moins sur l'épisode de Byron avec la comtesse, car certaines grandes histoires d'amour, les couples proverbiaux glissant sur le Grand Canal, les passions et les diatribes et les crève-cœur et les étourdissants bonheurs, la sensualité, la température, l'excitation suscitée par tout cela, devaient être chez Giovanna comme innés ou bien transmis par sa mère, en « symbiose » avec elle : sa mère – selon ma tante par alliance Dora Berg – une femme « d'une ignorance obsédante », Caterina, la jeune fille Sbordoni, tableau vivant d'une héroïne romantique de l'époque impériale, concrète et aérienne, solide et évaporée, éludant le Fait Établi, la Disposition Temporelle, le nombre des années, des siècles, pour qui l'esprit des grandes histoires d'amour restait constamment présent et plaisant dans sa lumineuse intemporalité ; Gasparina Stampa et son seigneur et maître Collalto « doux et impie », et avec quelques bonds aisés dans les siècles, George Sand et Musset et Chopin, et Teresa et « son Byron » et Lena Baldissi et ses Puccini et D'Annunzio et enfin elle-même, la jeune fille Sbordoni et son *Nobilis Homo* Alvise Balmarin au pas léger, beau et resplendissant et toujours en tête alors qu'à l'arrière, errant dans les brumes des Rumeurs, vaguaient les Diomede Passina, les Tolotta Pelz…

J'ai peut-être déjà mentionné Pompeo quelque part comme étant le frère cadet de Silvio et la brebis galeuse de la famille Tolotta Pelz, d'ailleurs il s'est toujours fait appeler Pompeo Tolotta, ayant laissé tomber le « Pelz » dès sa prime jeunesse et lors de sa première fugue à Paris. Il fut gérant de restaurant, de *cabaret, d'atelier* de couture, avec succès selon de nombreuses Rumeurs, en faillite selon Silvio et, les rares fois que le nom de Pompeo était mentionné en sa présence, il le définissait obscurément comme la honte et la ruine de leur lignée, d'un point de vue économique aussi. Cela pour ce qui est de Silvio. En revanche, on ne trouve aucune trace d'une opinion officielle de la mère, la signora Irene, qui, on le savait, qu'elle était atteinte de folie. Et peut-être qu'en définitive Pompeo Tolotta fut tout autre chose que la brebis galeuse ou la ruine de la famille aux yeux de sa belle-sœur Elvira, « une femme dont on n'a pas fini de faire le tour » ; des Rumeurs prudentes, que la crainte révérentielle inspirée par l'autorité dont jouissait Silvio faisait se raréfier, lui attribuaient des rendez-vous intenses et fort secrets avec Pompeo dans une Venise obscurcie, lorsque se croisaient dans le ciel nocturne de la ville les faisceaux des réflecteurs à la poursuite des avions ennemis, faits en grande partie de pièces de tissu et de bois, qui la bombardaient. Homme enclin à la gaieté et aux risques, Pompeo avait fait la guerre dans l'artillerie de montagne, d'abord comme simple soldat puis comme sergent, tandis que son frère, Silvio, l'avait passée dans les bureaux de l'état-major ou dans ceux des aumôniers militaires, rédigeant des discours et des textes de prières, s'occupant du sauvetage des œuvres d'art disséminées dans les églises des villages bombardés, aux alentours desquels les Tolotta Pelz possédaient des terres considérables.

Selon les Rumeurs, la jeune fille Sbordoni avait connu au contraire un Pompeo antérieur, encore très gosse, du temps où Alvise séjournait à Londres, tandis que dans la Venise secouée par la guerre les Rumeurs l'avaient accouplée à l'infortuné Diomede Passina, mais avec un destin différent de celui d'autres femmes marquées à jamais par des rencontres amoureuses plus ou moins légendaires avec des jeunes gens valeureux, assez souvent frêles et pleins de sentiments filiaux, des soldats tombés à l'assaut, des aviateurs morts dans les flammes. Elle, Caterina, disaient les Rumeurs un tantinet sibyllines, *mine de rien elle a toujours maîtrisé les situations.* Pour Giovanna ces Rumeurs comptaient peu ou prou, la présence victorieuse d'Alvise, son père, était trop absolue par elle-même, les autres n'étaient qu'apparitions, lumineuses à leur manière mais larvaires, comme les reflets mobiles de l'eau jouant sur les murs de cette chambre où elle était née, comme les feux que jetaient les grands flacons d'eau de Cologne, multipliés à l'infini par la grande glace devant laquelle sa mère lui avait appris à se parer. C'est précisément dans cette glace, comme tant d'autres fois auparavant et par la suite, que se refléta l'image d'Ezio Sbordoni le soir du 16 avril 1925, d'abord hésitant sur le pas de la porte à la vue de la petite Giovanna aux côtés de Caterina, puis annonçant finalement à sa sœur, de sa voix toujours un peu flûtée, esthétisante: « Diomede Passina est mort. Un accident de motocyclette. Amedeo, son frère, vient de me l'apprendre. » Giovanna avait vu le visage de sa mère rester de pierre un bref instant; puis Caterina avait murmuré avec un petit sourire affectueux: « Pauvre Diomede, toujours accroché à cette moto. » On raconta plus tard comment, en apprenant la nouvelle de l'accident, Amedeo n'avait pas versé une larme, il avait eu un éclat de rire, long, terrible, qui était pire que des sanglots. Et Caterina alla lui rendre visite accompagnée de Giovanna et de l'infirmière Minerva qu'une grande amitié avait liée au défunt. En ce temps-là Amedeo habitait encore avec ses parents et sa sœur Clelia à San Vio, et ce fut lui, petit, tout vêtu de noir et seul, qui reçut les trois femmes, dans l'air immobile du grand salon encombré de meubles, et leur communiqua: « Ce n'est pas la peine que j'appelle mon père, il est devenu fou, c'est comme s'il n'était plus ici », et Caterina : « Nous le comprenons parfaitement. Nous savons bien ce qu'était Diomede », et embrassant Amedeo, l'irascible cadet à la « beauté un peu de délinquant maladif », selon Marta Rutigliano, elle lui avait chuchoté à l'oreille : « Prends garde à présent de ne pas te tuer toi aussi. » De la sorte, l'image du garçon qui-a-mal-tourné était restée dans l'esprit de Giovanna celle d'un jeune homme qu'il fallait protéger plutôt que craindre et repousser.

Un certain nombre d'hallucinés

Avec un rythme inchangé les rameurs ont bifurqué sur la droite, empruntant le Rio di San Trovaso, puis le Rio degli Ognissanti. Nous débarquons sur la rive du palais Bialevski. Léo nous quitte aussitôt et se dirige à pied, toujours un peu contrarié, vers San Vio et San Gregorio. Arduino, le sourire vif, s'achemine rapidement dans la direction opposée, il allait, j'en suis sûr, chez une sœur de Lena Baldissi qui demeurait aux Carmini à Fondamenta del Soccorso, chez qui il verrait Tina, tendrement aimée et brillamment reçue aux examens. « Je vais communiquer mes notes à ma tante », l'avait prévenu Tina. Elle habitait avec sa mère, pianiste, juste à la limite nord du Sestiere de Dorsoduro, non loin du pont de Donna Onesta. Lorsque à la fin de la Seconde Guerre mondiale Gigi Arduino revint de son camp de captivité au Texas, il apprit que Tina s'était mariée et avait quitté Venise. Il s'était alors installé à Milan mais il n'a jamais oublié les années lointaines écoulées ici comme, Dieu m'en est témoin, je ne les ai pas oubliées non plus. Arduino eut l'occasion de se rendre par la suite au Texas en tant que journaliste et évidemment il crut avoir atterri sur une autre planète en le visitant cette fois dans le cadre officiel, Département d'État USA et réceptions à l'avenant, le tout fort bien organisé.

Bialevski nous fait monter chez lui, Giovanna et Novella avec Osvaldo ; Maurizio me prend par la main : « Viens avec nous, je te raccompagnerai tout à l'heure chez toi. » C'était la première fois que je franchissais le seuil de cet appartement sous les toits sans mon père ou ma mère, et du reste même ces visites étaient rares ; il me semblait donc qu'on me faisait pénétrer dans un monde nouveau. La baronne Mastretti nous reçut à la porte ; je crois que je ne l'avais plus vue depuis qu'elle avait donné des leçons d'anglais à mon frère Giuliano trois ou quatre ans auparavant, sous le nom de Gelusian qui était son nom de jeune fille et de professeur de langues. Son prénom était Ortensia. Je n'ai jamais su grand-chose quant aux deux autres noms qui furent les siens, mais j'en appris davantage au cours de la rédaction de mes notes. C'étaient les noms de ses deux maris, tous deux alors déjà décédés ; le premier, Baltus, qu'il me semble avoir déjà mentionné une fois, était, en dépit de son nom en apparence nordique, un jeune homme de Mogliano Veneto, fort beau, propriétaire d'une fabrique de confiserie qui eut des déboires financiers (j'ai un vague souvenir de « bonbons Baltus ») et qui fut rachetée par les puissants industriels Camentini ; le nom du second mari se trouvait également camouflé par une ambiguïté ; Mastretti, paraît-il, n'était pas italien mais autrichien, un certain baron von Mastretti, pauvre et grêle qui, selon les Rumeurs les plus répandues, avait fini ses jours dans un sanatorium cantonal suisse. Sœur d'un tailleur fort en vue et qui faisait autorité – c'était lui qui exécutait par exemple les *redingotes* et les fracs de Silvio Tolotta Pelz –, Ortensia figurait dans le panorama mental de Silvio comme la puînée un peu brebis galeuse des Gelusian, tant et si bien qu'il ne l'avait pas désignée pour enseigner les langues à Maria Paola et à Maria Matilde, bien qu'il y eût entre cette dernière et Ortensia une amitié et certaines collusions qui, dans le vaste monde de la grande maison, circulaient par des voies totalement ignorées de Silvio.

Ortensia était donc deux fois veuve, Edoardo Bialevski en revanche n'avait connu le veuvage qu'une seule fois ; je crois n'avoir encore jamais dit que peu avant la guerre Edoardo avait épousé une très jeune Vénitienne, une pâle créature aux cheveux roussâtres et aux yeux violets, c'est du moins l'image que j'ai d'elle d'après l'aquarelle qu'effectua mon père « un jour en quelques instants », comme me le répète le vieux Bialevski aujourd'hui chaque fois que mon regard se pose sur le petit portrait dans sa bibliothèque. Elle se nommait Licia Tressa et elle enchanta, troubla, émut Edoardo Bialevski avec ces yeux violets et son air rêveur, dû peut-être uniquement à la myopie, et parce que c'était une Vénitienne qui avait parcouru le monde et connaissait des pays éloignés ; son père était un officier de marine, lui aussi petit et mince et aux cheveux roussâtres mais avec une quantité de taches de rousseur en plus, qui avait travaillé dans les bureaux des attachés navals dans des pays comme l'Argentine, le Japon. Presque aussitôt ce fut un mariage dépourvu d'espoir, détérioré dès l'aube de la vie conjugale, et démoli par la guerre, comme tant d'autres choses.

Aux yeux de la famille Tressa, la guerre telle que la faisait Edoardo Bialevski avait représenté au début quelque chose de privilégié, de haut rang, d'un certain style, qui honorait la famille : officier de liaison, missions spéciales même en Amérique, accompagnateur du jeune prince de Galles venu en visite sur le front italien. Toutefois, les diverses formes de « liaison » auxquelles l'officier polyglotte était affecté ne lui procuraient que lassitude et ennui ; en effet, il ne tarda pas à s'en libérer et passa ensuite la plus grande partie de la guerre dans l'aviation, ce qui lui sembla être la forme la plus manifestement courageuse et la moins conventionnellement patriote (elles sont célèbres les syntonies et les manières chevaleresques entre « as » ennemis) de participer à ce que lui et tant d'autres percevaient déjà comme un gigantesque carnage à la fois tragique et stupide.

Ce fut ainsi que Bialevski déçut violemment les Tressa ; ce fut comme s'ils découvraient, d'un coup, qu'un monstre était parmi eux ; ils le haïrent, à tout jamais, avec une passion voluptueuse qui occupait et satisfaisait pleinement leurs esprits et leurs sens. Toutes les fois qu'il venait en permission, vivant et indemne après une série de vols risqués, Edoardo Bialevski déclarait à son beau-père qu'il avait choisi de faire la guerre de cette manière afin de ne pas être taxé de couardise ni accusé de craindre la mort. Mais que par pitié on ne lui parle pas de patries, de services rendus à telle ou telle nation. « Mon oncle », disait-il, « non pas Jack, l'auteur de l'ouvrage sur les rideaux de théâtre mais l'autre, mon oncle Andy, est né, a grandi, est demeuré anglais ; une carrière dans la fonction publique ; à la guerre il ne se distingue pas spécialement mais dans la vie civile il a été décoré, honoré, Sir Andrew, peut-être m'avez-vous pris, Licia et toi, pour quelqu'un comme lui ? ». Le beau-père le fixait et l'écoutait sans le comprendre, se bornant à le haïr.

Il ne comprenait surtout pas que la déception d'Edoardo avait été encore plus intense que la leur, une déception à même de briser le cœur d'un jeune homme, ce cœur qui s'était laissé inonder par la plus juvénile des vagues de tendresse et avait débordé devant cette Licia si frêle et si pâle qui, toute petite, avait vécu dans des pays lointains où il se promettait de retourner avec elle un jour, qui avait posé sur les pampas et les océans le regard de ses yeux violets, qui avait perçu tant de sons exotiques avec ses petites oreilles diaphanes. Peu à peu il apparut au contraire que la jeune fille n'avait vraiment attaché sur rien du tout son regard que la myopie rendait vague et nébuleux; qu'elle ne possédait aucune langue, à l'exception d'un italien mou, modeste, un rien assaisonné de quelque sauce vénète; et que même en Orient et dans les Amériques, seules les notabilités appartenant aux communautés patriotiques italiennes et les religieuses chargées de son instruction avaient constitué son horizon suprême.

Avec tout cela, et avec sa ténuité apparente, Licia se montra dans la vie conjugale bien loin d'être fragile et modeste, elle révéla avoir un solide goût de la propriété, c'était son argenterie, son trousseau, ses biens dotaux; avant que l'épidémie de fièvre espagnole ne l'emporte, l'expression de dureté et d'âpreté qui se peignait sur sa physionomie pouvait atteindre des paroxysmes stupéfiants, son père toujours à ses côtés, allié vigilant. Au retour définitif d'Edoardo à Venise, aviateur médaillé, muni également de lettres de créances comme interprète à la conférence de Versailles, qu'il décrivait comme « une bouffonnerie, ennuyeuse de surcroît », leur fureur froide, blême, atteignit des sommets vertigineux lorsqu'ils virent que Bialevski répondait à leur hostilité avec ironie, la tournant en dérision.

Encore à présent il cultive certaines expressions qu'il a puisées, je crois, chez certains personnages de Goldoni. Il disait à Tressa, son beau-père : « Je vous remercie, Excellence, de venir aussi fréquemment nous honorer de votre visite. Et de constater que nous ne gaspillons pas les ducats et les sequins. Une tête de linotte comme la mienne pourrait causer la ruine de la maison. » Pas le moindre rai de lumière ne venait interrompre le mur massif de haine qu'opposait le beau-père. Menu lui aussi, comme sa fille, le visage tavelé de ces puériles taches de rousseur, il émettait sur Edoardo Bialevski des jugements divergeant de la réalité : « Un buveur. Un blasphémateur. De Dieu et de la patrie. Un être indécent. » Ses verdicts s'étendaient aussi à « son grand ami arracheur de dents », Alvise Balmarin : « Des gens qui sont déjà ivres à onze heures du matin, vous imaginez alors à quatre heures de l'après-midi. Des cocaïnomanes aussi. Pour ne pas dire autre chose et pire encore. » Inexpert et pathétique, il se vit éconduit et raillé dans les bureaux de la préfecture de police où il tenta de faire expulser son gendre comme étranger indésirable. Expédiant celui-ci à la gare pour aller recevoir je ne sais quels parents qui arrivaient éreintés de leur campagne, et appelant le prêtre à cet instant précis, il fit en sorte qu'Edoardo n'assistât pas à l'extrême-onction donnée à Licia, l'excluant ainsi et se réservant toutefois de lui reprocher à l'avenir de « s'être éclipsé pendant l'agonie de cette martyre » ; mais aux intimes il ne manquait pas de dire, avec un petit sourire chafouin : « Pas si bête ! Des chiens à l'église ? Vous plaisantez ! »

« Je ne serais pas entré dans cette chambre de toute façon », me dira bien des années plus tard un Edoardo âgé, encore solidement planté sur ses jambes devant l'aquarelle de mon père.

« Et pourquoi ? »

Il ne me répond pas directement. « Elle murmurait dans son délire », raconte-t-il, « elle rédigeait le texte de son propre faire-part de décès dans le journal. Parmi les noms des parents et des amis endeuillés par sa disparition, le mien ne figurait pas. Pauvre petite. Peut-être est-ce entièrement de ma faute.

– Pourquoi ?

– La haine, de par sa nature, n'est ni ici ni là. Elle n'a pas de sens. Elle n'a pas de personnalité, la haine. Elle ne fournit pas d'explications utilisables. » Il se ranime, devient presque joyeux en revivant une scène : « Son père me rencontre un jour dans la rue, regarde ma cravate, le ruban de mon chapeau, noirs tous deux, et me dit : "Si jamais je te surprends une fois encore portant des marques de deuil hypocrites et abusives, je te crache au visage. Te voilà averti."

– Toi qui les portes au contraire pour les deuils séculaires de la Pologne. »

– Certainement pas pour plaire ou déplaire au commandant Tressa. »

Je le connaissais moi aussi de nom et de vue, le commandant Tressa, à la fin de sa vie il demeurait non loin de chez nous, à San Stin, il passait dans la rue sans reconnaître et d'autant moins saluer qui que ce fût, le regard embrumé perdu dans le néant ; en y réfléchissant, Venise a toujours eu un certain nombre d'hallucinés de cette espèce. Prématurément mis à la retraite, veuf, sans parents qu'on lui connût (mais sur ce point il réservera des surprises), il est vraisemblable que Tressa passait une bonne partie de ses journées à ourdir avec une lucidité secrète des trames fantaisistes autour des personnes qu'il détestait, dont certaines figurent dans mon écrit : au premier plan, outre Bialevski, la baronne Mastretti et « l'arracheur de dents » Balmarin. Tressa certifiait que la baronne Mastretti était une espionne allemande qui ne fut jamais prise sur le fait et échappa ainsi malheureusement au peloton d'exécution. L'arracheur de dents avait épousé une femme de mœurs légères – en supposant qu'un mariage légitime ait uni Balmarin et la jeune fille Sbordoni – et si l'on pouvait hésiter quant aux garçons, Corrado et Osvaldo, aucun doute ne planait sur Giovanna qui n'était certainement pas la fille d'Alvise ; le commandant Tressa écartait d'un haussement d'épaules « les noms habituels » de Pompeo Tolotta et de Diomede Passina que l'on avançait et assurait que « sans chercher midi à quatorze heures », Giovanna était de toute évidence la digne fille d'Edoardo Bialevski. On n'a jamais tiré au clair quand et comment Tressa, qui avait l'air de ne jamais ouvrir la bouche, répandait ses histoires, toujours est-il que par un canal ou par l'autre il parvint à transformer certaines de ses élucubrations en Rumeurs qui persistèrent un tant soit peu avec succès.

Robuste comme il l'était, Bialevski a cependant toujours été d'une sensibilité extrême et il était aussi bourré de petits ennuis physiques. Par exemple, s'il est en proie à l'un de ses rhumes allergiques il est capable d'éternuer dix-huit ou même vingt fois d'affilée ; là aussi la soupape de sûreté intervient dans ce sens que ces éternuements lui procurent de la volupté. Je lui ai vu tant de fois un visage et une voix humides. Il ne retient ni le rire ni les larmes. « Un jour », se plaît-il à raconter, évoquant le lord britannique son ami, « Lord Byron et la comtesse Guiccioli se rendent à Ferrare, me semble-t-il, pour assister à une représentation de la *Mirra* de Vittorio Alfieri ». Alfieri fait partie lui aussi, pour ainsi dire, de son horizon. « Bon. Byron avoue lui-même que Teresa et lui ont donné libre cours à leurs sanglots pendant le spectacle, que leurs mouchoirs étaient trempés de leurs larmes ; et que le soir ils se sentaient tout languides, tant et si bien qu'ils durent respirer des sels anglais à fortes doses. » Il en arrive à l'essentiel : « De nos jours il est permis de rire en public mais qui sait pourquoi il est inadmissible de pleurer », et il glisse à voix basse une espèce de maxime : « Pleurer vigoureusement dénote la bonne santé des sentiments, malheureusement on ne parvient pas toujours à le faire. »

Mais je reviens à présent un moment encore à cet après-midi où je montai pour la première fois sans mes parents chez Bialevski ; sur le pas de la porte, comme je l'ai dit, la baronne Mastretti. Je la vois avec une chevelure abondante arrangée d'une manière grandiose, de grands yeux ronds châtains, des lèvres charnues bien dessinées, une voix harmonieuse de contralto avec des inflexions fortes et lentes ; elle tend à chaque hôte une main douce, chaleureuse : « Je suis Ortensia. » Elle a toujours dirigé une foule de choses. Ce qui est curieux, c'est que ce fut Licia qui l'introduisit dans la maison en premier lieu du fait que, refusant d'apprendre l'anglais avec son mari, elle désirait avoir « un vrai professeur ». Elle avait dit au commandant Tressa, son père : « Tu comprends papa, je ne me fie guère à Edoardo, pas même pour qu'il m'apprenne l'anglais », et le père avait acquiescé avec ferveur : « Jamais se fier à lui », alors qu'il était de notoriété publique qu'Edoardo maniait la langue anglaise avec une grande richesse d'expressions, outre le fait que, dans les premiers temps, l'idée de l'enseigner à sa femme avait ajouté un ingrédient de plus à l'amalgame de son tendre engouement amoureux.

Ortensia s'était éclipsée après les dernières leçons données à l'infortunée Licia et ce fut l'époque où Bialevski, jour et nuit, se tenant à peine debout, oppressé comme il l'était par l'angoisse sombre et vide et par le manque de respiration, incapable de s'en libérer par une bonne crise de pleurs, restait de longues heures étendu sur le dos, attentif aux mouvements de son cœur : tantôt une série irrégulière de battements très rapides et légers, comme à fleur de peau, tantôt d'obscurs bruits sourds, lourds et espacés ; il murmurait alors « voilà, bon, c'est la fin, la fin pour moi aussi », tout en sentant qu'il n'y croyait pas jusqu'au bout, qu'il se mettait en scène même au cœur de la solitude et de la nuit, et qu'il faisait davantage confiance aux paroles matinales d'Alvise Balmarin ; « Allez va, tu ne meurs pas encore. Aucun danger. Ce n'est que l'arythmie complète, la folie du cœur, ce qu'on appelle la *dementia cordis.* »

Ortensia était revenue au palais Bialevski par la suite, cette fois pour y demeurer, lorsque l'appartement au-dessous de celui d'Edoardo s'était libéré. Selon des Rumeurs un peu excessives, *Bialevski est dépendant d'elle en tout,* c'est elle qui lui fait les piqûres de digitaline ou autre selon les moments, qui prend soin de ses notes et rassemble des faits en vue d'articles qu'il doit écrire, qui donne des ordres à Ponente pour les achats de denrées et de boissons selon des critères raffinés outre que diététiques. Une histoire répandue veut que Bialevski, à table, après avoir mâché et avalé plusieurs bouchées de quelque risotto ou d'un sauté, lève les yeux de son assiette et demande : « Ortensia, est-ce que j'aime ce plat ? » et sur sa réponse « bien sûr que tu l'aimes », il se remet à manger, rassuré.

Ortensia semblait aussi vouloir toujours être mise au courant des faits et gestes d'Edoardo, mais sans le harceler ni l'accabler d'un ton protecteur, plutôt comme si chaque chose le concernant valait la peine d'être notée par sa future biographe. Du reste, Edoardo ne détestait nullement lui rapporter par le menu ce qu'il avait fait, savourant de nouveau par son récit les détails presque toujours délectables qui constituaient son existence normale. C'est ainsi qu'à présent il reproduit pour elle la lecture anxieuse des notes affichées, sa rencontre avec le professeur Cesato, il lui donne même un aperçu du « moment de Cunizza », faisant à son tour le récit de la scène qui lui fut racontée par les élèves « indécents » ; « Je l'aurais bien emmené boire un verre avec nous, Cesato », et là une longue habitude lui faisant prévoir les questions d'Ortensia, il lui offre spontanément les réponses et l'informe sur le troquet, le vin, et Ortensia approuve l'un et l'autre, « mais il avait sa maman. Sa maman qui était légèrement souffrante », et Ortensia de l'interrompre avant qu'il ne s'engage dans certaines considérations par trop connues sur « la maman » en tant que pivot de la vie et moteur principal des actions non seulement d'un Vénitien relativement peu en vue et prématurément orphelin de père comme pouvait l'être Cesato mais aussi, tout compte fait, d'un Tolotta Pelz, d'un Antonelli, d'un Traverson, bref des citoyens et des patriotes apparemment éminents, estimés et influents, qui ne disaient pas « maman » mais « mère ». « Je sais que Ponente venait vous chercher, qu'avez-vous fait ensuite ? », demande Ortensia pour le détourner de ses théories sur les mamans et l'aiguiller sur la promenade en barque, pleine de noms de canaux et de compliments pour les rameurs.

Giovanna le suit avec une attention soutenue, elle a toujours aimé l'écouter, observer ses gestes, ses vêtements, lui verser à boire, ramer sur sa barque. Cette attitude à son égard faisait dire à certaines dames, dont la signora Rutigliano, « tu l'aimes bien, hein, l'oncle Edoardo », et Giovanna ne comprenait pas ce qu'elles voulaient dire, elle n'avait jamais songé à l'appeler de la sorte, et d'ailleurs ni sa mère ni Ortensia ne le lui avaient jamais suggéré. Cet « oncle » n'avait rien à faire avec l'Edoardo qui l'avait suivie depuis sa naissance, l'avait serrée contre lui, l'avait amusée comme si c'était sa propre fille (hé, pardi ! chuinte de sa tombe le commandant Tressa) dans les moments joyeux comme dans les instants pénibles ; lors de la fameuse entérite qui avait failli coûter la vie à la petite alors âgée de trois ans, Edoardo prenait la relève de ses parents pour de longues veillées anxieuses, la dorlotant, la lavant au besoin, lui chantant des berceuses à voix basse ; une des images les plus vives de son répertoire d'anecdotes concernant Giovanna était celle de l'enfant guérie, exultant de joie dans sa petite baignoire remplie d'eau chaude où elle prenait finalement un bain entier, libre et si pleine de vivacité qu'elle animait les petits objets familiers qui l'entouraient : au savon qui glissait sous l'eau elle murmurait en vénitien « tiens-toi donc tranquille, savon ! » et ayant repêché la savonnette, elle la tendait à Edoardo et c'étaient de grands cris voluptueux lorsqu'il savonnait et frottait avec l'éponge ces chairs grassouillettes.

Maintenant le compte rendu d'Edoardo à Ortensia en est au moment où la barque passe devant le palais où demeura Lord Byron : « J'essayais de faire comprendre au petit Rutigliano que moi je ne suis pas un pair britannique mais lorsqu'il s'agit de venir en aide à un ami, nous sommes tous, hein, des pairs précisément. »

Ortensia acquiesce rapidement d'un signe de tête, c'est une femme prudente, non pour elle-même mais pour Edoardo ; du reste, elle sait que certaines Rumeurs à Dorsoduro la dépeignent comme une femme aux erreurs compliquées et mystérieuses, ce qui la laisse dans une indifférence vaguement teintée de satisfaction ; elle préfère cependant que des affaires telles que la mise en sûreté de l'avocat Belluno, « le lâche fuyard sémite » selon le langage obscène d'Ezio Sbordoni, soient traitées avec efficacité et discrétion. « Et pourquoi devrais-tu être comme Byron ? Pour finir c'était un pas grand-chose », sourit Ortensia.

Edoardo lève l'index : « Il faisait partie de la classe indécente universelle. »

Ortensia n'assimile pas la phrase : « Et comment allait le petit Rutigliano ? Où l'avez-vous laissé ?

– Il se sentait mieux après le thé bouillant. »

Giovanna note : « Il allait peut-être mieux mais pas si bien que ça et la meilleure des choses qu'il avait à faire était de filer se mettre au lit.

– De loin la meilleure des choses qu'il avait à faire », approuve Novella. Les gamines s'amusaient du seul fait de parler.

« Et d'y rester un mois, ajoute Maurizio.

– Deux mois », corrige Osvaldo levant son verre. Ortensia a versé du vin à tout le monde.

Plus tard on apprit que Léo n'était pas rentré directement chez lui, il avait traversé le pont de l'Accademia et le Campo San Stefano pour se rendre chez un ami plus âgé que lui, Amedeo Passina, le garçon qui-avait-mal-tourné, l'archi-recalé, qui habitait dans une chambre louée à San Samuele à cause du refus de sa mère et de sa sœur de vivre sous le même toit que lui ; il y avait déjà plusieurs jours que Léo désirait le voir afin de se revigorer au contact de ses propos hardis.

Finalement Alvise Balmarin, au terme de sa journée de travail dans son cabinet dentaire, est monté à son tour souhaiter la bienvenue à son vieil ami Bialevski ; posant ses mains sur ses épaules, il le maintient à bonne distance pour examiner son visage : « Tu es bien », l'informe-t-il, « tu es très bien ». Puis sur un ton joyeux : « Tu n'écris jamais. Pas même pour annoncer ton retour.

– Je suis ici maintenant », Edoardo parcourt du regard les jeunes gens autour de lui comme pour avoir la confirmation de sa propre présence évidente, « et je suis content que tu me trouves bonne mine. Je me sens très bien, en effet.

– Tu es ici. » L'immeuble s'animait. Chez Bialevski commençait le va-et-vient, le port de mer.

Embrassades et paires de gifles

On voit arriver plusieurs autres visiteurs, voici le grand officier Pericle Rutigliano qui, selon son habitude, fait son entrée de son pas de bersaglier ; j'ai déjà dit qu'il alliait la corpulence à l'agilité ; son œil futé, noir comme du jais, étincelle de joie de revoir Edoardo après sa longue absence ; Pericle disait de lui : « Parfois Ed Bialevski me désoriente par les propos qu'il tient, mais c'est un homme qui a une dimension, c'est un homme de ma carrure. Avec cette seule différence : il dégage de la sympathie et moi non. » Sa femme, la signora Marta, est derrière lui et il y a aussi le grand ébéniste, Gino Chiodo, avec son crâne solide à la calvitie luisante et ses grandes moustaches tombantes.

Grandes embrassades de part et d'autre. Marta serre Bialevski contre elle : « Edoardo. Ami cher. J'ai tant, tant de choses à te dire.

– Nous aurons le temps, Marta. En attendant, laisse-moi embrasser notre vieux Chiodo. »

Chiodo lève sa main robuste comme s'il répondait à l'appel : « Vieux, je veux bien. Mais moi j'écris. Toi, pas du tout. Tu n'écris vraiment jamais », et se souvenant de la négligence en matière épistolaire des Bialevski en général, il se met à rire de bon cœur. Parmi les myriades de raisons pour lesquelles le commandant Tressa et sa fille Licia avaient d'emblée désapprouvé avec âpreté les us et coutumes de Bialevski, figurait aussi le fait que lui et une personne « du niveau » de Chiodo se tutoyaient et faisaient ensemble le tour des troquets, même si l'ébéniste avait été un ami de l'oncle Jack et qu'il avait pratiquement vu naître Edoardo.

Contrairement à Marta, Chiodo ne se promettait pas à l'avance de longues conversations à venir, il attaquait sur-le-champ un fait du moment comme si Edoardo et lui s'étaient quittés la veille ; sa voix est rauque, un gros soupir bronchique : « Sais-tu qui est passé me voir ?

– Non.

– Non ? » Un temps. « Passina. Il est venu me voir. » Gino braque son regard sur Edoardo et l'immobilise. « Antonio Passina.

– Il est venu me voir.

– Et alors ?

– Il m'a dit qu'il comptait venir ici.

– Quand ça ? Pour quoi faire ? »

Marta s'interpose : « De toute évidence pour t'exprimer sa honte et son chagrin et te présenter ses excuses au sujet des actes commis par son fils Amedeo.

– Quels actes, Marta ? »

Impartiale, Ortensia exhale un « quelle barbe ! » de sa voix de contralto.

Edoardo Bialevski avait un discours intérieur qui lui était coutumier ; au sujet du comte Toni Passina comme à celui de tant d'autres gens, comtes ou non : une espèce de cahier mental qu'il feuilletait au moment voulu pour trouver la page qu'il lui fallait et en la relisant il mettait au point ses idées sur telle ou telle personne. Nombre de choses, note-t-il à présent, échappaient à la compréhension d'Antonio Passina, par exemple, il ne savait pas qu'en ajoutant foi à tout ce que lui racontait son fils Amedeo, viols de braves jeunes filles, orgies et vandalisme, lui, le comte Passina, éprouvait du plaisir ; tout cela ne faisait que confirmer à ses yeux ses convictions sur l'écroulement actuel et définitif de la civilisation, outre le fait que cela lui procurait des justifications pour avoir laissé chasser son fils de la maison. Par-dessus tout, le père voyait en Amedeo un frère indigne de Diomede. Mais il négligeait le fait que Diomede avait pu faire la guerre, où l'on savait clairement qui avait la permission de poignarder qui ; alors que le cadet non. C'était presque inévitable qu'un Amedeo tourne en rond dans un univers de contradictions.

En revanche, celles qui étaient solides et sûres d'elles-mêmes, c'étaient, comme toujours à Dorsoduro, les femmes, la comtesse Nini et sa fille Clelia qui avaient décrété l'expulsion du palais de San Vio de ce garçon indigne, pour leur propre commodité, pour la tranquillité de leur esprit et le maintien de leur bonne santé et de leur forte énergie ; il n'y avait pas d'autre raison ; elles étaient aussi informées sur les exploits attribués à Amedeo que pouvait l'être Caterina Balmarin sur ceux de ses frères Ezio et Marcello dans le passé : autant dire pas du tout. Le père et le fils – continue à lire Edoardo dans ses notes mentales – n'avaient pas des idées et des positions « politiques » beaucoup plus précises (même dans ses réflexions intimes Edoardo met le mot entre guillemets) mais ils avaient des tensions, des mouvements du cœur, des tourments, et ils s'employaient à les exprimer au moyen de phrases que les femmes percevaient rarement et que leurs hommes troublés prononçaient et simulaient avec un plaisir amer.

Amedeo : « Mon père, c'est comme s'il n'existait pas dans la vie, pour moi mon père n'existe pas. Je le vois quelquefois et lui raconte des choses dans l'espoir de le secouer, de lui donner une existence, il est présent mais il continue à ne pas exister » ; le comte son père : « Amedeo Passina ? Vous parlez d'un individu qui m'est étranger, avec qui j'ai coupé les ponts. »

Les réflexions de Bialevski sont interrompues par le fidèle Ponente qui annonce : « Le jeune comte Amedeo Passina.

– Amedeo ?

– Amedeo, Amedeo. » Derrière les petites lunettes rondes, les yeux de Ponente luisent du plaisir d'annoncer cette visite inattendue.

« J'espère, Edoardo, dit la signora Marta Rutigliano, que s'il en est ainsi, tu refuseras de le recevoir.

– Je ne vois pas pourquoi, Marta », répond Ortensia tout en servant du vin.

« Nous ne voyons pas pourquoi », confirme Edoardo, « la porte est ouverte, et celui qui le désire peut venir nous honorer de sa visite ».

On voit ainsi entrer Amedeo, le garçon qui a mal tourné, pâle et tendu, avec une barbe d'au moins trois jours, suivi assez invraisemblablement d'Annibale Tolotta Pelz qui, lui, est tout correct dans sa mise, petite veste ceinturée et pantalon « knickerbocker ».

D'après la façon dont je reconstitue les choses à présent et laisse parler le souvenir que j'ai conservé de lui, Amedeo Passina avait un air à la fois puéril et sinistre, mais comme l'élément de puérilité prédominait, il intensifiait l'autre, celui du beau ténébreux, et le résultat devenait quelque chose de factice, voire de pathétique. C'était justement ce côté pathétique qui, j'ai l'impression, attirait les femmes Balmarin, Caterina et Giovanna, mais n'enchantait nullement Marta Rutigliano qui, pour sa part et tout en ne soufflant mot à ce propos, était de plus en plus convaincue qu'Amedeo était virtuellement la perte de son fils, Leonardo.

La tendance, assez répandue ici parmi nous, d'accorder à toute situation une mise en scène théâtrale, prenait chez Amedeo des formes extrêmes et fébriles ; du moins je me le rappelle ainsi et c'est une image qu'il serait difficile de rapprocher de l'Amedeo Passina actuel, tel qu'il se présente aujourd'hui, voûté et lent, le regard fixe et humide, la parole embrouillée, atteint de troubles circulatoires et qui, depuis au moins vingt ans, vote communiste alors qu'aucun des responsables de ce parti ne veut entendre parler de lui.

Il était petit, sec, et réputé à l'époque pour être beau garçon, bon buveur et amant gaillard ; lui, il encourageait ces images pleines de vaillance qu'on projetait de lui mais il posait d'autres fois à l'ascète austère, le genre d'homme qui trame des violences raisonnées à froid. Déjà un peu flétri, des cernes gris sous les yeux, il faisait beaucoup de gymnastique et considérait son corps, dans l'idéal, comme une structure de muscles d'une grande vigueur et d'une belle élasticité, parcourue par les fils électriques de l'énergie nerveuse ; « et celui qui touche aux fils meurt », était-il aussi capable d'ajouter dans ses moments d'euphorie ; dans les phases opposées, il affectait l'attitude du paria lugubre, du personnage obscur avec des profondeurs secrètes de désespoir. Cette fois, ici chez Bialevski, il est plutôt dans une phase dépressive.

Marta Rutigliano s'est ostensiblement retirée dans la bibliothèque de Bialevski et a entraîné avec elle

Annibale, la mine contrite et d'une docilité inhabituelle. Le grand officier Rutigliano, qui avait pensé en venant pouvoir s'entretenir aussi avec Edoardo en sa qualité d'administrateur de ses biens, et qui probablement a dans son programme quelque rendez-vous d'affaires ou quelque séance, passe rapidement d'une pièce à l'autre en compagnie de Chiodo, inspecte le bon état des choses, ouvre un livre au hasard, déplace un objet, consulte sa montre. Il connaît très peu le jeune Passina et se souvient seulement qu'Amedeo possède un anglais appris chez une nourrice ou une institutrice et qu'il s'exerce avec Polly, sa fille américaine, lorsqu'elle est de passage à Venise.

Entre-temps, braquant sur Edoardo Bialevski ce qu'il considère être son regard phosphorescent, le jeune Passina commence d'une voix monocorde : « J'ai gravi l'escalier jusqu'au sommet pour venir vous présenter mes hommages, signor Bialevski, et je m'aperçois que le signor Chiodo m'a précédé pour vous avertir du danger. »

« Quel danger ? », demande Giovanna qui, tout comme Osvaldo et les deux Berg, suit la scène avec une grande curiosité. Alvise Balmarin la suit aussi de ses yeux mi-clos.

De loin, Chiodo émet son vaste murmure bronchique : « Cela ne m'a même pas traversé l'esprit un seul instant. »

La scène s'anime et Edoardo, souriant, confirme : « Ce n'est passé par la tête ni de Chiodo ni de personne que tu viendrais ici.

– Ah, je le sais ! », s'écrie soudain Amedeo qui paraît vouloir s'engager dans la voie des propos incohérents, voire de jouer un peu à l'Hamlet qui serait d'humeur à divaguer, l'*antic disposition,* « je le sais, vous vous attendiez à voir mon père, mais lui, de deux choses l'une : ou bien il se promène de par la ville pour encaisser les loyers des maisons qu'il possède ou bien il est à la campagne en train d'exiger ses oboles, en argent ou en fruits et légumes ». Il a un rire aphone. « Ainsi, c'est moi qui suis ici, clairement, ouvertement, personnellement, en d'autres termes je ne représente ni mon père, ni ma mère, ni ma sœur Clelia ; et pas même mon frère aîné Diomede, dont on ne sait ce qu'il pense dans cette circonstance ou dans nulle autre du monde terrestre. » Amedeo Passina pouvait être une pathétique petite fripouille pleine d'incohérences mais ce n'était pas un garçon stupide et il ne s'exprimait pas mal du tout.

Alvise Balmarin, les yeux protubérants toujours mi-clos, l'informe : « Note, Amedeo, que ton père se trouvait il y a trois quarts d'heure dans mon cabinet où je procédais, bien entendu avec toute la lenteur possible et imaginable, au soin d'une de ses dents ; la fraise le faisait souffrir et il ne songeait qu'à rentrer immédiatement chez lui pour se bourrer d'aspirine. C'est te dire qu'il ne se promenait nullement de par la ville et encore moins à la campagne.

– Il fut un temps où je venais moi aussi chez vous, docteur Balmarin, pour me faire soigner les canines, les molaires, et caetera. J'ai toujours eu de mauvaises dents, même celles-ci devant…

– Les incisives.

– Quoi ? », fait Amedeo, irrité. Il n'était pas attentif.

« On les appelle ainsi.

– Je veux vous dire une seule chose, docteur Balmarin : votre femme, la signora Caterina, est une divinité. Je ne vous cache pas que j'espérais la trouver ici. C'est une femme très compatissante. Elle a tenu à venir me voir le jour où mon frère Diomede a été trouvé sur le bord d'une route près de Portogruaro, déchiqueté, dans une mare de sang. Elle est venue avec toi », il pointe son index sur Giovanna. « Tu étais une petite fille.

– Pas si petite que ça, réplique Giovanna, tu sais Amedeo, il y a à peine deux ans. »

Sans mot dire Passina s'approche d'elle, se penche pour poser un baiser fervent sur son front, se redresse brusquement : « En revanche, docteur Balmarin », soudain il se met à hurler, « vos beaux-frères, les deux frères Sbordoni, ils me font rire.

– Tu n'as qu'à rire alors », lui dit Alvise, encourageant.

Amedeo se plonge dans une longue méditation silencieuse de laquelle il émerge l'air hagard. « Personne ne croit plus en quoi que ce soit. Personne n'agit. Personne n'est préparé à agir. Personne ne fait plus rien. »

Maurizio Berg pousse un profond soupir. Amedeo passe quelquefois à l'entrepôt qui lui sert d'atelier de peinture pour y rencontrer l'une ou l'autre de ses modèles, et souvent il lui a tenu des propos de ce genre : « le courage de la violence », ou « la froide lumière de l'idée, qui achemine au geste pur, à l'action incisive ». « Tu ne vas pas commencer à débiter tes folies », le prévient-il, « c'est trop facile ».

L'autre poursuit sans l'entendre : « Personne ne sera jamais plus prêt à se battre, voire à mourir, pour une idée. Peut-être n'y a-t-il plus d'idées. »

Marta Rutigliano a mis son nez à la porte et intervient avec la sévérité complaisante d'une maîtresse d'école dans sa classe : « Et ainsi, Amedeo, en attendant tu te contentes de faire mourir de crève-cœur ton père et ta mère.

– Madame ! », Amedeo va à sa rencontre, s'incline pour le baisemain. Il est très excité. Marta est ce qu'il fallait pour étoffer la scène. « Ma mère et mon père ! Les vieux qui meurent de crève-cœur à cause de leur fils dissolu et vagabond ! C'est beau, c'est beau, très beau, mais, madame, j'ose vous contredire : ma mère jouit d'une excellente santé et c'est une femme qui connaît son affaire, et quant à mon père, lui, il la connaît plus que jamais, son affaire, il a toujours bien investi son argent dans les terres, dans les maisons, même à Mestre et à Padoue. Léo ne vous a-t-il jamais parlé de mon père ? Léo votre fils, madame. À moi, oui », il est pris lui aussi d'un ardent désir d'imitation, « ton pèrrre le comte, tout le monde le tient pour un rrramolli, un nigaud, qui dorrt debout, mais pas du tout, lui, mon cherrr ami, se rréveille d'un coup lorsqu'il s'agit d'arrgent et il devient ce qu'au fond, au fond, au fond ! il a toujourrrs été : un rrequin et un usurrrier.

– Naturellement je me refuse à croire que mon fils, Leonardo, parle de cette façon. »

Osvaldo renchérit : « Au contraire madame, Léo parle presque toujours ainsi. »

Et Amedeo : « Que croyez-vous qu'il est, votre fils ? Rrr… Rrr… Rrr… C'est un insecte importun. Il demande à me voir, il vient chez moi, peut-être même pour se vanter de ses succès aux examens, des bonnes notes qu'il a eues. Me faire ça à moi ! Au plus indécent parmi tous les élèves indécents de ce cabochard de Cesato ! À moi rebut des lycées ! Renvoyé de tous sans le moindre recours possible !

– Et pour cause ! Les bons motifs ne manquaient pas.

– Bien sûr, madame. » Un souvenir éclaire son visage fané et infantile. « Et pourquoi ne me giflez-vous pas de nouveau ? » Il tend une joue, prend un air de martyr et de triomphe à la fois : « Vous souvenez-vous de notre rencontre officielle ? »

Tous les témoins connaissent sans doute l'épisode mais n'en demeurent pas moins silencieux, les yeux fixés sur Amedeo en attendant qu'il reprenne la parole, Marta comme les autres. Il répond d'abord à Ortensia : « Oui s'il vous plaît madame, un verre de vin, ça me remontera un peu. » Il avale une gorgée, s'éclaircit la voix et s'adresse aux autres, regardant Marta de biais : « Cela se passait justement chez les Tolotta Pelz, ici en dessous, à l'époque lointaine où j'étais encore invité, il y avait une de ces lugubres fêtes d'enfants et lui, Léo, l'insecte, bourdonnait déjà autour de moi en ce temps-là. À un certain moment je me fâche tout rouge, je cherche à me débarrasser de sa présence et lui qui n'a jamais brillé en gymnastique tombe par terre, je me penche pour le relever, mais sa mère me prend par le bras, me redresse, m'ordonne de me mettre au garde-à-vous devant elle, hurle à mes oreilles : "Et toi qui es-tu, petit énergumène ?" Je savais qu'elle n'ignorait nullement qui j'étais, c'est pourquoi je lui réponds en faisant une révérence officielle : Vous permettez ? Comte Amedeo Passina, patricien vénitien. "Ah c'est ainsi ?" fait-elle. Et c'est à ce moment que sur mes joues atterrissent ses gifles, techniquement parfaites. »

Tous deux, le giflé et la dispensatrice de gifles de jadis, se dévisagent maintenant et Amedeo dit à Marta avec une douceur étrange : « Cela vous a plu sans doute, vous avez éprouvé une jouissance, hein ? Avilir le petit comte indécent, le petit noble immonde, hein ? » Une charge intense passe à travers leurs regards, comme s'ils voulaient s'empoigner, se mordre. Ils soutiennent ce regard longuement, en silence. À la fin c'est lui qui débranche le courant, se tournant brusquement vers Edoardo : « Signor Bialevski, j'ose espérer que vous n'avez pas un seul instant pensé que c'est moi qui ai décroché du mur et profané le portrait de madame votre tante ? C'était une femme de grande beauté et aux grandes amours. Ceci devrait suffire à vous garantir le respect que je lui porte. Je me trouve ici aujourd'hui surtout pour clarifier ce point. »

Il me semble que j'ai assez bien reproduit la façon dont Amedeo s'exprimait. Il ne me reste pas beaucoup d'autres images de lui ce jour-là ; Amedeo fit une sortie aussi théâtrale que son entrée : « Veuillez m'excuser, je dois me rendre à un de nos rendez-vous habituels avec mon père qui, à l'heure actuelle, aura terminé son ramassage de loyers et d'oboles », et Alvise de murmurer à voix basse : « Il s'agit bien de ramassage ! D'aspirine plutôt ! », et Amedeo qui s'est déjà dirigé vers la porte se retourne encore pour demander : « Comment se porte maître Belluno ? Vous l'avez sûrement vu, n'est-ce pas ? » Edoardo serait prêt à lui répondre que Belluno était occupé à écrire des ouvrages d'économie assez techniques et difficiles, que sa santé était bonne, qu'il se rendait souvent de Londres à Cambridge où il avait des amis, mais Amedeo ne lui en laisse pas le temps, il a un autre de ses rires aphones : « Je me la rappelle, la bibliothèque du député. Nous sommes allés chez lui une fois avec l'intention de la mettre en pièces. J'étais considéré comme un expert en la matière. Ah, ah, le fasciste fâcheux ! Je m'étais exercé avec les livres et les tableaux de mon cher papa, à la campagne, à Carnigo. Je ne me souviens plus pourquoi nous étions allés chez le député. Il y a si longtemps de cela. Mais je me rappelle que, de mouvoir ces bibliothèques, ces étagères, c'était trop dur, ah, ah Dorsoduro ! », et sur cette note curieuse il disparaît, d'une pâleur extrême.

Marta dit à voix basse : « La raison pour laquelle vous y êtes allés ? C'est que vous étiez et êtes encore des sauvages analphabètes. »

« Qui sait, qui sait », murmure Edoardo, et aujourd'hui, plus que nonagénaire, il murmure encore : « Qui sait. Que croyaient-ils qu'ils faisaient ? La révolution culturelle ? Allons donc. Regarde, même les Chinois... J'ai rencontré Amedeo Passina dans la rue il n'y a pas longtemps. Il est voûté et marche péniblement mais il me semble qu'il se porte mieux. Il respire un peu mieux.

– Voilà ! Tu es satisfait Edoardo, dit Marta, d'avoir admis chez toi un élément pareil », et Alvise murmure : « Allons donc Marta, tu t'es quand même bien amusée », Rutigliano survient, aimable, énergique, et dit avec une petite tape sur l'épaule d'Edoardo : « My dear Ed, je crains qu'il faille remettre notre entretien à une autre fois. Du reste il n'y a rien de saillant. Ma fille Polly arrive dans quelques semaines. Aujourd'hui il se fait tard. Mais c'était intéressant. » Vaguant dans l'appartement, il n'avait rien écouté du tout. « Chez toi Ed, il y a toujours un style, un style... » Il rassemble les siens : « Marta ? Chiodo ? Nous ramenons Chiodo chez lui en gondole. » Chiodo et Rutigliano s'apprêtent à sortir. Marta les suit, hésitante, tout lui paraît incertain, et même « assez déconcertant », et elle aimerait en parler sans tarder avec une amie : « J'ai envie de m'arrêter un instant à l'entresol pour dire bonjour à Caterina.

– Il vaut mieux pas, Marta, la prévient Alvise, elle est affairée avec le dîner. Nous avons Ortensia et Edoardo ce soir. »

Tous trois partis, on s'aperçoit de la présence d'Annibale dans son petit costume cintré, les cheveux bien peignés, assis convenablement sur un haut siège dur.

« Qu'as-tu Annibale, tu es d'humeur sombre. » Giovanna lit sur son visage comme sur le cadran d'une montre.

Le gamin hausse les épaules. Ortensia s'approche de lui : « Dis donc mon petit, tu es bien venu avec Amedeo Passina tout à l'heure ?

– Oh non ! » Annibale se lève, respectueux, « je l'ai rencontré dans l'escalier. Papa m'avait envoyé chez vous, signor Edoardo », Silvio Tolotta Pelz n'avait jamais autorisé ses enfants à tutoyer Bialevski, « pour vous dire qu'il lui a été impossible de monter vous souhaiter la bienvenue parce qu'il n'est pas libre aujourd'hui, il doit accompagner le prince du Yémen aux verreries de Murano ». Il parle comme s'il était télécommandé par son père.

« Le prince est le fils cadet du roi », signale Ortensia, elle est toujours au fait d'une foule de choses concernant la noblesse, les dynasties, les trônes, « lui et la princesse sont jeunes, très simples, et ils s'habillent non pas à l'arabe mais comme nous. Très élégamment s'entend, mais comme nous.

– Comme Annibale », dit Giovanna. « Tu es beau Annibale, bien habillé comme ça.

– *Très* beau », renchérit Novella.

Le gamin hausse les épaules. « C'est papa qui a exigé que je m'habille de la sorte pour venir ici. » Il comprend par les regards dont les deux fillettes l'enveloppent qu'il doit leur rendre compte de sa mauvaise humeur manifeste et esquisse un sourire timide : « Papa m'a aussi couvert de gifles. » Nouveau haussement d'épaules, il élève la voix : « Vous savez que j'ai l'habitude de chanter, eh bien, il m'a entendu chanter quelque chose avec un gros mot dedans et alors, allons-y les gifles. » Cela le gêne de dire que le verbe incriminé était simplement « se ficher » : « Nous nous fichons, de la prison, chemise noire, nous voulons avoir », et du reste, comme d'habitude, il n'avait pas prêté grande attention au sens des mots, il n'avait aucun désir particulier de revêtir ce vêtement noir et préférait de loin porter sa petite chemise couleur havane avec la cravate assortie. Il achève avec un rire un peu étranglé : « Et moi qui pensais qu'on finirait par danser ici.

– Pauvre petit, dansons si tu veux, dit Novella.

– Non, on s'en va, décrète Maurizio.

– Je veux donner un coup de main à la cuisine chez nous », dit Giovanna. Elle a hâte de retrouver sa mère et de commenter avec elle dans l'intimité cette apparition d'Amedeo.

Nous descendons tous, les Balmarin s'arrêtent à l'entresol, nous trois nous poursuivons et sortons par le portail qui donne sur les Zattere, moi tout petit entre Maurizio et Novella ; une brume légère et chaude s'étire sur le canal et sur l'île de la Giudecca.

Ce soir, si je me mets à la fenêtre, je vois cette même brume en suspens sur le Canal de la Giudecca ; et eux tous, Novella et Maurizio, et Giovanna et Alvise et Osvaldo sont plus que jamais avec moi ; à cette époque lointaine, mon affection pour eux était contenue comme dans un poing, ou un bourgeon de fleur encore fermé qui continue à s'ouvrir. Je les vois avec une intensité toujours plus forte, même si je ne les comprendrai jamais totalement. Et dans un arrière-plan lointain continuent de passer par moments les personnages de l'Histoire de ces années-là, comme des ombres ; dans la Rome éloignée, les grands conseils élaborent les règlements en vue de la paix définitive entre les classes sociales tandis que dans le monde plus vaste, par ordre alphabétique, Aristide Briand, Austen Chamberlain, Frank Kellog et ainsi de suite, élaborent ceux de l'abolition définitive des guerres entre les nations ; mon imagination les voit défiler périodiquement comme on voit défiler des comédiens pour la revue finale, dans un grand théâtre vide, sombre.

Une idée d'Ezio Sbordoni

Certaines petites habitudes ayant cours dans le palais Bialevski étaient complexes et étranges mais personne ne s'en rendait compte tant elles semblaient transparentes à ceux qui les vivaient, et au contraire, en y repensant des années plus tard, elles finissent par prendre corps. Je doute par exemple qu'Elvira Tolotta Pelz, « une femme dont on n'a pas fini de faire le tour », soit jamais montée chez Edoardo Bialevski avec son mari, et encore moins toute seule ; lui-même, Silvio, se faisait annoncer par la servante-gardienne Uga quelques heures avant sa visite ; puis sitôt introduit et après l'échange de civilités d'usage avec Edoardo, il prenait un ton obligé de déception pour annoncer qu'une migraine quelconque avait empêché Elvira de l'accompagner.

Jusque vers la fin du XIXe siècle, les Bialevski d'alors avaient occupé l'étage noble qui était à présent loué aux Tolotta Pelz ; le chef de famille, Silvio, envoyait à l'étage supérieur, non pas en mains propres mais sous pli recommandé, l'enveloppe mensuelle qui, il ne l'ignorait pas, ne serait même pas ouverte mais atterrirait telle quelle sur un bureau de l'étude Rutigliano où le hasard voulait que ce fût le jeune Vito Baldissi qui s'en occupât, le frère cadet de la pianiste Lena et du dentiste Nino, mort à la guerre.

Autre habitude de Silvio : avant de monter chez Edoardo il lui fallait s'assurer qu'Ortensia n'y fût pas, du moins au moment où il franchissait le pas de la porte, car autrement elle aurait fait figure de maîtresse de maison, le contraignant, lui Silvio, à donner d'une certaine manière son aval à leur liaison. Pour vérifier l'absence d'Ortensia, Silvio passait aussi par les canaux d'information de Maria Matilde qui s'entendait bien avec Ortensia, et dans ce cas il recevait le renseignement que lui fournissait sa fille cadette en regardant ailleurs d'un air détaché, comme s'il ne l'écoutait même pas. Edoardo et Ortensia allaient bien quelquefois rendre visite à l'étage noble mais ils s'arrangeaient pour ne jamais arriver en même temps, laissant un écart qui pouvait être d'une dizaine de minutes seulement, même à l'occasion de petites fêtes au cours desquelles Silvio n'hésitait pas à prendre Ortensia dans ses bras et à danser avec elle des polkas endiablées.

Pour la fête du Rédempteur, avec les feux d'artifice traditionnels sur le Canal de la Giudecca, les Balmarin avaient l'habitude de monter à l'étage de Bialevski où Edoardo offrait de magnifiques sorbets de fruits et versait copieusement des vins frais tandis que la fanfare municipale, accompagnant le fracas et la splendeur des feux, exécutait la valse des *Patineurs*, les danses hongroises de Brahms, une fantaisie extraite de *Hernani* de Verdi, la mazurka *Tutta grazia* de Tarditi. C'était superbe, le canal bondé de barques garnies de lumignons, les feux, la musique, tout suscitait chez les invités un plaisir extrême et ils se serraient côte à côte aux petites fenêtres ; des sources de lumière bariolée se reflétaient dans les yeux de Caterina, de Giovanna ; songeur, Osvaldo rêvait de les voir se refléter dans les yeux presque blancs de la signora Elvira qui se tenait sur le balcon, quelques mètres plus bas. Mais l'idée de passer cette soirée avec les Tolotta Pelz était si éloignée des esprits, ici à l'étage supérieur, que personne ne savait même qui étaient les hôtes de Silvio en tenue de soirée à l'étage noble ; on disait qu'outre les autorités municipales comme Antonelli ou le préfet royal, il y avait des gens de la noblesse et même des prélats importants, peut-être le cardinal patriarche, le duc de Bergame, voire une altesse sérénissime d'Europe centrale, on ne sait. Il me semble que c'est à peu près à cette époque que s'est intensifié chez Silvio l'intérêt à l'égard des problèmes de la vie religieuse en Italie et de la politique qu'il convenait de suivre avec le Vatican. Ce fut aussi l'été où saint François fut proclamé patron des gens de mer, et des hérauts venus d'Assise firent retentir leurs trompettes d'argent, annonçant la remise des reliques du saint à l'église des Frari, Silvio étant présent à la cérémonie parmi les notables.

Peut-être ne savait-il même pas qu'on donnait *La Comtesse Maritza* au théâtre Malibran et qu'au cinéma Modernissimo on projetait un film avec Gloria Swanson, *Folies de femme.* La salle s'éclairait pendant les entractes et on entendait la voix monocorde des vendeurs de glaces faites de crème blanche enrobée de chocolat, qu'ils débitaient par petits paquets rectangulaires enveloppés d'un léger papier argenté : « Glace Alaska une lire, glace Alaska une lire… »

Silvio Tolotta Pelz était donc monté, seul, un jour d'été, rendre visite à Edoardo Bialevski, seul lui aussi, pour divaguer un peu et lui tenir des propos qui étaient loin d'ailleurs d'être précis. Après un long silence il lui dit à brûle-pourpoint : « On a entendu dire que tu aurais reçu chez toi certaines visites, des visites un peu étranges, un peu, comment dire… »

Dressant l'index, Edoardo l'interrompt : « Le jeune Amedeo Passina. J'étais très lié avec le pauvre Diomede qui a combattu comme Ardito, un casse-cou comme on disait ; c'était aussi un grand ami de ton frère Pompeo.

– Belle amitié », marmonne l'autre avec un petit sourire dur.

« Pompeo m'a envoyé de France des caisses de vin.

– Somme toute, Bialevski, certaines de tes positions se révèlent, et non seulement à mes yeux, extrêmement difficiles à interpréter.

– Un vin excellent », dit Ortensia qui s'y entend.

Les dialogues entre Silvio et Edoardo représentaient les cas extrêmes d'une certaine façon vénitienne de s'entretenir, l'un ne savait presque jamais de quoi l'autre parlait, il était rare qu'une repartie concorde avec la réponse adéquate. « Antonio Passina est venu me voir », signale Silvio.

Edoardo de son côté : « Nous avons été impressionnés par ton Annibale aussi élégamment vêtu. Toi tu étais avec les princes du Yémen.

– Antonio Passina est, si tu veux, un peu un farfelu, mais c'est un monsieur. Son fils Amedeo en revanche a fini dans la racaille.

– Toutefois j'ai entendu dire aussi que tu continuais à lui flanquer des gifles à ton Annibale.

– Les restes d'un certain banditisme déguisé en politique, et Dieu merci dépassé, archidépassé, ne sont plus chose tolérable, mais il me semble que toi, au contraire, tu n'y fais pas trop attention et même, tu donnes l'impression de manger de ce pain-là ; un peu, *nutatis mutandis,* comme ton oncle lorsqu'il faisait sortir du violon les voleurs de quatre sous, des ivrognes qui l'avaient peut-être même cambriolé ou tenté de le faire, et il priait le pauvre professeur Aleardo Balmarin de les hospitaliser dans la salle de garde de l'hôpital, mais c'étaient d'autres temps, Bialevski, que veux-tu que je te dise, je ne vois pas que je pourrais jamais te comprendre ; ne te sens-tu pas un peu déphasé par rapport à l'époque que nous vivons ? » Il pousse un soupir et poursuit en annonçant une série de nouvelles qu'il ponctue de pauses assez longues : « Le roi Ferdinand de Roumanie est mort. » Un temps. « En octobre je ferai une conférence, je pense que je l'intitulerai *L'Italie et le malaise dans les Balkans,* qu'en penses-tu ? » Un temps. « Briand a exprimé ses vues sur notre adhésion au pacte franco-serbe. Je ne sais pas. Que dire. Je ne sais pas. » Il est perdu dans ses pensées.

« Aristide Briand », murmure Edoardo comme cela, dans le vide.

« Au sujet de la présence de notre flotte à Tanger, j'ai l'impression qu'il a tendance à amortir quelque peu les choses.

– Ah, tu vois », dit Edoardo encore plus distrait.

« Je suis enclin à me trouver toujours plus d'accord avec ceux qui pensent que le fascisme est au-dessus de la dimension nationale. Un professeur suisse, Max Frieli de Ottinger, a pris l'initiative de créer un centre international d'études sur le fascisme, à Ouchy. Nous sommes en correspondance lui et moi. Et il y a quelques petites choses intéressantes en Angleterre aussi.

– En Angleterre j'ai volé sur un des appareils qui viendront ici au Lido pour la coupe Schneider.

– Monseigneur Vianello était à déjeuner chez moi, un homme de tout premier ordre. Il dit des choses extrêmement pertinentes sur le Régime et sur les rapports avec le Saint-Siège.

– Monseigneur Vianello ? » Parfois, au cours du dialogue, surgissaient de tels points de rencontre, tout à fait fortuits. « Je ne serais nullement surpris si vous arriviez un jour à une entente avec le pape, et que vous vous mettiez d'accord même sur le plan bureaucratique. Et financier. Quelle heure est-il ? » Edoardo savait qu'Alvise Balmarin travaillait et que ses femmes, Caterina et Giovanna, devaient aller au cinéma avec Dora et Novella Berg voir le film de Harold Lloyd, *Le Petit Frère,* mais Remigio Berg lui avait promis de passer le voir pour le soutenir pendant la visite de Silvio.

Lorsque le professeur Berg arrive enfin, les choses changent un tant soit peu car il est plus accoutumé au dialogue cohérent, et s'il pose des questions il est curieux des réponses. Son indomptable instinct de gourmet le porte à inciter Silvio à parler, se servant au besoin de moyens sournois, pour l'écouter ensuite avec des expressions qui, sur son grand visage, peuvent aller de l'amusement à l'ahurissement et même à la tristesse.

Ils ont toujours continué à s'appeler par leurs noms de famille, comme des écoliers en classe. « Dernièrement nous nous sommes peu vus, Tolottapelz, on dirait qu'il faut qu'Edoardo soit ici pour jouer le rôle de catalyseur », et ici Silvio se tourne vers Bialevski le catalyseur, avec un regard de surprise derrière le reflet de ses verres sans monture, « de sorte que », poursuit Berg, il voit maintenant Silvio de profil, ce profil menu, cireux, d'Apollon classique, « nos enfants se voient plus souvent que nous ; ma fille Novella et la petite Giovanna, d'Alvise Balmarin, ont comme adopté ton Annibale », et ici le regard gris de Silvio se pose de nouveau sur Berg avec un sourire très sec ; ces deux gamines, Giovanna et Novella, ne lui plaisent pas, elles lui sont suspectes ; Berg a pressenti ceci depuis longtemps et c'est pourquoi il insiste ; « Je ne sais ce que ferait ton Annibale sans Giovanna et Novella ; quand par exemple tu le roues de coups, il va chez elles et elles lui remontent le moral, le réconfortent. À propos, Tolottapelz, comment se fait-il que toi, avec tes goûts, tu n'aies pas mis ton enfant dans un collège militaire ?

– Enfant enfant... C'est déjà un petit homme. Et je le traite comme tel. Si et lorsqu'il le mérite. Il est le premier de sa classe à l'école, cette fois aussi. Il est surtout bon en littérature, il connaît par cœur énormément de Carducci, un peu aussi de D'Annunzio dans ce qu'il a de plus acceptable, des kilomètres de *L'Iliade*. Mais passons à un autre sujet. Je suis content, Berg, que tu sois ici toi aussi. Parce que j'aimerais que nous parlions un peu sérieusement de notre ami Alvise Balmarin. Vous êtes d'accord ? »

Sur quoi, les deux autres le dévisagent et gardent longuement leurs regards immobiles fixés sur lui sans mot dire, si bien que Tolotta Pelz se sent en quelque sorte contraint de recourir à une sortie particulièrement frappante : « Balmarin est un homme qui décline d'une façon dangereuse ; pensez-vous qu'il faille en chercher une des raisons dans le fait qu'il boit ? Je vous soumets cette idée comme hypothèse de travail.

– Si lui boit, alors moi je suis un alcoolique chronique, remarque Bialevski.

– Ah ? », Silvio lui jette un regard où brille une soudaine et un peu folle gaieté. Puis, de nouveau grave : « De toute manière, là n'est pas la question. »

Autre silence, puis Berg, en examinateur : « Et où est la question, Tolotta Pelz ?

– Tout d'abord, se lance Silvio avec vivacité, il nous faut poser les termes de la situation ; nous devons voir notre vieux camarade de classe dans sa perspective : fils d'un éminent médecin vénitien, il obtient son diplôme de médecine avec succès, se comporte bien pendant la guerre aussi, nous le suivons, nous le suivons, dans son évolution, dans sa *Bildung*, dans son essor, et où le retrouvons-nous, où va-t-il se poser ? En un point mort, complètement éloigné de la réalité dans laquelle on vit aujourd'hui. Et professionnellement ? Un dentiste quelconque ».

Berg corrige : « Dire qu'Alvise est un dentiste quelconque, c'est comme dire que Mozart écrivait des opérettes austro-hongroises.

– Ah ? », Silvio est pris de nouveau d'un de ses accès de bonne humeur nerveuse. « Je ne saisis pas bien ton idée, Berg. Ou si, je la saisis, mais alors juste par le bout, je commence à soupçonner que c'est plutôt le contraire qui est vrai. » Ici il reprend haleine et fonce de plus belle, éloquent : « L'idée décisive, dans la phase historique que traverse notre pays actuellement, est celle d'intensifier la puissance de rendement de l'individu. Son expansion dans sa totalité. À travers la sensibilisation de sa participation personnelle à la réalité de l'État. Encadré, inséré dans la plus grande dimension de lui-même et, en conséquence, au sens le plus élevé et le plus pur du terme, libre. Libre de donner le maximum de lui-même dans la totalité de l'État. Vitalisé au plus haut degré. Potentialisé. De tout cela, les Alvise Balmarin de ce monde, volontairement et de manière incompréhensible, s'excluent. »

Autre silence, puis de nouveau Berg l'examinateur : « Tolotta Pelz, tâche d'illustrer ce que tu avances par quelque exemple. »

Bond joyeux de Silvio: «Ils foisonnent, mais il y en a un tout frais qui date de la semaine dernière; la semaine dernière nous avons eu ici à Venise un congrès national de stomatologie, dont le président était le sénateur Aldo Di Pento qui est aussi un des plus éminents stomatologues d'Italie. D'Europe dirais-je. J'ai déjeuné avec lui chez les Sbordoni. Ezio et Marcello se sont désormais installés à Venise et ils ont loué tout l'entresol du palais Traverson dont ils ont fait deux appartements qui promettent de devenir d'une élégance extrême à mon avis, du moins celui d'Ezio. Une bonbonnière. C'est justement chez Ezio qu'a eu lieu ce déjeuner avec le sénateur Di Pento, moi aussi je le connais depuis longtemps. Bon: je mentionne le nom d'Alvise Balmarin qui, disons-le tout de même, est bien loin d'avoir une importance sur le plan national en tant que stomatologue… Bon: Di Pento, un peu par égards pour nous tous – il y avait aussi Pierluigi Traverson – certifie qu'une invitation spéciale sera faite à Balmarin pour qu'il puisse participer aux travaux du congrès. Et que fait Balmarin? Il ne répond même pas à l'invitation. La chose finit par nous mettre tous dans l'embarras, je me décide alors de prier Alvise de monter un petit moment chez moi, et il me répond, d'accord, si tu y tiens tant, j'irai… comme s'il me rendait un service personnel en participant à une réunion d'un intérêt professionnel aussi éclatant, et disons-le aussi, d'un intérêt politique: le Duce en personne a envoyé un télégramme de vœux extrêmement encourageant, indiquant les nouvelles directives pour la discipline et le renforcement de la spécialité, ben, savez-vous comment l'histoire s'est terminée?

– Oui.

– Oui.

– Que Balmarin ne s'est montré ni à la séance inaugurale au palais ducal ni aux travaux du congrès qui avaient lieu dans le palais Orsenigo degli Specchi, le saviez-vous cela ?

– Oui.

– Oui.

– Marcello Sbordoni, qui est un homme passablement vulgaire mais qui, tout compte fait, a de grands mérites de militant, faisait partie du comité directeur du congrès et il a réagi assez violemment face à cette grave incorrection de la part de Balmarin. Qui est aussi son beau-frère. Et parce que ce n'est pas la première de ce genre que notre ami commet, loin de là ! Et lorsque Marcello Sbordoni a abordé le sujet devant lui – l'homme ne sait pas se comporter mais ceci, en la matière, est un fait secondaire – savez-vous comment Alvise a réagi, comment il s'est justifié ? "Moi", a-t-il dit, "j'ai pris part une fois à une manifestation de caractère public, et cette fois restera pour moi la dernière". Or Marcello Sbordoni n'est peut-être pas un grand monsieur, et encore moins un praticien éminent, mais il est sans nul doute très au courant des travaux pour l'organisation et l'agencement des activités sanitaires en général, du moins pour ce qui est de notre province mais aussi sur le plan national semble-t-il, si bien qu'il lui demande : "Et que serait donc, Balmarin, cette manifestation publique à laquelle tu as participé ?"

– La guerre », dit Edoardo avec calme. Un calme qui abasourdit Silvio.

Et Berg : « Excuse-moi, Tolotta Pelz, quelle autre réponse attendais-tu d'Alvise ? »

Un court instant Silvio semble avoir le vertige, il se reprend aussitôt mais une certaine anxiété persiste dans ses gestes ; pour la maîtriser complètement il annonce, après une pause étudiée : « En ce qui concerne Alvise il a été question de soumettre son cas au conseil de discipline à l'échelle de la province. Les faits sont les faits et malheureusement ils parlent d'eux-mêmes.

– Quels faits ? Quel conseil ? » demande Berg. « Sois plus clair, Tolotta Pelz. »

Silvio ne l'entend pas et achève, avec un brusque mouvement nerveux : « Mais avant d'en arriver là, il y a une autre idée. C'est une idée d'Ezio Sbordoni. »

L'idée consistait, en définitive, à confronter Alvise Balmarin à une sorte de conseil intime, non officiel, dans un lieu privé ; et dans les jours qui suivirent, se parlant maintes fois à lui-même, Silvio Tolotta Pelz ne pouvait s'empêcher d'admettre que, *somme toute,* cela avait été davantage son idée que celle de l'évanescent Ezio à la voix flûtée, à telle enseigne que ce ne fut pas l'appartement-bonbonnière d'Ezio que l'on choisit comme théâtre des opérations mais bien l'étage noble du palais Bialevski, cela représente même pour Silvio, selon toute vraisemblance, une tentative de restaurer et d'insuffler un nouvel élan à ses réunions du samedi tombées en désuétude ; cette fois, cela coïncide aussi avec la visite que doit rendre à Silvio un personnage que les Sbordoni lui ont décrit comme un homme de haut prestige, un avocat, gros propriétaire terrien, qui était aussi, si je me souviens bien, député à la Chambre : un certain comte Paolo Doro, originaire de Badia Polesine. Dans l'étrange excitation qui meublait son attente de cette réunion chez lui, Silvio attribuait déjà à ce comte Doro (pour lui le seul titre nobiliaire constituait un fait prometteur en soi) le rôle de conseiller et d'arbitre, courtois et sensé, le genre d'homme qu'une cinquantaine d'années plus tard, avec le flot de néologismes importés des États-Unis, on appellerait un « modérateur » dans une discussion « constructive » de laquelle Alvise Balmarin émergerait éclairé et mis sur la bonne voie. Les attentes de Silvio étaient destinées à se transformer en déceptions. Si c'était un roman que j'écrivais, le retournement entre la préparation de la scène et la réalité de son déroulement se révélerait peut-être même trop artificiellement identique.

Le comte Doro arrive en avance au cabinet de travail de Silvio, introduit par Maria Paola à qui son père fait aussitôt signe de se retirer, elle reviendrait plus tard avec les vins de Marsala et les vermouths. Content au début d'avoir quelques instants d'entretien en tête à tête avec Doro, Silvio ne tarde pas à se rendre compte que l'homme est fort différent de l'image qu'il s'était faite de lui. Son langage lui apparaît des plus limités. C'est un homme corpulent, avec une grosse figure, un regard clair, et l'on voit en permanence sur son visage la joyeuse illumination des traits de celui qui s'adonne surtout aux plaisirs de la table et du lit; et, mauvais signe, cette lumière s'affaiblit jusqu'à s'éteindre lorsque Tolotta Pelz aborde les grands thèmes – élargissement de l'individu dans l'État, dimension supranationale de l'Idée – cédant la place à l'étonnement, l'incompréhension et l'ennui.

Bien des années plus tard j'ai eu l'occasion de m'entretenir longuement au sujet de Silvio Tolotta Pelz avec sa fille Maria Matilde, également sur la façon dont il percevait son vieux camarade du jardin d'enfants, Alvise Balmarin. Selon Maria Matilde, le dentiste dérangeait Silvio. Il ne parvenait pas à s'expliquer qui il était. Parfois il était intrigué au fond de lui-même d'une manière fébrile. À d'autres moments, il se persuadait qu'Alvise était un raté sans espoir ; il ne comprenait pas de quoi il pouvait bien nourrir les longues journées de ce qui lui paraissait, à lui Silvio, être une bien opaque et mesquine existence. Toutefois il ne le détestait pas et encore moins voulait-il l'humilier. Au contraire. Incité par ce qu'il considérait sincèrement comme des élans d'amitié solidaire, il voulait « accroître ses potentialités », il désirait s'associer, fût-ce en position de satellite, cet homme, ce gentilhomme dont la personnalité, en dépit de tout, lui était plus aisée que celle d'hommes comme les Sbordoni, comme Antonelli même, ou comme Pierluigi Traverson dont l'immense richesse lui causait une certaine perplexité ; et il voyait alors en Alvise un frère qui s'était fourvoyé, qu'il fallait recueillir et faire monter à l'empyrée raréfié de l'Idée. Pour une raison ou une autre, des gens comme Ezio, comme Marcello, comme Domenico Antonelli, lui paraissaient constituer des éléments peu adaptés à une telle ascension ; sans parler de Remigio Berg et d'Edoardo Bialevski.

Licencié en philosophie avec toutes les facilités et les lacunes du riche dilettante (pendant deux trimestres il avait aussi assisté à des cours donnés à Tübingen et à Marburg sans présenter d'examen), Silvio considérait Berg comme un obscur petit professeur aux conceptions archisurannées, entièrement fermé à la « perception de son temps » ; quant à Bialevski, il suffit de dire que Silvio le considérait « tout compte fait comme un Anglais », et qu'à son sens le royaume d'Italie, fasciste et catholique, était en voie de compter dans l'Histoire bien plus que l'Angleterre protestante et impériale. Parmi les nombreuses raisons pour lesquelles Ezio et Marcello, bien que partageant les vues de Silvio sur l'Idée, lui étaient finalement antipathiques, dans les méandres profonds et peu explorés de sa vie intérieure, il y avait justement leur façon de parler de Bialevski et par exemple de l'aide qu'il avait fournie à l'avocat exilé, maître Belluna. Que leurs allusions à Edoardo, à Belluna, ou à d'autres personnages qu'ils méprisaient, fussent du style de Marcello, « les traîtres au mur », ou du style d'Ezio, « de baveux marmotteurs sémites », les deux Sbordoni pouvaient susciter chez Tolotta Pelz une répugnance carrément physique. Que Belluna ait pu trouver asile hors d'Italie avec l'aide de Bialevski ne lui faisait ni chaud ni froid ; l'homme représentait pour lui un de ces vestiges typiques des temps obscurs et inutiles, il valait mieux se passer d'eux que de les trouver dans ses jambes, le pays ne savait que faire d'eux.

Mais Alvise pouvait peut-être se racheter. Silvio commence à parler de lui au comte Doro, à tâter le terrain : « Le docteur Balmarin doit venir ici tout à l'heure, vous savez, le stomatologue. Vieille famille vénitienne. Malheureusement il a certaines lacunes, certaines difficultés à s'insérer… »

L'interruption de Doro est inattendue : « Je connais bien Balmarin. C'est lui qui m'a sauvé le peu de dents qui me restaient lorsque j'avais le visage en bouillie.

– Tiens donc ! Et comment l'avez-vous connu ?

– À la guerre. Mais déjà avant cela. Mon père connaissait le sien, le médecin-chef de l'hôpital.

– Lui c'était un vrai médecin.

– Alvise aussi est un vrai médecin. J'avais des ennuis du côté des voies urinaires, voies auxquelles franchement je tiens beaucoup », ici le comte a un rire de bon vivant, « et qui est-ce qui m'a donné les conseils qu'il fallait? Lui-même. Le docteur Alvise. Ma mère l'aime de tout son cœur.

– Ça alors! » Ce sont des moments où Silvio Tolotta Pelz ne se sent absolument pas vénitien. C'est un nordique, et il est incommodé par le monde mou des sentiments affectifs, étrangers et réfractaires au climat, à la dimension de l'Idée. Il ne sait comment remettre la conversation sur la bonne voie, il essaie de la maintenir dans sa ligne en demandant sur un ton d'échanges mondains: « Et pendant la guerre où étiez-vous tous deux?

– Dans un petit hôpital près de Corniano. Il était debout vingt-quatre heures sur vingt-quatre. Moi au contraire j'étais couché; j'étais réduit en pièces à l'intérieur. Et couvert de brûlures à l'extérieur. À présent cela me semble invraisemblable, vu le physique de baleine que je me suis fait, mais pendant la guerre j'étais dans l'aviation. » Ses yeux fascinés se perdent dans les cieux de la mémoire.

« *Tiens, tiens* », dit Tolotta Pelz, qui dès le berceau avait eu aussi des institutrices françaises outre qu'allemandes. Un long silence s'installe, puis il fait une autre tentative: « Le docteur Balmarin, qui est mon ami d'enfance, traverse malheureusement un moment difficile, je constate chez lui un processus d'involution, une façon étrange et pénible de vouloir se tenir à l'écart de tout ce que... » Il s'arrête brusquement, voulant sonder l'attention de l'autre. Elle est nulle. Comme s'il avait parlé à un sourd.

Enfin Doro descend de ses cieux et reconnaît son interlocuteur: « Vous n'avez pas idée, professeur, vous ne pouvez avoir la moindre idée de ce que j'envie De Pinedo, Ferrarin... » Silvio le dévisage avec stupeur tandis que l'autre poursuit: « Moi aussi, vous savez, autrefois, j'aurais pu… Survoler des océans, des continents… Faire de la grande vitesse même. Les compétitions pour la coupe Schneider, qu'est-ce qu'elles me font envie. À propos, qu'avez-vous pensé de la coupe Schneider ici au Lido ? » Mais il n'attend pas la réponse. « Malheureusement, à présent », et il s'affaisse dans le fauteuil, sa veste est largement ouverte et de ses mains replètes il saisit et secoue son ventre, sa poitrine, sous la laine souple du pantalon, sous la soie luxueuse de la chemise, « à présent il y a toute cette viande, cette maudite viande-là »…

Silvio le contemple avec une certaine animosité. Il avait cru introduire chez lui un « modérateur » paisible et il se trouve, au contraire, clairement, en présence d'un fou. Il dit sur un ton sobre, essayant d'établir une certaine distance : « La coupe Schneider ? Oh, vous savez ! Il pleuvait. Cela ne m'a pas semblé grand-chose. Ce sont les Anglais qui l'ont gagnée. Moi je faisais partie de la suite du prince héritier.

– D'Annunzio en revanche », et en prononçant ce nom Doro a une expression furtive, gourmande, « l'a suivie à la lunette astronomique depuis Chioggia », on dirait que le commentaire de Silvio a frappé son tympan à retardement, « pas grand-chose ? » s'exclame-t-il fortement. « Le record mondial battu ? Un parcours de trois cent cinquante kilomètres et soixante-dix mètres à la vitesse moyenne de quatre cent trente-neuf kilomètres et quatre cent soixante-douze mètres à l'heure, vous appelez ça pas grand-chose ?

– C'est étrange, quelle bonne mémoire des chiffres ! » Tolotta Pelz s'en tient au ton détaché mais entre-temps la porte du cabinet s'ouvre et l'on voit apparaître, portant un plateau d'argent San Marco avec une douzaine de petits verres sortis des verreries de Murano, sa fille cadette, Maria Matilde, qui n'avait pas été prévue, suivie d'Alvise Balmarin qui lui livre agilement passage, laissant la porte ouverte derrière lui. Expression tendue de Silvio, sa fille pour le calmer l'informe : « Maria Paola ne va pas tarder à venir avec les bouteilles », mais c'est Annibale qui se montre sur le pas de la porte. « Et toi, qu'est-ce que tu fais ici ? » lui demande son père, et le gamin l'entraîne de côté, lui murmure quelque chose, en bégayant, avec une syntaxe perturbée, contre son habitude : « Maria Paola vient tout de suite, elle est là avec maman, du fait qu'il y a aussi la fille, la fille de l'avocat. L'avocat et sa fille sont là qui saluent maman, car il y a maître Rutigliano qui voulait la saluer et aussi sa fille, de l'avocat. L'avocat et sa fille sont là qui saluent maman puis ils viennent ici, non, pas maman », il sait bien que sa mère n'est pas admise aux conclaves de son père, mais il se demande avec perplexité ce que peut bien faire ici la belle Polly à peine arrivée d'Amérique, et tandis qu'il ajoute hâtivement : « Il y a aussi la Gelusian », il s'écarte à toute vitesse de son père comme s'il redoutait une gifle de ce côté, mais Silvio semble désorienté, il regarde autour de lui : « Et où est le professeur Sbordoni ?

– De qui s'agit-il ? D'Ezio ? », demande Alvise. « Je crois savoir qu'il est chez nous. » Il est monté directement de son cabinet dentaire et salue à présent cordialement Doro qui lui a fait un accueil exubérant : « On peut dire, docteur Balmarin, qu'il ne se passe guère de jour qu'on ne pense à vous. Maman aussi, vous savez. »

Annibale confirme : « Il est en bas, le professeur Ezio, avec la signora Caterina, Giovanna et Novella, il y a aussi Maurizio et le signor Edoardo. »

Il ne m'est pas difficile d'imaginer l'atmosphère légère et heureuse qui règne à l'entresol. Les Balmarin avaient un vieux piano, vertical mais assez bon, et Novella Berg est en train de jouer une valse de Johann Strauss. Avant que le « signor Edoardo » et Maurizio n'arrivent, les trois femmes avaient passé deux heures à lire Dickens à voix haute dans la traduction de Silvio Spaventa Filippi ; elles préféraient les grands romans anglais et même russes qu'elles choisissaient elles-mêmes, aux romans français, du moins ceux qui paraissaient en feuilletons dans le quotidien local où l'on pouvait lire actuellement *Le Secret de la comtesse* de Xavier de Montépin ; vis-à-vis du cinéma en revanche, leurs goûts étaient bien plus vastes et bienveillants, aussi parce qu'elles allaient voir pratiquement tous les films, l'autre jour elles avaient vu au cinéma-théâtre Rossini *Le Postillon du Mont-Cenis,* avec Rina de Liguoro et Maciste, et le film avait été suivi d'un spectacle de variétés avec le chansonnier Pasquariello et la danseuse Nikitina ; aujourd'hui elles avaient vaguement projeté d'aller au San Marco voir *Ridolini fait fortune,* mais avaient préféré, pour finir, quelque chose de plus substantiel et s'étaient plongées dans la lecture de *David Copperfield ;* elles en sont arrivées au chapitre de la mort de Steerforth qu'elles ont lu la gorge nouée, tout en se disant que c'était un peu déplacé d'éprouver des émotions pour la fin d'un fier-à-bras.

Mais ensuite, avec cette valse qu'elle jouait, Novella a fait flotter dans l'air le rythme des grandes vagues de nostalgie et de joie. Annibale a fait son apparition ; toujours à courir dans les escaliers, il a été attiré par ces sons comme l'abeille par la fleur et à présent il danse avec Giovanna, voltigeant et tournoyant avec des effets de théâtre tandis qu'Edoardo Bialevski arrive à son tour, laine blanche et fleur de couleur vive à la boutonnière, l'index sur les lèvres pour faire signe de ne pas interrompre la musique et la danse. Caterina se lève pour l'accueillir, Novella s'arrête et Edoardo embrasse toute la scène d'un coup d'œil, notant le désappointement dédaigneux et consciemment irrationnel de Maurizio à la vue de la petite Giovanna tourbillonnant dans les bras d'Annibale, l'absence d'Alvise, le Dickens ouvert sur une table. Il commence par là tout en faisant le tour pour serrer des mains, embrasser, caresser : « Du temps où j'étais un petit garçon, c'est ma mère qui me le lisait à haute voix toutes les fois qu'elle restait avec moi. Shakespeare aussi. Et tous les autres. »

Que de fois nous a-t-il parlé, au cours des ans, de cette mère nomade et heureuse qui mourut bien jeune, même avant son père (« Tu ne nous avais pas dit », fut une des nombreuses amabilités que proférait le commandant Tressa, « que tu étais issu d'une famille tarée »), et qui, de sa voix forte et harmonieuse, toujours vivace en lui, l'avait initié à Shakespeare, à Dickens, à « tous les autres », et lui avait « fait apprendre une fois pour toutes la gamme du grand clavier », du comique le plus éclatant aux infinies variétés d'extases et de déchirements d'amour, à l'inquiétante tristesse des royautés, des pouvoirs, des tyrannies privées et publiques.

« Alvise est là-haut… commence Caterina.

– Je vois, je vois, il est monté chez Silvio.

– Mais est-ce que ce n'était pas fini, ces choses du samedi chez Silvio ? En tout cas je me souviens qu'Alvise ne comptait plus y remettre les pieds.

– Cette fois c'est une invitation spéciale.

– Je n'arriverai jamais à comprendre pourquoi ils perdent tant de temps avec des choses inutiles. »

Giovanna s'est laissée tomber sur une chaise près de Maurizio, échauffée par la danse, il l'écoute respirer, tous deux se regardent droit dans les yeux, Maurizio se perd dans les yeux vert-or. Puis il baisse les siens : « Je ne sais pas danser.

– Annibale non plus, ne crois pas, il lui manque le sens du rythme et ça, Annibale ne l'acquerra jamais.

– Le rythme ? Jamais », confirme Novella, encore au piano.

« Je n'ai pas le sens du rythme, je n'ai pas le sens du rythme ! Je m'en vais ! Je retourne là-haut ! », s'écrie Annibale très joyeux. Il voulait toujours se trouver partout à la fois. En fait, il est descendu chez Uga où il est tombé sur Ezio en uniforme ; peut-être Ezio aspirait-il à faire d'Uga une concierge informatrice, selon les directives du régime de l'époque ; mais Uga ne fait que l'énerver en lui disant ; « Que vous êtes élégant, professeur. Vous allez chez votre sœur pour vous faire admirer ? » ; il l'écarte tout en lui attribuant mentalement « l'hostile hébétude de la plèbe », et comme il voit apparaître Annibale, il décharge ses nerfs sur lui, appuie sur ce visage de petit ange futé une caresse qui frise la gifle et le talonne : « Notre avant-gardiste ! Discipline discipline... » Puis il se dirige vers l'escalier qu'il gravit lentement.

Annibale parti, Maurizio a pris une main de Giovanna dans les siennes ; il lui demande, tendu : « Et alors pour toi, qui est-ce qui l'a, le sens du rythme ? »

Elle hausse les épaules, le regarde comme pour dire : « Que veux-tu de moi ? À quoi t'attends-tu ? » Elle le rassure : « Aucune importance si tu ne danses pas, Maurizio. Pour toi j'ai beaucoup d'affection. » Elle l'embrasse sur la joue. Je sais ce que cela voulait dire. Bien plus tard, Maurizio a reconnu avec désespoir qu'il prenait pour de la coquetterie une phrase et un geste pareils ; cela le comblait de joie, et au même instant, il se sentait très malheureux.

Giovanna prête attention à ce qu'a dit Edoardo : « Pour quelle raison papa a-t-il eu cette invitation spéciale ?

– Pour qu'il se convertisse et vive, et qu'il s'engage.

– S'engage à quoi ?

– Ça, mon petit, ni lui ni eux ne le savent. » Sans bien comprendre, Giovanna se met à rire et Maurizio s'apaise, il se délecte de la joie de rire avec elle.

« Tu sais bien comment il est, Silvio Tolotta », dit Caterina, rassurante, « il veut que tout le monde soit tout ouïe à ce qu'il dit lorsqu'il a ces réunions du samedi. En général, Ezio et Marcello y sont aussi, ils en veulent à Alvise parce qu'il refuse d'aller à leurs choses, tu sais ce que je veux dire, comme cette grande réunion patriotique des dentistes. Marta, qui est toujours au courant de tout, mais qui au fond ne comprend rien, m'en parlait encore l'autre jour. Ezio et Marcello tiennent beaucoup à ce genre d'affaire, et Silvio Tolotta aussi, je ne comprendrai jamais, je le répète, pourquoi ils gaspillent autant de temps à ces réunions inutiles, outre qu'elles sont horriblement ennuyeuses. Marcello en particulier en voulait à mort à Alvise parce qu'il ne s'était pas présenté à la fameuse réunion, et puis la colère lui passe, à Marcello ».

En effet, Marcello a refusé de s'occuper de cette réunion conçue par son frère Ezio et par Silvio en vue de remettre Alvise sur la bonne voie, il a découvert, dit-il, que lorsqu'il se trouve « au sein de ces repaires d'intellectuels et de leurs discours », il a des « maux de ventre », et pour la douleur, il est suffisamment servi avec sa jambe amputée qui souffre dans le brumeux automne vénitien ; et puis, à son avis, « Bialevski, Belluna, voilà les hommes à abattre », plutôt qu'Alvise en qui son beau-frère Marcello voit un être limité, voire un arriéré mental, et ceci lui inspire au fond de la sympathie ; de plus, il reconnaît les dons techniques du dentiste qui lui a fait un bridge, dont il est très satisfait, pour combler le vide laissé par deux molaires supérieures, tombées lors des années violentes à la suite de rossées échangées avec un socialiste.

Les idées d'Ezio sont plus nuancées. Lorsque Ezio observe le couple Alvise-Edoardo, fût-ce à travers les volutes de sa cigarette parfumée, il se sent gêné, pour la raison aussi qu'il ne parvient pas à éprouver envers ces deux hommes un sentiment pur et clair de mépris et de dérision ; il ne ressent que cette gêne qui confine à la colère. Tous deux étaient, tout compte fait, si sûrs d'eux-mêmes ; et ils s'entendaient si bien, inexplicablement. Il y avait longtemps qu'il se proposait de trouver moyen de les confondre et de les humilier. Pour limité que fût son attachement envers sa sœur Caterina, qui du reste avait grandi presque toujours loin de lui, il considérait son union avec Alvise comme indigne d'elle. Quant aux garçons, Corrado et Osvaldo, leur existence était pour lui dans le domaine du nébuleux. Et compte tenu d'un certain trouble confus et réprimé que Giovanna suscitait en lui, il eût mieux valu peut-être que la petite ne fût pas venue au monde.

Aujourd'hui Ezio est en tenue de milicien : il porte son uniforme bien ajusté de « couturier », la chemise noire en soie, des bottes souples et resplendissantes ; c'est ainsi qu'il se présente à la porte du salon de l'entresol où il note d'emblée deux choses inattendues : Alvise n'est pas là, alors qu'il pensait l'amener avec lui à la réunion chez Silvio ; en revanche il y a Edoardo Bialevski. Avant même de saluer les personnes présentes, il jette un regard circulaire et demande : « Et Alvise ? » Il voulait l'avoir sous les yeux, pouvoir savourer son animosité à son égard ; et puis il est évident – pour le moins aux yeux d'Edoardo – que dans cette idée qu'avait eue Ezio de convoquer son beau-frère figurait l'intention d'amorcer délicatement quelque mine, d'encourager d'une manière subtile les Rumeurs qui circulaient déjà quant à la désagrégation humaine et professionnelle du praticien.

« Approche donc, Ezio », l'invite sa sœur, « ne reste pas là planté dans les nues. Et d'où viens-tu vêtu de la sorte ? ».

Giovanna demande avec curiosité : « Est-ce que c'est parce que tu es en uniforme, mon oncle, que tu ne nous salues pas ?

– Ave », salue le milicien à la ronde avec un vague geste sacerdotal du bras. Il ne répond pas à la question que sa sœur lui a posée. Il sort d'une réunion importante. Avec le secrétaire du parti venu de Rome. Si seulement ils lisaient les journaux. Si seulement ils se tenaient au courant. Toutefois il laisse tomber quelques bribes : « Clôture des inscriptions, les portes du parti fasciste fermées avec des barres de fer à la face des retardataires intéressés et lâches. Semble-t-il. Et des mesures sévères ; des expulsions : mesures purificatrices. Je dirais.

– Vous diriez quoi ? », demande Maurizio.

Ezio ne lui accorde pas même un regard. Il parle dans le vide, d'un air inspiré. « Je vois ici aussi, à Venise, une série non restreinte d'expulsés du parti fasciste. L'un d'eux est Passina. Vous le connaissez ? Amedeo Passina. Le fils du comte du même nom et devenu gâteux de surcroît, et le frère, plus petit à plus d'un égard, d'un héros de la guerre. Eh oui ! »

Bialevski connaissait déjà la nouvelle que lui avait communiquée Ortensia. Bialevski envoyait des articles à des journaux anglais et américains et Ortensia n'avait pas sa pareille pour rassembler à son intention de petits faits significatifs. Il écrivait ces papiers parce que cela lui procurait une aide financière, mais aussi pour donner des images sobres de la vie et des vicissitudes de l'Italie, contrebalançant de la sorte, entre autres choses, l'effet produit par certaines phrases qui circulaient dans le monde anglo-saxon, telle la fameuse assertion « si j'étais italien je serais fasciste comme vous », qui fut prononcée, paraît-il, devant un groupe de journalistes par un homme d'État d'une cinquantaine d'années, corpulent et aristocratique, Churchill ; Bialevski était assez affligé lorsqu'il voyait des amis comme Silvio Tolotta Pelz, Momi Antonelli ou Didi Traverson, se pavaner, extasiés de pouvoir citer des *boutades* de cet ordre. Quant à l'expulsion du parti fasciste d'un Amedeo Passina, cela lui semblait faire partie de l'état naturel des choses.

« Pauvre Amedeo, il a toujours été mis à la porte de partout, remarque Caterina, même de chez lui par ses parents.

– Et par sa sœur Clelia », complète Maurizio ; Clelia Passina l'agaçait ; elle lui paraissait altière et hautaine alors qu'il tenait de bonne source que c'était une débauchée des plus avides.

Bien des années plus tard, Bialevski me raconta qu'un échange de lettres entre lui et Ezio Sbordoni avait eu lieu juste à cette époque-là. Celle d'Ezio avait été longue et vague, en équilibre subtil entre la flatterie servile et la menace délicate : en substance – comme Ortensia en avait référé à Edoardo qui lui avait passé la lettre après un bref coup d'œil au premier alinéa – le « concept » d'Ezio était d'influer sur le journalisme de Bialevski, de lui fournir du matériel de « propagande » (le terme commençait alors à faire son chemin) et aussi de tirer profit de sa connaissance des langues pour appuyer les rapports avec les mouvements naissants d'inspiration fasciste en Europe et dans le monde. Ortensia avait rédigé la réponse sur quelques indications fort succinctes d'Edoardo ; on suggérait à Ezio de mettre les éventuelles observations qu'il avait à faire sur les articles de Bialevski sous forme de lettre adressée aux journaux respectifs ; Bialevski lui en assurait la publication et répondrait par voie de presse, donnant ainsi à leur échange d'idées un caractère de vivacité. Après cette brève réponse inattendue pour lui, Ezio s'était muré dans le silence, méditant vaguement des coups mortels contre ce « Britannique illégitime et hypocrite ».

Il pourra sembler assez souvent que je me plais à évoquer et à mettre en scène de petites anecdotes, des parcelles de la vie quotidienne, des bricoles. Mais le fait est qu'à travers elles je vois en filigrane des moments et des actes qui, par la suite, se sont révélés être décisifs dans la vie des individus, chacun constituant un monde jamais définitivement exploré, et je vois comment les uns ont influé sur l'existence des autres, de manière favorable ou de façon funeste. Tel est, je crois, le moment où, au cours de cette visite d'Ezio Sbordoni à l'entresol des Balmarin, Bialevski se lève et va se poster devant Ezio, s'exclamant : « Notre señor Sbordoni ! » et on ne comprend pas si en disant « señor » au lieu de « signor » il affecte une diction d'étranger pour jouer la comédie, s'il fait allusion à l'âge d'Ezio par rapport à celui de Marcello ou s'il se réfère simplement à son grade dans la milice fasciste ; et avec un mélange de courtoisie et d'ironie, plaisant, désireux de s'attirer les bonnes grâces de l'autre, il poursuit sur le ton d'hommes du monde et de haut rang qui se rencontrent : « Vous voir ici parmi nous, vous qui êtes tellement pris par vos engagements... quelle joie rare... » et il prend sa main dans les siennes, chaudes et douces, son visage en fête éclairé par un sourire, tout vivacité et affabilité.

Or il se passa ceci : les articles de journaux, et les lettres, et l'indifférence du Britannique vis-à-vis des mouvements fascistes dans le monde, bref tous les motifs qui avaient alimenté et attisé la colère complexe d'Ezio à son endroit et le faisaient rêver de plans d'action pour l'humilier, s'évanouissent d'un coup, effacés, balayés par la bouffée de chaleur que suscitent ces gestes, ces sourires, ces mains charnues et douces, cette affabilité de pair à compagnon, et ce qui prend naissance alors chez Ezio à l'égard d'Edoardo Bialevski se révèle être un désir nouveau, décisif, démesuré, de lui plaire.

En voyant Bialevski ainsi planté devant le milicien, Caterina, Giovanna et Novella avaient craint : « Dieu du ciel ! Ils ne vont tout de même pas se quereller », mais à l'expression du visage d'Ezio elles perçoivent qu'il n'en est rien. L'homme se sent en effet calme, rasséréné, d'une manière irrationnelle ; une soupape intérieure s'est ouverte, laissant jaillir des vagues de paix ; c'est comme si avait joué en lui le déclic d'une force intérieure, autoritaire et douce à la fois, qui lui accordait la permission de donner libre cours à un mouvement du cœur et des sens, jusqu'alors contrôlé et réprimé. Ses gestes, ses regards, se modifient. Il porte la cigarette à ses lèvres comme s'il l'embrassait. Il en aspire une bouffée et contemple son interlocuteur à travers le nuage de fumée qu'il exhale, avec une espèce de joie tendre ; son corps serré dans l'uniforme esquisse de légers mouvements, comme ceux qu'on fait à l'essayage devant une glace chez le tailleur. Novella, au piano, s'est remise à jouer avec sa précision coutumière, dans des tons bas, délicats. Soudain Ezio se penche pour écraser sa cigarette dans le cendrier, se redresse, joyeux : « Cate, Giovannina » (personne d'autre n'estropiait leurs noms de la sorte) « on danse ? » Et il esquisse un geste qui n'est pas seulement celui du salut romain, levant le bras droit que la dame doit tenir en haut, dans la position orthodoxe de la danse.

« Bien sûr oui, mais toi, mon oncle, tu dois te rendre là-haut, à cette chose-là, à ce conclave. » Giovanna empruntait le terme d'Annibale pour désigner les « réunions politiques » de Silvio.

C'est comme si la voix de Giovanna parvenait à ses oreilles pour la première fois de sa vie : « J'aime l'idée de l'appeler un conclave », et il rit, léger, « mais oui, tu as raison, Giovannina, toutefois quelle barbe... ». Ses yeux sont encore posés sur Edoardo : « Il faut que vous veniez chez moi, maintenant je passerai une bonne partie de l'année à Venise, et l'appartement », il soupire d'aise, « est en train de devenir un amour. Nous avons tellement de choses à nous dire, à échanger, vous et moi. Des idées. Ainsi... ». Geste vague et élégant de la main. C'était un homme qui, dans le passé, après une enfance et une adolescence sordides vécues sous la vaine férule du père Palmiro, avait rossé des gens, ruiné maintes de leurs illusions, avait imposé des humiliations physiques, infligé des blessures ; ni tout cela ni ses tentatives de poser à l'homme de lettres esthétisant ne l'avaient jamais satisfait à fond, n'étaient jamais parvenus à le libérer véritablement ; mais à présent, ici dans notre ville, dans un moment comme celui-là, il a l'impression de percevoir le sens réel, le « génie » de son existence, même s'il ne saurait l'identifier par des mots : il a cette impression d'un apogée qui se dessine, d'une satisfaction désormais proche et totale qui englobe aussi tous ses désirs de luxe, de médailles, de parures précieuses, et d'une position bien en vue dans l'univers mondain. « Malheureusement », dit-il, faisant jaillir sa voix comme dans un air d'opéra, « je me sauve pour l'heure mais, chers tous, à bientôt, à bientôt... ». Les gamines se lèvent et il pose sur Giovanna un regard maintenant dénué de toute pudeur, autrement dit pour la première fois en sa présence, Ezio Sbordoni s'abandonne à ses vieilles fantaisies secrètes : il la voit avec ses petits seins déjà florissants, il sent la maturité des sens, du jugement : « Oui, Giovannina, tu as raison, il me faut partir, il y a le conclave là-haut », et de même que peu auparavant il avait entrevu cette possibilité d'atteindre le faîte de la satisfaction jusqu'alors rêvée, de même il donne à présent libre cours aux images qu'il a si souvent vues défiler dans son imagination, des images de la défloration de la petite dans un scénario oscillant entre les deux extrêmes du sombre appartement gothique d'un séducteur et de la berge verte et ensoleillée du fleuve, et il a l'impression sur le moment, comme quand on a un nom sur le bout de la langue, qu'il est tout près de pouvoir attribuer ce rôle, tout près d'identifier le jeune protagoniste dévêtu. C'est bien là une idée d'Ezio Sbordoni, et pas du tout la convocation faite à Alvise.

Dès qu'il est parti, Edoardo exhale un soupir de soulagement. Il ne voit pas clair en cet homme qui lui paraît en même temps être peu intéressant, et cette façon qu'il a d'appeler la petite « Giovannina » tinte à ses oreilles, qui sait pourquoi, comme quelque chose qui est loin d'être affectueux, voire un peu sinistre. Néanmoins, pour le père de Giovanna, Bialevski est tout à fait tranquille : Alvise Balmarin est sain et sauf, il a été et sera toujours sain et sauf. On ne peut rien contre le « dentiste quelconque ». Le diffamer, le désagréger, jamais de la vie. Et dans le réconfort de son amitié profonde et impérissable, Edoardo se répète avec un sourire joyeux la légende qui accompagne l'image d'Alvise dans son album mental, une image qui ne résulte pas, comme dans tant d'autres cas, de sa position d'observateur et de sa tentative de définir l'individu, mais de tous les entretiens que le dentiste et lui ont eus ensemble au cours de ces longues années ; et Remigio Berg y est aussi pour quelque chose avec son grand visage fait pour la joie même s'il se trouve amèrement contrarié par les temps dont témoigne son journal matinal, ce bazar de faits décousus.

Comment pourraient-ils ébranler Alvise Balmarin ? L'emblème central, qu'il place haut dans sa fantaisie et dans son travail quotidien précis et patient, se dresse, tel un pic des Dolomites, la Dent. « Nous sommes avec nos dents du matin au soir, on ne peut l'être davantage », étaient des phrases qu'Alvise et Edoardo échangeaient déjà du temps lointain de leur séjour à Londres. Et aussi : « Choisir une ligne professionnelle d'une vaste utilité, et la suivre convenablement. » Soigner des maux fondamentaux, universellement répandus, connus depuis toujours. La Dent. La Gencive. Fondements essentiels de la nutrition et du bien-être. Emblèmes de civilisation : les dents représentent bien le progrès de l'individu au cours des millénaires, depuis la denture féroce de l'homme à moitié simien qui saisit la proie de ses crocs à celle de l'*homo sapiens*, devenue un instrument bien calibré consistant en deux arcs qui coïncident parfaitement et se ferment pour agir sur la nourriture, créant les bases pour la bonne digestion, le métabolisme, la santé, la vie. Le dentiste, continue à lire Edoardo dans son album intérieur, est pris de colère et de tristesse à la vue de bouches défectueuses que lui présentent des paysans, des indigents, il a traité ceux-ci avec dureté en constatant qu'ils négligeaient dans les jeunes bouches de leurs enfants les signes prémonitoires manifestes de leur détérioration ; il a fini par les persuader de les lui amener, les a soignés sans demander de compensation, mais que de fois lui a-t-il été impossible de vaincre les pudeurs, les peurs. Des dents tarées, symbole d'humiliation ; la façade de l'*homo ridens* qui expose des choses vilaines, pourries ; l'image du pauvre édenté : cette accusation, cette honte, là, en plein visage, montrées justement dans l'acte, dans l'explosion de la joie en rire ; pour ne pas parler du misérable vieillard qui mâchonne : des bouillies entre les gencives dénudées ; et la Dent est de nouveau au centre, elle brille par son absence ; il reste des gencives mal en point et sanguinolentes, des images de souffrance et de mort.

Et par ailleurs, la profession choisie par Alvise Balmarin – par cette figure privée et publique que son ami Edoardo perçoit, en la récapitulant, comme très cohérente et sûre – prouve pleinement qu'on est entré dans une période de paix. Alvise avait fait de tout pendant la guerre, il avait amputé des jambes, extrait des balles de chairs vives, fermé d'une main délicate les yeux des garçons qui n'avaient pas survécu à leurs blessures. À présent il se consacre solidement à ce travail de paix, travail d'une valeur primordiale dans la vie de l'organisme, d'une grande finesse, un travail d'horloger, de joaillier de l'humain.

« Tu restes avec nous, n'est-ce pas ? », demande Caterina au méditatif Edoardo.

« Oui, je ne vais pas chez Silvio. Ce ne sera pas nécessaire. Ortensia y est avec Polly, elles mettront un peu d'animation.

– Papa est là-haut aussi, dit Maurizio.

– C'est drôle, remarque Caterina, on dirait que ton papa s'amuse à ces choses-là de Silvio Tolotta. »

En réalité, l'entrée d'Ortensia et de Polly dans le cabinet de travail de l'étage noble avait été si totalement inopinée et si excessivement déplacée qu'elle bloqua chez Silvio Tolotta Pelz toute réaction et lui ôta de l'esprit tout sens logique et ligne de conduite à suivre. Ceci aussi parce qu'après sa conversation avec le comte Doro, l'accumulation des imprévus avait fini par produire chez lui, et même en série, ses typiques sursauts de gaieté nerveuse. « Mais quelle surprise, quelle joie », s'était-il exclamé, loquace et joyeux, à l'arrivée des deux femmes, avec force baisemains, révérences de menuet et malicieux petits clins d'œil aux hôtes arrivés entre-temps, bien plus compassés que lui, Traverson et Gucciotti Emiliano ; ce dernier avait amené avec lui son frère Lamberto qui était son aîné mais qui paraissait bien plus jeune que lui, un petit brun frisé aux dents parfaites toujours joyeusement mises en évidence, et qui est le seul en fait à s'associer pleinement au brio du maître de maison.

Lamberto Gucciotti prend Polly bras dessus, bras dessous et lui fait faire le tour de l'assistance comme pour la présenter, mais elle « connaît déjà tout le monde ». Polly avait alors des cheveux coupés court, bien aplatis sur la tête, avec une raie soigneusement tracée du côté gauche, mais à présent elle porte un *cloche* profondément enfoncé sur le front et qui fait briller ses grands yeux comme à travers une meurtrière ; elle est vêtue d'un long *jersey* sac qui lui descend aux hanches, avec de larges rayures transversales en tons délicats, et d'une jupe *plissée* qui lui arrive aux genoux, bordée d'une bande qui « rappelle » celles du *jersey;* si je parviens à faire cette description, c'est que Polly m'a montré, des années plus tard, les photos de l'époque qu'avaient prises Lamberto Gucciotti et d'autres – y compris les Sbordoni – qui escortaient souvent dans la ville, lors de ses séjours chez nous, cette longiligne au corps mince avec des gestes désinvoltes de sportive, mais aussi des touches fugaces de quelque chose de hautain et d'oriental.

Pas plus tard que la veille justement, les Sbordoni et leur ami Lamberto Gucciotti l'avaient accompagnée au Lido pour rencontrer sur la plage « les deux belles sur leurs selles », la jeune couventine Maria Paola et la

« lascive » Maria Matilde ; Polly s'était mise en tenue de cheval et avec tous ces cavaliers autour d'elle, et outre les amazones Tolotta, elle seule était montée en selle ; après une course avec Maria Paola et Maria Matilde, galopant sur la plage sous une légère pluie automnale qui intensifiait l'odeur marine de l'air, course dont elle sortit aisément victorieuse, Polly aurait déclaré, selon les Rumeurs qui se répandirent aussitôt, que c'était la dernière fois qu'elle allait au Lido *pour monter des canassons pareils. Alors je préfère carrément une bourrique qui, dans son genre, peut être une bête très satisfaisante,* et Marcello Sbordoni aurait alors ajouté d'un ton rusé et spirituel : « Chien en vie vaut mieux que lion mort », étant ensuite le seul à rire de sa propre facétie.

Je dois n'avoir encore jamais dit que la prestigieuse position scolaire d'Annibale, imperturbablement premier de sa classe, était aussi due au fait que son père lui faisait venir des répétiteurs privés à qui il ordonnait de le soumettre à une discipline aussi rigoureuse, sinon davantage, que la discipline scolaire ; l'intention était en partie de l'élever dans l'Idée, mais aussi de le préparer à briller dans d'autres matières plus courantes, l'histoire romaine, la grammaire grecque. Le répétiteur était toujours un élève plus âgé, et ces derniers temps le choix de Silvio s'était porté sur Emiliano Gucciotti ; d'ailleurs, en dehors des répétitions données à son fils, Tolotta Pelz considérait comme une bonne chose que d'avoir Gucciotti à proximité afin de « tâter le pouls des très jeunes », outre que, dans son for intérieur, il aspirait à faire de lui une espèce de disciple, une sorte d'ordonnance idéologique, et aussi de *famulus,* comme Wagner pour Faust. Il faut rappeler, soit dit en passant, que Gucciotti Emiliano s'estimait un radical de la pensée politique courante, il utilisait des formules comme « révolution permanente » et des substantifs comme « doctrine » et « praxis » ; et peut-être que sans s'en rendre compte Silvio Tolotta Pelz cultivait Gucciotti, trouvant quelque chose de *chic* dans les « positions de pointe » de ce garçon de haute taille, excellent élève à l'école, avec un père bourré de terres et d'hôtels, avec ses chevrons gris de coupe un peu militaire, ses gestes brusques et ses révérences.

Son frère Lamberto était tout ce qu'on pouvait imaginer de plus à l'antipode : c'était un garçon rieur, il trouvait « fort commode » la richesse familiale, et au fond de lui-même, il n'ignorait pas qu'il ne valait pas grand-chose comme médecin et comme radiologue ; plus tard, avec le temps et avant les maladies finales, il devait se considérer comme un homme préoccupé de santé, un expert en régimes, un infirmier de station thermale, un spécialiste des solariums et du sauna. Ici, chez Tolotta Pelz, il s'ennuyait plutôt mais continuait d'arborer un sourire joyeux. Il avait été un grand ami de Pompeo, le frère brebis galeuse de Silvio. Son idéal, me dit-il une fois, lorsque c'était désormais trop tard, aurait été de retourner dans sa Riviera natale et d'être *croupier* à San Remo.

D'un genre tout à fait différent donc de son frère Emiliano qui exerçait secrètement sur Annibale une sévérité bien à lui ; parfois, à l'insu de Silvio, il lui tirait les oreilles et n'hésitait pas à ajouter, en supplément de celles prodiguées par le père, une gifle qu'il définissait comme « une saine taloche de temps à autre ». Contrairement à son frère, ici, dans le cabinet de travail de Silvio Tolotta Pelz – qui était plus vaste que le salon et comprenait, outre l'imposant bureau, deux « groupes » confortables de fauteuils et de canapés placés devant un fond de rayonnages portant de longues rangées de somptueuses reliures – Emiliano se sent dans une atmosphère qui lui convient, il a accepté avec un geste hautement mondain le verre de vermouth que lui a offert Maria Paola, en d'autres occasions sa partenaire de valses un peu acrobatiques, et bien qu'il soit un garçon incapable, pour ainsi dire, de minauder, étant plutôt aride et gonflé d'orgueil, il écoute avec sollicitude, participe, introduit des commentaires élaborés, et puis, guindé, porte à ses lèvres le petit verre qu'il tient entre le pouce et l'index, son petit doigt dressé.

Dans le groupe disposé en rond dont fait partie Emiliano se trouvent aussi le silencieux Alvise avec ses yeux mi-clos, Traverson « en carton-pâte » selon Alvise, le comte Doro, le conciliant Antonelli et le professeur Berg dont le silence attentif semble être un guet-apens, autrement dit un silence très différent de celui, distrait, d'Alvise. On dirait même que pratiquement Alvise n'est plus présent, il est ailleurs par la pensée ; plus l'ennui devient épais, mieux il s'isole et savoure dans sa mémoire les moments agréables qu'il a vécus, à présent l'écho de certains dialogues traverse son esprit – dialogues profonds ou insensés ? il est difficile de le dire – entre sa fille et Maurizio, il y a quelques jours chez les Berg ; le jeune peintre se sentant particulièrement « en rythme » avec la petite aimée et avec sa petite sœur en train de jouer du Schumann, soupire, romantique : « Veux-tu que je te dise, je ne sais pas moi, mais je sens qu'un moment pareil ne se répétera jamais plus », et la petite de répondre : « Pour autant qu'on en sache, tous les moments, Maurizio, ne se répètent jamais plus. » À sa façon Giovanna a hérité de son père, entre maintes autres choses, l'inclination pour ce genre de réflexions que différentes Rumeurs ont défini comme *les bobards sur l'espace et sur le temps* d'Alvise Balmarin, le « comte Gencive », quand, selon Marta, *il est avec l'esprit dans les espaces cosmiques*; sauf que lorsque sa fille en parlait, comme l'a dit plus d'une fois Alvise lui-même, cela ne semblait pas être des divagations : « Même les étoiles sont des *endroits,* sont des lieux », dit Giovanna dans l'intemporel de la mémoire d'Alvise, « qu'y a-t-il, qui y a-t-il là ? ». Et Maurizio : « A vue de nez, je dirais qu'il n'y a personne. » « Tu veux dire personne dans notre sens à nous ? » « Qu'est-ce que notre sens à nous ? » « Des hommes, comme ça, des personnes. Des personnes qui ont notre tête. »

On dira que ce sont des sottises, mais pour Alvise elles sont bien plus excitantes qu'un Emiliano qui pontifie : « Les lignes droites d'un système traversant en coupe verticale et synthétisant tous les intérêts, les niveaux, les couches sociales, en éliminent les disparités et les oppositions », et d'autres assertions du même ordre ; l'auditeur qui écoute avec le plus d'intensité est le comte Doro qui, s'étant remis de son étonnement premier devant l'élocution métallique et martelée de Gucciotti, l'interrompt à un certain moment : « Écoutez-moi, docteur » (Emiliano était d'aspect si vieux et si grave dans ses manières qu'on lui attribuait déjà un titre de diplômé), « moi, je ne vous comprends pas bien, mais comme ça, à vue d'œil, il me semble que vous dites des choses qui, somme toute, n'ont rien à voir avec la réalité, véritable, des choses ». Gucciotti lui glisse un regard de biais, dur et ironique, il est sur le point d'ouvrir la bouche mais l'autre lève la tête vers Ezio Sbordoni qui se tient debout près de lui, les poings sur les hanches, et qui se soulève et s'abaisse rythmiquement sur la pointe des pieds comme s'il mettait sa propre souplesse à l'épreuve : « Vous Sbordoni, qu'est-ce que vous en pensez ? »

Ezio ne s'ennuie pas mais il aurait préféré être resté à l'entresol. Avec un certain cabotinage dont il est conscient, il affecte l'intonation d'orateur qu'il prend dans les collèges et les lycées : « Le fascisme, mes chers amis, est action *et* doctrine, il est praxis *et* idéologie », et à chacune de ces formules binaires Gucciotti fait un signe mécanique d'assentiment, et l'accommodant Antonelli acquiesce d'un mouvement de la tête, « ne croyez-vous pas ? » On dirait qu'Ezio accorde peu d'importance à ses paroles : il est léger, enjoué. Insatisfait, Doro cherche des yeux le maître de maison, le professeur.

Mais Silvio se trouve en ce moment dans le salon voisin, où il s'applique à se faire montrer avec précision par Polly, les apprenant pour ainsi dire à la source, les pas du *charleston* et du *black bottom.* « Après je vous ferai danser le tango », dit-il sur un ton un peu excité et avide. Puis il murmure : « Je sais aussi que vous étudiez le chant », Polly le regarde avec curiosité, « pourquoi ne me chanteriez-vous pas quelque chose ? ». « Je ne sais pas », répond-elle, « et puis qui sait si vous aimerez ce que j'essaie de chanter ». « Voyons. » Polly se met à rire, puis chantonne à voix basse : « *Geliebter, sag, wo iveilt dein Sinn* ? » et en attendant elle remarque la présence d'Annibale derrière Silvio, se tenant dans un coin et tâchant de passer inaperçu. « Qu'est-ce que c'est, que veut dire cette chanson ? » demande Silvio avec impatience, « moi je sais l'allemand ». « Ce n'est pas une chanson et les paroles signifient, comment dire, à quoi penses-tu, mon amour, ou quelque chose d'analogue, c'est la première phrase de Vénus à Tannhäuser, mais pourquoi n'allons-nous pas rejoindre les autres ? » Silvio hoche la tête comme ils sortent de la pièce, laissant Annibale seul dans ce salon. Polly lui a fait de l'effet. Il la connaissait déjà pour l'avoir vue lors de ses séjours précédents mais cette fois c'est pour lui une apparition nouvelle, captivante.

Dans le cabinet de travail, Ortensia est le point de mire de l'autre groupe ; elle est en train de parler, avec sa belle voix douce, de Magda Lupescu, la maîtresse du roi Carol de Roumanie : « Magda justifie les façons brusques de Carol par sa timidité qui l'entrave quand il parle. S'il pouvait divorcer il l'épouserait, "mais", dit Magda avec résignation désormais, j'imagine, "aux yeux de sa femme je suis une sirène dénuée de conscience". » Ortensia a pour auditeurs Lamberto Gucciotti et Pericle Rutigliano, et Ezio vient de se joindre à eux. Rutigliano écoute avec des signes d'assentiment mais il suit en même temps ce qui se dit dans l'autre groupe, en particulier par le professeur Berg qui a émergé de son silence et parle avec rapidité, comme pour vaincre l'ennui de devoir répéter des choses par trop évidentes à ses yeux : « Ce que vous appelez idéologie, ou doctrine, ou je ne sais quoi d'autre, disons un noyau de pensées cohérentes – à supposer, façon de parler, que cela existe – mais alors, une fois qu'on en viendrait à ce que vous appelez la praxis, vous admettrez avec moi qu'à l'usage public elle devrait se réduire jusqu'à devenir méconnaissable, probablement se transformer en son contraire. Ce n'est pas tout ; déjà au départ, déjà par définition, une prétendue idéologie ou doctrine ou ce que vous voulez, doit se transformer en son opposé, c'est-à-dire qu'elle doit de réflexion devenir action, de raisonnement impulsion irrationnelle, de discours, soit chez l'orateur soit dans la réaction de l'auditoire, hurlement, ou dans la moins mauvaise des hypothèses, des phrases toutes faites dépourvues de sens. »

Même s'ils n'ont pas bien saisi, presque tous les autres, à l'exception d'Alvise, se sont un peu réveillés. « Parbleu, c'est intéressant tout cela », note Doro.

Traverson confirme en grasseyant : « Je trouve tout ça bigrement intéressant. »

Rutigliano quitte l'autre groupe, s'approche de Berg, lui met les mains sur les épaules : « Un génie. »

Et voilà Polly qui vient se joindre au groupe ; elle s'assied sur le bras du fauteuil d'Emiliano qui se tait, méprisant. Tout le monde garde le silence, les yeux sur Polly. Annibale s'est approché à son tour. Le silence se prolonge. C'est Polly qui le rompt : « Annibale, tu n'arrêtes pas de me fixer. Pourquoi ? » Et c'est ainsi que les causeurs sérieux se muent soudain en un groupe d'adolescents stupéfaits qui sont tout ouïe : l'échange de puérilités entre Polly et Annibale les enchante.

« Je te regarde parce que tu es différente, en quelque sorte.

– Toi aussi, Annibale. Tu as grandi.

– Non tu sais, je n'ai pas beaucoup grandi.

– Ben alors, je pensais que tu grandirais encore moins. Et tu continues à courir de long en large à Venise ? Tu sais toujours tout sur tous les lieux de la ville ? Et au Lido ? Toi aussi tu fais du cheval au Lido ?

– Pas tellement, il me faut étudier, peut-être même trop. »

Puérilités, mais il n'y a pas longtemps, ici même à Dorsoduro, Annibale, metteur en scène ayant largement dépassé la soixantaine, me disait que ce dialogue avec Polly était resté gravé dans sa mémoire mot pour mot et qu'il a représenté un des moments décisifs de sa prime jeunesse ; et il a toujours conservé le billet que lui écrivit Polly peu après cette rencontre, sur du papier à en-tête avec un simple P majuscule rouge en relief : « Cher Annibale, j'ai été contente de te revoir, j'ai l'impression qu'à présent tu sais des masses de choses. Pourquoi ne m'apprendrais-tu pas à mieux connaître Venise ? Viendras-tu me voir ? P. » Le malheureux garçon répondit : « Nous irons aussi au Lido, comme ça c'est toi qui m'enseigneras à bien monter à cheval. »

La réunion conçue par Ezio et Silvio pourrait illustrer le bien-fondé de la théorie de Bialevski qui veut qu'à Dorsoduro les choses commencent d'une certaine façon et se développent ensuite d'une tout autre manière, souvent inventive et chargée d'avenir. Ortensia a retenu l'attention générale jusqu'à une heure avancée, racontant, parmi les mille autres nouvelles qu'elle donnait, qu'un groupe d'Italiens résidant en Amérique s'était rendu à San Rossore pour offrir au roi une épée romaine à pommeau de platine ; Polly fait encore quelques tours de danse avec Silvio, et Ortensia lui demande si elle était au courant de ce don d'épée ; Polly répond qu'elle n'en savait rien, mais en tant que fanatique d'opéra et grande habituée du Metropolitan de Gatti Cazaza, elle ajoute qu'elle imagine la scène justement comme une scène d'opéra avec les Italo-Américains en costumes de choristes ; dommage seulement, dit-elle encore, que le roi, avec un profil pourtant si aristocratique, soit de si petite taille.

Polly

Je me suis rendu deux fois aux États-Unis, une fois pour quelques mois, une autre pour deux semaines, du temps où j'étais établi à Paris avec un emploi temporaire dans un organisme international culturel, ou dit tel. Ceci me vient à l'esprit en pensant à la Polly des années 1927-1928, dans le sens qu'aller en Amérique et en revenir correspond pour moi à des traversées aériennes de quelques heures chacune, enfermé dans une carlingue que baigne une lumière stellaire d'un vague blanc bleuté de clinique et sanglé dans un siège un peu comme dans une camisole de force ; pour Polly, que nous avons vue dans le cabinet de travail de Silvio Tolotta Pelz, au contraire, la traversée atlantique avait signifié une semaine de « grand hôtel flottant », avec de grands espaces destinés à la promenade au vent de l'océan, des bains dans une piscine couverte marmoréenne, des dîners, des bals. L'hôtel sur les flots ne pesait pas loin de soixante mille tonnes, il avait trois cents mètres de long et contenait plus de trois mille voyageurs atlantiques. Trois cheminées imposantes laissaient échapper des fumées puissantes et denses.

Il avait vu le jour dans les chantiers de Blohm & Voss de Hambourg peu avant que n'éclatât la Grande Guerre et avait été baptisé « Patrie », *Vaterland;* bloqué dans le port de New York par la guerre, et gardé comme butin, il était passé ensuite dans des chantiers de la Virginie d'où il sortit américanisé pour son second voyage inaugural qui eut lieu en 1923, le 4 juillet, jour de la fête nationale de sa nouvelle patrie, avec son nouveau nom, *Leviathan*; la piscine, dans laquelle Polly devait plonger chaque jour quelques années plus tard au cours de sa traversée, était toute marbre, bronze et cascades, on l'appelait le Bain Romain ; tout autour un promenoir perché sur de hautes colonnes de marbre permettait aux spectateurs d'admirer le style de la nageuse. Celle-ci parlait peu, même à table, mais disait toujours des choses pertinentes, souvent spirituelles, et elle était très précise et mesurée dans le choix des mets que les cuisiniers de Ritz Carlton Company préparaient en abondance ; elle ne manqua pas un seul repas, même lorsque l'océan se faisait houleux et que le mal de mer se répandait comme une épidémie. Mais pas le moindre verre de vin : même pour ce bout d'États-Unis flottant, le régime sec était en vigueur à cette époque. Pour le dernier soir à bord, au dîner elle s'assit à la table du capitaine et au cours de la fête qui s'ensuivit, elle chanta un *Lied* de Schubert, se faisant accompagner par un pianiste célèbre.

Le *Leviathan* se vantait d'avoir des passagers illustres, Rudolph Valentino, tout de gris vêtu, du chapeau mou aux chaussures de daim, un personnage latin discret qui portait à cette époque une petite moustache et une barbe bien taillées, Pola Negri, en manteau de fourrure qu'agrémentait une immense orchidée ; Polly avait son petit chien avec elle tandis qu'une dame plus âgée gardait à ses côtés un tout jeune léopard ; des fourrures d'ocelot enveloppaient d'autres dames étendues sur des chaises longues de bois verni, brun et massif, auprès de messieurs en manteau, coiffés de bérets de cyclistes et la pipe en bouche.

Toutes ces choses et bien d'autres encore, Polly les décrivait à un Annibale qui, ayant vu aussi bien Pola que Rudolph dans les salles du San Marco, du Rossini, de l'Olympia, écoutait dans un état de tension extrême ; la stupéfaction du gamin l'emportait sur sa gaieté coutumière futile et cabotine. Il était ébloui. « Mais des folies pareilles, moi je n'en fais pas », a-t-il dit cependant lorsque Polly a proposé d'aller nager au Lido par une journée de brouillard automnal où les mouettes volaient bas.

« C'est parce que tu as peur, Annibale. Ce n'est pas tellement l'eau que tu crains, ni d'avoir un peu froid. Tu as peur que ton papa te gronde ensuite et te flanque une belle volée. » Polly se met à rire. Annibale ne quitte pas des yeux ses lèvres, il la dévisage tandis qu'elle rit et qu'elle parle, il est honteux mais circonspect et étudie la façon de se venger de l'humiliation. « Je ne dis pas ta maman, poursuit Polly, elle, c'est tout à fait autre chose. Je parle de ton papa.

– Je n'ai pas peur tu sais, même s'il devait me rouer de coups.

– Ta maman c'est tout à fait autre chose », répète-t-elle sans lui prêter attention.

« Et puis j'en ai rien à faire d'un bain au Lido. Je t'ai même écrit, lorsque toi tu m'avais écrit, que je voulais plutôt que tu m'apprennes à bien monter à cheval.

– J'ai bien reçu ton cher billet, et merci pour les fleurs, mais avec ces chevaux-là, en admettant qu'on puisse les appeler des chevaux, j'ai bien peur qu'il n'y ait pas grand-chose à apprendre.

– D'accord, moi je me contente de ce pas grand-chose. » Il continuait à la regarder fixement et dans sa voix aiguë perçait une pointe de défi.

Et en effet, que les chevaux fussent dignes ou non d'être considérés comme tels, Polly et Annibale, peu de jours après leur rencontre chez Silvio, se rendirent sur la plage pour faire du cheval dans les premières heures d'un après-midi de soleil enveloppé d'une brume ouatée, légère et luisante.

Ils allèrent au Lido avec Edoardo Bialevski, Giovanna, et une seule des deux amazones Tolotta Pelz, Maria Matilde. Celle-ci refusa de monter en selle « et de toute manière les deux seules bêtes qui ne soient pas complètement décrépites, vous vous en êtes emparés », si bien qu'elle, Giovanna et Edoardo louèrent des bicyclettes avec lesquelles ils firent le trajet de l'école d'équitation à la plage ; c'était une plage déserte où s'alignaient des rangées de cabines fermées et nues, couverte d'algues déposées sur le sable par la mer, éloignée à cette heure de marée basse, vide, presque étale, d'un délicat gris doré. Les trois cyclistes sont les premiers à arriver sur la plage où leurs bicyclettes leur deviennent inutiles, tandis que les deux cavaliers, venus au pas à travers les avenues bordées d'arbres du Lido, partent aussitôt au galop le long du rivage, Polly légère et sûre d'elle, Annibale avançant péniblement derrière.

« Annibale prête à rire, le pauvre petit », dit Maria Matilde, assise entre les deux autres sur le plancher surélevé d'une cabine ; elle est contente de se trouver avec Edoardo Bialevski qui lui plaît beaucoup depuis qu'elle est toute petite, et avec Giovanna qu'elle a toujours aimé embrasser et cajoler depuis la première fois qu'elle l'a vue, dans son berceau ; elle suit sa croissance avec curiosité, elle aimerait « l'aider, l'orienter » ; la prétendue symbiose entre la petite et Annibale lui apparaît « une sottise et une perte de temps ». Maria Matilde estimait que son petit frère était « un grand bavard en définitive assez asexué », et nombre d'années plus tard, lorsque j'eus l'occasion de bien la connaître, elle me dit que Maurizio Berg aussi « avec tout son amour, était pour finir un parfait bourgeois démodé et égoïste ». Lorsque, après la rencontre chez Silvio, Annibale avait reçu la petite lettre engageante de Polly, ce fut elle, Maria Matilde, qui lui conseilla d'accompagner sa réponse d'un petit bouquet de fleurs. Ce qu'Annibale avait fait avec un certain air fier et prétentieux. Polly et Annibale avaient d'ailleurs été vus qui déambulaient ensemble dans la ville, lui loquace et bombant un peu le torse, se donnant des airs de guide ; selon Maria Matilde, le couple suggérait plutôt l'idée de la sœur aînée escortant son petit frère, pour une excursion touristique. À présent elle a la vague impression que cette fugue et cette disparition au galop, même sur des chevaux dénigrés, vont donner une tournure nouvelle aux faits.

« Vous voulez voir, note-t-elle, que Polly se met maintenant à séduire mon petit frère », et aussitôt elle se tourne vers Giovanna ; elle ne croit pas à l'importance de la symbiose mais pour rien au monde elle ne voudrait blesser la petite.

Mais Giovanna, ses épaules rondes entourées du bras d'Edoardo, et les yeux qui semblent refléter cette mer paisible, approuve de la tête : « Cela peut très bien se faire, tu sais Maria Matilde. »

Edoardo relève : « Ce n'est ni le lieu ni la température rêvés. » Les deux jeunes filles partent d'un petit rire excessif, puis respirent profondément l'air marin.

En reconstituant les faits de ce passé révolu on arrive à la conclusion que Giovanna se trouvait plus près de la vérité. Annibale et Polly sont en effet descendus de leurs montures, les abandonnant sur le bord de mer, les deux « canassons » n'avaient certainement ni la vigueur ni l'initiative de s'échapper en sauvages, et d'autre part, arrivés à ce point, les actes de Polly et d'Annibale deviennent étrangers à tout raisonnement ou programme. Ils ont forcé sans difficulté la porte d'une cabine dont l'intérieur était nu. Assis par terre, sur des planches en bois rugueux, ils chuchotent. Même s'il lui arrivait parfois de ne pas paraître plus de dix-huit ans, Polly, si mes calculs sont exacts, devait avoir dépassé les vingt ans depuis deux ans déjà ; elle avait même été mariée aux États-Unis pendant un bref moment ; entre elle et Annibale on comptait la même différence d'âge à peu près qu'entre Giovanna et moi ; mais disons que, pour sa chance, Annibale n'avait jamais été un « précoce compliqué » ; et de toute façon, dans la cabine violée, aucun d'eux ne pense beaucoup à ce qu'il dit, à ce qu'il fait.

Annibale dit : « Je sais avec certitude que Maria Matilde, ma sœur, fait des choses avec Osvaldo, le frère de Giovanna.

– Je le sais aussi, mon cher.

– Qui te l'a dit ?

– Je ne sais plus. Ortensia. » Mais cela l'amusait d'entendre raconter des histoires confidentielles par lui, par cet enfant intact et avide. « Du reste, c'est un fait connu de tout le monde, hormis peut-être de ton papa, que tu épies aux portes des chambres lorsque tes sœurs se dénudent.

– Papa n'est jamais au courant de rien », confirme hardiment le gamin à présent qu'il se trouve éloigné de la gifle paternelle, « lui, il plane, dans les hauteurs, au milieu des évêques, des sénateurs, des diplomates.

– Ton papa est un fort bel homme.

– Je ne lui ressemble pas du tout, qui sait, peut-être suis-je davantage du type de mon oncle Pompeo qui se trouve cependant la plupart du temps à Paris. Mon père, lorsqu'il est avec ses amis, ne parle que de choses très, comment dire, élevées, des choses comme ça, qui sont d'une grande importance.

– Pourtant il aime bien danser.

– Oui, mais même ça il le fait d'une manière ennuyeuse. Moi je n'ai pas le sens du rythme mais je ne danse pas d'une manière ennuyeuse. Papa est amusant quelquefois lorsqu'il parle tout seul, l'autre jour il était devant la glace et sais-tu ce qu'il était en train de faire, il esquissait des pas de danse et disait "pas mal, pas mal du tout", puis il a extrait sa montre de son gousset et l'a contemplée en lui disant "toi, on t'envoie maintenant pour une semaine à la clinique", c'est pareil tous les ans, il l'envoie chez l'horloger pour la régler, c'est une montre fort coûteuse, une montre suisse. Moi je suis toujours à l'affût, avec tous, pour pouvoir les imiter ensuite parce que je compte devenir acteur ou directeur artistique de films de cinéma. Par bonheur il ne m'a pas vu pendant que je l'épiais en train de danser devant la glace ou de parler à sa montre, comme ça, tout seul. » Ici Annibale a un élan : « J'aime être avec toi, Polly, parce que je peux dire tout ce qui me passe par la tête. » Il se tait un long moment, ne la quittant pas des yeux. Dehors le bruissement d'une mer calme, dans la cabine, une odeur de vieux bois et de sel. Il lui dit comme dans un rêve : « J'aimerais t'épier, toi, lorsque tu te déshabilles.

– Pourquoi dois-tu toujours épier ? » dit Polly en riant pour camoufler sa respiration haletante, et lui, toujours un peu somnambule : « Alors si tu ne veux pas que je t'épie tu n'as qu'à te déshabiller ici, maintenant. » Elle, tel un couperet : « Et Giovanna, qu'est-ce qu'elle est pour toi ? »

Annibale observe avec un certain plaisir cette jeune femme un peu étrangère, cette question le satisfait, il lui plaît que Polly insiste : « Qu'est-elle pour toi, Giovanna ? » et qu'elle cherche à trouver une réponse : « Cette petiote, solide, avec ces yeux étonnants, qu'est-ce qu'elle est, ta petite amie, ton *flirt* ? »

Annibale se secoue, fait un geste théâtral : « Non, Polly, à présent mon *flirt,* mon amour, c'est toi. » Il y a quelque temps, lors d'un dîner ici à Dorsoduro, il m'a dit : « À quinze ans je réussissais mieux comme histrion que plus tard comme acteur et metteur en scène. »

Il la prend dans ses bras avec emphase et immédiatement il trouve une réponse complète, nouvelle, riche, chaude, Polly l'embrasse sur les lèvres, sur le visage, sur tout, elle le touche, le serre contre elle, avec avidité, mais ses yeux ne sont pas joyeux. Que lui arrivait-il ? Vivait-elle à guère plus de vingt ans l'expérience de la femme bien plus âgée qui adopte un jeunet ? Toujours est-il que c'est ainsi que s'ouvre l'époque la plus inoubliable de la vie d'Annibale. Personne ne lui avait jamais caressé le sexe et la joie que lui apportait cette main étrangère fut dans un premier instant quelque chose de bouleversant, sans limites, une magie, une intervention cosmique, et pourtant il ne tarde pas à s'en rendre compte, à s'harmoniser avec la situation, maîtrisant, réglant les actes de Polly et les siens, dans cette cabine automnale.

Les jours suivants on ne les verra pas aux endroits les plus fréquentés de Venise, ils emprunteront les Campi et les Fondamente et les porches peu fréquentés de Castello, de San Polo, de la Giudecca, ils iront au Lido aussi, où ils se promèneront aux Murazzi avec d'un côté les grosses pierres baignées par les vagues, l'écume des remous profonds et violents entre les rochers, et de l'autre une campagne claire, des arbres dépouillés et des potagers qui se perdent dans la brume.

Cette première fois au Lido, après les révélations de la cabine, ils retrouvèrent leurs chevaux somnolents qu'ils enfourchèrent en silence, sérieux, et repartirent au trot, et lorsqu'ils tombèrent sur les autres qui flânaient à leur rencontre, ils les saluèrent, surpris, comme des amis que l'on rencontre par hasard ; ils mirent pied à terre et marchèrent avec les autres le long du rivage, traînant leurs vieilles bêtes comme des chiens en laisse.

Ils retournent une seule fois encore faire du cheval ensemble et à cette occasion ils sont en compagnie des deux amazones Tolotta Pelz ainsi que du maître d'équitation, Gino Bellettati, venu selon Maria Matilde « assister aux progrès d'Annibale comme cavalier ». C'est dimanche et Giovanna est allée de son côté chez la pianiste Baldissi avec Novella Berg. Bialevski accompagne les cavaliers bien qu'il ne monte pas à cheval, se disant trop vieux et trop lourd pour cela, mais il vient un peu en arbitre de compétition. Je n'ai jamais su en quoi consistait exactement la lointaine parenté entre Edoardo et la première femme de maître Pericle Rutigliano, Estella, la mère de Polly, mais Edoardo, et Ortensia par ricochet, traitaient Polly comme une fille et une petite sœur, et savaient tout de son passé qui n'avait pas toujours été très heureux.

À une époque où, en faisant des comptes, Polly ne pouvait pas avoir plus de cinq ou six ans, sa mère « avait divorcé » de son mari, Pericle Rutigliano, avec je crois un sentiment indéfini de mépris et de « il vaut mieux le perdre que le trouver », et Pericle, au bout de ces années américaines dont je ne pense pas qu'on ait eu vent à Dorsoduro, avec à son tour un joyeux sentiment de revanche et de « lui en remontrer », avait reparcouru à rebours le chemin de l'émigrant et était rentré dans le royaume d'Italie natal du premier avant-guerre, pour y trouver son bonheur. Depuis plusieurs années déjà il voyait en Polly un trésor redécouvert, il lui vouait vaguement de l'affection et la comblait de gentillesses expansives, se vantant et se glorifiant de sa présence et de sa beauté exotique ; personnellement je ne suis pas très ferré en géographie et en ethnies américaines, mais Polly m'a toujours dit que sa mère était née dans le « South West » à une époque où les États actuels du New Mexico et de l'Arizona constituaient ensemble « le territoire », autrement dit ne faisaient pas encore partie de plein droit des États-Unis ; et que dans ses origines, Estella, sa mère, comptait aussi du sang chinois, en plus de la part hispano-américaine et des diverses origines européennes qui n'avaient pas toujours été retracées.

Peu de temps après avoir divorcé de Pericle Rutigliano, la mère de Polly avait épousé un monsieur que Polly appelait simplement Torn lorsqu'elle parlait de lui, « très charmant et sympathique » ; ils s'établirent à la campagne, dans les environs de la banlieue de New York, et là Polly reçut une éducation dont le pivot était l'étude du chant ; néanmoins, d'une façon plus générale, la manière dont sa mère l'élevait « était très, tu sais, chez nous en Amérique, la classique maman juive ou italienne », autrement dit la fille constituait un bien adoré dont il fallait prendre grand soin et cultiver les valeurs pour en faire la future épouse méritante d'un avocat, ou mieux encore d'un médecin ; la maman avait ainsi régenté avec amour sa voix, son régime, le petit coup de douche froide après la chaude pour la fermeté des chairs, ses crèmes lactées.

À la fin, l'époux pour lequel Polly avait été préparée ne fut ni un avocat ni un médecin mais un étudiant retardataire du nom de Bufford Chadwick, un jeune homme blond aux cheveux coupés ras comme les athlètes de ces années-là, pétri d'agressivité et de timidité, qui répugnait à parler et à converser. Polly faisait appel à des moyens didactiques pour expliquer ce qu'était Chadwick à ses amis d'ici, elle savait qu'elle pouvait prendre comme texte de référence un film célèbre en son temps parmi nous, intitulé *Vive le sport,* dans lequel Harold Lloyd quitte son petit village, nourrissant de fervents espoirs d'acquérir une popularité sportive et mondaine, pour aller dans un *college* qui, d'après les sous-titres (c'était un film muet), consiste en un grand terrain de *football* avec un petit *college* contigu ; et là il se livre à toutes sortes de naïvetés dûment exploitées par ses camarades au moyen de plaisanteries fort pénibles jusqu'au moment où, têtu et ignare, il réussit un coup de maître et fait gagner à l'équipe de *football* de l'école la grande partie annuelle, devenant ainsi un héros ; eh bien ! expliquait Polly, son Bufford n'était pas un Harold Lloyd, bien au contraire, il était semblable à l'un des jeunes gens nantis, athlétiques et à la plaisanterie lourde, qui avaient persécuté le héros. D'où l'ennui pesant de sa compagnie. Le mariage dura un peu moins d'un an et ne laissa aucune trace, on concéda à Polly de demeurer dans un appartement à New York où elle vécut très disciplinée dans sa fréquentation de la salle de gymnastique et de ses cours de chant, de musique, de ballet, circonspecte dans ses amitiés masculines, seule. Son beau-père en Amérique et son père en Italie l'admiraient beaucoup, ne cherchaient pas à rivaliser vis-à-vis d'elle et faisaient volontiers confluer vers elle leurs manifestations concrètes d'affection.

La seconde course de Polly et d'Annibale sur la plage fut de courte durée. La version la plus répandue de l'événement qui l'interrompit, accréditée surtout par Annibale lui-même, c'est qu'après un très bref trajet au galop, le cheval buta dans un trou et s'effondra ; ses pattes séniles avaient cédé et la bête s'était affaissée sur le flanc gauche ; s'étant efforcé de rester en selle, Annibale s'était retrouvé avec l'épaule gauche coincée sous le flanc du grand animal, et il se plaît à dire aujourd'hui encore : « Quelques centimètres de plus et c'est la tête qui se trouvait coincée et alors adieu ! On n'aurait jamais entendu parler du metteur en scène Tolotta. »

Polly quitte sa monture, Maria Matilde et Edoardo accourent. Le garçon, héroïque, s'écrie « ce n'est rien », et s'efforce de se remettre sur le cheval qui s'était relevé et éloigné, attendant, avec indifférence, son cavalier ; les autres ne peuvent rien faire d'autre que d'aider Annibale, hilare d'avoir manifesté une force téméraire ; la douleur à l'épaule accroît sa volupté. Ils retournent tous ensemble à pas d'homme à l'école d'équitation par une des avenues cavalières du Lido.

C'est seulement là qu'on parvient à convaincre Annibale de s'allonger et les premiers qui l'examinent sont Edoardo Bialevski et le maître d'équitation, Gino

Bellettati. Polly et Maria Matilde se tiennent étroitement par la main ; Maria Paola murmure d'une voix aigrelette : « Vouloir monter à cheval quand on n'est pas à même de le faire ! Pauvre crétin. » Bellettati dit à plusieurs reprises : « Il n'y a rien de grave. Tout va bien. »

Bialevski, qui se relève après avoir tâté l'épaule nue du gamin, le reprend : « Ne dis pas d'imbécillités, Gino. Il y a une fracture de la clavicule. »

« Ah, je le sais. Mais quel besoin d'impressionner le garçon ?

– Qu'est-ce que c'est ? Qu'est-ce que j'ai ? » balbutie Annibale qui semble être sur le point de s'évanouir.

Edoardo s'adresse à Polly : « *His collar bone is broken.* »

Polly s'agenouille auprès d'Annibale qui, en voyant son visage penché sur lui et sentant sur sa peau entre le cou et l'épaule le contact délicat de ses doigts, se secoue, respire profondément, sourit : « Allez, dis-moi tout, toi.

– Mon cher, tu t'es cassé l'os du cou.

– Cela s'appelle la clavicule », précise-t-il. « Tu penses si je ne le sais pas, avec Giovanna qui sait tout sur les os.

– Excuse-moi mon cher, je parle un anglais traduit, en anglais on dit *collar bone,* ta langue c'est toi qui me l'enseigneras comme il faut.

– Mais tu la connais déjà à la perfection ! »

Elle l'embrasse sur le front ; tout son corps tremble en même temps qu'il éprouve une étrange sensation de plaisir. Deux jours plus tôt elle l'avait initié à l'amour.

Comme il leur arrive souvent le dimanche, Giovanna et Novella sont allées chez Lena Baldissi pour jouer du piano et faire un brin de causette, et là elles reçoivent la nouvelle de la chute d'Annibale. Maurizio Berg est présent. C'est Osvaldo Balmarin qui est venu les informer. Il est déjà tard et il fait nuit.

« Il est inutile que vous alliez le voir », ajoute Osvaldo, « il est au lit chez lui, mon père l'a bourré de somnifères, demain matin on l'emmène à l'hôpital dans la barque de Bialevski ».

Giovanna et Novella apprennent la nouvelle sans être trop surprises. C'est comme si Annibale leur avait échappé, renonçant ainsi à leur protection ; dans le monde où Annibale s'est transporté avec Polly, n'importe quel événement devient désormais plausible. La nouvelle de sa mort n'aurait pas été accueillie avec beaucoup plus d'étonnement, mais sans doute avec beaucoup plus de tristesse ; à présent elles peuvent même sourire à l'idée qu'Annibale est tombé de cheval « comme une poire blette », et en cela elles sont aidées par Osvaldo qui ne fait que répéter d'une manière monotone et probablement avec un rien de satisfaction : « Maria Paola n'a pas cessé de le traiter d'idiot. »

Ils abandonnent ainsi le sujet d'Annibale et reprennent les propos qu'ils tenaient avant qu'Osvaldo ne leur annonce la nouvelle, propos de grande envergure quant à leur avenir. Maurizio, pour ce qui était de « sa vie », avait déjà décidé, il était d'ores et déjà un peintre, il pouvait se moquer de l'école. Il n'en est pas de même pour les gamines qui doivent continuer à la supporter avec fermeté et stratagème. Venir ici chez Lena Baldissi pour jouer du piano et être en sa compagnie, ou se gaver de films, ou que sais-je encore, constituaient pour elles autant d'antidotes à l'ennui presque constant que représentait l'école. Elles la subissaient tout de même avec bonne humeur, pensant à l'époque où elles montreraient de quel bois elles se chauffaient et entreraient pleinement dans les professions pour lesquelles tant leurs pères que leurs mères les considéraient nées, Novella pour la musique et Giovanna pour la médecine, et ces perspectives étaient même si entièrement acceptées qu'on n'en parlait presque jamais. Giovanna, ai-je toujours entendu dire, s'était rendue en visiteuse plusieurs fois à l'hôpital avec son père, elle avait assisté à des examens radiologiques et avait vu des squelettes en transparence.

À cette époque existait encore, dans la lagune au-delà de Torcello, dans un lieu dit Costanziaca, derrière un petit mur facile à enjamber, un grand espace qui contenait des débris de squelettes provenant des tombes des églises démolies et qu'on avait entassés là. On marchait dans les broussailles et sur les ossements. Ceux qui y sont allés avec Giovanna se souviennent d'Annibale qui, blême, masquant par de grands cris la considérable angoisse que le lieu lui inspirait, informait à tue-tête les autres au fur et à mesure qu'il indiquait à Giovanna tel ou tel fragment qu'elle manipulait sans simagrées et identifiait : « Un fémur ! Un tibia ! Une clavicule ! » (À propos.) Le jeune garçon émettait aussi des hurlements hypocrites lorsque quelqu'un prenait un coup sur la tête, ou se coupait, risquant l'infection : « Où est Giovanna ? Vite ! Une blouse, un bistouri pour Giovanna ! »

Du reste, entre un Dickens et un Ridolini, elle regardait les illustrations et lisait par-ci, par-là les livres de son père, le manuel d'anatomie qu'il avait eu comme étudiant, ou le traité sur les maladies mentales de Tanzi et Lugaro, si remarquablement bien écrit. Avec tout cela, l'idée n'avait jamais effleuré l'esprit de personne de voir en Giovanna une enfant précoce et une bûcheuse. Elle présentait ce mélange de solidité et de grâce. Son sérieux se trouvait toujours filtré par la joie. À quinze ans elle avait déjà, à l'instar de son père, cette façon d'abriter dans son for intérieur, avec la grande force de son esprit serein, des réflexions « profondes » et les doutes correspondants. Ses projets médicaux futurs se manifestaient souvent par de simples questions qu'elle posait à son père, sans jamais trop insister. Plus elle était sérieuse, plus on eût dit qu'elle plaisantait, également pour ne pas importuner autrui. Autant de raisons qui alimentaient l'immense amour qu'Alvise lui portait.

Et celui de Maurizio aussi. Même en ce moment, là chez Lena Baldissi, ses sentiments envers Giovanna sont si irrésistibles que le jeune artiste sent son cœur trembler lorsqu'il l'entend dire quelque chose d'évident et de pratique comme : « Pauvre Annibale, il faudra le plâtrer maintenant, il en aura peut-être pour plus d'un mois. »

Maurizio ne déteste pas d'ailleurs l'idée d'un Annibale empaqueté pour un bon moment dans le plâtre. L'idée ne déplaît pas non plus à Osvaldo, qui confirme : « Certainement, pour plus d'un mois. » Il le dit d'un air compétent et en effet il semblait avoir hérité de son père les qualités d'équilibre et de curiosité du futur médecin ; je ne sais si j'ai encore jamais spécifié que dans les années qui suivirent, et en dépit des tribulations guerrières et conjugales qui devaient ponctuer son existence, Osvaldo effectua convenablement la longue filière du diplôme de médecine et de la spécialisation en ophtalmologie pour devenir, ce qu'il est encore aujourd'hui, un habile ophtalmologue.

La clavicule d'Annibale

Annibale passa d'ailleurs une nuit infernale, avec des douleurs que les calmants administrés par Alvise Balmarin ne suffirent sans doute pas à apaiser. Ses sœurs dormaient de leur côté mais ses parents se tenaient debout en robe de chambre près de son lit, le père Silvio assez sévère et irrité, la mère Elvira immobile, écoutant son fils gémir et se plaindre tout haut ; ses yeux clairs, fixés sur lui, demeuraient incapables d'exprimer l'anxiété, la compassion.

Alvise Balmarin n'était pas seulement leur dentiste, dans un sens plus général c'était aussi un peu leur médecin, comme il l'était pour tous ceux du palais Bialevski, même si Silvio se plaisait à traiter cette fonction d'Alvise comme toujours un peu improvisée et non officielle. À une certaine heure, Caterina Balmarin envoya Osvaldo et Giovanna voir ce qu'il faisait encore là-haut ; ils le trouvèrent absorbé à observer, avec intérêt, le gamin d'habitude si joyeux et fier, enserré à présent dans l'étau suffocant de la douleur physique ; Giovanna se met à l'observer à son tour, et une curiosité intense se mêle à la compassion ; c'est aussi la première fois de leur vie qu'elle et Osvaldo voient les parents Tolotta Pelz en chemise de nuit et robe de chambre. Ils se tiennent tous là, immobiles, Silvio est toujours un peu irrité et supérieur, Giovanna serre dans la sienne la main un peu tremblante que la signora Elvira lui a tendue ; et entre Elvira et Osvaldo se passe un échange de regards surpris, nouveaux, qu'Osvaldo affirme n'avoir jamais oublié.

À l'aube ils sont nombreux à se rendre à l'hôpital et se répartissent entre la barque de Bialevski et une gondole prise en location ; Silvio Tolotta Pelz ne manquait pas d'argent, il possédait des biens considérables en Haute-Vénétie, mais il voulait maintenir une façade d'austérité économique et ne disposait donc pas d'une embarcation en propre.

L'orthopédiste, le professeur Mauro, petit, sec et athlétique, excellent skieur aussi bien que navigateur à voile, dont le teint hâlé contraste avec la blancheur immaculée de la calotte carrée et de la longue blouse blanche qui resplendissent dans la lumière du petit matin, s'avance d'un pas énergique le long d'un des vastes couloirs de l'hôpital à la rencontre du groupe qui vient d'arriver, Annibale en tête qui a tenu à se déplacer par ses propres moyens, extrêmement pâle, le bras en écharpe. Mauro l'amène aussitôt en radiologie, les autres suivent, et même dans l'anxiété générale perce quelque chose d'alerte et de vif, de scène de théâtre, un brio presque sportif. Le professeur Mauro absorbe cette atmosphère, et dès son premier coup d'œil radiologique dans l'intérieur d'Annibale, il fait une pause d'acteur, parcourt de ses yeux de braise l'assemblée entière et annonce : « L'humérus est fracturé aussi.

– Ce qui veut dire qu'il est impossible… », murmure Alvise, son regard interrogateur demandant confirmation à Mauro, un de ses vieux amis, tout en posant une main légère et protectrice sur l'épaule saine du petit.

« Eh oui, Alvise, il est impossible.

– Qu'est-ce qui est impossible ? », demande Giovanna. De nouveau elle serre dans la sienne la main de la signora Elvira.

« Qu'est-ce qui est impossible ? », insiste Silvio d'une manière pressante, autoritaire. À présent Elvira et lui sont très convenablement vêtus. Silvio porte l'un de ses *bonjours* gris et son épouse un manteau clair dont l'étoffe est moelleuse.

L'orthopédiste se penche vers Giovanna avec un ton confidentiel : « Il sera nécessaire de pratiquer une petite incision. Il est impossible de mettre l'os en place et puis de plâtrer ; tu comprends, l'autre aussi est fracturé. »

« Et alors, pourquoi parlez-vous seulement d'incision ? », demande Bialevski sur un ton mi-amusé, mi-irrité ; il n'aime pas les choses dites à moitié.

« Que voulez-vous dire ? Que doit-on me faire ? », demande Annibale ; il est allongé et toujours très pâle, les personnes présentes vues du bas lui semblent toutes être étrangères et beaucoup plus âgées, Giovanna aussi. Il se sent un objet abandonné. Sa seule satisfaction c'est qu'Osvaldo et Maurizio ne soient pas là et que l'état actuel des choses le mette à l'abri des gifles de son père ; il cherche Polly du regard mais elle lui apparaît trop tendue ; c'est insupportable. « Que doit-on me faire ? », s'écrie-t-il d'une voix bien plus péremptoire. La force même de sa voix lui redonne du courage, et il a alors l'impression qu'il prend son propre destin en main.

On apporte une radiographie ; Mauro montre la grande plaque à Annibale aussi ; il la scrute avec Giovanna ; elle pointe son index sur la clavicule fracturée, un spectre d'os entre des chairs transparentes, les deux fragments sont bien détachés, ils forment deux diagonales opposées, plus bas on distingue la ligne de la fêlure sur l'humérus. Replacer les deux fragments dans la bonne position entraîne un danger pour l'autre os lésé. « Tu vois ? », lui fait Giovanna avec douceur mais la voix aiguë et expéditive de Silvio s'élève en même temps : « Et alors, qu'est-ce qu'on fait, qu'est-ce qu'on fait ? »

Le professeur Mauro le fixe avec quelque antipathie. C'est Alvise qui lui répond ; non sans jeter de temps à autre un regard prévenant sur Annibale, il explique à Silvio qu'il s'agit d'inciser – en ce point-là il n'y a guère plus que la peau – de découvrir l'os et de pratiquer un trou dans chacun des deux fragments que l'on fixe ensuite dans la bonne position au moyen d'une agrafe métallique. Ensuite on applique le plâtre.

Après s'être vu en transparence, Annibale se sent dédoublé, c'est comme si l'épaule de la radiographie était celle d'un autre et en même temps la sienne, il est envahi par un sentiment d'aventure, d'élan vers la nouveauté ; les yeux tendres et incertains de Polly lui insufflent l'euphorie du courage, de la supériorité : « Allons-y alors, allons-y », s'exclame-t-il comme on récite une poésie, « où est la salle d'opération, où est-elle ? », et il esquisse un mouvement pour s'y rendre.

Mais au contraire il passa la nuit à l'hôpital, bien bourré de somnifères et d'analgésiques. Le professeur Mauro avait prié les parents de ne pas se présenter avant la fin de l'opération. Polly devait en faire de même. Conformément à un programme bien établi, Silvio maintenait son air détaché et sévère au regard de l'accident, du reste il devait se rendre ce matin-là à une réunion de l'association « Les Amis des monuments », dont il était le président et qui occuperait une bonne partie de sa journée. Alvise et Giovanna se levèrent à l'aube et firent à pied la longue promenade jusqu'à l'hôpital; lorsque Edoardo Bialevski passa à l'entresol pour offrir sa barque, ils étaient déjà partis mais Caterina Balmarin et Elvira Tolotta Pelz, qui se trouvait là inopinément, se joignirent à lui. « J'y vais quand même », dit Elvira, « même si le professeur Mauro, non? nous a dit de ne pas venir, Silvio et moi, Silvio est retenu pour une chose des arts et métiers », elle est vague à ce sujet, « mais moi je viens, n'est-ce pas? Tu ne trouves pas? ». Elle claquait des dents.

« Mais c'est naturel, Elvira », la rassure Caterina qui la prend par la main.

Pour finir ils assistèrent tous à l'opération. On avait posé sur le petit Annibale un tissu imperméable qui ne laissait que l'épaule à découvert; c'est là qu'on lui fit les piqûres d'anesthésie locale. Je suis un peu au courant de ce qui s'est passé par Annibale qui n'en finissait plus de raconter l'épisode, trente ans plus tard il l'a même fait figurer dans le scénario d'un de ses films. En définitive Mauro ne fut pas trop contrarié par la présence d'Elvira pendant l'intervention. Elle gardait fortement serrée dans la sienne la main de Giovanna qui était très attentive et souriante, comme pour donner du courage à Annibale, même s'il ne la voyait pas. Caterina murmure à sa fille, qui suit et participe avec tant d'intensité: « Annibale est un comédien et maintenant il ne demande pas mieux que de jouer les courageux », mais lorsque Mauro pratique l'incision elle pâlit et se voit obligée de se retirer sur une chaise de métal dans un coin; Elvira serre fortement la petite main de Giovanna; comme s'il cherchait à alléger l'atmosphère le professeur Mauro annonce joyeusement: « Votre fils a des muscles magnifiques, madame. » Il les palpe de la main. Et c'est alors qu'Elvira surprend toute l'assistance par une exclamation qui retentit à la fois comme enthousiaste et désespérée : *« Le père ne connut point une telle vigueur »*, citant *L'Iliade* de ses souvenirs scolaires ; et en dépit des douleurs lancinantes, Annibale complète d'une voix étouffée par la couverture imperméable : *« Et à ces mots le cœur maternel exulte. »* C'est du moins ainsi qu'il a raconté la scène plus tard.

Ce fut ensuite le tour des trous pratiqués dans les deux fragments de la clavicule, la pose de la petite agrafe de métal qui les maintiendrait bien joints, les points, puis finalement on enveloppa la partie supérieure d'Annibale dans la chaude matière imprégnée de plâtre qui, en se refroidissant et se solidifiant, le laisserait avec le thorax encagé et le bras rigide à moitié soulevé ; dès lors un sentiment étrange, à la fois d'écrasement et de sécurité, s'empara de lui ; c'était comme s'il se retranchait, seul, dans une demeure nouvelle, minuscule. Pendant près d'un mois et demi il resterait ainsi : seul et bien empaqueté, et rempli de souvenirs.

Comme je l'ai mentionné, Polly l'avait initié à la connaissance amoureuse totale quelques jours avant leur chevauchée ; ceci s'était passé dans le palais des Passina à San Vio. Les parents Passina et leur fille Clelia séjournaient à la campagne, à Carnigo, avec l'intention d'y rester jusqu'à Noël pour être à proximité de la tombe du regretté Diomede ; Amedeo avait amené Polly, avec Annibale qui la suivait, dans la maison qui lui était interdite en temps normal ; il voulait lui raconter son expulsion du parti fasciste et s'entretenir avec elle en général ; il était très intime avec elle ; mais constatant son engouement pour une partie de dames qu'elle jouait avec Annibale, tous deux installés à une table ancienne incrustée d'un échiquier, Amedeo avait eu soudain comme un sursaut de curiosité et de sympathie envers eux : « Il n'y a aucun danger qu'un de ceux qu'on appelle "les miens" revienne de la campagne, moi j'ai à faire, je vous laisse ici en paix. »

Polly et Annibale avaient entendu la grande porte d'entrée se refermer lourdement. La maison était déserte. Dans le vaste salon, dans la pénombre de ce palais qu'elle connaissait mal, Polly avait eu l'impression d'accomplir des actes hors du temps et de toute règle ; elle s'était mise à embrasser tendrement Annibale, en riant, et quand elle l'eut déjà à moitié dévêtu, elle s'était écartée sans le quitter du regard et avait commencé à se dénuder à son tour, avec lenteur, saisissant entre le pouce et l'index chaque pièce de son habillement qu'elle levait à bout de bras avant de la laisser choir sur un tapis précieux, en tas.

Plus tard dans la soirée, elle avait flâné dans Venise avec lui jusqu'à Santo Stefano, San Moisè, la Piazza et les Mercerie aux magasins brillamment éclairés, pénétrée de joie et de peurs indéchiffrables. Annibale s'était senti léger, volant dans les airs, et bouleversé, mais lorsqu'il se retrouva le soir après le dîner dans sa chambre, seul devant son miroir habituel, il fut déçu de constater qu'il avait son visage de toujours, toutefois il ne tarda guère à retrouver ses façons cabotines coutumières et tandis que, tombant de sommeil, il se déshabillait avant de se coucher, il répéta les banalités passionnées qu'il comptait lui dire à leurs futures rencontres, « tu me plais, tu m'excites, tu m'exaltes », ignare du fait que le proche avenir ne lui réservait nullement ces exaltations et que pendant un bon bout de temps il ne verrait même pas Polly.

En effet, Silvio, qui dans son administration de la famille avait tendance à émettre des dispositions précises et imprévisibles, décréta pratiquement l'isolement de son fils plâtré. Il admit de rares fois les visites de Giovanna et de Novella, de préférence accompagnées de leurs mères. Quant aux sœurs aînées, elles le désertaient de toute manière pour une raison ou une autre. En revanche, on fit appel à un répétiteur, non plus Gucciotti Emiliano mais, pour la chance d'Annibale, quelqu'un qui avait bien plus d'esprit et était plein de talent, Gigi Arduino, dont le nom avait été inopinément suggéré à Silvio par le professeur Adolfo Cesato qui l'accompagna personnellement la première fois, s'attardant ensuite pour s'entretenir de l'Église et du fascisme avec Silvio envers qui le professeur témoignait une grande admiration, le trouvant « un homme génial extrêmement bien préparé ». Vingt ou trente ans plus tard, Annibale Tolotta et Luigi Arduino devaient faire quelques documentaires ensemble, Arduino les textes et Tolotta la mise en scène. Le professeur Berg dit de Silvio que « ce dément » avait décrété l'isolement de son fils comme châtiment, estimant qu'il était coupable de sa mésaventure équestre et ne pouvant le rouer de coups dans les conditions actuelles. Du reste, depuis cette époque, il ne le frappa jamais plus.

Il faut relever aussi ceci : Annibale de son côté, dans cette solitude liée à son plâtre, ne protesta point, ne se plaignit jamais ; il en vint à me dire que cette période correspondit pour lui non seulement à la période la plus silencieuse mais aussi la plus importante de sa vie. Nombre d'années plus tard, en tant qu'opérateur de prises de vues dans les avions en guerre, il fut victime d'accidents bien plus graves, mais il dit qu'il s'en souvient à peine, et il est inutile d'ajouter qu'à cette époque il vit et photographia des destructions massives, des monceaux de cadavres, des visages aux yeux ravagés par l'angoisse, des exécutions capitales, des « horreurs », ou pour emprunter sa terminologie, « des séquences d'images d'horreur », lesquelles, dit-il, « le moins qu'on puisse en dire » pâlissent dans sa mémoire et se confondent entre elles bien plus que les souvenirs demeurés ancrés de ces jours fort reculés de sa rencontre avec Polly, de sa chevauchée au bord de la mer, de son os brisé et de ce monde d'alors.

Il parle toujours comme s'il décrivait des « situations filmiques » : « Il y a avant tout ce gamin qui s'élance plein de mouvement et de cris et qui finit dans le silence, sec, bloqué dans le plâtre. Et puis il y a le thème évident, à savoir qu'en ces temps-là une séquence de faits avait la possibilité de se développer pleinement, on pouvait l'isoler, y revenir par l'esprit, la repasser en mémoire (on s'attend presque à ce qu'il ajoute “la visionner”), examiner à nouveau tous ses aspects. Et ma séquence équestre, avec Polly au centre, a été pour moi la dernière du genre, la dernière qui ait pu bénéficier de ce traitement. Ou l'une des dernières », se corrige-t-il, avec une considérable fatuité, étant donné qu'il pense assurément aussi à Giovanna Balmarin et aux faits qui suivirent. « Mais après ces années-là, ce fut le fouillis, la vie à deux seules dimensions, le brassage et le ternissement général des faits, pour violents qu'ils aient pu être. »

Et il ne parle pas seulement d'horreurs brutales mais aussi de joies et de plaisirs, de grands éclats de rire sonores et creux, de spectacles et de succès et d'applaudissements nourris, et des fêtes et des étreintes avec des femmes désirées : même ces faits, dit-il, se sont tous confondus, se sont aplatis, dénués de relief en comparaison de ces quarante jours et plus dans le plâtre, pensant presque sans répit à la « séquence » qui l'avait coincé là, chaque instant avec son poids, sa forme, sa couleur dans la mémoire. Il s'était senti étrangement bien. Il ne désirait même pas voir Polly, et encore moins se laisser voir par elle dans les conditions actuelles où il se trouvait bloqué ; penser à elle nue, plantureuse, adulte, constituait une occupation qui remplissait les heures, absorbante, qui étendait le champ de la vie, exerçant l'esprit à voir des possibilités illimitées, inépuisables dans chaque être, dans chaque souvenir.

Polly non plus ne semblait pas désireuse de le voir. Elle avait appris ce *off limits* décrété par Silvio Tolotta Pelz autour de son fils, et l'idée de solliciter une permission spéciale pour le voir ne lui avait pas même effleuré l'esprit. Elle trouvait Silvio « fort bel homme » mais « au fond elle en avait plein le dos » de sa façon de la traiter en « Américaine » : dans ses contacts avec elle les sujets principaux de Silvio étaient au nombre de deux, assez disparates : ou bien il voulait perfectionner ses pas de danse, ou bien il voulait la convaincre que les États-Unis « comme structure éthique et étatique » mijotaient eux aussi leur propre façon d'appliquer l'Idée fasciste ; Silvio lui certifiait qu'un grand nombre de politiciens de là-bas souhaitaient cela tandis que Polly qui venait précisément de là-bas ne comprenait pas de quoi cet homme lui parlait.

Chez Annibale se rendaient donc de temps à autre Giovanna et Novella accompagnées de leurs mères qui poursuivaient leur conversation tandis que la signora Elvira, silencieuse, posait par moment sur son fils un regard furtif, à la fois tendre et inquiet. « Peut-être », devait-elle à peu près dire à Osvaldo Balmarin, bien plus tard, « que je m'appliquais à m'entraîner sur mon fils au courage d'admettre et de montrer l'amour envers autrui ». Entre-temps les gamines racontaient au garçon immobilisé dans le plâtre les films et les spectacles de théâtre qu'elles avaient vus, *Le Pirate noir* avec Douglas Fairbanks, *Señorita* avec Bebe Daniels, *Mondaine* avec Gloria Swanson, et au théâtre *Les Bas-fonds* de Gorki, *Salomé* d'Oscar Wilde ; elles lui apportaient aussi de quoi lire, *Nicholas Nickleby* de Dickens, et sur le conseil du répétiteur Arduino, *Les Buddenbrooks* de Mann, mais aussi les derniers fascicules de Buffalo Bill et de Nick Carter. Silvio Tolotta Pelz n'était jamais présent mais il se faisait tout raconter ensuite par sa femme, et avec un de ses petits rires déplacés, Silvio en profitait pour commenter « l'éducation délétère » que les parents Balmarin et Berg dispensaient à leurs filles.

Avec le répétiteur Arduino c'était une autre paire de manches. Ses visites étaient quotidiennes et après les embarras du grec ou de l'histoire, Gigi ouvrait le journal local si assidûment lu par le professeur Berg ; déjà alors Arduino visait passionnément à un avenir de journaliste ; avec plaisir et tout haut il pêchait des passages de ce grand reposoir d'informations des plus hétéroclites.

… Éclipse de lune : mais ciel couvert de toute façon. Canton aux mains des Rouges, incendies et massacres. Tragédie à Codevigo : il tue sa sœur à coups de sabot. Aristide Briand, de retour de Genève, confirme sa prochaine rencontre avec Mussolini. Projet de décret du ministère de la maison royale, qui réglemente l'ordre des priorités à la cour. Thé dansant au Pilsen organisé par le cercle fasciste de San Marco. À Rome, le froid qui sévit n'avait pas été enregistré depuis un demi-siècle...

Ce fut effectivement un hiver très froid et tempétueux, et Annibale bloqué à la maison en eut des indices à travers les doubles vitres des fenêtres et les nouvelles météorologiques du monde entier qu'Arduino lui lisait dans le journal. Pour la première fois de sa vie, Annibale Tolotta Pelz, guidé par Arduino, s'aperçut qu'un journal était fait pour ouvrir les yeux de l'esprit au monde, à ses merveilles et à ses – plus nombreux – désastres.

... Crèches et arbres de Noël. Tempêtes déchaînées, des loups en Belgique, le gel et les loups en Sibérie. Dans la Colombie-Britannique la neige couleur de sang à cause de plantes microscopiques agglomérées dans les cristaux de neige. Canton assailli par les nationalistes modérés. Mort à San Francisco du roi des faux bijoux qui laisse trente-huit millions à un asile. Gros ouragan sur l'Istria. Chez nous l'eau est haute, vent de sirocco mêlé à une pluie cinglante. Des bourrasques dans la lagune...

Et de là Arduino passait, avec une sorte de frénésie, à la page des petites nouvelles locales, disant à son élève : « C'est du fretin de petits faits mais n'oublie jamais, Annibale, que ce sont tous des faits vivants, et qu'ils sont tous, un par un, énormes pour ceux qui sont concernés par eux, dans les ruelles, dans les petites places ou dans leurs maisons, ou au service des urgences, troublés, apeurés... »

... Deux jeunes gens disparus dans la lagune du côté de San Giuliano. Marchande des quatre saisons blessée à l'occiput par la barre du store de son éventaire à l'Erberia abattu par le vent. À Santa Marta un oncle brutal violente sa jeune nièce. Brûlures au premier degré, à la Giudecca, pour un bébé de quatre mois qui a plongé sa main dans la petite baignoire préparée pour son bain. Une jeune femme de vingt-six ans, séparée de son mari, contusionnée par les coups de poing de celui-ci rencontré à Via Garibaldi...

Le dîner de Noël fut sombre à l'étage noble. La famille Tolotta Pelz réunie autour de l'énorme table, avec Annibale convive de plâtre, et comme seuls hôtes Ezio Sbordoni – qui avait apporté des bouteilles de vin mousseux avec lequel il s'enivra – et monseigneur Vianello qui s'entretint étroitement avec Silvio sur l'État et l'Église. Au milieu du repas Maria Matilde se lève et s'excuse, disant qu'elle est un peu souffrante, et comme elle sort, sa mère la suit d'un de ses regards ambigus, entre l'inquiétude et l'amusement.

Maria Matilde ne revoit son petit frère Annibale que deux jours plus tard ; le répétiteur Arduino est présent aussi ; le mauvais temps continue de sévir sur la ville ; elle est toute chaude et enflammée, elle sort des bras du doux et affectueux Osvaldo. « Comment vas-tu ? Tu vas bien ? » demande-t-elle sans beaucoup d'attention à son petit frère. « L'autre jour au dîner je suis partie parce que je n'en pouvais plus mais j'ai vu que tu allais mieux, moi je croyais au contraire que papa avait fait venir monseigneur Vianello pour te donner l'extrême-onction.

– Le quatre janvier je serai parfaitement guéri et libéré.

– Et lorsque tu seras ainsi guéri et libéré, que feras-tu ?

– Ce jour-là, annonce Annibale, l'Anonima Pittaluga présente tant au Rossini qu'à l'Olympia la première mondiale du superfilm aux extérieurs tournés à Venise, aux intérieurs à Turin, *Le Carnaval de Venise* avec Maria Jacobini. »

Maria Matilde hausse les épaules, change de sujet, adopte le langage du confessionnal : « As-tu eu de vilaines pensées pendant que tu étais ici immobilisé ? » Il ne répond pas. « Et avant ça, avec Polly, as-tu fait des choses vilaines ? As-tu fait des choses vilaines avec Polly ?

– Tais-toi.

– Et avec qui iras-tu voir Maria Jacobini au cinéma ? » Il se tait de nouveau. « Avec les fillettes, bien sûr.

– Oui c'est ça, avec les fillettes. » Annibale s'enferme dans un sourire. Puis il pense à la « fillette » Giovanna, et une ombre mal expliquée et triste glisse devant ses yeux. Naturellement il avait projeté d'aller au cinéma avec Polly, mais pour que cela et bien d'autres choses se réalisent, plusieurs mois devaient encore s'écouler.

L'an VI de l'ère fasciste

Le comte et la comtesse Passina rentrèrent de Carnigo, ayant décidé de ne pas y passer les fêtes de Noël, chassés qu'ils étaient, soufflés presque, par le vent, la pluie, la neige et le gel. Pendant leur absence, Amedeo, avec l'aide de la fille des portiers, une petite courageuse et timide qui s'appelait Mercedes Scarpa, avait pu s'introduire quelquefois pour une heure ou deux dans le palais dont il avait été chassé. « Prends garde », murmurait Mercedes, « que papa et maman ne te voient pas ». C'est ainsi qu'avait pu se faire qu'Amedeo y conduise Polly et Annibale par un après-midi appelé à laisser aux deux jeunes gens un grand souvenir.

Lorsqu'il y allait seul, Amedeo traversait les salons hauts de plafond et sombres, lourdement décorés, la salle à manger avec sa longue table déserte, il jetait par-ci, par-là des regards indifférents sur les immenses tableaux d'un ennui de plomb, sur les étoffes damassées, sur les livres alignés en longues rangées dans les vieilles vitrines, les ors pâlis de leur reliure ; il s'arrêtait finalement dans la chambre de son frère Diomede, gardée intacte selon la volonté de son père. Ici le cadet « en colère », comme on dirait bien des années plus tard, était chaque fois attiré en particulier par un volume en papier fait main de Fabriano et relié en peau blanche, dans lequel son père avait fait recopier par un calligraphe à l'ancienne des citations extraites des lettres qu'envoyait Diomede du temps où il était Ardito pendant la guerre ; dans la pénombre Amedeo ouvrait une page au hasard et lisait à voix basse : « Le courage, dont on ne sait d'où il vient, soudain et impondérable, et la mort, dont on ne sait ce qu'elle est », et il refermait le précieux volume, un bref sourire errant sur ses lèvres, avec un haussement d'épaules qui était comme une vibration de tic nerveux.

Polly a appris que la famille d'Amedeo était de retour en ville, et pour voir le jeune homme elle se rend à Piscina San Samuele où il a une chambre en location. Lorsque Polly séjournait à Venise, elle n'habitait pas avec son père, maître Rutigliano, et sa seconde femme, Marta, et leur fils, Leonardo ; elle s'installait en général dans une pension sur les Zattere, tenue par une baronne qui se montrait religieuse avec ostentation et était assez affairiste, et qui l'amusait un peu « si elle était prise à petites doses » ; elle voyait rarement Marta qu'elle ne concevait nullement comme sa marâtre mais plutôt comme une femme « se donnant toujours fort à faire avec des propos et des problèmes dont on comprenait peu de chose ». Edoardo Bialevski, qui avait dû se rendre à Londres, lui avait envoyé une carte postale où il décrivait la crue de la Tamise qui avait causé des dégâts, entre autres à la Tate Gallery et à l'hôpital qu'avait fréquenté le jeune Alvise Balmarin en son temps ; bref, l'Europe continuait à être envahie par le mauvais temps ; ce qui n'empêche qu'ici, à Venise, Silvio Tolotta Pelz soit très affairé, il y a eu aussi la visite des souverains de l'Afganistan, Aman Ullah Khan et son épouse, qu'il accompagna à la traditionnelle visite des verreries de Murano. Silvio est seul à Venise avec ses filles en ces jours de grand froid ; en effet, sitôt libéré de son plâtre, Annibale a été expédié avec sa mère, en vertu d'une de ces décisions de Silvio que le professeur Berg attribue à « un illogisme galopant », à Pocol, au-dessus de Cortina d'Ampezzo, avec cependant l'interdiction formelle de chausser les skis et de risquer de nouveaux dégâts orthopédiques. Silvio a noté que le prince héritier choisit Courmayeur pour les sports d'hiver, mais à Cortina se trouve en villégiature la fille du Duce qui pour sa part – d'après un bilan de fin d'année que Silvio vient tout juste d'examiner – a reçu le Grec Michalacopoulos, le Turc Tewfik Rushdi, le Polonais Zaleski, l'Allemand Kohler et se trouve être par conséquent – Silvio suspend un instant la lecture, ôte ses lunettes et promène autour de lui ses yeux gris, un peu rêveurs – l'aiguille de la balance non plus seulement italienne, comme dans le cas de Laurent le Magnifique, mais aussi européenne ; pendant les pauses entre les conversations politiques de haute importance, le Duce en personne a aussi reçu diverses personnalités du monde de la culture, parmi lesquelles le célèbre romancier français Henry Bordeaux.

L'épisode amoureux avec Annibale a suscité chez Polly un plaisir « très intense et joyeux », peut-être même à certains égards « tendre et langoureux » ; Annibale l'a aussi fait « rire de très bon cœur » ; un après-midi qui semble être désormais perdu dans la nuit des temps, c'est elle qui lui a bichonné l'uniforme comme il se rendait à une assemblée des Avant-gardistes : « Tout en noir et sérieux comme tu l'es, on dirait un petit abbé. Mon monseigneur. Mais tu as un vrai visage de poupon, avec ces bonnes joues rebondies. Mon petit Herbert Hoover.

– Et qui est Erber Ouver ? »

Elle ne répondait pas, lui pinçait les joues, « riant à mourir », il y avait si longtemps qu'elle ne riait plus ainsi ; mais d'entendre, maintenant, comme son père manipule le gamin, le « rabaisse » un peu à ses yeux ; elle le voit obéissant, à la merci de forces stupides. Peut-être leur rencontre devait-elle rester comme un souvenir curieux et agréable. Toutefois, à d'autres moments, quelque chose d'autre se déclenche en elle, elle le désire, elle voit leurs étreintes se perpétuer au fil des ans, se fixer dans la mémoire comme des actes de libération, ou peut-être aussi, comme des blessures.

Aujourd'hui donc, à la recherche d'amis avec qui elle pourrait s'entretenir « d'une manière détendue », elle se rend chez Amedeo à San Samuele et le trouve avec deux autres garçons, Lamberto Gucciotti à la chevelure frisottée et à la dentition éclatante de blancheur, Léo Rutigliano qui se lève pour l'embrasser en s'écriant d'une voix étranglée et avec un air incongrûment abattu : « Polly ! ma sœurrr adorrrée ! » De cet air qu'a son demi-frère et de la manière dont Amedeo et lui se mesurent des yeux elle croit comprendre que Lamberto est venu jouer les médiateurs ; Lamberto, un être souriant, trouve inhumain que tous ses amis ne s'entendent pas toujours parfaitement. Au contraire, entre le jeune Passina et le jeune Rutigliano l'instant est tout crocs découverts et regards de mépris.

Après « l'infortune » d'Amedeo Passina, autrement dit son expulsion du parti fasciste, Léo Rutigliano l'avait un peu tenu à distance et s'était rapproché plus que d'ordinaire d'Emiliano Gucciotti, le frère si différent de

Lamberto ; et Léo avait cité à droite et à gauche les jugements émis par ce garçon de haute taille, présomptueux et métallique, au sujet de « l'infortune » d'Amedeo, les traduisant dans son propre langage strident et ponctué des roulements de ses « r » : « S'il s'agissait du pauvrre professeurr Berrg, ou du prroscrrit Belluna, ou que sais-je encorre, de l'étrranger Bialevski, il y aurrrait eu un minimum de possibilité de dialogue rrationnel et on pourrait tenter de leurr dirrre : "Mais mes cherrs amis, vos prrrétendus concepts socialistes sont déjà implicites dans le fascisme !" Mais avec quelqu'un qui a la tête fêlée comme Amedeo que voulez-vous fairrre ? »

Emiliano, qui se posait en penseur ou « idéologue » du groupe, avait conclu son jugement en ces termes : « Expulsion prévisible et méritée, du reste sa propre famille l'avait déjà écarté », puis empruntant avec *gravitas* et hors de propos la façon de parler du neurologue, Predella, celui qui a fini ensuite au Venezuela et qui était alors un ami de son frère Lamberto, il avait ajouté : « C'est un cas assez pénible d'aberration, d'égarement mental, d'effondrement du névrosé », et Léo s'empressait de traduire : « Avec le pauvrrre Amedeo nous nous trrouvons désormais confrrrontés à un cas de démence, d'idiotie au sens clinique du terrme », se vengeant de la sorte de la manière méprisante dont le jeune comte impulsif l'avait traité dans le passé.

Celui-ci s'était présenté à la somptueuse demeure des Rutigliano et, ayant écarté du bras un valet à l'entrée, avait traversé sans mot dire les salons au mobilier d'une authenticité douteuse, puis avait fait irruption dans la chambre de Léo sans même frapper à la porte, lui posant d'emblée la question s'il était vrai que lui et Emiliano colportaient certains propos le concernant ;

il n'avait pas attendu la réponse mais avait interrompu les hésitations de l'autre en lui assenant une paire de gifles, murmurant ensuite avec un sourire : « N'oublie jamais que de l'énergie électrique parcourt mes nerfs », et il était sorti du palais avec l'allure savamment étudiée du *killer* à gages qui s'éloigne, calme et silencieux, une fois sa mission accomplie. Léo était venu aujourd'hui avec la vague intention de vider la querelle, mais aucun des deux n'avait clair à l'esprit sur quoi elle se fondait ; Léo n'essayait même pas de la clarifier, d'autant plus que lui manquait le secours d'Emiliano, l'idéologue qui, avec un sourire évasif et dédaigneux, avait refusé de l'accompagner.

Il n'est même pas nécessaire que Lamberto sépare physiquement les deux garçons, un sourire et quelques mots suffisent : « Allez va, Passina, qu'as-tu donc à tenir compte des bobards que débite mon frère Emiliano et que ce gars ici se plaît à répéter. »

« Amusements dangereux. Qui touche aux fils meurt. J'espère que ce grillon », désignant Léo, « aura appris la leçon.

– Des leçons, il y en a pas mal en rréserrrve pour toi », rétorque le grillon sur le ton de l'enfant contrarié qui se veut menaçant.

Ils peuvent paraître des personnages de comédie ; même Amedeo avec son comportement défini par les proviseurs de lycée et par les conseils de discipline selon des formules telles que « insubordination grave, générale et continue », toujours est-il qu'il inaugura de la sorte sa propre perte : toujours plus inefficace dans ses idées d'action, embrouillé et solitaire, il devait encourir plus tard des condamnations à une certaine période de relégation, outre les insultes, les abandons, les dénonciations, les coups bas de ses ex-collègues en « insubordination » qu'il lui fallut essuyer.

« On s'en va ? » dit-il maintenant en s'adressant à Polly. Ils étaient à peu près du même âge mais il considérait Polly comme une sœur aînée.

« Eh oui, justement, vous êtes là en train de dire des choses qui ne servent à rien pour finir. »

Lamberto applaudit : « Bravo Polly ! Et maintenant je vous fais part d'une nouveauté. Pompeo Tolotta est ici à Venise en ce moment, venu de Paris en visite. Tu te souviens de lui, n'est-ce pas ? Le petit frère de Silvio ? Je dois rencontrer Pompeo chez Paoluzzi, venez vous aussi.

– Moi j'ai autre chose à faire », déclare Léo.

Lamberto lui sourit de toutes ses dents éclatantes : « Très bien, alors toi va faire cette autre chose que tu as à faire. »

Pompeo Tolotta avait fait la guerre avec Lamberto qui disait y avoir été comme « volontaire adolescent et complètement inconscient ». Après la guerre il avait rendu visite à Pompeo deux fois à Paris d'où il était rentré enchanté. La symétrie de leurs situations les rapprochait : ils utilisaient des phrases similaires pour définir leurs frères respectifs, Silvio Tolotta Pelz et le bien plus jeune Emiliano Gucciotti.

À Cannaregio, dans le débit de boissons que tient Paoluzzi près de San Giovanni Grisostomo, Pompeo Tolotta est assis à la place d'honneur, en train de dire : « Mon frère Silvio, je dois l'admettre, me donne les affres de l'ennui. » L'endroit est plus obscur et moins briqué que le troquet voisin où Bialevski avait invité ses jeunes amis après les résultats de l'an dernier ; outre cette grande table, il y en a trois autres, plus petites, où viennent quelquefois s'installer des femmes seules ; on y a vu aussi le dimanche Maria Afflitta qui n'hésite pas à faire tout le chemin depuis Dorsoduro pour s'asseoir là avec une fiasque de vin et un verre et se retrouver un peu seule tranquillement, loin des filles Tolotta Pelz et de tout le monde.

D'une manière assez curieuse, Pompeo présente la même structure de visage que Silvio mais la ressemblance s'arrête là: il n'a pas sa pâleur d'albâtre, au contraire il a le teint rougeaud du buveur, il ne porte pas de lunettes et n'a pas cette expression tendue sur les lèvres et puis, par rapport à Silvio, il est amplifié, comme reproduit par un pantographe. « Néanmoins », poursuit-il, « parler de Silvio et du comte Passina comme de requins et d'usuriers m'apparaît, je ne sais pas moi, comme une fausse note ».

Emiliano Gucciotti est là aussi, en pardessus couleur chocolat. « Plus qu'une fausse note », confirme-t-il avec autorité, « c'est absurde et c'est irresponsable ». Il renifle. « Vous pensez ! En plein an VI de l'ère fasciste. » Personne ne souffle mot. Son frère Lamberto lui avait donné rendez-vous en ce lieu et il est assis à la table mais a gardé son pardessus. À cette même table se trouve un garçon roux qui porte des vêtements de deuil, il ne desserre pas les dents et comme Emiliano il se tient un peu à l'écart.

Parmi les autres on voit émerger un grand garçon bien nourri comme Pompeo, c'est Severo, le fils cadet des Bustacchin qui possèdent l'une des plus belles drogueries de la ville ; à côté de lui se tient un musicien d'orchestre, Nuto Pisani, violoniste de son état, petit, le teint foncé et les yeux très bleus, les cheveux flottants. Lui et Severo marmottent, incrédules, en entendant ce que Pompeo et Gucciotti ont dit.

« Avec tout cela », reprend Pompeo, « ne me demandez pas de vous expliquer mon frère. D'ailleurs si vous lui parlez de moi il vous dira seulement », et ici il prend le ton, imite les petites lèvres de Silvio, « "Chaque famille porte sa croix", mais les garçons dans votre genre, je vous dis moi ce qu'ils sont, parce que la guerre, en revanche, je l'ai bel et bien faite ».

« La guerre », Bustacchin a un gros rire, « ce dandy qu'est mon frère l'a faite aussi ».

Le frère aîné de Severo, Ugo, majordome chez les Traverson, était « fasciste » lui aussi mais s'étant accoutumé à voir les Ezio Sbordoni, les *Antoneenli*... à déjeuner ou à dîner un jour sur deux, il s'était fait le contraire du violent, tout entier en faveur de l'ordre, guindé et reluisant, « quelqu'un qui avait des manières ».

« Ah, c'est ainsi Tolotta », dit Pisani, « vous prétendez nous dire ce que sont des gars comme nous autres. Mais nous n'avons vraiment que faire de vos appréciations, vous savez ».

La porte vitrée grince et on voit entrer un trio transi de froid, Polly avec Lamberto et Amedeo. Polly serre les mains de tout le monde, on lui fait fête. Severo la fait asseoir entre lui et Pompeo, pose devant elle un gobelet en verre grossier et lui verse du vin ; avant de boire elle lève son verre à la ronde en guise de toast.

« Très joli, lui murmure Pompeo, c'est ravissant ce que tu portes là. » Il examine avec plaisir le manteau, le petit chapeau, tous deux cloches. Bustacchin lui sourit mais ses yeux se posent ensuite sur Amedeo qui s'est assis à l'autre bout de la table, et il le fixe longuement.

Comme Pompeo et d'autres personnes me l'ont plusieurs fois raconté, Severo n'était pas arrivé à faire la guerre mais par la suite il avait échangé bon nombre de coups et blessures avec des « socialistes » et autres ; par deux fois on le jeta dans un canal et il le colora de rouge.

C'était un habitué vigoureux et apprécié des maisons de tolérance où il s'était rendu souvent avec Lamberto Gucciotti, jamais avec Emiliano, mais où il avait conduit Amedeo Passina pour la première fois, le prévenant : « Ici tu es plus sûr. Les comtesses et leurs filles sont toutes infectées. » Amedeo avait avalé la pilule, de même qu'il avait tenu à se joindre quelquefois à ceux que l'ébéniste Chiodo appelait « les vandales » en vue d'exploits que Silvio Tolotta Pelz définissait comme teintés « d'esprit estudiantin criminel » et qu'Amedeo rapportait en versions amplifiées à son père au cours de leurs rencontres au café *Lavena*.

Qu'Amedeo se plût à railler son père, en le traitant « d'usurier » ou autre, ne faisait pas grande impression sur Severo et ses amis ; il avait probablement appris ces termes chez eux ; mais avec le temps Severo avait fini par s'en agacer toujours davantage et, tout en ne s'en rendant pas bien compte ou n'étant pas à même d'exprimer la chose par des mots, il s'était senti exploité d'une certaine manière par Amedeo qui se défoulait ainsi de ses rancœurs vis-à-vis de son père ; c'était une perte de temps propre aux gens riches et agités. Ce qui fait qu'en apprenant « l'infortune » d'Amedeo, Severo avait surtout éprouvé de la satisfaction.

Amedeo a pointé son index vers le garçon aux cheveux roux et vêtements de deuil : « Et vous, qui êtes-vous ?

– Amedeo, conseille Bustacchin, ne commence pas à poser. »

L'interrogé tord son long cou et lève de grands yeux jaunes vers Polly, comme pour lui faire comprendre qu'il est un être humble : « Mais la dame ne me connaît pas. Je suis Ubaldo Pressa, Madame. »

En revanche Bustacchin a l'attitude assurée et provocante de l'homme bien nourri, à la main leste, aux yeux opaques et immobiles de l'agitateur : « Tu étais au parti fasciste et on ne t'a pas donné satisfaction, Amedeo ? Non ? Non ? On te met en prison peut-être ? »

Le violoniste Pisani harcèle à son tour : « Dorénavant au lieu de t'appeler Amedeo nous t'appellerons Bragon », et il se met à chantonner d'une petite voix douce et traînante : « Bragon s'en fut au palais, l'épée sous le bras, pour avoir gain de cause. On a lié Bragon. » Lui et Bustacchin éclatent d'un rire vigoureux mais le regard désespéré et violent de Passina les fige, incrédules.

Dans le silence qui s'est créé, Amedeo dit : « Avant de m'en aller je veux seulement vous dire qu'à présent je vous vois clairement tels que vous êtes. Avec tous ces airs de violents que vous vous donnez vous n'êtes que des personnages infimes et serviles. » Il avait ruminé maintes phrases de cette teneur au cours de ses nuits tendues et sans sommeil où défilaient des visions de coups, de hurlements de douleur, de son propre visage en sang.

Bustacchin réplique d'un air amusé : « Et toi, qu'est-ce que tu es, petit comte de merde ? » Il est sur le point de se lever, tout muscles et assurance de soi, mais Emiliano l'arrête : « Ce n'est pas la peine, signor Bustacchin, ça n'en vaut pas la peine. » Emiliano apparaissait distant même à Severo et à ceux de son milieu, ses expressions comme « praxis » ou « révolution permanente » ou « doctrine fondamentale » avaient pour eux une coloration étrangère, et pourtant sa *gravitas* produisait un certain effet.

Polly se lève et va vers Amedeo, lui pose les mains sur les épaules ; le garçon est casse-pieds, elle a décidé qu'il valait mieux l'emmener d'ici : « *Come on, Amedeo, you are a bore* », et il semble avoir des larmes dans les yeux en la regardant. « *Come on.* » Avant de partir avec lui qui murmure : « Il n'y a plus rien à faire », Polly prend congé de Pompeo et de Severo, elle est ravie de les avoir vus, elle remercie pour le merveilleux vin.

Ils sont à peine sortis que la voix lente et douceâtre du garçon aux cheveux roux, Ubaldo Tressa, se fait entendre : « Passina est un homme qui a été douloureusement atteint. Ce ne serait pas un acte de chrétiens que de le maltraiter.

– Et pour toi, Ubaldo, comment vont les choses pour toi ? » Bustacchin a un sourire gouailleur. Il savait que Tressa était quelqu'un qui n'arrêtait pas de se plaindre de préjudices subits, de droits imprécis à faire valoir. « Tu es allé au parti fasciste toi aussi ? Et qu'est-ce qu'ils t'ont dit, ils t'ont donné satisfaction là, au parti ?

– Que peut faire un pauvre malheureux comme moi ? » Tressa laisse errer son regard du bas vers le haut avec ces yeux, qu'il a jaunes et humides. « Remarque, Severo, que je ne suis pas allé seulement au parti. »

Il avait aussi des contacts avec le patriarcat et avec des gens d'Église en général, à travers sa tante Olimpia qui connaissait bien Mafalda Vianello, la sœur de monseigneur Giovanni Vianello, prélat cultivé et destiné à une carrière insigne. Monseigneur Vianello avait mentionné Ubaldo Tressa à un ami cher et influent, Silvio Tolotta Pelz, mais Silvio, distrait, accablé d'obligations, s'était borné à secouer la tête d'un signe négatif qui pouvait signifier, au choix, soit qu'il ne connaissait personne de ce nom, soit qu'il conseillait de ne pas s'occuper de l'individu qui le portait.

D'après ce que m'en ont dit quelquefois Lamberto Gucciotti et d'autres personnes, la vie d'Ubaldo Tressa était amplement vouée à la recherche d'assistances et de revendications obscures. Si d'aventure quelqu'un réussissait dans n'importe quel domaine, Ubaldo disait: « Ce sont des gens qui bénéficient d'appuis. » Au siège du parti fasciste il avait vu une fois, en fin d'après-midi, Marcello Sbordoni qui y effectuait certaines tâches d'organisateur sanitaire. Marcello l'avait reçu avec des façons brusques, lui faisant ouvrir la bouche pour dire « aaa » et lui conseillant de se faire enlever les amygdales; puis, se faisant joyeux, il avait ajouté: « Vous avez toutes les dents pourries », et lui avait suggéré, tout en éprouvant l'agréable sensation de sa langue qui caressait le bridge entre ses molaires, de se présenter en son nom chez Alvise Balmarin, « et puisque vous y allez », avait-il encore dit d'une manière sibylline, « dites-lui donc de prendre garde à son derrière, monsieur le docteur Bal-marin ».

Au cabinet dentaire, Minerva l'avait introduit dans le petit salon d'attente et là, Ubaldo reconnaît immédiatement un autre patient: « Vous êtes le comte Passina, n'est-ce pas? demande-t-il, anxieux.

– Cela dépend », répond le comte, circonspect, « et vous, qui êtes-vous? ». Il a reconnu l'individu mais son regard fixe exige une réponse.

Tressa ne se présente pas par son nom, au lieu de cela il entreprend l'une de ses sempiternelles litanies, sur le ton plaintif et monocorde du chanteur ambulant: « Je suis un malade, atteint aussi de maladies tropicales que j'ai contractées au cours de mon temps de service.

Mais l'origine de tout cela réside dans le désespoir de l'âme. Je reviens de ma première traversée et qu'est-ce que je trouve ? Ma sœur qui est morte. J'ai repris la mer la tristesse dans l'âme. Lorsque je rentrais d'un de mes voyages dans la marine marchande, mon père me disait : "Ta sœur, il faut lui dresser des autels." » En effet, j'ai peut-être oublié de préciser qu'Ubaldo était le fils du commandant Tressa. Il ne vivait pas avec son père et ne devait pas le voir beaucoup, semble-t-il.

Lorsque Minerva fait entrer Passina dans la salle de soins, celui-ci fait fermer la porte derrière lui et se dresse sur la pointe des pieds pour murmurer à l'oreille d'Alvise : « Que fait cet individu chez toi ? C'est l'ex-beau-frère d'Edoardo Bialevski, et tu sais, n'est-ce pas, que c'est une canaille, un voleur, non ?

– C'est Marcello qui me l'a envoyé parce qu'il a les dents en piteux état.

– Moi aussi j'ai les dents en piteux état mais je ne suis ni un voleur ni une canaille, Alvise. Ce type-là, c'est un rôdeur. Je le rencontre partout, à Dorsoduro, il bourdonne autour de nous, Alvise.

– Et laisse-le bourdonner.

– Je sais que vous me faites une réputation de dément, mais moi, certaines choses, je les sais, Alvise, je les sens. Et je vous dis que cet homme est un salaud. »

Il garda cette conviction, et comme Tressa, après sa rencontre avec lui dans la salle d'attente d'Alvise, se considérait en droit de le saluer dans la rue, Passina, sans répondre de retour, lui jetait en passant quelque question, d'une petite voix caressante et pleine de curiosité : « Tressa, où le butin est-il caché ? » Ou bien : « Et vous Tressa, où étiez-vous pendant la guerre ? En prison ? » Et il s'éloignait, dodelinant de la tête, marmonnant et riant avec âpreté : « Eh oui ! Car on ne l'a sûrement pas vu au front. »

Dans le milieu de Severo Bustacchin, au contraire, Tressa est considéré comme un pleurnichard mais assez amusant comme tête de Turc, ils le laissent proclamer « je suis un marin », alors qu'ils savent pertinemment qu'il n'a jamais eu affaire avec la navigation proprement dite et que son rôle à bord consistait à s'occuper des petites tâches administratives et comptables, à payer les fournisseurs de victuailles, avec en plus quelque petite contrebande ; il prétendait à présent qu'il lui avait fallu mettre un terme à sa carrière en raison de maux physiques que personne ne voulait lui reconnaître. Il s'estimait profondément religieux, c'était même son fort, disait-il, son orgueil. Au cours de certaines escales qu'il fit en Amérique, il eut des contacts avec des témoins de Jéhovah, avec les Mormons, mais n'avait pas accepté l'idée de se faire le missionnaire de ces groupes en Italie où il professait qu'il était patriote, avec une foi aussi bien catholique que fasciste. Severo Bustacchin, militant « de la vigile », le jugeait comme un pauvre impuissant et nourrissait donc à son égard un joyeux et généreux sentiment de mépris. Ce fut lui qui lui dit un jour, tout en ne saisissant pas parfaitement quelles aides et quelles revendications l'homme sollicitait : « Pourquoi perds-tu ton temps avec le père d'Amedeo Passina qui n'a plus tout son sens, ou bien avec Marcello Sbordoni qui, tout mutilé de guerre qu'il soit, est un crétin ; va donc chez Ezio, son frère, moi je ne peux pas le souffrir, Ezio Sbordoni, et j'ai comme une vague idée qu'il est pédé, mais c'est un homme qui pour sûr dispose d'appuis, a des contacts, crois-moi, va chez Ezio Sbordoni.

– Eh ! J'aimerais bien, Severo. J'aimerais bien. Qui est-ce qui le connaît ?

– Lamberto, non ? »

Lorsque Lamberto Gucciotti a l'occasion, quelque temps plus tard, de conduire Tressa à l'entresol « bonbonnière » d'Ezio, celui-ci est fort absorbé par une *chartreuse* qu'il sirote dans un verre trop large et trop profond pour cette sorte de boisson, et par la contemplation de deux de ses trois hôtes, Giovanna Balmarin et Maurizio Berg, assis côte à côte sur un petit sofa XVIIIe qui laisse échapper quelques craquements à chacun de leurs mouvements ; la troisième invitée est Ortensia ; elle s'est carrée, imposante, dans un fauteuil plus confortable, et fume un très mince cigare ; elle a beaucoup voyagé dans sa vie ; elle dit, chaque fois, que toutes les dames danoises en fument de pareils.

Ezio se lève avec souplesse pour recevoir les nouveaux hôtes mais il paraît déconcerté par l'aspect de Tressa, pâle et larmoyant, par ce vêtement noir avec cette étrange veste à six boutons, par ces chaussures, jaunes comme ses yeux ; il détourne son regard le plus vite possible pour le poser sur Lamberto et là il retrouve son sourire. Et même, son visage s'éclaire de plus en plus. Il semble découvrir quelque chose de nouveau chez Lamberto, dans ce visage rond, lisse et bronzé, dans cette rangée de petites dents dont la blancheur éclate entre les lèvres humides et fraîches. Il ne le quitte pas des yeux tandis que Lamberto lui présente « le signor Tressa dont je t'ai parlé par téléphone », et on dirait même qu'il désire ajouter un plaisir à un autre, il allume une cigarette et savoure à pleins poumons la masse de fumée aromatisée, l'exhale avec lenteur ;

lorsque Lamberto fait mine de vouloir répéter les présentations, il l'interrompt, murmurant un vague « Ah oui », il ne saisit pas le nom de l'homme qu'on lui présente et, sans lui jeter un regard, lui tend une main ornée d'une chevalière sigillée et la lui laisse effleurer fugacement. Ezio pense par phrases et déjà dans son esprit il a catalogué Tressa, avec d'élégantes allitérations, comme « un des nombreux miséreux que l'on me recommande ». D'un geste du bras il écarte les nouveaux venus des autres invités et les introduit dans une espèce de *boudoir* contigu au salon.

Personne n'a prêté grande attention à Tressa mais Giovanna Balmarin s'est aperçue qu'elle l'avait déjà vu. Plus d'une fois, même, à Dorsoduro, tandis qu'elle se promenait avec Novella sur les Zattere vers la Marittima, longeant les hauts flancs des navires, ou dans les parages de l'église San Nicolo dei Mendicoli qui « ne signifie pas mendiants », comme le lui avait maintes fois répété Maurizio Berg, mais « raccommodeurs de filets de pêche », à quoi Edoardo Bialevski ajoutait qu'il s'agissait des filets « de très très anciens pêcheurs : dans la topographie religieuse de Venise, c'est un peu la Torcella du Sud », et tout ceci n'avait fait qu'accentuer pour Giovanna la fausse note que constituait, en ces lieux, le rôdeur spectral aux cheveux roux et à la veste de deuil munie de six boutons ; peut-être cette apparition ne serait-elle pas restée, en d'autres temps, aussi fortement gravée dans son esprit mais c'était un moment où elle percevait autour d'elle un air de nouveauté et de changement qu'elle ne parvenait pas encore à déchiffrer.

Peut-être que tout avait commencé avec les événements de Polly et d'Annibale. Une certaine curiosité réjouie s'était emparée d'elle et de Novella mais elles ne pouvaient se défaire de l'idée qu'elles avaient perdu ce camarade à jamais. Pour Giovanna le sens même des souvenirs changeait aussi. Fini les petits pieds luttant les uns contre les autres dans le lit de camp à la cave, à l'époque de Venise « sous les bombes » et de la « nuit des huit heures » ; fini l'apitoiement tendre et affectueux envers Annibale « stupide », fini la symbiose ; voilà que ce que ressentait Giovanna était aussi un sentiment d'abandon et de déception. En regardant les choses dans la longue perspective des années, je dirais que Giovanna montrait qu'elle aussi descendait de la lignée des femmes vénètes qui, avec la force consciente de leurs sentiments, avaient dirigé, et dans un certain sens inventé, leurs hommes, mettant au jour et suscitant en eux des étincelles vitales. Et l'un de ces hommes, le premier de sa vie, lui faisait à présent faux bond.

Et puis, maintenant, elle avait l'impression qu'un peu tout le monde était en train de changer. Même les amies de tous les jours de sa mère. Une fois, parlant justement d'Annibale et de Polly à Elvira Tolotta Pelz en visite chez elle comme à l'ordinaire, Caterina Balmarin lui avait dit : « Tu t'en seras aperçue toi aussi, j'espère, que ces deux-là ont eu un véritable *flirt.* » Elvira avait eu un de ses étranges petits accès de rire hoquetant et avait fait furtivement ce commentaire très inattendu : « Eh oui. Ils en ont de la chance », puis s'était mise à parler avec une assurance dans le ton qui ne lui était pas coutumière : « Silvio a insisté pour qu'Annibale prolonge son séjour à Cortina où l'on gèle, et j'ai entendu dire que Polly aussi est partie de son côté, non pas pour l'Amérique mais seulement pour Londres. Silvio laisse Annibale dans ce froid glacial car il pense que le petit s'est beaucoup affaibli à la suite de sa longue immobilité, vous vous souvenez qu'il est tombé de cheval. »

J'imagine dans cette scène la présence de Marta Rutigliano qui s'exclame avec ironie : « Comment donc ! On n'a pas parlé d'autre chose pendant des mois », et Elvira qui lui sourit comme souvent d'autres personnes lui ont souri à elle, c'est-à-dire un peu comme on fait avec une faible d'esprit, puis elle s'adresse de nouveau à Caterina : « Maria Paola et Corrado sont à la montagne eux aussi. Corrado participe aux championnats de ski, ceux des étudiants.

– De sorte qu'ils sèchent tous officiellement la classe », relève Marta, les lèvres pincées. Elle est hargneuse et incohérente. « Le livre et le mousquet. Silvio est à Rome, n'est-ce pas ? » Ses amies se taisent.

Giovanna avait toujours eu beaucoup d'affection pour Elvira et elle avait l'impression que chez Elvira le changement avait commencé lors de l'opération d'Annibale, lorsque toutes deux tenaient leurs mains serrées ; elle n'ignorait pas la fameuse phrase que son père et le professeur Berg répétaient à son sujet « une femme dont on n'a pas fini de faire le tour », et maintenant il lui semblait que même avec ses yeux délavés, Elvira, mine de rien, saisissait une foule de choses, même l'acidité croissante des remarques de Marta qui, lorsqu'elle tenait ses propos « engagés », percevait qu'on l'écoutait de moins en moins et qui, selon les Rumeurs, « s'entendait très peu » avec son époux, le grand officier Rutigliano. Giovanna avait souvent noté qu'elle et Elvira s'entretenaient ensemble comme si elles étaient du même âge ; après quelques mots au sujet de Pericle et de Marta, Elvira avait dit : « Quelle chance à ta mère d'avoir auprès d'elle cette merveille qu'est ton père. » Et elle avait aussitôt ajouté : « Pour ne pas parler de ces merveilles d'enfants que vous êtes, tous les trois », et puis elle s'était mise à évoquer ses propres souvenirs de jeunesse : « À cette époque j'étais Elviretta Albiego, j'étais même vraiment jolie. » « Et maintenant tu es très belle », et Giovanna avait failli ajouter : « Il suffirait de voir la façon dont Osvaldo te regarde si souvent. » Cette intimité apparaissait toute naturelle à Giovanna, que de fois lui était-il arrivé de pressentir certaines choses quant aux habitants et aux habitués du palais Bialevski et de les entendre confirmer par son père ou sa mère, ou par Uga, ou par Maria Matilde. Avec celle-ci d'ailleurs, elles se voyaient bien plus souvent que d'ordinaire.

Maria Matilde n'avait pas voulu suivre Corrado et Maria Paola à la montagne, « mais il faut espérer que ces deux-là finiront par se réveiller » avait-elle dit, faisant allusion à leur situation de pré-fiançailles dans laquelle ils se trouvaient pratiquement depuis l'enfance. Quant à Giovanna, Maria Matilde lui disait qu'elle la trouvait « toujours plus belle, je comprends que Maurizio Berg soit fou de toi, lui qui est peintre et qui se sent très beau aussi. Et comment vont les choses avec Annibale ? Vous êtes là depuis votre plus tendre enfance à vous taquiner, vous faire des chatouillis, que sais-je, et voilà qu'il est maintenant avec Polly ». Polly était partie à l'improviste avec son père pour Londres où ils devaient rencontrer la mère de Polly, pour des « questions d'affaires », semble-t-il. En ce temps-là ce genre de choses faisait grand effet.

En outre, Giovanna avait presque une impression de clivage, nombre de gens partaient, dans différentes directions, de sorte que ceux qui restaient autour d'elle, comme sa mère et les amies de celle-ci, ou comme son frère Osvaldo, ou même son oncle Ezio Sbordoni, devenaient plus présents, plus ouverts et plus familiers aussi, un peu, lui semblait-il, comme ceux qui restent en dernier à la fin d'une fête.

Et affectueux de surcroît. Jamais comme en ce moment Ezio ne s'était autant comporté en oncle célibataire, la comblant d'attentions, fier d'elle. De temps à autre il demandait à sa sœur de lui « prêter » Giovanna ; Caterina consentait, parait sa fille d'un de ses souples manteaux de fourrure, de boucles d'oreilles. La gamine était enchantée. Elle allait se montrer à Maria Matilde qui lui ajustait le petit chapeau avec des rires et des câlineries. Et maintenant je ne sais plus si je confonds les dates mais il me semble qu'à peu près à cette époque Ezio, qui demeurait à l'entresol du palais des Traverson et montait souvent chez les opulents et fort fréquentés Eisa et Pierluigi, amena chez eux Giovanna à l'occasion d'une réception qu'ils donnaient en l'honneur du prince héritier en visite dans la ville. Selon des Rumeurs bien plus répandues, la maîtresse de maison, Eisa, avait présenté Giovanna à l'hôte d'honneur comme « la jeune comtesse Balmarin » ; et avant de serrer la main au prince, qui selon l'étiquette, semble-t-il, devait répéter son propre nom à chaque fois, la jeune fille, s'entendant attribuer ce titre par Eisa, s'était tournée vers elle et lui avait simplement dit « non », sans emphase aucune, comme si elle corrigeait une faute de prononciation. Marta Rutigliano, qui était hostile à Eisa Traverson, selon elle « le type de femme avec la maison toujours pleine de gens et eux-mêmes pleins d'airs qu'ils se donnent, et qui n'a qu'une maigre culture de couventine », avait eu un sourire persifleur : « Et alors tu lui as fait la révérence ? Ou bien lui as-tu fait le salut romain ? » « Et comment se fait-il », lui avait demandé Giovanna à son tour, « que tu t'intéresses tant à cet être bonasse ? », un peu sur le ton qu'elle prenait pour dire en parlant d'Annibale « ce stupide ». Et elle n'eut plus aucune envie de décrire à Marta, comme elle l'avait fait à sa mère, ses impressions sur ce monsieur de haute taille, aux cheveux de jais luisants, rempli de bonnes manières, et qui avait un père si petit, au contraire, et à l'aspect un peu revêche.

Ici chez Ezio, Giovanna était venue avec Ortensia, sereine et loquace avec son mince cigare à la danoise ; Ortensia non plus n'a pas prêté grande attention à Tressa, peut-être ne pouvait-elle reconnaître sous ces cheveux roux et cette veste noire à six boutons le fils et le frère de gens qui avaient importuné un moment de la vie d'Edoardo ; ou bien avait-elle carrément oublié l'existence de cet homme, qui avait disparu pendant des années de trafic maritime et qui semblait avoir décidé à présent de rôder dans Dorsoduro comme un fantôme ; elle le remarque à peine comme il sort du *boudoir* et revient au salon à côté de Lamberto, escorté par Ezio qui de nouveau le tient à l'écart des autres et le pousse vers la porte du salon pour l'inviter à partir tandis qu'il lui dit : « Voilà, vous me ferez une note, quelque chose comme ça, une espèce de bref mémorandum », et au moment de le congédier : « Puis-je vous offrir une cigarette ? » « Oh non ! surtout pas », fait l'autre qui a aperçu de loin les boîtes en argent et le chariot à liqueurs, « il ne faut ni fumer ni boire, j'en sais quelque chose moi, j'en ai vu des gens démolis par l'alcool au cours de mes années de navigation ». « Ah oui ? », murmure Ezio, et entre-temps ils traversent le vestibule, se trouvent sur le pas de la porte de l'appartement. « Toi non, pas toi », s'écrie Sbordoni comme Lamberto fait mine de partir lui aussi, et de nouveau il fait glisser un instant sa main dans celle de Tressa ; la porte refermée derrière lui, Ezio prend Lamberto bras dessus, bras dessous et tous deux reviennent au salon.

Ici Ezio respire à pleins poumons, il semble envahi par une sensation de bien-être et comme par une lumière nouvelle. Il fait sauter le bouchon d'une bouteille de champagne et en verse à tout le monde. Avant l'arrivée de Lamberto avec Tressa, il avait passé une bonne demi-heure à parler de la beauté de Giovanna, il était content de ne pas la voir en compagnie d'Annibale, il la trouvait toujours plus féminine et bien formée, il les avait installés elle et Maurizio sur ce petit sofa pour mieux les contempler ainsi accouplés et avait à maintes reprises exhorté Maurizio à faire son portrait. « Et qui vous dit que je ne l'ai pas déjà fait, et même plus d'une fois », avait répliqué le jeune Berg qui n'appréciait pas particulièrement les invitations d'Ezio Sbordoni et que Giovanna et Ortensia étaient parvenues à entraîner avec elles ; et l'autre, avec une sorte de sévérité affectueuse : « Dans ce cas tu dois me les montrer ces portraits, hein ? »

Les Traverson sont descendus eux aussi de l'étage noble. Je crois avoir déjà décrit Pierluigi quelque part ; sa femme Eisa était aussi grande que lui et bien en chair ; elle percevait son propre prestige dominant comme quelque chose de si notoire et d'incontestable qu'elle affectait une simplicité vernaculaire, comme quelqu'un qui dirait « Je peux même me vêtir de loques, de toute façon tout le monde sait qui je suis » ; elle parlait haut et fort, se disait paysanne, s'étendait longuement sur ses conserves de fruits. Son mari, avec ses « r » de gorge, discourait volontiers aussi sur l'art : « Mais c'est tout naturel, tu dois nous montrer les portraits que tu fais, Berg, j'ai entendu dire des choses formidables des portraits que tu fais, de notre petite Balmarin aussi », et avec une caresse à Giovanna : « Chère petite. Je te vois toujours plus *en beauté.* » Maurizio élude le sujet, il redoute une invitation à faire le portrait de la marquise Eisa, ce qui représenterait un des cas où il répondrait « impossible, je ne *la vois* pas », phrase qu'il avait dû piquer à mon père ; de sorte que Traverson requiert l'appui d'Ezio : « Pas vrai Sbordoni, n'est-ce pas que j'ai raison ? »

Mais depuis que Lamberto est ici, Ezio n'a plus d'yeux que pour lui, cette peau, cette bouche, ces petites dents, et il connaît un sentiment bouleversant de découverte ; maintenant que l'image fantomatique de Tressa s'est dissipée dans le néant, et voyant que Maurizio s'est levé, Ezio fait asseoir Lamberto aux côtés de Giovanna, il y a quelque chose qui se clarifie en lui, qui se complète, son imagination met au point l'ancienne vision idyllique, il lui semble avoir l'intuition d'un échange télépathique entre Lamberto Gucciotti et lui, finalement la guerre intérieure, contre le caractère évasif d'un nom qu'on a longtemps eu sur le bout de la langue, est gagnée.

Entre l'an VI et l'an VII

Silvio Tolotta Pelz se rendait de plus en plus souvent à Rome et rapportait ensuite que « le cours des choses » était « plutôt satisfaisant ». Pierluigi Traverson disait de lui : « Silvio Tolotta, un homme cultivé et un homme du monde, extrêmement bien introduit dans les sphères fascistes et dans celles du Vatican, moi je trouve qu'il aurait fait un excellent ambassadeur. Vous ne pensez pas ? Créé exprès pour servir de *trait d'union.* » Entre quoi et quoi ? demandait le professeur Berg qui, lorsqu'il rencontrait Silvio lors de ses retours de la capitale au Campo San Barnaba, lui offrait au *Bar des artistes* un « américano » dont il savait Silvio friand et entre-temps glissait quelques questions : était-il vrai que le secrétaire du parti risquait d'être destitué pour des raisons de moralité, ou bien, Silvio avait-il glané quelque détail au sujet du procès à Rome contre des communistes vénitiens condamnés à de lourdes peines de détention : questions auxquelles Silvio réagissait en fixant l'autre avec une espèce de surprise sévère, s'enfermant d'abord dans un mutisme complet puis, avec un de ses déclics dans le registre de sa voix, il passait à un autre sujet, parfois de caractère tout à fait quotidien tel « j'ai entendu dire qu'Alvise et toi avez emmené les petites voir Alfredo de Sanctis dans *L'Affaire des poisons* de Sardou, il faut être fou », ou d'autres fois, au contraire, d'une portée internationale comme lorsqu'il affichait son désappointement quant à la totale insouciance du président américain Coolidge vis-à-vis de la situation en Rhénanie, ou son inquiétude à l'égard du fait qu'Aristide Briand à Genève, en dépit d'un entretien préalable avec le chancelier allemand Müller, « qui promettait mieux », avait par un discours « annulé l'œuvre de tant d'années en vue de la réconciliation entre la France et l'Allemagne ». Et il semblait, comme Remigio Berg devait me le dire bien plus tard, que Silvio voulait faire accroire que, sur ces faits et sur d'autres, il trouvait des informations spéciales dans les coulisses.

Tolotta Pelz professait à l'égard de mon père une grande estime en tant que peintre et à son tour mon père avait pour lui plus de considération que pour les autres personnalités éminentes locales comme Antonelli, les Fassola ou les Sbordoni, et il se rendit même à deux conférences faites par Silvio, disant en rentrant de là : « On ne comprend pas toujours très bien tout de ce qu'il dit mais l'homme ne m'est pas antipathique et puis il m'amuse aussi. » Pour nous, en général, Silvio Tolotta Pelz se présentait plutôt comme une abstraction, un peu comme un roi ou un valet dans un jeu de cartes, actuel et très en vue dans les cérémonies publiques, une image qui revenait souvent, presque un personnage, dirais-je aujourd'hui, de série de bandes dessinées.

Son agenda est des plus denses au cours de ces mois en plein An VI, il est facile de choisir des images de la série. Au début de mars nous le voyons à Rome le dimanche des funérailles du général Diaz, le Duc de la Victoire ; le 23 du même mois, « fête annuelle des faisceaux de combat» et journée «du recrutement fasciste», nous le voyons assister dans sa propre ville de Venise à l'entrée dans les rangs de la milice d'un millier de jeunes gens qui, comme aurait dit notre Léo Rutigliano, «saurrront épauler solidement le mousquet pour l'avenirrr de la patrrrie»; guère un mois plus tard, Silvio se trouve de nouveau sur la Place Saint-Marc pour «l'anniversaire de la fondation de Rome» qui est aussi «la fête du travail», il sourit en jaquette à queue de pie de coupe impeccable parmi les drapeaux, les notables de la ville, les panaches, écoute le chœur mis en musique par Pietro Mascagni, et il a presque l'impression de pouvoir reconnaître les voix robustes de sa fille Maria Paola et de son fils Annibale, chacun portant l'uniforme de sa section respective: «L'idée qui nous lie est une, l'empire fasciste est un, on ne nie pas la patrie, la patrie on la conquiert», mais avec tout cela sa préférence va aux fêtes religieuses et aux manifestations artistiques véritables, si bien que quelques jours plus tard, il se délecte, cette fois dans le groupe du cardinal patriarche, avec les lumières, les sons et les couleurs de l'office pontifical et de la procession de la fête de saint Marc. L'image du Silvio de l'époque offre aussi des aspects de personnage proche de la maison royale, il envoie un télégramme à l'aide de camp du souverain à l'occasion de l'attentat à la dynamite au moment de l'inauguration de la Foire de Milan, quatorze morts, le souverain indemne inaugure tout de même la Foire «mais la soirée à la Scala est supprimée», ajoute Silvio; il avait cela en commun avec Ortensia de toujours savoir où se trouvaient à un moment donné les souverains et leurs proches, les princes et les ducs; un desquels vient inaugurer la Biennale d'art, fête dont

Silvio jouit à pleins poumons pour ainsi dire ; on le photographie et cette fois d'une manière exceptionnelle son fils Annibale l'accompagne, comme si soudain il était devenu majeur et non le simple chef d'équipe des Jeunes Avant-gardistes – à proximité du duc qui descend en souplesse, aux Giardini di Castello, de la gondole noire parée d'or et de draps à traîne derrière le siège d'honneur, après avoir traversé une partie du Canalazzo (applaudissements des balcons où des tapisseries sont déployées), le Bassin et une partie de la lagune, à la tête d'un cortège d'embarcations parmi lesquelles sept « bissone » que Silvio et Annibale n'ont aucun mal à distinguer et à nommer une à une : la Nettuno, la Naviglio, la Floreale, la Veneziana, la Geografia, la Cavalli Marini, la Bizantina ; ensuite le père et le fils errent parmi la foule des personnalités éminentes entre les différents édifices de l'exposition d'art international, se tenant par la main le long des avenues bordées d'arbres ; devant chaque pavillon étranger, la fanfare municipale joue l'hymne national respectif, Silvio et Annibale, exposés au vent du vaste monde ouvert devant eux, s'enivrent de couleurs, de tableaux, de parures féminines, de drapeaux ; dans un étincellement de trompettes éclatent les notes du *God save the King* et de *La Marseillaise* entre les pavillons de la Grande-Bretagne et de la France qui se regardent depuis un bon bout de temps avec des façades d'*entente cordiale.*

C'est un moment où les rapports entre Annibale et son père sont aisés et sérieux, le gamin commence à mettre au point l'idée que son père n'a rien appris et n'apprendra jamais rien, des années plus tard il en arrivera à dire que dans son souvenir il voyait « son pauvre papa » comme un frère cadet et moins vif d'esprit. Silvio est satisfait parce que son fils, de retour à l'école, a retrouvé facilement son classement de premier, chose qui le rassure alors que pour Annibale c'est devenu « toujours la même ennuyeuse rengaine » ; et il est content aussi parce qu'il ne le voit plus si souvent en compagnie de Giovanna Balmarin ; ils sont tombés sur elle à l'inauguration de la Biennale où elle se trouvait avec les Berg au grand complet, dans la salle de la « scénodynamique futuriste », et il n'y a eu que de lointains et brefs signes de la main.

Puis il est arrivé ceci. Vers la fin du mois de mai, dirais-je, il y a eu « la collision » entre Silvio et sa fille cadette, Maria Matilde. Pour reconstituer la chose, il me faut me replacer dans un décor déjà mentionné, la boutique de vins du marchand Paoluzzi, avec ses quelques tables et ses rares consommateurs. Parmi ceux-ci figure aussi Giovanna Balmarin, un dimanche après-midi. Peut-être pour réagir à cette sensation de changements indéfinis qui flottaient dans l'air, Giovanna avait repris une vieille habitude de son enfance, celle de faire une promenade quelconque dans la ville en compagnie d'Uga et de Maria Afflitta, en évitant les lieux habituels des dimanches ensoleillés, comme la Piazza, Santo Stefano, les Zattere, mais en empruntant des endroits moins fréquentés de San Polo, de Cannaregio ; en général, pour se rendre à l'école de Cannaregio le matin, elle prenait le vaporetto de l'Accademia à la Ca' d'Oro, mais les dimanches elle et les deux femmes allaient à pied par le Rialto, San Bartolomeo, les Santi Apostoli, la Strada Nuova et au-delà jusqu'à la Lista di Spagna, s'arrêtant peut-être deux heures au cinéma Progresso ou à l'Italia si on donnait « un film intéressant », ou rendant visite à Calle Racchetta, au Campo San Marcuola, à certaines amies d'Uga et de Maria Afflitta.

C'étaient leurs amies des dimanches et fêtes, des domestiques et des concierges comme elles, des couturières à domicile, des commerçantes, qui toutes avaient toujours traité Giovanna avec affection « comme leur propre fille ». « Quel beau manteau que tu as là », remarquait la couturière, et Giovanna en était ravie (« L'une des raisons pour lesquelles tu me plais », lui disait Maria Matilde, « c'est que tu es vaniteuse ».), et elle répondait : « Il est à ma mère », et l'autre, comme dans un échange de répliques prévues, disait, tout en lui ajustant en experte le manteau ou le *cloche :* « Oui, mais à toi tout te va toujours si bien. »

Parmi ces amies des jours fériés, la plus éminente et, tout compte fait, assez différente des autres, c'était Mafalda Vianello, la sœur du prêtre érudit portant le même nom, qui, entre autres choses, était considéré comme un fort bel homme ; Maria Afflitta, une femme robuste mais sensiblement plus courte de jambes que Mafalda, voyait aussi en elle une belle et grande prêtresse et levait vers elle des yeux au regard obscur et jaloux, ne se contentant pas d'être suspendue à ses lèvres mais voulant aussi créer silence et respect lorsqu'elle les ouvrait pour proférer ses paroles. Il est par conséquent tout naturel qu'au cours d'une de leurs promenades Maria Afflitta propose de faire une halte chez le marchand de vins Paoluzzi « car Mafalda m'a dit qu'elle irait aujourd'hui ». « C'est une merveilleuse journée de mai », relève Uga, « mais si tu y tiens », et je suis persuadé qu'elles ne trouvaient rien de bizarre à emmener avec elles la petite Giovanna dans ce troquet alors que, quel que fût leur âge, il eût été inconcevable d'y conduire Maria Paola ou même Maria Matilde, sans parler des interdictions et des menaces de punitions qu'un tel projet aurait entraînées de la part de Silvio.

Lorsqu'elles entrent chez le marchand de vins, Severo et son ami le violoniste occupent la grande table, Maria Afflitta leur fait un bref signe de tête auquel Severo répond par un clin d'œil en guise de salut ; et Mafalda Vianello, installée toute seule à l'une des petites tables, se montre surprise : « Comment, vous avez emmené la gosse ?

– Nous la prenons avec nous en promenade quelquefois le dimanche, explique Maria Afflitta.

– En promenade d'accord, mais ici ? Vous l'amenez ici pour sanctifier la fête ? » rétorque l'autre probablement ironique, exposant dans un sourire ses belles grandes dents.

On apporte du vin blanc frais et avant d'en verser à Giovanna, Mafalda lui demande : « Tu en veux vraiment toi aussi ?

– Bien sûr. » Giovanna prend immédiatement une gorgée, la savoure lentement, fait un signe d'assentiment à Mafalda : « Il est bon », comme si celle-ci lui avait demandé une appréciation. Le regard que la femme fixe sur elle, comme tant d'autres choses à cette époque, ne lui est pas clair, et elle essaie de dissiper cette impression en lui souriant.

Mafalda Vianello est morte il y a quelques années à peine, elle a eu le temps de s'occuper de la maison de son frère lorsque celui-ci a revêtu la pourpre cardinalice ; je crois que jusqu'à la fin Mafalda est restée religieuse, militante, sans être du tout ce qu'on appelle une pleureuse antique ; je me la rappelle bien moi aussi, une femme à la silhouette belle et forte et au profil classique, avec une voix que je n'hésiterais pas à définir de ténor, presque dénuée d'accent local. Qu'elle sût bon nombre de choses concernant les locataires du palais Bialevski, ainsi que d'autres demeures de Dorsoduro, n'était pas seulement dû, bien sûr, à son amitié avec une personne comme la pauvre Maria Afflitta ; elle-même, Mafalda, habitait à Calle Lunga San Barnaba et elle connaissait un peu tout le monde, elle avait travaillé pour les Debaldè mère et fils, propriétaires de cette pension sur les Zattere où Polly logeait en général lors de ses séjours vénitiens ; par la suite on lui avait confié la gestion non seulement à Venise mais aussi à Mestre, à Cortina, des blanchisseries et pressages dans les hôtels qui appartenaient au commandeur Gucciotti, le père de Lamberto et d'Emiliano, et elle se plaisait à dire déjà alors : « Moi dans l'hôtellerie j'ai toujours eu des fonctions de directrice. » Cet air qui émanait d'elle, un air de propreté et de lessive, quelque chose entre la poudre de talc et l'amidon, s'associe, dans le souvenir de ceux qui l'ont connue, à sa façon ferme et pénétrée d'autorité, à l'instar d'une infirmière experte, de juger les gens de Dorsoduro et son prochain en général.

« À Cortina », est-elle en train de dire à une Maria Afflitta qui se tient raide et idolâtre, « j'ai vu Maria Paola Tolotta, voilà une fille qui se fait et devient comme il faut. De même que le fils aîné du docteur Balmarin, Corrado ». Sa voix forte confère de l'autorité à ce qu'elle dit : « Il est arrivé le premier. Au ski. Un sportif. Un homme pur. Une belle âme. » Elle s'arrête longuement. « Mais pas Osvaldo, non. Non. Qu'est-ce qu'ils font, les deux plus jeunes, Osvaldo et comment s'appelle-t-elle déjà, Maria Matilde ? Qu'est-ce qu'elle fait, Maria Matilde ? »

Giovanna s'aperçoit qu'elle comprend mal cette Mafalda Vianello qui parle de ses frères en sa présence, comme si elle n'y était pas ; elle constate de plus en plus combien cette femme est différente des autres amies dominicales d'Uga et de Maria Afflitta qui disaient en parlant d'elle « cette enfant met la joie dans le cœur rien qu'à la regarder » et avec qui ce n'était que rires et baisers. Que signifiait par exemple « une belle âme » ? Elle a l'impression que Mafalda veut lui transformer ce grand frère, chaud et présent depuis qu'elle est née, en quelque chose de lointain et d'irréel perdu dans les neiges ; elle hausse les épaules, sourit, et pour se rassurer, se met à évoquer des images familières, de son père qui palpe avec satisfaction les muscles de Corrado et l'observe avec plaisir tandis qu'il mâche méthodiquement son risotto, ou de Novella qui, toute petite, disait : « Osvaldo me fait bien rire mais Corrado est un peu ennuyeux, un grand échalas », et elle, Giovanna, l'interrompait : « Non, pas du tout, tu sais, et puis il est tellement beau. » Elle a toujours aimé observer les hommes, la grâce inconsciente de leurs gestes et de leurs mouvements, la vigueur, assumée avec insouciance comme une chose légère.

La porte vitrée grince et par la fente s'introduisent, inattendus, la face jaune et le long cou d'Ubaldo Tressa ; Giovanna attend jusqu'à ce que succèdent à ce cou la veste noire à six boutons, les chaussures jaunes, nul doute, c'est l'homme-apparition de Dorsoduro, elle est sur le point de se renseigner auprès de Mafalda mais celle-ci se lève, se dirige au-devant de l'apparition, complote en chuchotant, puis l'apparition va rejoindre les autres à la table de Severo, et lorsque Mafalda retourne à la sienne Giovanna lui demande : « Qui est ce type ? »

Mafalda examine la jeune fille avant de lui répondre avec une sorte d'air satisfait : « C'est un homme infortuné, et très pauvre. Pourquoi le demandes-tu ? Ils ne te plaisent pas, les pauvres et les infortunés ? Qui te plaît donc ? Rudolf Valentino ? Les maharajahs ? Les cheikhs ? Toi aussi tu es une de ces jeunes écervelées ? » Son ton est à la fois de mépris et de délectation comme elle émet ces mots de ses lèvres douces et charnues.

Giovanna cède à une impulsion et se met à rire mais elle a la gorge nouée, un peu comme lorsque, il y a déjà quelque temps, Emiliano Gucciotti l'avait traitée de perverse stupide. Mais elle hausse les épaules, sourit : « Nous sommes allées l'autre jour, Maria Matilde et moi, au San Marco, voir *L'Héritage du désert.* » Elle a parlé au hasard, juste pour dire quelque chose. « *L'Héritage du désert,* avec Bebe Daniels, ajoute-t-elle.

– Tais-toi donc », lui murmure Maria Afflitta, son œil dévoué et vigilant rivé sur Mafalda, « tu es toujours là à parler de cinéma et des films que tu vas voir.

– C'est toi qui ferais mieux de te taire, intervient Uga. Giovanna est de loin, de très loin, bien mieux que toutes les autres. Un jour elle sera médecin. Comme le docteur Alvise. »

Mafalda corrige en sifflant entre ses dents : « Le docteur Alvise est un dentiste.

– Maria Matilde aussi, annonce Giovanna, fera peut-être sa médecine et alors elle commencera ses études bien avant moi.

– Maria Matilde ? Je suis certaine que de cette fille tu n'auras pas grand-chose à apprendre.

– Pourquoi ? »

Alors Mafalda se dresse, de ses bras croisés elle soutient sa belle poitrine opulente. « Ou peut-être », elle regarde Giovanna de haut et de biais, « as-tu déjà suffisamment appris ».

Deux jours plus tard, tombant sur Maria Afflitta, elle lui dira : « Cette Giovanna Balmarin. Je n'aime pas beaucoup les yeux de cette enfant. Des yeux peu clairs. Peu propres. Ce n'est pas par hasard qu'elle est si liée avec Maria Matilde Tolotta. » Puis passe à autre chose : « Et lui ? Le dentiste Balmarin ? Ce qui se dit de lui… Et sa femme ? Et leur ami là, l'Anglais ? Et l'Américaine, la Rutigliano ? Avec tout le tralala qu'a fait le père avec son palais, elle n'y reste jamais, elle se balade, rit vulgairement. Oh, quel amas de choses peu propres doit s'être accumulé dans certains palais de Dorsoduro ! » C'est comme si elle parlait d'un amoncellement de linge qu'il aurait fallu envoyer depuis belle lurette à la blanchisserie. Et Maria Afflitta eut comme l'impression que c'était sur elle que pesait la faute d'une telle négligence dans le service.

D'où son ton décidé pour annoncer à Uga un soir, au cours d'un copieux dîner dans leur petit appartement au rez-de-chaussée : « Moi je monte et je lui dis.

– Tu montes et tu lui dis quoi ?

– Toutes ces choses que j'ai vues, et qui se sont accumulées durant toutes ces années.

– Tiens-toi tranquille, Maria Afflitta, ne bouge pas d'ici et calme-toi. »

L'autre n'entendait rien. « Moi je monte lui dire. »

On ne saura jamais ce que Maria Afflitta aura raconté de précis à Silvio Tolotta Pelz à travers ses bredouillements timides et durs de paysanne vénète : elle parlait d'actes coupables qu'elle imaginait commis dans cette demeure et dans d'autres de Dorsoduro, d'ordures de l'âme et du corps ; c'étaient des propos saccadés, émis par vagues intermittentes, avec des mouvements de mâchoires comme si elle mordait l'air, et sur ces vagues flottaient des noms, en couples, articulés d'une façon rauque et simplifiée, grignotés, réduits à des moignons de mots, « Ôsvao et Mariatilde, Aibae et Poi, Sobiaèski et Soartessia », et Silvio écouta ce qui lui suffisait non point pour rassembler les fragments de ce délire mais pour édifier ses propres délires, s'arrêtant finalement sur un point, un point central, et faisant travailler son cerveau sur ce point.

Le point fut Maria Matilde. Les allusions aux actes coupables d'Annibale l'avaient si peu atteint, ses rapports avec lui avaient tellement changé que, comme si des années s'étaient écoulées depuis l'époque des gifles, il le convoqua, de pair à compagnon, pour le consulter. Et Annibale, sans savoir qu'il donnait de la sorte peut-être la toute première incitation à une espèce de bouleversement sans retour dans la tête et en général dans la vie de son père, répondait aux questions sur « la plus jeune de tes sœurs » avec fraîcheur et désinvolture, « oui, pas plus tard qu'hier elle est allée au cinéma avec lui, avec Osvaldo, il y avait aussi l'oncle Pompeo ».

Silvio ignorait que son frère se trouvât à Venise ; de ce nom se dégageait, pour lui, comme une lueur sinistre. « Poursuis », lui dit-il.

Annibale a une de ses phases de bégaiement, mais cette fois ce n'est pas lui qui est dans un état de confusion, c'est la confusion de son père qui l'impressionne : « Je ne sais pas, que dois-je dire, tout le monde le sait, que ces deux-là font des choses, ce sont des choses, que tout le monde sait, je ne sais pas moi », mais Silvio le suit, marquant son assentiment par un mouvement de tête comme s'il rassemblait des données précises et à un moment donné, brusquement, il se lève et tout en raccompagnant son fils à la porte comme au terme d'une discussion d'affaires il lui demande d'une façon curieuse, efficace : « En somme c'est le vice ? La saleté ? Des choses de bas-fonds ? » Il hoche la tête comme pour confirmer ce qu'il a dit, congédie son fils et retourne à sa table de travail comme pour prendre immédiatement note de leur entretien.

Et vers la fin de ce mois de mai, tel un juge au terme de la période d'instruction, il charge Maria Paola d'avertir Maria Matilde qu'il désire s'entretenir avec elle. En entrant dans le cabinet de travail, Maria Matilde voit son père assis à son grand bureau, penché sur des papiers.

« Me voilà, papa. »

Silvio laisse passer de longs moments avant de lever les yeux. Puis il demande : « Qui êtes-vous ?

– Comment, papa ?

– Je vous demande : qui êtes-vous ? »

Maria Matilde garde son sang-froid. Peut-être son père, comme à l'époque la grand-mère Irene, est simplement devenu fou. Une chose grave en soi, mais qui est claire, qu'on peut évaluer : on disposait de médicaments, de calmants, de maisons de santé. Il suffisait de considérer l'homme comme, dans le fond, on l'avait toujours considéré : un homme qui vivait au sein d'idées qui lui étaient propres, parmi des fantasmes abstraits, avec quelque chose d'irréel derrière le reflet de ses lunettes sans monture.

« Et cet Osvaldo, pouvez-vous me dire qui c'est, en définitive, cet Osvaldo ? C'est ainsi qu'il se nomme, n'est-ce pas ? Le fils cadet du dentiste Balmarin ? »

Ou peut-être joue-t-il un rôle, tout à fait consciemment, il a son plan solitaire et vindicatif pour la tourmenter et pour s'amuser. Alors sa fille essaie de l'arrêter, elle prend exprès une voix rauque, vulgaire : « Pour quelle raison parles-tu ainsi d'Osvaldo ? N'as-tu pas toujours pensé qu'un jour nous nous marierions ? Tout le monde d'ailleurs, non ? Les trois couples du palais Bialevski, tu ne t'en souviens plus ? »

Mais elle a l'impression qu'il est ailleurs, perdu dans une de ses hallucinations. Puis, au contraire, son père lui apparaît plus vrai que d'ordinaire. Sauf qu'il s'agit d'une vérité cachée, égarée le long des couloirs souterrains de son for intérieur, tortueux et pleins d'ombre. Des voix qu'il entend monter de ces méandres dans sa tête il rapporte des fragments décousus : « Maria Paola et Corrado d'accord, n'est-ce pas ? Mais… Vous, vous allez dans les troquets, dans les greniers, dans les cabines de la plage populaire… Annibale aussi, pas vrai ? Mais lui, c'est un homme à présent. Je sais tout de vous. » Il se tait longuement.

Sa fille l'écoute comme on suit un somnambule, avec la crainte qu'il se réveille et tombe par la fenêtre. Dans le silence elle entend son propre souffle anxieux.

Il parle désormais comme dans un rêve : « Ou comme l'Elviretta à Naples. Ou ici même à Venise, dans le noir, pendant la guerre, quand l'obscurité totale était prescrite. »

Sa fille se hasarde à demander : « Tu veux dire lorsque maman et toi vous étiez en voyage de noces ? Et qu'elle allait se promener de son côté ? Ou lorsque l'oncle Pompeo revenait du front ici à Venise ? »

Mais il semble ne rien entendre. « Toi tu lui ressembles. Pas physiquement, mais tu es comme elle dans… » Il est passé au tutoiement sans s'en rendre compte. De nouveau il se tait longuement. La jeune fille a le cœur qui bat la chamade. Lorsque son père rouvre la bouche elle va tout près de lui pour ne pas perdre une syllabe. Avec étonnement et chagrin elle l'entend dire : « Arrange-toi pour que je ne te voie plus. » C'est un murmure, une plainte tranquille, et il lui semble voir des larmes dans ses yeux.

La jeune fille reprend haleine, secoue la tête comme pour se réveiller, essaie de sourire : « Ce ne sera pas simple, de ne pas se voir, sous le même toit. Veux-tu que j'aille habiter ailleurs ? Mais où ?

– Alors montre-toi le moins possible. Sois une ombre. Réponds seulement si tu es interrogée. Fais tout ton possible », il a dans la voix une certaine douceur, comme s'il conseillait un traitement à une malade obstinée, « fais tout ton possible pour t'effacer, pour faire comme si tu n'étais pas là ».

Il semble ne même pas s'apercevoir qu'elle recule lentement sans le quitter des yeux et qu'elle sort en silence. Elle tremble comme une feuille.

Dans le couloir qui mène du cabinet de travail au petit salon elle rencontre Annibale dans la pénombre : son petit frère, « un homme à présent », qui a toutefois encore ce petit visage puéril, rose et égoïste ; Maria Matilde est prise d'un accès de rire convulsif, elle le regarde, les yeux mi-clos, avec une sorte d'antipathie âcre et réjouie : « Qu'est-ce que tu es allé raconter à Papa ? », demande-t-elle. « Crétin. » Elle se sent mieux dans ce petit langage familier. Elle n'attend pas la réponse. « Tiens pour toi, ça t'apprendra », siffle-t-elle entre ses dents tandis qu'elle lui assène un brûlant revers de la main.

Il murmure : « Tu es folle ? » touchant du dos de la main sa joue incandescente. Il reste figé sur place sans rien faire jusqu'à ce qu'elle ait disparu.

Annibale eut au cours de ces mois ses moments de désarroi, ses hauts et ses bas. Quelquefois il se sentait important, encore imprégné du souvenir de ses étreintes avec Polly, à d'autres moments il sombrait dans l'incertitude et alors l'idée de l'absence de Polly le soulageait et celle de son retour le désorientait. Mais Annibale Tolotta (on le dit depuis cinquante ans) est un homme qui possède l'instinct de toujours retomber sur ses pieds. À présent, dans ce couloir sombre, giflé, abasourdi par une sœur plus ouvertement « vicieuse » que lui et par conséquent enviable, son instinct le guide vers l'entresol de la maison, à la recherche de Giovanna.

Sa mère, Caterina, lui ouvre la porte, accueillante et amusée : « Annibale. Tu es bouleversé. Viens, assieds-toi. » Il continue de regarder autour de lui. « Tu veux Giovanna ? Va donc par là, tu la trouveras. »

Il s'exprime lentement, avec quelque chose d'intense : « J'aimerais aller faire une promenade avec Giovanna.

– Cela me paraît une très bonne idée, d'autant plus que Marta Rutigliano vient tout à l'heure. Et si Marta m'assomme, j'imagine combien elle doit vous assommer vous autres. »

C'est ainsi que Giovanna et Annibale sont descendus sur les Zattere au soleil, Annibale propose d'abord, de son curieux ton autoritaire et soumis à la fois, de s'attabler à l'un des cafés pour prendre une glace mais brusquement il change d'idée : « Tu te souviens de la fois, après les résultats, quand le signor Bialevski nous a emmenés dans cet endroit boire du vin ? Viens, on va y aller. Tu te souviens, non ? Nous avons même chanté », et il commence à entonner, prenant une voix douce et profonde : *Va' pensiero sull'ali dorate…*

– Bien sûr que je m'en souviens, Annibale.

– Tu te souviens ? Nous avions tous été reçus et on s'est mis à chanter.

– Certainement. Ce n'était guère que l'an dernier, tu sais Annibale. »

Ils prennent le vaporetto jusqu'au Rialto et de là ils s'acheminent vers le « troquet de Bialevski » que Giovanna reconnaît et trouve luxueux en comparaison du débit de vin du marchand Paoluzzi, non loin de là. Annibale semble oublier que Giovanna a son âge, même quelques mois de plus : il est ahuri de l'air naturel avec lequel la gamine a accepté d'aller seule avec lui dans ce lieu où entre-temps il s'était rendu plus d'une fois, en compagnie de Polly.

Lorsqu'elle l'entend commander avec autorité le fameux vin très très légèrement pétillant, Giovanna imagine le cours de ses pensées : « Et maintenant que nous voici tranquillement installés, Annibale, parle-moi un peu de cette histoire que tu as avec Polly.

– Mais il n'y a rien, je t'assure.

– Pourquoi ne veux-tu pas en parler ?

– Parce qu'il n'y a rien.

– Qu'est-ce que tu as fait avec Polly ?

– Je ne sais trop. C'est elle qui a tout fait. Et puis, d'ailleurs, j'ai eu cette période dans le plâtre et après, avant d'essayer de la revoir, j'ai attendu d'être vraiment bien remis, bien en forme, eh non, je suis quelqu'un qui sait vivre, moi, qui sait se tenir ; et pour finir c'est elle qui avait disparu, partie pour l'Amérique, l'Angleterre, on ne comprend pas très bien.

– En Angleterre, Annibale. Est-ce qu'elle ne t'envoie pas des cartes postales au moins ? »

Il n'entend pas, il a le visage en feu, la respiration haletante : « Et toi aussi tu as disparu pour finir. Pourquoi ? Si je n'étais pas venu aujourd'hui... » Il sent qu'il prend bien le ton de l'homme abandonné et en colère : « Toi aussi. Toi aussi. Peux-tu me dire pourquoi ? » Ce ton lui insuffle de la force, le soulage. Il fonce plus que jamais, avec plaisir, sans se contrôler : « Nous deux, Giovanna, qui pensions depuis l'enfance... bref il y a toujours eu, comme, cette idée, l'idée, qu'un jour toi et moi on se marierait, hein. » Pantelant, il respire tout près d'elle, comme s'il la flairait. En regard des beautés et des joies de Polly dénudée, mythiques dans son souvenir, Giovanna ne lui apparaît ni belle ni laide mais le garçon est pris d'un sentiment de panique en ce moment parce qu'il croit qu'il ne peut se passer d'elle : de cet élément familier et stable, comme les vieilles chambres de chez lui, ou les lunettes sans monture de son père, ou l'église de San Trovaso... Il se sent comme un homme marié qui vient de décider de rompre avec une maîtresse, résolu de rester tranquillement dans le giron conjugal. Et c'est justement parce qu'il se sent véritablement embrouillé et égaré, carrément angoissé, que son irrémédiable instinct d'histrion lui suggère d'amplifier, de se défouler au moyen de grandes phrases creuses : « Tu fais partie de moi-même Giovanna. Pour toi je ferais n'importe quoi. Viens toujours chez moi, si tu en éprouves le besoin. Toujours. » Il était convaincu de ressentir profondément ce qu'il disait, même s'il soupçonnait vaguement qu'il répétait des choses entendues au cinéma. « Viens chez moi. Je serai là, toujours. » Ce « toujours » lui plaisait. Et des larmes perlaient à ses yeux.

Giovanna sourit mais ses yeux s'embuent à leur tour. Elle prend la main d'Annibale dans les siennes. Elle soupire et lui demande : « Tu es sûr, Annibale, que tu n'as pas un peu de fièvre ? »

Des larmes plus décidées sillonnent ses joues. Bien des années plus tard, il admettra : « Je ne sais, j'ai l'impression que je pleurais surtout de rage car il me semblait avoir été abandonné, joué, par Polly. » À présent, devant Giovanna, il rit à travers ses larmes : « Tu ne changes jamais : le médecin. Même lorsque tu étais toute petite tu voulais que tout le monde ait de la fièvre pour pouvoir leur prendre la température. »

À partir de ce jour ils recommencèrent à se voir, non plus comme au temps, qui paraissait curieusement reculé, où Annibale montait et descendait sans arrêt l'escalier de la maison et n'attendait qu'un mot d'encouragement pour se mettre à déclamer et à chanter ; à présent, au contraire, ils faisaient de longues promenades, parlaient sans fin, allaient de temps à autre au cinéma, à des expositions, visitaient des églises. Annibale encourageait leurs propos sur leur lointain avenir, lui dans le théâtre, elle au chevet des malades chez eux et à l'hôpital ; il était gai et enthousiaste comme si ces projets constituaient déjà un spectacle qu'il devait monter ; et la compagnie de Giovanna lui apparaissait si nécessaire que, dans la crainte de la compromettre, à l'époque des premières grandes chaleurs, par pure lâcheté et amour de son propre bien-être, il essaya de lui cacher le fait que Polly était revenue dans notre ville et que tous deux s'étaient vus plus d'une fois.

Polly lui était apparue de prime abord lasse, excitée, bourrée de récits qui demeuraient assez obscurs pour lui ; à Londres, elle était restée longtemps auprès de sa mère et de « Tom », son mari ; ils avaient des problèmes à régler, des questions de famille, de patrimoine, de legs, de fonds à administrer ; et puis elle ajoutait : « Mon père est venu lui aussi pour voir ma mère et Tom, parce qu'il veut garder une porte ouverte en Amérique vu qu'il est finalement peu convaincu par l'Italie actuelle, bien qu'il soit ami avec des fascistes importants. » Elle débitait ainsi à Annibale ses affaires privées et avait l'air de dire que si le gamin comprenait, tant mieux, et s'il ne comprenait pas, c'était aussi bien. Mais aussitôt après il l'attendrissait avec ses yeux écarquillés et pleins de désir, et Polly le serrait contre elle, le dévêtait, le couvrait de baisers, riant avec impatience : « Avec toi en revanche ce sont les vacances. »

Ce fut un été torride ; le soir de la fête du Rédempteur, avec les nobles, les prélats, les hiérarques qui se tenaient sur les balcons des Tolotta Pelz pour admirer les feux d'artifice, la température était de trente-quatre degrés. Et au début d'un après-midi de ce mois de juillet à Dorsoduro, Giovanna et Annibale, sortant avides de glaces de l'église des Carmini où Giovanna lui disait que plusieurs de ses ancêtres avaient été baptisés, trouvent au beau milieu du parvis, bien droite sur ses jambes parfaites, toute fraîche d'aspect, la poitrine bien dessinée sous la robe de lin blanc, Polly, qui les voit apparaître dans l'encadrement du portail de l'église ; elle s'approche d'eux à grands pas ; lorsqu'elle les a bien en face d'elle, elle s'arrête d'un coup, et tous deux la voient faire une grimace, comme de chagrin et de dépit à la fois. Polly fixe d'abord Giovanna, ce visage rondelet d'adolescente, ces yeux vert-or, cette peau tendue et ambrée : « Et toi », demande-t-elle, « pour qui te prends-tu ? ».

Giovanna ne se laisse pas démonter. Depuis quelque temps rien ne l'étonne plus. Il est évident que Polly est hors d'elle mais elle lui sourit et s'efforce de répondre par une repartie susceptible de mettre les choses sur un plan cordial, de plaisanterie : « Je suis la patricienne Balmarin, et si tu entres là-dedans », elle pointe son pouce derrière elle, « tu trouveras beaucoup de noms de mes aïeux dans les registres de la paroisse ».

« Mais regarde-moi un peu ça », dit Polly sans lui prêter attention car elle s'en prend maintenant à Annibale, elle le saisit aux épaules, le secoue violemment et puis le tient bien planté devant elle : « Et voilà pour toi ! » et elle rit âprement mais avec plaisir comme elle lui flanque une paire de gifles bien envoyées. Annibale n'a jamais oublié la frénésie de joie qui l'a envahi à ce moment-là ; quelques soirs auparavant il avait juré à Polly que seule elle comptait pour lui ; et ce soir elle lui dira : « Si tu continues à voir cette gosse tu me rendras folle », ne faisant qu'aiguiser l'excitation du gamin qui se plaira à répéter, même des décennies plus tard : « Je me demande pourquoi, juste lorsque mon pauvre papa avait cessé, les gifles pleuvaient de droite et de gauche. »

Giovanna voit Annibale entraîné par la belle Polly, comme Faust est emmené dans le manteau phosphorescent de Méphistophélès ; mais elle n'est pas une Marguerite abandonnée dans les ténèbres de la geôle. Sous le soleil de plomb elle s'achemine vers sa maison, s'arrêtant un moment pour acheter des glaces. Elle trouve chez elle sa mère qui bavarde avec Corrado ;

l'athlète pur, la « belle âme » se penche pour l'embrasser avec tendresse et elle donne un baiser en retour sur cette joue bronzée par le soleil. « Il fait trop chaud pour le tennis », dit-il. « Chérie, quelle idée magnifique », ajoute-t-il en voyant les glaces.

« Mais n'es-tu pas allée te promener avec Annibale ? lui demande Caterina.

– Que te dire. Annibale. Le pauvre petit. »

Pompeo Tolotta était resté en Italie pour y passer une bonne partie de l'été, et il avait pris une cabine au Lido, dans cette portion de plage qui se trouve « à droite de l'Établissement de Bains », lequel, entre autres choses, était celui-là même où meurt Gustave von Aschenbach, le personnage de Thomas Mann ; faisant jouer ses relations dans le milieu des propriétaires de cabines, Ezio avait obtenu la cabine voisine et s'était mis d'accord avec Uga pour que tous les jours à midi elle lui apporte de Venise des mets et des vins.

Sbordoni se montrait fort gentil, languide ; il était resté très blanc de peau, et peut-être aussi pour ne pas exposer la gracilité surprenante de son corps, il portait toujours l'un ou l'autre de ses pyjamas de soie imprimée de dessins floraux, comme ceux des abat-jour. Il invitait tout le monde à venir manger les côtelettes dorées, les risotto parfumés, les mille-feuilles aux fruits qu'Uga, aidée par une de ses amies du dimanche, apportait de Venise dans de grands paniers ; puis Ezio engageait les femmes à prendre un bain de mer et elles faisaient quelques brasses dans leurs pesants costumes de bain noirs à jupe bordée de blanc, poussant des cris de joie.

Giovanna les accompagnait aussi comme elle accompagnait un peu tout le monde, elle plongeait dans l'eau plusieurs fois par jour et – à l'exception d'Annibale, que l'on voyait d'ailleurs rarement venir sans le dire à Polly qui, pour sa part, dédaignait les bains en été « dans ce bouillon » – ses compagnons étaient presque toujours des garçons plus âgés qu'elle, quelquefois vraiment, avec pas mal d'années de plus, Lamberto Gucciotti par exemple, qui devait avoir à cette époque quelque chose comme vingt-sept ou vingt-huit ans ; les garçons portaient des « caleçons de bain » foncés et des « tricots » blancs ou à rayures, de petits bonnets blancs aux bords relevés « à la façon des marins américains » ; quant à Giovanna, je me souviens d'elle avec un petit costume de bain en tricot très collant qui finissait par devenir plus clair que sa peau à la fin de la saison, ou avec le peignoir rouge qu'elle enfilait après le bain ; ses yeux toujours vert-or paraissaient plus clairs avec des profondeurs de mer limpide ; en somme elle était très belle et l'oncle Ezio, se trouvant dans une phase assez idyllique de son existence longue et variée, et en dépit de ces veines permanentes de corruption qui faisaient partie de sa nature, la regardait avec fierté et parlait d'elle en termes élogieux à sa sœur qui venait quelquefois avec Uga et les paniers de victuailles et participait aux déjeuners sur la plage, tout en restant vêtue de ses légères robes blanches garnies de dentelles.

« Lorsqu'elle apparaît quelque part », disait Ezio à sa sœur, « tout s'anime, s'éclaire. Elle est au centre de la situation, comme si elle attirait sur elle les feux de la rampe, pour une pièce heureuse et pleine de fantaisie, un enchantement, un rêve de la mi-été.

– Ah oui ? » répondait Caterina qui ne comprenait pas très bien son frère et trouvait toujours en lui quelque chose de fuyant et d'ennuyeux. « Et elle nage très bien aussi, c'est Corrado qui le lui a appris. En revanche moi je suis incapable de nager. »

Corrado ne venait presque jamais à la plage, « il avait le tennis », et Osvaldo, s'il s'y rendait, préférait nager aux Murazzi ou à Malamocco. Un jour il y eut à déjeuner ici à la cabine, venu en visiteur de la « plage de l'Excelsior », Traverson, qui semblait choisir exprès des phrases où les « r » abondaient afin de mettre en évidence sa prononciation des « r » de gorge, et dispensait ses compliments comme s'il se trouvait en présence d'une œuvre d'art, se donnant des airs impérieux et officiels, un peu à la manière du roi et des personnages de son entourage lorsqu'ils félicitaient à la Biennale un peintre pour ses tableaux : « Notre chère Giovanna. Tous les garçons l'adorent. Vous avez vraiment donné à Venise, je devrais dire au monde entier, un chef-d'œuvre, signora Balmarin, et permettez-moi de vous le dire sans ambages. » Mère et fille le regardaient comme s'il parlait de quelqu'un d'autre, leurs petits visages ronds marquant la stupéfaction et l'amusement.

Sbordoni avait aussi invité Edoardo Bialevski mais celui-ci l'avait prévenu qu'il allait au bord de la mer à Abbazia, à Brioni, et les deux hommes s'étaient ainsi fait leurs adieux ; à présent, étendu sur une chaise longue sous la tente de la cabine, dans une lumière dorée, respirant avec volupté la brise marine en même temps que les volutes parfumées de sa cigarette, Ezio repensait à leurs adieux et se plaisait à imaginer qu'un ton de regret avait percé dans la voix de Bialevski, comme si celui-ci avait voulu dire qu'il préférait fuir la tentation d'un contact plus intense entre eux. Tout en percevant que Bialevski n'avait aucune tendance à la sodomie, Ezio continuait à caresser dans son esprit l'idée d'une amitié romantique qui les lierait, idée qui, à la brune, le mettait dans un état de tristesse pensive et agréable. D'ailleurs il est probable qu'Ezio lui-même n'était pas « un pratiquant », en dépit des Rumeurs répandues à ce propos par-ci, par-là, même par la femme un peu plus âgée que lui qui pendant un bref moment fut son épouse ; des Rumeurs sans nuances provenaient des habitués du débit de vins Paoluzzi, selon lesquelles un des amants d'Ezio aurait été Ubaldo Tressa, comme le montrait le fait que ce fut justement Ezio qui lui procura en définitive un poste au parti fasciste de Modène, ville où Ezio et Marcello avaient grandi sous l'inapte autorité de Palmiro Sbordoni, leur père. Quoi qu'il en soit, l'Ezio qui tourna mal ne fut pas le sodomite, « pratiquant » ou non, mais celui des toutes dernières années du fascisme, lorsqu'il retrouva d'une certaine façon l'ancienne impulsion à la violence du temps « de la vigile » ; précocement sénile, blafard, flétri, il embrassa des causes racistes – comme je l'ai mentionné dans mes premières allusions aux frères Sbordoni au début de mon écrit – et mit à leur service « non pas son corps mutilé, mais son esprit encore vivant, et sa plume », pour diriger une abjecte publication mensuelle.

Très différent de l'Ezio des années bien plus tardives, celui que nous voyons là sur la plage, occupé à suivre des yeux sa nièce Giovanna et les garçons autour d'elle, en premier lieu Lamberto Gucciotti, son aîné de plusieurs années mais qui se confond avec les autres par son aspect et ses allures joyeuses : des jeunes qu'Ezio, de l'ombre de sa cabine, voit passer et repasser en courant sur ce sable brûlant, pleins de soleil et d'effluves salins, la gorge sèche, la peau qui pèle, et puis se précipiter à l'intérieur de la cabine comme des bêtes à l'abreuvoir et se ruer non pas sur l'eau ou sur les « gazeuses », auxquelles ils sont davantage accoutumés, mais sur les vins blancs glacés qu'Ezio servait dans des verres de Murano. Un jour d'août, un groupe de ces desquamés imagina une scène qui est restée gravée parmi mes souvenirs les plus vivaces de ces heures lointaines.

Nous et les Berg avions la cabine « à gauche » de l'Établissement de Bains et il arrivait qu'on se rende visite d'une cabine à l'autre sur les différentes plages. Novella Berg et Giovanna avaient quelque peu espacé leur fréquentation et lorsque Giovanna venait « à gauche » elle me disait que c'était à mon intention ; moi je n'en croyais pas un mot mais, avec un ravissement timide, je me laissais prendre par la main pour une promenade le long de la mer, entrant et sortant de l'eau, parmi les monceaux d'algues, les arceaux métalliques du *croquet*, les joueurs de tambourin. Elle m'emmenait « à droite » et alors il fallait passer sous la grande terrasse en bois de l'Établissement, les jambes dans l'eau ; les vagues qui déferlaient là et se brisaient, leur remous, conféraient au lieu une résonance de grotte marine, et une fois, une vague un peu plus forte m'entraîna ; étendu sur le fond sablonneux j'attendis, les yeux ouverts, qu'elle se retirât, et lorsque je me relevai, secouant la tête toute dégoulinante d'eau, voyant le visage de Giovanna à travers les miroitements de cette eau, ce furent des rires de bonheur et de plaisir, et elle me serra fort, embrassa mon visage ruisselant d'eau salée et me dit : « Bravo ! Tu es courageux. Bravo. »

La main dans la main nous arrivons aux deux cabines ; les jeunes amis d'Ezio disposaient aussi de celle de Pompeo qui en cette fin du mois d'août était reparti pour la France. Ezio n'est pas là (il lui arrivait quelquefois de pousser jusqu'à « la plage de l'Excelsior » qui, en comparaison de la nôtre, semblait être une maison de repos de luxe), et de l'intérieur de sa cabine nous parviennent des rires et des hurlements de garçons excités. Ils doivent avoir entendu nos voix car il se fait un grand silence, puis on entend un conciliabule duquel émerge finalement une voix que l'on reconnaît pour être celle de Tosatti, que j'ai déjà nommé une fois comme étant un des élèves du professeur Cesato, un pachyderme jovial qui, bien plus tard devenu un homme immense aux moustaches tombantes et à l'œil inébranlable de l'industriel coriace, devait faire une belle fortune à Padoue avec les produits pharmaceutiques : « C'est toi Balmarin ? Giovanna ? Approche Giovanna, nous sommes en train de te préparer une surprise », invite la voix de Tosatti. « Quelle surprise ? » demande Giovanna. « Si je te la dis ce ne sera plus une surprise, mais attends un petit instant que nous soyons prêts. » Le « voilà nous sommes prêts » de Tosatti arrive et nous tenant toujours par la main nous entrons dans la cabine. Elle apparaît bondée de jeunes garçons, de quatre ou cinq ou peut-être plus, la cabine est si petite ; je sais que je me rappelle avoir vu Lamberto Gucciotti, Maurizio Berg et Annibale outre Tosatti et l'un de ses amis, du nom de Beltrame, qui est devenu par la suite son associé dans son affaire pharmaceutique à Padoue. Annibale est le plus jeune et se montre aussi le plus sérieux et le plus calme. Le plus bruyant est Tosatti mais son entrain se fige comme nous entrons.

Je suis frappé par le regard ahuri de Maurizio Berg : c'est comme si, bourré de vin, et complètement inconscient jusqu'à cet instant-là, il se rendait compte maintenant, devant la présence réelle de Giovanna et de la mienne par surcroît, de l'état dans lequel lui et les autres se trouvent. Ils sont tous entièrement nus. Une telle impression de tant de corps nus ensemble je ne l'ai pas eue, je crois, jusqu'au jour de la visite pour le service militaire. D'abord ils observent le silence puis, abrutis de vin, ils se mettent à ricaner avec un mélange d'arrogance et de timidité, les yeux baissés vers le centre de leur identité virile. Peut-être ont-ils fait le pari de se montrer ainsi. Et à présent ils s'attendent à un mot de Giovanna, un geste quelconque : peut-être même qu'elle crie, qu'elle s'enfuit.

Giovanna devait avoir vu chez elle Corrado et Osvaldo dès leur puberté et je n'exclus pas qu'elle ait vu aussi des cadavres nus en salle d'anatomie. De toute manière elle ne perd pas contenance. Elle regarde un à un ces corps nus si différents d'âges et de formes, et attend des explications. Forcément c'est Tosatti qui parle : « Qu'est-ce que tu regardes ? Pourquoi nous regardes-tu ainsi ? », et Beltrame poursuit, encouragé : « Tu ne nous trouves pas beaux ? Nous ne te plaisons pas ? »

Giovanna hausse les épaules : « Que voulez-vous que l'on dise. Vous formez un tel tas et vous êtes si différents l'un de l'autre, si dépareillés.

– En somme ça ne te fait ni chaud ni froid de nous voir ainsi », dit Tosatti, replet, sombre.

De nouveau Beltrame lui emboîte le pas, tendu, et articule d'une voix de fausset : « Pourquoi ne tentes-tu pas de nous connaître mieux ? De nous toucher, de nous caresser ? Tu as peur, hein ?, finit-il dans un souffle.

– Peur de quoi ? J'ai plutôt l'impression que c'est vous qui avez peur. » Inconsciemment, j'en suis certain, une lignée de femmes vives et sereines comme elle lui insufflent une impulsion d'ironie et de mépris, comme à une femme qui se sentirait jugée peu féminine, et qui plus est par de tels balourds inconvenants. Le ton de Giovanna à cet instant précis est encore vivant en moi, même s'il m'est difficile à présent de bien le rendre : « Pour quelle raison devrais-je faire ce que tu dis ? Et puis, tels que vous êtes, vous me semblez pires que lorsque vous êtes vêtus. Annibale en particulier. Tu sembles plus vieux, Annibale. Et vous tous, je ne sais pas… ces peaux… » elle a un rire bref, « des peaux toutes tachées. Avec des croûtes, aussi. Vous avez pris le soleil comme des fous à lier.

– En somme », intervient Lamberto Gucciotti d'un air bienveillant tout en se surprenant irrité et humilié, « nous sommes répugnants, repoussants ».

Giovanna l'observe longuement : « Toi moins, Lamberto. » Elle promène son regard sur les autres, revient à lui : « Toi, beaucoup moins. »

La situation est débloquée par un hurlement de Maurizio Berg : « Mais qu'est-ce que nous faisons ici ? Sommes-nous devenus fous ? » Il détache un peignoir d'un clou, l'enfile et se précipite hors de la cabine. Il est allé s'habiller dans la cabine voisine et s'est enfui à pied par l'avenue Santa Maria Elisabetta ; à l'embarcadère il a pris le premier vaporetto pour Venise. Nombre d'années plus tard il ne cessera de me dire : « Cette idée-là venait de ce phoque qu'était Tosatti, un camarade de classe, et qui sait pourquoi je me suis laissé prendre, peut-être parce que je l'aimais à la folie et que certaines fois j'éprouvais comme une espèce de rage, de désespoir. En définitive », il hausse les épaules, « en somme, il n'y a pas une autre manière de le dire, Giovanna a été le seul et unique amour de ma vie, le premier et le dernier. Et puis ce jour-là j'avais beaucoup bu». Il rit mais il est très triste. Dans sa vie, le peintre Berg a continué à boire beaucoup de vin. «Et si je pense à ce qui s'est passé peu de temps après. Pauvre petite.» «Petite? Qu'est-ce que tu racontes là», intervient dans ces cas la voix de Lamberto. «Elle était bien plus femme que nous n'étions hommes.»

Ezio est ensuite revenu de la «plage de l'Excelsior», et Lamberto lui a raconté la scène, un peu avec l'air de lui en rejeter la faute. Mais Ezio, dans son nuage de fumée, déclare d'un ton calme et sentencieux: «*Omnia Munda mundis.* J'ai toujours entrevu chez le jeune Berg une nervosité tendue, l'anxiété de l'artiste à la recherche de lui-même. Toi tu es différent. Tu devrais lui parler, être plus près d'elle.»

Gucciotti, sobre à présent, et souriant de nature, acquiesce d'un signe de tête; Giovanna l'attire, il aime l'idée de s'approcher d'elle, avec une grande douceur, en lui présentant des excuses, en lui demandant pardon.

Annibale aussi, comme Maurizio, file à Venise peu après. Dans la pénombre du salon de la chaude maison il trouve sa mère seule en train de lire; ses sœurs sont à la campagne, son père s'est isolé dans son bureau. Annibale échange un baiser avec sa mère, il ne l'a «jamais bien comprise» mais il est content qu'elle soit grande et distinguée et il aime son parfum; il se dirige vers la salle de bains pour se laver puis dans sa chambre il se change, se pomponne, gomine ses cheveux et se contemple avec satisfaction dans la glace, oubliant de plus en plus l'épisode de la cabine, se persuadant qu'il n'avait pas voulu participer « à cet enfantillage d'écoliers » ; il retourne chez sa mère qui rien qu'à le voir ainsi tiré à quatre épingles lui dit machinalement : « Demande la permission à ton père. » Le gamin se rend au cabinet de travail où il trouve Silvio absorbé dans la lecture d'un gros volume dont il transcrit des passages avec sa « plume d'oie » de cuivre dans un volume plus petit ; son fils allègue le prétexte habituel pour sortir, soit d'aller manger une glace avec des camarades de classe dont il cite quelques noms au hasard.

« J'aimerais bien être à ta place », dit le père, libérant son fils d'un geste de la main. Le gros volume contient le journal prolixe de Silvio qui a l'habitude, à peu près tous les quinze jours, de le relire pour noter dans le tome plus petit, au papier et à la reliure de cuir aussi somptueux, les « faits » les plus mémorables en de brèves formules abrégées afin de retrouver facilement les passages respectifs du journal si besoin était, peut-être avec l'idée éventuelle de rédiger un jour son autobiographie.

12 juil. Me trouve à Bolzano pr inaug. Monum. notre Victoire, Roi présent. 15 juil. Liste invités soirée Rédempteur. 20 juil. Av. Nouveau Min. Finances à représent. Cavall. Rustic. et Pagliac. dir. Mascagni ; Maest. reçoit ensuite avec satisf. félicit. Min. et les miennes. 29 juil. Télégr. au Duce pr 45e anniv. de naiss. 1er août. Retour naufragés expéd. polaire Nobile.

Polly est attablée à la terrasse d'un café sur les Zattere, dans le crépuscule qui rougeoie ; elle voit le gamin s'approcher mais ne fait aucun geste de salut ; il s'assied à côté d'elle, en silence.

Le silence se prolonge. C'est elle qui le rompt finalement : « J'ai entendu dire que tu étais toi aussi au marché des esclaves.

– J'étais où ? » Selon beaucoup de gens, bien que premier de sa classe et tout le reste, Annibale « pour certaines choses n'avait pas toujours l'esprit prompt.

– Tu étais au marché des esclaves mais la petite vous a refusés. Elle vous a tous refusés. Un à un. »

Annibale saisit enfin ce dont il s'agit. « Qu'ai-je à voir là-dedans ? » Il est abasourdi que Polly soit déjà au courant et se tient prêt à lui fournir des explications à la fois haletantes et rusées.

« Vous étiez là, affabule Polly, tous bien bronzés, bien huilés comme de bons esclaves prompts à la servir, mais elle, elle n'a acheté personne. »

Le gamin laisse échapper un rire bref comme pour apprécier un trait d'esprit.

« Elle n'a acheté personne, confirme Polly, et comme ça maintenant, ce soir, tu seras *mon* esclave. Sans que j'aie besoin de t'acheter, parce que tu m'appartiens déjà, et toi », elle lève le doigt, un peu comme une maîtresse d'école dans sa classe, le fixant tandis que le crépuscule fait miroiter ses yeux de braise, et glissant dans sa voix une sorte d'antipathie avide, « tu sais parfaitement, puisque tu as étudié l'histoire des anciens Romains, que l'esclave n'est pas un homme, c'est un objet, c'est *une chose* ».

Annibale a les yeux sur elle, fasciné, son cœur bat avec véhémence et il ne saisit pas bien ce qu'il est en train d'éprouver : il se sent défaillir de peur, mais aussi, pris dans une frénésie d'agrément. Polly le prend par la main en se levant : « Viens, esclave », murmure-t-elle avec une certaine douceur.

« Où ça ? »

Elle répond à la hâte et à voix basse telle une comédienne qui, ayant terminé la répétition avec l'acteur principal, reprend le ton normal entre collègues: « Edoardo est à Abbazia avec Ortensia, il me laisse les clés de son appartement et j'y vais quand bon me semble, nous sommes des parents éloignés lui et moi, non ? »

Sitôt gravis les trois étages du palais Bialevski sans avoir fait de rencontres redoutées, Annibale se sent plus léger, et malgré un petit reste de panique, il a l'impression de voler dans les airs tandis que Polly l'entraîne par le petit escalier de bois couleur d'instrument à cordes; arrivés au sommet, elle lâche sa main, tire la clé de son sac, ouvre cette porte qui semble être celle d'un écrin, ils entrent, elle referme, elle procède avec calme et méthode, reprend Annibale par la main et le conduit sans délai à une chambre à coucher où elle a manifestement déjà dormi, le lit est défait et tout autour se trouvent éparpillés des vêtements légers, des chaussures, une raquette de tennis, des romans en différentes langues, Sinclair Lewis, D'Annunzio, Paul Morand; il y a même une mandoline.

Polly prend la tête du garçon dans ses mains, le regardant droit dans les yeux: « Et dorénavant, c'est fini. C'est fini de dire de moi "c'est elle qui fait tout". Car vois-tu, à partir de maintenant, tu ne le diras jamais plus. »

Lorsqu'il lui arrivait d'évoquer cette époque, Annibale Tolotta disait: « Elle savait toujours tout, elle avait d'incroyables antennes et elle était toujours sur les ondes. » Peut-être était-elle surtout renseignée par Amedeo Passina qui était enclin à rôder dans la ville tel un chien errant et recueillait ainsi force commérages; il était très attaché à Polly. En revoyant cette chambre avec les yeux de la mémoire, ce lit défait, Annibale a souvent pensé qu'elle y était allée avec d'autres aussi, avec Amedeo, ou avec Pompeo Tolotta; il ne le lui a jamais demandé, ni alors ni plus tard. « En outre », ajoute-t-il, « moi à cette époque je ne faisais qu'exécuter des ordres ».

Les ordres lui sont communiqués sans sévérité, et même avec une certaine gentillesse sereine et amusée. Cette fois, le garçon devra se déshabiller tout seul, puis dévêtir Polly, avec soin et délicatesse, sans faire de manières. Lorsque Annibale s'est acquitté de ces tâches, elle s'affale dans un grand fauteuil, prenant une pose ouvertement libre, non pas d'une femme qui se livre et s'abandonne, mais qui se détend, se repose, en maître qui impose ses volontés. Elle fait signe au gamin de se mettre à genoux. Lorsqu'elle l'a ainsi à ses pieds, elle avance son buste, le sein droit, lui prend les mains et les applique sur ses hanches comme sur un vase où il pourrait trouver à se désaltérer. Elle pose ses mains sur les épaules du jeune homme, l'attire à elle et d'un signe du menton lui indique où embrasser, où effleurer de la langue.

Le gamin obéit avec promptitude et curiosité. Il se sent défié. Il lui faut se montrer à la hauteur. Et c'est ainsi qu'il continue à faire toujours de nouvelles découvertes, s'en appropriant, attentif, conscient, réglant le plaisir et l'étonnement. Il apprend, il enregistre. On dirait que ressurgissent chez lui, sous d'autres aspects, ses dons de premier de la classe. « Esclave » mais fourbe, il transformera en un choix librement consenti les actes qui lui sont ordonnés. Grand nombre de choses sont neuves pour lui ; mais de son côté aussi, la jeune femme n'a jamais connu quelque chose d'aussi exubérant et d'aussi varié. Ils découvrent, ils inventent ensemble.

C'est pourquoi, peu à peu, les rôles se renversent, c'est une situation de pouvoir réciproque, d'alternance dans les ordres donnés. Il me semble avoir déjà dit que l'été avait été exceptionnellement chaud. Les deux amants en tirèrent presque de l'orgueil, l'atmosphère elle-même s'adaptait à leur fièvre, en ces jours de leur ardeur extrême et pourtant consciente.

Jusqu'au moment du retour d'Edoardo ils se rencontrèrent dans l'appartement de Bialevski. Il suffisait d'un minimum de précautions pour que la chose ne fût pas remarquée ; le garçon montait et descendait l'escalier à des heures creuses, il était toujours ponctuel pour le dîner si son père était présent, bref, déjà à cette époque Annibale Tolotta « s'administrait bien », il trouvait commode de rencontrer Polly dans le même immeuble, la variété de ses actes d'amour avec elle, loin de l'épuiser, lui donnait vigueur et fierté ; il se sentait plus que jamais hors de l'autorité de son père qui d'ailleurs, dans sa nouvelle phase, était devenu « très facile à manier » ; quant à sa mère, Annibale la tenait pour « inoffensive » même si, à sa façon, il avait de l'estime pour elle, autrement dit il appréciait qu'elle fût de taille sculpturale et qu'on la considérât belle. Osvaldo Balmarin, dont l'opinion qu'il avait d'Annibale n'a jamais beaucoup changé, dit encore aujourd'hui : « Tolotta n'est pas tant un être insensible qu'un esprit borné. Vois un peu les films qu'il fait. Les meilleurs sont ses documentaires, mais ceux-là c'est Gigi Arduino qui les a faits en substance. » Jugement excessif mais il ne faut pas oublier ce qu'Elvira représentait pour Osvaldo. Annibale embrassait respectueusement sa mère chaque soir avant d'aller se coucher ; puis, seul dans sa chambre et tout nu devant la glace il répétait en feu et stupéfait : « C'est incroyable,

Polly, ce qui se passe, ce que nous faisons. C'est merveilleux. C'est quelque chose d'effroyable. »

Il ne chantait plus ni ne déclamait à tue-tête comme autrefois mais à voix basse maintenant, ajoutant à son répertoire des choses que lui enseignait Polly. Comme elle avait écarté le Lido d'été, ils déambulaient dans les ruelles, les Fondamente, les porches distants, loin des artères touristiques, dans la ville qui souvent à la brune, avec les pierres humides qui réverbéraient la chaleur du jour, semblait enveloppée dans un immense nuage de sueur. Mais même cet air ne parvenait pas à les abattre, au contraire, ils le respiraient à fond, à pleins poumons, de tout leur corps trempé de sueur comme la ville, bienheureux comme dans un immense sauna. Ils mangeaient beaucoup, à toute heure ; attablé avec elle dans la salle à manger de Bialevski en train d'ingurgiter du pain et des tranches de jambon, des omelettes et des figues à quatre heures de l'après-midi, Annibale l'amusait avec ses sottes altérations de prononciation lorsqu'il déclarait sur un ton de maître teinté de mondanité : « Désormais je vis sans hovaives », et puisque c'était elle qui préparait les mets et versait le vin, le jeune garçon, prenant une attitude balourde d'homme pansu installé en tête de table, la remerciait tout en enfilant le coin de sa serviette sous son col : « Ma chève, tu me nouvvis à tous les égavds. » Le sérieux et la prise de conscience arrivèrent avec la chaleur qui diminua, le retour de Bialevski, l'automne et les brumes.

Alors, peu à peu, au fil des jours toujours plus froids, les images de leurs premières rencontres, la cabine, la chevauchée, la chute, les semaines longues et révélatrices passées dans l'armature de plâtre, lui apparurent comme de lointains souvenirs d'enfance. C'était comme si tous deux s'étaient acheminés ensemble vers un point décisif, vers une découverte suprême, et qu'à mi-chemin ils s'apercevaient qu'ils s'étaient égarés en route et qu'en eux tout désir d'arriver à destination s'était éteint. Leurs actes d'amour se faisaient toujours plus durs et acharnés. Il tentait de ressusciter le langage de la plaisanterie et le trouvait déjà suranné : « Ma chève, tu veux me détvuive », et ils se regardaient sans joie, plutôt avec ressentiment. Après le retour de Bialevski, Polly emmena quelquefois le jeune garçon dans la chambre qu'elle avait gardée à la pension de la prétendue baronne Debaldè. Ils essayaient d'entrer et de sortir aux heures où la baronne était absente, ils montaient des escaliers et traversaient des paliers ornés d'agenouilloirs, d'icônes ; la baronne Debaldè collectionnait des objets d'art et des instruments du culte et en avait fait un petit commerce. Mon cousin Bernardo, qui connaissait ce milieu à l'occasion de quelque dîner, m'a dit qu'il avait eu un peu l'impression de manger du riz apprêté avec de la cire de bougie, du poisson frit dans l'huile sainte. La chambre de Polly était grande avec un mobilier restreint, un coin était réservé à un confortable coussin rouge sur lequel dormait le petit chien âgé désormais de treize ans, à qui Polly avait fait traverser l'Atlantique ; pendant les absences souvent prolongées de Polly, la baronne propriétaire se chargeait de le nourrir et de le promener doucement sur les Zattere.

Puis tout change, et la petite bête marque les signes de l'altération et de la fin. Nous sommes, dirais-je, à la fin d'octobre, on se dirige vers un hiver qui sera peut-être le plus froid dont la ville puisse se souvenir. À la pension ils ne trouvent que Sergio, un blond trapu, grand ami de Ponente, qui occupait les fonctions de valet et de téléphoniste. Il était aussi très ami de Polly et ne prétendait même pas au pourboire lorsqu'il la laissait monter avec Annibale, en dépit de l'interdiction imposée par le règlement, ou en tout cas par la propriétaire. Celle-ci était absente depuis trois jours. Polly demande des nouvelles du chien. Sergio lui explique à sa manière lente, souriante et un peu plaintive, qu'il a emmené promener le chien « mais il n'aime pas le froid et je lui ai donné quelque chose à manger mais il n'a pas mangé grand-chose et même ce peu qu'il a mangé, il l'a mangé sans grande envie, vous savez », mais lorsque Polly et Annibale entrent dans la chambre ils voient le chien couché tranquillement sur son gros coussin rouge bien rembourré ; Annibale fait un geste pour aller vers lui mais Polly l'arrête : « Laisse-le dormir, nous n'avons pas beaucoup de temps, tu sais. »

Tout à l'heure, chemin faisant, Polly lui a répété des propos qu'elle tient depuis les premiers brouillards : qu'elle ne tardera pas à repartir, qu'elle compte aller à Paris, puis s'embarquer au Havre pour l'Amérique et aussitôt arrivée à New York elle se rendra en Floride pour voir son professeur de chant qui passe l'hiver là-bas ; Annibale n'en croit pas un mot, depuis quelque temps, lorsqu'ils sont seuls, elle lui donne une version toujours un peu différente du même projet de départ et de rupture définitive avec lui, et Annibale pense qu'elle le fait pour accroître l'excitation et la fougue de leurs rencontres. Mais ce soir, leurs étreintes et leurs actes d'amour sont enveloppés d'un climat de finalité plus véridique, plus dramatiquement désespéré, à bout de forces ; le gamin se surprend à lui murmurer des mots qu'il ne lui avait adressés jusqu'à présent que dans son imagination devant la glace, « c'est incroyable, c'est quelque chose d'effroyable ».

S'étant enfin levés et se préparant lentement à sortir, tous deux vont vers le coin éloigné où le chien est endormi sur son coussin rouge. Il leur apparaît soudainement étique et pelé. Il gît, rigide, sur un flanc. Polly se penche pour le caresser, elle l'appelle, aucune réaction. Elle le touche, le tâte, pose le dos de ses doigts à l'endroit du cœur. Elle lève son regard vers Annibale. Dans les yeux noirs qui le fixent transparaissent la désolation et une sorte d'antipathie.

Le chien est mort, il n'y a pas longtemps qu'il est mort, peut-être depuis quelques heures à peine, mais il est indubitablement mort. Polly se met à genoux. Son visage commence à se sillonner de larmes, grosses et comme indépendantes, étrangères. Annibale s'agenouille aussi mais il se tient à l'écart du chien. Ce tant soit peu de haine qui a toujours été sous-jacent à son assujettissement à l'égard de Polly jaillit entier et insensé ; il parle d'une voix rauque, prenant goût à ce qu'il dit : « Tu l'as plaqué ici tout seul. Tu l'as laissé mourir. Tu es une fille maudite. » Et dans un recoin occulte de sa conscience infantile, la scène lui plaît, elle lui paraît digne d'un Rudolf Valentino devant une Pola Negri.

Polly pleure de plus belle, il y a presque une pointe de rire dans sa voix : « Et que t'importe à toi le chien ? Qu'est-ce que tu en sais, du chien ? Qu'est-ce que tu sais toi de tout, de toutes les choses de ce monde, à part le peu que tu as appris de moi ? »

Il maintient son ton, sombre et absurde : « Tu es maudite et tu finiras mal. » Maintenant il était sûr qu'elle partirait, que ceci était un adieu, et son orgueil pompeux et creux en était blessé.

Polly lui répond comme s'il ne l'avait pas maudite mais lui avait déclaré sa folle passion : « Mais voyons ! Qu'est-ce que tu racontes ? Qu'est-ce que tu imagines avoir jamais éprouvé pour moi, avec moi ? Tu te fais des illusions, Annibale. »

Ils ne devaient se revoir que des mois plus tard, brièvement, vers la mi-février de l'année 1929, et dans des circonstances bien différentes. La malédiction et le « tu finiras mal » d'Annibale n'ont plus aucun sens si l'on considère la vie de Polly dans sa longue perspective : quelques années plus tard, elle épousa un diplomate italien qui avait la vogue durant la courte période impériale, lui aussi parent éloigné d'Edoardo Bialevski ; elle fut « en poste » avec lui à Madrid et puis à Berlin, je crois même jusqu'à l'entrée en guerre des États-Unis lors de la Seconde Guerre mondiale au cours de laquelle Polly doit avoir fait quelque tournée en Extrême-Orient comme chanteuse dans les spectacles organisés pour les militaires américains. Encore aujourd'hui, bien que soient morts son père, Pericle, et sa belle-mère, Marta, elle revient quelquefois à Venise ; et elle voyage toujours beaucoup. Edoardo et Ortensia reçoivent de temps à autre ses coups de téléphone de lieux tels que le Texas, le Brésil. Elle a plus de soixante-dix ans et elle est merveilleusement vive et active. Tant elle qu'Annibale ont conservé de leur rencontre un souvenir très intense, une nostalgie proche du tourment, dit-on.

Ezio devait se rendre à Rome vers la fin octobre, entre autres choses pour l'anniversaire de la « marche » du 28, laquelle marquait le passage de l'An VI à l'An VII de l'ère fasciste. Pendant qu'Ezio fait ses bagages, pliant avec soin ses uniformes « de couturier » d'une extrême élégance, Lamberto Gucciotti, qui est passé lui dire bonjour, note avec son affabilité coutumière et son sourire : « Ton appartement est un joyau, un amour. Un peu féminin, non ? » Mais il se reprend aussitôt, il n'ignore pas la réputation faite à Ezio : « Je veux dire fait exprès pour y recevoir de belles femmes. » Ezio saisit la phrase au bond : « Pourquoi ne viendrais-tu pas t'installer ici pendant mon absence ? Tu me le garderas bien au chaud. »

De cet appartement doivent « s'être servis » aussi Polly et Annibale, peut-être même Osvaldo et Maria Matilde. Il semble que cela n'incommodait aucunement Ezio et qu'il aurait même dit : « Je suis une sorte de tenancier *in absentia* », obtenant par là des succès d'hilarité et des clins d'œil malins parmi les camarades romains « de la vigile ».

Et finalement cet appartement à l'entresol du palais Traverson vit la rencontre tant rêvée par lui, de Lamberto Gucciotti et Giovanna Balmarin. Après de si nombreux préparatifs de son imagination, Ezio Sbordoni devait justement l'imaginer, la rêvant depuis la capitale, avec pour seul point d'appui le fait que le décor en fût son appartement-bonbonnière, un compromis, dans un certain sens, entre ceux qui avaient constitué les deux pôles de ses fantaisies d'antan : l'appartement gothique du séducteur dans la pénombre à un extrême, et à l'autre la pente herbeuse de la berge d'un cours d'eau limpide ; plus près même du second : Ezio voyait le décor de sa « bonbonnière » comme une sorte de paysage bucolique en chambre, avec des tapisseries bleu et vert aux tons de pastel, des gravures anciennes avec leurs petits personnages épars dans des bosquets arcadiens, un ameublement XVIIIe avec ses rondeurs et ses rembourrages.

Mais le moment est venu de relever qu'en dépit de son sourire et de sa dentition d'enfant sain et joyeux, Lamberto Gucciotti n'était pas exempt de toute complexité. Il était importuné par des ennuis de toutes sortes. Son frère Emiliano, « l'idéologue », de plusieurs années son cadet mais son aîné par ses allures et son esprit, pesait sur lui. Il tâchait de se soulager en le chinant mais certaines invectives raisonnées et didactiques qu'Emiliano formulait contre « le bourgeois » et tout ce qui avait trait à « la décadence bourgeoise », Lamberto les saisissait peu, pour ne pas parler des sermons sur la nécessité de « remettre en perspective le concept de propriété privée », sur « l'universalité de la solution corporative » et autres du même ordre. Propos que le Lamberto de surface trouvait ridicules mais qui finissaient au fond par lui causer un déséquilibre de l'esprit. Lui-même, en guerre et en paix, avait eu affaire à des paysans transformés en militaires, des analphabètes mais qui se montraient souvent sages et rusés, ou aux infirmiers de la troupe, fort habiles, ou à des femmes ignorantes mais sensées et généreuses : des types de personnes dont son frère n'avait connaissance que d'une manière tout au plus abstraite. Et pourtant Emiliano prenait un ton savant et compétent pour parler du « peuple italien » et était écouté bouche bée, également par son père, le commandeur Gucciotti, qui ne se souciait même pas de baisser la voix pour dire de Lamberto « ce gros bêta qu'est ton frère ». Avec toute sa jovialité, Lamberto se sentait au fond exclu, laissé pour compte.

Et à présent, des semaines plus tard, le curieux épisode de la cabine au Lido continuait de le tourmenter de honte, et en même temps, d'une certaine manière, le grisait. « Toi moins, Lamberto. Toi beaucoup moins. » Moins repoussant que les autres. Ce n'était pas grand-chose mais cela suffisait pour qu'il pense avec admiration et gratitude à Giovanna, à cette toute jeune fille si posée et ironique, supérieure à eux tous, et qui l'avait repéré, l'avait estimé moins mal que les autres nigauds. Peu à peu il s'aperçut que l'image de Giovanna était sans cesse présente dans son esprit. Il se comportait comme un adolescent, évitant de demander ouvertement qu'on lui parlât d'elle mais s'évertuant à diriger les propos de ses amis dans ce sens, capable ensuite de se trouver désorienté et d'éprouver même de vagues symptômes de jalousie si un Amedeo Passina lui disait, se montrant inhabituellement calme et doux : « Une créature exceptionnelle. Depuis qu'elle est toute petite » ; ou de se voir irrité par un Didi Traverson qui s'écriait avec une assurance mondaine : « La petite Balmarin est déjà un adorable bout de femme. » Il la vit quelquefois dans la rue ou dans le vaporetto, et chaque fois son cœur sursautait légèrement ; mais il ne s'approchait pas encore d'elle. Un jour il l'aperçut derrière les vitres embuées d'un café de Campo San Stefano, attablée avec Novella Berg. Il entra brusquement.

« Puis-je m'asseoir un moment avec vous ?

– Bien sûr », répondent les deux jeunes filles en train de déguster un chocolat chaud. Mais Novella a presque fini le sien et se lève, elle doit se rendre à son cours au conservatoire qui est tout proche ; d'un coup Gucciotti se trouve seul avec Giovanna. Ils se taisent, se regardant mutuellement.

Finalement il murmure avec un sourire forcé : « J'ai encore à l'esprit ce jour d'août dernier, dans cette cabine, j'en rougis encore de honte.

– Pourquoi ? » Dehors, derrière les vitres couvertes de buée, ils voient Novella qui s'est arrêtée un moment pour les regarder avant de disparaître. « Je ne l'ai même pas raconté à Novella.

– Ah non ? Tant mieux. » De nouveau ce sourire difficile.

« Peut-être que Novella et moi nous ne nous comprenons plus aussi bien qu'autrefois. »

Le ton confidentiel l'encourage. « Je t'ai vue dans la rue, et dans le vaporetto, tu étais toujours seule. » Giovanna le regarde, intriguée. « Et pourquoi ne vous comprenez-vous plus aussi bien qu'autrefois, Novella et toi ? »

Elle réfléchit un moment, la tête baissée. Puis, avec un léger haussement d'épaules : « Je peux même te le dire, peut-être. Du moins, comment cela a commencé.

– Comment cela a-t-il commencé ? »

Giovanna se concentre encore un moment pour trouver les mots les plus explicites. « Il y a eu peut-être d'autres choses, mais je crois que la première a été celle-ci. Elle avait reçu des lettres anonymes où il n'y avait d'écrit que des phrases comme "tiens pour toi, petite madone", aucune signature naturellement mais seulement certaines taches, tu as compris de quoi ? » Lamberto fait un signe de tête affirmatif, un peu abasourdi par le ton de cette petite, si détaché, appliqué, comme si elle répondait en classe à une interrogation d'histoire naturelle. Se sentant comprise elle prend courage et poursuit à la manière vénitienne, celle de « refaire la scène » avec tous les rôles : « Et alors Novella qui est calme en général, qui sait se tenir, tu sais comment est Novella, non ? Bon. Voilà qu'elle se met à s'agiter, qu'elle dit "quelle horreur, quelle chose odieuse, qui peuvent être ces sales individus", je ne l'avais jamais vue aussi agitée, et alors je luis dis "mais tu sais pourquoi ils t'envoient ces lettres, les pauvres types ? C'est parce que tu es belle", et il y avait là aussi Osvaldo, mon frère Osvaldo, qui s'est mis à rire, mais elle au contraire était toujours plus agitée et alors elle se défoule sur moi et, tiens ! ça t'intéressera toi aussi, elle me dit : "Je commence à penser que Gucciotti avait raison".

– Il s'agit de qui ? De mon frère ?

– Un jour nous étions chez les Berg et lui, ton frère, a pris la mouche je ne sais plus pour quelle raison, et il m'a traitée de méchante, il m'a dit que j'étais stupide, non, il a même dit "perverse". » Elle a son petit haussement d'épaules, le regarde, et paraît contente de s'entretenir avec lui, comme soulagée. « Maintenant que j'y pense, ça m'amuse. Ton frère fait un peu rire, pas vrai ?

– Bien sûr », la rassure Lamberto. Il semble stupéfait, mais en même temps il éprouve un bonheur étrange. « Continue, parle-moi de ces choses.

– Quelles choses ?

– Ce que tu voudras. J'aime te voir rire.

– Mais ce n'est pas toujours amusant. Je te dirais même, moi qui d'habitude faisais des rêves gais, eh bien depuis quelque temps je fais des rêves qui tiennent un peu du cauchemar, et tu sais comment ça se passe dans les rêves, que tu vois une personne qui est comme plusieurs personnes à la fois ? Et ceci peut t'intéresser : j'ai rêvé aussi de ton frère, mais à un certain moment je le vois comme une femme et il ressemblait alors, tu sais, à la demoiselle Vianello ? Tu la connais, Mafalda Vianello, c'est la sœur de monseigneur Vianello ? Je ne sais que dire, ton frère et la demoiselle Vianello sont tous les deux de grande taille, c'est peut-être pour ça qu'ils se sont superposés dans mon rêve. » Elle se tait, perdue dans ses pensées.

Un long silence s'ensuit, l'idée de son frère vu comme une femme ne déplaît pas à Lamberto, il demande : « Et cet être hybride, cette monstrueuse combinaison, te parle dans ton rêve ? S'exprime ? Comme mon frère ? Qu'est-ce qu'il te dit ?

– Ce qu'il me dit ? Il ne me dit pas, il me fait. Il me roue de coups. Il crache sur moi. » Elle voit Lamberto se rembrunir, perplexe. « Mais tu sais je ne me réveille pas en hurlant ou je ne sais quoi, au contraire, dès que je reviens à la conscience ça me donne envie de rire. Mais en fait je pensais à autre chose », continue-t-elle en lui souriant, le coude sur la table, sa petite tête ovale à la *garçonne* posée sur son poing fermé. « Lorsqu'on parle d'un rêve, est-ce qu'on a raison de dire qu'à "un certain moment" se passe ceci ou cela ? Que signifie "un certain moment" quand on rêve ? On dirait que dans un rêve tout se passe à la fois, tout en un instant, on a une vision d'un instant, non ?

– Oui, on dirait, tente Lamberto. Mais toi, tu penses beaucoup à ces choses-là ?

– Pourquoi pas ? On en parle souvent avec papa ou avec Edoardo Bialevski. » Elle le voit incertain, troublé. Elle hausse la voix : « Il paraît d'ailleurs que lorsque quelqu'un en est à sa dernière heure, en particulier lorsqu'il s'agit d'un noyé, toutes les images de sa vie passée défilent devant lui, comme ça en un instant, comme dans les rêves en somme. » Elle fait une pause. Lamberto lui semble de nouveau perplexe, on dirait qu'elle cherche à le tranquilliser : « Les choses que dit

Edoardo frappent comme ça, sur le coup, mais après, au fond ça me fait un peu rire.

– Toi, tout te fait rire. Que dire ! Appelle ça du rire. Ces morts noyés, gonflés, avec toute leur vie qui leur revient à l'esprit. »

Ils ont terminé leur chocolat depuis un bout de temps, ils se lèvent et Lamberto, qui sait ne pas être de grande taille, s'aperçoit que Giovanna est sensiblement plus petite que lui, et ce petit visage rond levé vers lui l'attendrit. Il lui fait une caresse. « Espérons que tu ne rêveras pas cette nuit de mon frère devenu femme, et qui te traite mal. Moi en revanche je suis sûr que je rêverai de toi cette nuit. »

Au fil de ces jours toujours plus voilés par le brouillard, ils se rencontrèrent de nouveau pour aller boire leur chocolat chaud. Un après-midi ils voient, accroché à la porte de leur café habituel, un écriteau lourdement, cerclé de noir portant le faire-part d'un décès dans la famille des propriétaires, avec en dessous une croix noire d'où partent des rayons noirs eux aussi, et la photographie du parent défunt. Le café est fermé pour cause de deuil et c'est ainsi que, presque sans y penser, ils s'acheminent vers l'entresol d'Ezio. Tous deux le connaissent bien mais c'est seulement lorsqu'ils sont à l'intérieur de la « bonbonnière » XVIIIe, bien au chaud dans ces pièces aux bas plafonds stuqués, avec de légers bruits de barques qui montent du Canalazzo et les sifflements amortis des bateaux dans le brouillard, qu'ils prennent conscience de se trouver là, seuls, non en tant qu'hôtes mais comme maîtres de maison, et tous deux sont pris alors d'un sentiment de liberté et de jeu. Giovanna avait hérité de sa mère ce goût pour la cuisine, qui était en définitive celui de nourrir les hommes et de leur faire plaisir, non pas de les servir mais au contraire de les rendre dépendants dans des domaines où, livrés à eux-mêmes, ils seraient désarmés. Giovanna trouve le cacao, le lait, ouvre la manette du gaz, découvre des biscottes, fait réchauffer au four de petites galettes de maïs.

Ils boivent le chocolat à petites gorgées et mangent lentement, parlant peu. Cela les amuse de se trouver là avec toute la maison à leur disposition. Lamberto jouit manifestement de ce simulacre d'intimité domestique, Giovanna suscite en lui un sentiment de curiosité et de découverte, et il cherche le geste, le mot, qui seraient susceptibles d'éliminer la distance entre eux et qui soient à la fois délicats et virils ; il finit par dire un peu au hasard : « Il faudrait que j'aie trente ans de moins.

– Alors tu ne serais pas encore né.

– Vingt alors, dix. Je ne sais. »

Giovanna l'examine, intriguée, elle ne comprend pas bien ce compte qu'il fait des années. Il a l'impression qu'elle l'invite à se décider ; il se met tout près d'elle, lui caresse le visage, effleure ses lèvres de sa bouche, il est d'abord hésitant, puis la chaleur et cette douce tranquillité de la jeune fille l'encouragent, il l'embrasse longuement sur la bouche et il a la sensation de ne jamais s'être senti aussi pleinement heureux. Personne n'avait encore embrassé Giovanna de la sorte et elle ferme les yeux comme pour absorber cette sensation neuve, l'évaluer ; alors une pointe d'irritation perce dans l'enchantement du jeune homme, il a l'impression qu'elle cherche à s'isoler, à se replier sur elle-même dans le noir ; et il m'est facile d'imaginer ce qu'a éprouvé Lamberto lorsque la petite rouvre les yeux, avec lesquels elle semble l'illuminer tout entier, pour bien l'examiner et lui dire ensuite en riant : « Tu as un visage d'enfant », phrase faite exprès pour qu'il se sente traité, par elle aussi, comme un personnage mineur, léger, l'imbécile heureux ; il se révolte, il veut secouer de quelque manière cette gamine, si extraordinaire mais qui peut aussi agacer avec ses « ça fait rire » et ses haussements d'épaules, qui semble tout s'approprier sans perdre contenance, et qui, à leur première véritable rencontre, lui avait parlé tranquillement de morts au fond de la mer avec leurs têtes pleines de souvenirs. Qu'est-ce qu'elle en savait ? Mais en savait-il plus long lui, alors ? Et pourquoi ? Peut-être parce qu'il avait fait les derniers mois de la guerre comme « volontaire adolescent et inconscient » ? Elle continue à l'observer, à l'inspecter, et lui, au contact de ces yeux, de ces lèvres, de cette haleine chaude, est pris comme par une fureur de tendresse, mêlée au désir de la confondre, de s'imposer : « Non, non », murmure-t-il insensé, « non, non, pas un enfant loin de là ! à présent je te montre, non non », et avec des mains gauches il parcourt la robe de la petite, cherche où ouvrir, délacer, et elle ne tente nullement de se libérer mais semble le seconder avec curiosité ; elle était vêtue de façon très simple ; une fois la petite robe de tricot retirée elle est en sous-vêtements blancs aux finitions brodées à la main par Uga.

Le jeune homme s'est laissé glisser sur le tapis, il est à genoux et il caresse, il couvre de baisers tout ce qui d'elle avait été jusqu'alors occulté et inviolé : ainsi, seulement ainsi, fragmentaire, peut-on imaginer dans la réalité restrictive et ironique la scène qui avait été à l'acmé des élucubrations d'Ezio Sbordoni.

Lamberto s'est soudainement redressé. Il est debout. « Excuse-moi. » Il tremble.

« Pourquoi ? T'excuser de quoi ? C'est très beau. » Ces actes lui sont apparus pleins de gentillesse et avec un mystère profond mais non effrayant.

De nouveau cet air de supériorité, cette impression qu'elle donne de savoir instinctivement toute chose et de la dominer. Et alors, à l'improviste, d'une manière insensée, comme s'il pensait avoir subi une insulte, une vexation, toute tendresse se dissipe en lui et il ne reste que cette flambée de fureur : « Ah, c'est ainsi ? Ça t'a plu ? », Giovanna craint de s'être montrée déçue, de l'avoir blessé de quelque façon. Gucciotti ne comprenait rien. Et ne comprendrait jamais. Une pendule tictaquait sur la cheminée. Il s'assied sur le canapé près d'elle, lui serre le bras jusqu'à imprimer une marque, la prend au menton, lui secoue la tête, parle avec dureté, avec dépit, comme un forcené : « Ça t'a plu ? Tu me trouves bien ? Je te satisfais ? Et alors tu sais ce que je te dis ? À présent tu vas me rendre la politesse. »

Giovanna se dégage lentement, s'installe dans un coin du divan, le contemple moins avec peur qu'avec stupeur, écoute l'homme respirer, son souffle lourd, épais, exhalé par le nez. « Je ne sais pas bien ce que tu veux dire, Lamberto, mais je n'ai aucune envie de te donner un baiser ni rien du tout. Tu as l'air d'une bête. »

Les yeux noirs du garçon sont immobiles et vides ; entre les lèvres tendues les parfaites petites dents éclatantes de blancheur donnent une impression de férocité impuissante : « Une bête, hein ? Comme si je ne pouvais imaginer les choses que tu fais avec tant d'autres, peut-être même avec Novella, comme si je ne pouvais les imaginer. » Mais en entendant ses propres mots, d'un coup, il mollit, il se réveille et il mollit, il laisse tomber sa tête en avant. Maintenant il est courbé, penché, les coudes sur ses genoux, la tête pesamment enfouie dans ses mains. « Parle-moi », murmure-t-il d'une manière pressante, « parle-moi, dis-moi quelque chose ». Telle une marionnette, il se laisse de nouveau glisser sur le sol, il pose sa joue contre le bord du canapé. Il fait une longue pause. On n'entend que le tic-tac de la pendule. « Je sais », dit-il enfin, comme s'il faisait une étrange découverte, « que je voudrais mourir, en cet instant ».

Des larmes se mettent à couler sur les joues de Giovanna. Le silence qui se fait semble ne devoir jamais finir. Puis elle murmure de sa voix tranquille habituelle : « Quelle scène joues-tu là ? Et que veux-tu que je te dise, moi ? » Elle parle sans colère, au contraire, sur un ton de compassion et comme si elle découvrait ou inventait le qualificatif à l'instant même : « Lorsque tu te comportes de la sorte, Lamberto, tu es un fasciste. »

Il lève la tête, a un bref rire abasourdi :

« Quoi ?

– Tu es un fasciste. Pas parce qu'il t'arrive de défiler avec ces uniformes noirs. Pas parce qu'il y a un moment tu paraissais prêt à me frapper. Mais parce que tu es là maintenant, à genoux, et on dirait que tu vas te mettre à pleurer, et tu veux que je te dise quelque chose. Tu es un fasciste. Tu es un clown. »

Lamberto s'est remis debout, il secoue la tête, il se sent confus, complètement vidé, de la tête aux jambes. « Rhabille-toi. Allons-nous-en. Excuse-moi. Tu es tellement mieux que moi.

– C'est peut-être vrai mais quel rapport ? » Giovanna sèche ses larmes, a un petit rire peu joyeux. « Edoardo dit toujours que les femmes en savent plus long. Que dire ! Et pourquoi veux-tu mourir ? » Elle renifle, parle d'une voix enrouée. « On dit que le dernier moment avant de mourir est le plus beau.

– Ah oui, les rêves des noyés. »

Puis, comme il la raccompagne chez elle à travers le brouillard, il lui dit par moments : « Me pardonneras-tu jamais ? »

Giovanna ne lui répond qu'au dernier instant, lorsqu'elle le salue à la porte de sa maison : « Qu'y a-t-il à pardonner ? Et puis tu sais, je n'ai pas tellement compris ce qui s'est passé. »

Elle garde une impression de l'avoir comme bloqué, non dans la honte mais dans une espèce de timidité morbide ; et ce « je voudrais mourir » lui avait tout l'air d'être une excuse, une couverture, des mots.

En ces jours d'automne Giovanna se surprenait parfois à imaginer ce qu'avaient dû être les premiers temps d'amour entre sa mère et son père. Elle ne le demandait à aucun des deux mais elle observait sa mère et se rendait compte qu'elle avait hérité d'elle certains penchants, comme celui de faire la cuisine. Dans ses théorisations sur les caractères des habitants de nos lieux, Bialevski a toujours dit que la femme vénitienne, et en particulier celle de Dorsoduro, avait une façon spéciale d'exercer les prétendues vertus domestiques, comme si elle les réinventait chaque fois de toutes pièces, les rendant de la sorte méconnaissables, qu'elle accomplissait des travaux techniquement excellents sans jamais trop en parler et avec l'air de penser à autre chose. Edoardo trouvait tout naturel que Giovanna parlât depuis toute petite de faire sa médecine, et dans l'amour qu'il portait à la petite il la voyait déjà qui maintenait, dans l'exercice de sa profession, le style de son père et de son grand-père. Et se figurant, inondé de lumineuses vagues de curiosité, d'affection et de joie, l'avenir de la gamine, il était convaincu que ses occupations à l'hôpital ou ailleurs ne l'auraient pas privée par exemple du plaisir qu'elle avait en commun avec sa mère, de préparer avec habileté des plats exquis, pour des hommes bien moins habiles, moins joyeux et inventifs.

Il arrivait parfois à Giovanna de s'arrêter au petit marché de Campo Santa Margherita, ou d'aller carrément à la Pescheria à Rialto pour choisir du poisson qu'elle et Caterina préparaient ensuite, à la rigueur avec le manuel d'Artusi en main au début, et puis, mettant de côté l'ouvrage de ce grand styliste de la cuisine, elles en faisaient à leur tête, selon leur fantaisie, sans doute aussi en vue de faire plaisir et d'étonner Alvise et les deux garçons.

Au début d'un après-midi de ce même automne, quelque temps après son tête-à-tête avec Gucciotti, Giovanna aperçoit au Campo Santa Margherita de superbes rougets argentés dans le soleil voilé de brume, et l'idée d'en apporter à Maurizio Berg dans son atelier-entrepôt lui traverse l'esprit. Il leur était déjà arrivé, à elle et à Novella, de lui apporter de quoi manger ; le jeune artiste disposait d'un réchaud dans un coin de son atelier sur lequel il se préparait quelques mets lorsqu'il ne désirait pas interrompre son travail pour rentrer chez lui, ou éventuellement pour des amis et des modèles, des plats assez bien préparés, en général très relevés ; même dans l'atelier bien plus opulent du peintre Berg d'aujourd'hui flottent toujours des relents d'oignons, des parfums d'épices. Cette fois Giovanna est seule, même les Rumeurs les plus inattentives avaient noté que les deux jeunes filles ne s'entendaient plus aussi bien qu'autrefois.

Dans ce lieu chaleureux aux murs de bois, avec des meubles hétéroclites récoltés à gauche et à droite, un lieu à la fois dépouillé et encombré (« jamais plus je n'aurai un atelier si vivant, si animé », dit Berg aujourd'hui en caressant son énorme barbe grise), les amis et les modèles allaient et venaient comme bon leur semblait, la porte était toujours ouverte ; de sorte que lorsque Giovanna y arrive avec ses rougets, elle y trouve Amedeo Passina venu en visite, et le peintre lui-même absorbé devant un modèle nu qu'il dessine au crayon. « Je ne m'attendais pas à te voir », lui dit Maurizio, et il fait signe à la jeune fille qui pose de se couvrir.

« Je t'ai apporté du poisson, j'en ai eu l'idée, comme ça, tu peux le manger ou en faire une nature morte ou même peut-être l'un et l'autre, mais pourquoi ne continues-tu pas à travailler ?

– Nous avions fini », dit Maurizio embarrassé, tendu, et étonné comme toujours devant cette gamine si tranquille et imprévisible.

Amedeo se penche pour lui donner un baiser sur le front, son visage s'est éclairé, il rit. « C'est vrai, lui murmure-t-il, le maître a terminé, et à présent j'emmène Cristina au cinéma voir je ne sais trop quoi.

– *L'Honorable Madame Besson*, avec Maria Jacobini », précise Cristina en train de remettre ses vêtements. Elle semble ne s'apercevoir de la présence de Giovanna qu'à ce moment, les deux jeunes filles échangent un sourire, murmurent « Salut ».

« Pour moi, un film ou l'autre, c'est pareil », dit Amedeo, et il ne peut retenir la note dramatique : « Désormais dans la vie je suis quelqu'un qui n'a rien à perdre, hormis le temps. »

Et c'est ainsi que Giovanna et Maurizio restent seuls. Maurizio a posé l'album de dessins sur une table et Giovanna se met à le feuilleter. Dans le silence on n'entend que le bruit des grandes pages qu'elle tourne.

Ce silence semble impatienter Maurizio, il la prévient: «J'essaie de faire, comme ça, des choses un peu néo-classiques, en guise d'exercice.» Silence. «Je ne savais pas que Cristina et toi vous vous connaissiez.

– C'est Osvaldo qui la connaît. Ils ont fait l'école primaire ensemble. Elle est très belle.» Giovanna est arrivée à une page blanche, elle lève les yeux de l'album de dessins: «Ce sont des choses froides, Maurizio, déclare-t-elle.

– Je t'ai dit, bon Dieu, que ce sont des exercices.

– J'ai compris, Maurizio, ce sont des exercices.

– Et si tu veux le savoir, ce sont des exercices qui ont reçu l'approbation de Paolo Partibon, le père de ton petit ami Giorgio.

– Ça va, je te crois.»

Deux «exercices» du genre avaient même été acceptés à la Biennale dans une section de dessins qui, selon les Rumeurs, avait reçu la visite et les louanges du roi et de la reine au cours de leur récent séjour; d'ailleurs, d'après Marta Rutigliano, «on pouvait être sûr que Maurizio Berg n'en parlait pas pour jouer à l'anticonformiste et à l'indépendant, même si la chose lui avait fait un effet *bœuf*».

«Pourquoi ne continues-tu pas à travailler? Tu ne veux pas travailler en ma présence?» Et ici sans nul doute, d'une façon ou d'une autre, arrive la proposition, gentille, joyeuse: «Veux-tu que je me déshabille et que je te serve de modèle?»

Maurizio se réfugie dans la feinte de n'avoir pas compris.

Un moment plus tôt il y avait là une jeune fille dévêtue, une jeune fille qui avait été à l'école primaire avec Osvaldo; Giovanna ne comprenait pas pourquoi on devait la traiter, elle, comme quelque chose de tout à fait différent de Cristina, qu'on devait la reléguer à une autre dimension, un autre univers. Maurizio ne lui parlait jamais de Cristina ou de ses autres modèles, c'était comme avec Annibale qui changeait de sujet sitôt qu'elle faisait allusion à Polly; quelques jours auparavant, Giovanna l'avait rencontré dans l'escalier comme elle rentrait chez elle et ayant eu vent de certaines Rumeurs disant que Polly et Annibale « ne s'étaient pas quittés en bons termes », elle lui avait dit quelque chose de l'ordre de : « à présent elle est partie mais cela a été beau, n'est-ce pas ? », comme si elle voulait lui suggérer de se confier à elle pour qu'elle l'aide à voir un fait d'amour à la lumière des passions vénitiennes légendaires, si pleines d'intensité de vie qu'elles pouvaient se permettre finalement des séparations et des tristesses. « Pourquoi n'en parles-tu pas ? » Et Annibale, avec un accent de méchanceté dans la petite voix qu'il prend : « Ça te plairait, hein ? Tu aimerais bien ? » Et il se met à la taquiner, à la chatouiller comme lorsqu'ils étaient gosses, mais cette fois il y avait dans sa façon de le faire quelque chose de dur, de vindicatif d'une manière insensée : « Arrête, tu me fais vraiment mal », avait-elle crié en le repoussant, et Annibale avait dévalé l'escalier non sans lui lancer avec la solennité calculée du poseur : « Il vaudrait mieux que nous cessions de nous voir pendant quelque temps.

– Et ça va, pauvre petit, ne nous voyons plus », lui avait répondu Giovanna du palier de l'entresol, en haussant les épaules.

« En somme tu ne veux pas que je pose pour toi ? », dit-elle à présent à Maurizio.

Le jeune Maurizio doit maintenant se pencher sur cette question. Il n'en croit pas ses oreilles, comme on dit. Ou plutôt, il ne veut pas les en croire pour se libérer du poids de devoir faire face à la proposition ; et pourtant celle-ci existe, il constate qu'elle est là, comme Giovanna est là, solide, avec les cheveux lisses bien arrondis sur sa tête, avec ses yeux rivés sur lui, ces yeux dont Maurizio connaît le « point » précis de vert et chaque « paillette dorée » ; rien qu'à la contempler il est saisi d'émoi et une espèce de douceur impétueuse l'envahit ; il prend sa tête dans ses mains, comme il l'a fait tant de fois, et scrute avec des yeux de peintre ce visage qui demeurera pour lui sans égal au fil des ans, tandis qu'elle lui dit en souriant : « Moi je t'ai vu, sans rien sur toi. »

« Tu penses encore à cette crétinerie à la cabine. Je me suis déjà excusé mille fois. J'étais ivre, d'accord ?

– Pourquoi donnes-tu toujours les mêmes excuses ? Tu n'étais d'ailleurs pas si ivre que ça. Il faisait chaud, la vraie canicule, et à la canicule on se sent bien mieux sans rien sur soi.

– Je le sais, je le sais. » Maurizio s'écarte d'elle, fait un signe de tête, il semble amusé et exaspéré à la fois.

« Veux-tu que je cuisine les rougets pour toi ? Mais c'est un peu trop tôt. Veux-tu les dessiner ? »

Maurizio essaie le ton sérieux et doux : « Dis-moi Giovanna, pourquoi es-tu venue ici ?

– Va savoir. » Puis aussitôt, de bon cœur : « Pour te servir de modèle, non ? Dans une pose classique, peut-être même en tenant un rouget par la queue. Comme ça, n'est-ce pas ? » et elle prend la pose d'une statue, le bras levé, le pouce et l'index repliés en œillet.

Il la regarde à la dérobée, passant légèrement ses doigts sur sa tête. Il avait l'impression d'être pris dans une sotte situation de facétie, et en même temps naissait en lui le sentiment de se trouver à un point décisif de son existence. C'était aussi une sensation de rêve qui présentait pourtant, d'une manière étrange, un degré absolu et neuf de réalité. En regard, ses vieux rêves où il se voyait devisant avec elle de leur avenir d'amour tandis qu'ils marchaient côte à côte le long d'une route de campagne bordée d'arbres ou près des Murazzi en face de la mer, lui apparaissaient actuellement gratuits, irresponsables en quelque sorte, une fuite, une échappatoire. Et Maurizio Berg sent alors qu'il lui faut mettre Giovanna à l'épreuve, son sourire tranquille et les mots qu'elle prononce, bref tout ce qu'il voudrait que fût encore, chez la petite, un jeu, un défi frivole, une comédie arrogante. Et en même temps, l'impulsion de ne pas laisser échapper ce moment, cette occasion, s'emparait de lui, impulsion qui lui faisait dénicher à présent en lui-même des motifs nobles, « d'artiste » ; ce qu'il y avait de solide, de bien planté dans la personne de la petite Giovanna l'avait toujours attiré, excité, et cette émotion, se disait-il, était comparable à ce qu'il avait éprouvé en découvrant que la Vénus de Milo était une jeune fille pas très grande, loin d'être longiligne et éthérée. Cette réflexion se présente pour lui comme une espèce de justification, de sauvegarde, tandis qu'une autre sauvegarde, ensevelie dans le tréfonds de lui-même, enfouie dans les ténèbres, découlait du fait que la proposition venait de Giovanna, ce qui l'autorisait à adopter un comportement surpris, passif. Je pense à Maria Matilde qui disait de lui, des années plus tard, « que Maurizio était un parfait bourgeois, démodé et égoïste ». À présent, devant la petite qui se tient immobile avec cette question qu'elle a posée, les mots qui lui montent aux lèvres apparaissent à Giovanna comme sottement affectés : « Et allons-y, déshabille-toi, essaye. Mais je t'avertis que je ne réponds pas de moi-même. »

« J'en réponds, moi. » La réplique surgit si naturellement qu'elle a l'impression de vivre une scène déjà vécue qu'elle répète à présent avec plus d'assurance et de maîtrise du texte. Et tandis qu'elle se libère des simples vêtements qu'elle porte : « Prépare-toi en attendant avec l'album et le crayon », mais le voyant immobile, paralysé, avec un petit sourire intrigué et supérieur qui s'accorde mal avec l'agitation de son regard, le tremblement de ses mains, elle dit comme pour lui venir en aide, le délivrer, généreuse, joyeuse : « Et alors embrasse-moi si tu veux, tu es là tout noué… » et avec une autorité pressante qui apparaît au jeune homme, dans sa confusion, un peu comme celle du médecin au patient : « Dénoue-toi Maurizio, déshabille-toi, toi aussi. » Et une fois de plus : « Je t'ai déjà vu sans rien sur toi.

– Mais te rends-tu compte que tu es, que tu as… », dit dans un souffle le garçon tandis que, comme hypnotisé, il commence à suivre son conseil.

Giovanna ne le laisse pas achever sa phrase : « Et quel âge crois-tu qu'avait Juliette ? Pas même le mien. »

Et il y eut la pose, la figuration de l'acte amoureux. Ou pour emprunter le langage d'Ezio Sbordoni dans son drame en hendécasyllabes situé au XIIIe siècle, en particulier lors d'une scène entre deux personnages entièrement différents des nôtres cependant – la fille d'un feudataire de la Ciociarie et un jeune prêtre romain d'origine princière, un jeune homme fort beau et circonspect – « il y eut alors union des deux corps ceints », mais « il n'y eut pas », pour continuer à mettre les choses dans le langage de Sbordoni, « l'instant sublime, augure et gage de floraison d'une vie nouvelle ». Le jeune Berg, pourtant confus et bouleversé, émerge de « l'union », léger, hilare, il murmure « ne bouge pas une petite seconde », se lève, s'éloigne ; son corps long et maigre, redevenu d'un blanc laiteux à quelques mois du Lido, sautille parmi les chevalets.

Restée seule, la jeune fille couchée sur le dos se regarde, s'examine. Elle avait toujours noté que le ventre présentait une forme très harmonieuse, faite pour la caresse, avec ses courbes douces et la fossette au milieu. Le jeune garçon est revenu, muni d'eau, d'un linge immaculé, pour effacer ce qu'il a laissé sur cette douce forme, et qu'entre-temps la gamine a répandu sur sa peau tendre par de légères caresses circulaires de sa main tendue. « Maintenant je comprends », lui dit-elle. « Je veux dire, à peu près. »

Tandis qu'il l'essuie, le jeune homme se montre hâtif, emprunté, évasif. « Excuse-moi », lui murmure-t-il.

Ils s'excusaient tous. « Mais qu'est-ce que tu te mets dans l'esprit, Maurizio ? Tu n'as rien à craindre, pas vrai ? »

C'est ainsi que les choses se passèrent à peu près. De nouveau les limites, les ironies de la réalité, ou de ce que l'on parvient à s'en figurer. Et certes je ne voudrais pas non plus, dans ces notes que je griffonne sans savoir si elles seront jamais lues, me mettre à décrire des scènes de livre grivois, surtout à propos d'une très jeune femme à qui, dans mon cœur inconvenant et revêche de « précoce compliqué », j'ai voué un amour – il est presque sottement superflu de le dire – d'une façon que je ne connaîtrai jamais plus.

Comme elle rentre chez elle, Giovanna trouve sur le pas de la porte Marta Rutigliano venue en visite ; toutes deux pénètrent au salon et Giovanna se réjouit d'y voir sa mère en compagnie d'Elvira, en train de faire un petit casse-croûte auquel elle se joint. Les deux dames rentrent du cinéma où elles ont vu John Barrymore dans *l'Étrange Aventure du poète vagabond.* « Il fut un temps où tu n'allais jamais au cinéma et maintenant, d'un coup, tu y vas tous les jours », dit Marta à Elvira. Elle sait que la veille elles ont vu Adolphe Menjou dans *Qu'en pensez-vous*?. « Et toi, demande-t-elle à Giovanna, où étais-tu ? »

– Chez Maurizio.

– Pour le voir peindre ? demande Caterina.

– Non, dessiner. Il appelle ça des exercices, il fait des choses néo-classiques.

– Qui ont eu la faveur du roi, dit-on », commente Marta, « même si lui, Berg, feint de n'en rien savoir pour continuer à se donner des airs d'artiste *bohème.*

– Le jeune Berg ? *Bohème*? » demande Elvira prenant un air évaporé. « Il a un aspect si aristocratique et *soigné,* je trouve, je ne sais pas. » Elle sourit à Giovanna : « Ce n'est pas facile, hein ? » On ne comprend pas ce qu'elle veut dire mais Giovanna a l'impression de saisir parfaitement. À un niveau instinctif, qu'elle ne déchiffre pas, elle ressent la question d'Elvira comme une invitation à comparer leurs hommes. Le roi y est pour quelque chose dans les deux cas. Mieux valait le *bohème*-aristocratique Maurizio, devait probablement penser Elvira, que Silvio, dont une des phrases qu'il se plaisait à répéter d'une manière obsédante chaque fois qu'il se trouvait dans l'entourage immédiat du souverain était: «J'ai l'impression que le roi m'a pris en sympathie.»

Marta ne tarde pas à partir tandis qu'Elvira reste dîner avec eux. Pendant le dîner, Giovanna regarde sa mère et Elvira et laisse errer son imagination sur ce qu'ont été leurs premières rencontres amoureuses avec les hommes; elle observe aussi avec un sentiment chaleureux renouvelé la beauté de Corrado, et les regards d'amour que son frère Osvaldo pose sur la signora Elvira, l'enviant un tant soi peu.

Cette période est pour Silvio particulièrement animée et bourrée de manifestations officielles considérables. L'extrait de son journal fournit des formules d'une grande variété au cours de ces mois, il est facile d'en choisir des échantillons pittoresques.

18 août, ma particip. jury Rassemblement des Costumes pr proclam. Reine du Châle. 20 août, notre ambassad. Paris signe pr Italie pacte Briand-Kellog. 28 août. Autres 15 puissances signent Briand-Kellog. 4 sept, proclam. Ahmed Zogou roi d'Albanie, notre reconn. imméd. Mustafa Kémal se proclamera-t-il roi de Turquie? J'accomp. notre Roi visite Biennale.

À l'occasion de cette visite, comme Silvio le raconta à son fils Annibale avec une profusion de détails, le roi, s'arrêtant devant un tableau qui représentait un groupe de femmes du peuple aux épaules drapées de châles, s'était exclamé: «Qu'il est regrettable que ces costumes caractéristiques soient en voie de disparition!» Sur quoi Silvio s'était empressé de mentionner la Journée du costume, rassurant de la sorte le souverain, pendant que son aide de camp recevait d'un artisan protégé par Silvio, à l'intention du roi, un faisan royal entièrement exécuté en perles de Burano multicolores, avec des effets de lumière.

Pendant ce temps Annibale découvrait que le rôle d'amant abandonné lui allait bien, il écoutait son père d'une oreille, s'adaptant toujours mieux à cette nouvelle relation qui s'était instaurée entre eux, tellement plus commode. Silvio n'avait échangé que quelques syllabes avec Maria Matilde et il maintenait avec sa femme et avec sa fille Maria Paola les rapports habituels, pour ainsi dire officiels ; en revanche il s'entretenait longuement avec son fils Annibale, lui prodiguait de sobres louanges, s'imaginant qu'il le contrôlait et le formait. Il lui parlait aussi des Balmarin : « Ce n'est pas faute d'avoir essayé, tu sais, d'aider le docteur Alvise. Mon camarade de toujours, mais je ne l'ai jamais compris au fond. Il fut un temps où tu étais toujours fourré chez eux... », ajoute-t-il d'une voix lointaine comme s'il évoquait des souvenirs bizarres de la plus tendre enfance de son fils, « que veux-tu que je te dise... les Balmarin... Caterina Sbordoni... cette petite qui ressemble toujours davantage à sa mère, une femme qui du reste a eu son genre de beauté un peu curieuse... Qu'est-ce qu'ils sont, qu'est-ce qu'ils font, là dans leur entresol ? Et leurs amis... ce pauvre Berg... » Il s'interrompt brusquement et passe à un autre sujet, comme pour lui faire part d'une décision qui clarifie tout : « Tu deviens un homme. Pas cet hiver mais au printemps prochain je t'emmène avec moi à Rome, que dis-tu de cette idée ? » Annibale sourit mais à grand-peine. Avec une triste rage il voit Polly dans un *flash*, il a l'impression de l'entendre : « Tu étais ma propriété et maintenant tu redeviens, toujours plus, la propriété de ton père. » Souvent elle habitait ses rêves et pendant quelque temps en troubla les réveils.

Le « pauvre » Berg continuait à rencontrer de temps à autre Silvio qui, bien que fort affairé, prenait le temps d'un « américano » en sa compagnie au bar des artistes. Berg n'ignorait pas que Silvio tenait un journal et un jour peu après la mi-octobre, cette fois ils sont assis à une petite table du bar, il lui demande par exemple : « As-tu pris des notes au sujet des exécutions capitales à Poggio Buggianese ? C'est la première fois que l'on applique la loi sur la peine de mort, le sais-tu ? » Mais les yeux gris de Silvio ne laissent transparaître aucune expression, l'homme n'est pas *présent*, il n'est pas *là* ; ce qui n'empêche pas Berg d'insister : « Laisse-moi te lire, peut-être n'as-tu pas eu le temps… voilà… "L'exécution a lieu vingt-quatre heures après le prononcé de la sentence de mort moyennant la fusillade dans un enclos militaire ou autre lieu désigné par le commandement auprès de qui le tribunal spécial s'est constitué, *et cetera, et cetera*… aucune possibilité d'interjeter appel, seul remède la grâce souveraine et, en cas de requête de grâce, l'exécution est suspendue pour être remise en vigueur, en cas de rejet, et toujours effectuée dans les vingt-quatre heures qui succèdent à la notification au condamné du rejet du recours en grâce." Toi qui es son ami, sais-tu ce qu'il en pense ? Je veux dire le roi. »

Les deux hommes se fixent un bon moment. Berg ne s'attend pas à une réaction mais au contraire il entend Silvio finalement murmurer, gâteux : « La guerre c'est la guerre », et il le voit se lever, tirer sa montre de son gousset et la consulter, secouer la tête ; il doit se rendre ce soir, entraîné par Antonelli et les Sbordoni un peu par force, à une réunion où l'on discutera entre autres choses de l'ordre de priorité pour les cortèges du 28 octobre, jour des rites de passage de l'An VI à l'An VII de l'ère fasciste ; ainsi le professeur Berg reste seul avec son journal-bazar, il voit défiler devant les yeux de l'esprit des ouragans à La Spezia, des inondations à Côme. Le Rhin grossit. Crue du Rhône. Crues également du Piave, de l'Adige, du Cismon. Le dirigeable *Graf Zeppelin* parti de Lakehurst en route pour l'Europe. Le prix des Trente pour le meilleur roman de l'année attribué à *Fleur de la nuit* de Nino Salvaneschi, en seconde position Lucio d'Ambra avec *Les Deux Façons d'avoir vingt ans*. Bagarres entre chemises noires et antifascistes à Bruxelles. Des bombes contre des ouvriers italiens à Melbourne.

Il n'est pas dit que les cérémonies strictement fascistes fussent les préférées de Silvio Tolotta Pelz. Au contraire. Celles qui marquèrent en novembre le dixième anniversaire de la victoire de 1918 lui apparurent, de loin, plus agréables et enthousiasmantes. 4 nov. Célébr. à Vittorio Veneto, présence Roi. Magnifique Célébr. à Venise, autel volant sur la Piazza, etc.

Il exulte lors de ces fêtes où dans la musique et les couleurs se fondent les trois éléments, le royal, le militaire, le religieux. À dix heures trente du matin, les trompettes retentissent, le Vicaire Général sort, les notes de l'*Exultate Deo* de Palestrina s'élèvent parmi les hauts étendards. Le Cardinal Patriarche en mitre, crosse et chape, se rend à l'autel précédé de la croix processionnelle d'argent et des clercs du séminaire que suivent la croix capitulaire avec l'Archiprêtre et le Clergé. Les troupes présentent les armes, les autorités font le salut romain. Le Cardinal entonne le *Te Deum,* les chanteurs de la Chapelle Marciana répondent, accompagnés par les cuivres et les cordes de la Fanfare municipale. Volées de coups de canon des navires de guerre ancrés dans le Bassin. Salves d'artillerie des forts de la côte. Animation dans la ville jusqu'à une heure avancée.

La nuit des huit heures

Mais dans un autre ordre d'idées, l'événement le plus mémorable en cette fin d'année fut, pour certains habitants de Dorsoduro, l'incendie qui se déclara dans le palais Bialevski. Ceux qui se le rappellent ne sont pas tout à fait sûrs de son origine. Il ne causa pas de dégâts considérables. Néanmoins il se fixa d'une manière indélébile dans le souvenir de ceux qui s'y trouvèrent mêlés. Non pas tant l'incendie en lui-même. Les flammes se déclarèrent vers sept heures du soir à peu près et elles étaient déjà maîtrisées à neuf heures. Ce furent surtout les heures suivantes qui apportèrent de la nouveauté chez les divers personnages de ce récit : par nouveauté j'entends des changements et des remous de l'âme, dans l'atmosphère surchauffée et enfumée de l'immeuble, au début d'un hiver qui fut encore plus glacial que le précédent, le fameux hiver où les cyclistes eurent la possibilité de rouler sur la lagune vénitienne.

Maria Afflitta est seule, à l'avant-dernier étage du palais Bialevski, dans l'appartement du regretté commandeur Folco Rositti, dont la veuve est la signora Andreana, celle que *personne ne voit jamais* selon les Rumeurs. L'appartement est situé sur le même palier que celui d'Ortensia. Et la veuve Rositti est absente, comme cela lui arrive souvent, se trouvant en visite chez des parents à Feltre. Depuis plusieurs années déjà (le commandeur Folco est décédé peu après l'armistice) Maria Afflitta a les clés de l'appartement car selon un accord avec « la Sioa Andeana », au sujet de qui elle se montre fort réservée, elle y va pour faire le ménage, seule et avec un air de grand secret. C'est aussi pourquoi sa terreur est particulièrement vive quand, occupée dans le silence et la pénombre à faire briller l'argenterie héréditaire des Rositti, elle sent une odeur de brûlé. Aussitôt sa respiration devient haletante, elle se voit près de suffoquer, son esprit s'embrume comme si elle était déjà la proie de la fumée, elle se précipite à la cuisine, la trouve sombre et froide, bondit à la salle de bains et là, les tranquilles flammes domestiques du chauffe-eau à bois la traumatisent, elle ne se souvient plus qu'elle-même l'a allumé pour se procurer de l'eau chaude en vue de laver les petits rideaux des fenêtres, elle s'élance sur le palier en gémissant comme si des langues de feu la poursuivaient, sonne chez la baronne Ortensia Mastretti, tambourine sur la porte de ses poings, en vain ; elle n'a pas l'idée de monter à l'appartement sous les toits où probablement Bialevski, marchant de long en large, est en train de dicter un article à Ortensia installée devant sa machine à écrire ; aspirant des nuages de fumée qui ont envahi la cage de l'escalier, elle dévale les marches, hurlant son sauve-qui-peut plaintif et étranglé.

Arrivée en bas, elle découvre qu'une fumée épaisse s'échappe d'une des portes qui donnent sur le hall d'entrée, celle d'un dépôt vaste et bourré, une espèce de grenier au rez-de-chaussée, que l'on continuait à désigner comme la cave ou le dépôt des bouteilles en raison de sa principale fonction d'origine. Du fait que l'oncle d'Edoardo Bialevski, l'oncle Jack, ne concevait pas d'autre boisson que le vin rouge, il avait fait installer une cheminée pour que le vin soit toujours maintenu à la bonne température de 14°, même durant les mois de gel hivernal. Par quels passages secrets la fumée et le feu avaient-ils bien pu s'élever jusqu'à l'appartement de la veuve Rositti fut une question qu'on se serait posée en vain même en faisant appel aux constructeurs pourtant labyrinthiens de cet édifice Renaissance et XVIIIe ; toutefois l'imagination visionnaire de Maria Afflitta laissa son empreinte dans certaines Rumeurs qui perpétuèrent longuement l'hypothèse de deux foyers d'incendie, l'un en haut, l'autre en bas, déclenchés par une main malveillante pour des motifs obscurs et sinistres. Le représentant le plus obstiné d'une telle théorie fut, comme nous le verrons, le vieil Antonio Passina, alors qu'en réalité l'incendie du dépôt de bouteilles était amplement suffisant pour enfumer et surchauffer tout le palais Bialevski, provoquant non seulement des toux et des picotements aux yeux mais une surexcitation générale de l'atmosphère et des esprits.

Bien qu'elle soit submergée par la terreur, Maria Afflitta ouvre toute grande la porte du dépôt et s'élance dans la fumée. Dix ans plus tôt, la pièce avait servi d'abri pour les habitants de la maison lors des bombardements nocturnes ; il y a encore dans un coin le petit lit de camp sur lequel on couchait tête-bêche Giovanna et Annibale ; et les vieilles couvertures délabrées et les coussins poussiéreux que Maria Afflitta, aveuglée par la fumée et la peur, jette sur la cheminée en flammes, étaient probablement demeurés entassés là depuis ce temps. Qu'avec cette tentative de bloquer le feu la femme n'ait fait rien d'autre que de l'attiser devint évident devant ses brûlures au visage et aux mains ; mais pour elle, ces brûlures représentèrent une sorte de consécration, de symbole de ses longues années de service, de martyre ; elle sortit de la pièce en flammes et de l'immeuble les bras tendus en avant, exposant son visage dans une attitude qui était à la fois d'orgueil et d'accusation.

D'aucuns attribuèrent une grande signification au fait que la première personne rencontrée par Maria Afflitta sur les Zattere fut l'homme-apparition Ubaldo Tressa, en train de bavarder avec un centurion de la milice. Ce dernier alerta les pompiers qui postèrent aussitôt leurs motopompes aquatiques sur le Canal de la Giudecca et sur le Rio degli Ognissanti qui se trouvait derrière la maison. C'était un jour et une heure de marée basse et l'incendie, telle une bête qui aurait trouvé suffisamment de quoi se repaître dans ce dépôt bourré d'une foule d'objets dépareillés, d'affaires abandonnées et imprégnées de moisi et de sel depuis des années, put assouvir sa faim, se bornant à laisser, une fois les flammes éteintes, quelques pièces intactes, beaucoup d'autres roussies, parmi des cendres sèches et des débris calcinés jusqu'à l'os, outre la fumée et l'odeur de brûlé, une odeur âcre et presque aromatique, qui montait à la tête.

À cette époque, comme je l'ai peut-être déjà dit, Giovanna allait souvent vers le tard chercher son père au terme de sa journée de travail pour faire ensemble le chemin du retour à la maison. Ils s'entretenaient d'astronomie, de médecine, mais aussi, et avec le même plaisir, des petits faits du jour, quelquefois ils s'arrêtaient aux Fondamenta Alberti dire bonjour aux Berg et là Alvise s'apercevait par certains indices que la familiarité et l'intimité entre sa fille et Novella n'étaient plus celles d'autrefois ; Giovanna avait sans doute évolué plus vite que son amie, l'avait dépassée en quelque sorte, et ces signes d'espacement dans leurs relations remplissaient Alvise de curiosité mais aussi d'anxiété ; il lui arrivait toujours moins rarement d'observer chez sa fille ces instants où elle avait le regard perdu, où elle remuait les lèvres fugitivement, comme en ce jour désormais lointain où il lui avait semblé l'entendre murmurer : « C'est à ne plus rien y comprendre. » Il la suivait avec appréhension et ses propos ne le remplissaient plus seulement de la joie extatique de jadis. Quelques jours plus tôt il avait saisi une phrase qu'elle disait à Novella : « Les garçons que nous connaissons, on les bouleverse parce qu'on les aime bien », des mots qui l'avaient fait sourire mais qui lui avaient aussi serré le cœur tandis que Novella avait haussé les épaules sans comprendre.

Ce soir aussi père et fille sont rentrés ensemble à la maison, Caterina avait essayé d'avoir son mari au téléphone à son cabinet mais elle n'avait pu le joindre que chez les Berg, et sa version de l'incendie avait été articulée sur un ton non dénué d'amusement et qui lui était coutumier, comme s'il s'agissait d'un excitant spectacle de théâtre : « C'est Maria Afflitta qui s'en est aperçue, figure-toi, et Uga qui vient de rentrer tâche de la calmer, il y a aussi plusieurs pompiers. Corrado est rentré du tennis avec Maurizio Berg et tous deux donnent un coup de main. »

Et en effet, comme ils franchissent le hall d'entrée lorsque désormais le feu a été circonscrit au dépôt et se trouve presque complètement maîtrisé, Alvise et sa fille voient Corrado et Maurizio affairés, se donnant de grands airs de pompiers volontaires ; ils interdisent l'accès au dépôt incendié ; des souvenirs du temps de la guerre assaillent Giovanna d'un coup, les bombes et les shrapnels au-dehors, et ici, les ombres allongées à la lueur des bougies, les heures de sommeil et les luttes avec Annibale dans le petit lit de camp, leurs petits pieds les uns contre les autres ; elle demande : « Où est Annibale ? » à Maurizio qui la fixe, ébahi devant le calme absolu de la gamine, devant ces yeux où on ne lit aucune trace de souvenir de leur récent tête-à-tête dans son atelier ; non sans dépit il murmure : « Annibale ? Que veux-tu que j'en sache d'Annibale et d'où il se trouve. »

« Tu devras te laver, Maurizio », lui dit-elle en souriant, « tu as plein de noir de fumée sur le visage », puis elle demande : « Où est Maria Afflitta ? » Maurizio fait un signe du menton en direction du petit appartement au fond du hall. Giovanna et son père échangent un regard et se dirigent de ce côté.

Ils trouvent Uga penchée sur Maria Afflitta couchée sur son lit, immobile, les yeux fermés, entièrement vêtue, ayant même gardé ses chaussures. Alvise lui tâte le pouls ; devant cette femme trapue, aux muscles durs et tout entière couverte de brûlures, qui depuis des années fait comme partie de la famille, le père et la fille ne pensent pour l'heure qu'à la soigner, Alvise envoie Giovanna à l'entresol chercher des onguents et des bandages. « Entre-temps il faut la dévêtir un peu. » Il lui retire ses chaussures ; Uga le seconde ; la femme inerte contribue peu avec ses mouvements pesants. Elle n'ouvre les yeux que lorsque, Giovanna de retour, Alvise commence à panser ses bras, son visage, et elle le regarde avec méfiance, en silence. Puis ses yeux se portent sur la petite et elle se met à crier : « Non, va-t'en ! Je ne veux pas que toi tu me touches ! »

Alvise voit sa fille, dont le visage ne marque pas une grande surprise, se diriger vers le hall. « Maria Afflitta, tais-toi, je t'en prie », murmure-t-il en terminant de lui appliquer l'onguent et les bandes de gaze. Avec l'aide d'Uga il lui fait prendre un cachet. « Essaie de dormir maintenant », l'exhorte-t-il en sortant.

La femme a sans doute bien dormi et s'est sentie peu après particulièrement pleine de vigueur, tant il est vrai qu'au cours de cette nuit-là, c'est Osvaldo qui le raconte, elle monta à l'étage noble où elle s'acharna contre Maria Paola, l'ayant confondue, paraît-il, avec Maria Matilde, au point de vouloir l'étrangler ; Osvaldo ajoute qu'à cette occasion Maria Paola, empoignée par Maria Afflitta qui lui serrait le cou puis, s'étant dégagée avec violence, lui serrant le cou à son tour, aurait eu le premier paroxysme érotique de sa vie. Maria Matilde me l'a confirmé il y a quelques années au cours d'un déjeuner chez elle à la campagne.

Pour Giovanna la nuit de l'incendie marqua le point culminant de cette phase de changements qu'elle percevait depuis quelque temps déjà autour d'elle. Et pour le palais Bialevski en général, ces heures se signalèrent par la suspension de certaines règles tacites et antiques. C'était un va-et-vient continu dans l'escalier, chacun entrait où bon lui semblait, l'indiscipline qui régnait avait un caractère qui se situait entre la joie et l'hallucination, et ce furent aussi des heures de révélations, de cœurs qui s'ouvraient. Certains découvrirent des lieux dont ils ignoraient l'existence jusqu'à ce jour, des greniers jamais vus auparavant, des cachettes. Et même pour ce qui était des lieux connus, ce fut pour certains comme s'ils s'y trouvaient pour la première fois.

Lorsque Alvise sort dans le hall et n'y trouve plus sa fille, il s'engage dans l'escalier et le gravit jusqu'au sommet, chez Edoardo Bialevski ; il le trouve en compagnie de ses deux factotums de confiance, le batelier Ponente et l'ébéniste Gino Chiodo. Les trois hommes, plutôt gais et vigoureux, parlent avec animation, dégustant du vin de Valpolicella et faisant des projets « pour tout remettre en état » dans le vieux dépôt. « Comme lorsque le campanile de Saint-Marc s'est effondré et que nul n'a hésité une seconde pour le reconstruire séance tenante. »

« Tel qu'il était là où il était », entend-on prononcer par une voix de femme du fond de la pièce, dans la pénombre. C'est Marta Rutigliano qui est accourue aussitôt sur le lieu du désastre, à moins de s'être déjà trouvée sur place en visite chez Caterina ou chez Elvira. Elle répète sur un ton sarcastique : « Tel qu'il était là où il était » et poursuit : « Vous me faites rire. Rire et pleurer à la fois. On vous dévalise vos maisons, on vous les incendie même, et vous ne vous souciez pas un instant de savoir qui peuvent bien être les coupables. Et naturellement Alvise, ta femme est dans un état d'excitation, c'est la fête, tout ce tohu-bohu dans l'immeuble. Ce théâtre. Où est Silvio Tolotta ? » Elle s'est levée et s'est approchée des quatre hommes qui se sont tus et l'écoutent, prévenants et perplexes. C'est une nouvelle Marta, ils ne l'ont jamais vue aussi tendue : « Je vous le dis moi, où est Silvio, il est à une réception pour le nonce apostolique ou pour le prince héritier ou peut-être même pour le roi Amân Allâh d'Afghanistan qui, ayant abdiqué par patriotisme en dépit des fantastiques promesses russes d'aide militaire, doit être venu, selon la tradition, en exil dans la République vénitienne. Vous souvenez-vous des rois en exil à Venise dans le *Candide* de Voltaire ? » Aucun des hommes ne parvient à prendre un air amusé. « Mais ils s'en apercevront maintenant, les Afghans, avec le régime de terreur de Bacha Saqao, n'est-ce pas Edoardo ? n'est-ce pas ?

– Bien sûr, ma chère Marta. Et si je te donnais quelque chose à boire ?

– Pour que je divague encore plus, hein ? Mais moi je ne fais que citer des choses que dit Silvio, tu sais ? Et alors ? Elle ne vous plaît pas, ma comédie ? Seule la vôtre vous plaît ? »

Il y a des bouteilles de vin et des verres sur un plateau. Ponente sert Marta puis les autres et lui-même. Ils choquent leurs verres. Marta boit le sien d'un trait. Edoardo pose la main sur son bras : « Nous descendons au rez-de-chaussée chère amie ; si tu veux, tu peux rester ici. Puis on peut peut-être combiner un petit dîner, ça te va ?

– Vous n'allez pas tous partir ? » Elle n'attend pas la réponse : « Toi non, Alvise, reste ici je t'en prie, j'ai à te parler. » Ce n'est pas l'invitation habituelle de Marta à la « conversation engagée », redoutée par beaucoup ; son ton suggère plutôt l'urgence d'un conseil médical.

Elle reste ainsi seule avec Alvise, ils sont assis côte à côte. Alvise verse du vin qu'ils boivent un petit moment en silence. Marta le fixe de ses yeux obliques, en général exigeants et scrutateurs, à présent au contraire, elle est agitée, ses pommettes sont rouges, elle tremble légèrement : « Te voilà bien paisible comme toujours. Et moi qui mourais de peur qu'on te brûle ta maison. Ces derniers temps, Alvise, tu m'effraies. Je te trouve tellement fuyant, Alvise, si étranger, tu l'as toujours été mais maintenant tu l'as poussé au paroxysme. Et note bien que je ne te parle pas comme ces gens malveillants qui veulent ta perte, qui disent que tu n'es plus celui d'autrefois, que tu bois et que tu te tiens à l'écart de la société et des institutions, je te parle comme une personne qui a une vieille affection pour toi, Alvise. Il fut un temps », elle appuie avec force sa main sur le dos de la sienne, entrelace leurs doigts, « tu étais si courtois autrefois. Tu étais un homme gentil, serviable. À quiconque, qui que ce fût, tu t'appliquais à faire le moins mal possible avec la fraise…

– Marta, tu n'es pas folle j'espère ? Qui te dit que je ne continue pas à en faire autant ? Du reste avec toi cela n'a jamais été difficile, tu es si forte, une de mes plus courageuses patientes, avec toi il n'est sûrement pas nécessaire… »

Mais on dirait que sa logique coutumière s'est perdue dans les flammes. « Justement voilà. Pour moi, rien. Jamais rien. Aucune attention, aucune… aucune souplesse. Ici, dans l'immeuble, ou même chez les Berg, ou bien chez ta vieille amie Baldissi, tu viens toujours en aide, en homme pratique, tu répares même l'électricité s'il y a une panne, tu arranges des choses, tu t'y entends. Partout tu offres ton assistance, que quelqu'un ait la toux, l'angine, tu es là. Ce soir tu es allé chez Maria Afflitta avec les onguents et les bandes de gaze… Tout le monde t'adore… Mais moi aussi, Alvise », elle imprime une forte pression sur le dos de sa main et serre leurs doigts entrelacés, « moi aussi, je ne sais comment dire, j'existe, non ?

– Bien sûr que tu existes, Marta, et comment ! », Alvise dénoue les doigts entrecroisés, libère sa main pour faire une caresse sur ce visage en feu, anxieux. « Si tu existes, et comment ! »

Elle ne semble pas avoir entendu. Elle saisit de nouveau la main d'Alvise, la passe à deux reprises sur sa joue, puis la serre fort, la porte à ses lèvres, pose un baiser sur la paume. Elle murmure : « Une main si chaude. » Un temps. On n'entend que son souffle rapide. Elle baisse la tête : « Toi et Caterina, vous vous entendez si bien, murmure-t-elle encore.

– Pericle et toi aussi, chère Marta, et comment. »

Elle pousse un profond soupir et retrouve sa voix, haute, posée : « C'est quelqu'un de brutal. Elvira Tolotta Pelz, qui s'est mise depuis quelque temps à faire des observations que personne n'aurait attendu de sa part… »

Alvise lève l'index : « Une femme dont on n'a pas fini de faire le tour.

– Elvira me dit l'autre jour : "Entre toi et Rutigliano, en définitive, qu'y a-t-il vraiment ? Comment est-il possible que tu aies choisi un mari tellement, au fond, horrible, je trouve, non ?" Et elle continue sur ce ton, avec son air de névrosée inconsciente des propos qu'elle tient et me demande : "Qu'y a-t-il entre vous ? Est-ce une chose charnelle ?"

– Ben, et ne l'est-elle pas ? » demande Alvise avec douceur. « Et puis Marta, reconnais que tu fais tout pour l'exaspérer, Pericle, tu le traites d'opportuniste "fascisant sur les bords", tu le traites d'analphabète, Pericle, je vous ai entendus vous disputer. Cela t'amuse de te quereller avec Pericle ?

– C'est lui que cela amuse. Il rentre à la maison avec l'idée de chercher querelle. Et lorsque nous sortons, nous sommes peut-être à dîner chez des gens, nous ne nous regardons même pas de la soirée mais un peu avant l'heure de partir, il s'approche de moi et me susurre à l'oreille : "À la maison tout à l'heure, hein ?" Et moi je sens comme une ombre de moi-même qui lui répond : "D'accord Pericle, d'accord", et il insiste : "Promets-le-moi, jure", "je te promets Pericle, je le jure", des paroles puériles, mais lorsque ensuite nous sommes dans la chambre à coucher, j'ai toujours le sentiment d'être soumise à la torture, lui c est un violent, et lorsque je m'aperçois que ça me plaît, le rouge me monte au visage, je me vois sombrer dans un abîme. » Elle se serre contre Alvise comme pour qu'il la retienne dans sa chute. Elle se secoue, promène des regards autour d'elle comme si elle se réveillait. « Lui et moi », déclare-t-elle, « nous avons une relation sadomasochiste. Nous nous disons des choses, des mots vils et blâmables sur ce que nous faisons ». Elle interroge Alvise du regard et murmure encore, mais sur un ton de commandement cette fois : « Tu dois m'aider », et elle se blottit contre lui, appuie sa tête sur sa poitrine et au bout d'un moment, comme perdue dans ses pensées, elle lui déboutonne sa jaquette, puis, avec lenteur, son gilet, sa chemise ; passant la main sous la petite chaîne d'or de la montre, elle lui caresse la poitrine à travers la laine souple de son tricot de corps.

Tout au long des décennies, depuis leur adolescence quand ils dansaient ensemble, ou beaucoup plus tard lorsqu'ils se quittaient après une séance de fraise, Alvise avait entrevu bien souvent certaines lueurs dans les yeux de Marta, et il s'était demandé, et se le demandait à présent, pourquoi ne pas aller au-delà, ne pas s'aventurer plus à fond, bref ne pas mieux se comprendre. Aussi répond-il à son étreinte, la rend plus aisée, la perfectionne. « Je ne sais pas ce que tu entends exactement par des mots vils et blâmables,

Marta, je sais seulement que dans certains actes et à certains moments il peut arriver que l'on échange des paroles, comment puis-je dire, réalistes, mais il n'est pas nécessaire pour autant de se qualifier de sadique ou je ne sais quoi d'autre, Marta. » Et ils ne tardèrent pas à échanger de telles paroles et de tels actes, dans une tonalité hilare de comédie. Elle lui dira aussi : « Ce n'est pas d'aujourd'hui, mais toi et moi, Alvise, nous avons toujours été unis et nous le serons toujours. Tu ne peux savoir combien je pensais à toi toujours pendant des années et des années et je penserai à toi toujours, et toujours et toujours… » avec douceur, avec délectation, jouant le rôle, riant.

Corrado Balmarin s'est beaucoup démené avec les pompiers, tout ce qui implique force et habileté le rend euphorique, il se réjouit à l'idée d'avoir contribué à maîtriser les flammes, de s'être montré le jeune homme fort de la famille, du palais Bialevski. Il se sent vraiment bien dans sa peau et s'apercevant des va-et-vient dans les différents appartements, il monte à l'étage noble, la porte est entrouverte, il n'y a personne pour l'annoncer et il entre au salon où, de toute la famille Tolotta Pelz il ne trouve que Maria Paola ; symétriquement en face d'elle, d'une manière inattendue, enfoncé comme elle dans un fauteuil, il y a Osvaldo, sombre, qui dit en toussotant : « On a vraiment du mal à respirer avec toute cette fumée.

– Tais-toi, cela aurait pu être bien pire.

– C'est possible. » Osvaldo a un sourire affectueux pour son frère aîné.

Un grand silence suit, c'est Maria Paola qui le rompt : « Tu t'es bien amusé à jouer les pompiers ? Tu t'es amusé, Corrado ? Et évidemment tu ne songes pas un instant à t'occuper de moi. Avec toute la peur que j'ai eue. Tu me laisses m'asphyxier ici et mourir de frayeur et même subir les assauts et les insultes de cette folle infâme de Maria Afflitta. Si ton frère n'était pas arrivé par hasard… » Osvaldo secoue la tête. « Et toi Corrado, où étais-tu ? En bas, à t'amuser, c'est là que tu étais. » C'était bien la première fois que Maria Paola le traitait de la sorte : comme un objet de sa propriété, un instrument utile qui commençait à fonctionner de travers. Mais peut-être que cette nuit-là fut une nuit qui marqua l'heure de vérité, l'heure de jouer cartes sur table.

« Allons Maria Paola, calme-toi », lui dit Osvaldo, inaugurant à son tour le ton du médecin qui s'adresse à une malade bizarre et ennuyeuse, ton qu'il était appelé à prendre bien souvent avec elle des années plus tard lorsque, Corrado mort à la guerre d'Éthiopie, il l'épousa dans « un moment de naïveté et de folie ». En réalité ce fut un moment d'amour déchiré vis-à-vis de son frère tombé au champ d'honneur. « Pourquoi ne descendons-nous pas pour constater les dégâts ? », lui propose-t-il maintenant. C'est une excuse pour ne pas subir la mauvaise humeur de Maria Paola et il a l'impression que de son côté aussi, Corrado ne demande pas mieux.

Dans l'escalier ils rencontrent Emiliano Gucciotti en train de monter. La nouvelle de l'incendie s'est vite répandue, et des gens en ont profité pour accourir, pour montrer leur degré d'intimité avec les personnes de la maison, leur participation. Emiliano demande rapidement à Corrado : « Sais-tu si le professeur Tolotta Pelz est là-haut ?

– Non, il est dehors mais il ne tardera pas à rentrer.

– Il est à un dîner officiel, complète Osvaldo. Tu peux monter entre-temps, tu trouveras Maria Paola.

– Et vous deux ?

– Nous ? On te rejoint plus tard. » Ils descendent, s'échappent presque.

Émiliano grimpe l'escalier, en hâte lui aussi, on dirait que cette chaleur et cette fumée montent aussitôt à la tête, même à celle d'un penseur logique, d'un idéologue ferré comme lui ; à l'étage noble il trouve un battant de la porte entrebâillé, il entre, se précipite au salon, y voit Maria Paola seule, agitée ; la jeune fille est en train de passer sur son visage un mouchoir qu'elle serre dans son poing, elle s'arrête pour lui parler, sans même le saluer : « C'est de l'eau de Cologne, j'essaie de protéger ma respiration, tu comprends, la respiration ? La gorge, les poumons ? », et on ne comprend pas si elle rit ou si elle pleure ; elle laisse tomber le mouchoir, saisit dans ses mains celle que lui tend Emiliano, s'agrippe à lui.

Le garçon est embarrassé, bouleversé, d'autant plus que Maria Paola lui apparaît très belle. C'est comme s'il entrait dans une dimension nouvelle, plus réelle, plus concrète que d'ordinaire, et qui en même temps est une dimension de rêve. Jusqu'alors Maria Paola avait été sa partenaire de danse pour des valses très stylisées, à la fin desquelles, assis comme il faut sur de petits sofas en angle, ils avaient discouru sur la patrie, sur la religion. Mais cette Maria Paola qu'il a actuellement devant les yeux a le visage en feu, les yeux dilatés et larmoyants fortement cernés de noir, sa voix est rauque et profonde. Gucciotti, qui se considérait comme un jeune homme religieux et avait fait, incité par des camarades et bourré de doutes, des visites très espacées dans des lieux de plaisir, s'accouplant là, gauche et rapide, avec des expertes qui lui étaient totalement étrangères, et ne manquant pas de déclarer ponctuellement à son confesseur ces actes commis, découvre, pour la première fois, l'aspect charnel chez une camarade de son âge, et même, cette sensation est amplifiée devant la fermeté intacte du corps de Maria Paola ; ici il peut encore distinguer, rassurants sous la nouveauté de l'attitude agitée et fébrile, les traits loin d'être étrangers, les accents connus, l'odeur de savon.

Il ne s'était jamais trouvé seul avec elle dans une pièce. Il s'y trouve maintenant et regarde autour de lui comme pour s'en convaincre. « Où est le professeur, ton père ? » demande-t-il.

Mais ici elle commence à se montrer trop différente à son goût : « Le professeur ? Le professeur ? », répond-elle tout en parcourant la pièce du regard, égarée, les yeux toujours plus grands et humides. Soudain elle change de registre et se met à lui parler tout bas, lentement : « L'après-midi il devait se rendre à une conférence importante sur la politique. La politique de l'Amérique. Puis il est rentré un petit moment. Il est venu se changer. Il est ressorti en tenue de soirée pour aller à un grand dîner en l'honneur de ce ministre, celui qui avait fait la conférence. Sur la politique de l'Amérique », répète-t-elle, et d'un coup elle prend un air de défi : « Tu n'y es pas allé, toi ? Et pourquoi es-tu venu ici maintenant ? » Elle est tout près de lui, son souffle le frôle. « Hein ? Dis, pourquoi ? »

Il sent une bouffée de chaleur lui monter au visage, un tremblement assaillir ses lèvres qui d'ordinaire martèlent les syllabes, dures et nettes ; à présent au contraire il balbutie : « Je suis venu pour, pour te voir. Pour te voir. Non ?

– Tu es venu pour me voir », enregistre-t-elle, mais comme si elle n'avait pas saisi, un peu avec le ton de la démente paisible : « Alors tu savais que Maria Afflitta avait essayé de m'étrangler ?

– Non, comment voulais-tu que je le sache », dit-il, lourdaud. Puis il semble se réveiller : « Qu'est-ce que tu me racontes là, Maria Paola ? »

Elle a un petit rire glapissant. « J'ai failli mourir », lui dit-elle, mais il semble trop interdit pour se soucier de comprendre, hypnotisé par ce regard complètement nouveau, qui présente quelque chose d'avide et de languissant à la fois, et par ces grands yeux cernés de noir. « J'ai été sur le point de mourir », répéte-t-elle avec de nouveau ce petit rire ; ce regard, ce rire, à en croire Osvaldo et Maria Matilde, devaient être des manifestations qu'avait laissées son étrange corps-à-corps avec Maria Afflitta ; et il n'est pas impossible qu'elle les ait déjà eues une fois lorsque, toute petite – selon une histoire maintes fois racontée par le professeur Berg – elle avait non seulement tenté d'étrangler un vieux chat, mais y était parvenue, le jetant aussitôt à la poubelle.

Jamais auparavant il n'était arrivé à l'enflammé Emiliano de suivre son instinct sans raisonner ; c'est un garçon assez robuste, il fait de la gymnastique tous les matins ; et à présent, avec une énergie décuplée qu'il découvre en lui, il saisit Maria Paola aux épaules, la précipite dans ses bras ; c'est le début d'un baiser plein et avide, on dirait une bête lapant son écuelle de pâtée. Tout d'abord la jeune fille lui semble docile et il se tient plaqué tout contre elle, ventre contre ventre ; dans les brefs intervalles où il détache la bouche de cette espèce de repas, il glisse des mots qu'il n'avait encore jamais prononcés, d'une étrange voix délicate et autoritaire à la fois : « Je suis riche, Maria Paola. Et un jour je serai un homme important. Je serai un homme très, mais vraiment très important. Avec toi à mes côtés. Corrado est un camarade, mais l'homme qu'il te faut c'est moi, Maria Paola, un jour tu seras ma femme », et il va ainsi de l'avant mais la jeune fille, qui semblait passive et alanguie, sent qu'elle se raidit, se dessèche, à mesure que se prolonge le contact de leurs corps, elle renverse la tête en arrière, applique la paume de sa main sur le menton du garçon, repousse ce visage, et lorsqu'elle s'est complètement dégagée de son étreinte elle lui rit au nez, un rire loin d'être joyeux, long et intermittent, hoquetant ; elle se calme enfin, ajuste sa robe de ses mains raides et dures ; elle avale sa salive, fait un sourire formel et déclare au jeune homme effaré, d'une manière correcte et sur le ton de l'information : « C'est Corrado que j'épouserai. Corrado est un homme pur et propre. Toi en revanche Emiliano, tu m'écœures. Tout en toi me répugne. Mais note », achève-t-elle comme si elle voulait un peu atténuer la chose, « que tu m'as *toujours* inspiré de la répugnance, Emiliano ».

Il n'y a pas si longtemps Maria Matilde, évoquant cette nuit-là lors d'un déjeuner à Carnigo chez la très vieille Adele Cugumer Palli Bagno, relevait que tous les hommes avaient inspiré de la « répugnance » à sa sœur, qu'avec Corrado lui-même elle n'avait pas trouvé un dégel total de ses sens, même au cours de ce temps, bref du reste, où elle fut sa femme et eut un fils de lui. Le dégel, elle devait le découvrir bien plus tard, entre autres à travers une relation de courte durée mais des plus ardentes avec Marcello Sbordoni, ce qui peut sembler bizarre en perspective mais qui à l'époque, dit Maria Matilde, « s'est comme confondue dans le tas ».

Gino Chiodo a les larmes aux yeux non seulement à cause de la fumée mais aussi de tristesse de voir « tant de belles choses abîmées ». Les vitres des petites fenêtres qui donnent sur le Rio se sont comme dissoutes, en fusion, et maintenant elles ressemblent à de petites stalactites de cellophane. « C'est étrange en revanche, Gino, que tant de choses aient été épargnées par le feu », dit Bialevski, « je ne sais si tu l'as noté ». Entre autres, roussis par endroits mais parfaitement reconnaissables dans leurs fastueuses reliures, de nombreux exemplaires en piles bien rangées de l'ouvrage de l'oncle Jack sur les rideaux de théâtre du monde entier. Une machine à coudre démodée tout entière d'un noir opaque. Un petit poêle de faïence dans le même état. Des morceaux d'ornements de gondoles : des tresses de cordon noir effilochées, de petits chevaux marins en laiton. Des encadrements vides à la dorure écaillée et noircie. Et de vieilles têtes de lit et des chromos, et des bassins jaunis avec leurs petits personnages arcadiens bleu ciel. Une petite table fragile, encore valide sur son piètement aux courbes élégantes, noire de fumée. Dans un énorme pot de chambre posé sur une solide table de nuit est encore planté un bouquet touffu de fleurs artificielles couvertes de poussière. « C'est comme lorsqu'un pays est en guerre », poursuit Bialevski, « et que certaines parties ne sont pas touchées et continuent de fonctionner normalement ».

« Mais le petit lit de camp est presque carbonisé », fait remarquer Giovanna. « Nous avons dormi dessus, Annibale et moi, pendant les bombardements. »

Corrado et Osvaldo sont entrés dans la pièce eux aussi. « Tu penses si on s'en souvient ! », dit Corrado. Osvaldo garde le silence. L'évocation des petites têtes des deux gosses de quatre ans, émergeant des deux bouts du lit de camp, l'agace un peu, comme tout ce qui a trait aux souvenirs de guerre.

« Mais moi je le racontais à Maurizio qui lui n'était pas là », continue Giovanna. « Ensuite, après cette nuit où les bombardements ont duré huit heures d'affilée, nous nous sommes réfugiés à Milan.

– Et tu veux que je ne le sache pas ? » réplique Maurizio, dépité comme chaque fois qu'il lui semble être traité par Giovanna comme un quelconque étranger. Il a aidé les pompiers mais beaucoup moins que Corrado ; depuis que Giovanna est entrée dans la pièce il n'a presque pas ôté sa main de son épaule, montrant qu'il s'associait, témoignant ses prévenances ; et pourtant, après leur tête-à-tête dans son atelier, il l'avait évitée presque avec ostentation. Giovanna a du mal à le comprendre. Et puis elle s'est surprise à constater que somme toute les baisers de Lamberto lui étaient apparus plus chauds et plus agréables que ceux de Maurizio, mais comment le lui dire ? « Nous nous sommes réfugiés à Milan », répète-t-elle comme pour remplir le vide en se fiant à des mots clairs, des souvenirs nets, « nous habitions dans une maison qui appartenait à des amis de ma grand-mère, il y avait aussi un beau jardin, pas très grand mais beau, je m'étais fait des amis à Milan, pas seulement les enfants d'autres réfugiés mais aussi de petits Milanais, qui sait ce qu'ils sont devenus ? ».

Maurizio est troublé par ce ton calme qui semble dissimuler toutefois des émotions secrètes auxquelles il n'a pas accès. « Eh oui, qui sait ce qu'ils sont devenus », dit-il. Il se sent vide, d'aucune utilité.

Osvaldo exhale un soupir. Maurizio lui a toujours été supportable, et même sympathique, mais il le considère un peu dadais, à l'esprit moins vif que la petite Giovanna, bien plus jeune que lui. Il voit son père qui fait le tour du grand dépôt sinistré avec Bialevski et Chiodo, ce dernier prend déjà des mesures, tâte les points qui menacent de s'écrouler, « évalue les dommages » parce que tout doit « redevenir tel que c'était ».

« Mais en attendant », murmure Osvaldo entre ses dents, « on ne respire pas ici ». Il se sent oppressé à l'idée de cette grande maison, immense boîte surchauffée et remplie de fumée, fermée au gel cristallin dont la ville est enveloppée. Il quitte la pièce avec l'intention d'aller prendre un bol d'air sur les Zattere. Et puis, automatiquement, comme perdu dans ses pensées, au lieu de s'acheminer vers la grande porte du hall d'entrée, il se dirige vers l'escalier ; chez lui, à l'entresol, la porte est ouverte, il entre mais ne va pas au-delà du vestibule d'où il entend la voix de sa mère et celle, fort inattendue, d'Amedeo Passina, lui semble-t-il ; il sort et reprend l'escalier, dépasse l'étage noble et s'arrête sur le palier suivant où son cœur bondit d'émotion car par la porte entrebâillée de l'appartement d'Ortensia il entend la voix d'Elvira Tolotta Pelz qui converse avec Ortensia ; la vie du palais Bialevski est vraiment sens dessus dessous ce soir ; Osvaldo ne sait que faire, comme apeuré il s'élance vers la dernière rampe, ce bel escalier en bois d'une couleur d'instrument de musique qui mène à l'appartement de Bialevski auquel une porte vieille et précieuse donne accès ; mais sur le même palier il y en a une autre, presque invisible, tel un rectangle dessiné sur le mur blanc ; elle donne sur une grande pièce de débarras, au plafond en pente garni de poutres, lieu bien familier à Osvaldo et Maria Matilde ; on y a entassé des meubles hors d'usage, des canapés ; sur l'un d'eux

Osvaldo aperçoit en entrant Maria Matilde en conversation animée avec Pompeo Tolotta.

Maria Matilde lui adresse aussitôt la parole, comme un peu ivre : « Je suis en train de me faire raconter par l'oncle Pompeo comment était ta mère avant qu'elle n'épouse ton père. Tes parents m'intéressent beaucoup, au fond pour moi, ton père a plus de charme que toi Osvaldo, mais je ne veux pas dire par là que toi aussi... Mais qu'est-ce qui t'arrive Osvaldo, tu as un air de fou ? »

Grave, lent, il répond : « Sais-tu au moins qu'il y a eu le feu en bas ?

– Bien sûr. C'est justement à cause de ça que nous sommes montés ici, le plus loin possible.

– Je croyais que tu étais rentré à Paris », dit Osvaldo à l'adresse de Pompeo.

« Non non, au contraire, au contraire, annonce Maria Matilde, aujourd'hui, pour la première fois depuis je ne sais combien de temps, papa et lui se sont vus.

– Le professeur Tolotta Pelz ? Quand ? Aujourd'hui ? » Osvaldo est vaguement intrigué. Il trouve Pompeo très sympathique, il l'a toujours tutoyé, tandis que Silvio est resté « le professeur Tolotta Pelz », il l'épouvantait lorsqu'il était enfant mais est devenu toujours plus, avec le temps, « un personnage comique ».

« Je n'avais pas vu Silvio depuis des années on peut dire », raconte Pompeo tout heureux, « et aujourd'hui d'un coup cela me vient à l'esprit, il devait être six heures, six heures et demie, j'arrive ici, je grimpe à l'étage noble, j'y trouve ma belle-sœur Elvira, elle-même me conduit jusqu'à la porte du cabinet de travail de Silvio tout en me murmurant : "Tu es vraiment sûr ?", "oui oui", lui dis-je toujours en chuchotant, "mais peut-être vaudrait-il mieux que tu l'en avertisses avant" . Elvira est une femme forte et qui a de l'esprit, même si en général personne ne s'en aperçoit. La voilà donc qui entre chez Silvio, me laissant écouter derrière la porte. "Silvio", lui fait-elle, "Pompeo est arrivé. Pompeo ton frère, tu sais ?" Suit une pause, longue, très longue, puis j'entends Silvio qui dit : "Soyons précis : il est arrivé où et venant d'où ?" " De Paris. Son *atelier* de mode fait merveille et il voudrait t'en parler." Cette fois aucune pause, j'entends Silvio qui rétorque aussitôt : "Allons donc, quel Paris ! quel *atelier* ! Qu'est-ce qu'il nous chante là ?", et alors je ne résiste plus, j'ouvre la porte toute grande et me plante au beau milieu de la scène tel un personnage de Goldoni : "Me voici, je suis Pompeo le chanteur." Lui me dévisage d'un air sévère et je poursuis : "Bref je ne suis pas un homme, je suis un jeu de mots", et lui : "Écoute Pompeo, j'ai beaucoup de choses à faire. Dans six ou tout au plus sept minutes je dois me changer pour sortir, ne me fais pas perdre mon temps et surtout, ne crois pas obtenir mon pardon en faisant le pitre. C'est le contraire du bon système." Et il se remet à ses papiers. Pas un mot de plus. »

Et à présent, dans l'amoncellement des souvenirs, dans le fracas silencieux des réminiscences, je ne peux empêcher que me revienne en mémoire l'instant, bien des années plus tard, où Silvio déclara qu'il avait pardonné à son frère cadet sa vie, ses « pitreries ». C'est Osvaldo qui me l'a dit, tenant le récit d'Elvira. « Dans le fond de mon âme, je lui avais déjà pardonné ; et maintenant plus que jamais », proclama Silvio, austère, à la cérémonie funèbre en l'honneur de son frère tombé pendant la campagne de Russie. Il avait été un tout jeune artilleur de montagne lors de la Grande Guerre puis, adulte, avait consacré son activité à procurer du plaisir aux autres et à lui-même, la mode, la gestion d'un *cabaret,* autant de raisons, remarquait Elvira, pour que dans le climat officiel italien on le tienne pour un polichinelle. Un enchevêtrement compliqué de sentiments le firent rentrer dans son pays pour y faire le vieil artilleur dans une guerre maudite, et finir de la sorte. Il paraît qu'en cette occasion du pardon de Silvio sa fille Maria Paola, depuis un bout de temps déjà loin d'être une « couventine », aurait dit : « Qui sait comme Pompeo doit être content là-haut, vous le voyez qui bat de joie ses ailes d'ange ?

– Pourquoi ne restes-tu pas ici avec nous ? » demande Pompeo maintenant, plein de vie, bruyant, « reste donc ici, Osvaldo, où veux-tu aller ?

– Je vais revenir », murmure le garçon. Il sort rapidement, il est attiré, comme aspiré, par la volée de marches, il se trouve de nouveau devant la porte d'Ortensia et cette fois il entre d'un coup, aussitôt ses yeux rencontrent les yeux clairs de la signora Elvira qui, pour sa part, ne montre aucune surprise, c'est même presque comme si elle l'attendait et elle le reçoit en lui disant : « Pense un peu, je n'avais jamais mis les pieds ici, chez notre amie. » Elle semble ne pas savoir quel nom lui donner.

Ortensia fait asseoir Osvaldo sur un canapé. Annibale s'y trouve déjà assis, tout tendu sur le bord. « Qu'est-ce que tu fais ici ? » lui demande Osvaldo.

« Il était à la recherche de Giovanna. » Ortensia sourit, bienveillante, généreuse.

« Giovanna ? Allons donc ! » Annibale au contraire est revêche, pâle ; l'incendie ne lui a pas fourni l'occasion de se mettre en vue, il n'a fait que lui donner une peur bleue.

« Si tu veux voir Giovanna, elle est en bas avec les autres, dans le dépôt », l'avertit Osvaldo.

Mais Annibale est mécontent, aigre : « Maria Afflitta n'a même pas laissé Giovanna la toucher, Giovanna la doc-to-resse. »

« Je répète », dit Ortensia avec son beau timbre de voix de contralto, « il serait bon de descendre examiner un peu la situation de près, voir entre autres choses ce qu'on a pu sauver de notre vin. Vous m'attendez ici vous autres ? De toute manière j'ai l'impression que personne ne songe ce soir à aller se coucher, et puis votre mari, signora Elvira, n'est pas encore rentré de son dîner officiel, ou de quoi d'autre ?

– Eh oui, quelque chose de cet ordre, non ? répond Elvira.

– Je crains fort qu'on n'ait rien pu sauver du vin », prévient Osvaldo, inquiet. Annibale se lève aussi pour partir, Osvaldo se voit déjà seul avec la signora Elvira et son cœur commence à galoper à un rythme accéléré, impitoyable. Guère un instant plus tard Ortensia et Annibale sont dehors. Cette nuit-là le palais Bialevski a dû être le théâtre d'allées et venues, d'apparitions et de disparitions, de montées et de descentes dans l'escalier, d'entrées et de sorties dans les appartements.

Restée seule avec Osvaldo, Elvira reprend d'un ton paisible : « Antonio Passina était tout à l'heure chez nous en bas, tu sais comment est Antonio, non ? Il soutient ferme à présent qu'un autre foyer d'incendie, c'est comme ça que l'on dit ? bref que le feu s'est déclaré ici aussi, à cet étage, ce qui me semble être un peu mystérieux. Je suis donc montée voir, j'ai bien fait, non ?

Mais tu sais, c'est vraiment la première fois que je mets les pieds chez la demoiselle Gelusian ou la baronne Mastretti, comme on voudra. C'est une femme extrêmement plaisante, tu le penses aussi ?

– Vous madame, comme d'habitude, vous êtes celle qui a le plus la tête sur les épaules. Je suis certain que vous savez, que vous comprenez, toujours, tout. Même si tant de fois vous vous taisez, vous êtes… » Osvaldo baisse la tête : « Vous êtes une personne extraordinaire, madame, qui comprenez, qui voyez, toujours, tout. » Osvaldo dit tout cela sur un ton bas, fervent, il s'exprime dans un langage secret, un langage chiffré qui cèle d'autres choses qu'il ne sait formuler.

La signora Elvira l'observe avec attention : « Qu'est-ce qui t'arrive, Osvaldo ? » Le garçon a une respiration haletante, elle croit voir des larmes dans ses yeux.

« Je ne sais pas, madame, dites-le-moi. C'est parce que je suis ici avec vous que je suis ainsi. Vous comprenez ? » Chaque mot qu'il prononce lui coûte un effort.

Il se fait un très long silence. Puis la signora Elvira se met à parler, légère, sémillante : « Et comment pourrais-je ne pas comprendre ? La façon dont tu me regardes. Depuis toujours puis-je dire, non ? Moi, tu sais, je t'ai connu au berceau. » Elle lui caresse les cheveux, appuie la tête du jeune homme contre son épaule. « Les femmes te plaisent, elles te plairont toujours. J'ai l'impression que ma fille Maria Matilde aussi, hein ? Pas vrai ? Elle est tellement plus vive et spirituelle que l'aînée, non ?

– L'une et l'autre, c'est tout à fait différent de vous, madame. »

Elvira fait un signe de tête et reprend : « Cette… ce que tu ressens à mon égard, ta petite sœur l'a toujours compris, elle aussi. Un jour, j'en suis sûre, elle était sur le point de m'en parler. Et je dois avouer que tes sentiments m'ont toujours fait plaisir, je dirais même qu'ils m'ont donné une joie considérable. » Elle prend sa tête dans ses mains, scrute attentivement son visage. Avec douceur, elle pose sur ses lèvres un long baiser, puis laisse sa tête reposer sur sa poitrine ; d'un geste tendre et égal elle lui caresse les cheveux.

Le garçon susurre : « Qui eût cru cela possible ? »

« Un baiser, c'est tellement plus important que tant de choses, non ? n'est-ce pas ? Pense à ce qu'a été ce seul et unique baiser, si je ne me trompe, de Teresa à ce pauvre Jacopo Ortis. Sauf que lui s'est tué ensuite, et toi au contraire tu vivras longtemps en homme heureux et content. Et peut-être qu'avant de devenir trop décrépite je te donnerai un autre baiser. »

Je suis à peu près sûr des paroles d'Elvira, et je suis presque sûr du fait nouveau qui se produisit à cet instant précis : sur le pas de la porte se tient, droit comme un cierge, Silvio Tolotta Pelz, en frac. On ne l'a vu ni entendu entrer, il est là, bien droit, grêle. Selon Osvaldo, Silvio était obsédé par un rêve qui revenait souvent et où il voyait sa femme Elvira dans leur salon avec Alvise Balmarin. Elle devait avoir eu un malaise soudain car, en tant que médecin, Alvise la faisait s'allonger sur le canapé, la secouait par les épaules, lui disait de respirer profondément, lui donnait de petites tapes sur le visage jusqu'au moment où elle revenait à elle, retrouvait ses couleurs, et alors il la déshabillait et la possédait là même, devant d'autres personnes qui avaient surgi tout d'un coup, Traverson, Antonelli, Passina. Mais cette personne qui se trouve maintenant dans les bras d'Elvira n'est pas Alvise, c'est son fils Osvaldo, et dans une pose bien plus tendrement idyllique. Le fait important, crucial peut-être dans la vie de Silvio, ce fut qu'il n'eut aucune réaction mais qu'il demeura figé, comme assommé. Il n'avait pas d'idées, pas de points de référence auxquels s'agripper. Lui d'une part et le couple de l'autre furent comme des apparitions réciproques, des hallucinations peut-être.

Elvira garde les yeux rivés sur cette porte, sur cette absence, après que l'image de Silvio eut disparu.

« Madame ? », murmure Osvaldo.

Elle détourne les yeux de la porte, lui sourit : « Nous ne nous attendions pas à lui, n'est-ce pas ? Qui sait ce qu'il aura pensé ? As-tu idée ? Moi je ne le lui demanderai pas, je ne lui en parlerai sûrement pas, d'autant plus qu'en général, c'est lui, celui qui a la parole, non ?, celui qui décide. Lui, c'est *Vipse,* celui qui *dixit,* tu sais ? »

Pendant ce temps, dans l'esprit vide de Silvio Tolotta Pelz qui descend vers l'étage noble résonnent seulement, pour leur propre compte, dégagées de toute signification, les paroles prononcées par d'éminents personnages et qu'il a entendues l'après-midi à la conférence, puis au cours de la brillante soirée du banquet : « Le président élu Hoover pourra mener l'Amérique vers cet impérialisme qui est la conséquence logique de sa puissance technique… Productivité à outrance… La faillite de l'Europe préoccupe l'Amérique… Mais l'Amérique espère être l'instrument de sa sauvegarde… »

Le comte Antonio Passina est arrivé au palais Bialevski avec son fils Amedeo. Celui-ci s'est arrêté à l'entresol et il est en train de dire à Caterina Balmarin : « Je sais que vous me connaissez et que vous me plaignez, madame la comtesse.

– Prends note que je n'ai pas de titre.

– Princesse alors. C'est ainsi que vous appelait, ou du moins le pensait, mon frère Diomede. »

Ils sont assis tous deux côte à côte, Caterina pose sa petite main sur celle d'Amedeo, la secoue légèrement : « Ton frère Diomede », dit-elle avec tendresse.

« Moi je suis un pauvre malheureux », reprend le jeune homme avec un sursaut joyeux, « je suis *l'enfant du siècle* de Musset… la génération qui a succédé aux guerres de l'empire, pâle, nerveuse… » Sa gaieté s'accroît : « Je suis venu ici avec mon père. Mais je ne l'ai pas accompagné là-haut, à l'étage noble, chez le signor Tolotta Pelz. Son frère cadet, Pompeo, est mon ami. Vous vous imaginez ! Pire que jamais ! »

Ce n'était pas seulement parce qu'il possédait quelques immeubles outre celui où il demeurait, que le comte Passina se prenait pour une sorte de maire de Dorsoduro (en ce moment il est en visite officielle pour constater les dégâts et formuler les hypothèses décisives sur les causes de l'incendie) ; et en dépit de son extravagance notoire, cette vision de lui-même n'apparaissait pas entièrement comme une fantaisie qu'il fallait persifler, car certains pressentaient que sous l'extravagance de Passina se nichait un fond de fourberie et de sagesse : l'homme était conscient de sa renommée de dément comme de l'image de lui-même que projetaient et diffusaient son fils Amedeo et ses amis, celle de l'administrateur cupide et circonspect de ses propres biens. En revanche, il n'est pas impossible qu'à son tour il eût l'intuition de gérer ces biens d'une manière capricieuse et ruineuse ; j'en sais quelque chose par mon oncle Marco lorsqu'il décida de racheter la vieille maison de ma grand-mère à Dorsoduro ;

mais laissons ma famille de côté. De sa famille à lui, les femmes, la comtesse Nini et sa fille Clelia ne l'avaient jamais vraiment intéressé. Et son fils Diomede étant mort dans cet accident de moto, le seul qui fût susceptible de lui faire battre le cœur en quelque sorte, c'était encore Amedeo. Et en ce moment Amedeo jouit d'un certain crédit, probablement pour la seule raison que le père a appris que « l'indigne » a été expulsé du parti fasciste. Il est superflu d'ajouter que cette soudaine bienveillance de son père à son égard agaçait Amedeo autant que l'animosité normale de leurs rapports lui procurait un âpre plaisir.

Lorsque Silvio rentre chez lui à l'étage noble, il trouve sa fille en conversation avec le comte Passina. Un minimum de sens des réalités lui revient : Passina est une vieille connaissance, il est « farfelu » mais c'est aussi un « monsieur », Maria Paola est celle de ses deux filles qui ne lui a jamais « posé problème ». Mais l'agréable sensation est de courte durée. Maria Paola ne songe même pas à se lever à l'entrée de son père comme elle l'a toujours fait, pas plus qu'elle ne le salue, s'adressant à lui d'emblée avec une espèce d'ironie rageuse tout à fait inhabituelle : « Où donc étais-tu ? En bas avec le cher Corrado ? Si tu étais venu ici un moment plus tôt tu aurais vu le cher Gucciotti, tu sais bien, Emiliano Gucciotti, ce garçon si bien élevé et intelligent ? »

Silvio s'efforce de s'orienter mais sa tentative déraille aussitôt que Passina prend la parole : « Naturellement tu es d'accord, Silvio, sur le fait qu'il s'agit d'un incendie criminel.

– Criminel ?

– Je me suis penché sur la question », Passina arbore un air très satisfait, « et de toute manière, du reste, nous avons un témoignage oculaire». Il perdait toujours encore quelque consonne liquide en chemin.

«De qui, Antonio», demande Silvio, à bout de force.

Passina, au contraire, s'exprime comme un investigateur de roman policier: «La vieille concierge fidèle.» Il pointe son index vers le haut: «Un foyer d'incendie en haut», il pointe l'index vers le bas, «et un foyer d'incendie en bas. Ayant découvert ce dernier, la femme sort de l'immeuble en hurlant, le visage et les mains brûlés. Et sur qui tombe-t-elle aussitôt dehors?». Une pause significative. «Elle tombe justement sur cet individu déjà soupçonné au départ, disons ce repris de justice, en train de converser, notez ce détail, avec un centurion de la milice. L'homme, avec l'instinct classique des coupables, est revenu sur les lieux ou peut-être était-il resté là pour contempler de l'extérieur l'œuvre de ses propres mains. Œuvre évidente d'un inexpert, comme le démontre le fait que vous n'avez pas tous fini dans les flammes.

– De quoi parles-tu, Antonio? De qui parles-tu?

– Le comte Passina veut te dire, je crois, papa, que c'est un certain Tressa qui a mis le feu à la maison et que tu connais ce Tressa pour plusieurs raisons, mais aussi parce que récemment monseigneur Vianello…»

Silvio l'interrompt: «Tressa? Quel Tressa? Celui qui m'a été recommandé…

– Recommandé? Cela m'étonnerait», dit Passina d'un air satisfait, lui coupant la parole, «signalé plutôt, me semble-t-il, pour qu'on l'enferme dans une institution du genre asile d'aliénés pour criminels». Un éclair fulgurant de fourberie anime son regard: «Et note, Silvio, que dans sa démence, l'individu ne manque pas de motivations.»

Maria Paola, qu'on avait tenue dans l'ignorance du passé d'Edoardo Bialevski, est tout à fait indifférente à ce que lui a raconté Passina avant l'arrivée de Silvio; elle exhale un soupir d'ennui: «Le comte voudrait dire que ce Tressa avait à l'esprit, en mettant le feu à la maison, de se venger de Bialevski qui était autrefois marié à sa sœur. C'est-à-dire à la sœur de Tressa. Un mariage désastreux.

– De quoi te mêles-tu? Qu'est-ce que tu en sais?» Silvio hoche la tête, les verres sans monture scintillent et reflètent l'agitation. «Qu'est-ce que c'est, qu'est-ce que c'est que cette folie?

– Folie?», demande Passina de sa petite voix ténue. «Silvio? Qui de nous est fou?»

Tous trois se regardent un long moment sans trouver que dire. La conversation devait être arrivée à ce point mort lorsque dans la pièce voisine des pas lourds se font entendre. Le bruit des pas provient, comme on ne tarde pas à le constater, des grandes chaussures jaunes d'Ubaldo Tressa qui apparaît enfin à la porte du salon, veste noire à six boutons et tout le reste. C'était une nuit de libres allées et venues dans cet immeuble ardent au milieu du gel nocturne de Dorsoduro, et Tressa ne pouvait manquer cette occasion, introduit par Maria Afflitta qui le savait protégé par son amie vénérée Mafalda Vianello.

En le voyant apparaître Passina lève une main: «Ah.» Et comme s'il annonçait une décision à peine prise: «Maintenant je vais rire pour de bon.» Mais il n'a pas le temps d'ébaucher un petit rire sec que tout son visage se détend comme il voit entrer Alvise Balmarin avec sa fille, Giovanna, qu'il tient par la main. «Je suis vraiment content, Alvise. Je suis content qu'un médecin soit présent. » Les nouveaux venus prennent place sur un petit canapé comme pour assister à un spectacle, Alvise entoure les épaules de sa fille de son bras, tous deux écoutent tranquillement le comte qui monte à l'assaut : « Signor Tressa, qu'êtes-vous venu faire ici ? Que voulez-vous ? Êtes-vous venu réclamer toute la maison ? Cela ne vous suffit donc pas la piètre figure que firent en leur temps votre père et votre tante Olimpia ? »

Comme toujours, les paroles de Passina renfermaient des fils ténus de vérité qui s'entrecroisaient dans un tissu d'invention et peut-être de divagation consciente. Connaissant l'histoire cadastrale de Dorsoduro, mètre par mètre peut-on dire, le comte était au fait des absurdes tentatives que le commandant Tressa avait effectuées auprès de certains avocats, et même de la préfecture, en vue d'obtenir l'expulsion de Bialevski non seulement de sa propre maison – que Tressa père avait considérée, paraît-il, comme revenant à sa fille Licia et que, « lésée » de son vivant, elle n'avait pu réclamer ayant été emportée par la grippe espagnole lors de l'épidémie – mais carrément du royaume d'Italie dont Bialevski avait de quelque façon offensé l'honneur.

Restait à clarifier pourquoi Tressa aurait souhaité mettre le feu à ces « biens immeubles » et en même temps les réclamer comme son bien propre ; mais Passina ne manquait pas de ressources pour étayer sa logique : « Pourquoi incendier ? c'est clair, fulgurant : sa rage de voleur, de pillard, qui n'est pas parvenu à mettre la main sur le bien d'autrui. »

Il faut noter que l'acrimonie de Passina à l'endroit d'Ubaldo Tressa (j'ai déjà relevé certaines des phrases qu'il lui murmurait lorsqu'il le rencontrait dans la rue : « Où est le butin ? », « où étiez-vous pendant la guerre ? », « on ne vous a sûrement pas vu au front »), se fondait aussi sur quelque chose de concret : Ubaldo, ainsi que son père, le commandant Tressa, avaient parlé de Passina comme d'un défaitiste et d'un subversif par rapport au régime, s'arrangeant pour que de telles Rumeurs parviennent aux oreilles des autorités ; toutefois le comte accusé s'en souciait fort peu, du fait aussi qu'il refusait d'admettre l'existence même de ces autorités : à ses yeux, un jeune hiérarque tel qu'Antonelli n'était que le fils, qui malheureusement avait mal tourné, du vieil avocat Costante Antonelli, son ami.

C'est pourquoi le dialogue Passina-Tressa apparaît comme la collision entre deux spécimens différents de folie, chacune cheminant sur sa propre voie : une situation loin d'être insolite à Dorsoduro comme dans le reste du monde. Un signe à l'appui, c'est qu'au début Tressa ne réplique nullement mais sourit de son air douceâtre et supérieur, attitude que Passina interprète comme confirmant ses propres accusations ; il promène son regard autour de lui : « Voilà ! Que vous avais-je dit ? », s'écrie-t-il, et à Tressa : « Je ne veux pas savoir comment vous avez pénétré dans l'appartement de la signora Rositti pour créer là-bas le premier foyer d'incendie ; la chose vous est aisée, et puisque nous y sommes, parlez-nous donc un peu de la fois où vous êtes allé dans l'appartement du signor Bialevski, comme dans d'autres demeures de personnes civilisées, en compagnie d'autres vauriens, pour fracasser des meubles, poignarder de nobles figures peintes à l'huile, *et cetera, et cetera* ? Hein ? Vous continuez de nier ? Ou vous admettez ? » L'animosité de Passina, justement parce qu'elle ne se nourrissait pas de petites vengeances personnelles, se faisait toujours plus intense, se développant en un crescendo théâtral ; en somme, Tressa cessait d'être un homme, il devenait un symbole, il incarnait à son insu des réalités plus diffuses, des objets de réprobation et de répulsion plus universels, c'était l'image même du parasite indigne, malhonnête et pusillanime qui trame dans l'ombre, l'image du serviteur onctueux et bigot qui survit dans tous les régimes : en un mot, aux yeux d'Antonio Passina, l'antithèse du mythique Ardito Diomede ; ce n'étaient pas les archétypes de ce cas qui manquaient mais Tressa se trouvait là, à portée de main, et dans l'esprit de Passina sa valeur emblématique comptait bien plus que l'une ou l'autre accusation particulière de ses méfaits. Du reste, il était facile d'en trouver d'autres : « Et ainsi, dépourvu d'un travail fixe, ayant été licencié pour vols et indignités, vous avez voulu tenter l'escalade chez les puissants, hein ? Chez les vauriens qui détiennent actuellement le pouvoir ? Vous espérez qu'on vous engagera comme espion, n'est-ce pas ? Espion du parti fasciste ? Pas vrai ? Dites-le, dites-le. »

L'autre a gardé le silence tout au long. Lorsqu'il ouvre la bouche, il tient un langage de désorienté, avec un accent curieux, mêlé, compassé : « L'escalade chez les puissants, dites-vous ? Je ne sais trop. Moi je fais gaffe à ces choses-là, je prends mes précautions, je suis un personnage guère présentable et je le sais, de sorte que pour rendre visite à d'importants personnages je me fais accompagner par quelqu'un comme le signor Lamberto Gucciotti, un docteur digne de respect, vous comprenez ? » Il regarde alentour en quête d'approbation.

Dans le silence qui s'est fait la voix paisiblement intriguée d'Alvise Balmarin s'élève d'un coin de la pièce : « Lorsque vous dites d'importants personnages, est-ce à mes beaux-frères Sbordoni par exemple que vous pensez ? »

Tressa se tourne vers lui, il semble ne le reconnaître qu'en cet instant : « Ma foi oui, dans le palais des marquis Traverson, tout à l'opposé d'ici. » Le clavier oratoire de Tressa comprend aussi des tons de prédicateur ; parcourant le monde, il lui était arrivé d'entendre s'exprimer d'extravagants et frénétiques athlètes de la chaire dans de grandes églises nettes et brillamment éclairées et dans des stades sportifs ; ce soir du reste, ou peut-être fait-il déjà nuit, les fumées de l'incendie lui sont montées à la tête lui aussi ; de nouveau il parcourt l'assistance de ses yeux très noirs, comme pour l'hypnotiser, et poursuit : « À l'opposé de cette maison où nous nous trouvons je veux dire. Oui, oui, dans tout ce qui se passe ici, docteur Balmarin, comme le disait toujours mon père, il y a la honte, la vergogne de la violation morale. Par exemple vous-même, docteur Balmarin, vous croyez que vous vous êtes mis au service de la communauté, de Dorsoduro, vous croyez avoir consacré votre vie à la famille et à votre travail, alors que la vraie vérité c'est que tout cela vous ne l'offrez pas à votre famille et à la communauté mais à vous-même, parce que vous êtes un fourvoyé et que vous négligez le fait que toute action se doit d'être offerte à la patrie et à Dieu. Le professeur Adolfo Cesato, qui fut mon maître pendant deux ans du temps où il enseignait encore au collège – je suis passé ensuite à l'institut naval – m'a inculqué à jamais certaines idées. Et je pensais que vous, professeur Tolotta Pelz, vous partagiez de telles idées. Je m'étais trompé. Je comprends. N'ayez aucune crainte », il a un rire bref, « je suis habitué aux leurres et aux déceptions ».

Entourée du bras de son père, Giovanna lève les yeux vers lui et murmure : « Qu'est-ce qu'il dit ? Qu'est-ce qu'il entend par là ? » Alvise la rassure : « Il ne le sait pas lui-même, ma chérie. »

Ortensia et Edoardo sont arrivés entre-temps. C'est la première fois qu'ils se présentent ensemble chez les Tolotta Pelz. Ils prennent place sur un canapé sans détacher les yeux de Tressa qui, pour sa part, ne semble pas les avoir vus mais fait une pause.

De nouveau la voix d'Alvise rompt le silence : « Ah, telle est donc votre opinion, Tressa. À propos, vous n'êtes plus revenu pour les soins de vos dents. » Giovanna sourit, en syntonie avec son père, elle presse sa joue contre le creux de son épaule. « Vous avez deux mauvais abcès et naturellement je ne fais pas allusion à des faits étroitement odontologiques, c'est toujours le tableau clinique général qui compte, n'est-ce pas ? » Il parle vite, comme s'il voulait glisser avec courtoisie sur l'évidence même : « Des foyers d'infection. Et puis ces substances toxiques circulent, se promènent dans l'organisme, et peuvent donner lieu à des troubles psychiques assez importants. »

Silvio Tolotta Pelz est complètement perdu. Il ne comprend pas le calme d'Alvise ni du reste toute cette invasion de gens, c'est le désordre absolu, la fin de toute règle, le chaos. Il s'adresse à Alvise rien que pour entendre le son de sa propre voix, pour vérifier sa propre identité : « Alvise, toi qui sembles avoir des rapports avec le signor Tressa, pourrais-tu essayer de l'éloigner d'ici ? Je te prierais de le faire. »

Mais Tressa choisit ce moment pour feindre de reconnaître Bialevski : « Et savez-vous qui c'est celui-là ?

Celui qui est assis là ? C'est mon beau-frère », s'exclame-t-il avec une sorte d'ironie dolente. « C'est lui, c'est lui qui a cueilli ce lys, cette libellule. » Il hausse le ton, vire de bord soudain : « Et moi, qu'ai-je jamais eu, moi ? Je n'ai jamais eu une épouse, contraint à la misère, au péché... à quelque femme noire comme de l'encre, à quelque grasse Orientale, dans les quartiers les plus sombres, éclairés par des lanternes rouges, à Rio, à Hong Kong... » Pour Ubaldo Tressa, tenir certains propos équivaut sans nul doute à mettre l'aiguille n'importe où sur un disque déjà passablement usé ; il en avait fait de même dans la salle d'attente du cabinet Balmarin avec sa litanie « je rentre après mon premier embarquement et qu'est-ce que je trouve ? ma sœur morte, j'ai repris la mer la tristesse dans l'âme »...

Passina intervient, le ton plaintif : « Il est inutile, Tressa, que vous évoquiez des lieux où vous n'avez jamais mis les pieds. Plutôt, vous avez bien entendu ? Avez-vous entendu que le maître de maison désire que vous vous en alliez ? Donc pour le moment, hors d'ici, sortez. Mais ne vous éloignez pas trop. Tenez-vous à notre disposition. » D'un coup il change d'avis. « Ou plutôt non, savez-vous ce que je vous conseille ? Quittez la ville pour de bon. » Ici le comte prend le ton du maire : « On dit souvent, et je te l'ai entendu dire aussi, Bialevski, que Venise, et en particulier Dorsoduro, assimilent peu à peu tout, comme la Chine, mais ce n'est pas vrai, il y a des limites. Venise du reste est petite, intime. Venise identifie, débusque. Ayez l'amabilité, Tressa, de partir, je vous en prie. Ce n'est pas un climat qui vous convient. Peut-être pouvez-vous essayer la Chine », il rit de bon cœur, secouant sa petite tête chauve, tout osseuse.

Tressa ne paraît pas avoir écouté, on dirait qu'il songe maintenant seulement aux propos tenus en premier lieu par le comte, il s'exprime en se lamentant, en geignant, les yeux perdus dans le vague : « Admettre ou nier ? Moi je n'admets ni ne nie quoi que ce soit. Le pécheur reste un pécheur, quelle importance peuvent revêtir les actes individuels ? Moi, pécheur, prêt à accepter la peine… » Un rire bref lui échappe : « Je nie une chose pourtant », il lève un doigt, sa voix se fait perçante. « Je nie les motifs. Les motifs, comte Passina, qui m'auraient incité à commettre de tels actes. » Il adoucit sa voix : « Ma tante bien aimée, Olimpia, a raison de dire : un feu dans certains lieux est un feu purificateur. Comme dans *Les Revenants* d'Ibsen. Vous connaissez cette pièce ? Elle m'a fasciné lorsque je l'ai vue à Bergen, dans un petit théâtre, assis aux places les moins coûteuses. J'étais un simple marin mais je lisais toujours beaucoup. Et la maison du signor Bialevski ? Un seul motif ardent et sacré pourrais-je avoir, celui de m'emparer du petit portrait de ma sœur, l'aquarelle du signor Partibon. C'est la seule chose, dans tout l'immeuble. Mon père en avait exprimé le désir lors de sa première attaque cardiaque. »

Ainsi Tressa n'offrit rien de solide à l'enquête du comte. Si c'était un roman policier que j'étais en train d'écrire, il m'eût fallu étoffer d'une profusion de détails l'incendie, les ravages, les vols des bandits, trouver les mobiles manifestes d'un personnage donné, identifié d'une manière simpliste comme étant l'auteur de tous les méfaits au terme d'enquêtes artificielles et mécaniques ; mais tandis que l'hypothèse bien modeste mais la plus acceptable qui ait été émise sur l'incendie du palais Bialevski revient à Bialevski lui-même, qui attribua l'origine du feu à des restes de braises couvant depuis plusieurs jours dans une cheminée primitive et trop négligée, l'intérêt de l'incident réside dans les faits et les remous qui se sont produits dans les sentiments, dans certaines ouvertures des cœurs que ce petit événement a pu provoquer, véritablement mystérieux tant les uns que les autres, jamais taris, récalcitrants à la fausseté de l'explication définitive, du rapport classé.

Ce fut Ortensia qui se chargea de prendre poliment Tressa par le bras et de le reconduire. Sitôt la porte refermée sur eux, une conversation très variée et flottante, où le thème de l'incendie se perd parmi cent autres, se poursuit dans le salon ; seul Passina, sombre, bougonne par moments : « Il y a le dol. » Entre-temps Gucciotti Emiliano a fait son apparition et peu après arrivent aussi Corrado et Osvaldo. À la vue de Gucciotti, Osvaldo fait une grimace spectaculaire : « Tu es encore ici toi ! Qu'est-ce que tu fais là ? »

Gucciotti a retrouvé ses esprits après le fervent tête-à-tête avec Maria Paola, et il répond avec mépris : « Je suis ici pour présenter mes hommages au professeur, de toute évidence. »

Mais Silvio, égaré, ne paraît même pas le reconnaître, il lui tend une main molle et sa formule de salut est un adieu : « Ah ? Bonsoir. Revenez. Donnez signe de vie. Nous nous voyons samedi il me semble ? » Le jeune homme s'incline d'un geste brusque. Il regarde autour de lui, agacé, incertain quant à rester ou partir.

Osvaldo, en revanche, semble légèrement ivre, d'une manière heureuse, puérile. Il cherche à s'assurer que le Silvio apparu à l'étage supérieur n'était manifestement pas un fantôme, même si le frac a été remplacé par un veston de velours noir ; il pressent aussi que l'homme est incapable de lui parler maintenant, aussi prend-il l'initiative de lui adresser la parole, avec douceur : « Professeur Tolotta Pelz, la signora Elvira est déjà chez ma mère, il y a aussi la signora Màrta Rutigliano, et vu l'heure tardive, ma mère dit, et puis du fait aussi, dit-elle, que personne n'a dîné, elle propose de faire quelque chose pour tout le monde, je ne sais pas, un risotto sans doute. »

« Ça se passe là-haut chez moi », déclare Bialevski en se levant. « C'était déjà prévu. »

Silvio les voit se lever un à un pour partir. C'est la libération mais aussi, d'une certaine façon, la débâcle. Il se dit en aparté comme pour s'en souvenir : « J'ai déjà dîné », et à Alvise : « Reste encore un petit moment ici, je voudrais te parler. »

Tous deux s'acheminent vers le cabinet de travail de Silvio et là ils s'arrêtent, debout l'un en face de l'autre. Chez Silvio la vision d'Elvira et d'Osvaldo est restée comme la trace d'un rêve. Il s'aperçoit qu'il n'arrive pas à en parler, peut-être même à éprouver un sentiment quelconque. La pièce est plongée dans la pénombre et Alvise entrevoit derrière le scintillement atténué des verres de lunettes les yeux gris de son vieux camarade du jardin d'enfants, immobiles.

Silvio semble prendre une phrase au hasard : « Chaque famille porte sa croix.

– Tu veux parler de Pompeo ? »

L'autre se raccroche à ce nom, juste pour articuler quelque chose de dur : « Pompeo… Vous êtes tous pour Pompeo, cet aventurier de quatre sous, cette nullité, tous contre moi. Te rappelles-tu », il s'anime un peu, « ce qu'il y a eu entre lui et ta femme ? Tu me diras qu'à l'époque elle n'était que ta fiancée, mais tout de même.

D'ailleurs toi tu étais parti pour l'Angleterre ». Une pause longue.

Alvise baisse la tête. Il lui répugnait de dire à Silvio que Pompeo avait éprouvé beaucoup d'amour pour Caterina Sbordoni et que leur relation avait été assez difficile et pathétique justement parce que Caterina lui avait dit que « seul Alvise Balmarin existait » pour elle.

« Parti pour l'Angleterre », reprend Silvio, « pour faire des études de perfectionnement. Là aussi tu as fait montre de ton côté fantasque habituel, de ta légèreté habituelle. Pour devenir quoi ensuite ? Un dentiste. Et ne parlons pas de tes premières fiançailles, avec Adele Cugumer. Il serait généreux de ne point les évoquer ».

Alvise suit les divagations de son ami, dit doucement : « Néanmoins nous nous aimons bien Adele et moi. Nous nous comprenons.

– Vous vous comprenez.

– Avec ton frère Pompeo aussi. Entre autres choses, c'est quelqu'un qui écrit très bien, il manie la plume avec beaucoup d'esprit.

– Ah vraiment !

– Pourquoi ne viens-tu pas chez Bialevski ? Est-ce parce que Pompeo sera présent et que tu ne veux pas le voir ? C'est cela Silvio ? » On dirait qu'il lui demande de décrire des symptômes.

Silvio a le regard vide : « Voir qui ? »

Alvise l'observe de l'œil du médecin : « Bref, tu restes ici. »

« J'ai déjà dîné », et dans son souvenir les conversations à table au sujet de Hoover, de Briand et Kellogg, du Vatican, se présentent comme la chaloupe de sauvetage en cas de naufrage : mais une chaloupe solide, rassurante. « J'ai pas mal à faire », dit-il en se dirigeant vers son bureau, « je vais travailler deux petites heures encore.

– Alors je tâcherai de passer après. » Pour donner un autre coup d'œil au patient.

« Comme tu voudras, Balmarin. »

Pendant ce temps, dehors sur le palier, tandis que tout le monde s'est mis à gravir l'escalier, Osvaldo a retenu Emiliano par le bras : « Non, pas toi.

– Que veux-tu dire, Balmarin ?

– Que toi tu ne viens pas là-haut avec nous », précise Osvaldo avec une sorte de douceur amusée, « je t'accompagne en bas à la porte d'entrée et tu t'en vas ». Il se durcit en voyant l'air chargé de mépris qu'a pris l'autre : « Tu m'as bien compris, Gucciotti ?

– Je n'aime pas beaucoup ce ton, Balmarin, prends garde à ta façon de parler.

– Imagine alors combien j'aime la façon dont tu parles, toi ! »

Osvaldo Balmarin et moi avons toujours eu une caractéristique en commun, celle de la mémoire, une mémoire têtue, en particulier pour les petits faits mal résolus, les torts subis, les injustices non redressées, les offenses déplaisantes devant lesquelles on n'a pas su faire jouer aussitôt le ressort de la repartie ou rétorquer par l'insulte dont on se sent libéré. Chez le personnage renfermé et grincheux que j'étais, cette opiniâtreté éléphantesque de la mémoire pouvait passablement agacer ; bien moins chez un garçon comme Osvaldo, surtout à présent où la signora Elvira lui a laissé l'impression d'être aux anges. « Il s'agit seulement de cela, Gucciotti », lui dit-il avec une maîtrise parfaite, et même avec une certaine cordialité, heureux de la facilité avec laquelle les mots lui viennent aux lèvres, « il s'agit du fait qu'il t'est impossible de venir là-haut avec nous, et sais-tu quelle est la raison principale de cette interdiction ? C'est parce que ma sœur Giovanna y est. Et tu te rappelleras sans nul doute ce que tu lui as dit un dimanche après-midi chez les Berg, oh ! à propos, chez eux non plus tu ne remettras plus les pieds – comment l'as-tu appelée déjà ? Répète tes mots Gucciotti, répète voir. Veux-tu que je t'aide ? Enfant malpolie, pas vrai ? Enfant stupide ? Enfant perverse ? N'est-ce pas ?

– Quel rapport, marmonne l'autre.

– Tu ne répètes pas, hein ? » Avec son index il lui donne un petit coup sur l'aile de son long nez.

« Prends garde, Balmarin, ou tu reçois un beau coup de poing dans la figure.

– Mais tu me combles en m'annonçant cela car à présent j'ai le champ libre », dit Osvaldo, et avec une simplicité classique il lui assène son poing dans l'œil autour duquel le cercle noir ne tardera pas à se former. Il pousse un soupir de satisfaction, dans son euphorie il lui semble avoir accompli un geste chevaleresque en l'honneur de toutes les dames du palais Bialevski, en particulier de la signora Elvira, un hommage et un gage de son amour pour elle.

Gucciotti se ruerait sur-le-champ sur Osvaldo s'il n'était immobilisé par un tremblement et par l'inquiétude, il porte la main à son œil poché, il n'a aucune douleur et arrive même à le rouvrir de suite, et Osvaldo qui voit la sourde lueur d'étain habituelle le rassure immédiatement, presque avec le ton du futur oculiste : « Sois tranquille, un beau cercle noir pendant une quinzaine de jours et puis tu seras comme neuf. »

Mais Emiliano a besoin de se défouler, il fait alors le pire des choix, celui de pousser des hurlements fous, incohérents : « Ta petite sœur ! Que veux-tu que m'importe ta petite sœur ! Comédiens ! Vous êtes tous des comédiens ! Des gens corrompus ! Des enfants trouvés ! Il a raison ce misérable Tressa ! C'est vous qui êtes plus misérables que lui ! » Il aurait encouru un danger grave si en cet instant Ortensia n'était apparue dans l'escalier qu'elle remontait après avoir reconduit Tressa justement ; et avec elle se trouvent Corrado Balmarin et Lamberto Gucciotti. « Grâce à Dieu », dit l'Osvaldo Balmarin d'aujourd'hui, ophtalmologue septuagénaire, « autrement il n'y aurait jamais eu de futur député Emiliano Gucciotti, ou du moins pas en entier, avec quelque partie du corps en moins ».

Chacun des deux, Lamberto et Corrado, se charge du frère opposé : Lamberto retient Osvaldo, et Corrado, athlétique et bonhomme, immobilise Gucciotti Emiliano tout en lui suggérant : « Va-t'en maintenant, on en reparlera la prochaine fois », comme s'il mentionnait une manifestation sportive et la possibilité d'une revanche. Néanmoins, après cette nuit-là, Emiliano se fit plus rare ; au cours des mois suivants il n'a dû voir, de tous les habitants de l'immeuble, que Silvio Tolotta Pelz et je crois que peu de temps après il est parti pour Rome où on l'avait chargé de s'occuper des organisations culturelles du régime. Lui et Osvaldo ophtalmologue se revirent après la guerre, tous deux grossis et paisibles, Osvaldo soigna même les yeux d'Emiliano affligés de la cataracte.

S'étant débarrassés de Gucciotti à l'œil poché, les trois hommes montent à l'appartement de Bialevski avec Ortensia qui, en voyant la grande table de la salle à manger déjà en bonne partie occupée, se réjouit, satisfaite ; elle place les trois jeunes gens en divers points et s'installe elle-même au haut bout de la table qu'on avait réservé pour elle ; du grand plat de risotto dressé au milieu de la table et de chacune des assiettes se dégage une lumière chaude sous les lustres de Murano. Le contralto d'Ortensia ne tarde pas à dominer la scène. « Oh, les Tressa », s'exclame-t-elle « ils sont capables de n'importe quelle folie, *aunt and nephew,* tante Olimpia et neveu Ubaldol ! ».

Dans le vestibule de l'étage noble elle avait aidé Ubaldo à enfiler son long pardessus, noir comme sa veste, l'avait accompagné jusqu'au porche, le faisant sortir et gardant un petit moment le battant de la grande porte entrebâillé afin de voir l'homme s'éloigner dans la nuit, avec la certitude qu'il savourait une espèce d'ivresse tout en marchant à grands pas bruyants, rêvassant qu'il était un homme élu, appelé à châtier des gens impurs, lui-même objet de persécutions endurées avec la joie du martyr résolu et prêt au pardon, tandis qu'il se dirigeait vers Santa Maria Formosa et la maison de la tante Olimpia, une femme qui vivait dans une certaine aisance et qui l'hébergeait jusqu'au moment où le neveu trouverait « un emploi digne de lui » ; entre-temps brûlaient entre la tante et le neveu un amour et une admiration réciproques qui les soutenaient et les exaltaient.

Prêt à pardonner: voilà où était le noyau. Avec son air de grande dame qui domine un salon, Ortensia, si elle le voulait, savait parler, s'exprimer, à force d'avoir écouté Edoardo Bialevski aussi. « Le schéma mental de Tressa est clair », déclare-t-elle. « Il n'est pas sans savoir à qui cette maison appartient depuis la moitié du siècle dernier. Tout le monde le sait. En fait, ce qu'il réclame d'Edoardo ce n'est pas un bien physique, mais un bien intangible, impondérable, l'homme est esprit pur : son ambition est qu'Edoardo Bialevski expose, autrement dit invente, d'une manière claire et circonstanciée, avec la lucidité et la minutie d'un tableau surréaliste, ses propres culpabilités à l'égard de sa défunte sœur Licia, à l'égard de l'Italie, à l'égard du monde ; et ceci non point pour exiger des châtiments, réclamer des condamnations, mais pour un motif qui se situerait à l'opposé : autrement dit pour fournir à la tante Olimpia et à lui-même l'occasion d'octroyer à Edoardo un pardon qu'il rêve de lui concéder d'un geste magnanime, fier, pieux et ému. Bref la situation est renversée. Seuls Caterina, Alvise et moi savons peut-être ce par quoi est passé Edoardo au cours de ces années de mariage avec Licia. Mais ne mêlons pas le sérieux au plaisant. »

« Ne mêlons pas », dit en écho de l'autre bout de la table Edoardo qui, en grande conversation avec Chiodo, n'a écouté que d'une oreille.

Je voudrais simplement ajouter que si cet Ubaldo Tressa a pu donner l'impression d'être un personnage improbable, il se révélera l'être bien davantage quelques décennies plus tard ; il se surpassa particulièrement dans les années qui suivirent la Seconde Guerre mondiale et qui verront un Tressa âgé mais, pour ainsi dire, rénové, recyclé. Peu de choses sont connues de lui pour ce qui est des années de guerre ; de même demeurent nébuleuses ses vicissitudes liées à un trafic de timbres-poste et de monnaies, un plongeon qu'il effectua dans la philatélie et dans la numismatique commerciales et qui lui valut, paraît-il, la menace d'un procès pour banqueroute frauduleuse ; le triomphe vint ensuite, avec l'instauration de la nouvelle République italienne et en particulier avec l'abolition des contrôles juridiques sur les titres nobiliaires. Ubaldo fonda alors, en association avec des amis de ses temps lointains de « marin » disséminés dans le monde, un institut de recherches généalogiques, une sorte de consultation héraldique privée et fantaisiste, dont le succès au fil des ans m'a été confirmé tant par l'Américaine Polly que par Léo Rutigliano, émigré entre-temps au Brésil pour y négocier des spiritueux. Sur la demande de nombreux intéressés éparpillés surtout dans les Amériques mais aussi en Extrême-Orient et aux antipodes, l'institut d'Ubaldo Tressa fournissait des étymologies élaborées et sans fondement de leurs noms patronymiques, en même temps que des arbres généalogiques ramifiés et des armoiries de couleur peintes sur parchemin ou brodées sur des étendards de soie. Il se fit appeler Ubaldo Licio Tressa d'Este (Licio, en hommage à sa sœur « martyre » Licia, le d'Este, strictement arbitraire), autrement dit il s'octroya à lui-même une de ses propres falsifications, tel un marchand d'anneaux sigillaires qui en choisirait un pour son propre usage, ou un barman qui préparerait pour lui-même un mélange personnel de boissons alcoolisées.

Passina vit juste sur un point : Venise n'était pas faite pour lui. Il n'y remit plus les pieds et en parla de loin avec des sourires persifleurs, prévoyant sa submersion prochaine ; il écrivait à Bialevski, à Amedeo Passina et surtout à Alvise Balmarin, sur du papier à main armorié, des phrases telles que « Venise est une dentition cariée qui périra dans des flots putrescents » ; en d'autres termes il s'associa aux visions apocalyptiques de ceux qui prophétisent la fin de notre ville, animés d'une voluptueuse soif de macabre et peut-être aussi – Bialevski et quelques-uns d'entre nous ne l'excluent pas – de sombres sentiments d'envie pour le style serein et pratique de notre survivance.

Il était une heure trente à la fin du dîner ; depuis la fameuse « nuit des huit heures » le palais Bialevski n'avait pas assisté à autant d'allées et de venues nocturnes, à autant de chaleur humaine et de besoin de compagnie. Ortensia a introduit une note originale de bonne humeur avec sa tirade sur Tressa. Marta Rutigliano, charitable, le mentionne encore : « Même ce misérable, ce Tressa, que croyez-vous qu'il soit venu chercher ? Comme nous tous il était en quête de contact humain, d'amour… nous sommes tous des mendiants d'amour », dit-elle gaiement, ignorant qu'elle citait le titre d'un film récent avec Pola Negri. Alanguie et euphorique à la fois après tout le vin qu'elle a bu, elle regarde Alvise d'un œil tendre et murmure, tandis qu'elle sent des larmes sourdre dans ses yeux : « *Laisse couler mes larmes, elles me font du bien…* », citant, consciemment cette fois, une phrase du livret du *Werther* de Massenet.

Curieusement, Giovanna se sent plutôt en syntonie avec Marta. Ils sont tous passés au salon, Alvise est venu s'asseoir à côté d'elle, Maurizio Berg et Lamberto Gucciotti contemplent le couple que forment père et fille. « Comment vas-tu ? », lui demande Alvise. « Moi ? Bien. Je ne sais pourquoi mais je me sens vraiment bien. » En dépit de tout, cette nuit lui apparaît être le contraire d'étrange ; il se dégage même une impression d'harmonie qui ne lui avait jamais semblé aussi diffuse dans la grande maison. Cette sensation qui l'avait récemment habitée, une sensation de changement, de clivage, de fuite d'une réalité connue, saisissable, chez les personnes et les choses qui l'entouraient, s'est dissipée. Maurizio et Lamberto, qui sont assis en face d'elle, lui apparaissent à présent être ceux de toujours ; malgré leurs tête-à-tête de ces jours derniers, ils restent à ses yeux des personnages clairs, compréhensibles, simples. Elle a donné un coup de main à sa mère et à Marta pour préparer le dîner, l'idée d'aller à l'école le lendemain matin lui sourit, elle voit les jours à venir éclairés d'une lumière vive, elle les attend avec curiosité.

L'âme des deux jeunes gens se montre bien plus confuse et agitée. Aucun d'eux n'avait su parler à Giovanna après le tête-à-tête. Tous deux se sentaient gauches, mesquins, dans leurs rapports avec elle. Ils dormaient mal. Parfois, tenus éveillés la nuit, ils ressentaient le désir de se voir un jour violemment repoussés par elle, et que de cela pût naître en eux un amour désespéré, comme une sorte de pénitence. Chacun des deux rêvassait dans le vide, imaginant un geste indéfini à accomplir comme gage de dévouement envers elle, un geste qui l'autoriserait à conquérir son amour ; en somme ils attendaient d'elle le secours, l'énergie du sentiment ; et entre-temps ils percevaient dans cette harmonie qui existait entre le père et la fille quelque chose de parfait et d'insurpassable. Ils avaient l'intuition du bonheur qu'éprouvait Alvise, un bonheur empreint de plénitude et pourtant anxieux. Son admiration, son orgueil devant la petite qui, initiée par lui à la lumière de la vie et de l'intelligence, un jour saurait, comprendrait, bien plus que lui, le comblant de délectation. Voilà ce qui était de l'amour, se disaient-ils, si le mot devait avoir un sens. « Qui sait si je mérite vraiment Giovanna », avaient-ils entendu le docteur Balmarin dire quelquefois.

Lorsqu'ils descendent l'escalier vers deux heures du matin, Alvise laisse Caterina et les trois enfants poursuivre tandis qu'il s'arrête un moment à l'étage noble. D'en haut, de la fenêtre de Bialevski, il avait vu la lumière encore allumée dans le cabinet de travail de Silvio ; et il le trouve là, à son bureau, penché sur ses papiers. « Que fais-tu ? Comment vas-tu ? » lui demande-t-il.

Silvio a son mouvement de gaieté nerveuse : « Bien. Très bien. Et toi ? »

Alvise le voit pâle, l'air fatigué, les yeux très marqués. « Tu aurais mieux fait de venir là-haut avec nous.

– Ah oui ? Pourquoi ? » Un long silence.

« Tu as toujours su bien peu de choses de ce qui se passe dans cette maison, Silvio. De ce qui se passe à Dorsoduro, suis-je tenté d'ajouter. Ou dans la ville en général. Ou peut-être même dans toute l'Italie. » De ses yeux saillants Alvise scrute le visage de son vieil ami.

Une pause de nouveau, qui se prolonge, et puis : « D'accord, Alvise, je tiendrai compte de tes impressions. »

Plusieurs années plus tard, alors que lui et Elvira étaient déjà morts bien avant Alvise et Remigio Berg, ces deux vieux camarades de Silvio disaient de lui en parlant avec leurs femmes – Caterina et ma tante par alliance Dora Berg – : « Elvira, c'était tout à fait autre chose mais Silvio, c'est quelqu'un qui est mort sans s'être jamais affronté lui-même, sans s'être jamais considéré avec un minimum de naturel, de bon sens. » Qui sait, ajoutaient-ils, s'il a jamais été à même de souffrir d'une telle incapacité ou s'il lui avait suffi de rester là, au milieu « des choses qu'il avait en tête ».

Il est certain que ces choses-là ont paru lui suffire pendant cet hiver glacial. Il ne parlait que des grands

« faits » du jour à Alvise, à Remigio Berg, à Edoardo Bialevski. Le dernier discours du président sortant, Coolidge, au congrès de Washington. Celui de Stresemann au Reichstag de Berlin. La visite dans notre ville du ministre de l'Économie proférant des paroles rassurantes sur Venise qui, « observant les directives du parti fasciste et les ordres émanant du Duce, deviendra plus aisément l'artisan de sa prospérité économique ». Le discours non moins rassurant d'Aristide Briand sur l'amitié entre l'Italie et la France « au-delà des vicissitudes de l'opinion publique dans les deux pays ». L'inquiétude, au contraire, au sujet de l'état de santé du roi d'Angleterre.

Entre-temps Elvira se rendait de plus en plus souvent à l'entresol pour de longues et joyeuses visites, ou allait au cinéma avec les Balmarin, quelquefois avec Marta, voir Dolores Costello dans *Le Roman de Manon* ou Greta Garbo dans *La Chair et le Diable,* passe-temps dont Silvio ne voulait « même pas entendre parler ». Et si ses vieux camarades l'écoutaient lorsqu'il les entretenait des faits importants, c'était tant mieux, sinon, il coupait court et se retirait dans son cabinet de travail où il retrouvait ses écritures et ses méditations.

Nous eûmes l'occasion de parler assez longuement avec Osvaldo, son père, Maria Matilde ou les Berg, lorsque « j'étais déjà grand » ; mais même Giovanna m'en avait dit quelque chose à un moment où j'étais encore gosse. Je faisais ma sixième dans la même école qu'elle, je montais jusqu'au couloir en face de sa classe et, comme je dois l'avoir déjà dit, elle me traitait vraiment bien, cherchant en vain, avec sa sobre mais lumineuse gentillesse, de susciter ma satisfaction d'être considéré très bon en latin et apprécié de la plus sévère des professeurs. J'eus aussi l'occasion de la rencontrer dans le vaporetto lorsque je le prenais à San Tomà au lieu d'aller à pied par le Campo Santa Maria Mater Domini et de monter dans le bac à Calle della Regina. Dans le vaporetto j'avais l'habitude de rester dehors, devant, en plein air et au froid intense, j'aimais respirer le brouillard et voir défiler les palais dans ce brouillard. Un matin, elle qui l'avait pris à l'Accademia, me voit de la cabine intérieure là, dehors, et elle vient me chercher, m'amène à l'intérieur, à l'abri : « Viens, on va bavarder, dedans au chaud. »

Elle est affectueuse, semble contente, je ne l'ai jamais vue aussi vive. Elle me dit entre autres choses : « Sais-tu ce qu'est un incendie ? C'est quelque chose qui, lorsqu'il se produit dans une maison, fait en sorte que tout le monde se met à se connaître, à se parler, je ne sais comment te dire, chacun s'ouvre à l'autre. Ensuite, de nouveau certains se replient sur eux-mêmes. Mais pas tout le monde, tu sais », ajoute-t-elle, riant soudain de me voir abasourdi de plaisir rien qu'à la contempler pendant qu'elle rit, « pas tout le monde. Quelqu'un comme toi, non par exemple. Ou comme mon papa. Ou comme la maman d'Annibale.

– Ou comme toi », je murmure. Elle tenait ma main dans les siennes, dans ses petits gants souples doublés d'une moelleuse fourrure. Je hasarde timidement : « Maurizio disait l'autre jour à mon père que tu comptais faire ta médecine.

– Pourquoi, ça ne te plaît pas ?

– Oh si ! Bien sûr que ça me plaît.

– On ne voit jamais sur ton visage si tu es content ou non. » Je passais par une phase où je me sentais très négligé chez moi à la maison. « Bien sûr que je suis content », je répète, « c'est beau la médecine ». Je parlais comme un enfant idiot. J'aurais aimé qu'elle me prenne, qu'elle me serre dans ses bras, que nous nous donnions des baisers, mais comment était-ce possible dans ce vaporetto bondé de gens qui la regardaient.

Dans un certain sens nous nous entretenions aussi de précoce à précoce : nous avions l'impression, elle et moi, de comprendre beaucoup de choses, de comprendre les gens, Silvio Tolotta Pelz par exemple, même si « les choses qu'il avait en tête », les « faits » qui le maintenaient si plein de dignité, toujours sur ses gardes, et satisfait nous semblait-il, ne nous étaient pas très clairs. Bien plus tard, lorsque j'évoquais cette époque comme adulte, je donnais à ces faits leur consistance éphémère.

Je pris encore le vaporetto pendant plusieurs jours mais je ne la rencontrai pas. Je ne voulais pas la voir autrement, je sentais que les rencontres à l'école auraient été trop fugaces en regard de ces grands moments le long du grand canal de San Tomà à la Ca' d'Oro. On était déjà au début du mois de février lorsque je m'aventurai jusqu'à son couloir pour au moins la voir, et ce fut Novella Berg qui m'apprit que Giovanna avait la grippe, qu'elle était alitée, chez elle. Elle me voit comme perdu et elle ajoute : « Je ne suis pas encore allée la voir mais si tu veux, mon petit, nous pouvons y aller ensemble. »

La beauté de Giovanna

En commençant à rédiger cette dernière, brève, et si difficile partie de mes notes, je ne sais pourquoi se présente en premier lieu à mon esprit l'image d'une personne assez marginale par rapport aux faits humains plus importants, Silvio Tolotta Pelz. Je vois Silvio arrivant à la gare de Venise en provenance de Rome où il a assisté aux cérémonies à l'occasion du concordat entre le royaume d'Italie et le Vatican, et je vois le jeune Emiliano Gucciotti, grand et guindé dans son long manteau de coupe militaire, qui se découvre, joint les talons, s'incline et tend le bras pour aider cet éminent voyageur à descendre de son wagon-lit et le débarrasser de son sac de voyage qu'il continuera à porter tandis que les deux hommes se dirigent vers la sortie, marchant au pas, le long de la verrière.

« C'est très aimable à vous d'être venu me chercher, je ne m'y attendais pas, je n'annonce jamais mes arrivées, comment avez-vous su ?

– Vos arrivées sont plus ou moins du domaine public, professeur Tolotta Pelz.

– Il ne fallait pas prendre cette peine. »

Ces derniers temps Silvio s'est fait encore plus grêle et pâle, il ressent une tension au niveau de l'estomac. Il se fera examiner ici à Venise, ce n'est probablement rien de grave, il se sent déjà plus détendu, réchauffé par la déférence que lui témoigne Emiliano, il savoure à l'avance le plaisir de lui décrire les événements solennels et colorés de Rome, mais il n'a guère le temps d'amorcer la conversation.

« Et puis », poursuit Gucciotti pour mieux justifier sa présence en ce lieu, « j'ai aussi été chargé de vous apporter... Vous n'avez pas encore appris, n'est-ce pas ? Signor Bialevski a estimé qu'il fallait que je vienne vous aviser à l'avance, en effet vous voyez... »

Amarrée près de la rive en face de la gare se trouve la barque de Bialevski qui attend avec Ponente à l'arrière.

« M'aviser à l'avance de quoi ?

– Du décès de la petite Balmarin, Giovanna, les funérailles ont lieu demain. » Emiliano Gucciotti confère la juste *gravitas* à son ton mais sa voix est striée de cette espèce d'orgueil qui anime les âmes sordides lorsqu'elles fournissent une information surprenante, fût-elle funèbre. D'orgueil, et dans son cas à lui, peut-être aussi d'obscure satisfaction. Comme si c'était une revanche que lui offrait le destin. Il n'a pas oublié les coups de poing d'Osvaldo. Ni son propre agacement rageur envers la petite « garce ». Il n'avait du reste pas compris grand-chose aux sanglots interminables, à l'air désespéré de certaines personnes relativement étrangères, comme son propre frère Lamberto ou comme un Amedeo Passina ; accoutumé en outre à voir dans le jeune Passina une figure méprisée des autres *habitués* du marchand de vins Paoluzzi, il avait été surpris – et son camarade Léo Rutigliano s'était déclaré « abasourrrdi » – de voir Severo Bustacchin et le violoniste Pisani s'unissant à Amedeo pour pleurer la fin si prématurée de Giovanna Balmarin ; déjà alors, comme un quart de siècle plus tard, le candidat et député Gucciotti situait de toute évidence les gens selon des critères tels que « l'alignement politique » ou « le courant ». À présent le jeune idéologue est suspendu aux lèvres de Silvio Tolotta Pelz pour prendre de lui le *la* et adopter l'attitude qui convient.

« Mais ne disait-on pas qu'elle n'avait qu'une simple grippe ? » Silvio aimerait mieux que la nouvelle fût fausse, c'est pourquoi son ton est à la fois incrédule et irrité.

« Leucémie. Galopante. Tout s'est avéré en très peu de jours, professeur Tolotta Pelz. »

Ils sont descendus dans la barque en attendant. Ponente la dirige du côté opposé du Grand Canal, là il s'engage dans le Rio Marin, il rame en silence ; ses deux passagers se taisent aussi, leurs chapeaux bien enfoncés sur leurs têtes, Silvio le chapeau melon, Gucciotti un grand béret de fourrure, leurs nez et leurs bouches protégés par des écharpes de laine. Ponente était parmi les « désespérés » qu'Emiliano n'avait pas bien compris, c'est-à-dire qu'il pleurait tout en ramant, il voyait sans cesse Giovanna à l'aviron de proue, surtout quand, ayant coupé par le Rio Marin et le Rio di San Giacomo dall'Orio, ils débouchèrent de nouveau dans le Grand Canal par le Rio di San Polo et qu'ils passèrent devant la demeure de Lord Byron, tout comme lors d'un jour qui lui apparaissait désormais désespérément lointain.

Durant le trajet, méditant sur ce qu'il convenait de faire, Silvio Tolotta Pelz avait tout d'abord pensé envoyer Ponente à l'entresol pour annoncer sa visite à la famille endeuillée ; mais comme ils abordent à la rive du palais Bialevski, il change d'avis, et dans ce mélange de formalisme et d'extravagance qui régit depuis toujours les actes de Silvio, il prend la décision de charger le jeune Gucciotti de le faire, lequel ne peut se dispenser d'obéir. « Entre-temps je monte un instant chez moi pour me rafraîchir », lui chuchote Tolotta Pelz, le quittant devant la porte de l'entresol.

C'est Uga qui vient lui ouvrir, peu accueillante, Gucciotti s'avance néanmoins dans le vestibule et voit venir au-devant de lui Alvise qui, marquant une légère surprise, baisse les yeux sur la main que lui tend le jeune homme et la serre rapidement, sans mot dire. Emiliano l'informe : « Je suis allé à la gare chercher le professeur Tolotta Pelz qui arrivait de Rome, il est monté un instant chez lui, il sera chez vous sous peu. » Alvise continue à l'observer en silence. Juste pour se donner une contenance, Gucciotti, la mine contrite mais gêné, fait un geste de la main vers l'intérieur de l'appartement : « Puis-je entrer un moment présenter mes hommages ? »

Alvise le contemple, non pas d'un air agacé, plutôt comme s'il découvrait chez un patient un symptôme plus grave que prévu. Il le renseigne à voix basse : « Ma femme et mes fils sont par là avec Giovanna. » Et puis, avec la fermeté courtoise du médecin au malade : « Non, non, partez, signor Gucciotti, croyez-moi, partez », et avant de refermer délicatement la porte sur le visiteur : « Et ayez l'amabilité de dire au professeur Tolotta Pelz qu'éventuellement c'est moi qui monterai chez lui. »

Novella m'avait dit : « Si tu veux, nous pouvons aller la voir ensemble », et en effet, nous étions venus, un peu plus d'une semaine plus tôt, et j'avais vu Giovanna sans savoir que ce serait pour la dernière fois. Marta Rutigliano et Pompeo Tolotta se trouvaient chez elle aussi. Giovanna me parlait, je ne sais pourquoi, de moi et de ma famille. Mon père lui avait dit tant de fois qu'il devait faire son portrait, mais, disait Giovanna – « vaniteuse » selon Maria Matilde –, il attendait de se sentir en mesure de produire un chef-d'œuvre. Rien que de me dire cela, la gamine soupirait d'aise, riait gaiement, un tantinet sotte. Je pensais qu'elle était en train de se remettre de sa grippe, que le repos à la maison lui faisait du bien, avec ce froid intense qui sévissait chez nous. Comme partout dans le monde d'ailleurs, si l'on s'en tient au journal du professeur Berg, 37° au-dessous de zéro en Bohême. L'Arno gelé comme notre lagune. Hécatombe de poissons à Grado avec une *bora* soufflant à cent kilomètres à l'heure. Le train express provenant du Sud a plus de vingt-sept heures de retard, d'énormes retards aussi de l'Orient-Express.

« Comment est ta sœur ? », me demande Giovanna, curieuse. « Vous arrive-t-il de jouer ensemble ? Parle-t-elle comme toi ? Est-elle toujours sérieuse comme toi ? » Ce sont peut-être les dernières questions qu'elle m'a posées.

À ce moment il n'était question que de grippe, et ce fut Caterina qui nous renvoya chez nous après nous avoir offert un chocolat chaud, à Novella et à moi : il fallait laisser la petite se reposer, le repos lui redonnerait des forces plus rapidement. Mais au cours de ces jours-là ou peut-être même de ces heures, on commença à faire allusion à un mal bien plus grave et je crois que ce fut Pompeo Tolotta qui en parla clairement avec Alvise. Pompeo aurait même, semble-t-il, retardé son retour à Paris, prolongeant son séjour à Venise au nom de l'amour qu'il portait à Giovanna, sentiment qui s'était confondu avec son amour d'antan pour

Caterina. Pompeo se demandait s'il n'était pas opportun de consulter un des jeunes médecins de confiance de la ville, « de la faire voir, je ne sais pas moi, par Tullio Moscato, par Giulio Levi », et Alvise, qui savait déjà à quoi s'en tenir, doit lui avoir répondu : « La faire voir ? Je l'ai vue, je la vois, Pompeo, il s'agit plutôt de se préparer à en parler à Caterina. »

Marta Rutigliano elle aussi avait eu l'intuition que quelque chose de nouveau se passait, elle « s'était précipitée » non pour s'en mêler mais pour montrer à Alvise qu'elle pouvait « être avec lui par la pensée » sans le déranger, en silence. Alvise subit avec patience, avec un faible sourire, sa visite et les quelques mots de réconfort et d'espoir qu'elle prononça, garda ce sourire figé sur les lèvres un moment après le départ de Marta, il s'apitoyait sur son optimisme, son ignorance, même si presque certainement il savait déjà à cette heure qu'il n'y avait pas de réconfort possible, qu'il n'y avait, pour sa fille, plus rien à espérer.

Tullio Moscato, dont Pompeo avait mentionné le nom, n'était pas seulement notre médecin, mais aussi un familier de la maison, un vieil ami de mon père, et il m'est facile de les revoir tous deux, de reconstituer les propos de Tullio, sa réticence devant la curiosité de mon père, son effort pour présenter les choses avec clarté et camoufler en même temps, avec le détachement qu'affecte le médecin, le déchirant sentiment de pitié que Tullio éprouvait malgré tout à l'égard des malades, en particulier dans un cas aussi flagrant de déformation, d'incompréhensible grossièreté du destin.

« Est-il vrai que ces malades changent tellement d'aspect ? », insistait mon père avec puérilité. « Une enfant si belle. Comment cela se passe-t-il ?

– C'est ainsi», répondait Tullio, résigné et agacé à la fois, «c'est ainsi», et il s'efforçait de marmonner: «Aspect émacié, cyanotique, yeux enfoncés... fragilité capillaire... muqueuses enflées... L'un des premiers signes», ajoutait-il avec une espèce de désespoir raisonnable empreint de gentillesse en pensant à Alvise, «c'est le sang des gencives.

– Des gencives?

– Il se produit en général des hémorragies... des hématomes... des formes immatures de sang qui pénètrent dans le circuit périphérique... la carence en oxygène dans les tissus., les muscles ne respirent pas... le patient n'arrive pas à se tenir debout... des formes à évolution lente sont improbables chez un sujet âgé de seize ans... disons une semaine... »

Je vois mon père attentif, je l'entends prononcer son «pauvre petite» et je le connais suffisamment, du moins à travers la longue perspective du souvenir, pour imaginer avec certitude que le désir de faire le portrait de cette enfant qui frôlait la fin de ses jours s'empare de lui. Devant un malheur ou n'importe quoi d'autre, le geste de quelqu'un, un arbre, un paysage même, mon père disait, glissant un regard en coin, timide mais rusé aussi: «Je ne fais qu'une esquisse, comme ça... » Mais le visage de cette femme si jeune et gaie: le voir, à présent, au contraire, marqué par la souffrance, et le dessiner de quelques simples traits délicats, avec compassion.

Alvise ne s'était pas rendu ensuite à l'étage noble, et Silvio n'était pas descendu non plus à l'entresol. Il avait trouvé en rentrant un abondant courrier, entre autres une lettre de son correspondant Max Frieli de Ottinger, un spécialiste du fascisme à l'échelle internationale, qui l'invitait à Ouchy pour une rencontre au printemps prochain ; comme Emiliano Gucciotti, dont la proposition de « présenter ses hommages » avait d'ailleurs été écartée, Silvio ne verrait les Balmarin qu'aux funérailles, le lendemain, et de toute manière il était désormais trop tard, probablement était-ce le moment de la mise en bière et donc pas celui des visites, il manifesterait officiellement son ultime salut. Au fond, l'image de Giovanna l'avait toujours embarrassé, et tout en ne se l'avouant pas, Tolotta Pelz n'était pas mécontent d'être arrivé au tout dernier moment et de n'avoir pas été présent pendant les pénibles heures de la fin.

Ce serait une erreur de se baser sur cela pour attribuer à Silvio une froideur glaciale presque surnaturelle à l'égard des rapports humains ; je crois que son esprit était si totalement pris par ce qu'il estimait être des faits et des problèmes d'ordre supérieur, de vaste dimension, historiques, que peu de place était réservée au reste. Rome, les parades et les cérémonies officielles, les souverains dans leur tribune spéciale, avec leurs yeux rivés sur le pape assis sur le trône pontifical, le Parlement remodelé selon l'Idée... Les visions romaines n'étaient pas non plus les seules, loin de là. Dernièrement Tolotta Pelz s'était longuement penché sur les problèmes relatifs à la guerre. Au contraire du professeur Adolfo Cesato, bourré d'anxiété à ce propos, Tolotta Pelz pensait que sa participation à la Grande Guerre avait été entière, et il ne percevait aucune différence, ou la percevait éventuellement en sa faveur, entre son propre « service à la patrie » qu'il avait rendu comme officier aux bottes reluisantes dans des localités à l'arrière, et celui de son frère, combattant en molletières dans l'artillerie de montagne ; c'est seulement après la mort de Pompeo en Russie, comme je l'ai déjà dit, que Silvio à sa façon honorerait sa mémoire. À présent ses méditations portaient longuement sur les problèmes concernant la guerre. Il s'était toujours complu à dire qu'il était à même de lire Clausewitz dans la langue originale. Récemment il avait raconté au professeur Berg qu'il avait reçu de Leipzig les huit volumes de l'ouvrage de Schwarte sur la Grande Guerre, intitulé justement *Der Grosse Krieg*. Toutefois, au hasard de certaines errances de son imagination, il ne se voyait plus, comme jadis, sous les traits d'un noble d'Europe centrale, un margrave, une altesse sérénissime, mais plutôt il lui était arrivé de se demander avec curiosité ce qu'il en aurait été de son existence si, au lieu de se marier et d'avoir des enfants, il s'était fait prêtre, l'idée du pouvoir en vêtements sacerdotaux l'attirait, il se rêvait prince de l'Église imbu de savoir et d'autorité. Il serait presque superflu d'ajouter que le Silvio de cette époque se montrait toujours moins enclin à participer au menu fretin mondain, il ne donnait plus son adhésion aux comités organisant les bals à la Fenice, ni à ceux des associations sportives d'aviron, et il avait cessé d'inciter sa femme, Elvira, toujours en vain du reste, à poser en dame patronnesse ; il avait abandonné Elvira à ses goûts et aux légèretés de ses amies en qui il voyait des lectrices de romans de quatre sous et des maniaques de films de cinéma aux titres tels que *La Rose de la jungle* avec Dolores del Río.

Pour d'autres en revanche, en ces jours ultimes de sa vie, Giovanna avait été au centre de leurs pensées, de leurs inquiétudes, de leur affliction secrète ou étalée, de leurs remords aussi. Annibale venait de rentrer, en pleine forme et bien bronzé, de petites vacances qu'il avait prises à Pocol, au-dessus de Cortina d'Ampezzo, et il était allé la voir tout guilleret, pensant même retrouver avec Giovanna leurs heureux rapports d'autrefois. Novella et Maurizio Berg se trouvaient chez la malade. Il fut bouleversé par son aspect désormais bien changé, ses grands yeux las, son filet de voix. Et pourtant aujourd'hui, avec le recul et si l'on veut le cynisme de la mémoire, Annibale Tolotta se souvenait de cette dernière fois qu'il vit Giovanna comme d'une scène de théâtre, déjà si bien réglée et harmonisée qu'elle le figea, l'empêcha d'ouvrir la bouche, ayant l'impression d'être carrément entré dans une hallucination, dans un monde d'aliénés. Maurizio, debout, était d'une pâleur extraordinaire, ses yeux désespérés rivés sur Giovanna ; Novella, au contraire, était assise au chevet de la jeune fille et, n'était la faiblesse de la voix de la malade, les deux « gamines » s'entretenaient comme si de rien n'était, leur dialogue lui parut terrible, et cependant frivole. « Moi je me sens si affaiblie qu'il me semble que je suis en train de mourir. » « Si tu meurs, je voudrais pouvoir mourir avec toi », disait Novella, le visage sérieux, même si ce verbe avait la même résonance que lorsqu'elles s'étaient esclaffées, en des jours lointains, « c'est à mourir de rire ». Et Giovanna de répliquer : « Eh oui, bien sûr », comme pour dire « c'est évident, je pense bien ». En dépit de sa voix extrêmement faible elle avait par moments une manière de faire assurée, presque hautaine. Elle donnait des ordres. Elle se sentait le centre de l'attention. Toutefois, elle se désolait aussi de se voir hâve, laide.

Ainsi Annibale, tout étourdi, finit par monologuer, parlant à la cantonade pour dire ce qu'il aurait aimé lui dire personnellement, afin de se libérer de certains poids, de remords obscurs : « Voilà ! Je voulais que tu le saches, ce qu'il y a eu entre Polly et moi, c'était de la pure fantaisie, une invention, rappelle-toi que tu es la plus belle de toutes, souviens-toi de cela toujours... » Il ne retourna pas la voir mais parlait d'elle partout où il allait, s'arrêtant à la pension de Polly, aussi parce qu'il se doutait de son arrivée prochaine ; là il trouvait Ponente en visite chez son ami Sergio, le valet-portier, et avec eux Annibale était capable de faire le pédant bien informé qui emploie des termes précis : « On dit qu'elle a le visage de plus en plus émacié, on dit que si une contusion se produit, elle ne guérira pas, on dit qu'on lui fait des transfusions de sang. » Et Ponente : « Et qui hésiterait à lui en donner, du sang, mais il semble que les docteurs désormais... » « Elle perd du sang des gencives. » « Imagine, le docteur Alvise, ce qu'il doit ressentir. »

On parlait d'elle aussi chez le marchand de vins Paoluzzi, Maria Afflitta gardait un silence obstiné mais Uga haussait les épaules en repoussant les Rumeurs qui circulaient quant à l'aspect de la petite : « Moi j'ai au contraire l'impression qu'elle est plus belle que jamais. » « J'en suis sûre moi aussi », disait l'amie couturière. « Je l'ai entendu dire moi aussi », confirmait Bustacchin. « Le Seigneur est toujours équitable », pontifait Tressa qui était sur le départ pour Modène et l'emploi qu'Ezio lui avait procuré, et il se donnait des airs héroïques et plaintifs de celui qui part pour l'exil ; il avait fait la tournée des « visites pour prendre congé » et avait dit, en sortant de chez Silvio Tolotta Pelz, qu'il avait eu des doutes sur l'homme mais qu'à présent, au contraire, il avait trouvé « une âme sœur ».

Maurizio Berg se rendit encore chez Giovanna, tout seul, et les deux jeunes gens se virent alors pour la dernière fois, échangèrent leurs dernières paroles; selon Maurizio, une grande partie de ce qu'elle disait ressemblait à un délire fantastique, comme si la petite s'était vue en rêve: «J'étais si belle, avec un beau visage, une belle peau lisse, toute lisse, une robe vaporeuse avec des masses de rubans, et j'étais fraîche, nette, avec un tout petit peu de parfum: peu mais du bon.» Dans l'imagination puérile de Maurizio deux visions se présentaient en même temps: qu'elle mourrait, et qu'il l'épouserait; et il lui semblait qu'elle le prenait en faute, qu'elle lisait dans ses pensées lorsqu'elle semblait soudain le reconnaître: «Maurizio?» et poursuivait comme dans un rêve: «Tu fais bien de te chercher quelqu'un de plus jeune, moi j'ai déjà des cheveux blancs.» «Ne dis pas de sottises, tu as quinze ans tu sais?» «Seize, tu ne te rappelles même pas le jour de mon anniversaire», et du même ton de curiosité qu'elle avait eu une fois lorsque, après le morceau joué par Novella, elle nous avait demandé à Maurizio et à moi: «Pourquoi est-ce si beau?», elle posait à présent la question: «Pourquoi est-ce que cela m'arrive?» Et elle expliquait, surmontant le mal qu'elle avait à respirer: «Je ne peux plus bouger, me comporter, dans mes mouvements, toucher, bien, les personnes, je manque de force.»

Lamberto Gucciotti lui aussi fut une dernière fois en tête à tête avec elle, et il a la certitude de l'avoir entendue qui murmurait: «Voilà Lamberto, maintenant nous verrons», et qu'en prononçant ces mots dans son état de demi-sommeil, Giovanna évoquait leurs anciennes rencontres, lorsqu'ils avaient parlé des rêves des noyés au fond de la mer et qu'elle lui avait dit: «Il paraît que le tout dernier instant avant la mort est le plus beau.» Lamberto ne s'était pas encore fait à l'idée qu'elle était en train de mourir; les quelques instants où il en prenait conscience, il souhaitait être à sa place; et puis, de nouveau, cela lui paraissait trop absurde et il se laissait alors envahir d'espoir, sottement: « Tu verras, quand tu iras mieux nous irons ensemble, pas au Lido, loin de là ! Nous voyagerons, Giovanna, ensemble. » « Et comment donc Lamberto ! » « Nous irons à Londres où le père de Novella a un ami, où ton papa aussi a vécu lorsqu'il était jeune. » « Bien sûr, Lamberto, bien sûr. » Ce fut leur « Paris ô ma chérie ». J'ai toujours pensé que dans le finale de *La Traviata* elle feint d'y croire, pour le réconforter. Les Balmarin, mère et fille, on l'a souvent dit, témoignaient volontiers de la tendance locale à la mise en scène, à la tentation de transformer en spectacle les situations qui se présentaient; Bialevski estimait que cela faisait partie de « l'esprit de Dorsoduro », et que cela ne correspondait pas à des bavardages, à des futilités, mais dénotait au contraire du caractère, de la vigueur, une capacité de mettre en scène même lorsque le thème de la *pièce* était à peu près l'attente de la fin. Lorsque Alvise, avec le ton le plus naturel et le plus sobre qu'il lui était possible de prendre, avait précisé à Caterina le véritable état de choses concernant Giovanna, sa femme avait tout d'abord continué à le regarder, comme si elle était captive de cet air d'inattention ironique, ébahi, adorateur, avec lequel elle écoutait d'ordinaire son mari jusqu'au moment où il la reprenait et qu'elle répondait: « mais non, je te suis »; cette fois, comme si soudainement elle avait capté dans ses yeux la lueur de la vérité, elle s'effondra et perdit connaissance, et même dans cet évanouissement persistait quelque chose de théâtral, la scène de la Sbordoni qui, fulminée par la nouvelle de la fin prochaine de sa fille, la précède dans la mort, là, sur scène ; elle revint à elle presque aussitôt ; son pouls demeura longtemps très faible et irrégulier, ses lèvres perdirent leur couleur.

Et même Giovanna, dit Osvaldo, du moins dans les tout premiers jours de son mal, semblait s'apercevoir qu'elle donnait une représentation. Il est difficile de trancher : le faisait-elle parce qu'elle ne croyait pas à sa mort imminente, ou bien parce qu'elle entrevoyait que quelque chose de suprêmement important, de fascinant, était sur le point de lui arriver, et que d'une certaine manière elle désirait réconforter les autres, les inciter à poursuivre le spectacle tandis qu'elle-même était en train de le quitter, de le dépasser, à un peu plus de seize ans à peine.

Osvaldo était resté très près d'elle-même durant les tout derniers jours, il se penchait sur elle pour ne pas perdre un mot de ce qu'elle disait, afin que chaque parole, comme cela se produisit en vérité, demeurât gravée dans sa mémoire à jamais. Il se tourmentait de l'entendre articuler des phrases de plus en plus faibles et estropiées, subites, incompréhensibles : « Je ne sais pas où se trouve. » « Où se trouve quoi ? Où se trouve qui ? » « Je ne sais pas où se trouve », insistait-elle. « Il n'y a pas moyen que je lui parle, dis-le-lui, toi. » « Quoi donc ? Et à qui ? » « Moi je n'ai plus la possibilité, je n'ai plus la force de parler, dis-le-lui. » Ceci se passait vers le tard, après quoi, plus rien que le silence. La vie de la petite s'éteignit la nuit, quelque peu avant l'aube, encore assez tardive en cette saison. Vers deux heures Alvise avait persuadé Caterina et les garçons d'aller prendre quelque repos dans leur chambre. Il était resté auprès de Giovanna avec Edoardo Bialevski et Amedeo

Passina. La présence d'Amedeo n'avait rien d'étrange. Ces derniers temps il interrompait à tout moment ses errances sans but dans la ville et sollicitait la permission de rester là ; il passait des heures, aussi immobile qu'une pierre, à regarder Giovanna. Lorsqu'il pressentit que le terme approchait, il n'attendit pas que l'heure sonne et sortit de la chambre, pensant aller sur les Zattere, mais au contraire il monta chez Ortensia, et quand tous deux redescendirent, Giovanna était immobile et apprêtée, seul Edoardo était à ses côtés, et ses pleurs évoquaient un hurlement rythmique, une plainte formelle. « Où est le docteur Balmarin ? », demande Amedeo. « Lui non plus n'est pas arrivé à le supporter, comme moi ? » « Arriver à » est resté un verbe de son vocabulaire, comme à présent lorsqu'on le rencontre dans la rue et qu'il chuchote d'une voix rauque : « Tu ne vois pas que je n'arrive pas à respirer ? » C'était naturellement Alvise qui avait fermé les yeux de sa fille, et avec l'aide d'Edoardo, l'avait arrangée sur le lit. De plus haute taille qu'Edoardo, il avait posé une main sur l'épaule solide de son ami : « Reste ici. Moi je vais prévenir. »

Il se rendit dans la chambre de Corrado pour le réveiller et le trouva entièrement vêtu, assoupi dans un fauteuil. Le garçon se dresse aussitôt, Alvise lui fait un signe de tête, comme de confirmation. Corrado répond à son signe. « C'est bien Corrado. Je te laisse avertir. Tu es brave Corrado. » On sait qu'Alvise descendit ensuite les marches jusqu'à la grande porte du hall d'entrée, qu'il l'ouvrit et sortit dans le noir. Le froid glacial de la ville s'était un peu atténué, la lagune avait amorcé le dégel. Alvise semblait marcher sans savoir où diriger ses pas, il se sentait aussi, il n'y a pas d'autre mot, dégagé, en vacances. Il pouvait faire ce que bon lui semblait. Il était dégagé par rapport aux horaires, aux nécessités d'obéir. Elle avait été aussi un peu autoritaire : joue-moi ça au piano, lis-moi l'autre. Puis cela avait été pour lui une veillée presque ininterrompue, et cette liberté actuelle se présentait à lui comme un grand roc, mais un roc léger, un bloc de carton-pâte, dépourvu de poids et pourtant étrangement capable d'écraser, de massacrer.

Il marcha assez longuement, jusqu'à San Barnaba, au Campiello degli Squillini, à la Calle Foscari, jusqu'aux pieds du pont de Donna Onesta près duquel demeurait sa vieille amie la pianiste Lena Baldissi. Avec Minerva et une ou deux autres, elle était une des femmes dont l'amitié lui était restée fidèle et, selon les Rumeurs pas toujours bienveillantes, « elles savaient tout » de cet homme que nombre de gens comprenaient mal et considéraient comme distant et évasif. J'ai déjà évoqué les visites dominicales de Giovanna et de Novella chez la pianiste pour converser et faire de la musique ; Alvise aussi se rendait chez elle de temps à autre, muni d'un présent pour elle ou pour sa fille, heureux de pouvoir se détendre après sa journée de travail dans cette atmosphère douce et accueillante, de l'entendre parler de D'Annunzio et de Puccini ; cette visite au cœur de la nuit ne surprend pas Lena, Alvise a toute sa compréhension et cette fois elle garde le silence, lui prépare un café et le laisse dire une phrase ou deux à sa guise : « Je dois prendre garde, Lena, de ne pas mourir à mon tour » ; « Oui Alvise ». « Le chagrin est une douleur physique aussi, tu sais. » « Oui Alvise, il t'est déjà arrivé de me le dire. » Et après un long moment de silence, hors de propos : « Corrado est un bon garçon, vraiment bien. » « Oui, Alvise. » Elle comprenait cette sorte de remords qu'éprouvait le père d'avoir peut-être négligé quelque peu son fils aîné, avec son aspect à la fois musclé et dégingandé de joueur de tennis, sa tendance à la solitude, son vocabulaire modeste.

Au même instant Corrado est dans la chambre de sa sœur avec sa mère et Osvaldo, et d'un mouvement élastique de gymnaste, il se penche à son tour, pour déposer un baiser sur le front de sa sœur. Il quitte la pièce aussitôt, il lui faut aller pleurer de son côté, il ne sait où. On voyait déjà les premières lueurs de l'aube qui pointaient et, dans la pénombre des escaliers, Corrado rencontre son père de retour. Il l'avise qu'il se charge d'aller avertir telle ou telle personne chère, marmonne ensuite quelque chose à propos du prêtre, des fleurs. Son père le retient un instant, lui serrant le bras : « C'est bien Corrado, c'est bien mon cher enfant. » Il ne sait que lui dire d'autre.

À mesure que la matinée s'avance on voit apparaître Maurizio, Lamberto, en même temps que Minerva, les fleurs, monseigneur Vianello, les premiers télégrammes, un fils de Gino Chiodo qui, avec son petit appareil, photographie le visage calme et rasséréné de la petite. C'était le benjamin de Chiodo, Edoardo, né lorsque son père frisait déjà la soixantaine ; personne ne songe à l'en empêcher parce qu'avec son petit appareil d'instantanés il semble être un enfant avec un jouet.

Maria Matilde, après avoir pris un long bain et s'être vêtue lentement, descend de l'étage noble et trouve à l'entresol une telle foule de gens qu'on se dirait à une réception, ils sont tous là, semble-t-il, elle voit Maurizio et Lamberto et maintenant aussi Ezio et Marcello et, outre le frère de la demoiselle Mafalda Vianello, trois autres prêtres que j'imagine être les curés de San Trovaso, de San Nicolo dei Mendicoli, et celui des Carmini, un ami d'Alvise qui lui soignait les dents, était le prêtre qui, dans cette église visitée un jour d'été par Giovanna et Annibale, conservait les actes baptismaux et autres documents de leurs ancêtres. Une impulsion de colère, aveugle, déséquilibrée s'empare de Maria Matilde : « Que faites-vous tous ici ? Pensez un instant comment vous l'avez traitée, cette pauvre enfant ! » Maurizio est en larmes et sa voix est d'abord étranglée par la stupéfaction, il se reprend et parvient à dire tout bas : « Que dis-tu, pauvre enfant, elle était plus femme que vous toutes réunies. » La fureur de Maria Matilde tombe d'un coup : « Là-dessus », dit-elle, déglutissant avec effort, « là-dessus je peux aussi... être d'accord »... Elle éclate en sanglots. S'étant calmée, elle essuie ses yeux avec soin et va embrasser Giovanna, délicatement, sur les joues, comme elle l'a fait maintes fois auparavant. Puis elle embrasse un à un Corrado, Osvaldo, Caterina.

Caterina vivait dans un état de lucidité et d'inconscience. En ce moment elle remarque que son mari devient de plus en plus chauve, et que cela le rend plus attrayant que jamais. Elle médite là-dessus, se demande : qu'est-ce que cela veut dire ? Cela veut-il dire que toute réflexion, fût-elle la plus stupide, la plus déplacée, devient acceptable à partir du moment où, de toute manière, le monde n'a plus aucun sens ? Cet après-midi-là elle s'est vue entourée de femmes : Maria Matilde, Uga, la baronne Mastretti, Lena Baldissi, Elvira, Minerva, Marta, et même Polly qui, comme Annibale l'avait prévu, était arrivée ces jours derniers mais avait dit au gamin, le rencontrant dans l'escalier :

« Ne viens pas la voir, tu n'es pas assez fort, contente-toi d'aller aux funérailles. »

Il fait déjà presque nuit lorsque Caterina et Alvise se trouvent tout seuls, dans leur chambre, et les mots les plus simples leur montent aux lèvres : « Notre petite. Ne m'abandonne jamais, Alvise. » « Bien sûr, Caterina. Bien sûr. Jamais. » « Notre petite. » « Tâche de dormir un peu. » Alvise ne dormait pas, de temps à autre il se levait pour voir sa fille, il l'embrassait, arrangeait le lit, disposait les objets alentour. Et puis il retournait voir sa femme, la tenait serrée contre lui, mais il ne ferma pas l'œil de la nuit.

Je suis allé aux funérailles de Giovanna moi aussi. Avec ma mère qui, un peu comme Elvira Tolotta Pelz, était une « dame grande et distinguée » ; je me souviens vaguement de ce qu'elle disait : « Nous ne connaissons pas beaucoup les Balmarin mais j'ai toujours entendu dire que lui c'était un excellent dentiste alors que le nôtre est un des plus mauvais dirais-je, non ? » Moi je n'arrive pas à articuler le moindre mot et c'est ma sœur Elena qui intervient : « Voilà », dit-elle d'une manière non moins caractéristique, vu qu'à huit ans elle avait déjà un ton bien à elle, irritant pour beaucoup de gens, « maintenant nous le connaîtrons peut-être un peu mieux et qui sait, peut-être nous acceptera-t-il parmi ses patients ». En disant quelque chose de cet ordre ma sœur n'était pas du tout gaie, au contraire, elle avait un regard assez désespéré. Elle ajoute à voix basse : « Pauvre Giovanna, toi tu l'as vraiment bien connue, il faudra que tu me parles d'elle. » Je suis sur le point de lui dire : « La dernière fois que je l'ai vue elle voulait que je lui parle de toi », mais ma bouche reste close, je ne parviens pas à souffler mot.

Il m'est impossible de me rappeler quoi que ce soit de l'enterrement. Je le vois à travers un rideau de larmes, un cauchemar de personnes étrangères et de fleurs funèbres sur un fond de noir opaque, officiel, d'où l'image de Giovanna était lointaine, retranchée ; les gens étaient bien vêtus, de noir ; et comme j'étais probablement un monstre de pâleur, je fus ramené à la maison sitôt la cérémonie terminée. Les scènes à l'entresol après les funérailles sont plus « réelles », plus faciles à reconstituer, lorsque l'atmosphère « de salon » qui avait irrité Maria Matilde se fit plus intense et plus variée et que d'aucuns, et en particulier Marcello Sbordoni, eurent carrément, selon Marta Rutigliano, « des comportements d'énergumènes ».

On apprit que Marcello s'était présenté la veille à l'entresol où il avait été reçu par Alvise chez qui se trouvait le professeur Berg ; et d'une façon assez autoritaire, mais non sans émotion dans le ton bourru qui lui était propre, il avait avancé l'idée, à ses yeux belle et poétique, que Giovanna fût ensevelie dans l'uniforme des « Jeunes fascistes italiennes ». Alvise avait secoué la tête comme s'il ne saisissait pas bien et Berg, en général si rose et jovial mais qui pouvait épouvanter si la colère le prenait, avait à peine ébauché un geste, comme pour se précipiter sur Sbordoni, lorsqu'il avait été interrompu par l'entrée de Caterina qui dit à son frère, au moment de prendre congé de lui : « La petite robe, Marcello, c'est moi qui l'ai choisie pour elle. » Et dès qu'il fut parti Berg avait dit : « Oublie ça, Caterina, c'est ton frère, toutefois oublie ça », mais on eût dit qu'elle ne l'entendait même pas : « Je suis si lasse, c'est naturel, mais j'ai peur de fermer les yeux, car alors je rêve d'elle, et je la vois maigre, toute maigre, toute petite, égarée, une aveugle minuscule qui erre dans les étroites ruelles de Venise. »

C'était un moment où le bazar quotidien de nouvelles apportait au professeur Berg des visions loin d'être joyeuses ; abolition définitive du Parlement, exhibition de poignards à la fête annuelle de la Milice, et ainsi de suite, de sorte que dans la rue déjà, après l'enterrement, voyant devant lui Marcello et Ezio Sbordoni en uniforme, Berg est irrésistiblement porté à « reprendre le sujet » pour décharger sa bile en quelque sorte ; il éprouve aussi un plaisir considérable à exercer sa propre éloquence : « Vous vouliez l'enterrer en uniforme, hein ? Peut-être même avec un poignard à ses côtés ? Et que faites-vous ici à présent ? Vos manifestations de douleur n'ont rien de respectable. Vos maudites têtes de mort sont à l'opposé d'une méditation sur la mort. Vous êtes de ceux qui défaites la vie, vous n'avez pas le droit de pleurer aux enterrements. »

Mais Ezio, qui plane encore dans sa phase de douceur et d'amitié, a entraîné Marcello à l'entresol des Balmarin en dépit de son attitude rétive, avec l'idée de le « réconcilier » avec la famille ; plusieurs groupes de personnes s'y trouvent déjà lorsqu'ils arrivent, à la main un verre de cordial qu'Uga leur a servi, l'atmosphère est animée ; Ezio installe son frère sur un siège, la jambe morte en avant, et s'approche d'Alvise et de Berg en train de parler à voix basse, debout, l'un en face de l'autre. Ezio vient d'avaler un petit verre de cordial, il dit en soupirant : « C'était très beau, j'en ai été profondément ému », il ne prend pas sa voix flûtée, pas plus que son ton d'oracle, il tient à se montrer digne, humble dans la douleur ; la jeune fille dont il avait rêvé la défloration est à présent pour lui « élevée au rang du mythe » et il dit en effet : « J'ai d'elle une vision mémorable, au bord de la mer, j'essaie d'écrire des vers pour elle. » Alvise fait une brève grimace comme due à un élancement, mais de même que la veille avec Emiliano Gucciotti, il reprend l'expression du médecin qui considère l'état de son patient plus grave que prévu. Toutefois il garde le silence, et c'est Berg qui intervient alors : « Ezio, ne sois pas indécent. Pour cela, ton frère suffit, et au-delà.

– Indécent ? Qui est indécent ? », s'écrie « l'énergumène » Marcello. Il comprenait peu de choses mais il méprisait Alvise, et Berg encore davantage, et puis, au fond de lui-même, se terraient des rancœurs encore plus sombres : il n'ignorait pas les soupçons d'ambiguïté qui pesaient sur son frère Ezio ; il avait toujours entendu dire que son beau-frère, Alvise Balmarin, était « comblé de femmes » ; et en dépit de l'ostentatoire virilité fasciste, « l'amour libre » constituait pour lui l'idée suprême d'un comportement « indécent ». C'est pourquoi il se met à hurler : « Indécent ? Tu parles de Balmarin, n'est-ce pas ? Ramolli par les femmes, toutes présentes aux obsèques elles aussi, les Cugumer, les Minerva, les comtesses, les Baldissi…

– Fais pas attention à lui, Alvise », murmure Ezio désorienté, « il ne sait même pas qui est Lena Baldissi ».

Dans le silence qui s'est ensuivi, Alvise, plus serein que ses beaux-frères, pense à voix haute : « Lena Baldissi m'a toujours tant parlé de Puccini. Mort à Bruxelles. Il s'y était rendu. La radium-thérapie. Cancer de la gorge. La leucémie est un cancer du sang. Un jour, qui sait, on trouvera des remèdes. Giovanna est partie avant. Je ne m'entendais avec personne aussi bien qu'avec elle.

Joyeuse. Forte. Elle avait quelque chose de sa mère, quelque chose de ma mère aussi, et le reste je ne sais d'où, cela ne venait que d'elle.

– Beaucoup de toi, Alvise », murmure Ezio.

Marcello a un rire bref qui a tout du grognement et le secoue tout entier, il veut s'en aller sur-le-champ ; c'est l'un des prêtres présents, monseigneur Vianello, respecté, influent, qui l'aide à se lever ; sans effort, il fait prendre à Marcello l'aspect du paroissien docile : « On s'en va, docteur Sbordoni, je vous emmène. » Le prêtre et le milicien cherchent Caterina du regard mais ils partent sans l'avoir trouvée.

Le professeur Berg se sent soulagé de voir Marcello parti mais aussi un peu déçu. Il aurait aimé une conclusion plus satisfaisante. Son plaisir de discourir et d'articuler des phrases à effet n'a pu prendre tout son essor ; Ezio lui échappe aussi, il lui faut s'aérer dans un autre dialogue et l'occasion lui en est fournie par le professeur Adolfo Cesato qui fait une apparition inattendue dans ce milieu qu'il connaît peu, il s'agrippe d'un air modeste à Berg, ce collègue de l'autre Institut avec qui il n'a jamais été intime : « La petite Balmarin fréquentait le collège, elle n'aurait pas tardé à devenir une de mes lycéennes, murmure-t-il.

– Oui, Cesato.

– Et à présent », tente l'autre, « elle le sera plus que jamais, parmi mes lycéens, et elle le sera pour toujours ».

Berg l'observe en silence, prenant son temps, avec ses grands yeux clairs. Il hoche la tête : « Non non, Cesato, non. À part le fait que la petite devait être pratiquement une étrangère pour toi, nous n'avons pas le droit de penser que les morts continuent à être parmi nous du seul fait que nous les aimions.

– Moi je prie chaque soir pour ma mère… », murmure Cesato, timide, sur la défensive. Sa mère était en effet décédée au cours de ce rigoureux hiver. « Elle n'a pas tenu le coup », dit le fils d'une voix étouffée. Il a aussi découvert en lui-même une légère touche de soulagement et en éprouve des remords, sollicite de la compréhension. Ainsi il est devenu ce qu'un de mes amis littéraires appellerait « le type du *connaisseur* en enterrements. » Après celui de Giovanna, il est venu ici en quête d'un peu de compagnie. Il voit Alvise s'approcher et s'incline avec dévotion. Marta Rutigliano n'est pas loin et chuchote à Alvise : « La pauvre dame Cesato est morte le mois dernier. Tu te souviens d'elle Alvise ? » « Je le sais. Je me la rappelle bien. Bonjour Cesato. » « Pour ma mère, vous avez été plus qu'un… plus qu'un médecin, vous avez été… » Marta l'interrompt avant qu'il n'achève : « Le docteur Balmarin est ainsi avec tout le monde, docteur Cesato. Le docteur Balmarin *donne à tout le monde…* » Sa gorge se noue : « Aux malheureux, aux humbles… Il apporte son aide à tout le monde… » Alvise glisse : « Marta, sois gentille… » Le seul prêtre encore présent s'est approché à son tour. C'est l'un des trois curés, un jeune qui porte des lunettes avec une mine rose de montagnard ; il lève l'index : « Nous le savons bien. Eh oui, le docteur Balmarin. La *vraie* charité chrétienne. » Alvise s'adresse à lui, baissant les paupières sur ses yeux saillants : « Trop aimable, monsieur le curé. » En Cesato se produit comme un déclic, il retrouve un peu sa voix aiguë, celle qu'il a en classe : « Il y a plus, il y a bien plus. Vous ne vous en souvenez pas, docteur Balmarin. J'étais encore un petit maître enseignant dans les petites classes. » Ici il se met à bégayer, ému par l'évocation. « Un soir dans votre cabinet dentaire, certaines choses que vous disiez, sur l'infiniment grand et l'infiniment petit… cela m'a fait réfléchir… moi j'étais un tout petit maître d'école… les deux infinis, les deux abîmes, l'angoisse… et alors, faire tout ce que l'on peut avec ce dont on dispose, les objets du travail quotidien… vous médecins… votre père aussi, médecin, médecin célèbre., vous avez ces points intermédiaires entre le néant et le tout, vous avez le cœur, le poumon, le rein, *la dent*… dans votre cabinet dentaire, un soir que j'y avais emmené ma mère… vous médecins… et votre petite aussi, m'a-t-on dit, avait l'intention de faire sa médecine… » Tout cet amas d'émotions le chavire, il lève les mains et les pose sur les épaules d'Alvise, implorant dans un sanglot : « Excusez-moi. » Alvise le retient dans une brève étreinte, se dégage en lui tapant sur l'épaule : « C'est moi qui devrais m'excuser auprès de vous, Cesato, je n'ai jamais rien fait pour mieux vous connaître, je vous avoue que je vous ai toujours considéré comme un hurluberlu et au contraire… Je vous remercie cordialement de vos… de vos… », il ne parvient pas à prononcer le mot de « condoléances », « de vos souvenirs. Vous êtes désormais tout seul, maintenant que vous avez perdu votre mère ? ». Et dans la question on retrouve une fois de plus ce ton de Balmarin contrôlant les symptômes d'un patient. « Venez nous voir à l'occasion, si vous avez le temps », et de nouveau il lui tape sur l'épaule, mais porte son regard ailleurs car il s'est aperçu que sa femme est revenue au salon, elle converse avec Elvira près de qui elle est assise. Caterina, qui s'était retirée dans sa chambre après les funérailles pour tenter de prendre quelque repos et se changer, portait à présent une robe d'un rouge foncé qu'elle avait plusieurs fois prêtée à sa fille.

« Tu as raison, Caterina, de ne pas te mettre en noir », lui dit Elvira.

Caterina la remercie d'un signe de tête. Elle sourit. « Ces derniers temps Giovanna me parlait beaucoup de toi. Elle te connaissait mieux que je ne te connais, j'en suis sûre. Moi je suis légère, stupide. Et maintenant il m'arrive ça. » Elle regarde Elvira avec crainte, cherchant de l'aide, sentant que le pire, l'extériorisation du choc, la douleur qui fait hurler, ne s'est pas encore ouvertement manifesté, déployé. Dans cette attente elle tremble un peu, claque des dents.

« Tu veux que je reste encore ici avec toi ? » lui demande Elvira. « Tu me diras, n'est-ce pas, quand tu voudras que je m'en aille ? »

Maintenant les dernières personnes qui se sont attardées se retirent peu à peu, Bialevski, qui n'a cessé d'aller et de venir jour et nuit, et Chiodo avec son petit benjamin, et Bustacchin aussi, Severo, qui était venu à l'enterrement avec son père Aurelio, l'excellent épicier droguiste. Et c'est alors que descend, en dernier, le vieil ami d'Alvise, Silvio Tolotta Pelz. À la cérémonie funèbre Silvio avait donné l'impression d'être un général ou un homme politique éminent « à la tête d'une délégation » : autour de lui, presque comme des gardes du corps, son fils Annibale, le jeune Léo Rutigliano, pâle et hargneux, et Emiliano Gucciotti ; du même groupe faisaient partie Rutigliano, le père, et Traverson, sans leurs épouses qui se tenaient aux côtés d'Elvira et des filles Tolotta Pelz. D'ailleurs, Maria Matilde n'échangeait avec son père que quelques monosyllabes occasionnels ; en revanche, Maria Paola se montrait très proche de Corrado Balmarin, elle était à son bras un peu comme s'ils se rendaient à un mariage et non à un enterrement. Le groupe de Silvio s'était dispersé après la cérémonie et maintenant voilà Silvio qui est arrivé ici tout seul. Il avait passé quelques moments chez lui afin de se mettre à jour de certaines lectures qu'il avait négligées au cours de son voyage, par exemple le dernier discours de Stresemann dont il avait discuté avec son *famulus* Gucciotti et qui lui avait paru un peu plat, dans lequel l'homme politique stipulait « qu'après le pacte Briand-Kellog, il serait nécessaire de trouver, en tant qu'équivalent utile de la renonciation à la guerre, le moyen possible pour liquider par la voie pacifique les divergences présentes et futures entre les peuples, et cela dans leur intérêt même », ce qui avait en quelque sorte confirmé pour Silvio l'à-propos de ses récentes méditations sur la guerre.

En ce moment il s'entretient avec le professeur Berg, ils ont tout l'air d'avoir un de leurs habituels échanges de mots qui n'aboutissent à rien, si ce n'est que Berg s'est montré dernièrement plus circonspect, à son avis « les vagues de folie de Tolotta Pelz sont devenues de l'ordre du quotidien ». Il est en train de l'attaquer doucement; on ne comprend pas comment ils en sont venus à ce sujet : « Ce n'est pas seulement ton fils Annibale qui est le premier de sa classe, toi aussi tu l'as toujours été. Et toujours avec cette morgue de premier de la classe même si tu tenais les propos les plus obtus ; du reste on t'écoutait en pensant à autre chose tellement tu étais assommant... Pour devenir quoi ensuite ? Un dilettante, au fond.

– Je ne te suis pas, Berg. Et ce ne serait guère généreux de demander ce que vous avez fabriqué, vous autres qui n'étiez certes par les premiers de la classe, toi un enseignant d'école secondaire et lui », il désigne

Alvise qui s'est approché, surveillé par Marta, « un bon dentiste, d'accord, mais en définitive. Alvise ? ». Des conversations sur ce modèle depuis des années. Autrefois elles comportaient quelque chose de gai. Même un jour comme celui-ci elles ne changent pas. Mais à présent Silvio baisse la tête et ajoute : « On m'a dit que la pauvre Giovanna projetait de faire ses études de médecine. Espérons que ce malheur te mène, toi aussi Alvise, à des choses plus élevées.

– Alvise, intervient Marta, s'efforce de rendre l'existence des autres un peu plus tolérable. Dans ce qu'il fait il n'existe ni des choses plus élevées, ni des choses plus basses. »

Alvise est las, patient : « Je t'en prie, Marta. »

Silvio n'entend plus personne : « Et avant tout, espérons que tu sortes, Alvise, de ton égoïsme borné, étroit, oui, l'amour et la douleur sont aussi de l'égoïsme, il faut les extirper de soi-même, s'élever… se libérer de ce qui est petit, de ce qui est étriqué, de sa propre personne limitée », il lève son visage d'albâtre, les lunettes sans monture scintillent, « qu'est-ce, mon Dieu, que la mort d'un individu ? ».

Berg l'écoute, stupéfait, et le provoque : « C'est pourquoi tu t'occupes de la guerre ? Parce que là, les morts tu les as en bloc, par millions ? »

Mais sa réplique ne parvient pas aux oreilles de Silvio qui se trouve dans son état illuminé. ; ses filles se sont approchées à leur tour ; il pose sur Maria Matilde un regard vague comme s'il ne la reconnaissait pas. « La guerre », dit-il comme s'il avait saisi ce mot au vol. « La guerre. Une nécessité. Des transmutations nécessaires. La guerre. Elle ne fait que reproduire, d'une façon plus vaste à l'échelle humaine », on dirait qu'il puise dans une de ses notes rédigées avec la « plume d'oie » de cuivre, « ce qui est survenu dans le corps, dans le sang de cette enfant, paix à son âme, de ce pauvre petit être de chair corrompue comme nous le sommes tous, qui a peut-être été choisie pour apporter une parole d'espoir, l'espoir de savoir contempler les choses de plus haut... ».

Avant que Berg ne puisse se lancer dans une vaine diatribe, Tolotta Pelz s'est laissé distraire par la présence d'Uga et de Maria Afflitta qui sont là, tout oreilles, avec des expressions diverses sur leur mine brouillée. Se faisant une idée confuse des paroles de Silvio et la mêlant au souvenir d'une conversation antérieure avec lui, Maria Afflitta crée le silence autour d'elle en s'écriant : « Je le sais, sur le visage de cette enfant il y avait de la méchanceté, il y avait le péché. La propre sœur de monseigneur Vianello me l'a dit. Vianello Mafalda, mon amie. »

Uga la saisit aux épaules, la secoue : « Ah ! Ce visage, sur ce lit, c'est ainsi qu'il te paraissait ? Il te paraissait ainsi ? Avec le péché ? Avec la méchanceté ? »

Alors la vision de Giovanna, souffrante, « émaciée », « pleine d'œdèmes », mais, aux dires d'Uga, « plus belle que jamais », puis immobile et pacifiée, bouleversa Maria Afflitta ; elle tomba en proie à des repentirs et des remords sauvages. Elle hurla longuement, c'étaient des cris qui jaillissaient de la triste solitude dans de petits troquets où la femme avait passé de longues heures devant une fiasque de vin ; ou bien de l'obscurité de chapelles et de confessionnaux où, à genoux, elle avait battu sa coulpe et récité des prières qu'elle comprenait à grand-peine ; ou encore des profondeurs caverneuses de la campagne vénète dont elle était issue, des cuisines noircies par la fumée que seuls éclairaient la polenta et les yeux jaunes des chats pleins de violence et de faim. D'une voix déchirante et monotone la femme se maudissait. Et elle déversait tout son tourment sur les jeunes filles Tolotta qui la regardaient, abasourdies : « Elle était tout autre chose que vous autres, voilà ce qu'elle était ! et moi, maudite, moi ! » Maria Paola, effrayée mais très en colère, intervint alors : « Tais-toi idiote », et elle parvint à insérer dans sa fureur une acrimonie douceâtre, persuasive, « rappelle-toi que tu es une bête idiote, tais-toi ».

Alors c'est Caterina Balmarin qui crie à Maria Paola : « La bête c'est toi », et elle se met à enlacer Maria Afflitta, à l'embrasser, s'agrippant à elle, la laissant sangloter sur son épaule et elle-même éclatant enfin en sanglots, finalement, et cherchant le regard d'Alvise, s'efforçant ainsi de pouvoir résister.

Silvio Tolotta Pelz est demeuré immobile, intact, hautain. Et je dirai qu'une fois de plus, selon un vieux tic qui affleure de temps à autre, « l'historien » qui est enfoui en moi évoque ces jours-là comme étant des jours de grands « faits », de mouvements sinistres et de violences mais aussi de rencontres pour la paix entre les États, entre citoyens au sein des États, entre les États et les Églises : profusion d'images qui défilaient dans la lanterne magique de l'esprit de Silvio, compensant peut-être les ténèbres inexplorées qui régnaient dans le for intérieur confus de sa personne ; des images qui ici, dans notre univers, ne parvenaient qu'en ombres vaines en comparaison des regards entre Caterina et Alvise, du souvenir de la beauté de Giovanna sur ce lit, des sanglots de Maria Afflitta, du tumulte des sentiments, de ces cœurs qui se brisaient, mais non point à jamais, à Dorsoduro.

L'ADIEU

Va' pensiero sull'ali dorate

« Depuis quelque temps », dit le metteur en scène Annibale Tolotta, « je m'aperçois que tous ceux à qui j'ai affaire dans la profession sont plus jeunes que moi ».

« Alors joins-toi à nous lorsque nous nous réunissons et tu trouveras au contraire des personnes plus âgées », lui répond Osvaldo qui est chez moi avec son ex-épouse Maria Paola; tous deux ont dépassé les soixante-dix ans et se portent assez bien, lui peut-être mieux qu'elle. Ils ne vivent plus ensemble depuis fort longtemps mais se rencontrent fréquemment; souvent on voit apparaître Maria Matilde du fond de sa campagne. Annibale vient plus rarement et il s'habille d'une autre façon que la plupart d'entre nous; il arrive de Rome, quelquefois aussi d'Amérique, de Paris, avec des vestes en cuir, de gros chandails, vêtements que Maria Paola, à l'aube de ces années 1980, trouve démodés, il y a dix ans que son fils Aleardo, qu'elle a eu du pauvre Corrado Balmarin, ne les porte plus. Maria Paola s'adresse à Annibale : « On a parlé de toi l'autre soir, avec Maurizio Berg et des amis.

– On échangeait des souvenirs, ajoute Maria Matilde. Tu sais, les souvenirs ? »

– Que faites-vous ? La thérapie de groupe ? » Le metteur en scène Tolotta est à la page, il est au courant des usages et des terminologies.

« Groupe ? Que te dire ! », fait Osvaldo. « De toute manière, je ne sais si nos rencontres ont des effets thérapeutiques, mais elles sont peut-être moins ennuyeuses que ces samedis qu'organisait ton pauvre père au cours des années 1920 et 1930.

– Les années 1920 et 1930 », répète Annibale, flairant une possibilité d'idée pour un sujet de film, « on fait pas mal de *revivals* en ce moment ».

Matilde fait un signe de tête dans ma direction : « Parles-en avec Giorgio qui en a la manie.

– Moi, j'en ai terminé », dis-je à voix basse, expéditif.

« Tu sais très bien qu'on ne termine jamais, me dit Maria Matilde.

– Jamais, jamais », renchérit Maria Paola. Les deux sœurs ont une voix que l'âge et le tabac ont rendue plus grave et forte, et à présent elles se sentent bien « en syntonie » l'une avec l'autre, contrairement à une quinzaine d'années plus tôt, vers le milieu des années 1960, bref à peu près à l'époque de l'annulation du mariage entre Maria Paola et Osvaldo, basée sur l'idée qu'elle ne voulait pas d'enfants de lui, ou vice versa, on n'a jamais bien compris. En ce temps-là on pouvait assister, ici même chez moi, à des dialogues qui laissaient transparaître une dose considérable d'antipathie et d'amertume, ce à quoi il m'arrivait de contribuer aussi par mes « interventions ».

« Toi », disait Maria Matilde à Maria Paola, « tu as toujours été une *minus habens*, c'est bien connu.

– Et toi une garce, Maria Matilde. » Maria Paola avait à cette époque un air avide et défait à la fois, qui faisait peine à voir.

« *Et toi qui parles !* » rétorquait Maria Matilde avec une malveillance que la vie à la campagne a totalement supprimée ; elle faisait bien sûr allusion aux « histoires » de sa sœur, connues dans toute la ville et dans d'autres régions d'Italie, parmi lesquelles ressortait par son étrangeté un épisode avec Marcello Sbordoni, le mutilé âgé et rude. À l'époque Maria Paola raisonnait mal, disait la première chose qui lui venait à l'esprit, elle s'adresse à moi : « Tu dois me comprendre, toi qui étais si ami d'Annibale lorsque vous étiez jeunes. Marta Rutigliano m'assomme. Avec son Bartok. Avec son Joyce. » Marta vivait encore en ce temps-là et elle avait introduit Maria Paola dans la vie intellectuelle, faisant d'elle une intoxiquée de la manifestation artistique, de l'événement culturel, souvent Clelia Passina, la sœur d'un Amedeo vieilli et la fille du pauvre comte Antonio, les accompagnait. Des années se sont écoulées depuis, pour ces femmes aux cheveux toujours plus gris, aux hanches plus larges.

Il me semble entendre encore Maria Paola me répéter : « Tu dois me comprendre », et moi, stupidement hautain, me montrant peu serviable : « T'as qu'à ne pas y aller, aux concerts, aux réunions. Et puis quel rapport avec Annibale ? De quelle amitié parles-tu ? Je n'étais qu'un enfant. » « Enfant ? toi, tu as toujours été un enfant pour ainsi dire, Giorgio, si bien que personne n'a jamais eu à l'esprit de t'appeler Giorgetto. » Me voyant inaccessible, elle se remettait à écouter les âpres propos de Maria Matilde qui lui disait d'un air convaincu, comme si elle lisait le rapport d'un document légal : « Nous ne sommes pas des sœurs, Maria Paola. Nous ne l'avons jamais été. Je me sentais davantage la sœur de ma mère dans les derniers temps, ou, écoute ce que je te dis, de la pauvre Giovanna Balmarin. Giorgio n'a pas tort lorsqu'il avance que ce qui compte, ce sont les parentés inventées. » « Des sœurs, nous ne l'avons jamais été, seules comptent les parentés inventées », reprenait Maria Paola d'une voix monotone, « voilà, bravo ! comme ça tu fais aussi des vers », et elle s'adressait à moi de nouveau : « Mais moi Giorgio », disait-elle comme si c'était de ma faute, « la nuit, je n'arrive pas à dormir ». Moi je ne l'aidais en rien : « Vois-tu, Maria Paola, je te parle et je m'aperçois que c'est comme si je parlais à un personnage de roman ; je ne t'ai jamais comprise, pas plus à présent que du temps où tu étais une gamine, peut-être est-ce même pire à présent, avec tous tes hommes, et j'irai jusqu'à dire que vous ne m'apparaissez même pas comme des personnages de roman mais plutôt de quelque *danse macabre.* » « C'est parce que toi, Giorgio, pour commencer tu es un égoïste comme tout le monde, et puis te voilà, fort satisfait de toi-même, de ta femme et de tes filles qui, elles, restent pas mal de temps à la campagne, de sorte qu'ici toi tu peux vivre à ta guise. Tu es un bourgeois. Tu l'étais déjà petit, lorsqu'on disait que tu étais si précoce, pas vrai ? » « Si tu veux, Maria Paola : un bourgeois précoce. »

Mais avec l'accumulation toujours plus rapide des années, sans même nous en apercevoir ou nous le dire, Maria Paola et moi avons modifié nos images réciproques et dernièrement je lui ai dit : « Tu n'es pas facile à comprendre mais je t'aime bien, Maria Paola, peut-être parce que je rédige des notes sur le passé et que les choses se clarifient ainsi quelque peu. »

Le metteur en scène Tolotta rumine son idée de *revivals* sur laquelle il s'est fixé ; il demande : « Et Bialevski ? Vient-il lui aussi à vos réunions ? Celui-là doit être une véritable mine. »

Osvaldo, bon ophtalmologue, comme son père avait été bon dentiste, est aussi pour certains vieux amis le généraliste habituel de famille. « N'oublie pas, Annibale, qu'Edoardo a dépassé les quatre-vingt-dix ans, de sorte que c'est nous qui nous déplaçons pour le voir, car il a de la peine à gravir les escaliers, et à marcher en général, et Ponente est mort depuis des années, et Edoardo n'a plus sa barque. Ortensia et Uga sont toujours à ses côtés mais elles aussi ont bien dépassé les quatre-vingts ans et, de plus, Ortensia fait de longs séjours à la campagne. Edoardo est le dernier, des trois vieillards.

– Le dernier des trois vieillards », enregistre Annibale comme si on lui proposait un titre de film, « les deux autres étant le professeur Berg et le docteur Balmarin. Tous deux sont morts il n'y a pas si longtemps, n'est-ce pas ? Pas loin des cent ans eux aussi ? ». Et comme s'il passait du problème du titre à celui du *casting* : « Comment étaient-ils, ces temps derniers ? »

Au fond Annibale ne fait pas quelque chose de très dissemblable de ce que j'ai moi-même fait, page après page. Berg était mort un peu avant Alvise, je l'avais beaucoup fréquenté, sa femme était devenue ma tante par alliance ; Novella était pianiste et professeur de piano, comme la regrettée Lena Baldissi qui avait suivi dans les champs élyséens des artistes ses Puccini, ses D'Annunzio ; Maurizio, de son côté, était dispersé un peu partout avec ses tableaux et ses décors ; mais ce qui avait ouvert pour moi les portes de la mémoire et de l'imagination, ce fut la nouvelle, lue dans le journal, de la mort d'Alvise : l'Alvise au visage coloré et souriant qui se rend à son travail en traversant les petits marchés de fruits et de poissons au Campo Santa Margherita ; et l'Alvise dans l'ombre de la nuit avant l'aube, qui passe par le Campo San Barnaba et les arbres du Campiello degli Squellini, après avoir fermé les yeux de sa fille.

Non pas qu'au cours des très longues années qui séparent la mort de Giovanna de celle de son père il n'y ait pas eu des images et des instants indélébiles, et en général, si besoin est de le dire, des moments de douleur et de larmes. De la haute mer des souvenirs, ce sont les vagues qui arrivent en premier. Les sanglots de Bialevski apprenant la nouvelle que Corrado Balmarin était tombé en Afrique : il se sentait coupable, d'une manière absurde, de n'avoir pas fait comprendre au jeune homme la fatuité des mythes impériaux, il se sentait même un peu bluffeur en se souvenant de certains mots qu'il lui était arrivé de proférer dans un de ses moments *dandy:* « Pour l'Italie parvenue tard sur la scène, on peut comprendre combien cela peut lui paraître une chose *chic* que d'avoir... » Ou bien plus tard au fil spectral des ans, le visage marqué, exacerbé d'Osvaldo au chevet d'Elvira moribonde ; ou celui désormais franchement morbide, entre le délinquant et le pénitent, d'Ezio Sbordoni durant la cérémonie à l'intention de Pompeo Tolotta, tombé en Russie, et son frère Silvio avec son « pardon » prodigué à la brebis galeuse de la lignée, et le professeur Berg qui murmure : « Retenez-moi, ou cette fois je lui casse la figure, à Tolotta Pelz », et Alvise paisible, clinique : « Casse-la-lui, Remigio, j'ai l'impression que cela te ferait même du bien. » Les bouffonneries aussi : les premiers meetings d'Emiliano Gucciotti avec son frère Lamberto qui, assis au premier rang, pouffe de rire ; ou la comtesse Passina qui, aux funérailles de son époux, refuse le baisemain affecté de son fils Amedeo en veste de cuir de motocycliste et, de la même main gantée de noir, lui assène une gifle. Et ainsi de suite, et ainsi de suite.

Ce qui donne la mesure de l'état dans lequel se trouvait Silvio dans ses phases ultimes, c'était le fait qu'il ne se souciait guère de la présence continue d'Osvaldo au chevet de sa femme qui se mourait d'un cancer et qui disait : « Ça y est, Osvaldo, c'est fini, je dois me contenter du peu que j'ai eu. » À la mort d'Elvira, Silvio eut comme d'autres sa période « d'affinité d'esprit » avec Marta ; Osvaldo se souvient que tous deux proféraient alors à l'intention de son père et de Berg des phrases de missionnaires quelque peu expéditives : « Croyez-le bien, seul Dieu est important, seul Dieu compte », même si ensuite, avec une « incohérence effrontée » selon Berg, ils reprochaient aux deux amis d'être peu « engagés » ou « politisés », reproches qui sonnaient aux oreilles d'Alvise et de Remigio comme des propos déjà tenus d'une voix naturelle à des époques reculées, et qui réapparaissaient à présent remis à neuf et passés à travers l'efficace microphone de la consommation. D'anciennes paroles d'Alvise conservaient au contraire la voix naturelle d'antan : « De la façon dont tu présentes les choses, Marta, on a l'impression que tout est factice. » En dépit du traitement spirituel prodigué par Marta, Silvio ne survécut pas longtemps à sa femme ; Marta lui faisait la lecture, aussi en raison de la vue de Silvio qui baissait tout doucement ; à grand-peine, Osvaldo parvint à le persuader d'abandonner ses vieilles lunettes sans monture et d'adopter des verres plus larges et cerclés que Silvio appelait encore « à la Harold Lloyd » ; il lui soigna les yeux de son mieux, et à la fin ce fut lui qui les lui ferma. Avec Maria Paola et Maria Matilde il suivit le corbillard jusqu'au caveau de famille dans la Haute-Vénétie. « Cela me permettra de m'incliner sur la tombe d'Elvira », m'avait dit Osvaldo ; dans une situation qui suscitait pour lui tant de profonds remous de l'âme, il gardait un ton patient et précis d'ophtalmologue.

Marta mourut à son tour, assez seule. Son mari, Pericle, était retourné en Amérique après nombre d'années, en 1938 si je ne me trompe, et la guerre avait empêché sa femme de le rejoindre, l'eût-elle souhaité. Lors de son départ pour les États-Unis il professait cette sorte de théorie : « Et puis quoi ? M'a-t-il jamais donné quelque chose, ce Duce ? Moi oui je lui ai donné, sous des formes plus ou moins directes, une masse d'argent. » Il rentra d'Amérique bien après la fin de la guerre, en apprenant que sa femme était mourante ; amaigri, mal en point, on comprenait d'emblée qu'il approchait du terme lui aussi ; déséquilibré également : il eût aimé que tous les gens fussent riches, fussent replets, il disait : « Je ne sais qui est le crétin qui a inventé le terme de "société de consommation" et l'emploie comme une insulte. » Il « perdit l'esprit » ; Ugo Bustacchin, qui était passé des Traverson chez lui et qui se comportait plus en maître de maison qu'en majordome, raconta qu'il arrivait à Pericle de s'assoupir avant le dîner, puis réveillé en sursaut, de crier : « Où est mon courrier ? Où est mon café au lait ? », comme si c'était le lendemain matin. Puis, plus calme, d'un ton de chef de service sévère mais raisonnable : « Allons les enfants, le courrier surtout… » Son fils Léo avait déjà émigré au Brésil. J'ignore où se trouvait sa fille Polly ; des Rumeurs prétendaient que du Texas elle avait envoyé à Ugo Bustacchin un mandat télégraphique afin que Pericle ait de dignes funérailles et qu'on l'enterre ici, auprès de sa femme, comme, semble-t-il, il en avait exprimé le désir.

Assez! avec les souvenirs, *enough is enough,* je me le disais depuis des jours. Et je me disais aussi; peut-être devrait-on s'adonner à l'Histoire solennelle et générale, avec de larges tranches d'êtres humains amalgamés, pétris tous ensemble, et qui individuellement demeurent inexplorés, inexistants. Partir de l'idée que chaque individu constitue un univers, c'est comme vouloir mesurer l'infini. A quel point faudrait-il suspendre la recherche? Mais ensuite des faits nouveaux se produisent, agitent une fois de plus les flots de la mémoire et suggèrent une fin provisoire.

Le fils du professeur Remigio Berg, le peintre Maurizio, caresse des deux mains sa barbe grise bien fournie, il est ici chez moi avec sa sœur Novella qui s'est assise au piano. Le vieux piano de mes filles. Puis arrivent, comme à l'accoutumée, les deux sœurs, d'abord Maria Matilde, suivie de près par Maria Paola qui demande: « Est-ce vrai qu'Aleardo est à Venise? » C'est son fils. Le sien et celui de Corrado Balmarin. « Première nouvelle, Maria Paola. » « Il veut venir vous saluer tous, toi, vous, les Berg, Osvaldo, Bialevski... » « S'il veut dire bonjour à Bialevski il faudra qu'il se rende chez lui. Il ne bouge plus de la maison. » « Tu verras quel bel homme est Aleardo. » « Il l'a toujours été », dit Maria Matilde. « D'assez petite taille. » « Tu sais, je l'ai vu il n'y a pas si longtemps », j'ajoute, « il vient nous rendre visite toutes les fois qu'il se trouve à Venise ». Mais à présent Maria Paola traverse un moment d'amour et d'orgueil à son égard et pense qu'elle en a l'exclusivité.

Il y a une vingtaine d'années au contraire, Maria Paola passait par des périodes, je me souviens d'une en particulier, où elle se tenait le plus loin possible de son fils : « Il me contredit sans cesse. *Il m'aliène* », disait-elle alors.

C'est à cette époque que son oncle Osvaldo l'avait pris un peu sous son aile, à l'entresol du palais Bialevski où il a toujours continué à demeurer. Ses grands-parents Tolotta Pelz et sa grand-mère Caterina Balmarin étaient déjà morts en ce temps-là, Alvise et Osvaldo étaient donc restés seuls, plus amis et collègues que père et fils ; j'ai l'impression que ce qu'Annibale appelle nos « thérapies de groupe » avait commencé dès lors, quand Osvaldo et son neveu Aleardo grimpaient de l'entresol à l'appartement sous les combles et y trouvaient souvent les trois amis réunis, Bialevski et Alvise habituellement submergés – moi quand j'y étais n'en parlons pas, nettement réduit au silence – par la loquacité de Remigio Berg. Ayant pris sa retraite de la chaire universitaire à laquelle il avait accédé dans l'après-guerre « libre et républicain », amplement didactique et aimant passionnément s'écouter lui-même, le professeur Berg ne demandait pas mieux que d'avoir un auditeur de vingt ans, attentif et surpris, comme l'était Aleardo Balmarin ; Aleardo avait, et a toujours, les yeux proéminents de son grand-père Alvise, mais il est de taille plus petite que lui et il présente le petit visage rond et serein des femmes Sbordoni, bien plus que celui minutieusement apollinien de son grand-père Tolotta Pelz. Berg lui jetait un regard affectueux, irriguait ses poumons d'une longue inspiration et mettait en marche l'un de ses disques ; et Dieu sait si je les ai écoutés et absorbés : « Crois-moi, Aleardo, ce qu'on dénomme l'Histoire avec un grand « H », se trouve géré par quelques spécialistes qui ont besoin de matériel humain en gros pour faire aller de l'avant leur propre existence, laquelle autrement serait dénuée d'une énergie autonome véritable, de curiosité et de sentiments sérieux et authentiques. Leur profession est des plus coûteuses, surtout pour les autres. Les voilà tous, acharnés à feindre que l'Idée, avec un grand « I » elle aussi, existe ; chacun d'eux affecte d'être le gardien austère et mystérieux d'un "mètre" conservé dans des coffres aseptisés enfermés dans un bureau secret des Poids et Mesures de l'Idée. Sauf que dans le cas de l'Idée, un tel étalon n'existe pas. Chacun se figure le sien, d'une fois sur l'autre. Et ce sont toujours les mêmes personnes qui gèrent cette Idée inexistante ; il leur est donc facile de passer d'une Idée à une autre, d'éclairer de surcroît le spectacle de leur passage d'une Idée à l'autre, d'abandon de l'une et d'adoption de l'autre, de crises en public, crises bien orchestrées par la propagande, commentées avec ferveur dans les milieux *chic,* suivies par la presse, fécondes en renommée et en honneurs. Et ce sont toujours les mêmes personnages qui sont sur la scène, affairés, pompeux, mais n'en demeurent pas moins des larves d'hommes qui ont éludé la responsabilité d'une tentative de vivre en tant qu'hommes complets, d'explorer jusqu'à la limite du possible leur univers intérieur ; tu me diras, j'en suis sûr, que depuis le sous-atome jusqu'à l'univers, tout est infini, et tu me demanderas comment faire alors, comment se mouvoir dans ce qui est limité et quotidien ? » Naturellement le jeune Aleardo ne disait rien et ne demandait pas davantage mais il écoutait avec plaisir. « Je te réponds sans tarder : étant donné justement cette infinité de l'x macrocosmique, il n'y a qu'une seule façon de vivre avec dignité : bien faire, avec le maximum d'engagement, de précision et de bonne humeur, son propre travail dans le microcosme x limité, quotidien, et non moins mystérieux. Cela ne te paraîtra pas considérable mais qui a jamais dit que tout ce que l'on peut avoir, du moins de son vivant, est considérable ? » Alvise Balmarin hochait la tête, peut-être à la manière d'un compositeur qui écoute une bonne interprétation de son œuvre.

J'ignore dans quelle mesure de telles tirades ont bien pu servir à Aleardo pour orienter et guider sa propre existence. Aleardo est quelqu'un que l'on dit affectueux, un être plein de vitalité, il a beaucoup de succès en tant qu'avocat, spécialisé dans les problèmes d'édition, de *copyright* et de droits d'auteur, ses vêtements sortent de chez le tailleur Gelusian, le fils de celui qui les confectionnait pour son grand-père, Silvio Tolotta Pelz ; ses cols de chemise sont boutonnés et il porte de grandes lunettes très légères. Aleardo dit de Silvio : « C'était un homme extraordinaire, gai, il m'a appris à danser », et moi je pense aujourd'hui : voilà, Silvio, nous sommes dans un monde nouveau où même ton image a une place claire, heureuse.

Aleardo a beaucoup mieux connu son grand-père, Alvise, « un bon Dieu truffé de curiosité, d'intérêts ». Et il a emmené avec lui, à l'occasion de deux mémorables voyages, l'un en Amérique et l'autre jusqu'en Chine, ce grand-père chargé d'ans qui le suivait dans ces distances infinies « sans coup férir, comme si nous avions le même âge ».

« Tu verras qu'il ne tardera pas à arriver, et tu verras quel bel homme il est », répétait Maria Paola, et en effet Aleardo vint et dit entre autres choses : « J'ai une affaire en cours pour le compte de l'oncle Annibale », il aimait bien se sentir « famille ». Je l'invitai à rester dîner avec nous mais il me répondit qu'il nous rejoindrait plus tard, il voulait d'abord aller saluer Bialevski, le survivant des vieillards, autre « bon Dieu » qui lui avait toujours répété : « Bouge, cherche de l'ampleur dans le souffle, le nationalisme est le choléra de l'Europe », et autres recommandations de cette teneur.

Que de fois Aleardo m'a-t-il entretenu de ces voyages au cours desquels Alvise « voulait tout voir, les opérations à cœur ouvert, les espoirs de la chimiothérapie pour les innombrables formes de cancer, l'acupuncture, tout le possible et imaginable », et toujours – Aleardo en avait l'intuition, bien qu'Alvise n'en soufflât mot –, au fond se trouvait la pensée de Giovanna, l'idée de faire ces choses-là pour elle aussi, pour cette hypothèse de femme jamais advenue, dans le souvenir de qui le père survécut pendant près de cinquante ans. Cela avait été la révélation de la douleur, absolue, précise, constante, fidèle ; l'absence de Giovanna avait été au début comme l'amputation d'un membre dont la sensation persiste, sauf que cette sensation cessa peu à peu d'être pour lui un cauchemar, au contraire, d'une manière étrange elle avait fini par le soutenir, et elle continua de le soutenir jusqu'à sa mort, fort tardive. Il ne fallait pas être malheureux passivement : c'était une trahison, une façon d'octroyer la victoire à l'ennemi, une défection. « Il me reste peu à vivre et je suis bien content », dit-il à Aleardo dans un moment d'allégresse en survolant les Alpes, près d'atterrir en Italie au retour de l'un de ces voyages.

Peu de temps après, Alvise mourut à son tour, et du trio des vieillards il ne restait plus qu'Edoardo Bialevski, âgé de plus de quatre-vingt-dix ans, toujours plus brouillon et plus libre, qui mêlait dans ses propos le solennel et le futile, le langage du polyglotte et le parler vernaculaire. Il n'avait jamais eu à se déplacer de Venise et de sa maison. « Ils ne m'ont pas attrapé », dit-il, rusé. En vérité je crois que ce parent éloigné qu'il avait, celui qui épousa Polly, en service diplomatique à Berlin, était parvenu à lui dégotter un passeport italien et Bialevski qui, par amour de l'art, a accentué les tons frivoles avec l'âge, parlait de l'affaire en ces termes : « Je ne vois pas pourquoi je devais refuser son aide, considérant qu'il devait *willy-nilly,* bon gré, mal gré, fréquenter ces salauds, étant donné l'Axe. Hitler fut même une fois son hôte dans sa villa de Grünewald. *Das fehlte noch.* Il ne manquait plus que cela. » Il reprend : « En tout cas je me trouvais ici, accoudé à ces mêmes balcons, le jour même où les Allemands abandonnaient Venise, et un jeune homme en uniforme, de Cottbus ou de Braunschweig ou d'une autre ville à juste titre chère à ses habitants, déchargea sa mitrailleuse au hasard, tirant les dernières balles qui lui restaient sur la côte sud de notre île, sur les Zattere ; un peu plus tôt, un de ses collègues avait fait le tour des divers petits artisanats et industries du lieu, les transformant en ruines, il avait aussi pénétré dans le cabinet d'Osvaldo pour lui mettre en pièces quelque instrument. Pour quelle raison, on ne le sut jamais. »

Je me rappelle le vieux député Emiliano Gucciotti rendant visite à Bialevski il y a deux ans de cela et écoutant, scandalisé, la lèvre dure – même si à l'époque de cette date préhistorique de juin 1940 une victoire de l'Axe n'était pas pour lui déplaire au fond –, la façon dont ce « snob décrépit et ridicule » discourait de certaines « tragédies historiques » ; Edoardo renchérissait alors, mêlant des évocations d'aristocratie européenne, qu'elles fussent vraies ou non, et proclamait pour conclure : « Croyez-moi, monsieur le député, les nôtres ici ne sont ni meilleurs ni pires que les Anglais, les Français ; Proust disait à ma mère que les personnages de son roman étaient infiniment plus intéressants que leurs modèles présumés. Vous me direz que ce sont des gens qui ne valent pas la peine qu'on s'en préoccupe. Mais alors savez-vous me dire pourquoi nous devons être contraints aujourd'hui plus que jamais à nous occuper de médiocrités sordides qui sont peut-être des chefs d'États septentrionaux et méridionaux, occidentaux et orientaux, et dont la supériorité tient au fait qu'à travers des machinations, des manigances et aussi des crimes de toutes les couleurs, ils ont acquis des positions à partir desquelles ils peuvent tuer directement ou orienter leur prochain vers la mort, distribuant en attendant, en guise de nourriture destinée aux jeunes gens malheureux et qui manquent de préparation, les idées mortelles de leur folie effrénée et ennuyeuse par-dessus le marché, au lieu d'aliments matériels et intellectuels et un minimum de bien-être et de bonne humeur… » Les « disques » du vieillard sont dernièrement sur ce ton, qui monte lors de ses véhémentes péroraisons : « Pensez-en ce que vous voudrez, le tableau reste celui-ci : dans chaque partie du monde, des anthropoïdes acéphales toujours renouvelés projettent et exécutent de nouveaux carnages. Eh bien moi je dis, tirant profit de mon éducation vénitienne, et oxfordienne, et berlinoise, *et cetera* : *Ohne mich. A plague on bothyour houses. Qu'ils aillent tous se faire foutre.* »

Et voici la fin. Aleardo ne revint pas à l'heure du dîner ; nous restâmes longtemps après minuit, humant l'air frais qui nous parvenait des balcons ouverts.

Aleardo arriva enfin, il avait un air vif, efficient : « Je suis monté parce que j'ai vu de la lumière. J'avais bien suggéré de venir vous chercher mais il m'a fait un signe négatif, "laisse-les dormir". Il a renvoyé aussi Ortensia et Uga qui se trouvaient là, elles sont peut-être aussi vieilles que lui. "Reste ici", m'a-t-il dit, "éventuellement tu iras ensuite appeler le jeune Chiodo". Il s'est endormi. Il est mort dans son sommeil. »

Novella dit, songeuse : « Le jeune Chiodo, c'est celui qui a pris la photo de Giovanna avec son petit appareil…

– Non », je rectifie, « celui-là est déjà son fils ».

Novella a été la première à pleurer : « Lui et Giovanna s'aimaient beaucoup. Ils se comprenaient. Giovanna était tellement plus évoluée que moi. »

Après son premier essai compliqué avec Maria Paola, Osvaldo ne s'était pas remarié, il a depuis longtemps une relation avec Novella ; il se leva et la prit dans ses bras, la serra dans une longue étreinte, puis se dégagea délicatement, et tout en l'entourant de son bras, la conduisit au piano. Il me plaît d'imaginer qu'elle revoyait en cet instant un jour lointain et joyeux de résultats et de promotions, nous tous autour d'une table dans le « troquet de Bialevski ». Elle aussi frise les soixante-dix ans mais ses doigts sont encore vigoureux comme elle plaque sur le clavier les accords de *Va' pensiero sull'ali dorate,* exécutant le morceau non point comme une faible plainte mais ainsi qu'une célébration vive et robuste de la douleur.

Ils sortirent sur le balcon, et, sans se consulter, décidèrent d'attendre l'aube avant d'aller rendre un ultime hommage à Edoardo, afin de le voir à la lumière du jour, dans la pleine beauté de sa vieillesse.

Le petit matin s'annonçait, çà et là, à la Giudecca, sur les Zattere, commençaient à scintiller les vitres des fenêtres, les petites tables métalliques des cafés, les hublots des bateaux ancrés. Puis un vaste souffle de vent arriva de la mer, il était passé au-dessus des phares blancs, au-dessus des étendues d'eau et de sable fin, et à présent il s'engouffrait dans la ville, à l'intérieur des maisons. Dans l'imagination des personnes accoudées devant ce spectacle il semblait que le vent, rendant l'air plus limpide, donnait corps et brillance aux images dont Dorsoduro était fait à leurs yeux, des images lointaines et proches dans le temps, toutes vivaces, fût-ce les plus menues et les plus familières, les yeux vert-or de Giovanna et le lit où elle est née parmi les reflets de la glace où elle et Caterina se font belles, et le miroitement de la lentille du petit appareil d'instantanés du dernier-né de Chiodo, et les lueurs blanches sur la robe de la tante Madelaine gisant par terre, sur les gazes protectrices qui bandent les brûlures de Maria Afflitta, sur celles calcifiées qui enserrent la clavicule d'Annibale, et les lunettes sans monture et la plume d'oie de cuivre de Silvio, et les yeux clairs de Berg plongés dans la lecture de son journal-bazar, et ceux d'Alvise qui balayent l'ampleur dolomitique de la Dent, et ceux presque blancs d'Elvira, et les baisers et les danses et les rires et les larmes et les folies et les déchirements et ainsi de suite « à l'infini » : ainsi passait sur Dorsoduro ce vent intemporel, toujours nouveau, et tout était présent encore et ce vent qui passait répandait sur toute chose une lumière immense.

Né à Venise en 1913, Pier Maria Pasinetti ne cessera jamais d'y vivre, même quand il demeurera ailleurs... Tous ses romans ont pour toile de fond la ville de son enfance, qu'il a quitté très jeune pour s'inscrire dans une carrière universitaire qui l'a emmené vers moult destinations : Oxford, où il consacre sa thèse à James Joyce, Baton Rouge, Göttingen et Stockholm, où il enseigne avant et après la guerre. En 1948, on lui propose un poste au Bennington College, puis, après un doctorat de littérature comparée, à Yale. Enfin, en 1949, il est nommé professeur de littérature à UCLA, poste qu'il conservera durant toute sa vie. Il fera donc pendant de nombreuses années des allers-retours entre sa ville natale et Los Angeles où il est aussi correspondant du *Corriere della sera*.

Pasinetti ne se contente pas de son rôle de professeur universitaire, il conserve en Italie des liens forts avec le cinéma et participe à l'écriture de scénarios, notamment pour Antonioni. Son frère Francesco est réalisateur, c'est justement avec lui qu'il commence à écrire, à l'âge de treize ans, des pièces de théâtre, pour lesquelles il note dans un carnet des répliques mémorables entendues ici et là, en famille ou dans la rue. Ces répliques savoureuses, il les introduira dans ses romans, dont le premier sera publié en 1959. *Rosso Veneziano* sera suivi de nombreux autres textes dont *La confusione* (1964), réédité en 1988 sous le titre *Il sorriso del leone, Il ponte dell'Accademia* (1968), *Domani, improvvisamente* (1971), *Il centro* (1979), *Dorsoduro* (1983), *Melodramma* (1993). Formidable narrateur de la vie vénitienne, loin des clichés et du tourisme, c'est dans sa ville natale que P. M., comme il aimait être appelé, décède en 2006.

Troisième réimpression

Achevé d'imprimer sur Roto-Page en mars 2023
par l'Imprimerie Floch à Mayenne
N° d'impression : 102222
Dépôt légal : août 2003

Imprimé en France